Dorothy L. Sayers

ZUM KÖNIG GEBOREN

Dorothy L. Sayers

ZUM KÖNIG GEBOREN

Herausgegeben
von Manfred Siebald

REIHE APOSTROPH
BRENDOW VERLAG
MOERS

APOSTROPH
DIE REIHE, DIE ZEICHEN SETZT.

Innerhalb dieser Reihe erscheinen Bücher zu folgenden Themengruppen:
Romane und Erzählungen,
Biographien und Lebensbilder.
Lebensfragen,
Mission und Weltverantwortung,
Ehe und Familie.

CIP-Titelaufnahme der Deutschen Bibliothek

Sayers, Dorothy L.:
Zum König geboren / Dorothy Sayers. Mit e. Vorw. von Manfred Siebald. – Moers: Brendow, 1990
(Reihe Apostroph)
Einheitssacht.: The man born to be king <dt.>
ISBN 3-87067-395-8

ISBN 3-87067-395-8
Bestell-Nr. 78019

Diese Lizenzausgabe erscheint mit freundlicher Genehmigung des Hoffmann und Campe Verlages, Hamburg
Übersetzung aus dem Englischen: Heinz Gecks
Übersetzung der Einleitung: Dr. Manfred Siebald
Einbandgestaltung: Thomas Georg, Stuttgart
Printed in Germany

INHALTS-VERZEICHNIS

VORWORT

Längst sind die Wogen der Empörung verebbt, mit denen ein Teil der britischen Öffentlichkeit im Herbst 1941 die Pläne der staatlichen englischen Rundfunkgesellschaft BBC für einen Hörspielzyklus über das Leben Jesu quittierte. Einen Verstoß gegen die britischen Zensurgesetze, die eine Personifizierung Gottes auf der Theaterbühne verboten, sahen manche in den zwölf Stücken, die vom 21. Dezember 1941 bis zum 18. Oktober 1942 in meist monatlichen Abständen gesendet wurden. Andere konnten sich nicht vorstellen, daß eine Nicht-Theologin und noch dazu eine ausgerechnet durch ihre erfolgreichen Kriminalromane bekanntgewordene Schriftstellerin für eine solche Aufgabe am besten geeignet sei.

Waren diese Argumente wirklich stichhaltig? Sowohl von ihrer Persönlichkeit als auch von ihrer literarischen Erfahrung her war Frau Sayers wohl ganz im Gegenteil wie für diese Rolle geschaffen. Mit ihrem christlichen Glauben hatte die Tochter eines anglikanischen Geistlichen nie hinter dem Berg gehalten, ihre Kriminalromane waren für den aufmerksamen Leser voll von religiösen Fragestellungen, sie hatte sich bereits 1938 mit einem Hörspiel über die Weihnachtsgeschichte als kompetente Erzählerin des Lebens Jesu erwiesen, und sie hatte sich auf ihre Arbeit an dem Zyklus *Zum König geboren* auch theologisch gründlich vorbereitet. (Wie sie dem zuständigen Rundfunkredakteur schrieb, hatte sie ein ganzes griechisches Neues Testament „verbraucht“ und eine ansehnliche exegetische Bibliothek zusammengekauft.)

Wie nahtlos sich *Zum König geboren* in das übrige Werk von Dorothy L. Sayers einfügt, läßt sich an ihren frühesten Gedichten über Christus, aber auch an ihrem Spätwerk, einer neuen Übersetzung des mittelalterlichen italienischen Dichters Dante Alighieri, ablesen. Das große Gedicht, in dem er die jenseitige Welt beschrieb, nannte er *Die Göttliche Komödie*, und diese Ausdrucksweise machte sich auch Frau Sayers zu eigen, wenn sie von der Menschwerdung Gottes in Christus sprach. Insofern die Begriffe „Komödie“ und „Tragödie“ den positiven oder negativen Ausgang einer Handlung bezeichnen, mag man ihr dabei durchaus folgen. Ist die Geschichte Jesu Christi aber dann nicht eher eine Tragödie als eine Komödie? Aus menschlicher Sicht scheint sein Tod am Kreuz tatsächlich eine Tragödie zu sein. Doch die Auferstehung läßt das augenfällige Scheitern des Gekreuzigten in einen Triumph über den Tod münden, was das Ganze dann doch zu einer „göttlichen Komödie" macht – für Dorothy L. Sayers zum „größten Drama aller Zeiten".

Was wollten die BBC und Frau Sayers mit diesen Hörspielen erreichen? In einer Zeit, in der (vielleicht noch nicht so stark wie in unseren Tagen) schon die rein sachliche Information über den christlichen Glauben in der Bevölkerung abgenommen hatte, sollte *Zum König geboren* eben diesem Mangel begegnen. Die BBC empfand, daß sie mit der traditionellen Übertragung von Gottesdiensten und geistlichen Ansprachen lediglich jenes Publikum ansprach, das sowieso zur Kirche ging. Die mindestens ebenso starken Gruppen der Gleichgültigen und der Gegner blieben weithin unerreicht. Für sie waren die Hörspiele gedacht. Dabei ging es den Verantwortlichen nicht darum, für die Kirche zu werben oder theologische Lehrsätze zu verteidigen. Den Menschen „Christus zu zeigen" empfand der zuständige Redakteur als die Aufgabe der Kirche zu allen Zeiten: „Sie kann nicht mehr tun, und sie sollte nicht weniger versuchen. Christus zu zeigen und die Menschen dazu zu bringen, sich seinem Anspruch zu stellen, ist die ganze Aufgabe der christlichen Kirche." In der Tat spürt man diesen Hörspielen ab, daß sie nicht wie viele andere Jesus-Darstellungen aus Literatur, Film und Musical des zwanzigsten Jahrhunderts die Gestalt Jesu sentimentalisieren oder psychologisieren wollen, ihn für eine gesellschaftliche Gruppe zu vereinnahmen oder ihn in den Dienst einer politischen Ideologie zu stellen versuchen. Er selbst soll zu Worte kommen – so gut das die Autorin verstand und vermochte.

Ihr Anliegen läßt sich kaum besser erschließen, als indem man sie selbst zu Wort kommen läßt. Deshalb wird dieser Ausgabe des Textes die Einführung von Frau Sayers beigefügt – zum ersten Mal in deutscher Sprache. Hier gibt sie ihre Ziele und Methoden preis, hier läßt sie sich bei ihrer Arbeit als Dramatikerin über die Schulter schauen, und hier gibt sie Einblick in ihr Bibelverständnis. Wo sie Briefe entrüsteter Hörer auf ihre Art kommentiert, kann man auch aus größerer zeitlicher Distanz die turbulente öffentliche Reaktion auf die Hörspiele erahnen. Sie benutzt die dort gemachten Einwände, um darzulegen, nach welchen gestalterischen Prinzipien sie Sprache und Stoff handhabte. Daß sie sich in ihrer Einführung mit der Wirklichkeit im vom Kriegsalltag gezeichneten England, mit der englischen Sprache und mit der damaligen Lage der englischen Kirche beschäftigt, verstellt sicher nicht den Blick auf das Wesentliche, um das es ihr ging: um den katholischen (und das hieß für sie überörtlichen und überzeitlichen) urchristlichen Glauben.

Mit der Unbekümmertheit (aber auch mit der Autorität) der Literaturwissenschaftlerin erläutert sie in der Einführung manche für Theologen schwierigen Fragen von Quellen- und Textgestalt anhand von dramatischen Grundgesetzen, von Selbstverständlichkeiten didaktischen Redens und der erzählerischen Anordnung von Fakten. Das ihr eigene Selbstbewußtsein läßt sie hier gegen die verschiedensten theologischen Strömungen anschwimmen.

Übrigens wurde die Zahl der Gegner nach der Sendung der Hörspiele von der Anzahl der Befürworter weit übertroffen – das belegten viele bei der BBC eingehende Hörerzuschriften wie die folgende: „Meine Eltern haben versucht, mich zu einem gottesfürchtigen Menschen zu erziehen, und als Junge bin ich jeden Sonntag fünfmal in die Kirche gegangen; aber ich muß an dieser Stelle ehrlich zugeben, daß ich heute in einer halben Stunde mehr über meinen Glauben erfahren habe als all die Jahre hindurch in der Sonntagsschule." Jemand anders schrieb: „Ihre Hörspiele über das Leben Christi haben mich im Innersten berührt, und ich bin überzeugt, daß sie in Buchform dem erschreckenden Mangel an religiöser Bildung abhelfen würden. Allein schon die Sprache, die Sie verwenden, schreckt uns aus den altgewohnten Geleisen auf. Ich weiß, daß Tausende von Menschen, die niemals auch nur im Traume in der Bibel lesen – geschweige denn, sie verstehen –, erkennen werden, wie unbedingt notwendig es auch in unserer Zeit ist, Christus zu folgen."

Auch wenn Frau Sayers selbst der Meinung war, „daß Dramenschriftsteller keine Evangelisten sind", leistet *Zum König geboren,* wie diese Stimmen zeigen, genau das, was Predigt und Evangelisation tun oder tun sollten. Es ist seit seiner Uraufführung ein Klassiker des christlichen Verkündigungsspiels geworden, dem man nur wünschen kann, daß er in seiner deutschen Fassung so viele Leser (und Hörer) findet wie im Original. Es wird nicht ausbleiben, daß sie nach der Begegnung mit dem dramatischen Text zum Neuen Testament greifen, um den noch näher kennenzulernen, dem sie hier begegnet sind – Jesus Christus, *The Man Born to Be King.*

Dr. Manfred Siebald

ERSTES SPIEL

KÖNIGE IN JUDÄA

Der EVANGELIST
HERODES DER GROSSE, *König der Juden*
KÖNIGIN ELPIS, *Gemahlin des Herodes*
EPHRAIM, *königlicher Kammerherr*
PROCLUS, *ein römischer Offizier in Herodes' Leibwache*
Ein JUNGER SKLAVE, *Page in Herodes' Hofstaat*
Der LEIBARZT DES KÖNIGS
Der HOHEPRIESTER
ZORASTES, *der Oberastrologe*
Ein SEKRETÄR
DARIUS, *ein Hauptmann in Herodes' Armee*
MATTHIAS, *ein fanatischer Rabbiner*
KASPAR, *ein greiser Chaldäer*
MELCHIOR, *ein griechischer Krieger* } *die drei weisen Könige*
BALTHASAR, *ein junger Magier*
MARIA, *die Mutter Jesu*
JOSEPH, *Ehemann der Maria*
Ein SCHÄFER
Die FRAU DES SCHÄFERS
ZILLA, *die 9jährige Tochter des Schäfers*
Ein BOTE
Ein ENGEL

PERSONEN

EPHRAIM: Er ist, denke ich, in den Sechzigern und war die letzten 45 Jahre vollauf von dem Bemühen in Atem gehalten, seinen Kopf auf den Schultern zu behalten, keine ganz einfache Aufgabe an einem Königshof, an dem niemand in größerer Gefahr für Leib und Leben war als der Günstling von Gestern und jeder ständig beschäftigt, gegen jeden zu intrigieren. Er hat eine mürrische, meckernde Stimme wie ein ständig verärgerter Ziegenbock und (wenn wir ihn sehen könnten) sicher auch ein spärliches Ziegenbärtchen. Sein Gesicht verliert nie ganz den hilflosen Ausdruck ängstlicher Geducktheit. Die Erfahrung eines langen Lebens hat nicht ausgereicht, ihn begreifen zu lassen, daß man mit Herodes am besten fährt, wenn man ihm gegenüber Rückgrat zeigt.

PROCLUS: Er ist erst 28, aber ein hartes Leben und anerzogene Disziplin lassen ihn reifer wirken. Er ist ein Römer, der in Judäa als Hauptmann in Herodes' Leibgarde Dienst genommen hat. (Später treffen wir ihn wieder, als er unter Archelaus ein Rädchen im Getriebe der römischen Kriegsmaschine geworden ist.) In seiner geistigen Haltung ist er durch und durch Römer mit all der überlegenen Verachtung des Hauptstädters für den Provinzler, des Europäers für den Orientalen. Er hegt nicht die geringste Furcht vor Herodes und kommt daher ausgezeichnet mit ihm aus.

DER PAGE: Ein junger Sklave, etwa 13 Jahre alt, ist das übliche Stückchen lästiger Verzogenheit, wie sie an orientalischen Höfen großgefüttert werden. Er ist wahrscheinlich griechischer oder levantinischer Herkunft, ein hübscher Bengel, naseweis und bis zur Verdorbenheit verwöhnt.

DIE WEISEN AUS DEM MORGENLANDE: Der Überlieferung nach — nicht nach der Bibel — werden die Weisen als Könige dargestellt, welche die drei menschlichen

Rassen, die Kinder Sems, Hams und Japhets (Asien, Afrika und Europa), symbolisieren.

KASPAR: (der Asiate) Ist ein alter Mann, ein Gelehrter, dessen stille Würde ihn ein wenig versponnen und dem lauten Weltgetriebe fernstehend erscheinen läßt. Er verkörpert die Weisheit des Verstandes.

MELCHIOR: (der Europäer) Ist ein Mann in der Blüte seiner Jahre. Er interessiert sich für die praktische Seite des Lebens, und wenn er die Sterne befragt, geht es ihm darum, herauszufinden, wie er handeln soll. Seine Weisheit ist die Weisheit des Instinktes.

BALTHASAR: (der Afrikaner) Ist noch ein junger Mann. Er hat eine mystische Veranlagung und sucht, die Beziehungen zwischen Mensch und Mensch und zwischen Mensch und Gott zu ergründen. Seine Weisheit ist die Weisheit des Herzens.

Die Rollen der drei Könige sind so geformt, daß die Verschiedenartigkeit ihres Wesens klar zutage tritt, und sie müssen entsprechend aufgefaßt werden. Das Reich, das sie verkünden, ist nicht von dieser Welt, und ich habe versucht, das anzudeuten, indem ich sie mit einer märchenhaft anmutenden Atmosphäre umgab (in ihren Träumen usw.) und sie so in deutlichen Gegensatz zu des Herodes' sehr erdgebundenem und wirklichkeitsnahen Königtum brachte.

HERODES: Ist die am feinsten ausgearbeitete Figur des kleinen Spiels, und es ist wichtig, seine Wesensart richtig zu fassen. Wir müssen uns freimachen von der Vorstellung eines halbwahnsinnigen Ungeheuers, jenes „Über-Herodes", „der auf dem Markt und auf den Gassen rast", des Urbildes eines grausamen Wüterichs, wie es durch die Überlieferung allmählich entstanden ist. Dieser Mann wurde nicht umsonst der „Große" genannt. Er ist schon 70 Jahre alt und siecht an einem scheußlichen Leiden unter gewaltigen Schmerzen langsam dahin; ein menschliches Wrack, aber das Wrack eines wirklich großen Mannes.

Alles, was er von sich selber sagt, entspricht der Wahrheit. Er hat Judäa wirklich 30 Jahre lang den Frieden gewahrt, nachdem das Land durch Glaubensstreitigkeiten zerrissen und verheert worden war, und er hat es wirklich als blühendes Land hinterlassen. Er ist wirklich verraten worden von allen, die er liebte, und seine Neffen haben tatsächlich versucht, ihn zu vergiften. Er war ein glänzender Soldat und Politiker und sicherlich nicht grausamer und barbarischer als andere orientalische Fürsten seiner Zeit, aber sein eigenes persönliches Leben war eine grausige, nie abreißende Kette von Eifersucht, Argwohn und Blutvergießen. Nie kam er über den Tod der Mariamne hinweg, die er leidenschaftlich geliebt hatte und die er hinrichten ließ in eifersüchtiger Raserei — die unbegründet war — und aus einem politischen Verdacht heraus, der nur zu begründet war.

Auch hat er nie aufgehört, unter dem Bewußtsein zu leiden, daß die strenggläubigen Juden ihn verachteten, weil er ein Edomit (ein Nachkomme des Esau) war und kein wirklicher Israelit aus Jakobs Geschlecht. Mit der jüdischen Religion nahm er es leicht und erlaubte, daß in den Randprovinzen heidnische Tempel gebaut wurden; allerdings errichtete er in Jerusalem den großen Tempel und stattete ihn prächtig aus. Der römische Adler, den er daran anbringen ließ, erfüllte die Pharisäer mit Zorn, weil er anzudeuten schien, daß die jüdische Religion dem römischen Staat unterstand. Über Herodes' persönlichen Mut und seinen Sinn für Humor sind allerhand Anekdoten überliefert. Er war schlau, falsch, mißtrauisch und unbeherrscht, aber in seiner Art genial. Der Kaiser wußte, daß Herodes der einzige war, dem man zutrauen konnte, in Judäa Ruhe und Ordnung aufrechtzuerhalten; und Herodes wußte, daß, wenn diese nicht aufrechterhalten würde, Judäa sein letztes bißchen Unabhängigkeit verlor. Im Augenblick, wo Herodes starb, geschah dies denn auch und Judäa wurde einem römischen Gouverneur unterstellt. Herodes war tatsächlich in einer sehr ähnlichen Lage wie ein indischer Maharadscha, der unter britischer Oberhoheit herrscht — wie viele Maharadschas hat er einem guten Teil europäischer Kultur in seiner Provinz Eingang verschafft und seine Enkel nach Rom auf die Hochschule gesandt, wie die Maharadschas die ihren nach Oxford. So war denn seine Sorge wegen des Auftretens eines jüdischen Messias und alles, was er unternahm, diese Gefahr abzuwenden, vom politischen Standpunkt völlig gerechtfertigt.

ELPIS: Ist Herodes' achte Frau — eine junge Frau, die mit einem alten Mann verheiratet ist und deren offizielle Funktion hauptsächlich im Beruhigen besteht.

ZORASTES: Diesen armseligen Wahrsager genauer zu charakterisieren, war kein Raum. So zeichnet ihn denn vor allem ein ängstliches Bestreben, nicht anzustoßen, aus und eine stark entwickelte Neigung, die Verantwortung auf jemand anders abzuschieben.

DER HOHE PRIESTER: Er ist eine Marionette von Herodes und entschlossen, sich seine Stellung unter allen Umständen zu erhalten (dies gelang ihm nicht, denn Herodes jagte ihn wegen der Sache mit dem römischen Adler davon). Sein Amt verleiht ihm ein wenig mehr Würde als Ephraim oder Zorastes, und er sagt seinen Teil ohne Stottern und Stammeln.

DER LEIBARZT: Seine Sorge um seinen eigenen Kopf wird durch die Autorität, die ein Arzt gegenüber seinem Patienten hat, etwas abgemildert. Er soll ganz ehrlich wirken und hat keinen Anteil an der Vergiftung des Herodes. Er hat nur zwei Sätze zu sagen, aber diese müssen mit einer gewissen Festigkeit gesprochen werden.

DIE FRAU DES SCHÄFERS: Ist eine nette, gutherzige, geschäftige, mütterliche Person, die mit bäurischem Akzent spricht.

ZILLA: Etwa 9 Jahre, ein nettes, einfaches Kind, wie es viele gibt, gescheit und zugreifend bei der Hausarbeit. Sie nimmt das Christuskind ganz selbstverständlich als das neue Baby.

JOSEPH: Etwa 50 Jahre, ein tüchtiger Handwerker, ein wenig salbungsvoll und geneigt, die Heilige Schrift zu zitieren, und zu denen gehörig, die sie regelmäßig lesen. Er hat einen ein wenig provinziellen Akzent, aber nicht so ausgesprochen wie die Frau des Schäfers.

MARIA: Sie muß mit Würde und Aufrichtigkeit gespielt werden und mit großer Einfachheit. Ihre Stimme ist wohltuend, aber nicht süßlich, und jede Spur von Ziererei muß vermieden werden. Ein ganz leiser Akzent würde dazu beitragen, sie sozial richtig einzuordnen, aber dann muß dieser mit dem von Joseph übereinstimmen, und später darf Jesus nicht mit einem anderen Akzent als seine Mutter sprechen.

ENGEL: Bitte ein *männlicher* Engel mit einer Stimme, die in einen Traum paßt (man vermeide das scheußliche Klagegetön, das häufig für die Bühnengeister in Richard III. passend gefunden wird). Die Stimme muß an Wind denken lassen, der durch den Wald streicht.

ERSTE SZENE (JERUSALEM)

DER EVANGELIST: Dies ist der Anfang des Evangeliums von Jesus Christus, dem Sohn Gottes ... Da nun Jesus geboren war zu Bethlehem im jüdischen Lande, zur Zeit des Königs Herodes, siehe da kamen die Weisen vom Morgenlande gen Jerusalem ...

EPHRAIM: Vier, sechs, zwei ... hör bloß auf mit deiner Nervensäge, du kleiner Affe ... Ihr Wurf, Hauptmann.

PROCLUS: *(wirft)* Fünf, drei, sechs.

EPHRAIM: Sie haben gewonnen, Hauptmann Proclus ... Was war das eigentlich für ein Krach auf der Straße, gestern nacht? Gerade unter den Fenstern des Palastes! Ziemlich schändlich, wie?

PROCLUS: Nur eine Handvoll Narren, die so ein Gerücht gehört hatten *(er wirft)*. Aha! Drei Sechsen! Die wollen geschlagen sein, Herr Baron!

EPHRAIM: Ein Glück haben Sie ... was für ein Gerücht eigentlich?

PROCLUS: Ach, irgendeine Latrine! Gerade genug, um einen Grund zum Krachschlagen abzugeben.

PAGE: Auf dem Markt wird erzählt, daß Judäa einen neuen König haben wird.

PROCLUS: Heh? Hör auf mit dem Quatsch, mein Junge!

EPHRAIM: So etwas darfst du nicht einmal wiederholen! Das ist Hochverrat!

PAGE: Ich habe ja auch gar nichts gesagt, aber die Fremden, die gestern angekommen sind, die haben dem Türhüter erzählt ...

PROCLUS: Hast du nicht gehört, was ich gesagt habe?

PAGE: *(vorlaut)* Sie brauchen nicht zu schreien. Ich habe Ohren.

EPHRAIM: Ohren hat jeder Esel. Lange Ohren mit Haaren dran. Die bekommen sie, weil sie auf jeden Klatsch hören.

PAGE: Na schön. Dann nicht! Aber ganz Jerusalem spricht von nichts Anderem. *(Er zupft an der Laute herum.)*

PROCLUS: Das langt jetzt. Verblühe mein Junge und nimm dein verdammtes Wimmerholz mit. Los!

EPHRAIM: Aber bleib im Vorzimmer, und wenn die Fremden kommen, dann bring sie herein.

PAGE: Na schön, geh ich eben.

EPHRAIM: Und wenn ich dich wieder mit hochverräterischen Reden erwische, wirst du gepeitscht! Es gibt keinen König außer Herodes, verstanden?

PAGE: Gott schütze König Herodes!

PROCLUS: Und es gibt keinen Kaiser außer Augustus. Klar?

PAGE: Heil Caesar!

PROCLUS: Jawoll! Jetzt verschwinde!

EPHRAIM: Und mach die Tür hinter dir zu.

PAGE: *(Geht und knallt die Tür hinter sich zu.)*

EPHRAIM: Das kleine Biest. *(vertraulich)* Wissen Sie, Hauptmann Proclus, die Sache gefällt mir nicht. Der König ist ein schwerkranker Mann, und wenn er stirbt, wird es eine Menge Ärger um die Nachfolge geben. Ich stehe eigentlich mehr oder weniger hinter dem Prinzen Archelaus. Sie sind Römer, Hauptmann. Glauben Sie, daß der Kaiser seinen Anspruch unterstützen wird?

PROCLUS: Keine Ahnung. Soldaten kümmern sich nicht um Politik.

EPHRAIM: Natürlich, aber man muß ja schließlich seine Interessen wahren, nicht wahr? Ich hoffe nur, daß es nicht zu einem Bürgerkrieg kommen wird.

PROCLUS: Nicht, wenn der Kaiser davon hört ... worauf Sie sich heilig verlassen können!

EPHRAIM: Herodes ist ein starker Herrscher — gewesen! Unter vier Augen gesagt — ich glaube nicht, daß er dies Jahr überlebt.

PROCLUS: Hm. Das ist faul.

EPHRAIM: So etwas sickert natürlich durch und verursacht eine Menge Unruhe. Wenn jetzt irgendein Fanatiker aufsteht und eine Volksbewegung für die jüdische Unabhängigkeit ins Leben ...

PROCLUS: Das werden sie besser nicht erst versuchen!

EPHRAIM: Sie wissen doch, daß siebentausend Pharisäer sich geweigert haben, dem Kaiser den Treueid zu leisten ... des Königs Bruder steht auf ihrer Seite ... es heißt, eine große Verschwörung sei im Gange und *(mit heiserem Flüstern)* der Prinz Antipater heftig in die Geschichte verwickelt ...

PROCLUS: Antipater? König Herodes' Lieblingssohn?

EPHRAIM: Schsch ... Wir sitzen auf einem Vulkan! Diese Gerüchte sind ein böses Zeichen. Jerusalem ist voller Gesindel, das sich hier für die neue Volkszählung einschreiben lassen will. Irgendeine Kleinigkeit kann zum Funken werden, der in den trockenen Zunder springt. Erst in der vergangenen Woche ging eine tolle Geschichte um von Engeln, die in Bethlehem erschienen sein und einen neuen Messias verkündigt haben sollen.

PROCLUS: Nur ein paar Bauernlümmel. Nicht ganz richtig im Kopf, wahrscheinlich. Wer sind die Fremden, von denen der Bengel sprach? Irgendwelche große Tiere?

EPHRAIM: Weiß der Himmel. Wahrscheinlich Sechsgroschenfürsten mit ausländischen Namen. Einer von ihnen ist ein Nubier, glaube ich. Jedenfalls ist er so schwarz wie Kohle. Sie behaupten, Astrologen zu sein und dem König eine erfreuliche Botschaft von den Sternen zu bringen.

PROCLUS: Dann wird er sie wohl vorlassen. Herodes hat eine Schwäche für Wahrsager.

EPHRAIM: Ja. Er sagt, daß er sie sehen will. Sie müßten sogar eigentlich schon hier sein. Ich wünschte nur, ich fände jemand, der *mir* die Zukunft voraussagt. Aber diese Magier sind alle so unzuverlässig.

PAGE: *(draußen)* Diesen Weg, bitte, Edle Herren ... bitte zu folgen ... *(er wirft die Tür auf und meldet mit schriller Stimme)* König Kaspar ... König Melchior ... König Balthasar erbitten eine Audienz bei König Herodes.

EPHRAIM: Guten Tag, Ihr Herren! Darf ich einen Platz ... Lauf, Junge und berichte dem König von der Ankunft der edlen Herren ... ich hoffe zuversichtlich, daß der König in der Lage ist ... ehem ... Sie wissen, er ist ein alter Mann und seit Wochen leidend ...

KASPAR: Das tut uns leid. Sehr.

EPHRAIM: Und — bitte — nichts, was ihn erregen ... Sie verstehen!

MELCHIOR: Unsere Botschaft wird ihm nur Freude machen. Wir sind die Bringer einer frohen Kunde.

BALTHASAR: Für ihn und seinen Sohn, den Erben von Judäa, den großen und mächtigen Herrscher der Zukunft.

PROCLUS: Das ist ja interessant. Welchen Sohn denn?

EPHRAIM: Hauptmann Proclus! Nicht so laut ... Sie verstehen meine Herren — ach — die politische Lage ist ein wenig kompliziert. Wenn Sie wahrsagen können, wäre ich für einen kleinen Tip.

KASPAR: Wir sind keine Wahrsager.

STIMMEN: *(draußen)* Platz für den König!

EPHRAIM: Nur einen Tip, bitte ...

PROCLUS: Ruhig, Sie Narr! Da kommt er ...

EPHRAIM: Man muß doch seine Interessen wahrnehmen.

STIMME: *(an der Tür)* König Herodes!

PROCLUS: *(mit Kommandostimme)* König Herodes!

(KÖNIG HERODES DER GROSSE, *tritt ein, begleitet von der* KÖNIGIN ELPIS, *dem* HOHENPRIESTER, *dem* HOFPHYSIKUS, *dem* OBERSTERNDEUTER, RITTERN, DAMEN, GEFOLGE)

ALLE: Gott schütze König Herodes!

HERODES: *(mit einer Stimme, die rauh ist vor Schmerzen und Erschöpfung)* Vorsichtig absetzen. Vorsichtig! Für jeden Stoß lasse ich euch peitschen.

EPHRAIM: Hierher ihr Sklaven. Hierher. Wünschen Majestät auf diesem Ruhelager ... es ist sehr weich ...

HERODES: Meinen Sessel. Meinen Thronsessel! Narr und Verräter, möchtest mich wohl schon hilflos sehen, was? Aber noch bin ich der König Herodes!

EPHRAIM: Und so Gott will noch viele lange Jahre!

HERODES: Du bist ein Heuchler. Denkst und hoffst, daß ich sterben werde, was! Ich weiß, daß du mit meinen verräterischen Söhnen zusammensteckst, die mir das Szepter aus der Hand winden möchten, bevor der Leichnam noch kalt ist! Leugne nicht! Ich habe doch selber gesehen, wie du dem Archelaus die Hand geküßt hast — wie du auf den Knien vor Antipater herumgerutscht bist ... nichts tust du als Ränke schmieden ... ringsum Verschwörungen und Verrat.

(seine Stimme erstirbt in einem Röcheln)

EPHRAIM: Wie können Majestät nur so etwas vermuten! Sind wir nicht alle Euer Majestät ergebenste, liebende, getreueste Untertanen!

HERODES: So spricht jeder Verräter. Seht Euch vor, mein lieber Baron Ephraim!

EPHRAIM: Ich bin Euer Majestät niedrigster Sklave! Die Pest soll mich schlagen, wenn je ein unloyales Wort ... oder nur ein Gedanke ...

HERODES: Bah!

ELPIS: Lieber Baron, wenn mein königlicher Herr und Gemahl in dieser Stimmung ist, tut Ihr besser, ihm nicht zu widersprechen. Sein Leiden macht ihn ungeduldig ... doch das wird vergehen.

HERODES: Doktor, gib mir was, diese Schmerzen zu lindern ... obschon ich annehme, daß du im Bund mit meinen Erben bist und mich am liebsten vergiften möchtest.

PHYSIKUS: Da sei Gott vor, Majestät.

HERODES: Gott oder wer auch immer wird dich zu treffen wissen, wenn du mich betrügst ... also gut. Wer sind die fremden Fürsten und was erbitten sie von Herodes, dem König der Judenheit?

KASPAR: O König, lang mögest Du leben! Ich bin Kaspar, König von Chaldäa.

MELCHIOR: Und ich bin Melchior, König von Pamphylien.

BALTHASAR: Ich bin Balthasar, König von Aethiopien.

HERODES: *(mit äußerster Freundlichkeit, als ob ein ganz anderer Mann spräche)* Die Königin und ich heißen Euch, meine königlichen Brüder, von ganzem Herzen willkommen.

KASPAR: Wir sind Magier, demütige Sucher nach den Qellen geheimer Weisheit.

ELPIS: Um so größer ist die Ehre Eures Besuches für meinen Gemahl und mich. Wir lieben die Gesellschaft guter und weiser Männer.

MELCHIOR: Euch, König Herodes, und der gesamten Judenheit bringen wir frohe Kunde von den Herrschern der Himmelsräume ...

BALTHASAR: Ruhm und Herrschaft bis an die fernsten Enden der Welt in alle Ewigkeit ...

HERODES: Das ist wahrlich eine gute Kunde.

MELCHIOR: Und darum, o König, bitten wir dich im Namen des Höchsten Gottes, uns zu gewähren, was wir ersehnen ...

HERODES: Gewährt. Was immer ihr wünscht. Unsere Gnade und Huld ist euch gewiß.

MELCHIOR: Dank, o König! Dann — bitte — lasse uns mit eigenen Augen das edle Kind schauen.

HERODES: Kind? Was für ein Kind?

MELCHIOR: Zeige ihn uns, den Knaben, der zum König geboren ward, zum König der Juden.

BALTHASAR: Wir haben einen Stern im Osten aufleuchten sehen, und wir sind gekommen, ihm zu huldigen.

HERODES: *(mit einem gefährlichen Klang in der Stimme)* Ich verstehe Euch nicht, Ihr Herren.

KASPAR: Verweigere es uns nicht, König Herodes. Wir sind viele Meilen gereist deswegen.

MELCHIOR: Wir wissen, daß der Knabe geboren ist. Neun Monate lang waren die Herren des Firmaments in unruhiger Bewegung. Der feurige Mars glühte wie Gold im Schmelztiegel, und Saturns bleierne Wange wurde fahl. Selbst Jupiter, der kaiserliche Stern, wurde bedrängt zwischen Sonne und Mond im Bilde der Jungfrau.

BALTHASAR: Wir fühlten das Kommen des Sterns, schon, während er noch unter dem Horizont stand, und wir wunderten uns sehr. Und wir lasen in unseren Schriften und fanden, daß die Wahrheit in Judäa verkündet werden sollte, in Judäa und im Hause des Löwen, das aber ist das Haus Juda.

HERODES: Juda!

EPHRAIM: *(aufgeregt flüsternd)* Jetzt haben Sie seine wunde Stelle berührt. Er ist doch Idumäer ... nicht vom Stamme Juda. Ich flehe Sie an, vieledle Herren ...

HERODES: Was flüsterst du da? Weiter, Ihr Herren. Weiter!

KASPAR: Dann stiegen wir zu Pferde und ritten quer durch die Wüste. Und als wir des nachts an den Wassern des Araba saßen, da sahen wir den Stern aufgehen. Zwischen Mitternacht und Tag stand er, leuchtend über der Spitze des ersten Hauses, der Herr der Aszendenz.

MELCHIOR: Und alle Herren des Himmelsgewölbes sammelten sich, ihm zu huldigen. Noch nie gab es eine solche Konjunktion im Horoskop eines irdischen Herrschers.

BALTHASAR: Und da wußten wir, daß die Stunde gekommen und er, der das Königreich errichten würde, als Fürst in Israel geboren war.

HERODES: Das genügt! Wer hat Euch hierhergeschickt, mich zu verspotten?

ELPIS: Wirklich, Ihr Herren, Ihr wißt nicht, was Ihr sagt!

HERODES: Hier ist Verrat im Spiel. Wer hat Euch geschickt?

KASPAR: Herodes. Herodes!

HERODES: Ich frage, wer Euch geschickt hat! Antwort! Oder ich lasse Eure alten verlogenen Zungen Euch aus dem Halse reißen.

KASPAR: Unser Auftrag stammt von den Göttern. Und vom Gott aller Götter.

HERODES: Schufte und Gauner! Spießen lasse ich Euch, pfählen, kreuzigen.

ELPIS: Herodes, mein Herr und lieber Gemahl, habt doch Geduld.

EPHRAIM: Ich habe Sie doch davor gewarnt, ihn zu erregen.

PHYSIKUS: Mäßigung, Majestät! Ihr macht Euch krank.

HERODES: Laßt mich zufrieden, ihr Narren. *(er kämpft um Atem und fährt mit seidiger Stimme fort)* Edle Könige! Weise Magier! Vergebt mir. Ich war so überrascht. Ihr seht ja, ich bin nur ein armer, kranker Mann. Kein Sohn ist uns geboren, Elpis, meiner Königin, und mir. Söhne zwar habe ich, aber die sind längst erwachsen und haben eigene Söhne. Ist es ein Enkel von mir, der auf meinem Throne sitzen wird und ein Weltreich beherrschen soll?

MELCHIOR: O König, das wissen wir nicht. Aber es steht geschrieben, daß Er, der jetzt geboren ist, Priester sein wird und König zugleich.

HERODES: Priester und König? Priester? Seid Ihr ganz sicher?

BALTHASAR: Es steht also geschrieben.

HERODES: Das ist ernst. Ihr kennt nicht die Geschichte dieses Königreiches. Viele Jahre lang wurde es zerrissen durch Kriege und Aufruhr, bis Augustus Caesar es dem Schutze Roms unterstellte. In seinem kaiserlichen Auftrage habe ich die Krone angenommen und dreißig Jahre lang habe ich dem Lande Frieden gegeben — mit Klugheit oder durch Gewalt. Es war nicht leicht! Immer wieder gab es Aufstände gegen die römische Ordnung — und stets, versteht Ihr — im Namen der Religion.

HOHERPRIESTER: Verzeihen Majestät — nicht mit unserer Billigung.

HERODES: Ja. Wie der Hohepriester sagt, nicht mit der Billigung der Priester — die wissen besser, was gut für sie ist. Religion ist immer das Aushängeschild für politischen Ehrgeiz gewesen. Erst ich, Herodes, habe die Macht der Hasmonäer gebrochen. Die waren das priesterliche Geschlecht, erhoben Anspruch auf diesen Thron, um zu herrschen als Priester und Könige. Verräter waren sie an Rom und mir — und ich habe sie niedergeschlagen. Meine eigenen Söhne habe ich umgebracht für ihren Verrat. Auch meine Königin, meine erste Königin Mariamne — die ich geliebt habe ... meine Königin und meine Söhne, die ich liebte ...

KASPAR: Herr, quält Euch doch nicht so, Euch und uns ...

HERODES: Verräter waren sie. Ihre Kinder sind Verräter bis auf den heutigen Tag. Verschwören sich gegen mich. Gegen Rom. Sie warten unentwegt auf den kriegerischen Messias, der sie zu Sieg und Unabhängigkeit führen soll. Aber es gibt keine Sicherheit in der Unabhängigkeit. Die einzige Sicherheit für dies Land liegt darin, daß es sich einfügt in die neue Ordnung des römischen Imperiums.

MELCHIOR: Mein König! Es steht in den Sternen geschrieben, daß er, der zum König geboren ward, herrschen soll in Rom ... *(Gemurmel)*

HERODES: Soso. In Rom auch? Was sagst du dazu, Hauptmann Proclus?

PROCLUS: Ich? Nichts! Ich bin Soldat. Meine Aufgabe ist es nicht, etwas zu sagen, sondern zu handeln. Wenn Caesar Taten will, wird er befehlen.

HERODES: Merkt Euch das, Ihr Herren. Ihr prophezeit, Herodes denkt darüber nach, aber der Kaiser befiehlt!

EPHRAIM: *(fühlt vor)* Majestät! Wenn Euer Majestät unterwürfigster Diener es wagen darf, etwas zu sagen ... ist es nicht möglich, daß diese weisen Könige in ihrer Kalkulation einen Fehler gemacht haben? Wir haben ja schließlich keine Beweise!

Die Hofmagier Eurer Majestät haben keine offizielle Prophezeiung in Verbindung mit dieser — ehem — angeblichen astralen Erscheinung bekanntgegeben.

HERODES: Das ist wahr. *(mit sofortigem Mißtrauen)* Und warum nicht? Stecken sie auch schon in der Verschwörung? Hier – du, Zorastes! Was machst du da!? Ich seh dich doch — willst dich heimlich hinter den Röcken des Hohenpriesters verdrücken, was? Hast du uns nichts hierzu zu sagen? Komm vor, mein lieber Hofastrologe, komm vor und sage uns die Wahrheit! Wer hat dich bestochen, Herodes diese Dinge zu verheimlichen?

ZORASTES: Niemand, Majestät.

HERODES: *(in wildem Spott)* Natürlich niemand! Steh auf, Mann. Seht ihn euch an, weiß wie ein Laken und mit schlotternden Knien. Sprich, du Hund! Hast du den Stern gesehen, von dem diese Weisen sprechen?

ZORASTES: Den Stern? O ja. Jawohl, Majestät. Ein wirklich heller Stern. Sehr bemerkenswert.

HERODES: Und wie deutest du ihn?

ZORASTES: Ewig lebe Euer Majestät! Die Gnade des Königs leuchtet heller als alle Sterne. *(aus der Fassung gebracht durch ein Knurren des* Herodes *fährt er eilig fort)* Ohne jeden Zweifel, Majestät, eine ganz außerordentlich vorteilhafte Konstellation glückbringender Gestirne und von allergünstigster Vorbedeutung für Jerusalem und das hohe, mächtige und erhabene Haus...

HERODES: Laß den alten Schmarren! Hast du die jüdischen Prophezeiungen gelesen?

ZORASTES: Gewiß, Euer Majestät.

HERODES: Schön. Und wo soll danach der Messias der Juden geboren werden?

ZORASTES: Majestät ... man sagt ... das heißt, es ist wahrscheinlich ... aber das kann doch der Hohepriester viel besser erklären ...

HERODES: Also gut! Hoherpriester, wo wird der Christ geboren werden?

HOHERPRIESTER: Mutmaßlich, Majestät, in Bethlehem in Judäa, denn so steht es geschrieben im Buch des Propheten Micha: „Du Bethlehem Ephrata, die Du klein bist unter den Städten in Juda, aus Dir soll mir kommen, der in Israel Herr sei!"

HERODES: Bethlehem. Soso. Dann, Ihr weisen Fürsten, ist Euer Weg nicht mehr weit. Ich glaube zwar nicht, daß Ihr viel finden werdet, wenn Ihr dort seid. Ein ganz miserables kleines Dorf. Im allgemeinen werden Könige ja nicht in einem solchen Haufen von Lehmhütten und Schafpferchen geboren. Page! Der Stallmeister soll sofort Pferde für die Herren satteln und sie nach Bethlehem auf den Weg bringen.

PAGE: Sofort, Majestät.

HERODES: Und jetzt geht. Geht alle. Ich will noch allein mit unserem königlichen Astrologen sprechen. Und merkt euch — kein Wort nach draußen!

ALLE: Wir sind des Königs gehorsame Untertanen. Gott schütze Euer Majestät!

PAGE: *(mit dem boshaften Bewußtsein, daß er sticheln kann bei völliger Straffreiheit)* Wir sind Cäsars gehorsamste Untertanen. Heil Cäsar!

ALLE: *(pflichtgemäß)* Heil Cäsar!

HERODES: Schließt die Türen. *(Türen schließen)*
(spricht schnell und glatt) Ich bitte meine Lage nicht zu verkennen, Ihr Herren! Ich werde ein Tyrann und Autokrat genannt, aber ich bin auch nicht mein freier Herr. Die Faust Roms liegt auf Judäa, und ich darf nicht offen revolutionäre Umtriebe begünstigen. Aber ... wenn es Gott gefällt, Israel einen Führer zu erwecken, dann bin ich bereit — mit ganzer Seele bereit — für die Freiheit der Judenheit loszuschlagen. Darf ich Euch vertrauen?

KASPAR: Es gehört nicht zu unserem Auftrag, uns anvertraute Pläne zu verraten.

HERODES: Gut, gut. So sagt mir eins: wann ist dieser königliche Stern erschienen? Ich muß es genau wissen.

BALTHASAR: Vor zwölf Tagen erblickten wir sein Licht im Osten.

HERODES: *(nachdenklich)* Vor zwölf Tagen ... und im Hause des Löwen — des Löwen von Juda — im Hause Davids also. Das kann stimmen. Bethlehem wird die Stadt Davids genannt — wußtet Ihr das? Und die heiligen Schriften erwähnten Bethlehem. Priester und König? Habt Ihr sein Horoskop schon gestellt? Was für ein Mann wird das sein, der zum König geboren ist?

MELCHIOR: Stolzer als Cäsar und demütiger als sein letzter Sklave. Sein Reich wird sich erstrecken von Sonnenaufgang bis Sonnenuntergang, höher als alle Himmel, tiefer als das Grab und begrenzt wie des Menschen Herz.

KASPAR: Er wird opfern zu Jerusalem, und seine Tempel werden ragen in Rom und Byzanz. Er selbst aber wird beides sein — Opfer und Priester in einem.

HERODES: Rätselhaft ist Eure Rede. Jetzt sagt mir eins: Wird er ein Kriegerkönig sein?

BALTHASAR: Der größte aller Krieger, und doch wird man ihn einen Friedensfürsten nennen. Sieger und Opfer all seiner Kriege wird er sein, und aus der Niederlage wird er seinen leuchtenden Sieg holen. Wenn aber die Kriege vorüber sind, wird er mit Liebe die Seinen regieren.

HERODES: Man kann nicht Menschen mit Liebe regieren! Sagt das Eurem König, wenn Ihr ihn findet. Drei Dinge nur regieren ein Volk: Furcht und Gier und das Versprechen von Sicherheit. Wer weiß das besser als ich! Habe ich nicht auch geliebt? Oh, ich bin ein strenger Herr gewesen, gefürchtet und gehaßt, doch mein Land gedeiht und blüht und an den Grenzen herrscht Friede. Und wann immer ich liebte — stieß ich auf Verrat ... Weib, Kinder, Bruder ... sie alle, alle! Liebe ist der große Verräter. Die Liebe hat mich betrogen, wie sie alle Könige betrügt. Auch Eurem Christus wird es nicht anders gehen. Das gebt ihm als Botschaft von Herodes, dem König der Juden.

KASPAR: Und dann, König Herodes, wenn wir den Christ gefunden haben ...

HERODES: Natürlich. Ich vergaß. Wenn Ihr ihn findet, kommt zurück und sagt mir Bescheid. Wir müssen schnell handeln, schnell und geschickt. Die Partei der Patrioten braucht nur einen Führer und einen Namen ... einen Namen, der sie einigt und nicht spaltet. Mir würden sie nicht folgen — ich bin nicht aus dem Hause Jakob — aber wenn ich — ich selber hingehe und diesem königlichen Kinde den Treueid leiste — dann wird sich keiner ausschließen. Ja. Aber erst müssen wir uns des Knaben versichern. Werdet Ihr mir bestimmt sofort Nachricht bringen?

KASPAR: Politische Intrigen gehen uns nichts an. Das Ende, das einem jeden vom Schicksal bestimmt ist, wird ihn auch treffen, gleichgültig, ob der Weg zu diesem Ende im Dunkel verläuft und wieviel Umwege er macht. Alle sind wir nur Werkzeuge des Schicksals. Selbst Herodes ist nur ein Werkzeug in Gottes Hand.

HERODES: Wenn mir die Gnade werden sollte, dem Volke Israel das Königtum wiederzugeben, so ist das Haus des Herodes gesegnet! ... Werdet Ihr mir den Gefallen tun, mich zu dem jungen König zu führen?

MELCHIOR: Wenn die Götter es erlauben — ganz gewiß.

HERODES: Ich danke Euch von Herzen. Herodes ist Euch zutiefst verpflichtet für Euren Besuch, Eure gute Botschaft und für die großen Möglichkeiten, die Ihr ihm gezeigt habt ... Vergebt mir ... es fällt mir schwer, mich zu bewegen ... darf ich Euch bitten, diesen Gong zu schlagen? *(Gong)* Und vergeßt nicht ... niemand darf etwas wissen — wenn Euch an der Sicherheit Eures jungen Königs etwas liegt!

BALTHASAR: Wir werden schweigen. *(PAGE kommt herein)*

PAGE: Majestät befehlen?

HERODES: Meine fürstlichen Gäste brechen sofort nach Bethlehem auf. Bringe sie zu ihren Pferden. Dann schicke rasch meinen Schreiber. Lebt wohl, Ihr Herren! Gott sei mit Euch auf Eurer Suche. Ich hoffe nur, Ihr seid nicht auf der Jagd nach einem Regenbogen.

KASPAR, MELCHIOR, BALTHASAR: Lebt wohl! Möge der Name Herodes im Buche des Lebens geschrieben stehen. *(Türen schließen)*

HERODES: Narren! Mögen sie an ihren eigenen Prophezeiungen ersticken! Aber jetzt ist Gefahr im Anzug. Große Gefahr! Einerlei. So alt Herodes ist — dies Unwetter besteht er noch! Nachdenken muß ich ... also zuerst einmal das Kind fassen. Gleich umbringen! Das ist das einfachste. Wenn man nur die gesamten Verschwörer in die Sache verwickeln könnte ... man müßte sie zwingen, Farbe zu bekennen ... dann kurz zupacken und das ganze Hornissennest mit einem Schlage ausräuchern! Ja ... so geht es ... auf meine Art! ... Aber nach Rom darf kein gefärbter Bericht kommen, dafür muß ich sorgen. Ich muß schreiben ...

SCHREIBER: Majestät befahlen einen Schreiber?

HERODES: Ja. Nimm deine Feder, ich diktiere: An den göttlichen Imperator Cäsar Augustus, ... von Herodes, König der Juden ...

ZWEITE SZENE (BETHLEHEM)

Erster Abschnitt

(Im Haus eines Schäfers)

DER EVANGELIST: Als aber die Weisen den König Herodes gehört hatten, da brachen sie auf und siehe, der Stern, den sie im Morgenland gesehen hatten, der leuchtete vor ihnen her, bis er dort stand, wo das Kind lag.

WEIB DES SCHÄFERS: Zilla, Zilla! Hast du den Tisch gedeckt?

ZILLA: Ja, Mutter.

WEIB: Dann lauf und sag dem Vater Joseph, daß das Abendessen bereit ist. Er wird draußen sein, hinter dem Haus. Und dann sieh mal auf die Straße, ob dein Pappi kommt.

ZILLA: Ja, Mutter. *(sie läuft hinaus und ruft)* Vater Joseph, Vater Joseph ...

WEIB: So, kleine Mutter Maria, jetzt gib mir mal das Baby. Ich werde den kleinen Mann in die Wiege legen, während du einen Happen ißt. Komm, mein Liebling! So ein hübscher Junge bist du, gelt? Nun schlaf auch schön ein, wie sich das für ein artiges Kind gehört. Artig ist er ja immer, das muß ich schon sagen. Kaum, daß er mal schreit. Noch nie habe ich ein so zufriedenes Baby gesehen.

MARIA: Er kann schon froh und zufrieden sein. Ihr seid so gut zu uns. Aber — weißt du — als er geboren wurde — da hat er geweint.

WEIB: Ach, das tun sie alle, die armen kleinen Würmer, und verdenken kann man es ihnen nicht, wenn man so bedenkt, wie grausam die Welt ist, in die sie hineingestoßen werden. Aber laß nur gut sein. Es geht halt überall rauf und runter im Leben — ah, da ist ja auch dein guter Mann ... komm her, Vater Joseph, hier ist ein schönes Stück Rostbraten für dich ... das gibt was in die Knochen. Ich denke, du wirst ordentlich Hunger haben, was? So spät noch an der Arbeit! Konntest du denn überhaupt noch sehen?

JOSEPH: O ja, ist 'ne ganz klare Nacht. Und der große, weiße Stern da oben scheint fast so hell wie der Mond — gerade über dem Haus. Den Zaun habe ich geflickt.

WEIB: Richtiges Glück haben wir, daß du ein so feiner Schreiner bist! Und wirklich anständig von dir, alles bei uns in Ordnung zu bringen.

JOSEPH: Na, das ist doch das wenigste, was ich tun kann, wenn ihr uns schon bei euch wohnen laßt.

WEIB: Das war ja wohl einfachste Menschenpflicht, oder sollten wir euch etwa in dem alten Stall da hinter der Kneipe lassen? Nicht ruhig schlafen hätten wir können in unseren Betten, solange eine junge Mutter mit ihrem Baby kein richtiges Dach überm Kopf hat ... von den Engeln, von denen uns unser Pappi erzählte, will ich gar nicht erst reden, und daß dein kleiner Junge der Messias sein soll und so ... hier, Mutter Maria, iß! Das tut dir gut. Sag mal, glaubst du, daß es wirklich wahr ist ... ich meine, daß dein Baby der versprochene Erlöser ist und das Königreich Israel wieder errichten soll und so?

MARIA: Ich weiß es. Es ist wahr.

WEIB: Kannst du aber stolz sein! Aber kommt es dir nicht ein bißchen seltsam vor ... ich meine, wenn du ihn jetzt so ansiehst und darüber nachdenkst?

MARIA: Manchmal schon. Sehr seltsam. Ich habe ein Gefühl, als hielte ich die ganze Welt in meinen Armen, Himmel und Meere und die grünende Erde ... und alle Engel dazu. Und dann wieder ist alles so einfach und vertraut, und ich weiß genau, daß es nur mein eigener, liebster Junge ist. Und das wird er immer sein, selbst wenn er weiser wird als Moses, heiliger als Aaron und prächtiger als Salomon. Immer wird er mein Kind bleiben, mein süßer, geliebter kleiner Jesus ... nichts kann daran etwas ändern.

WEIB: Ganz sicher nicht, so ist das, und die Königin auf ihrem Thron kann auch nichts anderes sagen! Ja, Kinder sind schon ein Segen ... wo bleibt denn die Zilla wieder? Hoffentlich ist sie nicht zu weit fortgelaufen. Nachts kommen manchmal Wölfe hierher ... da ... was?

ZILLA: *(kommt hereingestürmt)* Oh, Mutter, Mutter!

WEIB: Was hast du denn nun schon wieder?

JOSEPH: Hallo, Mädel, was gibt's?

ZILLA: Sie kommen hierher. Sie kommen hierher! Pappi bringt sie her.

WEIB: Wer sie? Wer kommt?

ZILLA: Könige! Drei richtige Könige! Zu Pferde! Sie kommen, um das Baby zu sehen!

WEIB: Könige! Was du für einen Unsinn schwätzt! Könige werden grad hierher kommen!

ZILLA: Aber ja, Mutter! Richtige Könige! Sie haben Kronen auf dem Kopf und Ringe an den Fingern, und Diener laufen nebenher mit Fackeln. Sie haben den Pappi gefragt: Ist das hier, wo das Baby ist, und Pappi hat gesagt: Ja, das ist hier, und ich soll schnell vorauslaufen und sagen, daß sie kommen.

JOSEPH: Sie hat recht! Ich kann sie vom Fenster aus sehen ... gerade biegen sie an den Palmen auf die Straße ein ...

WEIB: Nein, so was aber auch ... und das Geschirr nicht abgeräumt und alles durcheinander ... komm, Mutter Maria, laß mich den Teller wegnehmen — so ist es besser. — Zilla, schau mal in die Schublade und hol ein sauberes Lätzchen für unser Baby Jesus.

ZILLA: Hier, Mammi ... einer von den Königen ist ein ganz alter Mann mit einem langen, weißen Bart und einem wunderschönen Scharlachmantel ... und der zweite ist von Kopf bis Fuß in einer blitzenden Rüstung ... oooh! Und der dritte ist ein Schwarzer mit dicken goldenen Ringen in den Ohren, und die Edelsteine in seinem Turban glänzen wie die Sterne ... und sein Pferd ist milchweiß und hat silberne Glöckchen am Zaumzeug ...

WEIB: Nein, nein, nein! Und all das wegen unserem Baby!

JOSEPH: Bleib ruhig, Maria, Alles kommt so, wie der Prophet gesagt hat: Die Völker werden kommen zu deinem Lichte und die Könige zu dem Glanz deiner Herrlichkeit.

MARIA: Legt mir meinen Sohn in meine Arme.

WEIB: Ja doch, ja. Und so brav wird er auf deinem Knie sitzen wie der König selber auf seinem goldenen Thron, der süße Liebling. Oh, oh — da sind sie schon ...

KASPAR: *(an der Tür)* Ist dies das Haus?

SCHÄFER: *(an der Tür)* Jawohl, Ihr Herren. Dies ist das Haus. Tretet ein, bitte, und drinnen werdet Ihr das Kind Jesus und seine Mutter finden.

WEIB: Tretet ein, edle Herren, tretet ein ... und bitte, seht Euch vor an der Türe ... wir haben nur eine armselige, niedrige Hütte ...

KASPAR: Kein Ort ist zu niedrig, darin zu knien. Heiliger ist es hier, als im Tempel des Königs Herodes.

MELCHIOR: Größere Schönheit ist hier als im Palast des Königs Herodes.

BALTHASAR: Größere Güte wohnt hier als im Herzen des Königs Herodes.

KASPAR: O Madonna, leuchtend wie die Sonne und lieblich wie der Mond! Die Völker der Erde grüßen deinen Sohn, den Mann, der zum König geboren ward. Gegrüßet seist du, Jesus! König der Juden!

MELCHIOR: Gegrüßet seist du, Jesus! König der Welt!

BALTHASAR: Gegrüßet seist du, Jesus! König des Himmels!

DIE DREI KÖNIGE: Heil dir, Heil dir!

MARIA: Gott segne euch, dich, den weisen Greis, dich, den stolzen Krieger, und dich, du dunkler Fremdling aus der Wüste. Seltsam ist die Art eures Kommens und seltsam ist eure Botschaft. Aber daß Gott euch sandte, das weiß ich gewiß, denn ihr und seine Engel sprecht die gleiche Sprache. König der Juden ... ja. Sie haben mir's verkündet, daß mein Sohn der Messias der Juden sein würde. — König der Welt ... das ist ein großes Wort, doch bei seiner Geburt verkündeten sie große Freude allen Völkern der Erde. König des Himmels? Das verstehe ich nicht ganz — aber sie sagten auch, daß er Gottes Sohn heißen würde ... Ihr seid große und weise Männer, und ich bin nur eine einfache Frau. Was kann ich euch sagen ... bis die Zeit kommt, in der mein Sohn für sich selber euch antworten kann?

KASPAR: Wehe! Je mehr wir wissen, um so weniger verstehen wir das Leben. Zweifel lassen uns zögern zu handeln, und viel kaltes Wissen vertrocknet unsere Herzen. Dieses aber ist die Frage, die uns quält: werden Weisheit und Liebe endlich zusammen leben können, wenn das verheißene Königreich kommt?

MELCHIOR: Herrscher sind wir. Wir wissen, daß der Menschheit eine gute Regierung am meisten nottut, eine Regierung, die Ordnung bringt und Freiheit gewährt. Aber die Ordnung beschränkt die Freiheit, und die Freiheit empört sich gegen die Ordnung, so daß Liebe und Macht in ewigem Streit liegen.

Dies aber ist die Frage, die uns quält: Werden Macht und Liebe endlich zusammen wohnen können, wenn das verheißene Königreich kommt?

BALTHASAR: Ich spreche für ein Volk voller Sorge und Kummer, für die Unwissenden und Armen. Wir erheben uns zur täglichen Fron und legen uns nieder zum Schlaf, und die Nacht ist nur eine Pause zwischen unsrer alten Last und der neuen. Die Furcht ist unser täglicher Gefährte: Furcht vor der Not, Furcht vor Krieg, Furcht vor einem grausamen Tode und Furcht vor einem noch grausameren Leben. Doch alles dies könnten wir ertragen, wenn wir nur wüßten, daß unsere Leiden nicht umsonst sind; wenn wir nur wüßten, daß Gott uns beisteht in unserem Kampf, mit uns leidet unter der Not seiner eigenen Welt. Dies aber ist die Frage, die uns quält: Werden Sorge und Liebe sich endlich in Einklang bringen lassen, wenn das verheißene Königreich kommt?

MARIA: Das sind gar schwierige Fragen ... aber mit mir, seht Ihr, steht es so: Als ich des Engels Botschaft erhielt, hat Gott eine Melodie in mein Herz gesenkt. Und da verstand ich, daß Reichtum und Klugheit nichts sind vor Gott: Niemand ist zu unbedeutend, sein Freund zu sein. Das hab' ich mir so gedacht — weil gerade mir das alles geschehen war. Ich bin von bescheidener Herkunft — doch Gottes Allmacht kam zu mir! Dumm bin ich und ohne Wissen — doch Gottes Wort wurde zu mir gesprochen! In tiefer Not und Sorge war ich, als mein Kind geboren wurde und mein Leben mit Liebe erfüllte. Darum weiß ich, daß Weisheit, Macht und Sorge wohl sein können neben und mit der Liebe. — Und für mich, seht, für mich ist dies Kind in meinen Armen die Antwort auf alle Fragen.

KASPAR: Weise sind deine Worte, Maria. Gesegnet bist du unter den Weibern, und gesegnet ist Jesus, dein Sohn. Kaspar, König von Chaldäa, huldigt dem König der Juden mit einer Gabe Weihrauch.

MELCHIOR: O Maria! Ein gewaltiges Wort hast du gesprochen! Gesegnet bist du unter den Weibern und gesegnet ist Jesus, dein Sohn. Melchior, König von Pamphylien, huldigt dem König der Welt mit goldenem Geschenk.

BALTHASAR: Ein Wort der Liebe hast du gesprochen, Maria, Mutter Gottes! Gesegnet bist du unter den Weibern und gesegnet ist Jesus, dein Sohn. Balthasar, König von Äthiopien, huldigt dem König des himmlischen Reiches mit Myrrhen und edlem Gewürz ...

ZILLA: Oh, sieh die große goldene Krone! Und wie das Weihrauchfaß blinkt von Rubinen und Diamanten ... und der blaue Rauch ... sieh nur, wie er steigt! Wie süß das riecht ... und die Myrrhen und Aloe ... wie die Nelken duften und der Zimt. Ist das nicht herrlich? Und alles für unseren kleinen Jesus! Wollen wir mal sehen, was er am liebsten mag? Schau her, Baby — lache doch mal die hübsche Krone an ...

WEIB: Puh, was für ein feierlich langweiliges Gesicht er macht!

ZILLA: Aber er lacht das Weihrauchfaß an ...

WEIB: Ja, das Tingeln von den silbernen Ketten ... das mag er ...

JOSEPH: Jetzt streckt er seine kleine Patsche aus und greift nach den Myrrhen ...

WEIB: Nein, so was! Man weiß doch nie, was ihnen gerade gefällt ...

MARIA: Werden nicht die Toten mit Myrrhen einbalsamiert? Seht Ihr es, König der Sorge? Mein Sohn hat Eure Sorge auf sich genommen.

JOSEPH: Myrrhen sind auch das Zeichen der Liebe. Ihr wißt doch, wie es heißt im Liede Salomos: „Mein Freund ist wie ein Büschel Myrrhen."

MARIA: Ihr edlen Herren, wir sind Euch sehr dankbar für alle Eure Gaben ... und was Eure Worte angeht, seid gewiß, daß ich sie wahren und sie in meinem Herzen bewegen werde.

Zweiter Abschnitt

(Das Zelt der drei Könige)

KASPAR: Tja, meine königlichen Brüder! Das waren etwas unerwartete Wege, die uns der Stern geführt hat.

MELCHIOR: Und die Schätze, die wir für einen Königspalast auswählten, die sind jetzt zum Spielzeug für ein Kindlein geworden. Und wo blieben all unsere höflichen Artigkeiten und klugen Weissagungen?

BALTHASAR: Ich glaube, wir haben unsere Weisheit vergessen und nur Fragen stellen können wie die Schulkinder.

KASPAR: Alles Wissen der Menschen ist nichts, und Spielzeug sind all seine Schätze. Aber du, Balthasar, hast ein seltsames neues Wort geprägt. „Heil, König des himmlischen Reiches" hast du gesagt, und dann „Maria, Mutter Gottes". Wer hat das deinem Herzen eingegeben?

BALTHASAR: Frag' nicht mich. Ich sprach wie ein Mann in einem tiefen Traum. Ich sah das Kind an, und ich sah über ihm den Schatten des Todes, aber in ihm leuchtete das Licht des Lebens, und ich wußte, daß ich vor dem Sterblich-Unsterblichen stand — vor dem tiefsten Geheimnis der Welt.

KASPAR: Du bist der Weiseste von uns dreien, Balthasar. Doch komm, laß uns jetzt schlafen, damit wir frisch sind für unsere Reise morgen. Sag unseren Musikern, sie möchten leise im Außenzelt spielen.

MELCHIOR: Musikanten! Spielt uns auf. Laßt Laute und Harfe sanft zusammen erklingen.

(Musik. Langsam abschwächend, dann wieder anschwellend. Darauf die Stimme des Engels, die durch die Musik dringt)

ENGEL: Kaspar! Melchior! Balthasar!

KASPAR: *(im Schlaf)* Wer ruft?

ENGEL: Ein Warntraum aus dem Grauen eines schrecklichen Dunkels.

MELCHIOR: *(im Schlaf)* Was ist? Was ist denn?

ENGEL: Ein Schwert liegt über dem Weg auf der Straße nach Jerusalem.

BALTHASAR: *(im Schlaf)* Wie kann ich zu Dir kommen? Wo soll ich Dich finden?

ENGEL: Bei dem hohen Baum auf dem Hügel. *(Musik verklingt)*

BALTHASAR: Rufe noch einmal. Ich komme! *(Musik bricht ab)* o . . . es ist vorbei. Kaspar!

KASPAR: Bist du das, Melchior?

MELCHIOR: Ich dachte, du hättest geschrien ...

BALTHASAR: Ich hatte einen Traum ...

KASPAR: Ich auch ...

MELCHIOR: Und ich auch ...

KASPAR: Mir träumte, ich ging in der Nacht nach Jerusalem, aber der Wind löschte meine Laterne. Da reckte ich meine Hand zum Himmel und holte den Stern herunter, um mir zu leuchten ... und alles wurde dunkel ... und ich fiel ... tiefer

... immer tiefer ... und dann wachte ich auf, als eine Stimme meinen Namen rief.

MELCHIOR: Auch ich ging nach Jerusalem und plötzlich brach vor mir die Erde auf. Ich zog mein Schwert und überquerte den tiefen Abgrund ... auf der schmalen Schneide des Schwertes. Aber als ich hinüber war, entdeckte ich, daß die Spitze des Schwertes tief in Marias Herz gedrungen war, und in meinen Ohren klang das trostlose Weinen eines Kindes.

BALTHASAR: Auch ich ging nach Jerusalem durch ein tiefes Tal zwischen bewaldeten Bergen. Da hörte ich Marias Stimme rufen: Komm zurück! Komm zurück! Mein Kind hat sich verirrt in den Bergen. Da suchte ich, suchte lange zwischen den Dornbüschen, denn ich wußte, daß ich niemals die Stadt erreichen würde, ehe ich nicht den Christ gefunden.

KASPAR: Brüder, ich kann nicht glauben, daß dies nur leere Träume gewesen sind.

MELCHIOR: Ich glaube, daß wir ein Schwert über unserem Wege finden werden, wenn wir jetzt nach Jerusalem zurückkehren.

KASPAR: Wir haben in das Herz des Herodes geblickt und sahen in das Grauen eines schrecklichen Dunkels.

MELCHIOR: Ehrlich gesagt, ich mißtraue seinen Absichten sehr.

BALTHASAR: Tut Ihr, was Ihr wollt, Brüder. Ich für meinen Teil gehe nicht nach Jerusalem zurück.

KASPAR: Dann sind wir also alle einer Meinung. Heda! Brecht die Zelte ab. Sattelt unsere Pferde! ... Wir kehren auf einem anderen Wege nach Hause zurück.

DRITTE SZENE (JERUSALEM)

DER EVANGELIST: Als Herodes nun sah, daß er von den Weisen betrogen war, ward er sehr zornig ...

PROCLUS: Sie sind am Zug, Baron ...

EPHRAIM: Wie bitte? O ja. So, Herr Hauptmann ... Um Himmels willen, Junge, hör auf mit deinem Gedudel. Wie oft soll ich dir das noch sagen! Es schickt sich doch nicht, wenn im Nebenzimmer der König im Sterben liegt ...

PAGE: Ooch, dem König macht das nichts mehr aus, der merkt das gar nicht mehr.

EPHRAIM: Das ist mir ganz egal, aber mir geht's auf die Nerven.

PROCLUS: Jetzt habe ich Sie, Baron.

EPHRAIM: Verflixt und zugenäht! Wie konnte ich das nur übersehen.

PROCLUS: Ihre Gedanken sind nicht beim Spiel, heute.

EPHRAIM: Stimmt, ich meinte etwas zu hören ... wirst du nun endlich mit dem widerlichen Geklimper aufhören?

(PAGE *hört mit einem trotzigen letzten Diskord auf)*

Da, was habe ich gesagt? Da wird doch geschrien. Hören Sie?

(Man hört draußen das Lärmen der Volksmenge)

PAGE: Mann, beim Tempel muß was los sein, sie laufen alle in der Richtung.

EPHRAIM: Eijeijei, was für Zeiten! Das will ich Ihnen sagen, Hauptmann Proclus — wenn es Unruhen gibt ...

PROCLUS: Da ist doch jemand an der Türe ... Herein ... Wer bist du? Was willst du?

BOTE: Ich bringe einen Brief für den König.

PROCLUS: Der König ist krank und kann dich nicht empfangen. Besser, du gibst den Brief mir.

BOTE: Ich habe Befehl, das Schreiben nur dem König persönlich zu geben — aber sie erzählen auf der Straße, der König Herodes sei tot?

EPHRAIM: *(nervös)* Wie können sie nur so was sagen? Der König ist nicht tot. Ganz und gar nicht. Ein wenig unpäßlich, das ist alles ... setz dich hin und warte ein Weilchen, das wird das beste sein. *(In der Straße beginnt ein Aufruhr loszubrechen)*
O Gott Abrahams, was ist denn nun schon wieder?

PAGE: *(erregt)* Jetzt geht's los, glaube ich — alle sind sie oben beim Tempel — mit Fackeln — jetzt kommen sie hierher — die ganze Straße wimmelt nur so ... *(Der Lärm wird stärker)*

PROCLUS: Was schreit die Bande eigentlich dauernd?

PAGE: Ich kann es nicht verstehen ... da, jetzt ist der Hohepriester aus seinem Haus gekommen ... gleich ist er wieder rein wie der Blitz ... jetzt kommen sie näher ... jetzt kann ich sie deutlich sehen ...

PROCLUS: Jetzt wirst du gleich mit der Nase auf dem Pflaster liegen ...

PAGE: Sie tragen da was ... halten es hoch ... etwas Großes und Leuchtendes ... o Gott o Gott ... den Adler haben sie runtergerissen ...

PROCLUS: Was haben sie? Sag das noch mal!

PAGE: Den Adler ... den goldenen Adler vom Tempeltor ... sie haben ihn runtergerissen ...

PROCLUS: Was? Roms Adler? ... Heruntergerissen? ... Weg da, Junge ... laß mich sehen ...

EPHRAIM: *(winselnd)* O Gott, dieser Unglücksadler ... ich habe schon immer gesagt, sie hätten ihn nie dort anbringen sollen ... er beleidigt die Gläubigen ... und jetzt alle diese hitzigen jungen Leute ...

MENGE: *(näher kommend)* Nieder mit den Adlern ... Judäa für die Juden ... der König ist tot ... hoch Archelaus ... lang lebe Antipater ... Hoch die wahre Religion ... Nieder mit den Tyrannen ... Nieder mit Rom ... werft Feuer in den Palast usw.

SKLAVEN: *(stürzen herein)* Hilfe! Hilfe! Die ganze Stadt ist in Waffen.

PROCLUS: Sklavenpack. Was tut ihr hier? Habt ihr den König allein liegenlassen?

EIN SKLAVE: Der König ist ohne Besinnung ... oder tot, glaube ich ...

EPHRAIM: Umbringen werden sie uns, mein Gott. Alle werden wir umgebracht werden ...

MENGE: *(unter dem Fenster)* Freiheit ... Los von Rom ... ein freies Reich der Juden ... nieder mit den Götzenbildern ... nieder die falschen Götter ... Gotteslästerung ist es ... Schändung des Allerheiligsten ... Nieder mit Cäsar ... zerbrecht die Ketten Roms ... freies Judenreich für ewige Zeiten ... Ein Messias ... Ein Messias ... Steinigt, steinigt, steinigt ... *(andere Schreie mischen sich dazwischen)* Heil Cäsar ... nieder mit den Rebellen ... Nieder mit den Priestern ... Verrat ... steinigt die Verräter usw. *(Lärm einer Schlägerei)*

EPHRAIM: Hauptmann Proclus, mein Gott ... so tun Sie doch schon was ...

PROCLUS: He, ihr da, ihr Judenhunde ...

(Steine fliegen krachend, Sklaven heulen ängstlich)

EPHRAIM: Schnell ... fort ... sie werfen mit Steinen ...

(Ein neuer Krach. Geschirr zerscheppert)

Gott Israels ... das waren die etruskischen Vasen ... *(Krach)* und jetzt die Lampe — zu Hilfe ...

PROCLUS: Im Namen des Königs ...

MENGE: Der König ist tot ... *(Bravorufe und Hohngelächter)*

PROCLUS: Im Namen des Kaisers ...

MENGE: *(nicht ganz so zuversichtlich)* Nieder mit dem Kaiser ...

STIMME: Hau ab nach Rom, kleiner Zinnsoldat ... *(Gelächter)*

STIMME: *(entfernter)* Frieden hier. Gebt Ruhe. Laßt mich sprechen.

MENGE: Matthias ... hört auf Matthias ... laßt den Rabbi Matthias sprechen ... helft ihm aufs Rostrum ...

MATTHIAS: Volk Israels ... Diener des einzigen und wahren Gottes ... *(hört, hört)* Hier seht ihr dies Götzenbild *(Stöhnen)* ... dies ekelhafte Symbol heidnischer Macht *(Zischen)* ... von gottlosen Mächten über die Tore des heiligen Tempels gesetzt *(Schande, Schande. Judäa den Juden)* ... das Gesetz verhöhnend, das sagt: Ihr sollt euch kein Bildnis machen ... Schämt ihr euch nicht, daß ihr es solange geduldet habt? Seid ihr noch Juden? Seid ihr noch Gläubige? Seid ihr noch Männer? Wovor fürchtet ihr euch denn ...

(Die Menge murmelt, der Lärm läßt soweit nach, daß man deutlich und unerwartet plötzlich mitten im Raume die Stimme des HERODES hört)

HERODES: Platz da am Fenster.

EPHRAIM: Der König ... *(ehrfürchtig flüsternd)* Er lebt ... er ist aufgestanden ... Hoheit ... um Gottes willen, zeigt Euch ja nicht, sie werden Euch angreifen ... *(Der Aufruhr dauert an)*

HERODES: Still, du Narr. — Kerzen her ... Proclus ...

PROCLUS: Zu Befehl, mein König.

HERODES: Schnell zur Festung. Alarm. Hol die Wachkompanie. *(PROCLUS klirrt hinaus)*

He, Page ...

PAGE: Herr König?

HERODES: Kerzen her, Pack. Schnell. Kerzen. Leuchtet mein Gesicht an.

MATTHIAS: Mut, Volk Israel. Erhebt euch ... nicht länger werden wir die Knechtschaft tragen ... *(Bravorufe)* Frohlockt, Freunde. *(Bravorufe)* Herodes, der Tyrann, ist tot.

(Ungeheurer Beifall und Zurufe wie vorher)

HERODES: *(mit einer furchtbaren Stimme, die den gesamten Aufruhr übertönt)* Ruhe, Rebellen ... Kennt ihr mich? ... Kennt ihr Herodes noch?

(Ein tödliches Schweigen breitet sich aus, man könnte eine Nadel fallen hören)

(eisig und mit unheilverkündender Ironie) Ich sehe, ihr kennt mich noch. Ich möchte euch danken für die charmanten Grabreden ... sie kamen ein wenig zu früh, aber Herodes wird sie nicht vergessen. *(mit stark erhobener Stimme)* He da. Stehengeblieben, mein Bursche ... *(lähmend ruhig)* Wenn jemand sich zu drücken versucht, während ich rede, lasse ich ihn aufs Rad flechten ... Es scheint mir, daß jemand in seiner begeisterten Ergebenheit für das kaiserliche Symbol ein wenig zu weit gegangen ist. Der Adler, den ihr da habt, ist nicht zum Privatgebrauch als Gartenornament gedacht ... ich werde aber nicht verfehlen, den Kaiser von eurem ergebenen Eifer zu informieren. Er wird sich zweifellos außerordentlich darüber freuen. Wenn ihr wieder einmal eure edle Begeisterung für Rom und Reich auf der Straße aus-

toben wollt, sucht euch aber bitte eine passendere Stunde dazu aus. Ihr habt nicht nur meine Ruhe gestört, sondern auch alle diese braven Bürger aus ihren warmen Betten gescheucht.

(Man hört eine marschierende Truppe)

Da seht ihr es. Schon kommt die Wache, weil ihr solch ruhestörenden Krach macht.

(Aus der Menge kommt erregtes Murmeln: Achtung ... das Militär kommt ... lauft ... flüchtet ... usw.)

Ich glaube auch, daß ihr besser nach Hause geht, meine Lieben. *(Wirres Durcheinander in der Menge)*

Hallo, du unten ... Hauptmann Darius?

DARIUS: Zur Stelle, Hoheit.

HERODES: Verhaften Sie die vier Männer, die den Adler halten ... und den Lümmel mit dem grünen Rock ... und den eifrigen Herrn mit dem Hammer ... und die beiden Rabbis, die sich gerade vom Rostrum dünne machen wollen ... dann zum Hause des Hohenpriesters. Verhaften. Die anderen Idioten laßt laufen.

DARIUS: Zu Befehl, Hoheit.

HERODES: Anschließend kommen Sie mit Proclus zum Rapport.

DARIUS: Zu Befehl ... Los, Jungens, ihr habt den Befehl gehört ... Beeilung.

(Die Menge wird abgedrängt, die Geräusche und Stimmen werden schwächer und schwächer)

HERODES: Reizend. Wirklich ganz reizend, das muß ich schon sagen. Der Hohepriester wird sich zu verantworten haben für sein unerhörtes Benehmen. Gebt mir einen Stuhl. Und ein Glas Wein.

EPHRAIM: *(mit kriechendem Plärren)* Jawohl, Hoheit. Eine Sekunde, Königliche Hoheit. O, Euer Gnaden ... wir hatten solche Angst ... wir fürchteten, daß Euer Gnaden ... ich will sagen, wir glaubten ... wir dachten ... err ... sind Hoheit auch sicher, daß Euer Gnaden nicht vielleicht ... äh ... verletzt ...?

HERODES: Hör auf mit dem Gewinsel, Mann. Hier, Sklaven, nehmt die Lampe und schafft den Dreck weg ... Was ist das denn da in der Ecke?

EPHRAIM: Das? Wie? Ach so ... der Bursche kam mit einem Brief. Richtig, mit einem Brief. *(Er lacht albern)* Hatte ich doch ganz vergessen, Hoheit. He he.

HERODES: Ein Brief? Von wem?

BOTE: Vom hochedlen König von Chaldäa, Euer Gnaden, mit dem Befehl, ihn Euer Majestät persönlich zu überreichen.

HERODES: Sieh an, vom Kaspar von Chaldäa. Gib her.

EPHRAIM: Soll ich ihn lesen, Euer Gnaden?

HERODES: Nein. *(Stille, während er den Brief öffnet und liest)* Die Pest über die Bande ... der Aussatz soll sie verfaulen lassen ... Hört euch diese Unverschämtheit an: *(er liest vor)* Wir haben gesehen; Wir haben gehört; Wir haben angebetet. Jedoch werden wir wohl kaum zurückkehren, wie wir es versprochen hatten, denn der Befehl des Höchsten verbietet es. Lebt wohl ... Schreibt so ein König an seinen Bruder?

EPHRAIM: *(eifrig)* Unerhört. Ich habe keine Ahnung, was es bedeuten soll, aber es ist einfach unglaublich ...

HERODES: Es bedeutet Unruhen. Wenn nicht mehr ... Aufstand. Rebellion. Bürgerkrieg ... *(EPHRAIM quietscht einen Protest)* Aber ich werde schon mit ihnen fertig. Ich will Ruhe und Ordnung in Judäa haben, — und ich erreiche das auch. Ich werde ein Netz über das ganze Land werfen ... ein Netz, so stark und feinmaschig, daß ihr Messias sauber darin hängenbleibt ... Proclus ...

PROCLUS: Mit Hauptmann Darius zur Stelle. Die Stadt ist wieder ruhig.

HERODES: Gut so. Ein weiterer Befehl ... Nehmen Sie eine Abteilung meiner Thrazier. Sie marschieren nach Bethlehem und stöbern jedes einzelne männliche Wiegenkind auf. Dann ...

PROCLUS: Kinder, König Herodes?

HERODES: Jawohl, Hauptmann. Kinder. Alle bis zu zwölf Tagen ... nein ... ich muß sichergehen ... ergreift alle männlichen Kinder bis zu zwei Jahren und bringt sie um. *Alle*. Das ganze junge Otterngezücht. Verstehen Sie, Hauptmann? Nicht einer darf leben bleiben. Ausrotten. Restlos. Klar?

PROCLUS: Ich bin Soldat, Hoheit, kein Kinderschlächter.

HERODES: Sie haben den Befehl gehört, Hauptmann Proclus ... Sie werden gehorchen.

PROCLUS: Ich denke nicht daran! Ich bin ein Römer. Wir sind keine Kindermörder. Warum schickt Ihr nicht einen Eurer eigenen Barbaren?

HERODES: Unverschämtheit, Hauptmann. Sie stehen in meinem Dienst.

PROCLUS: Ich bitte gehorsamst um Verzeihung, Hoheit. Ich stehe in Euer Hoheit Diensten, aber ich bin immer noch ein Römer. Euer Hoheit können mich entlassen — selbstverständlich, aber wenn ich eingekerkert oder hingerichtet würde ... ich fürchte, das zöge Unannehmlichkeiten nach sich ... für Euer Hoheit.

HERODES: Proclus, Sie sind ein Narr ... aber ein ehrlicher Narr. Darius ...

DARIUS: Zu Befehl, Hoheit.

HERODES: Sie haben den Befehl gehört?

DARIUS: Zu Befehl.

HERODES: Der Befehl ist sofort auszuführen.

DARIUS: Zu Befehl. Sofort ausführen.

(Der Hauptmann DARIUS *nimmt Haltung an und stampft hinaus)*

PROCLUS: Damit darf ich mich wohl als entlassen betrachten ...

HERODES: Unsinn, Hauptmann. Ich weiß, Sie meinen es gut. Aber was ist denn schlimmer ... ein paar Dutzend plärrende Bauernbabies umbringen oder ein ganzes Königreich in den Bürgerkrieg treiben lassen? Die Juden schreien nach ihrem Messias. Schön. Soll ich Ihnen sagen, Hauptmann, wie er heißt, dieser Messias? Feuer und Schwert, heißt er. Mord und Brand. Ich will das nicht. Ich werde es nicht dulden, verstehen Sie? Dies Land soll Frieden haben, und solange Herodes lebt, wird es nur einen König in Judäa geben ...

STIMME: *(von draußen)* 'paniiii ... Stillgestanden. Rechts ... um. Im Gleichschritt ... marsch. *(Die Truppe marschiert ab)*

HERODES: Ich bin krank, Proclus. Bring mich zu Bett.

PROCLUS: Hm. Das ist also das Ende des neuen Messias?

EVANGELIST: Aber der Engel des Herrn erschien dem Joseph in einem Traumgesicht, und er sprach: Stehe auf und nimm dieses Kind und seine Mutter und fliehe ins Ägypterland, denn Herodes wird das Kind suchen, es umzubringen.
Und er erhob sich in der Nacht und nahm das junge Kind und dessen Mutter, und sie flohen nach Ägypten und verweilten dort bis zum Tode des Herodes.

ZWEITES SPIEL

DES KÖNIGS HEROLD

Der EVANGELIST
Der FUHRMANN
Ein VATER
Eine MUTTER
MIRIAM } *ihre Kinder*
ISAAK } *ihre Kinder*
HANNA
JOHANNES DER TÄUFER
JUDAS ISCHARIOT
JOHANNES, *des Zebedäus Sohn (Johannes der Evangelist)* } *Jünger Johannes des Täufers*
JAKOBUS, *des Zebedäus Sohn* } *Jünger Johannes des Täufers*
ANDREAS, *des Jonas Sohn* } *Jünger Johannes des Täufers*
SIMON, *des Jonas Sohn (Petrus)* } *Jünger Johannes des Täufers*
BARUCH DER ZELOT
JESUS
Erster LEVIT
Zweiter LEVIT
Dritter LEVIT
Erster TÄUFLING
Zweiter TÄUFLING
Erster JUDE
Zweiter JUDE
Dritter JUDE
Ein FELDWEBEL

PERSONEN

DER FUHRMANN: Recht und schlecht ein Bauer, schlau, mißtrauisch und durchschnittlich.

VATER UND MUTTER: Gehobene Arbeiterklasse.

MIRIAM: Etwa 7 Jahre, naseweis und reizbar wie eine Wespe.

ISAAK: Ungefähr 5 Jahre und ein netter kleiner Junge. Weder fromm noch sentimental, aber herzensgut.

HANNA: Vielleicht 40 Jahre alt, eine solide, verheiratete Frau. Sie wirkt feiner als Vater und Mutter, ist vergnügt und plauderlustig.

JOHANNES DER TÄUFER: Er ist etwa 31 Jahre alt. Seine Stimme ist rauh und von herber Kraft erfüllt, aber nicht schmiegsam; eine Stimme, die zu Wetter und Wind paßt, aber nicht in geschlossene Räume. Er predigt schnell, barsch und mit Nachdruck. Er ist kurzangebunden und gebieterisch. In den Augenblicken der Ekstase wirkt er wie ein Adler, in denen ehrfürchtiger Demut wie ein zahmer Adler — aber immer noch wie ein Adler, und wenn er die Stimme dämpft, klingt sie heiser, aber nicht sanft. Er hat weder Humor noch Geduld und ist starrsinnig.

JESUS ist der völlige Gegensatz seines Vetters. Diese Szenen bringen weder seinen Charakter noch die Modulationsfähigkeit seiner Stimme voll zur Geltung (das große Feuer und die tiefe Güte kommen erst später). Aber er hat eine Stimme, der alles möglich ist, mit der Fülle und Geschmeidigkeit, die Johannes fehlt. Wenn er die Versuchung beschreibt, untermalt seine Sprache, bildhaft für die Jünger, was er erzählt. Seine Autorität ist angeboren und nicht angeeignet — deshalb kann er sich einen Sinn für Humor erlauben. Er ist 30 Jahre alt.

JOHANNES DER EVANGELIST: Höchstens 25 Jahre alt, eifrig, impulsiv und feinfühlend; er verbindet Herzensklugheit mit großer Intelligenz. Seine vorbehaltlose Ergebenheit für Jesus entspringt zum Teil einem Gefühl, ist aber keine reine Schwärmerei, sondern ein instinktmäßiges Erfassen von etwas Göttlichem und Besonderem, das er allerdings vorerst nur mit dem Herzen verstehen kann, noch nicht mit dem Hirn. Durch seine sensitive Erregbarkeit wirkt er sehr jung und ein wenig lächerlich. Beim Sprechen stottert er ein klein wenig vor lauter Impulsivität, nicht als ob seine Zunge das Wort nicht finden oder formen könnte, sondern als ob sie über den eigenen Eifer stolperte. Ihm eignet eine ebenso einfache wie ergreifende Demut.

JAKOBUS ist etwas älter als Johannes und daran gewöhnt, für ihn einzutreten oder ihn gegen andere zu schützen. Johannes und Jakobus stehen sozial etwas über Simon und Andreas — ihr Vater Zebedäus hält Diener und ist ein Großfischer. Sie kennen auch Personen aus dem Hause des Hohenpriesters.

SIMON (PETRUS): impulsiv, aber nicht in der Art des Johannes. Er ist halsstarrig, derb und selbstsicher. Er ist stets überzeugt, daß er im Recht ist (und wird sehr verwundert sein, wenn man ihm je das Gegenteil beweist). Er besitzt Einsicht und gesunden Menschenverstand; Demut des Herzens aber erwirbt er nur sehr langsam und nach bitteren Fehlschlägen. Er ist 28 Jahre alt.

ANDREAS ist geneigt, vorsichtig und skeptisch zu sein — vielleicht, weil er dauernd mit Petrus zusammen ist. Seine ganze Einstellung wird am besten gekennzeichnet durch seine Feststellung: Hier sind fünf Brote und zwei kleine Fische. Was ist das für so viele? — Er ist ein Tatsachenmensch, geneigt, überall die Schwierigkeiten zuerst zu sehen, das „Reich" politisch zu verstehen und wenig bereit, sich auf Wunder zu verlassen. Er ist gütig, zuverlässig und ohne jede Phantasie.

JUDAS: Er ist bei weitem der intelligenteste von allen Jüngern. Er hat die Zielbewußtheit und Kühnheit, die zu einem wirklich phantasiebegabten Kopf gehören. Er sieht ohne weiteres die politischen Möglichkeiten des „Reiches", aber er erkennt auch sofort — und das fehlt den anderen — die Bedeutung von Sünde und Reue und den fürchterlichen Widersinn, der darin liegt, daß alles Gute im Menschen sofort verdorben wird, wenn es an die Macht gelangt. Bis jetzt ahnt er es nur, aber bald wird er es klar erkennen, und dann wird er der einzige Jünger sein, der versteht, warum es zur Kreuzigung kommen muß. Weil er es aber nur mit dem Intellekt versteht und nicht mit dem Herzen, wird er in eine tiefere Verderbnis fallen, als es den anderen überhaupt möglich wäre. In ihm schlummern die größten Möglichkeiten für das Gute — und darum auch für das Böse. Er ist ein Opportunist und fest entschlossen, die Hand an der Spritze zu haben, wenn das verheißene Reich wirklich kommen sollte. Er folgt Johannes nicht zu Jesus, — er kommt erst, als er glaubt, daß der richtige Augenblick für ihn da ist, die Zügel ein wenig in die Hand zu nehmen. Er ist in den Dreißigern. Seine Stimme ist recht angenehm, aber sie wirkt trotzdem kalt.

ERSTE SZENE (JORDAN)

DER EVANGELIST: Als aber Jesus 30 Jahre alt war, da war Herodes Antipater Tetrarch von Galiläa. In dieser Zeit nun kam Johannes der Täufer und predigte in der Wüste des jüdischen Landes.

STIMME JOHANNES DES TÄUFERS: *(von fernher, langsam verklingend)* Tut Buße, denn das himmlische Reich ist nahe ... tut Buße ... tut Buße ...

(Geräusche eines fahrenden Ochsenkarrens)

FUHRMANN: Jüh! Jüh! Vorwärts Bleß. *(Peitschenknall)*

VATER: Hallo, Herr Nachbar!

FUHRMANN: Tag auch.

VATER: Nimmst du uns mit über die Furt, Gevatter?

FUHRMANN: Klar doch.

(Die Wagenräder kommen zu quietschendem Halt)

MUTTER: Das ist nett ... kommt Kinder ...

VATER: Los, aufsteigen.

MUTTER: Vorsichtig, Miriam, nicht an das Rad ...

FUHRMANN: Brrr. Ruhig Roter, willst du wohl!

ISAAK: Wir wollen zusehen, wie der Prophet die Leute im Flusse wäscht. Mutti sagt, daß er ...

MUTTER: Mach ein bißchen Platz, Junge, für Vati.

FUHRMANN: Alles klar dahinten?

VATER: Ja, wir sitzen.

FUHRMANN: Denn man los. Jüh, Bleß! Jüh, Roter!

VATER: Paar stramme Ochsen hast du da, Gevatter.

(Wagen fährt)

ISAAK: *(in einer Art begeistertem Singsang)* Wir gehen zum Propheten, wir gehen zum Propheten, wir gehen zum ...

MUTTER: Sitz stille, Isaak, Liebling.

FUHRMANN: Was für 'n Prophet, Jung?

VATER: Dieser Johannes oder wie er heißt, von dem so viel Geschrei gemacht wird. Er predigt in der Wüste, drüben, auf der anderen Seite.

FUHRMANN: Och der ... *(bedeutungsvoll)* Hm ...

VATER: Warum sagst du so komisch „och der"?

MIRIAM: *(schnell und vorlaut)* Er geht umher in einem Gewand von Kamelhaaren und trägt einen ledernen Gürtel und er ißt nichts außer Heuschrecken und wildem Honig, — gelt, Mutti?

FUHRMANN: Nun, es gibt schlechtere Sachen als gut geröstete Heuschrecken.

MIRIAM: Und dann wird er viele, viele Menschen im Flusse taufen, da taucht er sie unter das Wasser und wäscht alle ihre Sünden fort.

FUHRMANN: Häh!

ISAAK: Und die Sünden, die Sünden die schwimmen dann den Fluß 'runter wie ... wie ... wie kleine, fiese, schwarze Kröten ...

MIRIAM: Du bist ja dumm! Das tun sie nicht. Sünden kann man gar nicht sehen. Nicht wahr, Mutti?

ISAAK: Kann man wohl sehen.

MIRIAM: Kann man nicht.

ISAAK: Doch. Ätsch.

MIRIAM: Nicht, ätsch-bätsch, bist ja dumm!

VATER: Ruhe ihr beiden.

ISAAK: Kann man aber doch, nicht wahr, Mutti?

MUTTER: Nein, mein Liebling. Sünden sind nicht wie Kröten. Sie sind böse, häßliche, schwarze Gedanken in uns.

MIRIAM: Ätsch-bätsch, bist ja dumm, ätsch-bätsch, bist ja ...

MUTTER: Laß das, Miriam! Ärgere deinen Bruder nicht immer.

FUHRMANN: He, jüh! Vorwärts, Bleß! Los doch, Roter!

(Peitsche. Wagen platscht ins Wasser)

MIRIAM: Wir gehen über den Jordan, geradeso wie Josua und die Arche.

ISAAK: Wir gehen über den Jordan, wir gehen über den Jordan, wir ...

MUTTER: Sitz still, Schatz.

VATER: Was hast du gegen den Mann?

FUHRMANN: Och, ich kann nun mal dies alte Gepredige nicht ausstehen. Tu du man nichts Schlechtes, und dann geht es dir gut, und der liebe Gott wird schon für dich sorgen, das sag' ich immer. Soll für anständige Löhne sorgen — dann bin ich so zufrieden wie du willst.

VATER: Da ist schon was dran. Aber dieser Johannes macht doch allerlei Wirbel, finde ich. Scheint, daß er sagt, der Messias kommt und befreit Israel und bringt das verheißene Reich ... dann hat jeder zu leben und diese irrsinnigen Steuern für Rom hören auch auf.

FUHRMANN: Freund — das ist die alte Bauernfängerei der Politiker. Hör meinen Rat und laß die Finger davon. Diese ganzen Propheten und Messiasse, und was weiß ich, landen meistens zum Schluß hinter Tralljen ... Jüh, Bleß! Voran, Roter! *(Peitsche)*

MIRIAM: Oh, seht nur all die vielen Leute am Ufer!

(Wagen kommt aus dem Wasser und hält an. Stimmen)

VATER: Na, da wären wir also. Aussteigen.

MUTTER: Vorsichtig, Kinder.

FUHRMANN: Schon gut, Frau, ich reich' den Jungen 'runter.

MUTTER: Spring, Isaak. Bist doch schon groß ... siehst du!

VATER: Also dann, vergelt's Gott, Herr Nachbar.

FUHRMANN: Gern geschehen. Jüh, Bleß. Voran, Roter.

(Wagen fährt an)

(ruft zurück) Mach's gut, Gevatter. Und laß die Hände von der Politik!

MUTTER: Puh, welche Hitze. Bleibt bei mir, Kinder.

VATER: Hier ist Schatten unter dem Baum ... Bitte schön ... ist hier noch Platz?

HANNA: Gewiß.

MUTTER: Kann man hier auch gut sehen?

HANNA: O ja. Eine Menge sind die Straße hinuntergegangen ... dem Propheten entgegen. Aber sie müssen hier zurückkommen, die Taufe ist in der Furt. Sie kommen über den Jordan?

VATER: Ja. Unsere Mutti hier mußte unbedingt diesen Johannes sehen, den sie den Täufer nennen. Haben Sie ihn schon predigen hören?

HANNA: Noch nicht, aber ich freue mich schon darauf. Wissen Sie, ich habe ihn schon gekannt, als er noch ein kleiner Junge war.

MUTTER: Nein, wie interessant.

HANNA: Seine Eltern lebten nämlich früher ganz in der Nähe von uns, oben in den Bergen, wissen Sie. Es lief damals eine seltsame Geschichte von ihnen um.

MUTTER: Das müssen Sie uns aber erzählen, ja?

KINDER: Eine Geschichte, eine Geschichte ...

HANNA: Also der Vater des Johannes, Zacharias, war ein Priester, und solch ein ehrwürdiger, frommer, alter Mann. Und seine Frau war auch so, ich kann mich ganz genau an sie erinnern. Natürlich ist das jetzt fast dreißig Jahre her. Damals war der alte Herodes König.

VATER: Ach, der alte Herodes! Das war noch einer! Damals waren wir noch ein Königreich. Sein Sohn ist ein ganz müder Schlag dagegen.

MUTTER: Psst, Lieber. Sei vorsichtig.

MIRIAM: Ach bitte, die Geschichte.

HANNA: Also der Zacharias und seine Frau hatten keine Kinder. Lange, lange Jahre hatten sie gehofft und gebetet und gewartet, bis sie sich damit abfanden, daß Gott ihnen keine schenken wollte. Aber eines Tages, als Zacharias gerade Weihrauch im Tempel opferte, sah er zufällig auf und da sah er einen Engel ...

MIRIAM: Wo war der Engel?

HANNA: Er stand auf der rechten Seite des Altars. Und der Engel ...

ISAAK: Wie sah er aus, der Engel?

HANNA: Wie ein schlanker, hübscher junger Mann in glänzenden Gewändern. Er sagte ...

ISAAK: Wie hieß der Engel?

HANNA: Es war der Engel Gabriel.

MIRIAM: Da war der Zacharias sicher furchtbar doll aufgeregt, nicht?

HANNA: Ich glaube, er fürchtete sich. Aber der Engel sagte: Fürchte dich nicht, denn ich verkündige dir große Freude. Gott wird dir einen Sohn schenken, der wird ein sehr heiliger Prophet werden und du sollst ihn Johannes nennen. — Und was meint ihr, hat Zacharias da gesagt?

MIRIAM: Sicher hat er ganz laut „Hurra!“ gerufen.

HANNA: Nein, denkt mal. Er sagte: Das glaube ich nicht!

KINDER: Ohhh.

HANNA: Er sagte: All diese Jahre haben wir gewartet, und jetzt sind wir alt geworden und nie haben wir ein Kind gehabt. Ich kann es nicht glauben, wenn du mir kein Zeichen gibst.

MIRIAM: Was ist das, ein Zeichen?

HANNA: Das ist etwas Besonderes, um zu beweisen, daß der Engel die Wahrheit gesprochen hat. Also sagte der Engel: Gut denn. Wenn du nicht glauben willst, dann werde ich dir ein Zeichen geben. Du wirst stumm sein und nicht ein Wort sprechen können, bis dein Sohn geboren ist. — Und von diesem Augenblick an war Zacharias stumm und konnte mit niemand auch nur ein Wort sprechen.

ISAAK: Der arme Zacharias!

HANNA: Ja, und ob ihr es glaubt oder nicht, nach einiger Zeit bekam Elisabeth wirklich ein Baby und alle Tanten und Onkel wollten, daß es Zacharias genannt würde, nach seinem Vater. Aber Elisabeth sagte: Nein! Ich will, daß er Johannes heißt! — Da sagten die Verwandten: Warum denn? Bisher ist doch noch nie ein Johannes in der Familie gewesen. — Deshalb gingen sie zu Zacharias und fragten ihn. Da schrieb Zacharias auf ein Stück Papier: Er soll Johannes heißen! — und darauf — ganz plötzlich konnte er wieder sprechen wie früher.

MIRIAM: Da bin ich aber froh, daß er sich erinnert hat, was der Engel ihm befohlen hatte. Johannes ist ein viel hübscherer Name als Zacharias.

HANNA: *(zu Vater und Mutter)* So ist das Kind natürlich groß geworden ganz im Gefühl seiner Verheißung. Er war fünfzehn, als ich ihn zuletzt sah. Ein großer, schlanker Bengel, alles Knochen und Ecken und wild wie ein Jagdfalke.

VATER: Wohl mit einem kleinen Tick, was?

MIRIAM: Seht nur alle die vielen Leute auf der Straße.

HANNA: Das muß er sein! ... Nein, daß er einen Tick hat, möchte ich eigentlich nicht sagen. Nur ein wenig ... na, sagen wir eigenartig. Er war dauernd mit seinem Vetter zusammen, dem Sohn eines Zimmermanns aus Nazareth. Jesus bar-Joseph hieß er. Den Jesus hielt ich eigentlich immer für den Befähigteren von den beiden. Ich möchte wohl wissen, was aus ihm geworden ist.

VATER: *(unaufmerksam)* Ja ja, diese klugen Kinder kommen oft im Leben später zu gar nichts ... hol mich der und jener! Halb Jerusalem scheint hier herausgekommen zu sein.

MUTTER: Sieh, da ist auch eine ganze Gruppe Pharisäer ...

VATER: Die reißen sich doch sonst für einen Wanderprediger kein Bein aus.

HANNA: Drei — vier Schriftgelehrte sind auch da! *(mit einem gewissen Stolz)* Mächtig interessieren sich die Menschen für Johannes, nicht?

MUTTER: Sieh nur — da kommen auch zwei Leviten.

VATER: Tatsächlich. Tempelpolizei! Paß auf, das gibt was ... Kinder! Dort ... ist das nicht Johannes? Ein sehr großer Mann mit langen, schwarzen Haaren?

HANNA: Ja, das ist er wahrhaftig. Genau so war er damals schon, wenn er durch die Gegend wanderte und aus vollem Halse Prophezeiungen von Jesajah schmetterte! Er hat sich aber auch gar nicht verändert! *(Die Menge kommt näher)*

MENGE: (A) Hierher — hast du einen guten Platz? — schon gut, drängt doch nicht so — wird er noch einmal predigen? — natürlich wird er, geh nicht zu weit fort — er hat eine gute Stimme — kommt näher heran, wo wir besser sehen können.

MENGE: (B) Was meint er eigentlich mit dem „Reich der Verheißung"? — Wenn ihr mich fragt, — ich glaube, er hat einen kleinen Stich — die Regierung sollte den Unsinn verbieten! Das ist Aufruhr! — Da war mal einer, als Herodes noch lebte, der fing eine Rebellion an — ach, derlei läuft sich immer fest — besser draußen halten, sage ich —

MENGE (C) Er hat eine Eingebung — die Hand Gottes ist über ihm — was das Volk braucht, ist ein Führer — der Messias — Israels Hoffnung — wie lange noch, oh, mein Gott! Wie lange noch? ...

JUDAS: *(geschäftsmäßig und ein wenig wichtigtuerisch)* Bitte Platz zu machen, daß die Leute an die Furt gehen können ... alle, die sich taufen lassen wollen, bitte näher ans Wasser treten ... entschuldigen Sie, mein Guter, aber können Sie sich nicht etwas weiter zurück setzen? Der Prophet wird unter diesem Baume sprechen ...

VATER: Gern ... Sie ... Sind Sie auch ein Jünger von ihm?

JUDAS: Jawohl, Herr. Ich komme von Kerioth; habe all seine Predigtfahrten kreuz und quer durch die Wüste mitgemacht. Seine Sendung wird die ganze Welt verändern, sage ich Ihnen. Alles auf diese Seite, bitte. Achtung, hier ist er.

JOHANNES DER TÄUFER: Männer und Frauen von Israel! Noch einmal — noch einmal rufe ich euch auf zur Buße! Bereut! Zögert nicht mehr! Das Reich Gottes, von dem die Propheten sprachen, ist nahe! Nicht in einer fernen Zukunft wird es kommen ... nicht in Jahren oder Wochen! Nicht erst morgen! Jetzt!

MENGE: Gelobt sei der Gott Israels!

JOHANNES: Seid ihr bereit? Nein! Ihr seid es nicht! Und ihr wißt es! Seit Jahren habt ihr gesagt: Eines Tages wird sich das Schicksal wenden! Einmal — einmal wird das Reich wieder erstehen! Eines Tages wird der Messias kommen, und Israel wird auferstehen zu Glanz und Glück! — Dieser Tag ist gekommen! Der Messias steht schon vor eurer Tür ... und was wird er finden, wenn er kommt?

MENGE: Gott erbarme dich! Herr, erbarme dich deines Volkes!

JOHANNES: Ich sehe eine weltliche Priesterschaft — einen weltlichen Herrscher, ein weltliches Volk! Ich sehe eine Nation von Krämern und Beamtenseelen. Ihre Herzen hängen an Geld und Gold, aber taub und blind sind sie, wenn es um Rechtschaffenheit geht! In Sack und Asche sollt ihr Buße tun! In Sack und Asche! Das Reich der Verheißung naht und ihr seid nicht bereit. Jetzt! Jetzt müßt ihr eure Sünden bereuen und die Sünden eures ganzen Volkes! Heute — in dieser Stunde laßt Gott eure Sünden abwaschen in den reinen Fluten des Jordan! Waschet euch, daß ihr rein seid für die großen Aufgaben, die vor euch liegen ... für den erhabenen und furchtbaren Tag, an dem Gott zu euch kommen wird!

MENGE: Gott, habe Erbarmen mit uns!

JOHANNES: Seid ihr bereit zur Buße? Zur Läuterung? Seid ihr gekommen, weil ihr eure Sünden bereut? Oder seid ihr gekommen aus billiger Neugierde? Das möchte ich wissen! Einige unter euch sind Pharisäer, wie ich sehe! Streng religiöse Männer! Hüter der Gesetze! Musterbeispiele hochachtbarer Frömmigkeit! Was wollt ihr hier? *(mit jäher Wildheit)* Ihr Heuchler! Ihr Schwindler und Otterngezücht! Wer warnte euch, — daß ihr zu fliehen versucht vor dem drohenden Strafgericht?

MENGE: *(unwilliges Gemurmel)* Also das ist doch ... Unverschämtheit ... hat man so etwas schon ... *(gemischt mit)* So ist's richtig — gib es ihnen feste ... die verdammten Großkopfeten ... *(und)* erbarme dich, Allmächtiger ... wir sind alle Sünder ... usw.

JOHANNES: Ja, ich weiß, was ihr sagen werdet: *Wir* brauchen keine Buße zu tun! Wir halten die Gesetze! Wir sind die bevorzugten Kinder Abrahams! Was auch geschieht, Gott wird für uns sorgen! Bildet euch nur nichts ein! Gott braucht euch nicht! Gott kann seine Kinder überall finden! Aus diesen Steinen in der Wüste könnte er sie erwecken — aus diesen Steinen, die nicht härter sind als eure verhärteten Herzen. Auch ihr werdet verloren sein, wenn ihr nicht bereut und euch bessert. Der Messias wird kommen wie ein Holzfäller mit scharfer Axt, und alle Bäume, die verrottet sind oder unfruchtbar, die wird er über den Wurzeln abschlagen und wird sie ins Feuer werfen. Alle, sage ich. Alle!

MENGE: Erbarme dich unser, o Herr! Habe Mitleid mit uns, großer Gott!

STIMME: Wenn es uns nichts nützt, die Gesetze zu halten, was sollen wir denn dann tun?

JOHANNES: *(freundlicher)* Seid großmütig! Tut mehr, als das Gesetz von euch verlangt. Du dort — du mit dem guten Rock! Brauchst du auch noch einen Mantel dazu? Gib ihn dem nackten Bettler an deiner Seite! Und du dort — mit dem Frühstückskorb ... warum gibst du nicht etwas von deinem Überfluß an diese armen Kinder ab? *(seine Stimme wird wieder barsch)* Entsagt der Welt! Geht in euch, weint und schlagt an eure Brust — und erwartet das Reich Gottes mit Furcht und Zittern!

(Menge stöhnt)

ERSTER LEVIT: Du gibst reichlich an, mein Freund. Was glaubst du eigentlich, wer du bist? Der Messias?

JOHANNES: Ich bin nicht der Messias! Ich bin nur gesandt, sein Kommen zu verkünden.

ZWEITER LEVIT: Bist du vielleicht der Elias, der schon einmal ...

JOHANNES: Nein. Das bin ich nicht.

DRITTER LEVIT: Oder der Prophet, von dem geschrieben steht?

JOHANNES: *(kurz)* Nein!

ERSTER LEVIT: Ja, wer willst du denn dann sein?

JOHANNES: Niemand und nichts! Ich bin nur eine Stimme in der Wüste.

ZWEITER LEVIT: Der Ältestenrat in Jerusalem will wissen, mit welchem Recht du taufst!

JOHANNES: Ich bin der Herold von Gottes Reich! Ich taufe — aber nur mit dem Wasser der Buße. Ein viel Größerer wird bald kommen, so groß, daß ich nicht wert bin, seine Schuhriemen zu lösen. Der aber wird taufen mit Geist und Feuer!

MENGE: Wo ist er? Zeige uns den Messias! Zeige uns den Christ!

JOHANNES: Christ wird unter euch treten, wie ein Mann, der Korn drischt. Er wird das Korn sammeln und die Spreu verbrennen! Groß wird die Läuterung sein in Israel.

MENGE: Wir haben gesündigt ... wir haben gesündigt ... Erbarmen, Gott!

JOHANNES: Seid bereit, ihn zu empfangen! Kommt näher! Beichtet eure Sünden und laßt euch taufen im Jordan!

(Allgemeine Bewegung. Eine Hymne wird angestimmt)

MUTTER: Was für ein seltsamer Mann er ist!

VATER: *(kritisch)* Er ist ein guter Prediger. Aber es gefällt mir nicht, wie er zu den ehrwürdigen Pharisäern spricht.

JUDAS: Johannes nimmt kein Blatt vor den Mund, einerlei zu wem er spricht.

MIRIAM: Sieh mal, jetzt gehen sie alle in den Fluß!

MENGE: Geheiligt werde der Name des Herrn. Heilig ist Gott.

JOHANNES: Wie heißt du?

ERSTER TÄUFLING: Tobias. Ich bin ein Steuereintreiber für den Kaiser.

MENGE: Gottes Segen für Tobias!

JOHANNES: So taufe ich dich, Tobias, mit der Taufe des kommenden Reiches. Rechne ehrlich ab und arbeite nicht in die eigene Tasche. Wie heißt du?

ZWEITER TÄUFLING: Ezra. Ich bin Soldat.

MENGE: Gottes Segen für Ezra!

JOHANNES: So taufe ich dich, Ezra, mit der Taufe des kommenden Reiches. Tu anständig deine Pflicht. Sei nicht gewalttätig und rauflustig und murre nicht über deinen Sold ... Wie heißt du? *(Die Taufhandlung geht unter Murmeln weiter)*

ERSTER LEVIT: Ich werde den Ältesten berichten, daß diese Bewegung gefährlich werden kann.

ZWEITER LEVIT: Offensichtlich ein politischer Schachzug; müssen wir im Auge behalten.

DRITTER LEVIT: Schwierigkeiten mit Rom können wir nicht gebrauchen!

ERSTER LEVIT: *(im Abgehen)* Weiß Gott nicht. Das wäre höchst unerwünscht. Wenn du mich fragst ...

JUDAS: Das ist mal ein Tag! So viele Büßer hatten wir noch nie! 'tschuldigung, aber ich muß gehen. Muß helfen, Ordnung halten.

BARUCH: Moment mal, junger Freund. Sind Sie einer von Johannes' Leuten?

JUDAS: Das bin ich!

BARUCH: Meint er ernsthaft, was er sagt? Oder ist das nur wieder religiöse Aufmunterung?

JUDAS: Ich verstehe Sie nicht!

BARUCH: Ich denke doch ...

JUDAS: Nun ... vielleicht verstehe ich doch. Sie gehören zur Partei der Zeloten?

BARUCH: Ich gehöre zu der Partei, die ein freies Israel will. Ist das klar genug?

JUDAS: Ja ... Kommen Sie doch privat zu mir! Mein Name ist Judas ... Judas Ischariot.

BARUCH: Judas Ischariot. Ich werde es nicht vergessen.

MUTTER: O lala! Aber das ist ein interessant aussehender junger Mann!

HANNA: Welcher?

MUTTER: Gerade zieht er seinen Rock aus. Sehen Sie — neben der dicken Frau in Blau ...

HANNA: Wo denn? — ich kann nicht sehen ... O! — meinen Sie den mit dem kurzen goldenen Bart?

MUTTER: Ja, den ... und mit den merkwürdigen Augen.

HANNA: Das ist doch ... sollte man es für möglich halten ... wirklich! das ist er ... der Vetter von Johannes, von dem ich Ihnen erzählte.

VATER: Des Zimmermanns Sohn?

HANNA: Ja. Jesus bar-Joseph. Ist das nicht seltsam? Ich muß unbedingt versuchen, ihn zu sprechen, wenn hier Schluß ist.

VATER: Ich glaube, er ist der letzte von den Taufkandidaten.

JOHANNES: ... Rebekka mit der Taufe des kommenden Reiches. Sei bescheiden und fleißig und erziehe deine Kinder fromm und gottesfürchtig ... Wie heißt du? — *Du* hier, Jesus? *Du* kommst zu *mir* zur Taufe? Das geht doch nicht! Ich müßte zu *Dir* kommen ...

JESUS: Tu jetzt, um was ich dich bitte, Johannes. So muß ich beginnen, so wie alle anderen.

JOHANNES: Wenn du meinst, Vetter ...

MENGE: Gottes Segen für Jesus!

JOHANNES: Und so taufe ich dich, Jesus, mit dem Wasser der Taufe für das kommende Reich Gottes ... *(Donner)*

VATER: Nanu?

MUTTER: War das Donner?

HANNA: Hoffentlich gibt das kein Gewitter.

ISAAK: Da hat der liebe Gott gesprochen.

HANNA: So ein lieber Junge!

ISAAK: Ich sah einen großen, hellen Schein vom Himmel kommen ...

MUTTER: Das war nur Wetterleuchten, Liebling.

ISAAK: Vielleicht war das ein Engel, ja?

MIRIAM: Du bist ja ein Dummerchen! Was du dir immer denkst ...

HANNA: Er kann recht haben. Jesus bar-Joseph hat oft Engel gesehen.

ISAAK: Ätsch-bätsch ...

MUTTER: Aber wir wissen es nicht, Liebling. Und es ist gar nicht nett, wenn man sagt: Ätsch-bätsch.

HANNA: Er kommt hierher ... sieht er nicht aus ... als ob er eine Vision hätte? *(ruft)* Jesus! Jesus bar-Joseph! Kennst du mich noch?

JESUS: Hanna! Aber natürlich kenne ich dich noch! Wie geht es dir?

HANNA: Gut, danke. Fein, daß ich dich und Johannes einmal wieder sehe. Wie geht es Joseph und Maria?

JESUS: Joseph ben-Heli ruht in Abrahams Schoß.

(HANNA *macht mitfühlendes Gemurmel)*

Mutter geht es gut. Sie denkt oft an dich.

HANNA: Wie lieb von ihr. Bitte, grüße sie recht herzlich.

JESUS: Ja, gern.

JOHANNES: *(kommt etwas atemlos)* Vetter! Vetter Jesus ...

JESUS: Einen Augenblick, Johannes. Hier, du kennst doch Hanna noch, die Tochter von Levi ben-Isaschar?

JOHANNES: Gott segne dich, Hanna. Dich und alle, die das Reich Gottes suchen.

ISAAK: Du, Jesus bar-Joseph!

JESUS: Ja, kleiner Mann? Was hast du denn auf dem Herzen?

ISAAK: Ich möchte etwas wissen.

MUTTER: Isaak! Du mußt nicht immer lästig werden! *(entschuldigend)* Kinder stellen so unmögliche Fragen.

JESUS: Ich mag es gern, wenn Kinder fragen. Was ist es denn?

ISAAK: Was war das eben? Donner? Ich glaube nämlich, daß der liebe Gott mit dir gesprochen hat.

MIRIAM: Hat er nicht, hat er nicht!

ISAAK: Und hast du einen Engel gesehen?

JESUS: Ich sah die Himmel offen, und der Geist Gottes kam zu mir nieder wie eine Taube. Und eine Stimme sprach zu mir und sagte: Dies ist mein lieber Sohn, an dem ich Wohlgefallen habe.

ISAAK: *(ehrfürchtig)* O! *(triumphierend)* Siehst du, Miriam! Ätsch-b ... *(er unterbricht sich)* ich habe es aber nicht gesagt, gelt? Ich meine, ich habe es nicht wirklich und wahrhaftig gesagt. Ganz fest habe ich die Lippen zugepreßt ... mmmm, so.

JESUS: *(lachend)* Ja, du hast der Versuchung wie ein Mann widerstanden.

ISAAK: *(vergnügt)* Und das nächste Mal denke ich es nur und sage es nicht.

JESUS: Aber nicht doch! Ein häßlicher Gedanke ist genau so schlimm wie ein häßliches Wort.

MIRIAM: Vati sagt immer: Tue recht und sprich nicht schlecht! — Aber wenn man nicht sagt, was man denkt, dann sagt man nicht die Wahrheit.

JESUS: Nein. Aber sieh mal, wenn man immer nur gute Gedanken denkt, dann will man auch nie böse Dinge sagen, und dann brauchst du dich gar nicht zu bemühen, recht zu tun, weil das deine liebevollen Gedanken für dich tun.

MUTTER: Kinder, ihr müßt nicht immer so lästig werden.

VATER: Diese beiden können einem ein Loch in den Bauch fragen.

HANNA: Jesus, willst du nicht zum Abendessen zu uns kommen?

JESUS: Ich möchte schon, Hanna. Aber jetzt muß ich in die Wüste gehen, um eine Weile allein zu sein mit Gott.

JOHANNES: Vetter, bevor du gehst, muß ich noch mit dir sprechen.

VATER: Ja. Und wir müssen aufbrechen. Sie sind schon alle fort, und es wird spät.

HANNA: Leb wohl denn. Vielleicht sehen wir dich, wenn du zurückkommst.

JESUS: Bestimmt werdet ihr mich sehen. Für jetzt lebt wohl...

(Die FAMILIE *bricht auf mit Rufen: Auf Wiedersehen,* JESUS. *Lebe wohl,* JOHANNES*)*

JOHANNES: Das Kind hat gehört und gesehen! Ich habe gehört und gesehen. Du bist der versprochene Messias! ... wir haben es immer gewußt ... und doch ... ich schwöre dir, ich habe nichts davon geahnt ... du bist mein Vetter und mein Freund ... wir spielten zusammen ... plauderten zusammen ... wir sprachen auch vom Reich Gottes ... und da kam das Wort zu mir: Einmal wirst du den Geist Gottes herniederleuchten sehen auf einen lebenden Mann, und dieser Mann wird die Welt taufen mit Feuer ... — und als ich es sah ... du, die Haare standen mir zu Berge ... was bedeutet es? All diese langen Jahre habe ich dich gekannt, und jetzt sehe ich, daß ich dich gar nicht erkannt habe ... sage mir, Jesus, Sohn der Maria: wer und was ist der Messias? Wer ist der Christ Gottes?

JESUS: Als du mich tauftest mit dem Wasser der Reue ...

JOHANNES: Nicht würdig bin ich, deine Füße zu küssen, Sohn des Vetters meiner Mutter ...

JESUS: — da fühlte ich, wie die Schulter Gottes sich beugte unter dem Druck der Sünden der Menschheit. Und da wußte ich ...

JOHANNES: Was? Was wußtest du ... den die Stimme Gottes Sohn nannte?

JESUS: Ich wußte, was es bedeutet ... der Menschensohn zu sein!

ZWEITE SZENE (BETHABARA)

Erster Abschnitt

(Im Zelt Johannes des Täufers)

DER EVANGELIST: Dann wurde Jesus vom Geiste in die Wüste geführt, auf daß er von dem Teufel versucht würde. Und da er vierzig Tage und vierzig Nächte gefastet hatte, kam er nach Bethabara, jenseits des Jordans, wo Johannes taufte.

ANDREAS: Du, Judas ...

JUDAS: Was ist, Andreas?

ANDREAS: Wie viele haben wir denn gestern getauft?

JUDAS: 23 Männer, 14 Frauen und 10 Kinder. Im ganzen 47.

JOHANNES DER EVANGELIST: Das ist doch eigentlich recht ermutigend, besonders die Frauen und Kinder.

ANDREAS: Mein lieber Johannes bar-Zebedäus — mit Frauen und Kindern kannst du keinen Feldzug durchführen ...

JUDAS: Falsch, mein Guter! Die Frauen und Kinder sind sogar sehr wichtig. Frauen reden viel und bringen andere Frauen her ... und zum Schluß kommen die Männer, um aufzupassen, daß ihre Frauen keinen Unsinn anfangen. *(Gelächter)* Außerdem ist es sehr vorteilhaft, wenn die Frau bekehrt ist. Es gibt viel weniger Krach und Gemaule zu Hause. Bruder Simon wäre längst bei uns, wenn die Frau nicht wäre ...

ANDREAS: Ja, das stimmt wohl.

JUDAS: Du kannst von einem Mann nicht erwarten, daß er sich für eine Sache wirklich einsetzt, wenn die Frau dauernd an ihm herumzerrt und ihm klarmacht, daß die Familie zuerst kommt.

JAKOBUS: Da spricht der Praktikus Judas.

JUDAS: Einer muß ja schließlich praktisch denken.

JOHANNES DER EVANGELIST: Und dann, ... wenn eine Frau sich erst einmal etwas in den Kopf gesetzt hat ...

JUDAS: Dann gibt es nichts, was sie aufhält. Stimmt genau.

ANDREAS: Auf deutsch — sie benimmt sich genau so wie unser Johannes bar-Zebedäus. Wenn *der* etwas sieht, das er haben will, dann geht er schnurgerade darauf los — stürmt darauf zu wie ein wildgewordener Bulle aufs Scheunentor ...

JUDAS: Und dann im letzten Augenblick wird er plötzlich schüchtern und weiß nichts zu sagen und läßt jemand anders die Arbeit machen.

JOHANNES DER EVANGELIST: D-D-das t-tu ich aber nicht.

JUDAS: N-N-N-nicht?

JOHANNES DER EVANGELIST: Ich weiß, daß ich mich immer so aufrege. Aber das versteht ihr nicht. Wenn einem irgend etwas so ganz ungeheuer viel bedeutet ... und man jagt danach ... und dann, ganz plötzlich — ganz unwahrscheinlich und doch wahr steht es greifbar vor einem ... dann ... wagt man auf einmal gar nicht, es zu berühren, aus lauter Furcht, es könnte wie ein Traumbild zerrinnen. Es ist gar nicht so, daß ich anderen die Arbeit überlassen will. Es ist nämlich ... *(er gibt es auf)* ich kann es nicht erklären.

JAKOBUS: Laß ihnen doch ihren Spaß, Johannes! Du hast die seltene Gabe der echten Demut, und das ist mehr als man von dir sagen könnte, Judas ... oder von den meisten von uns.

ANDREAS: Bravo, Jakob bar-Zebedäus! Steh deinem Bruder zur Seite.

JAKOBUS: Und was mehr ist — wenn es mal zum Hauen und Stechen kommt, dann werdet ihr meinen Bruder in der ersten Reihe sehen!

ANDREAS: Beruf's nicht, es kann ganz gut noch dazu kommen. Ganz unter uns, ich möchte, Johannes der Täufer wäre ein klein wenig vorsichtiger. Wo ist er überhaupt?

JUDAS: Um die sechste Stunde ging er aus. Alleine.

ANDREAS: So, so. Jedenfalls, seine Angriffe auf Herodes erregen allgemeine Aufmerksamkeit.

JAKOBUS: Herodes! Es ist allerhöchste Zeit, daß einmal jemand Herodes den Spiegel vorhält. Ein wirklich feiner Herrscher für das jüdische Volk! Weichknochig, grausam, verzärtelt und seinen Trieben lebend — diese Weiber lassen ihn doch tanzen wie eine Marionette.

JUDAS: Herodes ist leicht zu beeinflussen. Das kann aber unser Vorteil werden. Wenn wir Herodes selber dazu bringen könnten, Buße zu tun und sich taufen zu lassen ...

ANDREAS: Das ist sehr wahrscheinlich, was?

JUDAS: Er hat viel Respekt vor Johannes dem Täufer und hört auf ihn. Er weiß, daß Johannes ein ehrlicher Mann ist und ein wirklicher Prophet.

ANDREAS: Tja, Judas, das stimmt schon alles. Aber die Frau ist viel wichtiger. Herodias wird nie im Leben Johannes dem Täufer verzeihen, was er alles von ihr gesagt hat. Die will sein Blut, verlaßt euch drauf.

JUDAS: Herodes läßt es so weit gar nicht kommen. Und seine Bekehrung würde einen großartigen Eindruck machen.

JOHANNES DER EVANGELIST: Johannes der Täufer kehrt sich keinen Deut darum, ob er Eindruck macht oder nicht. Er kämpft gegen die Sünde, und es ist ihm ganz gleich, wo er sie findet.

JUDAS: Ich weiß. Deshalb ist er auch so ein großer Führer. Und deshalb sage ich ja auch: das Risiko lohnt sich! Man müßte es wirklich versuchen ...

ANDREAS: Das wird er sicher. Um sein eigenes Leben hat er noch nie gezittert. Aber gerade in der letzten Zeit wird er immer tollkühner — beinahe — als ob er —

JOHANNES DER EVANGELIST: Als ob er — das Ende seiner Mission nahen fühlte. Ich weiß es. Jakobus hat es auch bemerkt. In den letzten vierzig Tagen ist er völlig verwandelt.

JAKOBUS: Sein Leib ist abgezehrt — das Feuer Gottes verbrennt seine Seele zu Asche. Irgend etwas muß geschehen sein in der Woche, in der wir fort waren. Was war es, Judas?

JUDAS: Ich weiß es nicht. Er war großartig an dem Tag am Jordan, und wir hatten sehr viele Neubekehrte. Als er fast durch war mit dem Taufen, kam ein plötzlicher Donnerschlag. Er blickte auf ... und etwas kam in sein Gesicht, als hätte er Gottes Hand auf seiner Schulter gefühlt. Er war wie verklärt. Und so ist er geblieben bis heute.

JOHANNES DER EVANGELIST: Ja. Jakobus und ich

haben es sofort bemerkt, als wir kamen. Ich habe versucht, ihn danach zu fragen ... aber als ich so weit war, da f - f - fand ich die Worte nicht.

JUDAS: Und da hast du nur vor ihm g - g - gestanden und g - g - gestottert!

JOHANNES DER EVANGELIST: Ich fürchtete mich. Er sah mich an, als ob er durch mich hindurch sähe.

JAKOBUS: Schluß davon. Hier kommt er zurück ... Willkommen, Johannes, was — was ist geschehen?

JOHANNES DER EVANGELIST: Du bringst gute Neuigkeiten?

JOHANNES DER TÄUFER: Jesus ist zurückgekehrt. Er ist hier!

ANDREAS: Jesus? Was für ein Jesus?

JUDAS: Jesus bar-Joseph, dein Vetter?

JOHANNES DER TÄUFER: Mein Vetter nur im Fleische; doch mein Herr und Meister im Geiste.

JUDAS: Den du vor vierzig Tagen im Jordan getauft hast?

JAKOBUS: Vor vierzig Tagen!

JOHANNES DER TÄUFER: Die ganzen vierzig Tage ist er in der Wüste gewesen. Und ich wartete und wunderte mich und lehrte das Volk. Heute nun, während ich predigte, kam er am Fluß entlang, und ich sah den Geist Gottes seinen Leib überstrahlen wie das Schekinah leuchtete über dem Tabernakel der Arche. Da schrie es aus mir heraus zu allem Volk ... Das ist Er — das ist Er, von dem ich gesprochen habe! Er, der größer ist als ich und der nach mir kommen soll! Da starrten sie uns an, mich und ihn — aber sie konnten nicht sehen, was ich sah. Und darf ich es ihnen verdenken? All diese Jahre habe ich ihn so gut gekannt — und erkannte ihn doch nicht ... darum bin ich hierher zurückgeeilt ... ihr, meine Jünger, denke ich, werdet sehen und verstehen, was ich sah ... und unterwegs fühlte ich dauernd seine Gegenwart ... dicht hinter mir und doch wieder wie ein Leitstern vor mir. Denn wo immer ich auch gehe ... er ist allezeit hinter mir und vor mir, wie er auch vor mir war von Anbeginn ...

ANDREAS: Ich verstehe dich nicht, Johannes.

JOHANNES DER TÄUFER: Gebt her die Rollen mit der Heiligen Schrift ... lest vor, was Jesaja sagt über den Erlöser Israels.

ANDREAS: Du liest am besten, Johannes bar-Zebedäus.

JOHANNES DER EVANGELIST: Wo soll ich beginnen?

JOHANNES DER TÄUFER: „Er wird sein verachtet und verworfen von den Menschen, Trauer wird sein Los sein und Sorge sein Begleiter" — lies von da an.

JOHANNES DER EVANGELIST: *(etwas überrascht)* Oh! Fürwahr, er trug unsere Krankheit und lud auf sich unsere Schmerzen ... mein Gott, Johannes, ist das die Prophezeiung, die vom Messias spricht? Ich habe immer geglaubt, diese Stelle spräche von den Leiden unseres Volkes.

JOHANNES DER TÄUFER: Ganz Israel ist umschlossen vom Messias. Lies weiter.

JOHANNES DER EVANGELIST: Aber er ist um unserer Missetat willen verwundet und um unserer Sünden willen zerschlagen. Die Strafe liegt auf ihm, auf daß wir Frieden hätten, und durch seine Wunden sind wir geheilt.

JUDAS: Johannes ... ich glaube, ich beginne zu verstehen.

JOHANNES DER TÄUFER: Was zu verstehen, Judas?

JUDAS: Warum du zu Buße und Taufe rufst. Warum der falsche Frieden unserer Herzen zerbrochen werden muß und unsere Selbstzufriedenheit gezüchtigt ... ich hatte ... etwas anderes erwartet ... aber jetzt ... aber jetzt ... es ist ja viel größer und seltsamer als alles, was ich ... verzeiht die Unterbrechung.

JOHANNES DER EVANGELIST: Er wird wie ein Lamm zur Schlachtbank geführt werden und seinen Mund nicht auftun, wie ein Schaf, das verstummt vor seinem Scherer ...

JOHANNES DER TÄUFER: *(auffahrend)* Seht!

ALLE: Was denn? Wo?

JOHANNES DER TÄUFER: Dort geht er, das Lamm Gottes, und trägt mit sich die Sünden der ganzen Welt.

JAKOBUS: Wer ist es?

ANDREAS: Die Sonne blendet mich.

JUDAS: Ich erkenne ihn wieder — es ist Jesus bar-Joseph.

JAKOBUS: Er kommt hierher.

ANDREAS: Nein, er geht weiter.

JAKOBUS: Er sah herüber, aber er hat uns nicht gesehen.

JUDAS: Johannes bar-Zebedäus! Warum zitterst du denn?

JOHANNES DER EVANGELIST: Er hat mich angesehen.

JUDAS: Wenn dies der Messias von Israel ist ...

ANDREAS: Was sollen wir tun, Johannes?

JAKOBUS: Sollen wir ihm folgen oder bei dir bleiben?

JOHANNES DER EVANGELIST: Mir bleibt keine Wahl. Ich weiß nicht, was du erblickt hast, Johannes ... und ich verstehe nur einen Teil von dem, was du sagst. Aber er hat mich angesehen, und jetzt muß ich zu ihm und mit ihm sprechen. Ich muß ihm folgen und ihn finden oder ich werde nie im Leben wieder Ruhe haben ... bitte, glaub' nicht, daß ich undankbar bin! Ich möchte dich um nichts in der Welt verlassen ... aber ich muß gehen ... ich muß! Ich kann nicht erklären, was es ist ... aber es zwingt mich ... verstehst du mich? Bitte, sag, daß du mich verstehst, und laß mich ziehen.

JOHANNES DER TÄUFER: Ja, geh, Johannes bar-Zebedäus! Geh so schnell du kannst und sorge dich nicht um mich.

JAKOBUS: Er geht tatsächlich! Lauf ihm nach, Andreas! Er wird anfangen zu stottern und nervös zu werden und kann dann gar nicht sagen, was er überhaupt will.

ANDREAS: Willst nicht lieber du ...

JAKOBUS: Ach, ein Freund kann das besser erklären als der eigene Bruder. Ich werde hier bleiben. Komm aber zurück und erzähle, was war.

ANDREAS: Gut *(eilt fort, ruft)* Johannes! Johannes! So warte doch!

JOHANNES DER TÄUFER: Darum, daß seine Seele gearbeitet hat, wird er seine Lust sehen und die Fülle haben. *(Stimme langsam verklingend.)*

Zweiter Abschnitt

(Auf der Straße)

ANDREAS: *(hinterher laufend)* Du, Johannes!

JOHANNES DER EVANGELIST: Komm, schnell!

ANDREAS: *(keuchend)* Wozu die Eile, — laß mich doch erst wieder zu Atem kommen!

JOHANNES DER EVANGELIST: Die Welt könnte untergehen, bevor wir ihn erreicht haben ...

ANDREAS: *(gutmütig)* Könnte sie — ist aber nicht sehr wahrscheinlich! Er kann noch nicht weit sein.

JOHANNES DER EVANGELIST: Dort hinter den Feigenbäumen ist er verschwunden.

ANDREAS: Ja. Immer mit der Ruhe! Das ist ja Selbstmord, in der Mittagshitze so zu rennen.

JOHANNES DER EVANGELIST: Aber stell dir doch vor — wenn wir dort um die Ecke kämen — und er wäre nicht da!

ANDREAS: *(gemütlich)* Ich denke gar nicht dran, mir so was vorzustellen. Da — was habe ich dir gesagt? Da sind wir schon — und Jesus bar-Joseph ist auch noch da.

JOHANNES DER EVANGELIST: Ja, ja. Jetzt ist alles gut.

ANDREAS: Warum bleibst du denn jetzt stehn?

JOHANNES DER EVANGELIST: Nichts — ich meine — er ist da — und alles ist gut.

ANDREAS: Ich möchte wohl wissen, was über dich gekommen ist?

JOHANNES DER EVANGELIST: Weißt du was — wir werden ihm folgen und ihn im Auge behalten.

ANDREAS: Na, du bist mir vielleicht ein komischer Kauz — einen Augenblick geht alles im Juchhe und im nächsten vollkommen niedergeschlagen. Ich möchte wirklich wissen, was ich von dir denken soll. Warum kannst du nicht einfach...

JOHANNES DER EVANGELIST: Er hat uns gehört.

ANDREAS: Und wartet auf uns ... los, Johannes!

JOHANNES DER EVANGELIST: Sprich du mit ihm, bitte.

JESUS: Sucht Ihr etwas? Wollt Ihr mich sprechen?

ANDREAS: Rabbi, wir sind Jünger von Johannes dem Täufer. Du kamst gerade an unserem Zelt vorüber, und er sagte ... also, es war so — wir wollten dich gerne sprechen ... da sind wir hinter dir hergelaufen. Ich heiße Andreas — Andreas bar-Jonah.

JESUS: Willkommen, Andreas.

ANDREAS: Und dies ist Johannes bar-Zebedäus ... er war es, der dich unbedingt sprechen wollte — und ich kam mit ihm

... sag doch was, Johannes! ... *(entschuldigend)* er ist schnell gelaufen und außer Atem.

JESUS: Was willst du von mir, Johannes bar-Zebedäus?

JOHANNES DER EVANGELIST: Du hast mich gerufen — und hier bin ich!

ANDREAS: Wir wollen dich nicht stören — wenn es dir jetzt nicht paßt; aber wenn du uns sagst, wo du lebst...

JESUS: Ganz in der Nähe. Kommt und seht.

ANDREAS: Wie, jetzt?

JESUS: Ja. Wir wollen alle zusammen gehen.

ANDREAS: Wach auf, Johannes!

JOHANNES DER EVANGELIST: Mir ist, als ob ich träumte...

JESUS: Folgt mir.

Dritter Abschnitt

(In Jesus' Wohnung)

DER EVANGELIST: Und so kamen sie und sahen, wo er wohnte, und blieben bei ihm an diesem Tage, denn es war um die zehnte Stunde. Und Andreas ging, seinen Bruder Simon zu suchen.

JOHANNES DER EVANGELIST: Andreas ist schon lange fort. Ich hoffe nur, daß er Simon mitbringt.

JESUS: Er wird schon kommen, darum sorge dich nicht. Hier — auf dem Bord neben dir stehen Brot und Wein und ein Teller mit Trockenfeigen.

JOHANNES DER EVANGELIST: Soll ich sie auf den Tisch stellen? — Simon ist übrigens verheiratet — das kompliziert die Sache.

JESUS: Der Weg zum Reiche Gottes ist schmal und steil und nicht jeder vermag ihn zu gehen. Wer ihn gehen will, muß alles aufgeben, was ihn hindern könnte — Weib — Vater und Mutter und alles, was er besitzt. Ich will Euch das nicht verhehlen.

JOHANNES DER EVANGELIST: Aber es ist der Weg zum Glück für unser Volk?

JESUS: Das Reich Gottes ist — wie soll ich es sagen — ist wie ein reicher Kaufmann, der alles hat, was sein Herz begehrt.

Aber dann sieht er eines Tages eine Perle, die ist so schön und wundervoll, daß er fühlt: er kann ohne sie nicht mehr leben. Da geht er hin und verkauft alles, was er hat, und kauft diese Perle für sich.

JOHANNES DER EVANGELIST: Der Bruder meines Vaters war ein Kaufmann, und er war gerade so. Er hat nie viel Geld verdient, weil er es einfach nicht ertragen konnte, sich von schönen Dingen zu trennen. Aber er war sein ganzes Leben lang ein glücklicher Mensch... hast du meines Vaters Bruder etwa gekannt?

JESUS: Ich kenne die menschliche Natur. ... Du bist wie dein Onkel, nicht wahr?

JOHANNES DER EVANGELIST: Du weißt alles ... du liest in meinem Herzen wie in einem offenen Buche.

JESUS: Ich lese darin, daß wir Freunde sein werden.

JOHANNES DER EVANGELIST: O Meister! ... ich würde nie wagen, mich deinen Freund zu nennen. Deinen Diener — deinen Schüler — ja, —

JESUS: Ich will aber, daß meine Schüler meine Freunde sind. Willst du, Johannes bar-Zebedäus?

JOHANNES DER EVANGELIST: Wie kannst du nur fragen? Du weißt, daß ich nichts sehnlicher wünsche, als dich zu lieben und dir bis zum Tode zu folgen.

JESUS: *(ernst)* Ich danke dir.

JOHANNES DER EVANGELIST: Ich weiß nicht, warum ich so einen schwermütigen Ausdruck gebraucht habe. Ich rede immer so überschwenglich, wenn ich aufgeregt bin. Aber wirklich und wahrhaftig — ich würde gern mein Leben für dich geben.

JESUS: Und ich das meine für dich. Das ist das Wesen der Freundschaft. Horch! Da kommt Andreas zurück!

JOHANNES DER EVANGELIST: Und ich höre Simons Stimme.

ANDREAS: *(stürmt triumphierend ins Zimmer)* Hier ist er, Meister! Ich habe ihn mitgebracht! Ich sagte: „Simon, ich habe den Messias gefunden und du mußt einfach mitkommen!" Er wollte erst nicht recht — aber hier ist er.

SIMON: Guten Abend, Herr.

JESUS: Also du bist Simon. Das bedeutet: einer der hört und gehorcht. Der Name scheint gut zu passen ... (ANDREAS *lacht*)

oder nein, vielleicht doch nicht.

SIMON: Das weiß ich nicht. Meine Frau meinte so und Andreas meinte anders. Zum Schluß wurde es mir zu dumm und ich sagte: „Wer bestimmt eigentlich über mich? Jetzt gehe ich erst mal und sehe selbst.“ So sagte ich, und so ist das.

JESUS: *(belustigt)* Ich verstehe.

ANDREAS: Simon ist immer sehr unabhängig in seinen Ansichten — und er weiß genau, was er will.

JESUS: O ja. Eine rauhe Seele. Nun, Simon — eines Tages werden wir einen neuen Namen für dich finden. Du sollst Petrus heißen — der Fels. Wie gefällt dir das?

SIMON: *(derb)* Ihr macht Euch über mich lustig. Macht nichts. Zeigt mir, wie wir das Reich für Israel gewinnen — und ich werde mir den Namen schon verdienen.

JESUS: Ich werde es nicht vergessen. — Nimm Platz und iß mit uns.

SIMON: Danke, gern. — Ihr müßt wissen, daß ich genau so eifrig bin wie jeder andere, wenn es sich darum handelt, Israel wieder groß zu machen. Ich habe Johannes dem Täufer zugehört, und es war eine gute, fromme Rede ... aber mit Reden kommen wir nicht weit, wenn ich es grob ausdrücken darf. Es haben schon oft welche groß ins Horn gestoßen und angegeben, der Messias zu sein — und dann ist nie was draus geworden.

ANDREAS: An Roms Macht sind sie alle gescheitert. Und ich glaube, Meister, wir müssen uns vollkommen darüber klar sein: es ist allerhand, wenn ein paar kleine Leute wie wir sich gegen das Imperium auflehnen wollen. Simon und ich sind einfache Fischer — und die Söhne des Zebedäus schließlich auch —, obwohl sie ein bißchen mehr Bildung mitgekriegt haben als wir. Johannes der Täufer hat eine Menge Anhänger, und ich glaube sicher, daß viele davon bereit wären, dir zu folgen.

JOHANNES DER EVANGELIST: Du brauchtest doch nur zu sprechen, Meister — und die ganze Welt würde dir folgen.

JESUS: Ich kann euch keine Beweise geben. Ich kann nur sagen: hier bin ich. Glaubt an mich!

SIMON: Als ich dich sah, wußte ich sofort, daß man dir vertrauen kann. Aber das Volk sucht einen Führer, der ihre Lebensbedingungen verbessert. Weiter können sie nicht denken, die armen Tröpfe — und schließlich kann man es ihnen nicht einmal verübeln. Und die Priester —

ANDREAS: Die Priester wollen mit Politik nichts zu tun haben, — die stecken alle mit der Regierung unter einer Decke. Ich fürchte — wenn der Engel Gabriel selber geradewegs vom Himmel geflogen käme — dann würden sie ihn von der Tempelwache wegen Unruhestiftung verhaften lassen.

SIMON: Und ich sage: Rom! Rom ist der wirkliche Gegner zu jeder Zeit. Sie wollen einfach Israel nicht unabhängig werden lassen, und das einzige Argument, das sie verstehen, ist eine bewaffnete Macht.

JESUS: Kinder, Kinder! Ihr wißt wirklich nicht, wessen Stimme aus Euch spricht. Hunger, Aberglauben und Gewalt werden das kommende Reich nie erringen. Es ist das Reich Gottes, das wir suchen. Hört zu und versucht, zu verstehen. Als ich zu Johannes kam, mich taufen zu lassen, und hörte Gott mich Seinen Sohn nennen, da ging ich in die Wüste, zu fasten und zu beten. Als ich nun nach vierzig Tagen zurückkam und nicht mehr die Gegenwart Gottes verspürte, merkte ich, daß ich hungrig war — und gleichzeitig wußte ich, daß ich nicht allein war.

JOHANNES DER EVANGELIST: Ist ein Engel zu dir gekommen?

ANDREAS: Johannes der Täufer hat oft Erscheinungen nach dem Fasten.

JESUS: Etwas sprach in mir — aber es war nicht ich selber, und sagte: „Warum gehst du hungrig? Wenn du Gottes Sohn bist — wenn du wirklich Gottes Sohn bist — dann brauchst du nur zu befehlen — und die Steine der Wüste werden zu Brot werden!" Und ich wußte, daß die Stimme die Wahrheit sprach — ich brauchte nur zu befehlen.

ANDREAS: Das wäre ja ein Wunder!

JESUS: Es gibt schwierigere Wunder als dieses ... Ihr braucht nicht so verstört zu sein — das Brot, das ihr eßt, kommt, nebenbei bemerkt, vom Bäcker! — Aber man darf keine Wunder für sich selber wirken — nur für andere.

JOHANNES DER EVANGELIST: Wie wäre es denn mit

einem Wunder für andere? Gib Gottes Volk zu essen und sie werden Seinen Namen preisen!

SIMON: Das hat man uns ja gelehrt, Gott für seine Gaben zu preisen!

JESUS: Um seiner Güte willen sollen wir ihn preisen — nicht für das, was er uns gibt. Es ist leicht, den Körper zu sättigen und die Seele dabei hungern zu lassen. Es steht geschrieben: Der Mensch lebt nicht von Brot allein, sondern von jeglichem Wort, das durch den Mund Gottes geht! Als ich diese Worte sprach, war die Versuchung vorüber und hatte mich kaum berührt ... Aber das — das andere Wesen war immer noch bei mir. Wir standen zusammen auf den höchsten Zinnen des Tempels und blickten auf die Straßen Jerusalems hernieder.

ANDREAS: Heißt das, daß du wirklich dort gewesen bist?

JESUS: Wir schienen wirklich da zu sein. Und jenes Wesen, das nicht ich selbst war, sagte zu mir: „Bist du Gottes Sohn — bist du wirklich Gottes Sohn — so stürze dich hinab. Du kannst nicht umkommen; denn heißt es nicht in der Heiligen Schrift, daß Gottes Engel dich auf ihren Händen tragen werden, auf daß du deinen Fuß nicht an einen Stein stoßest?“ — und ich sah die Priester und die Gläubigen sich versammeln zum Abendopfer. Und wieder flüsterte die Stimme: Zeige ihnen, wer du bist! Beweise es ihnen! Bist du deiner so sicher, Sohn Gottes? Beweise es dir selber!

JOHANNES DER EVANGELIST: *(sanft)* Lieber Meister! hast *du* das gefühlt? Den Zweifel, der einen Menschen zum Wahnsinn treiben kann? Die Furcht, daß die gesegnete Wahrheit vielleicht doch nur eine Lüge ist?

JESUS: Ich sagte dem anderen: „Es steht geschrieben: du sollst Gott deinen Herrn nicht versuchen! Du mußt ihm vertrauen wie einem Vater oder einem Freund!“ Und das Grauen ging vorüber.

ANDREAS: War damit die Erscheinung zu Ende?

JESUS: Noch nicht. Er nahm mich mit sich auf einen hohen Berg und zeigte mir die ganze Welt — ausgebreitet zu meinen Füßen wie eine Landkarte: ... Byzanz und Jerusalem, — alle Städte des Mittelmeeres waren zu sehen — Tyrus und Sidon und Cäsarea — und hinter ihnen Athen und Rom — bis weit zum Horizont, wo Karthago liegt — Stadt um Stadt mit all ihrer Macht und Herrlichkeit. Und es flüsterte: „Sohn Gottes, dies alles will ich dir zu eigen geben, so du niederfällst und mich anbetest." Da wußte ich, wer der andere war, und sprach seinen Namen: Du bist Satan, der Zerstörer! Hebe dich weg von mir. Denn es steht geschrieben: Du sollst Gott deinen Herrn anbeten und ihm allein dienen! Als er sah, daß ich ihn erkannt hatte, da floh er ... und Gott sandte seine Engel, mich zu stärken, denn die Versuchung war groß gewesen und hatte nach den tiefsten Tiefen der Seele gezielt. *(Kleine Pause)*

SIMON: Meister, wenn ich dich richtig verstehe, dann kann man keine Macht erwerben, ohne dabei verdorben zu werden. Aber wenn das so ist, wie soll dann das Reich wieder errichtet werden?

JESUS: Ich werde dir sagen, wie das Reich Gottes ist. Du hast oft gesehen, wenn deine Frau Brot backen will. Dann nimmt sie ein kleines Bröckchen Sauerteig und verrührt es mit dem ganzen Teig. Der Teig wird zur Seite gesetzt und die Hefe beginnt zu wirken — leise und unmerklich — bis der gesamte Teig sich hebt und anschwillt und leicht wird und gebacken werden kann. So wird auch das Reich kommen.

ANDREAS: *(gedehnt)* Sooo?

JESUS: Genau so. Bist du enttäuscht?

ANDREAS: Ich dachte — es käme mit Truppen und wehenden Fahnen und einem Triumphzug nach Jerusalem.

JESUS: Vielleicht wirst du den Messias in Jerusalem einziehen sehen.

SIMON: Eigentlich hatten wir ja Zeichen erwartet, und Wunder und so.

JESUS: Ihr werdet Zeichen und Wunder sehen! Aber ihr werdet nicht glauben, weil ihr die Wunder seht, sondern ihr werdet die Wunder sehen, weil ihr geglaubt habt!

ANDREAS: *(noch bei seinen eigenen Gedanken)* Wir hofften auf eine gewaltige Volkserhebung ... aber ich sehe ein, daß das Volk gelehrt werden muß, Gott zu erkennen, ehe es überhaupt fähig ist, das Reich Gottes froh zu erleben.

SIMON: Das Volk? Das sind wir doch, das Volk. Und wir wissen gar nichts. Die Schrift sagt, daß wir gottesfürchtig sein sollen, aber kannst du Andreas und Johannes und mich gottesfürchtig nennen? Wir sind doch ganz einfache, gewöhnliche Leute, nicht?

JOHANNES DER EVANGELIST: Meister — was bedeutet es — gottesfürchtig zu sein? Ist es genug, die zehn Gebote halten und die richtigen Gebete sprechen, recht handeln und den Zehnten bezahlen, wie die Priester uns sagen? Oder ist es ganz etwas anderes? Die Predigten von Johannes dem Täufer haben unsere Herzen verwirrt und bekümmert, und die großen Propheten haben uns erschreckt mit ihrem wilden Eifern gegen die Sünde. Wir sind entmutigt, weil nichts, was wir auch tun, das Richtige zu sein scheint, und der gerechte Gott ist so groß und so furchtbar und so schrecklich unnahbar. Wie können wir so weit über uns hinauswachsen? Was für eine heroische Sache ist diese — Gottesfurcht?

JESUS: Die Priester haben recht und die Propheten auch. Ich bin nicht gekommen, das Gesetz aufzulösen, sondern euch zu zeigen, wie ihr es halten könnt. Das ist die wahre gottesfürchtige Art zu leben — zu lieben und vom Gesetz der Liebe geführt zu werden — denn Liebe kann nie Unrechtes tun.

JOHANNES DER EVANGELIST: So einfach?

JESUS: So einfach, daß ein Kind es verstehen kann. So einfach — daß nur Kinder es *richtig* verstehen können.

ANDREAS: Aber was hat das alles mit dem kommenden Reich zu tun?

JESUS: Das *ist* das Reich. Wo die Liebe ist — da ist auch das Reich Gottes. *(Kurze Pause)*

SIMON: Meister, — das ist eine seltsame, neue Lehre ... und doch — wenn man es richtig überlegt, ist es nichts anderes, als was die Bibel uns immer schon erzählt hat ...

ANDREAS: Das müssen wir uns einmal gründlich überlegen...

JOHANNES DER EVANGELIST: Ich brauche nicht zu überlegen. Es ist die Wahrheit! Aber ich muß das sofort meinem Bruder erzählen.

JESUS: Ihr seid Fischer, nicht wahr? Wo lebt Ihr? Am See von Galiläa?

SIMON: Ja, Meister, In Bethsaida.

JESUS: Gut. Geht jetzt zurück zu Johannes dem Täufer. Wenn er Euch nicht mehr braucht, werdet Ihr mich in Galiläa finden.

DRITTE SZENE (AENON)

DER EVANGELIST: Am folgenden Tage begab sich Jesus nach Galiläa und fand Philippus und Nathanael und sprach zu ihnen: „Folget mir nach.“ Und Jesus und seine Jünger kamen in das Land Judäa, und er taufte dort. Aber auch Johannes der Täufer vollzog die Taufe in dieser Zeit in Aenon bei Salim.

JOHANNES DER TÄUFER: ... und so sage ich euch: Tuet Buße und laßt euch taufen.

ERSTER JUDE: Darf ich mal was fragen? — Mir ist die Sache mit dem Taufen nicht ganz klar. Es gibt doch die gewöhnliche Reinigung, die das Gesetz vorschreibt — und jetzt kommt deine besondere Sendung dazu ...

ZWEITER JUDE: — und außerdem bist du gar nicht der Einzige! Da ist in Galiläa noch einer — ein gewisser — na, wie heißt er noch ...

DRITTER JUDE: Jesus bar-Joseph. Erinnerst du dich nicht? Er war doch in Bethabara mit dir zusammen, und du hast gesagt, er würde mit Feuer taufen —

ZWEITER JUDE: Aber er tauft genau so mit Wasser wie du.

ERSTER JUDE: Das stimmt nicht. Er selber tauft überhaupt nicht, nur die Jünger.

ZWEITER JUDE: Das ist doch ganz gleich. Viele deiner Bekehrten laufen schon zu ihm jetzt. Ich finde das alles ziemlich verwirrend und möchte wohl wissen, wie man es am besten macht.

DRITTER JUDE: Ja, so ist es. Ist der eine der Richtige oder der andere — wer macht die bessere Taufe von den beiden, wer?

JOHANNES DER TÄUFER: Niemand kann mehr tun, als die Aufgabe erfüllen, die Gott ihm gestellt hat. Ihr seid meine Zeugen, daß ich nie gesagt habe, *ich* sei der Messias. Ich bin nur gesandt, den Weg für ihn vorzubereiten — habe ich euch das nicht immer gesagt?

ERSTER JUDE: Das ist richtig — das hast du.

JOHANNES DER TÄUFER: Ihr wißt, wie es bei einer Hochzeit zugeht. Der Brautführer kommt zuerst und nimmt die Braut in Empfang, aber er ist nur da, um dafür zu sorgen, daß alles klappt. Sobald der Bräutigam kommt, kümmert sich niemand mehr um den Brautführer. Er ist nichts als ein Freund des Bräutigams, der sich mit ihm freut und gern in den Hintergrund verschwindet und ihm den Ehrenplatz gibt. Und so bin ich jetzt froh, denn der Bräutigam Israels ist erschienen. Von nun an werden die Menschen sich mehr und mehr ihm zuwenden und weniger zu mir kommen. Und das ist ganz richtig und in Ordnung. Denn ich bin nichts — und er ist alles ... Judas!

JUDAS: Johannes?

JOHANNES DER TÄUFER: Was sind das da für Leute, die die Straße herunter kommen?

JUDAS: Sie sehen aus, wie Soldaten.

JOHANNES DER TÄUFER: Das habe ich mir schon gedacht. — Geht jetzt nach Hause, meine Freunde! Es ist besser, ihr werdet nicht bei mir gesehen. *(Die* MENGE *zerstreut sich)*

JAKOBUS: Andreas — was meint er?

ANDREAS: Ich weiß nicht genau, ich fürchte aber, ich habe eine Ahnung, Johannes!

JOHANNES DER TÄUFER: Das sind Herodes' Leute, die mich verhaften sollen.

ANDREAS: Du hast auch zu offen gesagt, was du von ihm hältst.

JOHANNES DER TÄUFER: Konnte ich denn anders? — Habt ihr gehört, was der Mann sagte?

JOHANNES DER EVANGELIST: Wir alle haben es gehört: Jesus ist in Galiläa!

JOHANNES DER TÄUFER: Andreas — Jakobus — Johannes, geht heim nach Bethsaida und wartet dort auf ihn. Simon ist ja schon da.

JAKOBUS: Und du? Du selber?

JOHANNES DER TÄUFER: Auf mich — kommt es nicht an. *(SOLDATEN nähern sich)*

ANDREAS: Wir können dich doch nicht alle einfach allein lassen!

JUDAS: Ich habe nichts in Galiläa verloren. Ich gehe mit Johannes dem Täufer!

JOHANNES DER TÄUFER: Überleg dir das, Judas. Es kann gefährlich werden.

JUDAS: Ich habe keine Furcht. Herodes blufft nur. Er wird dich einsperren lassen, weil seine Frau das will — und dich wieder laufen lassen, weil ihm das lieber ist ... in Tiberias gibt es allerhand Möglichkeiten für uns ... überlaß das ruhig mir ... ich habe Verbindungen ...

STIMME: 'teilung, halt! — He, Ihr da! Im Namen des Herodes, Vierfürsten von Galiläa ...

JOHANNES DER TÄUFER: Ich bin der Mann, den Sie suchen, Feldwebel. Ich bin Johannes der Täufer.

DER EVANGELIST: Als nun Jesus an den See von Galiläa ging, sah er zwei Brüder, Simon und Andreas, die warfen ihre Netze in das Meer, denn sie waren Fischer, und er sprach zu ihnen:

STIMME VON JESUS: Folget mir nach.

DER EVANGELIST: Und da er weiter fürbaß ging, sah er zwei andere Brüder, Jakobus bar-Zebedäus und Johannes, seinen Bruder, im Schiff mit ihrem Vater, wie sie ihre Netze flickten. Und er rief ihnen zu:

JESUS' STIMME: Folget mir nach.

EVANGELIST: — und sie verließen alsbald das Schiff und ihren Vater und folgten ihm nach.

DRITTES SPIEL

ES WAR ABER EIN EDELMANN

Der EVANGELIST
Der BRÄUTIGAM VON KANA
Die BRAUT
SUSANNA, *Mutter des Bräutigams*
REBEKKA, *Susannas Freundin*
Der SPEISEMEISTER
RUBEN, ISASCHAR, *Eine* DIENERIN — *Dienerschaft im Hause des Bräutigams*
RABBI SALOMO
BENJAMIN BEN-HADAD, *ein Landedelmann*
DORCAS, *Ein* STALLKNECHT — *Diener Benjamins*
MARIA, *Jesu Mutter*
JESUS
ANDREAS, *des Jonas Sohn*
SIMON, *des Jonas Sohn (Petrus)*
JAKOBUS, *des Zebedäus Sohn*
JOHANNES, *des Zebedäus Sohn*
Ein LEVIT
Erster ÄLTESTER
Zweiter ÄLTESTER *(Schadrach)*
Dritter ÄLTESTER
HOCHZEITSGÄSTE *und* MENGE

PERSONEN

SPEISEMEISTER: Der Speisemeister ist der oberste Diener und nicht der Mundschenk, der für die Bestellung der Getränke verantwortlich ist. Er sollte also so sprechen und sich benehmen, wie es einem höhergestellten Bedienten in einem gutbürgerlichen Hause ansteht.

RUBEN, ISASCHAR: Können irgendeine Mundart sprechen, die sie genügend von ihrer Herrschaft unterscheidet. Sie sind nicht Sklaven im herabsetzenden Sinne des Wortes, sondern entweder bezahlte Diener oder im Haushalt aufgewachsene Leibeigene. Ruben ist von den beiden der überlegenere und spricht gewählter.

SUSANNA: Eine nette, freundliche, gastliche Frau mittleren Alters und von gutbürgerlichem Stand, wie sie wahrscheinlich im engeren Freundeskreis der Zimmermannsfamilie zu finden war. Das Fest ist keine sehr üppige Angelegenheit, sondern eben ein Familienfest bei nicht sehr reichen Leuten (denn bei sieben unerwarteten Gästen werden bereits Wein und Geschirr knapp), die stolz sind, daß sie einen der Honoratioren zu Tische laden können, die in der üblichen Weise und innerhalb vernünftiger Grenzen religiös sind und jedermann gastlich aufnehmen.

MARIA: ist nun etwa 48 Jahre alt. Ich habe mir Dr. Temples Auffassung zu eigen gemacht, daß sie „offenbar für die Feier mitverantwortlich war, wie ihr Erschrecken über den Mangel an Wein und ihre Anweisungen an die Dienerschaft bezeugen". Ihr Verhalten zu Jesus und das seine zu ihr sind die eigentliche Schwierigkeit dieser Szene. Ich habe die Erinnerung an den zwölfjährigen Jesus im Tempel hineingebracht, um zu zeigen, wie schwer die Stellung der irdischen Mutter im Alltagsleben angesichts der Persönlichkeit und Sendung ihres Sohnes war. Aus Lukas IV. 22 geht ziemlich klar hervor, daß Jesus früher zu Hause keine Wunder getan hatte, so daß dies wahrscheinlich Marias erste Begegnung mit seiner göttlichen Kraft war, und sie ist zugleich betrübt und glücklich darüber.

REBEKKA: in jedem Sinne ein „Gschaftlhuber" — die Unentbehrliche, die jeder nur zu gern los sein möchte. Mit schriller, schnatternder Stimme, gutem Herzen, neugieriger Nase — und gänzlich ohne Taktgefühl.

BENJAMIN BEN-HADAD: Kein sehr großer Herr, mehr eine Lokalgröße, eine Art Landjunker. Ein rechtschaffener Mann mit großem Familiensinn, freundlich zur Dienerschaft, nicht allzu betont fromm, aber grundgut. Ich denke ihn mir etwa 60 Jahre alt, sein Sohn ist wohl das jüngste Kind nach vielen Töchtern und ihm deshalb über alles lieb.

JESUS: Auch er stößt hier auf den Zwiespalt zwischen seinem häuslichen Leben und seiner Sendung als Gottes- und Menschensohn, und im ganzen überwiegt die strenge Seite seines Wesens, obwohl er bei der Ankunft und auch während der Erzählung des Gleichnisses unbeschwert und sanft ist. Seine Antwort an die Mutter muß wie eine entschiedene Mahnung klingen, aber er spricht nicht scharf oder vorwurfsvoll. Im Tempel ist er wirklich aufgebracht. In der zweiten Szene ist er mit den Jüngern wieder sanft und heiter, aber dann abermals sehr entschieden, wenn er Benjamin auf die Glaubensprobe stellt.

JÜNGER: Sie sind im zweiten Spiel genügend charakterisiert worden. Johannes des Evangelisten Art, mit Maria zu sprechen, soll schon auf die nahe Beziehung hinlenken, die dann schließlich zu der Szene am Kreuz führt, wo er sie „zu sich nimmt".

DER BRÄUTIGAM UND DIE HOCHZEITSGÄSTE: brauchen nicht besonders charakterisiert zu werden.

DIE BRAUT: darf in einem östlichen Lande nichts anderes sein als schüchtern und schweigsam, wenn der junge Ehemann zugegen ist.

RABBI SALOMO: Ein frommer alter Mann im besten Sinne, aber nicht zu alt, um für neue Menschen und neue Gedanken empfänglich zu sein.

ERSTER UND DRITTER ÄLTESTER: Widerlichster Typ von Ekklesiastikern — neuen Gedanken unzugänglich und neuen Menschen von vornherein abgeneigt; kriecherisch der Obrigkeit gegenüber, nur zu bereit, Kreuzigungen herbeizuführen.

ZWEITER ÄLTESTER (SCHADRACH): Bedeutend klüger, kann den skandalösen Handelsbetrieb im Tempel nicht leiden, ist fähig, den „neuen Mann" richtig einzuschätzen und seinem Anspruch abwägend zu begegnen. Spöttisch in Stimme und Benehmen.

DORCAS: eine junge Frau, die ihrem Herrn und seiner Familie treu ergeben ist.

STALLKNECHT: Hochnäsig und frech, hat keinen Respekt vor Fußgängern in Bauerntracht.

ERSTE SZENE (KANA IN GALILÄA)

DER EVANGELIST: Nachdem aber Jesus die Taufe empfangen hatte von Johannes dem Täufer, berief er die ersten seiner Jünger: Philippus und Nathanael, Andreas bar-Jonas und Simon seinen Bruder, Jakobus und Johannes, die Söhne des Zebedäus. Es war aber eine Hochzeit zu Kana im Lande Galiläa, und die Mutter Jesu war da, aber auch Jesus und seine Jünger waren eingeladen.

(Geräuschvolle Vorbereitungen — Teller klappern, Diener laufen durch die Räume)

SPEISEMEISTER: Zwölf — vierzehn — sechzehn Mundtücher ... hier ... he, Ruben, die Girlande ist losgegangen. Schlag einen Nagel rein — und trimme den Docht von der Lampe da, siehst du nicht, daß sie raucht, ... wo sind denn wieder die Wasserschalen zur Reinigung?

RUBEN: Gleich hinter der Türe. Sechs Stück, dacht' ich, genügen.

SPEISEMEISTER: Ja. Sieh zu, daß genügend saubere Handtücher bereit liegen. Isaschar ... noch Kissen in den Alkoven für die Musikanten! Beeil dich, los!

SUSANNA: Wie weit seid ihr?

SPEISEMEISTER: Gleich fertig, Herrin. Denke, Ihr werdet zufrieden sein.

SUSANNA: O ja! Großartig, wie ihr alle geschafft habt! Was für ein Geschäft, bis man einen Sohn glücklich verheiratet hat! Was gibt es, Kleine?

DIENERIN: Eure Armspangen, Herrin!

SUSANNA: Danke ... nächstens vergesse ich noch meinen Kopf! ... Ich hoffe nur, in der Küche ist alles in Ordnung *(ruft)* Maria! Maria! Es wird Zeit!

MARIA: *(kommt atemlos herein)* Wir können sofort aufdecken ... und ... oh, Susanna! Gerade ist Nachricht von meinem Jungen eingetroffen. Er kommt ...

SUSANNA: Das freut mich! Da haben wir ihn doch noch rechtzeitig erreicht!

MARIA: Und sechs Freunde bringt er mit.

SPEISEMEISTER: *(bestürzt)* Noch sieben Plätze?

MARIA: Es tut mir ja so leid — gerade habt ihr alles so schön arrangiert ...

SUSANNA: Wir haben erst in letzter Minute daran gedacht — als wir hörten, daß er in der Nähe sei.

SPEISEMEISTER: Wird schon gehen, Herrin. Wir werden's schon schaffen ... Ruben, diese Tische hier dichter zusammenrücken, und hier kann noch ein Tisch hin ... noch zwei Ruhebetten hierher ... Isaschar! Rasch aufs Dach und sieh zu, ob der Hochzeitszug in Sicht ist.

MARIA: Prächtig sieht alles aus, und die Blumen ... wundervoll!

RUBEN: Wir brauchen noch ein Tischtuch. Und ein paar Tassen.

SUSANNA: Ich fürchte, wir haben keine mehr im Hause ...

MARIA: Ich werde rasch zum Nachbarn laufen und einige leihen ...

SUSANNA: Nicht doch, Liebste, du bist schon den ganzen Tag auf den Füßen ...

MARIA: Aber das macht mir doch Freude, Susanna! Wenn der Sohn meiner alten Freundin heiratet ...

SUSANNA: Ja ja, aber du mußt dich noch ein wenig ausruhen, bevor die Gäste kommen. Einer der Diener kann gehen, oder nein — da ist ja Rebekka! Die liebt so kleine Besorgungen ... Rebekka!

REBEKKA: *(beweglich und nachdrücklich)* Ja, Liebe? — O Maria, hier bist du also! Was höre ich? Dein Sohn Jesus kommt?

MARIA: Ja. Und wir dachten, du könntest ...

REBEKKA: *(ihre Worte übertönend)* Aber das ist ja großartig! Seit Jahren und Jahren habe ich ihn nicht mehr gesehen! Soll ja ein Prediger geworden sein oder ein Prophet oder so was, wie man erzählt, und viel Aufsehens machen! Die Jugend ist direkt verrückt auf ihn, hab' ich gehört. Da hat er wohl die Zimmermannsarbeit ganz aufgegeben, denke ich, was? Warum auch nicht, seine Vettern werden schon damit fertig werden im

Geschäft. Aber zu Hause wird er dir wohl sehr fehlen, nicht wahr?

MARIA: Natürlich fehlt er uns sehr, aber wie dürften wir ihn zurückhalten, wenn er zum Diener Gottes berufen ist!

REBEKKA: Sicher nicht! Bestimmt nicht — aber ich muß sagen, ich hoffe, daß er vorsichtig ist und keine Dummheiten macht. Ich fühle mich verpflichtet, dich zu warnen: die Leute fangen an, gefährliches Zeug zu schwätzen ... so, als ob er der Messias wäre ... nur Andeutungen natürlich und einfach lächerlich für uns, die wir ihn kennen ... aber das ist heute eine gewagte Geschichte, und wenn du ihm einen Wink geben kannst ...

MARIA: Jesus muß tun, was er für richtig hält, Rebekka.

REBEKKA: Natürlich, Liebste, und ich bin, weiß Gott, die Letzte, die sich einmengen will ... aber in seinem Interesse sollte er diesen Gerüchten entgegentreten. Ich möchte ja schließlich nur helfen.

SUSANNA: *(energisch unterbrechend)* Du bist immer so gut. Könntest du wohl mal eben zu Simeons Frau rüberspringen und fragen, ob sie uns einige Tassen und ein paar Tischtücher leihen kann? Jesus bringt sechs Freunde und wir sind etwas knapp.

REBEKKA: Aber mit dem größten Vergnügen, Liebste. Die Simeons sind immer reizend zuvorkommend. Also da sagten sie doch erst gestern ...

ISASCHAR: Herrin! Herrin! Das Brautpaar kommt! Ich kann schon von weitem ihre Fackeln sehen ... sie kommen die Straße von Kapernaum herunter.

REBEKKA: Jetzt muß ich aber laufen ... gleich bin ich zurück ... *(schon im Gehen);* und überlege dir mal ernsthaft, was ich dir gesagt habe.

SUSANNA: In zehn Minuten werden sie hier sein. Komm, setzen wir uns noch ein wenig ... und ... Maria ... jetzt, wo Rebekka nicht hier ist ... sag doch ... was weiß eigentlich Jesus von ... du weißt schon ... von den Dingen, die du mir erzählt hast? Die Engel bei seiner Geburt ... und die Prophezeiungen ... und der Besuch der weisen Könige, ... und ... überhaupt alles?

MARIA: Solange er ein Kind war, haben wir ihm gar nichts

gesagt. Wir warteten auf eine Zeit, die Gott bestimmen würde. Als er zwölf Jahre alt war, gingen wir wie immer zum Passahfest nach Jerusalem, und irgendwie ... als die Karawane zurückkehrte, blieb er dort. Wir glaubten, er wäre bei Zacharias und Elisabeth, und die beiden nahmen natürlich an, er wäre bei uns. Als wir es merkten, gingen mein Mann und ich zurück, um ihn zu suchen, und wo fanden wir ihn zum Schluß, als wir schon ganz ängstlich waren von der langen Suche? Im Tempel war er, saß zu Füßen der Ältesten, hörte ihnen zu und stellte Fragen! Richtig erstaunt waren sie, so schnell konnte er denken, und so verständig war er und wußte so viel! Und ich sagte: Jesus, Liebling, sagte ich, das war nicht nett von dir! Dein Vater und ich, wir haben uns arg geängstigt, wir wußten schon gar nicht mehr, wo wir dich suchen sollten! — Da sah er mich doch ganz erstaunt an und sagte: „Ja, aber warum denn? Dies ist meines Vaters Haus und sicherlich wußtet ihr, daß ich hier sein mußte?"

SUSANNA: Hm, aber ... Maria ...

MARIA: Ich wußte nicht, was ich sagen sollte. Wie ein Schwert ging es mir durchs Herz! O Susanna! Herrlich ist es, einen Sohn zu haben, der geboren ist, große Dinge zu vollbringen; aber es gibt Augenblicke — wenn du klar erkennst, daß er — dir nicht gehört ... die sind bitter, solche Augenblicke ... Er kam mit uns nach Hause ... und da zeigte ich ihm die Geschenke der drei Weisen ... Gold, Weihrauch und Myrrhen ... und ich erzählte ihm alles, was ich weiß ... Er sagte nichts dazu. Achtzehn Jahre hat er nichts gesagt ... war immer zärtlich und gehorsam wie ein guter Sohn ... und ich habe ihn beobachtet und gewartet ... und habe gewußt, daß die Zeit kommen würde, da sein himmlischer Vater ihn rufen würde ... von mir weg — *(Ferne Musik)*

hör nur! Die Gäste!

SUSANNA: Sie sind erst oben an der Straße. Erzähl mir schnell zu Ende.

MARIA: Dein Sohn, Susanna, bringt die Braut heim! Meiner hat mich verlassen ... um einen Weg zu gehen, dessen Ende niemand kennt ... Vor zehn Wochen kam er zu mir und sagte: „Mutter, es wird Zeit, daß ich mich um meines Vaters Angelegenheiten kümmere." — Er sprach zärtlich — aber ich dachte an den Tag im Tempel und wußte Bescheid ... Er verließ das Haus am nächsten Tage ...

SUSANNA: Arme Maria! Das war hart für dich.

MARIA: Ich bin seine Mutter, und ich kenne ihn. Unter all seiner Milde steckt ein Wille aus Stahl ... sieh nicht so besorgt darein — ich bin sehr glücklich. Und heute nacht werde ich meinen Sohn sehen dürfen. *(Musik vor der Tür)*

SUSANNA: Gott segne dich, Maria ... aber jetzt muß ich die Gäste empfangen.

(Ankunft der GÄSTE. *Rufe:* GOTTES *Segen auf das junge Paar! Willkommen daheim! Willkommen der Braut! usw. Lachen und Musik)*

BRÄUTIGAM: Mutter, ich habe meine Braut zu dir gebracht und bitte um deinen Segen.

SUSANNA: Sie ist meinem Herzen willkommen! Der Himmel segne euch beide, mein Sohn und meine Tochter! Möge eure Ehe glücklich werden und fruchtbar. Wenn doch nur euer lieber Vater noch diesen Tag erlebt hätte ... Willkommen, ihr Freunde alle! Kommt herein, die Hochzeitstafel wartet. *(klatscht in die Hände)* Schnell. Wasser und Handtücher für unsere Gäste! Oh — willkommen, Lord Benjamin! Herzlich willkommen, guter Rabbi Salomon! — Ebenezer — Raphael, Simeon ... fein, daß ihr da seid! David und Sarah ... wie gut, daß ihr es möglich gemacht habt, zu kommen ... Moses ben-Ezra und Ruth, Liebste, wie geht es dir? Ist das nicht ein froher Tag heute? Ah — und hier ist ein Gesicht, das zu sehen mich freut ... Jesus bar-Joseph ... recht herzlich willkommen!

JESUS: Friede und Segen Eurem Hause, Susanna, dir und deinem Sohn und deiner Tochter.

SUSANNA: Und dies sind deine Freunde? Wir freuen uns so, sie kennenzulernen. Ich habe euch alle an einen Tisch gesetzt — deine liebe Mutter ist auch da ... sie hat mir so wundervoll geholfen ... Jakob ... Dorcas und Abigail *(ihre gastfreundliche Stimme verklingt langsam im Durcheinander der Begrüßungen.)*

SPEISEMEISTER: Gestatten Herr! Hierher, bitte ... Ruben, noch ein Kissen hierherüber ... Isaschar, lauf zur Küche und sag, sie sollen auftragen ... jawohl, Frau ... hier sind die Plätze ... Ruben, Wein an den oberen Tisch ... o, Lord Benjamin ... darf ich untertänigst bitten ... höher herauf ... der Herr bittet um die Ehre, Euch zu seiner Rechten sitzen zu haben ...

BENJAMIN: He? Was? Ach so! Ja natürlich! Gern — gern.

MARIA: Jesus, mein Lieber ... wie freue ich mich, dich zu sehen.

JESUS: Gott segne dich, Mutter ... meine Freunde: Philippus und Nathanael — Andreas bar-Jonas und sein Bruder Simon ... Jakobus bar-Zebedäus, und dies ist Johannes ...

MARIA: Und du hast es geschafft, rechtzeitig hier zu sein?

JESUS: Auf der Straße von Kapernaum trafen wir auf den Hochzeitszug und sind vergnügt zusammen hergekommen.

MARIA: Und was treibt Ihr alle?

JOHANNES: Jesus hat uns die gute Kunde vom kommenden Reiche erzählt, und wir haben ihm zugehört in frohem Wundern ... o, ich kann gar nicht sagen, wie herrlich diese Tage schienen. Es ist, als ob alles, was man sagt und tut, als ob jeder Stein und jede Blume und das gesegnete Licht selbst einen neuen Sinn bekommen hätten. Ihr müßt die glücklichste Frau der Welt sein, Frau Maria! Wir jedenfalls, das weiß ich, sind die glücklichsten Männer ... aber *alle* fühlen sie dieses Glück, die Kranken und die Armen — und die Frauen mit ihren kleinen Kindern ...

JAKOBUS: Aufpassen Johannes! Da haben wir's wieder ...

JOHANNES: O Verzeihung ... ich bin so ungeschickt! Hoffentlich ist es nicht auf das Kleid ...

MARIA: Nein, nein — Ruben, bring ein Tuch — ein wenig verschütteter Wein — hat gar nichts zu sagen ...

(Der Lärm und des JOHANNES *gestammelte Entschuldigungen gehen unter in dem Summen der allgemeinen Konversation, aus dem sich ein Gespräch am oberen Tisch herausschält)*

GESPRÄCHSFETZEN: Eine wirklich reizende Hochzeit — versuchen Sie doch einmal dies Lamm mit Olivenfüllung — ein schönes Paar — Wein für die Herren — ich glaube doch, daß die beiden ziemlich wohlhabend — darf ich um die Feigen bitten? — und dann verlor mein Maultier ein Eisen und ich mußte bei den Ezras aufsteigen — ein ganz reizendes Geschenk, eine silberne Schale und fünf Kleider ... O sieh — da ist der Prophet von Nazareth — von Nazareth? Grundgütiger —

BENJAMIN: Nun, mein lieber Junge, dies ist ein großer Tag, wie? Freut mich sehr, freut mich — euch so — hm — glücklich verheiratet zu sehen. Sag mal, hm — im Vertrauen — hast du denn schon einen Blick auf die Braut geworfen, was?

BRÄUTIGAM: Offiziell nicht, Lord Benjamin, sie hat den Schleier noch nicht gelüftet.

BENJAMIN: Aber inoffiziell, was? Glaube fast, ich brauche dir nicht zu versichern, was für ein Glückspilz du bist, was? Hahaha!

BRÄUTIGAM: Sie sind zu gütig, Lord Benjamin.

BRÄUTIGAM: Speisemeister — Wein her für Lord Benjamin — wir haben so sehr bedauert, daß Ihr Herr Sohn nicht gekommen ist.

BENJAMIN: Wollte er, wollte er — aber er war nicht so ganz auf dem Damm heute abend, da hat ihn die Mutter zu Hause gehalten.

BRAUT: Wie schade!

BENJAMIN: O glaube nicht, daß es etwas zu bedeuten hat — kleiner Fieberanfall oder so — hallo — ich sehe, einer meiner braven Nachbarn ist auch da — Simon, der Fischer — braver Junge, lebt auf meinem Gut — wie kommt der hierher, Susanna?

SUSANNA: Ich glaube, er kam mit Jesus bar-Joseph — dem Prophet von Nazareth, wissen Sie? Der hochgewachsene Mann mit dem goldfarbenen Bart.

BENJAMIN: Prophet? Sieh an! Dachte gar nicht, daß Propheten auch Feste feiern, wie? Die Sorte lebt doch meist von Brot und Wasser, wie der fanatische Sauertopf — wie hieß er doch gleich — Johannes der Täufer, richtig — der Mann, den Herodes gerade ins Kittchen gesteckt hat. Wieso habt Ihr Euch denn einen Propheten geangelt?

SUSANNA: Seine Mutter ist eine alte Freundin von mir.

BENJAMIN: Ah, so — verstehe — das ist natürlich etwas anderes. Er sieht übrigens gar nicht wie ein Fanatiker aus und scheint zu essen und zu trinken wie ganz gewöhnliche Sterbliche auch —

RABBI: Der junge Mann hat das Gesicht eines Menschen, der Gott nahe ist.

BENJAMIN: O Verzeihung, Rabbi Salomon! Nehmen Sie einem recht weltlichen alten Mann seine lose Zunge nicht übel — dies ist ein ganz trinkbares Weinchen, das du uns hier vorsetzt, mein Junge.

SUSANNA: Wir freuen uns, wenn es Ihnen schmeckt — denn

Sie sollen jetzt damit die Gesundheit des jungen Paares ausbringen.

BENJAMIN: Wer? Ich?

SUSANNA: Natürlich, Lord Benjamin! Als alter Freund meiner neuen Tochter und als der bedeutendste Mann in unserer Mitte ...

BENJAMIN: Aber meine liebe Susanna —

BRÄUTIGAM: Speisemeister: Lord Benjamin wird eine Rede halten.

SPEISEMEISTER: Ruhe — ich bitte um Ruhe für Lord Benjamin. *(Beifall und Schweigen)*

BENJAMIN: Meine lieben jungen Freunde — und meine liebe alte Freundin Susanna *(Beifall)*, ich kann nicht sagen, daß ich ein großer Redner bin. Ich bin viel eher Ihrer wundervollen Gastlichkeit gewachsen, als dem höchst feierlichen Grund unseres kleinen Festes. *(Lachen)* Aber ich darf aus einer langen und glücklichen Erfahrung sprechen, wenn ich sage, daß eine gute Frau und ein glückliches Heim der größte Segen sind, der einem Manne werden kann. *(Beifall)* Da ich nun Braut und Bräutigam gut kenne, glaube ich sagen zu dürfen, daß ihre Freunde eine ausgezeichnete Wahl für beide getroffen haben. *(Beifall)* Ich wünsche ihnen also so viel Freude und Glück miteinander und in ihrer Familie, wie ich in meinem eigenen Heim erleben durfte. *(Beifall)* Mehr brauche ich nicht zu sagen. Auf das Wohl von Braut und Bräutigam! Möge der Gott Abrahams ihren Bund segnen!

ALLE: Hoch — hoch — hoch das Brautpaar! *(Langer Beifall)*

BENJAMIN: Hapuh! Das wäre geschafft — jetzt aber Musik ... *(Musik, die andeutet, daß eine gewisse Zeit verstrichen ist; in das Abklingen der Musik tönt die Stimme des* BRÄUTIGAMS *aus einer allgemeinen Unterhaltung heraus)*

BRÄUTIGAM: ... wirklich, Rabbi Salomon, wenn Ihr ihn tatsächlich hören wollt ...

RABBI: Ich möchte schon — wenn Lord Benjamin nichts dagegen hat.

BENJAMIN: Aber nein — ich hoffe nur, er wird nicht toben und schreien und uns unsere Sünden vorwerfen ... ein so gutes Essen genieße ich gerne in Frieden, was? Immerhin — wenn wir schon einen Propheten unter uns haben, ehem — die Gäste wollen ihn sicher hören, wie?

BRÄUTIGAM: Das glaube ich auch. Wollen Sie sprechen, Rabbi Salomon?

SPEISEMEISTER: *(klopft auf den Tisch, Schweigen)* Rabbi Salomon wünscht zu sprechen ...

RABBI: Meine lieben Freunde — wir sind zu einer ganz besonderen, festlichen Gelegenheit hier zusammengekommen. Es ist nur recht, daß wir dazu ein fröhliches Fest feiern, denn Gott ist ein gütiger Vater und will, daß wir uns Seiner Gaben freuen. Doch wir wollen auch nicht vergessen, daß die Hoffnung Israels ihren Blick auf die Erlösung des von Gott auserwählten Volkes richtet und auf das kommende Reich Gottes. Unter uns ist ein Prophet dieses kommenden Königreiches, und ich denke, wir sollten unsere Gedanken für eine Weile von Scherz und Spiel lösen und hören, was er uns künden wird. *(Interessiertes Murmeln)* Jesus von Nazareth! Wirst du die Bitte eines alten Mannes erfüllen — zu alt, fürchte ich, um noch mit seinen sterblichen Augen das Reich zu sehen — und uns sagen, was Gott dir eingab ... wie sein Reich beschaffen sein wird — und wann wir es erhoffen dürfen?

JESUS: Das Reich Gottes ist in Euch allen, doch nur der Vater selber kennt Tag und Stunde seines Kommens. Dann wird das Reich Gottes sein wie zehn Brautjungfern, die ihre Lampen nahmen und ausgingen, dem Bräutigam entgegen. Fünf von ihnen waren klug und vorsichtig, aber die anderen fünf waren töricht. Sie gingen alle zusammen zum Hause der Braut, sie trugen ihre besten Kleider und hatten ihre Lampen mitgenommen, um sich dem Fackelzug anzuschließen. Die törichten füllten ihre Lampen, nahmen aber kein Öl zum Nachfüllen mit, aber die klugen machten sich die Mühe, Öl in kleinen Krügen mitzunehmen. Nun wurde aber der Bräutigam unterwegs aufgehalten und kam sehr spät, so daß die Gäste, die ihn erwarteten, müde und schläfrig wurden und zum Schluß wirklich einschliefen. Um Mitternacht aber wurden sie geweckt von dem Rufe: Der Bräutigam kommt! Laßt uns ihm entgegengehen! Da standen die Brautjungfern alle auf und schmückten ihre Lampen, und die törichten sagten zu den klugen: Gebt uns von eurem Öl, denn unsere Lampen sind ausgebrannt. Die klugen aber sprachen: Nein, das geht nicht, es ist nicht genug da für uns alle. Geht zum Krämer und kauft euch Öl. Und während sie hingingen, den Kaufmann zu wecken, kam der Bräutigam und alle, die bereit waren, schlossen sich dem

Hochzeitszuge an und gingen mit ihm in das Hochzeitshaus. Als sie aber alle darin waren, wurden die Türen verschlossen. Zuletzt kamen auch die törichten Brautjungfern herbeigeeilt und klopften und sprachen: Macht uns auf! Aber der Bräutigam sprach: Ich kenne euch nicht — es ist zu spät! Wahrlich, wahrlich, ich sage euch: Wachet, denn ihr kennt weder Tag noch Stunde, an denen des Menschen Sohn kommen wird.

(Pause; eine Stimme murmelt: Danke, — nach abwartendem Zögern setzt die Unterhaltung wieder ein)

GÄSTE: — das hatte ich eigentlich nicht erwartet — viel erzählt hat er uns wirklich nicht, wie? — das Reich Gottes — des Menschen Sohn — das ist wohl der Bräutigam — Christus ist der Bräutigam seines Volkes — wie im Liede Salomonis — diese törichten Brautjungfern — genau wie du, Rachel — o Mutter — gab mir ein ziemlich unbehagliches Gefühl. —

SUSANNA: Nun, Lord Benjamin — das war kurz und schmerzlos, nicht wahr? Und geschrien hat er auch nicht oder irgend jemand seine Sünden vorgehalten — oder so. Nur eine kleine Geschichte ...

BENJAMIN: Hm! Weiß nicht. Weiß nicht — vielleicht sollte man wirklich mehr über Religion und all das nachdenken ... Zu spät — das ist ein häßlicher Gedanke ... Was sagen Sie, Rabbi Salomon?

RABBI: *(tief bewegt)* Zu spät — achtzig Jahre bin ich alt geworden — und ich dachte: zu spät — zu spät, das Reich mit eigenen Augen zu schauen — doch der Bräutigam kam um die Mitternacht ... *(Musik)*

RUBEN: Isaschar — Isaschar! Am oberen Tisch wird mehr Wein verlangt.

ISASCHAR: Das ist leicht gesagt, mehr Wein, — aber der letzte Schlauch ist leergezapft. ...

RUBEN: *(entsetzt)* Kein Wein mehr! Bei allen Propheten!

ISASCHAR: Sagen wir's eben.

RUBEN: Sagen wir's eben! Und blamieren das ganze Haus! Mein Lieber, dafür werden wir ausgepeitscht ...

ISASCHAR: Ist doch nicht unsere Schuld ... wenn all diese Extragäste einfach herkommen — hättest du vorsichtiger ausgeschenkt ...

RUBEN: Du hättest besser vorsorgen sollen.

ISASCHAR: Von wegen ich. Der Herr hat selber bestellt, ich habe nichts damit zu tun. Aber es ist sinnlos, darüber zu zanken, wer die Schuld trägt ...

RUBEN: Kein Wein! Welche Schande fürs Haus!

MARIA: Ruben — was ist los? Hast du gesagt, daß der Wein alle ist?

RUBEN: Ja, Frau Maria. Stimmt leider — und am oberen Tisch rufen sie dauernd nach mehr.

MARIA: Oh, oh, oh, was sollen wir tun?

ISASCHAR: *(mißmutig)* Zum Kaufmann rennen, denke ich, — wie die törichten Mädchen, von denen uns der Herr da gerade erzählt hat.

MARIA: Aber dafür ist es zu spät ...

RUBEN: Zu spät — da haben wir's ...

SPEISEMEISTER: *(schreit ärgerlich)* Ruben! Isaschar! Wein an den oberen Tisch!

RUBEN: *(verzweifelt)* Jawohl, sofort, — ich komme.

MARIA: Das ist ja scheußlich — aber wartet mal einen Augenblick — mein Sohn wird einen Ausweg finden — Jesus ... *(eindringlicher)* Jesus!

JESUS: Ja, Mutter?

MARIA: Sie haben keinen Wein mehr. *(Schweigen)* Hörst du mich, Junge? Der Wein ist alle. Wir müssen etwas ausdenken, um ihnen zu helfen. Schnell. Bitte, überleg doch ...

JESUS: Weib — was habe ich mit dir zu schaffen? Warum ziehst du mich da hinein?

MARIA: *(bestürzt)* Mein Sohn! *(sie nimmt sich zusammen)* O nein. Verzeih mir *(mit zartem Selbstvorwurf)*. Zu lange hast du mir gehorcht, die Zeit ist vorbei.

JESUS: Meine Stunde ist noch nicht gekommen.

ANDREAS: *(flüsternd zu Johannes)* Johannes, was will er damit sagen?

JOHANNES: Keine Ahnung, Andreas.

MARIA: Die Becher sind leer, die Lieder verklungen und das Lachen ist still geworden. Braut und Bräutigam sind zur Hochzeit gekommen, aber sie haben keinen Wein.

JOHANNES: *(sanft)* Wartet, Frau Maria, seht nur auf des Meisters Gesicht.

MARIA: Ruben, Isaschar.

DIENER: Frau Maria?

MARIA: Was immer er euch sagt — das tut!

JESUS: *(mit der Stimme eines Schlafwandlers)* Die sechs großen Gefäße dort — füllt sie mit Wasser ...

RUBEN: Mit Wasser?

MARIA: Schnell!

SIMON: Johannes, was ist los? Wie siehst du denn aus?

JOHANNES: Fühlst du nicht — all die Kräfte um uns her — wie die erste Bewegung, bevor ein Sturm sich erhebt?

RUBEN: Alle sechs Gefäße sind bis zum Rande voll Wasser...

JESUS: Dann schöpft heraus und bringt es dem Speisemeister.

RUBEN: Das Wasser, Herr? — Mir soll es recht sein ... Isaschar, was für eine Verrücktheit ist das nun wieder?

ISASCHAR: Tu, was er dir sagt.

(Er läßt sein Gefäß mit einem erstickten Schrei zu Boden fallen)

Gott meiner Väter!

RUBEN: Das ist kein Wasser!

ISASCHAR: *Wein* ist es! ... Wen haben wir da ins Haus gelassen?

RUBEN: Einen Dämon? Einen Engel?

JESUS: *(scharf und finster)* Geht an eure Arbeit und haltet den Mund.

SPEISEMEISTER: *(schreit verärgert)* Wein, ihr faulen Sklaven! Wein! Wo bleibt ihr denn? Und was ist mit dir los?

RUBEN: Pardon — ich — wir haben ein Gefäß fallenlassen.

SPEISEMEISTER: Ungeschickte Bande. Gib her, laß mich versuchen.

ISASCHAR: Hier, Herr.

JOHANNES: Frau Maria, was quält Euch? Seht ihn an ... sprecht zu ihm.

MARIA: O in meinen Armen habe ich ihn gewiegt und nun ist die Allmacht Gottes über ihm ... Als der Engel mir verkündete, daß ich einen Sohn haben würde, da pries ich Gott und jubelte laut: „Denn er füllt den Mund der Hungrigen mit guten Dingen ..." und ich bat — und wußte nicht, um was ich bat. — Er aber gab mehr ... O Jesus, Sohn des Gesegneten.

JESUS: Liebe Mutter ...

(Vom oberen Tisch ein plötzlich ausbrechendes Gelächter)

BRÄUTIGAM: Hier ist endlich unser Wein — was war denn los, Speisemeister? Habt wohl 'nen neuen Schlauch geöffnet? Ist es ein guter?

SPEISEMEISTER: Nun Herr, die meisten Gastgeber schenken zuerst den besten Wein, und später, wenn die Gäste trunken geworden sind, dann gibt es den geringeren. Ihr aber habt den besten Wein bis jetzt behalten.

(Weiteres Lachen, Unterhaltung und Musikeinsatz)

ZWEITE SZENE (KAPERNAUM)

Erster Abschnitt

(Im Hause des Edelmanns)

DER EVANGELIST: Es war aber ein Edelmann, dessen Sohn krank lag zu Kapernaum.

BENJAMIN: Der Brief ist noch nicht ganz fertig. Warte in der Vorhalle, bis ich ihn geschrieben habe.

ISASCHAR: Danke sehr, Lord Benjamin. Meine Herrin wird bekümmert sein zu hören, daß es dem jungen Herrn noch nicht besser geht.

BENJAMIN: Er liegt im Sterben, Isaschar. Die Ärzte sagen, daß keine Hoffnung mehr ist — und er ist mein einziger Sohn ...

ISASCHAR: Die Hand Gottes liegt schwer auf Eurem Hause, Lord Benjamin.

BENJAMIN: Der Herr gibt und der Herr nimmt ...

ISASCHAR: Der Name des Herrn sei gelobt ...

BENJAMIN: *(mit einem tiefen Seufzer)* Amen.

(Kurze Pause, während der BENJAMINS *Feder über das Pergament kratzt)*

Was war das für eine merkwürdige Geschichte, die du da in der Küche von dem Propheten erzählt hast? Von diesem Jesus von Nazareth?

ISASCHAR: Es ist die Wahrheit, Herr! So wahr der Gott unserer Väter lebt ... jedes Wort ist wahr!

BENJAMIN: Seltsam ... sehr seltsam ... hat der Prophet etwas in die Wasserbehälter gesteckt?

ISASCHAR: Er ist überhaupt nicht in ihre Nähe gekommen — weder vorher noch nachher — er hat auch das Wasser nicht berührt oder magische Worte darüber gesprochen ... er sagte nur zuerst „füllt" und dann „schöpft".

BENJAMIN: Wer immer dieser Mann Jesus ist — ein Magier ist er sicher nicht. Dies Volk braucht immer ein unverständliches Abrakadabra und redet geheimnisvolle Dinge und ruft die Namen aller möglichen Dämonen an. Aber dieser Mann sprach ja so einfach wie ein Kind — und er ist gut! Ich bin bestimmt nicht sehr fromm, aber ich habe ein wenig von der Welt gesehen, weißt du, und ich kenne Menschen und kann sie beurteilen. Und das ist sicher — was immer für seltsame Kräfte dieser Mann besitzt — die sind von Gott!

ISASCHAR: Ja, Herr! In Jerusalem wird erzählt ...

BENJAMIN: Ist er da auch bekannt?

ISASCHAR: Er war zum Passahfest dort, vorige Woche — und in Jerusalem sagen sie, daß er der Messias sein soll, Israels Messias.

BENJAMIN: Israels Messias? Warum? Hat er große Wunder getan?

ISASCHAR: Nein, Herr, aber ich kann genau darüber berichten, denn ich war dabei ... Meine Herrin Susanna war mit dem jungen Paar und dem ganzen Haushalt nach Jerusalem gegangen. Es war am zweiten Tage, und ich stand gerade im äußeren Tempelhofe ... da ... hört, was geschah ...

(Musik, leise in Tempelgeräusche im Hintergrund übergehend, während ISASCHAR *seinen Bericht gibt)*

Ihr wißt ja, Herr, wie es im Tempelhofe zugeht ... mehr wie auf einer Kirmes als sonst was ... mit Taubenverkäufern und Lämmern für das Opfer, und teuer sind die Banditen, na, ich kann erzählen ... und die Pilger gehen hin und her, mitten zwischen Ziegen und Ochsen.

(Geräusche einer beweglichen MENGE, TIERGERÄUSCHE, *dazu Gesprächsfetzen aus der* MENGE, *die den Kommentar* ISASCHARS *untermalen)*

MENGE: Platz da — paß doch auf — was? Fünf Schekels für das magere Vieh? — Das ist mein Preis, zahl oder geh weiter — mein Schleier, du ungeschickter Dummkopf — — unverschämter Preiswucher — Fünfzig Drachmen habe ich Ihnen gegeben — Hier, meine Dame — wer wird jetzt bedient, bitte? — bring doch mal rasch einen Beutel mit Silber her — billiger können Sie es nicht machen? — Sieben Schekel und nichts darüber— neun sind der Preis — acht, und ich schlage zu — das ist ja Diebstahl — Vorsicht, Herr — Ordnung da —

(usw., dazu Tiergeräusche und klingendes Silber)

ISASCHAR: Nun, ich hatte gerade den Handel um ein Paar Tauben abgeschlossen, da bemerkte ich eine Unruhe — ein

Haufen junger Leute stand oben auf den Stufen zum inneren Tempelhof und obenan stand Jesus von Nazareth, — in der einen Hand — jawoll! — hielt er eine Schriftrolle mit dem Gesetz, und in der anderen eine Geißel aus Peitschenschnüren, — wie eine neunschwänzige Katze — und wenn nicht sein goldenes Haar gewesen wäre, hätte man ihn für seinen Vetter halten können, Johannes den Täufer! Und dann sprach er — und alle horchten auf und hörten ihm zu:

JESUS' STIMME: Kinder Israels! Auserwählte des Herrn! Ist dies noch der Tempel Gottes und seid ihr sein Volk? Handeln, Betrügen und Streiten im Hofe des Hauses Gottes? Hütet euch, denn was sagt der Prophet Maleachi? „Der Gott aber, den ihr sucht, wird plötzlich kommen in Seinen Tempel — er wird reinigen die Kinder Levis und wird sie läutern, wie man Gold und Silber läutert. Und sie sollen Gott ihre Opfer darbieten in Rechtschaffenheit." — So spricht der Prophet, „in Rechtschaffenheit opfern", aber welcher Art Opfer sind diese? Geht aus meinen Augen, ihr Räuber und Lügner alle, ich werde euch nicht dulden in meines Vaters Hause.

ISASCHAR: Und er fiel über sie her mit seiner Geißel und trieb sie hinaus wie Ungeziefer — und er stürzte die Tische der Wechsler und Händler um und warf ihr Silber auf den Boden!
(Im Hintergrund Ausrufe: Mein Geld — meine Tauben — zu Hilfe! Weh geschrien — ruiniert bin ich — mein Silber, mein Gold — ach, meine gute Ware — Gott, mein Gott, tausend Schekel Silber — *man hört Taubenflügel flattern — stampfende Füße — usw., dazwischen Rufe wie:* „Geschieht den Brüdern ganz recht — ist ja auch eine Schande *usw.)*

Die Tempelpolizei versuchte einzugreifen, aber sie wurden von den Ältesten gehindert! Ich hörte, was sie sagten, denn ich stand ganz dicht bei ihnen:

LEVIT: Das ist ja ein Skandal! Das können Sie doch nicht zulassen!

ERSTER ÄLTESTER: Skandal oder nicht — Ruhe bewahren, sonst gibt es noch einen Aufruhr. Die Händler sind nicht gerade beliebt beim Volk.

ZWEITER ÄLTESTER: Kann man es ihnen verübeln? Ich habe euch immer schon gesagt, daß dieser Markt ordentlich geführt werden müßte mit festgesetzten Preisen ...

DRITTER ÄLTESTER: Sehr richtig. Aber dieser Bursche ist gefährlich. Er wird sich zum populären Volksführer aufwerfen und dann gibt es Verdruß und Unruhen ...

ERSTER ÄLTESTER: Vielleicht steckt sogar noch mehr dahinter. Habt ihr gehört, wie er sagte: Der Gott, den ihr sucht, wird plötzlich in seinen Tempel kommen?

ZWEITER ÄLTESTER: Na, und?

ERSTER ÄLTESTER: Das ist die Messiasprophezeiung! Es soll mich gar nicht wundern, wenn dieser Jesus sich als der Christ proklamieren lassen will ...

DRITTER ÄLTESTER: Meinst du wirklich? Das geht natürlich nicht. Unmöglich!

ZWEITER ÄLTESTER: Und wenn er nun tatsächlich der Messias wäre?

ERSTER ÄLTESTER: Der der Messias? Mach keine Witze! Aber auf jeden Fall müssen wir vorsichtig sein ...

DRITTER ÄLTESTER: Immerhin müssen wir ja irgend etwas unternehmen — aber was?

ERSTER ÄLTESTER: Einer von euch Leviten da — holt den Mann mal her! — Wir werden ein Zeichen von ihm verlangen, und wenn er keins geben kann, dann setzen wir ihn hinter Schloß und Riegel als Charlatan und Aufwiegler ...

ZWEITER ÄLTESTER: Aber wenn er es kann — —?

ERSTER ÄLTESTER: In diesem Falle, mein lieber Schadrach, überlassen wir ihn dir, und du kannst ihn dann als Messias anerkennen — auf deine Verantwortung natürlich ...

LEVIT: Ich habe ihm Eure Aufforderung überbracht, aber er will nicht kommen. Er sagte ...

DRITTER ÄLTESTER: Ja?

LEVIT: Er sagte, Ihr solltet zu ihm kommen!

DRITTER ÄLTESTER: Unverschämtheit!

ERSTER ÄLTESTER: Was habe ich euch gesagt? Alles ausgeklügelt! Schadrach, wo willst du hin?

ZWEITER ÄLTESTER: Ich werde mal mit ihm sprechen — ihr solltet besser mitkommen ...

ISASCHAR: Und so stand er dort unter dem Portal — er lächelte jetzt sogar ein wenig, während er die Schnüre seiner Peitsche durch die Finger gleiten ließ. Der Älteste Schadrach sprach ihn zuerst an:

ZWEITER ÄLTESTER: *(sanft)* Herr, was soll diese Störung bedeuten?

JESUS: Ihr seid einer der Ältesten von Israel — und Ihr fragt mich das? Steht nicht geschrieben im Wort Gottes: Mein Haus soll ein Bethaus sein? Und ihr — ihr habt eine Diebeshöhle daraus gemacht.

DRITTER ÄLTESTER: Und was geht das Euch an?

SIMON: *(plötzlich ausbrechend)* Der Eifer des Herrn hat es vollbracht — wie es geschrieben steht: Der Eifer deines Hauses hat mich verschlungen ...

ANDREAS: Sei doch ruhig, Simon!

ERSTER ÄLTESTER: Wenn Sie sich schon auf diese Weise einmischen, müßten Sie uns beweisen können, daß Sie dazu berechtigt sind.

JESUS: Ja, ich werde euch ein Zeichen geben: Zerstört diesen Tempel Gottes, und ich werde ihn in drei Tagen wieder aufbauen!

ERSTER ÄLTESTER: Den Tempel zerstören?

DRITTER ÄLTESTER: Sechsundvierzig Jahre hat es gedauert, ihn zu errichten — und du willst ihn in drei Tagen wieder aufbauen?

JESUS: Ihr habt gehört, was ich gesagt habe. Alle diese Männer sind meine Zeugen. Kann ich jetzt gehen?

ERSTER ÄLTESTER: Laßt ihn gehen, sag' ich.

DRITTER ÄLTESTER: Sinnlos, mit dem Burschen zu streiten.

ERSTER ÄLTESTER: Er weiß ja gar nicht, was er sagt ...

ZWEITER ÄLTESTER: Jedenfalls ein sehr geistesgegenwärtiger Mann. Ihr habt ein Zeichen sehen wollen, und er hat sich nicht geweigert. Nur, daß er unmögliche Bedingungen gestellt hat ... Wenn irgend jemand sich blamiert hat, ist es nicht dieser Jesus von Nazareth ... den werdet ihr mit Vorsicht behandeln müssen — der ist nicht nur kühn, sondern auch klug!

ERSTER ÄLTESTER: Um so gefährlicher ist er ... der Gottesdienst beginnt ... ich werde gleich dem Hohenpriester Bericht erstatten ...

ISASCHAR: Damit gingen sie fort, aber Jesus ging in die Stadt, und eine große Menge folgte ihm nach und hörte auf seine Worte, während er ihnen die gute Kunde predigte vom kommenden Königreich Gottes.

BENJAMIN: Ein seltsamer Mann — und eine seltsame Geschichte — hier, Isaschar, das ist der Brief, und hier eine Kleinigkeit für den Durst.

ISASCHAR: Sehr gütig, Lord Benjamin. Danke vielmals — ich hoffe, daß bald bessere Nachrichten geschickt werden ...

BENJAMIN: Wie Gott es will — und guten Tag — halt mal — wo ist dieser Prophet denn jetzt?

ISASCHAR: Wir haben Jerusalem vor ihm verlassen, aber ich habe gehört, daß er heute in Kana zurückerwartet wird.

BENJAMIN: Ich muß versuchen, ihn näher kennenzulernen ... na, leb wohl.

ISASCHAR: Leben Sie wohl, Lord Benjamin, und nochmals meinen Dank.

BENJAMIN: *(allein)* Zeichen und Wunder — Legenden und Prophezeiungen — die Welt ist voll neuartiger Geschichten — — — und mein Sohn liegt im Sterben — was gilt mir das alles schon? O habe Erbarmen, mein Gott, erbarme dich eines alten, einsamen Mannes! He, Dorcas! Dorcas! *(klatscht in die Hände)*

DORCAS: Ja, Herr?

BENJAMIN: War der Arzt da? Geht es dem Jungen besser? — Nein, sag nichts! Du weinst — das bedeutet das Schlimmste ...

DORCAS: *(weinend)* O Herr — sie sagen — nur noch Stunden — —

BENJAMIN: O du gütiger Gott, der du den Sohn der Witwe durch die Hand des Propheten Elias ... *(mit jäher Veränderung der Stimme)* Dorcas!

DORCAS: *(erstaunt)* Herr?

BENJAMIN: Laufe zu den Ställen — laß Pferde satteln! Eins für mich und ein Sattelpferd mit einem Stallburschen, — beeile dich, Mädchen.

(DORCAS läuft hinaus, ruft: Pferde! Sofort Pferde für den Herrn)

Es ist nur eine Chance — aber ich muß es versuchen — *(ruft)* he, du, — bring meine Stiefel — — wenn ich ihn überreden könnte — Gold? Häuser? Diener? — — Narr, der ich bin ... so ein Mann läßt sich nicht kaufen ... Gott verzeihe mir den Gedanken ... Dorcas, meinen Mantel ... wo bleiben die Pferde? — — Schnell, schnell ... ja, das genügt ... los doch ... nein, keine Geldbörse, keinen Degen, nichts ... o mein Sohn, mein Sohn ... Los jetzt, ich bin fertig ... halt mir den Steigbügel, Eleazar!

DORCAS: Herr, wohin geht Ihr?

BENJAMIN: Kana — Jerusalem — gleichgültig, wohin — um Jesus von Nazareth zu suchen.

(Galopp der Pferde, der allmählich verklingt)

Zweiter Abschnitt

(Auf der Straße)

DER EVANGELIST: Und Jesus kam wiederum nach Kana in Galiläa, wo er das Wasser in Wein verwandelt hatte.

JAKOBUS: Es ist sinnlos zu streiten, Andreas. Wir haben unser Wort gegeben, durchzuhalten, und wir werden es auch schon irgendwie schaffen.

ANDREAS: Ganz schön und gut für dich und Johannes, mein lieber Jakobus, ihr habt einen vermögenden Vater, aber Simon und ich, wir haben niemand, der uns aushelfen kann, und Simon hat eine Frau und Familie ...

SIMON: Mich laß aus dem Spiel. Meine Frau und ich haben die ganze Geschichte durchgesprochen, und sie ist einverstanden. Übrigens können wir ja auch ab und zu mal zum Fischen gehen und viel brauchen wir ja nicht. Ein wenig Brot und Öl und dazu eine Handvoll Datteln und Oliven ...

ANDREAS: Und was ziehen wir an? Kleider wachsen nicht auf den Bäumen wie die Oliven — und ich muß unbedingt neue Sandalen haben.

JAKOBUS: Ach, Andreas, wenn du nur Schwierigkeiten machen kannst ... Sei doch vergnügt ... wenn das Reich kommt, ist alles in Ordnung.

ANDREAS: Ganz schön, aber wann kommt es denn? Wenn wir noch jahrelang in Galiläa herumstreunen sollen ... hör auf zu grinsen, Jakobus!

JAKOBUS: Buh, siehst du unwirsch aus ...

ANDREAS: *(kurzangebunden)* Es ist heiß, und ich bin müde, und ich mache mir Sorgen. — Von euch kann ja keiner auch nur fünf Schritte über seinen eigenen Schatten wegsehen ...

SIMON: Laß nur den Johannes nicht sehen, was du für ein Gesicht ziehst.

ANDREAS: Ach Johannes! Der läuft herum mit dem Kopf hoch in den Wolken, redet mit dem Meister, und alles andere ist ihm gleichgültig. Wenn's nach Johannes ginge, könnten wir alle verhungern ...

JAKOBUS: Du, laß meinen Bruder in Ruhe!

ANDREAS: Reg dich nicht auf — übrigens du und dein Bruder ...

JESUS: Kinder, Kinder, was streitet ihr?

ANDREAS: *(bockig)* Geld.

JESUS: Darüber müßt ihr euch schlüssig werden, wißt ihr! Niemand kann zwei Herren dienen. — Ihr könnt nicht gleichzeitig Gott dienen und euren eigenen Interessen.

ANDREAS: Ich mache mir nur Sorge, wie wir durchkommen sollen. Schließlich müssen wir essen, um zu leben, und etwas zum Anziehen brauchen wir doch auch ...

JESUS: Ihr müßt euch nicht sorgen ... Es gibt mehr Dinge im Leben als Essen und Trinken, und der Mensch ist wichtiger als seine Kleidung. Lebt wie die Vögel unter dem Himmel — von Tag zu Tag — sie säen nicht, sie ernten nicht und sie sammeln keine Vorräte für den Winter, aber unser Vater im Himmel ernährt sie doch. Seht auf die wilden Blumen auf dem Felde wie sie wachsen — sie spinnen nicht und sie weben nicht — und sind doch prächtiger anzuschaun als König Salomon in all seiner Glorie. Wenn aber Gott für diese kleinen Blumen sorgt, die einen Tag blühen und dann Futter werden für das Vieh, — meint ihr nicht, daß er viel mehr noch sorgen wird für euch, die ihr so viel mehr für Ihn bedeutet wie diese Blumen? Habt ihr so wenig Glauben? Sorgt euch nicht, wie die Kinder dieser Welt — laßt den morgigen Tag für sich selber sorgen und sucht nicht Kummer künstlich auf ...

ANDREAS: Es tut mir leid, — aber ...

JESUS: Geht mit all euren Sorgen zu Gott! Bittet, so wird euch gegeben, suchet, so werdet ihr finden — klopfet an, so wird euch aufgetan ... ist einer unter euch, der seinen Kindern einen Stein geben würde, wenn sie ihn um Brot bitten? der ihnen eine Schlange gäbe, bäten sie ihn um Fisch? Was meinst du dazu, Simon? *(Hufgetrappel kommt näher)*

SIMON: Sicherlich nicht, Meister! Ich würde immer meinen Kindern geben, um was sie bitten und was gut für sie ist.

JESUS: Wenn aber nun schon ihr, die ihr sündige Menschen seid, wißt, was gut ist für eure Kinder, und gebt es ihnen, wieviel mehr wird euer Himmlischer Vater in seiner Güte für euch sorgen?

JOHANNES: Vorsicht, Meister! Dort kommen Reiter angejagt — sie werden uns niederreiten.

STALLKNECHT: *(zügelt sein Pferd dicht vor ihnen)* He, ihr Bauern! Wir suchen einen Mann, der sich Jesus von Nazareth nennt.

JESUS: Ich bin Jesus von Nazareth.

STALLKNECHT: So, du bist das? Du wirst gesucht! *(ruft)* Hier, Herr! Dies ist er!

BENJAMIN: *(kommt an und steigt ab)* Dem Himmel sei Dank! O Herr, überall habe ich Sie gesucht. Vielleicht erinnern Sie sich an mich, Benjamin ben-Hadad von Kapernaum — wir waren in Kana zusammen. Ich suchte Sie dort, aber man sagte mir, Sie seien noch nicht gekommen — da wollte ich nach Jerusalem weiter ... Gott gebe, daß es noch nicht zu spät ist ...

JESUS: Was wollen Sie von mir?

BENJAMIN: Es handelt sich um meinen Sohn, Herr, meinen einzigen Sohn — er ist krank und liegt im Sterben ... Vielleicht ist er schon tot! Ich flehe Sie an, Herr, kommen Sie mit mir nach Kapernaum ... heilen Sie ihn, wenn er noch lebt ... es handelt sich um Stunden, sagt der Arzt — und jetzt ist die siebente Stunde — ein halber Tag schon verloren — Ich — ich habe ein Pferd mitgeführt — bitte — steigen Sie auf — vielleicht schaffen wir es noch ...

JESUS: Warum kommen Sie zu mir?

BENJAMIN: Sie sind ein Prophet ... Sie haben die Macht. Ich habe gehört, was Sie in Kana getan haben — die Diener haben es mir erzählt, wie Sie Wasser in Wein verwandelten — bitte — Sie sollen nur Ihre Hand meinem Jungen auf die Stirn legen — die Berührung wird ihm gut tun ... O kommen Sie, — kommen Sie schnell. Ich beschwöre Sie ... es ist keine Zeit zu verlieren ... ach, was kann ich sagen? Ich weiß, ich bin nie besonders fromm gewesen — habe nie viel über Religion nachgedacht ... aber wenn Sie meinen Jungen retten, — alles will ich tun — alles! ... Ehrlich will ich Gott dienen ... ich will ein besserer Mensch werden ... jedem Worte will ich lauschen, das Sie sagen, und glauben will ich aus Herzensgrund ...

JESUS: Alle seid ihr gleich — ehe ihr keine Wunder seht, glaubt ihr nicht ...

BENJAMIN: *(verzweifelt)* O! Ich weiß ja gar nicht, was ich sage ... hören Sie nicht darauf, bitte ... nur kommen Sie, kommen Sie, Herr, ehe mein Kind stirbt! *(Pause)*

JESUS: Gehen Sie nach Hause. (BENJAMIN *will protestieren)* Ihr Sohn wird leben!

BENJAMIN: *(aus dem Gleichgewicht geworfen)* Aber — aber Sie —

JOHANNES: *(ängstlich flüsternd)* Gott, gütiger Gott, laß ihn glauben!

JESUS: Ich habe es gesagt: er wird leben!

BENJAMIN: *(nach einer Pause, in der er — müssen wir uns vorstellen — voller Angst in den Augen sucht, die ihn herausfordernd ansehen, mit einem Seufzer der Erlösung)* Ich glaube Ihnen ...

JESUS: Und wie Sie glauben, so wird es geschehen. Gehen Sie in Frieden!

BENJAMIN: Dank. Gott segne Sie! Eleazar, mein Pferd!

STALLKNECHT: Will der Prophet nicht kommen, Herr? Sollen wir ihn mit Gewalt ...?

BENJAMIN: Nein, nein. Alles ist gut. Er sagt, daß es gut sein wird. Wir dürfen nach Hause gehen ...

(Die Pferde traben gemächlich an — Hufeklappern klingt auf und verklingt)

STALLKNECHT: Da vorne, Herr!

BENJAMIN: He? Was? ... Ich bin im Sattel eingeschlafen ... Donnerwetter — das Morgengrauen ist längst vorbei ... wo sind wir?

STALLKNECHT: Wir kommen gerade nach Kapernaum hinunter ...

BENJAMIN: Wie herrlich die Morgenluft ist ... wundervoll, wieder zu Hause zu sein ...

STALLKNECHT: *(zweifelnd)* Hoffen wir es, Herr!

BENJAMIN: Was soll das heißen — hoffen wir es?

STALLKNECHT: Da kommen eine Menge Menschen den Weg herauf ... ich glaube ... ja ... sie ist es — Dorcas und einige von den Dienern ... O Herr, ich bitte Sie ... bereiten Sie sich darauf vor ... wenn es schlechte Nachrichten sind ... wenn das Schlimmste ...

BENJAMIN: Sei ruhig, Eleazar! Er hat gesagt: So, wie Sie glauben ... und ich glaube! Du mußt das auch. Er sagte, es würde alles gut werden ... Sieh — sie winken uns ... sie rufen etwas ... ich ... kann es nicht hören ...

(Er peitscht sein müdes Pferd)

STALLKNECHT: Da kommt Dorcas gerannt wie ein Hase ...

BENJAMIN: Braves Mädel!

DORCAS: *(rufend und keuchend vom schnellen Lauf)* Herr! Herr!!!

BENJAMIN: *(zügelt sein Pferd)* Nun, Mädel? Was gibt's? Lebt er?

DORCAS: *(stößt hastig die Worte heraus)* Gott sei gepriesen, Herr! Er lebt und es geht ihm besser! Er wird gesund werden!

BENJAMIN: Mein Junge wird leben!

DORCAS: Gott sei gelobt, Herr! Gott sei gepriesen!

BENJAMIN: Ja. Gott sei Lob und Dank! — Beruhige dich doch, Mädel — du bist ja außer Atem — wann war die Krise — zum Guten?

DORCAS: *(ruhiger)* Wir alle dachten, es sei vorbei. Er war so schwach, so ausgetrocknet vom Fieber ... die Herrin kühlte seinen Kopf — brennend heiß war er — er hatte phantasiert — aber gegen Abend schien er gar keine Kraft mehr zu haben ... es ging dem Ende zu — schnell — und ich sagte: Herrin, sagte ich, wenn nur sein Vater hier wäre! Sein Atem wurde schwächer und schwächer — ich dachte schon, er hätte ganz aufgehört, und zog meine Schürze über den Kopf. Und da — da sagte die Herrin auf einmal ganz rasch und mit einer komischen Stimme: Dorcas sieh her, Dorcas! — und ich legte meine Hand auf seine — und sie war kühl und feucht von Schweiß, und er schlief — und atmete so ruhig wie ein Kind ... *(sie beginnt zu schluchzen)*

BENJAMIN: Und wann war das?

DORCAS: Gestern, Herr, um die siebente Stunde.

BENJAMIN: Um die siebente Stunde! Eleazar! Wirst du jetzt glauben? Um die siebente Stunde sagte er zu mir: Ihr

Sohn wird leben. Und ich glaubte — und so geschah es! Höre mich, Jesus von Nazareth, wo immer du auch sein magst! Ob du ein Prophet bist, ein Engel oder der Christ ... das weiß ich nicht ... aber alle, die hier bei mir sind, rufe ich zu Zeugen, daß dein Wort die lebendige Wahrheit ist ...

DER EVANGELIST: Und Jesus kam nach Kana und von Kana ging er nach Kapernaum. Und zur Dämmerstunde, als die Sonne untergegangen war, siehe, da brachten sie zu ihm alle, die krank waren oder besessen von Teufeln — und er legte seine Hände auf sie und heilte sie alle.

VIERTES SPIEL

DIE ERBEN DES REICHS

Der EVANGELIST
JESUS
PHILIPPUS
ANDREAS, *des Jonas Sohn*
SIMON, *des Jonas Sohn (Petrus)*
JAKOBUS, *des Zebedäus Sohn*
JOHANNES, *des Zebedäus Sohn*
NATHANAEL BARTHOLOMÄUS
MATTHÄUS DER ZÖLLNER
JUDAS ISCHARIOT
(PHILIPPUS bis JUDAS ISCHARIOT: *Jünger Jesu*)
PROCLUS, *römischer Hauptmann*
SOSIUS, *ein alter Soldat, Freund von Proclus*
Ein GASTWIRT
KAIPHAS, *der Hohepriester von Israel*
BARUCH DER ZELOT
Erster ÄLTESTER
Zweiter ÄLTESTER *(Schadrach)*
Dritter ÄLTESTER
NIKODEMUS
RABBI SALOMO
Ein JÜNGER JOHANNES DES TÄUFERS
MENGE

DAS SPIEL

Die Stimmung dieses Spiels ist ziemlich düster und unheildrohend. Es hat einen Aufbau, aber das wird vielleicht beim Lesen nicht ganz deutlich und muß durch die Regie unterstrichen werden.

Freunde und Feinde des Königreichs haben sich nun in entgegengesetzten Lagern gesammelt.

Auf der einen Seite stehen die jüdische und die römische Obrigkeit, streiten sich heftig untereinander und sind nur einig in ihrer Feindschaft gegen Jesus.

Auf der anderen Seite stehen die Anhänger des Königreichs: 1. die Jünger, ehrfürchtig erschrocken, aufgeregt und begeistert, aber schon mit Anzeichen gefährlicher Schwäche und Verständnislosigkeit; 2. das jüdische Volk, beängstigend unvorbereitet angesichts seiner großen Chance. In dieses Lager kommt Judas, der Mann von glänzendem Geist und ausgezeichneten Gaben, der genau die Eigenschaften hat, die den anderen Jüngern abgehen; aber eben durch diese Eigenschaften ist er von vornherein dazu verurteilt, zum Verräter zu werden.

Auf Johannes den Täufer, den größten Propheten des Alten Bundes, fällt zuerst der Schatten des Verdachts und reißt ihn in die Katastrophe. Die wahren, wie auch die falschen Jünger sind sein Vermächtnis an den Neuen Bund.

In dem Evangelisten Johannes und seinen Mitjüngern brennt klar das Licht der Wahrheit; aber viele Kinder des Königreichs werden in die äußerste Dunkelheit verstoßen werden — der Heide Proclus jedoch und der Zöllner Matthäus werden zu des Königs Tafel geladen. Überall spürt man Unruhe und das Abbröckeln alter Sicherheiten; der Brennpunkt dieser Unruhe aber ist Jesus, und sie strömt von ihm aus.

PERSONEN

PHILIPPUS: Ein freimütiger junger Mann — hauptsächlich jung! — einnehmend und zutraulich wie ein junger Hund. Unbedacht wie ein Schulbube attackiert er den Matthäus und hält dann erschrocken und reuig inne. Später, beim Abendmahl, fährt er mit der einfachen und ungeheuren Forderung heraus: „Herr, zeige uns den Vater, dann werden wir uns zufrieden geben", und erhält die erschütterndste Antwort, die sterbliche Ohren je gehört haben. Aber im Augenblick ist ihm nur schmerzlich klar, daß er sich blamiert hat.

SIMON: *(Petrus)* Diese Figur erscheint in den Evangelien erstaunlich einheitlich. Sein Leben ist eine Folge von dramatischen Augenblicken — es wechseln blitzartige Erleuchtung und blindes Danebenhauen. Plötzlich „überkommt es ihn", und wenn das passiert, scheint er nicht zu wissen, war er redet. Ein Beispiel ist seine Geschichte vom Fischzug. Es ist nichts als ein erstaunlich guter Fang — und plötzlich kommt ihm zum Bewußtsein, daß er ein ganz gewöhnlicher, sündiger Mensch ist, dem etwas unerträglich Schönes widerfahren ist. (Die beiden anderen gleichermaßen großen Augenblicke sind die Verklärung, wo er „nicht wußte, was er sagen sollte", und schieren Unsinn daherredete, und das Bekenntnis: „Du bist der Sohn des lebendigen Gottes", wo er nicht „wie ein Mensch aus Fleisch und Blut" sprach, sondern mit der Stimme der Offenbarung.) Wenn er nicht erleuchtet ist, verfällt er leicht auf die dümmsten Sachen und wird bös zurechtgewiesen — (ein kleines Beispiel davon habe ich in der Szene mit Proclus gegeben, um die noch ausstehenden wichtigen Zurechtweisungen vorzubereiten, zum Beispiel „weiche von mir, Petrus", „wenn ich dich nicht wasche" und „du wirst mich dreimal verleugnen"). Der Darsteller muß sich dieser Geschehnisse bewußt sein, wenn er die Geschichte vom Fischzug erzählt.

MATTHÄUS ist so ordinär, wie ein ganz kleiner Handelsjude aus der Grenadierstraße nur sein kann und sollte mit entsprechendem Akzent sprechen (nicht mit jüdischem Akzent — als ob die anderen keine Juden wären —, sondern einfach ordinär). (Wenn einer der anderen Jünger „fein“ redet, wird er sofort von Matthäus erledigt; sie hätten's wissen können.) Er hat fettiges, schwarzes Haar und gierige, kleine Hände, und obwohl seine ordinäre, kleine Seele so gründlich bekehrt worden ist wie nur je die Seele eines bußfertigen Heilsarmisten, ist doch sein ordinärer, enger Verstand vollkommen auf dem Posten. Eine himmlische Güte und Schönheit, von der er in seiner trübseligen Erfahrungswelt keinen Begriff, nicht einmal eine Ahnung hatte, hat ihn völlig hingerissen. Er schätzt sich selber nicht hoch ein, tat es niemals, aber er blüht auf und gedeiht vor Wonne, weil niemand auf ihm herumtrampelt. Er hat freudig seine weltlichen Güter aufgegeben, aber trotzdem rebelliert sein Berufsinstinkt gegen Dummheit in Geldsachen und ist angenehm berührt von geschäftlicher Tüchtigkeit. Das Gleichnis vom ungerechten Haushalter findet er furchtbar komisch. Seine eigene Bekehrung erzählt er ganz aufrichtig und ohne jede Verlegenheit. Es geht ihm großartig, und Jesus ist großartig, und jedem muß er das erzählen. Jesus hat Matthäus sehr gern.

JOHANNES hat nichts Besonderes in diesem Spiel außer dem kurzen Bericht über die Auferweckung des Sohnes der Witwe. Dieser Bericht darf nicht sentimental klingen. Die „Gefühlspünktchen“ im Text seiner Erzählung bedeuten nicht Tränen des Mitleids mit der armen Witwe, sondern das Erschrecken vor dem Numinosen — „der tote Knabe setzte sich auf — und sprach“. Man fühlt, daß die Umstehenden ganz nahe daran waren, entweder laut zu schreien oder verrückt zu werden — da wurde der Knabe seiner Mutter in die Arme gelegt; das löste die Spannung, und alle lobten Gott. Eine atemlose Stimme ist nötig, wie ein lautes Flüstern. Judas stellt die Unterhaltung wieder auf eine irdische und praktische Basis durch die grimmige Bemerkung: „Ihr habt recht. Das gibt Scherereien.“

JUDAS: Als wir Judas zuletzt sahen, fing er gerade an, zu begreifen, was Johannes des Täufers Ruf zur Buße wirklich bedeutete. In den Monaten der Verbannung in Machaerus hat er viel gelernt. Er macht nicht mehr den Eindruck eines geschickten Zöglings, der eine Missionsstation organisiert; er ist zu einem außerordentlich intelligenten jungen Mann herangereift. Er kann Jesus in seinem eigenen andeutenden und gleichnishaften Stil erwidern und ihn ohne Erklärungen verstehen. Der Darsteller darf ja nicht meinen, daß Judas nicht aufrichtig ist. Er ist leidenschaftlich aufrichtig. Er will treu sein, und er wird treu sein — dem Licht, das ihm so hell scheint. Es ist schon das wahre Licht — nur sieht er es nicht direkt, sondern im Spiegelbild seines eigenen Hirns; und am Ende wird der Spiegel das Bild entstellen und verdrehen und wie ein Irrlicht überm Sumpf tanzen lassen. Er ist hochbegabt, praktisch sowie schöpferisch, und der Zelot, sein berechnender Freund, hat ganz recht, wenn er sagt, daß Judas — wie Adam — über der Sünde des geistigen Hochmuts zu Fall kommen wird. Er hätte der Erste im Himmelreich werden können, aber er wird der Ärgste — das Ärgste ist das in Verderbnis geratene Beste.

JESUS „erkannte alle Menschen" und weiß nur zu gut, welch messerscharfes Risiko Judas bedeutet. Dieses Risiko muß eingegangen werden, weil das Himmelreich immer mit Menschen wie Judas rechnen muß, die die größten Heiligen oder die größten Sünder sein können. Der bedeutende Geist muß zugelassen werden, wie groß auch die Gefährdung durch ihn sein mag. Man braucht nicht anzunehmen, daß Jesus in seinem menschlichen Verstand bestimmt und genau voraussieht, was Judas ihm antun wird. Ganz bestimmt weiß er nur, daß des Vaters Wille geschehen muß, wenn nicht auf diese, dann auf andere Weise. Aber er weiß auch intuitiv, daß Judas der Schlüssel ist, der die Tür öffnen wird, entweder zum Siegeszug oder zum Todesgang. Das Gleichnis vom Fischnetz faßt den allgemeinen Inhalt der ersten Szene zusammen, — und wir verlassen Jesus, als er anfängt, die Geschichte von Josua zu erzählen, mit dem Judas ihn verglichen hat.

Die dritte Szene mit dem Vergleich zwischen dem Alten und dem Neuen Bund schließt an die Bemerkung am Schluß der ersten über die „alten und neuen Schätze" an. Am Ende haben wir die Warnung von den Häusern, die auf Sand oder auf Fels gebaut sind — und dann gleich die Szene mit Proclus, in der der Glaube des Heiden dem Versagen der Kinder des Königreichs gegenübergestellt wird. (Das Fischernetz ist ausgelegt.) Die verständnislosen Einwürfe aus der Menge führen zu dem scharfen Angriff auf sie (wegen Johannes des Täufers) und zu dem großen „Wehe!", dessen inbrünstiger Schmerz die Leute wirklich erschreckt; und die leidenschaftliche Anklage schmilzt hinüber in ein großes Mitleid. (Die Nachricht von der Ermordung des Johannes schließt die Szene ab wie ein Hammerschlag.)

PROCLUS: Unser alter Freund vom ersten Spiel. Jetzt ist er 58 und hätte sich vor 20 Jahren pensionieren lassen können, aber während der ersten Feldzüge des Tiberius wurden riesige Anforderungen an das römische Heer gestellt, die manchen Mann weit über seine Zeit hinaus im Dienst hielten; Proclus hat als Veteran in allen Feldzügen gegen die Germanen gedient und ist immer noch rüstig auf seinem Posten als Bezirkshauptmann in Galiläa. Seine lange Erfahrung in Judäa hat ihn im Umgang mit den Vorurteilen der jüdischen Religion den Takt und das Verständnis gelehrt, die etwa ein englisch-indischer Veteran den Sitten der Hindus in Angelegenheiten von Kastenbegriffen und heiligen Kühen angedeihen läßt. Er erkennt und achtet einen Heiligen, wenn er ihm begegnet, wie auch der englisch-indische Offizier echte Verehrung für die Frömmigkeit und Macht eines großen Yogi oder Mahatma empfindet. Er weiß auch, daß in seiner eigenen Religion gewisse Personen — zum Beispiel die Vestalinnen — sich an heilige Vorschriften halten müssen, und würde es ganz natürlich finden, wenn das mit einem jüdischen Propheten ähnlich wäre. Ferner hat er eine unbestimmte Idee, daß Menschen, die Wunder tun, vielleicht verkleidete Götter sind — das verleitet ihn aber nicht zu genauen, theologischen Schlußfolgerungen in bezug auf Jesus, denn in jener so modernen Zeit glaubt keiner ernstlich, daß der Olymp sich plötzlich auf diese Art betätigen würde, trotz sonderbarer Dinge, die im Mysterienkult angeblich vorkommen sollen; immerhin gibt es für Proclus keine ganz klare Grenze zwischen Göttern und Menschen. Seine religiösen Begriffe sind tatsächlich ein bißchen verwirrt, aber sein Gefühl ist richtig. Nach der Kreuzigung wird er sagen: „Dieser Mensch ist Gottes Sohn gewesen" —, und wenn er je von dem leeren Grab erzählen hört, so wird es ihn vielleicht nicht sehr überraschen.

SOSIUS: Er ist weniger feinfühlig. Wenn er als Soldat in Indien wäre, würde er wahrscheinlich Maharadschahs, Brahminen und Kulis summarisch „einen Haufen Neger" nennen. Natürlich hat er den dem Römer eigenen Respekt vor der Regierung, aber wie jeder ehemalige Soldat kritisiert er die Regierungsbeamten. Er hat von den Wundern in Jerusalem gehört, sie machen ihm jedoch nicht mehr Eindruck als vielleicht dem Unteroffizier Tommy Atkins die erstaunlichen Leistungen der Zauberdoktoren und der Hindujongleure. So etwas kommt vor, man kann es nicht erklären, aber man muß natürlich auf Leute, die vorgeben, Gautamas oder irgend etwas Merkwürdiges zu sein, ein scharfes Auge haben, denn die können leicht Unfug anstiften. Ab und zu hat er Schmerzen in seinem lahmen Bein, die ihn um so reizbarer machen in bezug auf Ereignisse und Menschen überhaupt.

BARUCH DER ZELOT: „Die Zeloten lehnten den opportunistischen Fatalismus der konservativen Pharisäer ab; Gott, so sagten sie, hilft nur dem, der sich selbst hilft, und es sei die Pflicht jedes Juden, für nationale Unabhängigkeit zu kämpfen. Die Partei entwickelte sich zu einer mächtigen Geheimorganisation, die mit Morden und Terror einen rücksichtslosen Kampf sowohl gegen die regierungstreuen Juden, die ‚Verräter', wie auch gegen die römische Regierung führte." — Das Auftreten dieses Mannes wird eine merkwürdige Reaktion bei Judas hervorrufen, und dieser wird Jesus nach dem Einzug in Jerusalem verraten aus Furcht, er könne der Versuchung erliegen, Baruchs Messias zu werden. Baruch, dem wirklich nichts lieber wäre als eine Demonstration gegen Rom, ist durchaus bereit, seinerseits die konservativen Juden, die ihn für ihr Werkzeug halten, zu verraten; er wird wiederum versuchen, Judas zu seinem Werkzeug zu machen, aber dieses Werkzeug wird sich ihm in der Hand umdrehen und ihn auch verraten. Schließlich wird Baruch versuchen, Jesus zu seinem Werkzeug zu machen, und wenn es so weit ist, wird Judas beide verraten und sich selbst dazu.

DER HERODIANER: Dieser Herr spricht die Ansichten seiner Partei klar genug aus. In der Sache des Tributs an den Kaiser wird er wieder erscheinen.

DIE ÄLTESTEN: Wir kennen sie alle vom dritten Spiel.

KAIPHAS ist der vollendete ekklesiastische Politiker — ein glattzüngiger und ekelhafter Mensch.

ERSTE SZENE (GALILÄA)

DER EVANGELIST: Als nun aber Jesus viele Kranke geheilt hatte, ging er eines Tages aus und sah einen Steuereinnehmer mit Namen Matthäus am Zoll sitzen. Er aber sprach zu ihm: Folge mir nach — und Matthäus ließ alles, stand auf und folgte ihm. Und Jesus war in Galiläa mit all seinen Jüngern.

PHILIPPUS: *(beendet eine lange, traurige Geschichte)* ... und da sagte der Krämer „stimmt, nicht wahr?" und ich sagte: „Ja, das stimmt" — aber als ich nach Hause kam und nachrechnete, da fehlten sechs Drachmen ...

ANDREAS: Sechs Drachmen! Ich muß schon sagen, Philippus!

PHILIPPUS: Also — es tut mir wirklich leid ...

SIMON: Das glaube ich gerne, daß dir das leid tut! Ich und Andreas und die beiden Zebedäus arbeiten die ganze Nacht an den Netzen, um für uns alle etwas zum Leben zu schaffen — und dann gehst du hin und läßt dich von dem ersten, besten Gauner beschwindeln, den du im Basar triffst ...

PHILIPPUS: Hör zu, ich habe gesagt, daß es mir leid tut — Meister, es tut mir wirklich leid — aber als er es mir vorrechnete, schien es zu stimmen.

MATTHÄUS: Weißt du, mein Junge, die haben dich übers Ohr gehauen wie ein richtiges Greenhorn. Aufs Wechselgeld kannst du gar nicht genug acht geben, die Augen aufmachen mußt du! Wenn ich dir alle die Tricks aufzählen würde, die von diesen Brüdern gebraucht werden, würdest du Nase und Mund aufsperren!

PHILIPPUS: Schon möglich, Matthäus! Aber ich war ja auch nie ein Steuereinnehmer, da fehlt mir deine Schulung.

JOHANNES: Philippus, das war nicht nett von dir!

MATTHÄUS: Ich leugne gar nicht, daß ich ein paar ganz krumme Sachen geschoben habe zu meiner Zeit. Ich habe meinen Schnitt gemacht bei jeder Summe, die mir durch die Pfoten ging. Hab meine Tasche schön dabei gepolstert. Will mich nicht besser machen, als ich bin. Aber es ist nicht richtig, so eine Gaunerei durchgehen zu lassen — das ist nicht fair deinen Freunden gegenüber.

JOHANNES: Ist es wirklich so wichtig? Der Meister sagt, wir sollten uns nicht um Geld und Gut sorgen, nicht wahr, Meister? Laß es doch dem armen Sünder, vielleicht braucht er es.

MATTHÄUS: Schon gut, schon gut! Lassen wir's ihm! Aber laß ihn merken, daß du seine Tricks durchschaust. Sag ihm: „Du hast mich betrogen, mein Junge, aber behalte den Dreck man — um Gottes Lohn." — Dann schämt er sich vielleicht. Aber wenn du dich ganz einfach dämlich benimmst, dann verhärtet sich nur sein Herz — gerade durch so Unschuldslämmer, wie du eins bist, wird ein Mann in Versuchung geführt. Gott vergib mir, ich sollte das wissen! — Was sagst du, Meister?

JESUS: Höret! Ich werde euch eine Geschichte erzählen: Es war einmal ein reicher Mann, der hatte einen Verwalter, und eines Tages erfuhr er, daß der Verwalter das ihm anvertraute Gut völlig verwirtschaftete. Also ließ er ihn zu sich kommen und sprach: „Was höre ich von dir? Gib Rechnung von deinem Haushalten — ich fürchte, du kannst hinfort mein Verwalter nicht mehr sein." Der Verwalter war sehr aufgeregt und sprach bei sich selber: Was soll ich tun? Mein Herr wird mich fortjagen — für die Handarbeit tauge ich nicht und ich schäme mich, zu betteln. Aber ich weiß wohl, was ich tun werde, — so daß sie mich gerne aufnehmen werden, wenn ich nun mein Amt verliere. — Und er rief zu sich alle Schuldner seines Herrn und sprach zu dem ersten: „Wieviel bist du meinem Herrn schuldig?" Er sprach: Hundert Tonnen Öl. „Höre", sprach der Verwalter, „ich bin dein Freund und will nicht hart mit dir sein. Nimm deinen Vertrag und schreibe fünfzig." *(Matthäus lacht verständnisvoll)* Zu dem nächsten Schuldner aber sprach er: „Was schuldest du uns?" Und der Mann sprach: Einhundert Malter Weizen. Da sagte der Verwalter: „Das ist eine ganze Menge — sagen wir 80 und ich gebe dir eine Quittung für das Ganze." *(MATTHÄUS muß wieder lachen)*

JOHANNES: Und hat der Herr es gemerkt?

MATTHÄUS: Da kannst du drauf wetten — aber nachdem der Verwalter seine neue Stelle hatte.

JESUS: O ja, der Herr fand den Betrug heraus, und als er den Verwalter wieder einmal traf, da sagte er *(drohend)* Bursche, du bist ein vollkommener Schurke, aber *(mit einem Wechsel der Tonart)* ich bewundere deine Gründlichkeit!

MATTHÄUS: *(schlägt sich begeistert auf die Knie)* Hahaha! Großartiger Mann!

JESUS: Denn seht ihr, die Kinder der Welt sind viel klüger in ihren unwichtigen Angelegenheiten, als die Kinder des Geistes in den Angelegenheiten Gottes. Sie sind wirklich bei der Sache! Und so sage ich euch: Lernt von ihnen! Lernt, mit den Dingen dieser Welt fertig zu werden, und sucht euch Freunde unter den Kindern der Welt, daß, wenn alles fehlschlägt, sie euch aufnehmen in ihren Hütten. Wer im Geringsten treu ist, der ist auch im Großen treu; und wenn ihr nicht mit Gütern dieser Welt fertig werdet, wie solltet ihr da die Schätze des Himmels redlich verwalten?

PHILIPPUS: Meister, das ist schwer zu verstehen, aber ich sehe schon, es war unrecht von mir, so dumm zu sein. Es tut mir leid, daß ich so zu Matthäus gesprochen habe. Kann er nicht unser Schatzmeister sein, bis ich ein bißchen besser verstehe, mit den Gütern dieser Welt umzugehen?

MATTHÄUS: O nein! Ich nicht! Bitte, Meister, nehmt nicht mich! Ich habe mir jeden Gedanken an Geld aus dem Kopf geschlagen, und ich möchte lieber nicht wieder daran erinnert werden. Ich bin in schlechten Kreisen groß geworden, nicht? Und ich habe bereut; aber wenn ich wieder die Silberlinge in meinen Fingern fühle ... dann stehe ich für nichts! Führe mich nicht zu schwer in Versuchung, Meister! Jetzt noch nicht — ich bin doch noch Anfänger!

JESUS: Gott ist den Anfängern gnädig. Gott legt keine schwere Last auf einen splitternden Stock und erstickt nicht ein mühsam glimmendes Feuer. *(Es klopft)*

Johannes, sieh einmal nach, wer da ist.

JUDAS: *(als die Türe ihm geöffnet wird)* Verzeihung, lebt hier Jesus von Nazareth? ... O hallo, Johannes bar-Zebedäus!

JOHANNES: Judas! Wo kommst du denn her? Das ist mal großartig! Komm herein ... Andreas! Simon! Seht mal, wer da gekommen ist! *(Erstaunte Ausrufe)*

JUDAS: Sei gegrüßt, hochverehrter Rabbi.

JESUS: Judas Ischariot ... willkommen als Freund meines lieben Vetters Johannes.

JUDAS: Er sendet euch allen seinen Gruß ... Andreas — Simon — schön ist es, wieder zurück zu sein. Wo steckt denn Jakobus?

JOHANNES: Auf dem Dach mit Nathanael — ich werde sie gleich herunterrufen ... *(ruft)* Jakobus! Jakobus! Judas ist zu Besuch gekommen. *(Rufe von oben: Ich komme schon)*

SIMON: Setz dich, Judas. Was gibt es Neues? Dies ist übrigens Philippus, und dies ist Matthäus ... deine Füße sind staubig, Judas, ich werde Wasser holen.

JUDAS: Danke dir, Simon. Ei, da ist ja der Jakobus! Wie geht's, alter Junge?

JAKOBUS: Noch besser, seit ich dich sehe! Nathanael, du hast uns oft von Judas sprechen hören ... hier ist er in Lebensgröße ... sag mal, Judas, bist du nicht mehr bei Johannes dem Täufer? Es geht ihm doch gut — hoffe ich?

JUDAS: Wenn es einem Adler in einem Käfig gut gehen kann, — dann geht es ihm gut. Er ist immer noch ein Gefangener — in der Festung Machaerus.

JOHANNES: In diesem grimmigen, fürchterlichen Loch am Toten Meer? O!

JUDAS: Er ist sicherer dort. Aus den Augen, aus dem Sinn! Solange die Königin ihn vergessen hat, bleibt sein Leben verschont. Herodes ist nicht unfreundlich und macht ihm die Gefangenschaft so erträglich, wie es nur möglich ist in dieser scheußlichen Salzwüste. Seine Freunde dürfen kommen und gehen, und Neuigkeiten hören wir auch von Zeit zu Zeit. Wir haben viel von deinen Lehren vernommen, Rabbi Jesus, und von den herrlichen Wundern, die du in Galiläa vollbracht hast, und sind begeistert. Aber Johannes hat keine Ruhe mehr. Tag für Tag sieht er aus seinem Gefängnisfenster über die endlosen Meilen der weißen, unfruchtbaren Salzwüste. Und er sagt: Es ist gut — es ist gut! Aber Herodes herrscht in Galiläa, und die Hand Cäsars liegt auf uns allen. Wann wird der Herr sich wenden und zu Seinem Volke kommen? Wann werden die Kriegsspeere gen Jerusalem ziehen? — Und so sandte er mich und zwei andere zu dir, um dich zu fragen, was du vorhast.

JESUS: Du sollst alles sehen und hören, was du willst, und dann kannst du zurückgehen und berichten.

JUDAS: Johannes hat noch eine besondere Botschaft mitgeschickt — die mich persönlich angeht. Soll ich sie dir mitteilen?

JESUS: Was läßt er mir sagen?

JUDAS: Er sagt dies: „Vetter und Meister — ich empfehle dir meinen Schüler, der mir lieb ist wie ein eigener Sohn, denn ich habe ihn so viel gelehrt, wie ich kann" — dies sind des Johannes Worte, natürlich, und nicht etwa meine eigenen — „ich habe ihn so viel gelehrt, wie ich kann, und ich glaube, daß viele Dinge, die mir noch unklar sind, von ihm klar begriffen werden. Und ich möchte nicht, daß er sein Herz vor Unrast hier in der Wildnis verzehrt, wo ich bleibe, ein Gefangener der Hoffnung." Das ist seine Botschaft.

JESUS: Bist du der gleichen Ansicht?

JUDAS: Meister, ich liebte Johannes und ehre seine Lehren. Aber von jeher hat er mir gesagt, daß nach ihm ein anderer kommen würde, und jetzt steht er wie Moses auf dem Pisgah, und seine Augen sehen das neue Königreich, in das er selber nie den Fuß setzen wird. Es war Josua, der Israel in das gelobte Land führte, und bist du nicht Josua? Denn Josua und Jesus bedeuten doch das gleiche, und das wußte auch der Engel Gottes, der dir den Namen gab, bevor du geboren wurdest. Und ich glaube, daß das neue Land dem alten sehr unähnlich sein wird, und die Straße, die dorthin führt, ist schwer zu finden, und alles wird anders sein, als wir glauben.

JESUS: Es war ein Mann namens Nikodemus, ein Mitglied des Sanhedrin, der kam heimlich zu mir in der Nacht und fragte um diese Dinge. Ich aber sagte ihm: „Wahrlich, wer nicht von neuem geboren wird, der kann das Reich Gottes nicht erkennen", aber er verstand mich nicht. Da sagte ich es ihm noch einmal: „Der Mann, der nicht neu geboren wird durch das Wasser und den Geist, wird nie das Reich erlangen, denn siehe, der Wind bläst, wie er will, und du hörst sein Brausen, aber niemand weiß, von wannen er kommt und wohin er geht — und so ist es auch mit allen, die er auf seinen Flügeln trägt."

JUDAS: Ja, das meine ich. Johannes taufte mit Wasser, aber du taufst mit dem Geiste — so sagte er. Aber weiß das Wasser von dem Wind, der seine Wellen aufstört?

JESUS: Du hast Klugheit und Verständnis, — und Mut auch,

denke ich. Das sind große Gaben. Wo Gott so viel gibt, wird er auch viel verlangen. Kannst du treu sein?

JUDAS: Ich hoffe es. Aber das ist sicher — wenn ich meine Hand an den Pflug lege, werde ich nie zurücksehen — sollte sich auch die Furche mit Blut und Tränen füllen.

JESUS: Davon bin ich überzeugt! Sieh zu, daß es nicht wörtlicher in Erfüllung geht als du glaubst. Doch wenn du dich entschieden hast, dann komm und folge mir — denn alles, was die Propheten von mir gesagt haben, muß erfüllt werden, — und nichts wird geschehen, das der Vater nicht will. *(Pause)* Unterhaltet euren Freund, Kinder, ich muß etwas allein sein.

ANDREAS: Du hast ihn in eine merkwürdige Stimmung versetzt, Judas. Wenn er so ist, wie jetzt, kann ich ihn nie verstehen, — aber du scheinst ihn zu verstehen?

JUDAS: Andreas, du weißt ja gar nicht, wen ihr da habt! Die ganze Welt wird umgestaltet — und ihr sitzt da und seht zu. Wer — denkt ihr — ist dieser Mann, der gerade hinausging?

PHILIPPUS: Wir glauben, daß er der Messias ist, der das Königreich Juda wieder aufrichten wird.

NATHANAEL: Und Gottes Allmacht ist zweifellos mit ihm. Er legt seine Hand auf die Kranken und heilt sie — und tut viel andere Wunder.

SIMON: Ich kann mich gut an die Zeit erinnern, als ich zum ersten Male fühlte, daß er nicht ist wie andere Menschen. Er hatte mit Andreas und mir im Boot gesessen und über die Liebe Gottes gesprochen. Und wie schön er sprach! Wir hatten eine schlechte Nacht mit den Schleppnetzen gehabt und waren ziemlich niedergeschlagen, aber das vergaßen wir, als wir ihm zuhörten. Und da sagte er auf einmal, ganz schnell und fröhlich: „Jungens — legt das Netz auf dieser Seite aus, wenn ihr einen guten Fang machen wollt", und ich sagte: „Ach, das hat ja keinen Zweck, die ganze Nacht haben wir gearbeitet und nichts gefangen, aber wenn es dir Spaß macht, können wir es ja mal versuchen", und das taten wir — und das Gewicht der Fische war so groß, daß unser Netz riß — wir mußten toll arbeiten, um sie alle an Deck zu hieven — und da muß ich wohl den Kopf verloren haben — es war alles so seltsam und ich war übermüdet — da fiel ich auf meine Knie und sagte: Herr! Bitte, geh von uns und verlasse uns — ich bin nur ein einfacher, sündiger Mensch — und ich ertrag's nicht! Und er lachte nur und sagte: Fürchte dich nicht und folge mir, denn ich will dich lehren, Menschen zu fangen"; das ist natürlich gar nichts im Vergleich zu den Wundern, die seitdem geschehen sind, aber ich werde nie über diesen ersten Augenblick wegkommen, — die Sonne auf dem See — silberglänzende Fische springen — und dazu der Schock — plötzlich zu erkennen, daß er — daß er nicht ist wie andere Menschen.

MATTHÄUS: Ja, manchmal gibt er dir ein scheußlich unbehagliches Gefühl, wahrhaftig! Da ißt er mit dir, — lacht mit dir und spricht mit dir — und dabei weißt du ganz genau, daß du nicht wert bist, ihn auch nur anzurühren — ich werde auch nie vergessen, wie ich ihn zum ersten Male sah. Sie kennen mich noch nicht, Freund Judas — also ich war ein Steuereinnehmer — brauchen nichts zu sagen, ich sehe schon, was Sie darüber denken: einer von den Schweinehunden, die für die Regierung arbeiten, sich dabei gesund machen und ihre eigenen Leute verkaufen ... jawohl, so ist es. Sie haben ganz recht! Aber hören Sie zu — ich hatte einen lausig guten Vormittag gehabt, als er damals die Straße herunterkam — war so richtig fein mit mir zufrieden, wenn ich dachte, wie sauber ich den armen Teufeln von Bauern das Geld herausgequetscht hatte — mit einem schönen Schnitt für mich selber natürlich. „Matthäus", sagte ich zu mir, „du wirst es noch weit bringen, mein Junge!" — und da sah ich auf — und da war *ER*. Hallo, dachte ich, da ist ja der Prophet! Jetzt wird er sicher gleich loslegen und dich beschimpfen wie die anderen alle — na, laß ihn nur — Worte tun nicht weh, und ich hab' 'n dickes Fell, und so starrte ich ihn an, — und er sah mich an — sah richtig durch mich durch — und durch meine Bücher auch — als könnte er alles lesen — auch das, was ich so ganz privat notiert hatte. Und ich weiß nicht wieso — aber auf einmal kam ich mir schmierig vor, ganz einfach schmierig, und schließlich fing ich an, ganz unruhig und zappelig zu werden — und da lächelte er — ihr wißt ja, wie er manchmal so ganz plötzlich lächeln kann — und sagte: „Folge mir". Ich traute meinen Ohren nicht. Ich stolperte aus meinem Sitz hervor, und als er die Straße rauf ging, lief ich einfach hinterher. Die Leute lachten mich aus, und einer spuckte nach mir — aber das merkte ich eigentlich gar nicht.

JOHANNES: Es war niemand von uns, Matthäus.

MATTHÄUS: Das weiß ich doch! Als er vor meinem Haus angekommen war, blieb er stehen und wartete auf mich. Ich sagte: „Wollen Sie nicht hereinkommen?" Und da sagte er: „Ja, gern", und ich sagte: „Ich würde Sie gern zum Essen einladen, aber unsere Gesellschaft wird Ihnen nicht gefallen" — und er sagte „Warum nicht?" Da sagte ich: „Aber dies ist doch kein Platz, wo der Herr eintreten kann. Sie wissen doch, wie ich mein Geld verdiene" und er sagte: „Ja, ich weiß, aber es macht nichts" — und wie er es sagte, da habe ich mich mehr geschämt, als wenn er mich beschimpft hätte. Und dann trat er ein — bei mir — und setzte sich, und ihr alle kamt mit ihm — und keiner war überrascht — — außer mir.

ANDREAS: Wir haben uns schon lange abgewöhnt, uns überraschen zu lassen.

PHILIPPUS: Na, die Pharisäer, die waren aber doch erstaunt. Erinnert ihr euch an die paar, die vor der Türe standen, als wir herauskamen: „Mein lieber junger Freund, euer Meister sollte doch wirklich Besseres zu tun wissen, als sich mit solchen Vagabunden an einen Tisch zu setzen."

MATTHÄUS: Ja — und da wandte er sich um und sagte ganz scharf: „Die Gesunden bedürfen des Arztes nicht, wohl aber die Kranken. Meine Botschaft ist nicht für die Gerechten, sondern für die Sünder. Geht", sagte er, „geht und lest in euren Bibeln, bis ihr versteht, was das Wort bedeutet: Ich will Barmherzigkeit haben, nicht Opfer ..." Und ich sagte zu ihm: „Meister, ich komme mit ...", und er sagte: „Komm!" Da bin ich mitgekommen, wie ich ging und stand — und da bin ich.

JUDAS: Und was wurde aus deinem Eigentum?

MATTHÄUS: Nicht mit einem Gedanken habe ich mich darum gekümmert — mindestens eine Woche lang! Dann suchte mein Bruder mich auf und fragte, ob ich eigentlich noch bei Verstand sei. „Verkauf den ganzen Krempel", habe ich ihm gesagt, „oder mach damit, was du willst, ich will nichts mehr damit zu tun haben." — Und jetzt geht es mir einfach großartig! — Ich höre ihm zu und sehe all das Gute, das er vollbringt. Denkt ihr noch an den armen Burschen am See von Bethesda? Achtunddreißig Jahre lang war er gelähmt gewesen und lag auf seiner Matratze wie ein Häufchen Unglück. „Stehe auf", sagt der Meister, und da steht er auf, und Jesus sagt: „Nimm deine Matratze auf und geh nach Hause", da warf er das Bettzeug über die Schulter und ging. Junge, Junge, das gab 'nen Aufstand!

JUDAS: Warum?

SIMON: Na, wegen der Ältesten! Die waren doch dagegen, weil es am Sabbath war, und sie sagten, es wäre gegen das Gesetz, am Sabbath eine Matratze zu tragen.

MATTHÄUS: Kann man sich so etwas Kleinliches vorstellen? Am vergangenen Sabbath kamen wir durch ein Kornfeld und wir waren hungrig; da haben wir ein paar Ähren in der Hand ausgerubbelt und die Körner gegessen. Und schon kommen uns ein paar von diesen geleckten Affen entgegen und ziehen lange Gesichter. Wißt ihr nicht, daß es vom Gesetz verboten ist, am Sabbath ein Mahl zu bereiten? — Weil wir ein paar Körner gegessen haben — „Mahl bereiten" — so was Geschwollenes. —Und der Meister sagt: „Der Sabbath ist für den Menschen geschaffen, nicht aber der Mensch für den Sabbath, und deshalb", sagt er, „ist des Menschen Sohn auch Herr über den Sabbath."

JUDAS: Sagte er das: „Des Menschen Sohn?" Damit beansprucht er ganz klar den Titel des Messias. Was sagten sie denn dazu?

JAKOBUS: Nichts. Aber als sie fortgingen, flüsterten sie miteinander. Ich glaube bestimmt, daß wir noch Scherereien kriegen.

JOHANNES: Das Volk wird auf seiner Seite stehen. Sie werden nicht vergessen, was damals in Nain geschah. Das hättest du sehen müssen, Judas! *(er erzählt die Geschichte etwas stammelnd, da er wieder die starke Wirkung verspürt, die er damals erlebte)* Es war bei dem Begräbnis eines armen Jungen — und die Mutter — eine Witwe — weinte sich die Augen aus. Jesus sagte: „Weine nicht, Mutter" — und er faßte an den Sarg, und die Träger blieben stehen. „Stehe auf, mein Junge", sagte er — und da — richtete sich der tote Knabe auf — und sprach — Judas — es war fürchterlich! Er legte den Knaben in die Arme seiner Mutter — und das Volk schrie: „Ein Prophet! Ein Prophet! Gott hat sein Volk nicht vergessen!"

JUDAS: Ihr habt Recht — das gibt Scherereien.

JAKOBUS: Ich bin froh, daß du gekommen bist, Judas. Du bist klug und kannst weiter sehen als wir — und ich glaube, du verstehst auch den Meister besser als wir anderen ...

PHILIPPUS: Ach ja, bleib doch bei uns! — Verstehst du auch was von Zahlenkram?

ANDREAS: Judas versteht alles.

JUDAS: Danke für die gute Meinung, Andreas. — Ich kann zwei und zwei zusammenrechnen, wenn du das meinst?

PHILIPPUS: Fein, dann kannst du jetzt die Kasse übernehmen! Ich bin heute von einem Ölhändler beschwindelt worden und habe sechs Drachmen dabei verloren — jetzt sind sie mir böse. Sogar der Meister hat mir einen Vortrag über weltliche Weisheit gehalten und wie notwendig sie ist. Da werde ich dir den Beutel mit Vergnügen überreichen ... Was ist los, Johannes? Was suchst du?

JOHANNES: Die Leuchter, — ich höre die Schritte des Meisters auf der Treppe. — Er liest uns meist noch etwas aus der Heiligen Schrift vor dem Essen — du bleibst doch Judas? — Hier ist eine Kerze, Andreas — steck sie doch bitte am Feuer an ...

JESUS: Seid ihr fertig Kinder?

JOHANNES: Ja, Meister — Judas darf auch zuhören, nicht wahr? — Was wirst du uns heute lesen?

JESUS: Ich werde die Geschichte von Josua lesen — aber vorher möchte ich euch noch etwas sagen vom Reiche Gottes. Es ist aber das Reich Gottes wie ein Fischnetz, das in die See geworfen wird und heraufbringt allerlei Kreaturen, — gute und schlechte. Und wenn das Netz voll ist, dann ziehen die Fischer es an Land und lesen den guten Fisch aus und legen ihn in ihre Körbe — aber alles, das schlecht ist oder giftig oder nutzlos — das werfen sie fort. So aber wird auch Gottes Gericht sein in der Welt, denn wenn die Zeit gekommen sein wird, dann werden die Engel die Guten sammeln, die Schlechten aber werden sie ins Feuer der Verdammnis werfen und dort wird sein Heulen und Zähneklappern. Versteht ihr, was ich sagen will?

SIMON: Ja, Meister, das verstehen wir sehr gut.

JESUS: Gottes Gericht ist niedergelegt in der Geschichte, und so soll jeder, der die Schrift studiert, um zu lernen vom Reiche Gottes, zuerst einmal lernen, die Gegenwart zu deuten aus der Vergangenheit. Denn er ist wie ein Hausherr, der seine Fächer und Schränke prüft und neue und alte Schätze daraus hervorzieht — jetzt gib mir die Schriftrolle.

ZWEITE SZENE (JERUSALEM)

Erster Abschnitt

(Im Garten einer Schenke)

DER EVANGELIST: Und sein Name ward berühmt in ganz Syrien. Und es folgten ihm große Mengen Volkes von Galiläa und von Decapolis und von Jerusalem und von Judäa und von jenseits des Jordan. Aber die Pharisäer berieten sich mit den Anhängern des Herodes, wie sie ihn verderben könnten.

PROCLUS: He, Wirt!

WIRT: Mein Herr?

PROCLUS: Eine Flasche Wein und etwas Brot und Käse.

WIRT: Sofort, mein Herr — Küfer! Zapfe Wein für den edlen Zenturio! Wo soll ich es hinbringen, Herr?

PROCLUS: Draußen — die Bank unter dem Feigenbaum.

WIRT: Ah — dort, wo der andere Herr sitzt ...

PROCLUS: Er wird schon nichts dagegen haben, denke ich ... verzeihen Sie, mein Herr ... darf ich wohl — Mann, Sosius, du bist das?

SOSIUS: Proclus, alter Knabe ...

PROCLUS: Seit dem letzten Krieg in Germanien haben wir uns nicht mehr gesehen.

SOSIUS: Und wie ist es dir ergangen all die Jahre?

PROCLUS: Ganz gut für einen alten Knochen von 58 — und dir?

SOSIUS: Kann nicht klagen — bis auf mein steifes Bein. Bin als nicht mehr dienstfähig pensioniert worden — nach der Wunde, die ich mir bei Münster eingefangen habe ... und du bist also immer noch bei der Truppe? Ich dachte, du wärst schon seit Jahr und Tag abgehalftert.

PROCLUS: Ich nicht, mein Junge! Hab' mich auf meine Gesundheit und meine Verdienste berufen, da haben sie mich behalten. Jetzt haben sie mich hier aufs Land gejagt, um für Ordnung zu sorgen und Hilfstruppen auszubilden. Habe mir eine ganz nette Höhle eingerichtet — bei Kapernaum, weißt du — kleines Flohnest, aber ganz hübsch.

SOSIUS: Und was tust du in Jerusalem?

PROCLUS: Hab 'ne Handvoll Rekruten hingebracht, sie scheinen Unruhen zu erwarten.

SOSIUS: Die erwarten ständig irgendwelchen Ärger — Auf deine Gesundheit, mein Alter — Pilatus hat über die Sache mit der Widmungszeremonie ziemlich die Nerven verloren.

PROCLUS: Hat der Kaiser das nicht in Ordnung gebracht?

SOSIUS: Das schon, aber er hat sich hinter Herodes gestellt und Pilatus geraten, auf die Gefühle der Juden Rücksicht zu nehmen und die Wappenschilde in Cäsarea zu weihen. Seitdem reden Herodes und der Gouverneur nicht mehr miteinander. Es ist immer so eine Sache, wenn die Kaiserlichen und örtlichen Behörden nicht Hand in Hand arbeiten.

PROCLUS: Dem Herodes Antipater trau' ich allerhand zu — das ist ein öliger, gerissener Fuchs und brutal obendrein, gar nicht wie sein Vater! Ich habe zehn Jahre bei dem alten Herodes Dienst geschoben. Ein grobschlächtiger, alter Barbar natürlich, aber ein verdammt geschickter Herrscher und absolut loyal auf Roms Seite.

SOSIUS: Um diese Juden in der Hand zu halten, ist schon ein verflucht guter Herrscher nötig.

PROCLUS: Ach was, so übel sind die gar nicht. Man braucht nur viel Takt. Pilatus hat so viel Takt wie ein Rammbock, das ist sein Fehler. An sich ist er ja schwer in Ordnung, aber er ist Bürokrat durch und durch und kommt sich viel zu wichtig vor als Gouverneur. Die Juden sind ganz ehrliche Leute, wenn sie richtig behandelt werden. Ich selber komme mit meinen Ältesten großartig aus. Sie baten mich, zum Synagogenbau etwas zu spenden, das habe ich getan, und alles war tako.

SOSIUS: Sicher — aber versuch du mal sie einzuladen, *dir* einen Tempel zu bauen und hör, was sie sagen! Ihrem Jehova darfst du jederzeit gefällig sein — aber sie kümmern sich einen Dreck um deinen Jupiter. So sieht ihre religiöse Toleranz aus! Und untereinander sind sie auch wie Katz und Hund.

Jetzt erst war wieder ein großer Krach wegen eines Propheten oder so. Heute nachmittag haben sie eine Protestversammlung deswegen — die Kirchenältesten — die Pharisäer — und ein Teil von der Herodespartei kommt auch noch dazu. Das sind die einzigen Gelegenheiten, wo alle ihre verdammten Sekten sich einig sind — wenn es darum geht, so einen unglücklichen Außenseiter, der keine Parteibindungen hat, niederzuhalten. Übrigens dieser Prophet — du, ich glaube, der stammt überhaupt aus deiner Ecke, Jesus bar — was weiß ich — bar-Joseph, richtig. Kennst du ihn?

PROCLUS: Nur wenig. Er ist der Sohn eines Zimmermanns von Nazareth und es wird behauptet, daß er Wunder tut. Ich habe ihn nur einmal gesehen, aber mir gefiel er. Ein guter Mensch, dachte ich, mit etwas Göttlichem im Gesicht. Wenn Apollo, der große Heiler, menschliche Gestalt annehmen würde, dann würde er so aussehen ...

SOSIUS: Apollo? Der große Heiler? Hm, geheilt hat er genug Leute in Jerusalem. Aber anscheinend hat er einen unglücklichen Tag dafür gewählt oder was weiß ich, jedenfalls fühlten sich die strikten Juden beleidigt. Auf alle Fälle ist es ganz gut, daß er sich mit den jüdischen Behörden nicht verträgt, er sollte nämlich von einer Seite zum nationalen Führer ausgerufen werden, und Pilatus machte sich schon Sorgen darüber. Aber wenn er weiter so wenig Unterschiede macht, wird er nie genug Unterstützung für einen offenen Aufruhr bekommen. Seine Gefolgschaft besteht meist aus jüngeren Leuten der unteren Klassen: Fischerjungen und Steuereinnehmer und solche Leute. Die haben kein Gewicht. Bleibst du eine Zeitlang in Jerusalem?

PROCLUS: Nein. Ich habe meine Männerchen abgeliefert und muß zurück. Meine Frau erwartet mich.

SOSIUS: Zu Hause alles gesund?

PROCLUS: Ja, danke, alles gesund bis auf meinen Burschen — der liegt mit einer dieser lausigen Krankheiten, von denen die Ärzte nichts verstehen. Ein guter Junge — würde mir leid tun, ihn zu verlieren.

SOSIUS: *(leichthin)* Dann hol dir doch deinen jüdischen Apollo für ein Wunder!

PROCLUS: *(ernsthaft)* Das möchte ich wirklich versuchen, aber ich weiß nicht, ob so ein jüdischer Heilkundiger auch etwas für einen Römer tun würde. Ich werde ihn mal durch meine Ortsältesten fragen lassen, aber ich habe keinen Schimmer, wie er darauf reagieren wird.

SOSIUS: Hol's der Hades — du hast ihnen eine Synagoge gebaut, und da können sie ja auch mal was tun — he, was will denn dieser alte Knabe?

ERSTER ÄLTESTER: Ich bitte um Vergebung, Herr, wissen Sie zufällig, ob das Sanhedrin sich in der alten Gazzith oder im neuen Gebäude versammelt?

SOSIUS: Keinen Schimmer, mein guter Pharisäer, aber ich habe mehrere der Ältesten zum Hause des Hohenpriesters gehen sehen.

ERSTER ÄLTESTER: Vielen Dank, vielleicht ist die Versammlung dort.

ZWEITER ÄLTESTER: Ziemlich wahrscheinlich, es ist ja keine offizielle Sitzung.

ERSTER ÄLTESTER: Nochmals meinen Dank, Herr, guten Tag — da sind wir doch ganz vom Wege abgekommen — und wir sind sowieso schon verspätet.

ZWEITER ÄLTESTER: Wir können noch ein Stück abkürzen, wenn wir durch den Tempelhof gehen.

Zweiter Abschnitt

(Im Haus des Hohenpriesters)

ERSTER ÄLTESTER: *(es ist der gleiche* Erste Älteste *aus der Tempelszene des dritten Spiels und er beendet gerade eine Rede)* ... und so bin ich überzeugt, daß die Versammlung mir beipflichtet, daß dieser Unfug aufhören muß *(gemurmelte Zustimmung).* Über die diesem Mann zugeschriebenen wunderbaren Kräfte brauchen wir uns hier nicht zu streiten. Vielleicht ist er ein Charlatan. Vielleicht ein Magier. Das ist nicht wichtig, aber er hat bewußt zugelassen, daß eine große Menge Dummköpfe sich einbildet, er sei der Messias — damit kann ein Feuer angefacht werden, das uns zum Schluß nichts einbringen wird als Repressalien von Rom. Wir wünschen durchaus keine solchen Manifestationen eines fanatischen, zelotischen und disziplinlosen Eiferns. *(Beifall)*

BARUCH: Mein hochehrwürdiger Herr Hoherpriester! Ich muß energischen Protest einlegen gegen den Ausdruck, den der ehrwürdige Herr Älteste soeben gebraucht hat, und der die Absicht erkennen läßt, die Zelotenpartei, der ich angehöre, anzugreifen. — Der Eifer für unsere erhabene Religion und unsere auserwählte Rasse sollte keine Grenzen kennen, und ich bin entsetzt, daß es jemand wagt, diesen Eifer eindämmen zu wollen mit der Begründung, wir müßten dies heidnische römische Imperium uns geneigt halten. — Was ich gegen diesen Jesus bar-Joseph vorzubringen habe, ist, daß er, weit davon entfernt, die Restauration des Königreiches Juda mit Eifer zu verfechten — statt dessen religiöse Führer beleidigt, öffentlich das Gesetz Mose verspottet und sich mit Nichtjuden und Samaritern zusammentut und diesen verächtlichen Steuereinnehmern, die unser Volk im Interesse Roms aussaugen. *(Hört, hört)*

EINE STIMME: Er predigt aber das kommende Reich ...

BARUCH: Das schon, aber er erklärt es in einer weithergeholten, ziemlich mysteriösen Weise, die kein vernünftiger Mensch verstehen kann. Was er in Wirklichkeit predigt, ist nichts als seine eigene Person — und eine fanatische Ergebenheit für sich selber. — Wenn er einen Kult begründet, dann wird es der Kult einer abgöttischen Verehrung eines gewissen Jesus sein. Wünschen Sie, meine Herren, unsere Tempel dem Herrn Jesus bar-Joseph geweiht zu sehen? Ist Ihrer Ansicht nach ein göttlicher Zimmermann besser als ein göttlicher Cäsar? *(ärgerliches Gemurmel)* Haben wir in den Tagen des Herodes noch nicht genug von solchem gotteslästerlichen Unfug gehabt?

HERODESANHÄNGER: Herr! Ich protestiere! Hochehrwürdiger Herr Kaiphas, dies ist untragbar! Als ein Herodier muß ich mit allem Nachdruck gegen diese verabscheuungswürdigen Verleumdungen des Ahnherrn unseres königlichen Hauses Verwahrung einlegen. König Herodes hat niemals Götzendienerei im Judentum zugelassen.

STIMME: Und in Syrien?

HERODESANHÄNGER: Wenn die syrischen Heiden in ihrer Blindheit dem Herodes Tempel bauten, so war das ihre eigene Angelegenheit. Als wir durch unsere innere Uneinigkeit die Macht des Hauses Herodes untergruben, haben wir uns in die Knechtschaft Roms begeben. — Und ich behaupte, daß wir nur durch Einheit unter der Führung eines Herodes die Möglichkeit haben, unsere Unabhängigkeit wiederzuerlangen. — Sektenbewegungen zersplittern nur unsere nationalen Anstrengungen. — Die Judenheit wird nicht zum Siege marschieren unter der Führung eines Nazarener Schreiners, sondern nur unter den Bannern des Hauses Herodes.

ERSTER ÄLTESTER: Nach der Prophezeiung wird der Messias der Juden aus dem königlichen Hause David stammen und nicht aus der Linie des Herodes, der ein Edomit war und die Macht unrechtmäßig an sich gerissen hatte.

(Protestrufe und Beifall)

SCHADRACH: Dieser Mann Jesus ist Ihnen da eine Länge voraus, meine Herren. Er sagt, daß er aus dem Hause David stammt. *(ärgerliche Stimmen)*

DRITTER ÄLTESTER: Meine Herren, kommen wir nicht vom Thema ab? Niemand hat bisher vorgeschlagen, daß wir diesen Jesus von Nazareth unterstützen sollten. — Die Frage ist doch: Wie werden wir ihn los, ohne einen Volksaufruhr zu verursachen, der Rom veranlassen wird, einzugreifen. — Der Gouverneur wird uns nicht unterstützen und ein rein kirchliches Vergehen bestrafen. — Wenn aber dieser Mann etwas sagen würde, das als Auflehnung gegen den Kaiser ausgelegt werden könnte?

BARUCH: Den Kaiser! Sollen wir uns so weit erniedrigen, an die Autorität des Kaisers zu appellieren? *(Zwischenrufe und Tumult)*

KAIPHAS: Älteste von Jerusalem ...

STIMME: Der Hohepriester! Ruhe für den Hohenpriester!

(Schweigen)

KAIPHAS: Wenn ich diese Anregung richtig verstanden habe, so sollten wir Jesus und Rom gegeneinander ausspielen — also Rom gebrauchen, um uns die Kastanien aus dem Feuer zu holen. Das scheint mir ein durchaus diplomatischer Plan, die Ägypter zu verderben. *(Gelächter)*

Wir werden also versuchen, diesen Mann mit seinen eigenen Worten zu fangen, und ihn veranlassen, öffentlich zu behaupten, er sei der Messias — das kann dann als Signal zu einem nationalen Aufstand ausgelegt werden — oder aber, wir müßten ihn dazu provozieren, das Gesetz Roms in irgendeiner Form zu brechen — zum Beispiel durch Steuerverweigerung oder etwas Ähnliches. Hatten Sie sich das etwa so gedacht?

DRITTER ÄLTESTER: Der hochehrwürdige Herr Hohepriester hat meine Absicht vollständig klar ausgedrückt.

KAIPHAS: In diesem Falle könnten wir also dazu übergehen — ich sehe, daß der Älteste Schadrach etwas sagen will — bitte, Schadrach?

SCHADRACH: Ich will nur das sagen: Dieser Jesus ist kein Narr, und es wird bestimmt nicht leicht sein, ihn hereinzulegen. — Außerdem haben wir noch den Nachteil, daß niemand die wirkliche Zielsetzung zu kennen scheint. — Wir stimmen alle darin überein, daß wir dagegen sind — und das ist so ziemlich das einzige, in dem wir übereinstimmen. — Jesus hat das Volk geeinigt und uns entzweit — und gleichgültig, ob seine Behauptungen, daß er Eingebungen habe, auf Wahrheit beruhen oder nicht — ich glaube, er ist ein Gegner, mit dem man rechnen muß.

BARUCH: Was der Älteste Schadrach hier vorbringt, ist sehr richtig. Darf ich dazu auch einen Vorschlag machen? — Wenn es uns gelingen sollte, seine Jünger gegeneinander auszuspielen und dabei gleichzeitig seine wirklichen Pläne zu erfahren, könnten wir möglicherweise die ganze Bewegung von innen her zerbrechen.

KAIPHAS: Ein sehr vernünftiger Plan, mein guter Zelot! Haben Sie praktische Vorschläge zu machen?

BARUCH: Ich kenne einen Mann, der sich vielleicht als nützlich erweisen dürfte. — Ein früherer Anhänger Johannes des Täufers, der in den letzten Wochen viel bei Jesus gesehen worden ist. — Ich bin vor einiger Zeit vorsichtig mit ihm in Verbindung getreten und habe mich überzeugt, daß er eifrig, kühn und ein begeisterter Kämpfer für Israel ist.

KAIPHAS: Hm — kann man ihm mit Drohungen beikommen? Oder Bestechung?

BARUCH: Nicht auf plumpe Art. — Nein. Er ist sehr gerissen und würde einen ungeschickten Versuch, ihn zu korrumpieren, sofort durchschauen. Andererseits glaube ich, daß er durch trügerisch-blendende Argumente veranlaßt werden könnte, einer Täuschung zum Opfer zu fallen. — Das ist die Schwäche dieser superklugen Leute. Intellektuelle Unehrlichkeit aus Stolz auf den eigenen Intellekt — die Sünde, durch die Adam fiel.

CHOR ZUSTIMMENDER RUFE: Sehr wahr, sehr richtig.

NICODEMUS: *(plötzlich laut)* Und diesen Vorschlag halten Sie für ehrlich?

KAIPHAS: Bruder Nicodemus, diese Bemerkung war durchaus nicht am Platze — lasset die Bösen sich in ihren eigenen Schlingen fangen ... Ich nehme also zu Protokoll, daß die Versammlung billigt, wenn Bruder Baruch versuchsweise verhandelt mit diesem jungen — wie hieß er noch gleich?

BARUCH: Judas Ischariot.

KAIPHAS: Mit diesem jungen Judas Ischariot.

(Beifälliges Gemurmel, allmählich leiser werdend)

DRITTE SZENE (GALILÄA)

DER EVANGELIST: Und Jesus rief seine Jünger, und aus ihrer Zahl wählte er zwölf, die immer bei ihm sein sollten, und er nannte sie seine Apostel: Simon bar-Jonas, und Andreas, seinen Bruder — Jakobus und Johannes, die Söhne des Zebedäus — Philippus und Nathanael, Jakob und Judas, die Söhne des Alphäus — Simon aus Kanaan, und Thomas, welcher der Zwilling genannt wurde — und Matthäus, den Steuereinnehmer, und Judas Ischariot, der ihn verriet ...

(Kurze Pause)

Und er lehrte das Volk und sprach also:

JESUS: Denkt niemals, daß ich gekommen sei, das Gesetz zu brechen, ich bin gekommen, euch zu lehren, wie ihr's halten sollt. Denn so sagt das alte Gesetz: Du sollst nicht töten; und es beschreibt, wie der Mörder bestraft werden soll. Ich aber sage euch: Du sollst keinen Haß hegen, denn der Haß ist es, der zum Totschlag führt — Haß ist schon Mord! Wenn du deinen Nächsten hassest, dann lebt schon der Mord in deinem Herzen. — Und das alte Gesetz sagt: Wenn du einen Eid tust, den mußt du halten! — Ich aber sage euch: Denke wahr und rede wahr, und nie wird es notwendig sein, Gott mit Eiden zu beleidigen! — Und das alte Gesetz sagt: Die Rache bleibe in den Grenzen — Auge um Auge, Zahn um Zahn und nicht mehr! — Ich aber sage euch: Rächet euch nicht! Wenn einer euch einen Streich gibt auf die linke Wange, so bietet ihm auch die rechte dar — seid gut zu euren Feinden, gebt dem, der eine Forderung an euch stellt, das Doppelte von dem, was er haben will, und erweicht auf diese Art die Bitterkeit in seinem Herzen. — Und das alte Gesetz sagt: Liebe deine Freunde und hasse deine Feinde. — Ich aber sage euch: Das vermag jeder! Hört auf mit eurer Gesinnung zu feilschen, liebet auch eure Feinde und tut ihnen so viel Gutes, wie ihr nur vermögt, und wenn sie schlecht handeln gegen euch, dann betet für sie. Seid wie euer Vater im Himmel, der regnen läßt über Gerechte und Ungerechte ohne Unterschied. Handelt so gegen euren Nächsten, wie ihr wollt, daß euer Nächster gegen euch handelt — das ist der beste Weg, das Gesetz zu halten und die Lehren der Propheten zu befolgen.

MENGE: O Rabbi, welch wundervolle Lehre ist das! — Sprich weiter zu uns — lieber Meister ... den ganzen Tag möchten wir zuhören ...

JESUS: Ja, aber nennt mich nicht Meister, wenn ihr nicht auch befolgt, was ich euch lehre. Viele aber werden am jüngsten Tage zu mir kommen und sprechen: Herr! Herr! In deinem Namen haben wir gelehrt und geheilt und dies und jenes vollbracht! — Ich aber werde ihnen sagen: Geht fort, denn ich kenne euch nicht! Ihr habt nie zum Reiche Gottes gehört! Der aber, der nicht nur zuhört, sondern auch handelt, wie ich es sage, der ist wie ein kluger Mann, der sein Haus auf Fels gebaut hat, und ob der Regen fiel und der Wind wehte und die Wasser das Haus umspülten, konnten sie es doch nicht erschüttern! Aber derjenige, der nur hört und nicht danach handelt, der ist wie ein Narr, der sein Haus auf Sand gebaut hat — und der Regen fiel darauf, der Wind wehte und die Wellen stürmten dagegen an und schwemmten es fort — und es wurde zerstört.

JOHANNES: Dank, Meister, für die Warnung! Mit Gottes Hilfe werden wir versuchen, unser Haus auf Felsen zu bauen. — Wirst du heute noch weiter lehren?

JESUS: Nicht jetzt, wir werden nach Kapernaum gehen.

SIMON: Das ist alles für heute, meine Freunde. Geht nach Hause, und morgen wird Jesus wieder zu euch sprechen.

MENGE: — also noch niemals habe ich so eine Predigt gehört — gar nicht, wie die Schriftgelehrten — die sagen nur: „Moses sagt dies“ oder „Jesaja sagt das“, aber dieser Mann sagt: „Ich sage euch“ — gerade als ob er genau so wichtig wäre wie Moses — was mag er nur meinen, wenn er sagt, daß wir am jüngsten Tage zu ihm kommen werden? — Er redet, als ob er der Herrgott selber wäre — jedenfalls erklärt er, was das Gesetz wirklich bedeutet — wenn wir nicht sündigten, brauchten wir auch kein Gesetz — genau wie er sagt — aber mit merkwürdigen Leuten ist er zusammen, nicht? — ich stelle mir jedenfalls einen heiligen Mann anders vor — Johannes der Täufer, zum Beispiel, der ging nicht zu Gastereien und Festen — der lebte von Heuschrecken — Johannes? Na, das war schon eine verrückte Type — es war die schönste Predigt, die ich jemals gehört habe — ich muß ihn wieder hören — Kommt — sie folgen ihm alle — vielleicht können wir noch etwas aufschnappen —

ANDREAS: Meister, hier sind Abgesandte von den Ältesten in Kapernaum. Willst du mit ihnen sprechen? Es scheint recht dringend zu sein ... es ist der nette, alte Rabbi, der auf der Hochzeit in Kana war.

JESUS: Aber natürlich ... ehrwürdiger Rabbi, was kann ich für Euch tun?

RABBI: Gottes Segen sei mit dir, Jesus bar-Joseph! Wir kommen im Interesse eines guten Freundes — des römischen Zenturios Proclus, der in unserer Nachbarschaft lebt. Sein Diener — ein wertvoller Mensch, ist hoffnungslos krank, und Proclus glaubt, daß — wenn du kommen würdest und dem armen Kerl die Hand auflegen ...

SIMON: Der Meister einem Heiden die Hand auflegen! Einem römischen Krieger! Mein lieber Herr, das ist doch Wahnsinn! Jeder Römer ist ein Feind Israels ...

JESUS: O Simon! Hörst du wohl jemals zu, wenn ich etwas sage? Ich habe gesagt: Liebet eure Feinde!

RABBI: *(eifrig)* Aber — Proclus ist ja gar nicht unser Feind! Natürlich ist er ein Heide, aber so ein freundlicher Mann ... er schätzt auch uns Juden und ist sehr gut zu uns. Er hat uns sogar eine neue Synagoge gebaut! Und jetzt ist er so verstört über diesen Diener, der schon lange Zeit mit ihm zusammen ist ...

JESUS: Ich werde kommen und nach ihm sehen.

RABBI: Wirklich? Das ist riesig nett — hören Sie, Proclus? Jesus sagt, daß er kommen will und nach dem armen Kranken sehen ... es ist gar nicht weit — höchstens eine halbe Meile ...

PROCLUS: Einen Augenblick, Herr! Ich bin Ihnen sehr dankbar — Ihnen und auch diesem braven Ältesten — aber ich erwarte wirklich nicht, daß Sie zu meinem Hause kommen! Wir Römer wissen doch, was es mit Propheten und Geweihten auf sich hat. Wir wissen, daß ihre Person geheiligt ist und nicht unrein werden darf durch Berührung mit Dingen, die nicht zeremoniell gereinigt sind. Und wir sind natürlich unrein für Sie, nicht wahr? Außerdem würden Sie in meinem Hause allerlei Symbole vorfinden, die Sie nicht billigen können — Statuen des Kaisers und unserer Götter und dergleichen. Wirklich — ich glaube nicht, daß es sich für Sie schicken würde, zu kommen, und ich bitte auch nicht darum.

JESUS: Was wollen Sie denn, Proclus? Wünschen Sie nicht, daß Ihr Diener geheilt wird?

PROCLUS: Und ob ich das wünsche! Aber ist es denn notwendig für Sie, den Kranken zu sehen? Sie brauchen doch nur ein Wort zu sagen und er wird genesen!

JESUS: Warum glauben Sie das?

PROCLUS: Herr! Da brauche ich Sie nur anzusehen! Autorität erkenne ich sofort, wenn ich sie sehe. Ich bin mein ganzes Leben lang Soldat gewesen. Ich mußte meinem Obersten gehorchen, und meine Leute hatten mir zu gehorchen. Ich sage einem Korporal: „Komm her!" und dann kommt er. Ich sage zu einem anderen Mann: „Geh dort hin!" und er geht. Ich sage zu meinem Burschen: „Tu dies!" und er tut's. Und das eine weiß ich genau: Wenn Sie einen Befehl aussprechen, dann wird diesem Befehl gehorcht werden!

JESUS: *(leidenschaftlich)* Hört ihr das? Ihr alle? Es ist erstaunlich! Nirgendwo habe ich einen solchen Glauben noch gefunden — nirgendwo weit und breit in ganz Israel! Und das sage ich euch: Es werden viele kommen aus Osten und Westen und sitzen bei Abraham und Isaak und Jakob im himmlischen Reiche unseres Vaters — während die rechten Erben des Reiches in die Finsternis gestoßen werden, wo Heulen sein wird und Zähneklappern! — Gehen Sie in Frieden, Zenturio! Und so, wie Ihr Glaube ist, also wird es geschehen ...

PROCLUS: Ich danke Ihnen sehr, Herr! *(waffenklirrend ab)*

JUDAS: Meister — die Jünger, die mit mir von Johannes dem Täufer gekommen sind, wollen wieder zurückgehen und fragen an, was sie ihm von dir bestellen sollen?

JESUS: Es ist gut, Judas. Sind sie hier?

JUDAS: Ja, Meister. Hier sind sie.

JESUS: Nun, Freunde, was für Fragen hat euch Johannes aufgetragen?

JÜNGER: Er fragte: „Bist du wirklich derjenige, dessen

Kommen die Propheten verkündet haben? Oder müssen wir noch auf einen anderen warten?“

JESUS: Ja. Geht zurück und sagt Johannes, daß ihr die Prophezeiungen erfüllt sahet — daß die Blinden sehen und die Lahmen gehen, die Aussätzigen geheilt werden, und die Tauben wieder hören. Und auch die Toten werden wieder erweckt werden zum Leben ...

JÜNGER: Das ist in der Tat ein Wunder.

JESUS: Und die frohe Kunde vom kommenden Reiche Gottes wird den Armen gegeben — vergeßt nicht, das zu sagen.

JÜNGER: Das ist vielleicht noch wunderbarer.

JESUS: Vielleicht ist es das. Glücklich derjenige, der nicht an mir zweifelt.

JÜNGER: Wir werden deine Botschaft überbringen. Leb wohl, Jesus bar-Joseph.

JESUS: Lebt wohl ... und jetzt — Freunde, hört, was ich sage: Diese Männer gehen zurück zu Johannes dem Täufer. Heute kommt ihr alle zu mir gelaufen. Vor einer kleinen Zeit lieft ihr ihm nach. Habt ihr ihn schon vergessen? Herodes hat ihn ins Gefängnis geworfen. Das war ein ziemlicher Schock für euch, nicht wahr? Als ihr Johannes zulieft, was habt ihr da zu finden erwartet? Ein Rohr, das hin und her weht, wie immer der Wind der Stimmungen weht? So war Johannes nicht. Was habt ihr zu finden erwartet? Einen Mann in prächtigen Gewändern? O nein! Wenn ihr so einen Mann sehen wollt, müßt ihr in des Königs Palast gehen. — Was wolltet ihr denn nun wirklich und wahrhaftig finden? Einen Propheten? Ja! Und mehr als das — einen wahren Gesandten Gottes! Wahrlich, wahrlich ich sage euch — von allen, die vom Weibe geboren, ist keiner größer als Johannes der Täufer! Doch der Geringsten einer, der eingeht in das himmlische Reich, ist größer noch als er. Alle Propheten und alles, was geschrieben war, sagte das Kommen des Johannes voraus. Und seit er kam, ist das himmlische Reich gekommen. Mitten unter euch ist es und wartet darauf, daß ihr es euch gewinnt, und wer entschlossen ist, kann es im Sturme erobern.

Doch ihr — deren große Stunde gekommen ist — was tut ihr? Ihr seid wie närrische Kinder, die durch die Straßen laufen. Ihre Spielgefährten sagen: „Warum wollt ihr nicht mit uns spielen? Wir haben euch Musik gemacht, aber ihr wolltet nicht tanzen. Wir haben Euch geklagt, aber ihr wolltet nicht mit uns trauern." Johannes kam und fastete, aß nicht, und trank nicht, ihr aber nanntet ihn einen Narren. Des Menschen Sohn kommt und ißt und trinkt wie andere Menschen auch, und jetzt beschwert ihr euch und sagt, er sei gierig und ein Säufer und liebe schlechte Gesellschaft. Nie seid ihr zufrieden. Doch die Kinder Gottes sind alle klug auf ihre Art.

Aber wehe über dich Chorazin! Wehe über Bethsaida! Wenn die gewaltigen Wunder, die in euren Mauern vollbracht wurden, in den heidnischen Städten Sidon und Tyrus geschehen wären, längst hätten sie ihre Sünden bereut in Sack und Asche! Und wehe über dich Kapernaum! Wenn die lasterhafte Stadt Sodom gesehen hätte, was du gesehen hast, dann hätte Gott sie nimmermehr zerstören müssen. Aber besser wird es gehen mit Tyrus und Sidon und Sodom am Tage des Gerichtes als mit euch!

MENGE: Wehe! Wehe! Was sollen wir tun? Was sollen wir tun, auf daß wir gerettet werden?

JESUS: *(der brennende Zorn ist dem Erbarmen gewichen)* Kommet zu mir alle, die ihr mühselig und beladen seid, und ich will euch erquicken. Nehmt mein Joch auf euch und lernt von mir; denn sanft und einfältig ist mein Herz und ihr werdet Ruhe finden für eure Seelen in mir. Denn mein Joch ist sanft und meine Last ist leicht.

DER EVANGELIST: Als nun der König Herodes seinen Geburtstag feierte, da tanzte vor ihm die Tochter der Herodias, und sie gefiel ihm so sehr, daß er versprach mit einem Eide, ihr zu geben, was immer sie sich wünschte. Sie aber, von ihrer Mutter dazu angestiftet, sagte: „So gib mir, ich bitte dich, den Kopf des Johannes auf einer Schüssel." Da war Herodes traurig, aber er hatte einen Eid geschworen und mußte ihn halten. So ließ er denn den Johannes im Gefängnisse enthaupten, und das Haupt wurde auf eine große Schale gelegt und der Tochter der Herodias übergeben, sie aber brachte es ihrer Mutter. Seine Jünger aber begruben ihn und sie kamen zu Jesus und erzählten, was geschehen war.

FÜNFTES SPIEL

DAS HIMMLISCHE BROT

Der EVANGELIST
JESUS
BARUCH DER ZELOT
BARUCHS FRAU
JUDAS ISCHARIOT
PHILIPPUS
ANDREAS, *des Jonas Sohn*
SIMON, *des Jonas Sohn (Petrus)*
JAKOBUS, *des Zebedäus Sohn*
JOHANNES, *des Zebedäus Sohn*
NATHANAEL
THOMAS DER ZWILLING
MATTHÄUS DER ZÖLLNER
(PHILIPPUS bis MATTHÄUS: *Jünger Jesu*)
Erster JUDE
Zweiter JUDE
Dritter JUDE
MENGE

DAS SPIEL

Dieses Spiel hat, zur Abwechslung, ziemlich viel Handlung. Wenn es zu lang erscheint, kann die zweite Szene ganz ausgelassen werden. In dieser und der folgenden Szene ist die Menge stilisiert behandelt, so daß ein Auslassen der zweiten Szene die dritte aus dem Zusammenhang reißen kann. In diesem Fall kann die Menge in der dritten Szene etwas ausführlicher und naturalistischer behandelt werden.

(Für die Bühnengeräusche merke man: Der See Tiberias ist ein Binnensee, und das Boot war ein Ruderboot. Man quäle den Regisseur [der schon Sorgen genug hat] nicht mit Vorschlägen wie „Segelschiff im Sturm — schlagende Segel und pfeifender Wind in der Takelage" oder „Atlantische Brecher an der Küste", oder mit dem süßlichen Möwenstück, das wir so gut kennen. „Sturm auf dem Bodensee" ist schon besser; aber Sie können reichlich Wellen und Wind machen, denn die waren da.)

Lied in Szene Vier: Es ist wohl kaum nötig, nach einer altjüdischen Weise für diesen Psalm zu suchen. Irgendeine alte, kräftige, überlieferte Melodie, zu der die Ruder Takt halten können, wird den Zweck erfüllen.

PERSONEN

JESUS: Der Grundgedanke des Spiels ist die Andeutung, daß die dreifache Versuchung des Teufels hier wiederholt und jedesmal bis zur Absage und Herausforderung durchgeführt wird. Da ist die Weigerung, Kapital zu schlagen; 1. aus der Popularität, die sich auf materiellen Vorteil gründet (Heilung und Speisung), 2. aus Zeichen und Wundern (Wandeln auf dem See), 3. aus Angeboten weltlicher Macht (das Königtum wird Jesus angeboten und von ihm zurückgewiesen). All diesem tritt die bewußte und fast heftige Herausforderung mit dem „Brot des Lebens" gegenüber, die allem ins Gesicht schlägt, was der Durchschnittsmensch sich wünscht und was der religiösen Tradition heilig ist. Das Ergebnis ist, daß die bloß Neugierigen und die Furchtsamen abfallen, daß unter den Jüngern die starken Elemente sich von den schwachen absondern; und es wird ganz klar, daß der Weg zum Heil über das Kreuz führt. Die zweite Szene (wenn sie beibehalten wird) und die vierte Szene sollen in fröhlichem Ton gespielt werden; Szene III hingegen mit einem entschlossenen Versuch, Menge und Jünger zur entscheidenden Krisis zu treiben; Szene V ist die Krisis; der erste Teil muß mit unnachgiebiger Entschlossenheit gespielt werden, und immer wieder muß die Betonung auf das Wichtigste fallen (Johannes Kapitel 6 wiederholt dieselben Sätze immer und immer wieder, als ob sie den Hörern recht eingeprägt werden sollen); der zweite Teil (mit Petrus) ist voll leidenschaftlicher Erregung. Die Seligpreisungen in Szene I können etwas stilisiert gesprochen werden, da sie eine Art Zusammenfassung des vorher oft Gesagten sind.

BARUCH DER ZELOT: Reiner Politiker. Seine Reden können, wenn nötig, etwas gekürzt werden — aber sie sind doch sachlich wichtig. Baruch sieht Jesus als den von der Vorsehung gesandten Volksredner, der etwas verrückt ist, aber ein politisches Werkzeug, das — richtig behandelt — recht brauchbar sein kann.

JUDAS: In diesem Spiel wird er endlich ganz deutlich. Er hat die richtige Idee und hält an ihr mit Leidenschaft und Aufrichtigkeit fest. Aber sein intellektueller Hochmut, seine Eifersucht und ein tiefgehender Mangel an Großmut lassen jede Saat des Mißtrauens nur zu leicht bei ihm aufgehen. Er traut niemandem als sich selbst. Er hat die Idee der Entsühnung durch das Leiden abstrakt begriffen — er sieht sie ganz klar; aber wer sieht sie außer ihm? Versteht Jesus wirklich, was das heißt? Er behauptet, daß Jesus unbestechlich ist — aber wenn Baruch doch recht hätte? „Ich würde ihn eigenhändig umbringen —", wenn er meinen Glauben an ihn enttäuscht; das ist das Stichwort. Und was dann geschieht, sieht ihm recht verdächtig aus. Die Volkstümlichkeit („Wenn es heute überhaupt in Judäa einen volkstümlichen Mann gibt" — da haben wir es!) und der unbekümmerte Appell an die Herdeninstinkte der Fünftausend, dem (unfehlbar) das Angebot des Königtums folgt. Jesus hat es abgelehnt — ist das sein Ernst? Was tut er am anderen Ufer des Sees? Geht nicht etwas Unheilvolles vor? Dann die Szene mit den Juden und Petrus — großartig, wunderbar! Judas ist zufrieden; aber warum wird Petrus mit Auszeichnung behandelt? Warum Johannes mit Vertrauen bedacht? Warum empfängt Judas nicht diese Ehren, er, der doch wirklich versteht? (Aber natürlich versteht er nicht das, was Petrus und Johannes verstehen — Petrus in einer Art Erleuchtung und Johannes instinktiv, daß nämlich die Person, mit der sie es zu tun haben, übermenschlich ist.) Judas sieht Jesus nämlich, ohne dessen bewußt zu sein, als eine Art von Werkzeug — einen Menschen, dessen Bestimmung es ist, seine — des Judas — Idee der Erlösung durchzuführen; und wenn Jesus sich ein Zurückschrecken anmerken läßt, wird Judas ihn wieder auf den Weg zwingen. — Ich habe Judas keine Krankenheilungen verrichten lassen; mir scheint, er wird sich mehr ans Predigen gehalten haben.

BARUCHS FRAU: Sie darf von ihres Mannes politischen Intrigen nichts wissen (das geht Frauen nichts an), aber sie kennt seine Ansichten. Ihre einzige Berechtigung in diesem Spiel ist die angenehme Abwechslung, die eine weibliche Stimme hineinbringt. Aber sie hat so viel „weibliche Intuition", daß sie sofort spürt, wie eifersüchtig Judas unbewußt auf das von Philippus vollbrachte Wunder ist.

PHILIPPUS: Er ist immer noch der „nette Junge", bescheiden und ohne Anmaßung. Er weiß, daß er nicht besonders klug ist, und bewundert Judas, der so gescheit ist und so gut predigt. Erstaunlich, daß es ihm, dem Dummen, erlaubt wird, ein Wunder zu tun! Alles das ist sehr überraschend und sehr anstrengend. Da er weder nervös ist, noch zur Selbstanalyse neigt, handelt Philippus mit gesundem animalischem Instinkt: er tut, was von ihm verlangt wird, und rollt sich dann zusammen und schläft sich aus. Er wird immer liebenswürdig sein und brav „danke" sagen und zu Bett gehen, wenn man's ihm sagt, wie ein gut erzogener Schuljunge.

SIMON: *(Petrus)* Er hat zwei Höhepunkte, und auf jeden folgt der übliche Zusammenbruch. In einem Augenblick scheint die andere Welt ganz wirklich zu sein und diese Welt nichts: er kann auf dem Wasser gehen, er kann Gottes Angesicht sehen. Dann plötzlich verliert er den Halt, denkt an sich selbst — und alles ist fort, und nur ein stumpfer Fischer bleibt übrig, wie sie alle sind, brummig, grob — dann redet er mit seinem Meister wie ein energisches Kindermädchen mit einem verzogenen kleinen Prinzen.

THOMAS: Ein guter Mensch, zuverlässig genug in leiblicher Gefahr (wie wir später sehen werden), aber von pessimistischem Temperament und instinktiv immer darauf bedacht, sich nicht zu blamieren.

MATTHÄUS: Nichts Besonderes, außer einem gewissen Organisationstalent (schlangestehende Mengen sind ihm wahrscheinlich nichts Neues) und der entschiedenen Abneigung des Stadtmenschen gegen feuchte Ungemütlichkeit und schwankende Ruderboote. Er ist einer von den Optimisten, die beim Sturmangriff singen: „Ich will ja gar nicht sterben —" und „Ist das nicht ein schöner Krieg?"

ANDERE JÜNGER: Nichts Neues.

DIE JUDEN: Keine Priester und Pharisäer, sondern gewöhnliche Bürger, glücklich, wenn sie etwas anzustaunen haben und überall dabei sein können, solange keine Schwierigkeiten und Gefahren herausbrauen; aber von Natur konservativ und prosaisch.

ERSTE SZENE (GALILÄA)

DER EVANGELIST: Darauf rief Jesus seine zwölf Apostel zusammen und gab ihnen die Macht, Teufel auszutreiben und Kranke zu heilen. Und er sandte sie aus, je zwei und zwei, daß sie das Königreich Gottes predigen sollten und die Kranken heilen. Und er sagte zu ihnen:

JESUS' STIMME: Nehmt nichts mit auf eure Reise — nicht Geld noch Nahrung, noch Kleidung zum Wechseln — nehmt einen Stab mit, euch darauf zu stützen, das ist alles. Wenn ihr aber in ein Dorf oder eine Stadt kommt, dann erbittet euch Gastfreundschaft von einem braven Manne und bleibt in seinem Hause, bis ihr den Flecken wieder verlaßt. Und laßt euch auch nicht von jedermann einladen. Wenn aber jemand euch nicht aufnehmen will und nicht hören auf eure Predigt, so schüttelt den Staub von euren Füßen und überlaßt Gott das Urteil. Scheut euch vor niemand — der sich um den kleinen Sperling kümmert, wird auch für euch sorgen. Denkt stets daran, daß ihr nicht auf euch selbst gestellt seid: denn wer euch aufnimmt, der nimmt mich auf — wer aber mich aufnimmt, der nimmt Gott auf, der mich gesandt hat.

DER EVANGELIST: Und sie gingen hinaus und durchzogen die Märkte, predigten das Evangelium und heilten, wohin sie kamen.

BARUCH: Nun, Judas, das ist eine wundervolle Geschichte. Außerordentlich interessant und eindrucksvoll. Sie erzählen so gut, wie Sie predigen. Frau! — unser Gast hat nichts mehr zu trinken.

JUDAS: Nicht mehr, bitte — verehrte Hausfrau.

BARUCH: Na — einen Becher noch! Den brauchen Sie nach des Tages Arbeit. Philippus?

PHILIPPUS: He? — Oh, ich bitte um Verzeihung.

JUDAS: Philippus schläft schon halb.

PHILIPPUS: Keine Spur! Ich bin hellwach!

BARUCH: Er hat den ganzen Abend noch kein Wort gesagt.

FRAU: Der arme Junge! Er sieht todmüde aus. Was er braucht, glaub' ich, ist eine Tasse mit heißer Milch und dann ins Bett.

PHILIPPUS: Danke sehr — ja, einen Schluck Milch hätte ich ganz gern.

FRAU: Aber gewiß ... hier ... trinken Sie wie ein braves Kind. ... Sie fühlen sich doch wohl?

PHILIPPUS: *(reißt sich zusammen)* Doch, doch! Mir geht es ausgezeichnet. Bitte, machen Sie gar keine Umstände meinetwegen.

JUDAS: Philippus hatte einen etwas aufregenden Tag heute. Er hat zum ersten Male einen Kranken geheilt. Sie brachten uns eine arme Frau — die war vom Wahnsinn besessen ...

BARUCH: Du kennst sie, Liebste. Die arme verrückte Esther.

FRAU: Die arme Esther! Und Sie haben sie geheilt? Aber das ist ja einfach wunderbar! Das hätte ich sehen mögen! Ich hatte immer geglaubt, sie sei unheilbar.

BARUCH: Das glaubten alle.

FRAU: Wie haben Sie das nur fertiggebracht? Ein so junger Mensch wie Sie?

PHILIPPUS: Ich weiß nicht. Das heißt — ich meine, ich war es gar nicht. Jesus, unser Meister, hat sie geheilt.

JUDAS: Philippus war Gottes Werkzeug, — wie wir alle.

PHILIPPUS: Ich glaube — daß es Gott war. Aber ich weiß, daß es Jesus war.

FRAU: Ach bitte — erzählen Sie doch ...

PHILIPPUS: Die Eltern brachten das arme Mädel und sagten, wir möchten sie doch bitte heilen. Ganz einfach so. Sie sah fürchterlich aus in ihrem Wahnsinn und so elend — die Eltern taten mir ungeheuer leid, aber ich wußte wirklich nicht, was ich anfangen sollte. — Nun hatte Jesus uns zwar die Vollmacht gegeben, Kranke zu heilen — aber irgendwie hatte ich nie daran gedacht, daß *ich* das jemals tun müßte. Von Judas konnte ich es mir schon eher vorstellen — und mich als Zuschauer dabei ... Ich habe auch versucht, dich aufmerksam zu machen, Judas — aber du warst gerade eifrig dabei, Fragen zu beantworten, und hast es nicht gemerkt ... und die Eltern standen die ganze Zeit vor mir und sahen mich an, als ob sie irgend etwas von mir erwarteten — und ich kam mir richtig idiotisch vor. Immerhin dachte ich — etwas muß ich ja schließlich anfangen — da habe ich gebetet und meine Hände auf die kranke Frau gelegt. Im Augenblick, als ich sie berührte, hatte sie eine Art Anfall und begann zu toben und zu schreien, da faßte ich sie bei den Schultern. Junge! Junge! ...

JUDAS: Diese Irren haben die Kraft von zehn Männern.

BARUCH: Der Teufel, von dem sie besessen war, war sehr stark.

PHILIPPUS: Ich bin doch ziemlich kräftig — aber ich konnte sie nur mit Mühe halten. „Ich kann es nicht", dachte ich — und dann ging der Gedanke durch meinen Kopf: „Aus eigener Kraft kann ich es nicht." Da rief ich: „Im Namen des Messias Jesus!" — Und ganz plötzlich — es ist kaum zu glauben ...

FRAU: Ja ... ja ... Weiter!

PHILIPPUS: — da fühlte ich Hände, die sich über meinen schlossen — sie niederdrückten ... Hände aus Eisen ... nie hätte ich geglaubt, daß Hände so stark sein könnten! Sie hielten mich und sie hielten die Frau. Ich fühlte ihre Schulterknochen unter meinen Fingern ... unter meinen Händen ... ganz plötzlich fühlte ich, daß es meine Hände waren. Ich selber hatte diese gewaltige Kraft. Das arme Mädel schrie und tobte und biß nach mir — und dann hörte ich mich sprechen — laut und energisch — wie einen Befehl ... aber es war gar nicht meine eigene Stimme — und ich weiß nicht einmal, was ich gesagt habe.

JUDAS: Du sagtest: „Teufel, sei still und komm heraus!" Es ging mir durch und durch — du sprachst genau so, wie der Meister.

PHILIPPUS: Es war nicht meine Stimme — es war die Stimme des Meisters.

JUDAS: Als Philippus sprach, hörte die Kranke auf zu toben. Sie stand ganz ruhig und begann zu weinen. Dann sah sie plötzlich, wie die Menschen sie anstarrten, und sagte: „Mutter! Was ist geschehen? Komm, nimm mich hier fort." Sie war ganz fügsam und so gesund wie Sie oder ich.

FRAU: Nein so etwas! Das ist ja fast unwahrscheinlich! — Sie müssen sehr stolz darauf sein ...

PHILIPPUS: Ich war völlig fertig. Meine Knie zitterten und der Schweiß brach mir aus allen Poren. Ich fühlte schmerzhaft jeden Knochen in meinem Körper — es war, als ob mein ganzes Inneres aus mir herausgesaugt wäre ... Judas war großartig. Er stellte sich sofort zwischen mich und die Menge und hielt eine wundervolle Predigt, während ich mich hinsetzte und versuchte, mich zu sammeln ... Judas! Wenn der Meister Kranke heilt ... glaubst du, daß es ihn auch so furchtbar mitnimmt?

JUDAS: Dann könnte er kaum zwanzig und dreißig an einem Tage heilen. Ihm ist diese Kraft wohl angeboren und natürlich.

PHILIPPUS: Aber es muß ihn angreifen, trotzdem. Erinnerst du dich an Tiberias? Wir schoben uns durch eine ganz engstehende Menge, und da blieb er plötzlich stehen und fragte: „Wer hat mich angerührt?" — Simon — du kennst ja seine plumpdrollige Zutraulichkeit — Simon sagte gleich: „Aber Meister, wir werden hier fast zu Tode gequetscht — und du fragst, wer dich angerührt hat!" — Aber er beharrte dabei: „Jemand hat mich festgehalten." Und richtig, da hatte doch so ein armes, krankes Ding den Saum seines Gewandes ergriffen und war geheilt worden. Als wir ihn fragten, wie er das gemerkt hätte, da sagte er: „Ich fühlte Kraft fortfließen." Damals wußte ich nicht, was er damit meinte, aber jetzt verstehe ich es schon. Ja — aber es ist doch nicht ganz dasselbe. Er fühlte Kraft fortfließen — ich fühlte eine Kraft erst in mich hineinfließen und dann wieder aus mir heraus ... wenn ich mir das nur erklären könnte.

JUDAS: Beim nächsten Male ist es sicher schon leichter.

PHILIPPUS: Ja, weil ich darauf gefaßt bin. Ich werde ganz ruhig sein und es geschehen lassen ... damit es mich durchfließt — und nicht durchstößt ... verstehst du, wie ich das meine? Ich glaube, es war so schwer, weil ich so voller Angst war. Meinst du nicht auch?

JUDAS: Wahrscheinlich. Aber du solltest versuchen, ruhiger zu werden. Du bist ja ganz durcheinander.

BARUCH: Sie haben ein außerordentliches Erlebnis hinter sich und dürfen sich nicht völlig erschöpfen. Sonst sind Sie morgen ganz erledigt. Diese Geschichte hat Sie Nerven gekostet, mein Lieber.

PHILIPPUS: Sie wollen sagen, daß ich besser zu Bett ginge! Ich glaube, Sie haben Recht ... ich bin wahnsinnig müde. Gute

Nacht — gute Nacht — und vielen, herzlichen Dank für Ihre gütige Gastfreundschaft ...

BARUCH: Sie sind von Herzen willkommen. Frau, zeig unserem Gast sein Zimmer.

JUDAS: Ich komme in einer halben Stunde nach, Philippus. Gute Nacht — und wenn ich komme, hoffe ich dich in tiefem Schlaf zu finden.

PHILIPPUS: *(ruft zurück)* Gute Nacht, Judas.

BARUCH: Nun, Judas Ischariot? Ihr junger Wundertäter ist schlafen gegangen und —

JUDAS: — und Sie finden, daß jetzt die Zeit für eine kleine politische Unterhaltung gekommen sei. Ich ahnte doch, daß Sie darauf warteten.

BARUCH: Sie haben mich also wiedererkannt? Ich war mir nicht ganz klar.

JUDAS: Gewiß, Sie sind Baruch, der Zelot. Wir lernten uns kennen, als Johannes der Täufer vor zwölf Monaten am unteren Fluß taufte. Und Sie wollten gerne wissen, ob Johannes bereit sei — die Revolution zu predigen — und wenn er es täte —

BARUCH: — ob wir dann mit Ihrem Eifer rechnen könnten. Damals waren Sie ein energischer Verfechter unserer Sache. Ich hatte immer gehofft, Sie einmal wiederzutreffen, und als ich Sie und Philippus heute morgen sah, glaubte ich Gottes Fingerzeig zu erkennen.

JUDAS: Man kann immer mit Sicherheit Gottes Finger erkennen — schwieriger ist meist die Frage, wohin er zeigt. Ich habe Ihnen damals gesagt, daß ich über des Johannes Absichten keine bindende Meinung äußern könnte.

BARUCH: Johannes der Täufer ist tot. Dieser Mann Jesus scheint von ganz anderer Art zu sein.

JUDAS: Ganz und gar.

BARUCH: Sagen Sie mir offen heraus: wer ist er?

JUDAS: Nach Ansicht des Volkes: der Messias für Israel — nach seiner eigenen Ansicht: der Messias für Israel.

BARUCH: Und nach Ihrer Ansicht?

JUDAS: Der Messias für Israel — wenn Israel den Weg zu seiner Rettung erkennt.

BARUCH: Schön und gut. Wir wollen einmal von der Voraussetzung ausgehen, daß er der Messias Israels ist. — Aber was ist er für ein Mensch — dieser Messias Israels? Politiker? Narr? Begnadeter Prophet? Religiöses Genie? Wie kann man ihn lenken?

JUDAS: Jesus von Nazareth ist kein Mann, den irgend jemand lenken kann.

BARUCH: Unsinn, Mann! Jeder Mensch hat eine schwache Stelle ... wir wollen aufhören, mit Worten zu jonglieren und die Karten auf den Tisch legen. — Dieser Mann hat Macht — soviel ist gewiß. Aber wenn niemand sich um seine Angelegenheiten kümmert, wird er ein schlimmeres Ende nehmen als Johannes der Täufer. — Die Priester und Pharisäer — Gott strafe ihre speichelleckende, ängstliche Heuchelei — werden ihn wie einen Strohhalm zerbrechen, wenn er nur den geringsten Anlaß zu Schwierigkeiten mit Rom gibt. Sie warten nur auf den ersten kleinen Fehler, den er macht. Ein Wort von Aufruhr — nur die Andeutung einer Nationalbewegung — eine Kundgebung gegen Cäsar — und schon klappt die Falle zu. — Kirche und Staat reichen sich die Hand und machen ein Ende mit Israels Messias. — Und was wird dann aus Eurer Erlösung?

JUDAS: Es gibt keine Erlösung für Israel, wenn nicht ...

BARUCH: Wenn nicht! Wenn nicht! Wie oft habe ich das Wort gehört. Es gibt keine Erlösung, wenn nicht ... wissen Sie, was ich dazu sage?

JUDAS: Sagen Sie es schon!

BARUCH: Wenn nicht — wenn die Stunde da ist — das Volk sich erhebt, im richtigen Augenblick, gut organisiert und mit einem Heer im Rücken. Das bedeutet: Unser Heer, unsere Organisation! Die Partei steht bereit, das wissen Sie. Alles, was wir brauchen, ist ein Aushängeschild, ein Führer, der die Massen bezaubert und ihre Phantasie beflügelt, der sie dazu bringt, sich hinter uns zu stellen. Klugheit allein genügt nicht, man muß sich an die Gefühle wenden, man muß diese Bauern aus ihrer Sklavenmentalität herausreißen und ihnen etwas geben, für das es sich lohnt zu kämpfen und zu sterben.

JUDAS: Zu sterben — ja, das ist das richtige Wort, Baruch! Ich habe früher einmal wie Sie gedacht — sah Israel mit fliegenden Bannern triumphieren. — Aber jetzt denke ich, daß wir uns irrten. — Seit ich zu Jesu Füßen gesessen habe, weiß ich, warum er Reue predigt. — Es gibt keine Erlösung außer durch Leiden und Tod.

BARUCH: Aber da stimme ich ja völlig mit Ihnen überein! Das Volk muß lernen zu wagen und zu leiden. Der Kaiser predigt eine andere Art Erlösung: Wohlhabenheit — Sicherheit — den erdumspannenden römischen Frieden — Ordnung und Sicherheit, das ist ihr Wahlspruch. Ein einziger wohlmeinender Despot, der über die ganze Erde herrscht — und der Löwe Juda gezähmt und zufrieden sein ihm zugeteiltes Futter fressend wie ein fetter Ochse im Stall. So werden die Massen mit Propaganda verdummt — während wir, die noch starke Herzen und Kampfgeist haben, uns herumzanken müssen: Pharisäer gegen Sadduzäer, Galiläer gegen Samariter, das Haus David gegen das Haus Herodes — bis wir einer nach dem anderen entwaffnet sind und von innen heraus verrottet. Die Fäulnis hat sich schon tief eingefressen, Judas, sehr tief.

JUDAS: So weit, daß es schon zu spät geworden ist, sich dagegen zu wehren. Israel muß im Feuer geläutert werden und ausgebrannt aller Schmutz. — Sie sprechen von Erlösung, aber Sie versuchen doch immer, ihr zu entgehen — wie ein Kranker zurückschreckt vor dem Messer des Arztes. — Das aber sagt die Heilige Schrift — daß alles erduldet werden muß, daß der Becher der Erniedrigung bis zur Neige getrunken werden muß. Erst wenn wir nackt und bloß die größte Tiefe unserer Verzweiflung erreicht haben, dann, und dann erst kann die weiße Blume des Glücks und der Segen der göttlichen Erlösung aus dem Staube unserer Fäulnis erblühen.

BARUCH: Fürwahr ein frohes Evangelium! Ist das die Lehre Eures Messias?

JUDAS: Sie verstehen ihn nicht. Niemand versteht ihn ... Eines Tages erwählte er zwölf von uns zu seiner ständigen Begleitung und er führte uns auf einen Berg, weit weg von all den Menschen. — Er betete dort die ganze Nacht und am Morgen rief er uns zu sich und sprach zu uns. — Die Nebel hingen noch um die Gipfel der Berge, es war morgenkühl und es wehte ein frischer Wind — ganz still war es — eine kleine Quelle rieselte aus dem Felsen, und er setzte sich an das Wasser, und die aufgehende Sonne schien auf sein Gesicht — wenn ich doch nur beschreiben könnte, wie er aussah ... Wenn Sie nur seine Stimme vernehmen könnten, wie wir sie hörten — wie er vom Glück sprach und vom Segen des himmlischen Reiches. Ich höre es noch immer — es wird in meinen Ohren klingen, bis ich sterbe ...

STIMME JESUS': Höret, und ich werde euch sagen, wer die Glücklichen sind, die Gott gesegnet hat ...
Selig sind die Armen, denn nichts steht zwischen ihnen und dem Reiche Gottes, glücklich sind, die da Leid tragen, denn das Leid macht ihre Seelen stark — selig sind die Sanftmütigen, denn sie sollen das Erdreich besitzen — selig sind, die da hungert und dürstet nach der Gerechtigkeit, denn sie sollen satt werden — selig sind die Barmherzigen, denn sie werden Barmherzigkeit erlangen — selig sind die Friedfertigen, denn sie sind von Gottes Art — selig sind, die reinen Herzens sind, denn sie dürfen Gott schauen.
Selig seid ihr, wenn euch die Menschen um meinetwillen schmähen und verfolgen, euch hassen und Übles über euch reden — so euch das geschieht, seid fröhlich und getrost, denn das ist das Zeichen, daß ihr auf Gottes Wegen wandelt. Alle wahren Propheten sind verfolgt worden, und euer Lohn wird Gott sein.
Unselig aber sind die Reichen — sie haben ihr Teil an den guten Dingen gehabt und auf nichts mehr zu hoffen — unselig die Satten und Selbstzufriedenen! Leere ist in ihren Seelen, die durch nichts ausgefüllt werden kann — unselig sind die Spötter und Leichtfertigen — es wird eine Zeit kommen, da werden sie jammern und weinen und nicht wissen, wohin sie sich wenden sollen um Trost. Unselig seid auch ihr, wenn ihr beliebt seid und die Menge euch Beifall spendet — denn nur die falschen Propheten sind beliebt. Ihr seid das Salz der Erde, wenn nun das Salz dumm wird, womit soll man salzen? Es ist nur noch gut für den Abfallhaufen. Ihr seid das Licht der Welt. — Also lasset euer Licht leuchten vor den Leuten, daß sie eure guten Werke sehen und euren Vater im Himmel preisen.

JUDAS: — — und so gab er uns unsere Bürde zu tragen. — Trauer und Erniedrigung, Qualen und Schande, Armut und Friede in unseren Herzen — Gottes Erlösung! Und wir empfanden ein seltsames Glücksgefühl. Dann segnete er uns. Und wir wuschen unsere Gesichter im fließenden Wasser und verließen den Berg.

BARUCH: Ich habe ein Gefühl, als wäre ich dabei gewesen

— wenn ich je die Macht dieses Mannes bezweifelt hätte — jetzt zweifle ich nicht mehr! Er hat Sie auf eine Art umgewandelt, die ich einfach für unmöglich gehalten hätte — ich hoffe nur — in Ihrem Interesse, daß Jesus auch nach seinen eigenen Lehren lebt!

JUDAS: Wie meinen Sie das?

BARUCH: „Nur falsche Propheten sind beliebt" ... Wenn ein Mann heute in Judäa populär ist, dann ist es doch Jesus von Nazareth. Es gehört ein ungeheuer sauberer Charakter dazu — es zu ertragen, ein Idol der Masse zu sein.

JUDAS: Da habe ich keine Sorge um ihn. Er ist unbestechlich.

BARUCH: Das glauben Sie. — Und er selber glaubt das wohl auch — aber wir haben in letzter Zeit viele Propheten erlebt, nicht wahr? Im Anfang sind sie ehrlich — dann gewinnen sie Anhänger — der Erfolg steigt ihnen zu Kopf — und bevor man noch weiß, was gespielt wird, da nimmt so ein Mann, der gestern noch zu weltabgewandt war, um seinen eigenen Unterhalt zu verdienen, Geschenke von reichen alten Damen an — baut einen recht modischen Kult auf und kriecht auf Hintertreppen in die Politik.

JUDAS: Sie kennen Jesus nicht!

BARUCH: Er ist ein Mensch. — Jeder Mensch hat seinen Stolz — und seine besondere kleine Eitelkeit. Im Augenblick ist er stolz auf seine heilige Armut und entsagt der Welt, — aber warten Sie einmal ab, wenn Sie Jesus, den Zimmermann, eines Tages in Jerusalem einreiten sehen unter grüßenden Palmenwedeln und dem Hosiannageschrei des Volkes, dann denken Sie an meine Worte — — —

JUDAS: *(leidenschaftlich)* Wenn ich glaubte, daß Sie recht haben könnten, dann würde ich ihn mit meinen eigenen Händen erwürgen — solange er noch sauber ist — —

BARUCH: Aber, aber! Diese genialen Wirrköpfe sind dazu da, von uns richtig eingesetzt zu werden. Laßt ihm das Hosianna — aber wir müssen zusehen, daß eine Armee bereitsteht, um den Erfolg auszuwerten. Sonst ist es nur eine weitere Gelegenheit für den Kaiser, die letzten jüdischen Freiheiten zu ersticken.

JUDAS: Das ist nicht der richtige Weg! Ich sage Ihnen — ich will nichts damit zu tun haben.

BARUCH: Nun — es eilt ja nicht. Überlegen Sie sich die Sache und beschlafen Sie die Geschichte. Ah, da kommt meine Frau. — Liebling, du kommst gerade rechtzeitig, um Judas Gute Nacht zu wünschen.

FRAU: Gute Nacht. Mögen Gottes Engel Ihren Schlaf bewachen. Gehen Sie bitte leise, ich glaube, Ihr Freund schläft schon.

JUDAS: Gute Nacht, Baruch, gute Nacht. — Ich werde meine Ansicht nicht ändern!

BARUCH: Gute Nacht! *(Eine Tür fällt ins Schloß)*
Nun, was denkst du von den beiden?

FRAU: Ein prächtiger Junge ...

BARUCH: Ehrlich und einfältig, — und Judas?

FRAU: Ich glaube, er ist eifersüchtig auf seinen Freund, ohne es selber zu wissen.

BARUCH: Kann stimmen, Judas ist ein gerissener Narr. Ich weiß schon, wie ich ihn anfassen muß, wenn wir Jesus los sein wollen.

FRAU: Baruch — muß denn Jesus verschwinden? Eine solche Kraft wie seine kommt doch sicher von Gott.

BARUCH: Von Gott kommt auch das Feuer — es muß gezähmt werden. — Dieser Jesus kann die Welt in Flammen setzen! Was für ein Werkzeug — was für ein Werkzeug in den richtigen Händen! Ein Hammer gegen Kaiphas — — ein Schwert im Herzen Cäsars. Wenn wir ihn nur in die Hand bekommen könnten — — — aber ich habe so ein scheußliches Gefühl ...

FRAU: Ja?

BARUCH: — daß er vielleicht wirklich unbestechlich ist.

ZWEITE SZENE (TIBERIAS)

DER EVANGELIST: Als die zwölf Apostel von ihren Reisen zurückgekehrt waren, da erzählten sie Jesus alles, was sie getan und gelehrt hatten. — Und die Menge drängte sich um sie, und es war so viel zu tun, daß sie kaum Zeit fanden zu essen. *(Die folgende Einführung stark stilisiert, verwirrter Hintergrund: Schrei der Welt — mit eingestreuten kleinen Dialogen, die sich aus der Geräuschkulisse herausarbeiten und wieder verklingen.)*

SCHREI DER WELT: Herr, erbarme dich unser — Christ, erbarme dich unser — Herr, erbarme dich unser — Sohn Davids, erbarme dich unser — — Blind sind wir — wir sind krank — wir sind unglücklich. — Öffne unsere Augen, lehre uns, rette uns, o Herr. — Was sollen wir tun, um erlöst zu werden? — Mein Kind ist krank — meine Tochter liegt im Sterben — wir sind unwissend — wir sind arm. — Lehre uns und heile uns. O Herr — Jesus, Messias, Jesus, unser Meister, Jesus, unser Arzt — Jesus, unsere Hilfe. — Höre uns — sieh uns an — habe Erbarmen — —

A: Unrein — unrein. — Aussätzig und unrein — Jesus, habe Erbarmen. — Jesus: Ich will — du bist geheilt. — A: Gesegnet der Name Jesu.

B: Mein Sohn ist besessen! — Der Verrückte: *(kreischend)* Ahahahah, laß los, Jesus! Laß los! Legionen Teufel — o wie sie brennen, wie sie brennen. — Faß mich nicht an! Ah — — — Jesus: Halte Frieden und komme heraus! — Der Verrückte: Ahh *(seufzend)*. B: Ruhm und Lob sei Gott! Jesus, o Jesus!

C: Blind — blind! Habt Erbarmen mit einem Blinden! Jesus, guter Jesus, gib einem Blinden das Augenlicht wieder ... Jesus: Deine Augen sollen sehen; — C: O die Sonne! Ich kann die Sonne sehen.

D: Ich bin krank — ich bin taub — ich bin ein Krüppel — Jünger: Im Namen von Jesus von Nazareth — —

D: Wir sind wahnsinnig — wir sind elend. — — Jünger: Im Namen von Jesus von Nazareth — —

D: Wir sind lahm — wir sind hilflos — taub, stumm, blind und krank. — Jünger: Im Namen von Jesus von Nazareth — —

E: Wehe, wehe! Mein Vater liegt im Sterben — meine kleine Schwester ist tot — — verwitwet — zur Waise geworden — der Liebsten beraubt, sterbend und tot — sterbend und tot — — — Jesus: Sie sind nicht tot, gestorben, sie schlafen nur! Steht auf und wandelt! — — E: Leben — Leben — Leben — Gelobt sei Gott! Gesegnet Jesus — —

JAKOBUS: Hier ist eine Mutter mit einem kranken Kinde — wo ist Philippus?

JUDAS: Vollkommen erschöpft eingeschlafen — heh, Philippus!

JAKOBUS: Weckt ihn nicht, ich werde schon fertig — —

NATHANAEL: Johannes, kannst du mal eben kommen und diesen Irren behandeln? Ich kann ihn nicht besänftigen —

JOHANNES: Ich komme schon —

ANDREAS: Eine Abordnung von Kirchenältesten will den Meister sprechen.

SIMON: Sie müssen warten, — er ist ins Dorf gegangen zu einer Familie, die mit Fieber liegt.

THOMAS: Kann jemand sofort zu einer sterbenden Frau kommen?

JUDAS: Hier ist ein Lahmer, der sechs Meilen auf seinen Krücken sich hergeschleppt hat. —

JAKOBUS: Hier ist ein Kranker auf einer Bahre — von Bethsaida gebracht.

ANDREAS: Ein Mann will Jesus sprechen — aber er sagt, es könnte auch Matthäus sein — —

MATTHÄUS: In Ordnung — eine halbe Minute noch — dann komme ich.

THOMAS: Komm, laß mich gehen — du hast noch nichts gegessen — —

MATTHÄUS: Schon gut, Thomas, ich weiß, wer es ist —

JUDAS: Da ist noch eine alte Frau mit einem kranken Bein —

NATHANAEL: Ich kann einfach keine kranken Beine mehr sehen — — wo ist sie denn?

MENGE: *(drängt sich immer stärker vor)* Hier — hier sind

wir — wir warten — wir warten auf Ihn — wir sind krank — wir sind blind! — wir sind unrein. — Heile uns! Hilf uns! Gott, erbarme dich unser! Mein Sohn ist wahnsinnig. — Mein Vater ist krank. Meine Mutter liegt im Sterben. — Wo ist Jesus? Bringt uns zu Jesus! Erbarmt Euch der Armen.

ANDREAS: Johannes ist zurück.

JOHANNES: Laßt mich einen Augenblick sitzen.

ANDREAS: Was hast du denn?

JOHANNES: *(den Tränen nahe)* Nichts, aber ich bin so müde —

SIMON: Hört mal zu, so geht das nicht weiter — das halten Menschen aus Fleisch und Blut einfach nicht durch. — Wir kommen nicht zum Essen und nicht zum Schlafen — —

MATTHÄUS: Wie können wir diese armen Leute fortschicken?

JOHANNES: Jesus weigert niemand seine Hilfe.

ANDREAS: Ich weiß nicht, wie er's macht, er ist unermüdlich —

SIMON: Von uns verlangt er zuviel —

JAKOBUS: — aber von sich selber noch viel mehr —

JUDAS: Johannes, du wirst verlangt.

JAKOBUS: Johannes kann nicht mehr.

JOHANNES: Doch, ich kann.

JAKOBUS: Bruder, du mußt dich schonen.

JOHANNES: Nein — Herrgott, wieviel Elend gibt es auf der Welt!

JUDAS: „Hungrig und durstig bis ihre Seele verdorrte." — Laßt den Körper zusammenbrechen und die Seele schwach werden — — —

MENGE: *(draußen)* Jesus! Jesus! Jesus von Nazareth! Sprich zu mir, Jesus! Berühre mich, Jesus!

SIMON: Der Meister ist zurück!

JESUS: *(draußen)* Du bist geheilt, meine Tochter — gehe zurück in deine Wohnung und führe ein besseres Leben! — — Erhebe dich, alter Mann — erhebe dich und danke Gott! — Öffnet Eure Augen — und so Ihr glaubt, werdet Ihr geheilt werden — — Mutter, gib mir das Kind!

MENGE: Gesegnet sei Gott! Gesegnet ist Jesus, der Prophet Gottes! Wie können wir dir danken, du Gesegneter des Herrn?

JESUS: Liebet einander, haltet die Gebote und betet — auf daß das Reich komme! Das ist der Dank, der Gott wohlgefällig ist! Geht nach Hause jetzt — geht in Frieden! Und der Geist unseres Vaters im Himmel sei mit euch allen.

MENGE: Amen!

JESUS: *(lebhaft eintretend)* Ihr Menschenfischer — ihr habt hart gearbeitet heute. Die Netze waren voll — bis zum Zerreißen vielleicht! Meine armen Kinder! Johannes, du siehst zum Umfallen müde aus! Gib mir deine Hand. — Ich sehe schon, zum Schluß muß ich noch meine eigenen Jünger heilen. Andreas sieht aus, als ob er Kopfschmerzen hätte. — Philippus scheint restlos aufgegeben zu haben, und Jakobus sieht auch nicht allzu glücklich aus. Simon!

SIMON: Ja, Meister?

JESUS: Du siehst mir so aus, als ob du gemault hättest — und hat niemand von euch allen gegessen?

JOHANNES: M-m-meister, es waren so viele Menschen gekommen, und wir waren so müde. — Ich glaube, wenn wir mehr Glauben hätten, ginge es leichter! Aber d-du warst nicht hier — und d-da ist es uns über d-den Kopf gewachsen. Aber wir sind bereit, weiterzumachen, solange du es willst.

JESUS: Nein, ihr sollt nicht weiter arbeiten, wir werden für uns allein in die Berge gehen — werden an einem ruhigen Orte uns ein wenig erholen. Ich will nicht zu viel von dir verlangen, Simon. —

SIMON: Meister — ich habe wirklich gemault — sei nicht böse.

JESUS: So so — nun, dann hör einmal zu: Es war ein Mann, der hatte zwei Söhne, und er trug ihnen auf, seinen Acker zu bestellen. Der eine sagte fröhlich: „Aber natürlich, Vater" — und dann traf er seine Freunde und vergaß die Arbeit völlig und tat nicht einen Schlag. Der andere Sohn aber sagte: „Nein, ich mag nicht, ich hasse das Umgraben!" ... aber nachher tat es ihm leid und er dachte, „Ich will es doch lieber tun", und er ging maulend an die ihm aufgetragene Arbeit und verrichtete sie. — Welcher von den beiden hat jetzt den Wunsch seines Vaters erfüllt? — Da ist keine Antwort mehr nötig, nicht wahr? Nehmt in den Körben zu Essen mit und weckt den Philippus. Wir werden mit einem Boot über den See nach Bethsaida fahren und die Nacht in den Bergen verbringen. Und Gott der Herr gebe seinem Volke Israel Frieden.

DRITTE SZENE
(BEI BETHSAIDA, IN TRANSJORDANIEN)

DER EVANGELIST: Und so fuhren sie allein mit einem Schiff zu einem Ort in der Wildnis. Das Volk aber sah sie abfahren und erkannte Jesus und sie liefen hinter ihm her. Und als Jesus am nächsten Tage ihre Raststätte verließ, da sah er die Menge und sie dauerte ihn, denn sie waren wie eine Herde ohne Hirten. Und so lehrte er sie und heilte die Kranken.

MENGE: Jesus, Sohn der Barmherzigkeit, sprich zu uns, tröste uns! Hungrig sind wir, durstig und müde! Lang ist der Tag, und die Nacht ist nahe. Rufe uns zu dir und gib uns zu essen, o Hirte von Israel.

ANDREAS: Meister, es geht auf den Abend, und die Leute haben nichts zu essen.

JOHANNES: Die Kinder schreien — wir wissen nicht, was wir mit ihnen anfangen sollen —

JUDAS: Sollen wir ihnen nicht sagen, daß sie besser losgehen, um sich etwas zu essen zu kaufen?

JESUS: Das ist nicht nötig — gebt ihnen von eurem Essen ab.

SIMON: Aber das ist doch Unsinn! Wir haben doch nicht genug für diese Menge ... das sind doch an die drei- oder viertausend!

THOMAS: Schon eher fünftausend, wenn du mich fragst.

JESUS: Dann müßt ihr eben noch etwas kaufen. — Geh, Philippus, laß dir von Judas Geld geben.

PHILIPPUS: Wir brauchen mindestens zweihundert Groschenbrote — und dann bekommt jeder nur ein kleines Stückchen.

JUDAS: Zweihundert Groschen! Warum nicht gleich zweihundert Silberlinge! Es geht wirklich nicht!

JESUS: Auch gut. Was haben wir denn zu essen? Seht einmal nach.

PHILIPPUS: Meister, ich habe schon nachgesehen: es ist kaum noch etwas da.

ANDREAS: Wir haben noch fünf Gerstenbrote und zwei Trockenfische — ziemlich kleine noch dazu. Aber was ist das für so viele?

JESUS: Nun, da müssen wir sehen, was wir tun können, und auf Gott vertrauen. Sagt den Leuten, sie sollen sich lagern — dort drüben auf den grasigen Abhang ... was ist los, Thomas Didymus?

THOMAS: *(geradeheraus)* Mir scheint das ein wenig verrückt, das ist alles. Aber es geschieht natürlich, wie du es willst.

JESUS: Thomas — etwas mehr Glaube und weniger Einwände wären gar nicht vom Übel.

MATTHÄUS: Komm, Thomas! Warum tust du nicht einfach, was er sagt? Du möchtest am liebsten um jede Kleinigkeit streiten. Weißt du nicht, daß er immer recht hat?

THOMAS: Ich mache mich aber nicht gern lächerlich.

MATTHÄUS: Und wenn schon? Auf dich Würstchen kommt es ja gar nicht an. Komm nur.

ANDREAS: Was sollen wir den Leuten sagen?

JAKOBUS: Machen wir gute Miene dazu! ... Hört, Leute, der Rabbi weiß, daß ihr lange unterwegs seid und müde und hungrig sein werdet. Wir hatten so viel Gäste natürlich nicht erwartet und können euch nicht zu einem Festmahl einladen — wir haben nur etwas Brot und Fisch. Aber dazu lädt euch der Meister von Herzen ein. *(Beifälliges Gemurmel)*
Setzt euch doch alle hier herüber, ja?

MATTHÄUS: Aber doch nicht alle auf einen Haufen! Kommt, macht hier erst mal eine nette Reihe von fünfzig oder so — na also, das ist schon besser. Dahinter jetzt die nächste Reihe — so! Rücken Sie noch ein wenig, Frau, — ist dies Ihr Kleiner? Fangen Sie! Großartig! *(Durcheinander und Lachen dazwischen)*

JÜNGER: Hier wieder eine Reihe ... etwas zurück, bitte ... dichter zusammenrücken ... vier — sechs — acht ... da vorn zwischen den Felsbrocken haben auch noch Hundert Platz ...

JOHANNES: Meister, die Leute sind bereit — sollen wir austeilen?

JESUS: Kinder Israels! Heute seid ihr meine Gäste und seid Gäste in meines Vaters Reich.

MANN AUS DER MENGE: Danke, guter Rabbi! Gesegnet sind, die da Brot essen im Reiche Gottes.

JOHANNES: Meister, willst du einen Segen über das Brot sprechen?

JESUS: Allgütiger Vater! Wir danken dir für deine Gaben. Segne du unser Brot und Fisch, wie dein Wort zum Segen werden möge für unsere Seelen. Amen.

JÜNGER: Amen.

JESUS: Nehmt Brot und unsern Fisch und verteilt sie an das Volk, daß alle sich sättigen.

JÜNGER: Nehmt und esset — nehmt und esset — nehmt und esset!

MENGE: Gelobt sei Gott und gesegnet der Name des Propheten. *(geht weiter als Lautkulisse, während der* EVANGELIST *spricht)*

DER EVANGELIST: Und sie aßen alle und wurden satt. Und sie hoben auf, was an Brocken übrigblieb — war zwölf Körbe voll.

MENGE: Ein Prophet! Ein Prophet! Gesegnet sei Jesus der Prophet! Ein Wunder! Das Reich Gottes kommt zu uns! — Das Land, wo Milch und Honig fließt. — Gesegnet sei Jesus' Name! Gesegnet sei der Prophet Gottes! Folgt dem Propheten, der dem Volke zu essen gibt! Ein Prophet in Israel! Folgt ihm nach! Folgt ihm! Heil dem Propheten Jesus!

STIMME: Ein Messias! Ein Messias!

MENGE: Jesus Messias! Jesus Messias!

STIMME: Folgt ihm und krönt ihn zum König!

MENGE: Ein König! Ein König für Israel! König Jesus! König Jesus! Ein jüdischer König für das jüdische Volk! Ein König! *(Tumult und Aufruhr)*

JESUS: Seid still, ihr törichten Leute.
(seine Stimme wird vom Getöse übertönt)

MENGE: Du sollst unser König sein! Wir wollen keinen anderen Führer! Das Königreich! Das Königreich! Jesus soll unser König sein!

JUDAS: Was wirst du jetzt tun, Meister?

JESUS: Geht schnell zum Strand. Nehmt das Boot und fahrt über den See. Seht zu, daß ihr vor der Masse hinkommt. Ich werde mich heimlich von ihnen trennen und treffe euch später wieder.

SIMON: Nimm deinen blauen Umhang ab, Meister — er macht dich kenntlich.

JAKOBUS: Gib ihn her ...

SIMON: Trag du ihn, Jakobus. Ihr habt die gleiche Größe ...

MENGE: Hinterher! Folgt ihnen! Dort ist er — in dem blauen Umhang ... Haltet ihn — bringt ihn nach Jerusalem. Ein Messias! Ein Messias! *(Die Jagd entfernt sich)*

VIERTE SZENE (SEE VON GALILÄA)

(Wasser rauscht, die Ruder schlagen in den Dollen, der Wind heult)

SIMON: Kräftiger pullen, Jungens, wir kriegen dickes Wetter. Seht bloß diese schwarzen Wolken, die über den Mond wegrasen!

JOHANNES: Hm. Wird eine scheußliche Nacht. Ich hoffe nur, der Meister hat sich in Sicherheit gebracht.

JUDAS: Das hoffe ich auch. Und ich hoffe nur, daß — lassen wir's.

ANDREAS: Was meinst du, Judas?

JUDAS: Ich dachte nur — wollte er die Leute los werden — oder uns? Vielleicht rufen sie ihn gerade zum König aus!

SIMON: Ohne uns? Das würde er uns nie antun. Wenn überhaupt Kronen fällig sind, dann sind wir dabei.

PHILIPPUS: Auf Thronen sitzend und richtend über die zwölf Stämme Israels. Er hat es selber gesagt.

JUDAS: Das — hat er gesagt?

JAKOBUS: Neulich — als wir über das kommende Reich sprachen. Ich glaube aber, er wollte uns nur aufziehen. Jedenfalls würde er nie etwas hinter unserem Rücken unternehmen.

JUDAS: Weißt du das ganz sicher?

JAKOBUS: Natürlich weiß ich das. Welch häßlicher Gedanke von dir!

JOHANNES: Ich glaube, Jesus will gar kein König werden. Jedenfalls nicht in dieser Art.

JUDAS: Meinst du nicht? Ich finde, er legte es eigentlich darauf an. All dies Volk und dann solch ein Wunder! War doch zu erwarten!

JOHANNES: Ach, die Leute verstehen das nicht.

THOMAS: Und wir? Versteht denn einer von uns?

JOHANNES: *(unbestimmt)* Als ich das Brot in der Hand hielt — so furchtbar wenig — und doch genug und übergenug für all die Tausende — Gottes Gabe, die sich in meinen Händen vervielfältigte — ich weiß nicht! Es war mir, — als hätten wir die tiefsten Quellen des Lebens angerührt — als hätten ...

(Sturm nimmt zu)

SIMON: Johannes! Hör auf zu träumen! Halt das Boot gerade gegen die Wellen.

ANDREAS: Wo mögen wir sein?

SIMON: Höchstens drei Meilen vom Ufer — bei diesem Wind. Legt euch in die Riemen. Hau ruck.

PHILIPPUS: So eine dreckige Nacht!

ANDREAS: Aufpassen! Eine Bö! *(Wasser bricht klatschend über das Boot)* Alles klar?

JAKOBUS: Wir haben eine Menge Wasser ins Boot bekommen.

MATTHÄUS: Brr. Nichts für mich! Ich bin für festen Boden unter mir.

JOHANNES: Armer Matthäus! Hier, nimm die Pütz und schöpfe Wasser aus.

MATTHÄUS: Na, schön. Einmal kann man ja nur sterben. Wer auf schwankendem Kiel aufs Wasser geht, wird die Wunder des Herrn schauen — so seht ihr aus! Ist ganz schön für euch — ihr seid das gewöhnt — aber wenn ich jemals — *(mit einem Schrei wirklichen Entsetzens)* — Da! Seht dorthin!

ANDREAS: Was ist denn?

MATTHÄUS: Da! Da! Es kommt etwas auf uns zu ... es geht über die Wellen!

JUDAS: Blödsinn!

JAKOBUS: Ich sehe nichts.

MATTHÄUS: Paß auf — wenn der Mond vorkommt ... da! Seht doch! Ein Geist — oder — oder —

JÜNGER: Der Himmel schütze uns! Ein Dämon! Ein Engel! Der Geist eines Ertrunkenen! Wie schnell es kommt! Es kommt näher!

SIMON: Rudert — pullt — pullt, wenn euch das Leben lieb ist!

MATTHÄUS: Gott! Verzeihe mir meine Sünden ... vergib mir meine Sünden ... Ich bin ein großer Sünder gewesen ...

PHILIPPUS: Wenn nur der Meister hier wäre!

JAKOBUS: Ruft es doch an — irgend jemand!

SIMON: Im Namen Gottes! Was bist du? Wer ist da?

JESUS: ICH BIN*.

JAKOBUS: Es spricht hebräisch!

SIMON: Es sprach den Namen Gottes!

JESUS: Fürchtet euch nicht ... ICH BIN es.

JOHANNES: Der Meister!

SIMON: Bist du es wirklich und wahrhaftig, Herr? Geh nicht fort! Warte auf mich!

JESUS: Dann komm, Simon!

SIMON: Ja! Ja! Ich komme!

ANDREAS: Simon! Was willst du tun? Bleib im Boot! Du bist verrückt!

SIMON: Laß mich los!

ANDREAS: Haltet das Boot gerade! Vorsichtig! Streichen! So haltet ihn doch! Holt ihn herein!

JAKOBUS: Er ist draußen ... er geht! Geht auf dem Wasser!

PHILIPPUS: Die Wellen tragen ihn!

JOHANNES: Er sieht nur den Meister! O großer und gütiger Gott! ...

THOMAS: Er sieht zurück ... er winkt uns!

JÜNGER: *(alle zusammen)* Er versinkt!

SIMON: Hilfe! Hilfe! Ich ertrinke! Hilf mir, Herr!

JESUS: *(ganz nahe)* Halte fest ... ich bin hier! Ich halte dich! Warum hast du denn auf einmal dein Vertrauen verloren?

SIMON: Ich bekam Angst! Der Wind ... die Wellen ... ich sah zurück ...

JESUS: Du warst sicher, bis du an dich selber dachtest — los, ins Boot mit dir!

ANDREAS: Zieht ihn herein, Jungens. Aufpassen da!

(Wind und Wogen)

JESUS: Nun, Kinder? Habt ihr noch einen Platz für mich im Boot?

JÜNGER: Sicher, Meister, selbstverständlich ...

JESUS: Ihr fürchtet euch nicht vor mir? Oder doch?

JOHANNES: Meister, wenn du bei uns bist, fürchten wir uns vor nichts. Rücke ein Stück zur Seite, Matthäus — lieber Meister!

---

* ICH BIN = hebräisch der Name Gottes.

JESUS: Friede sei mit euch! *(Der Wind legt sich auf der Stelle)*
SIMON: Der Sturm ist vorüber.
JESUS: Rudert weiter, wir sind dicht unter Land.
ANDREAS: Los, Jungens, hau ruck!
Lied:

Die Fahrensmänner wissen
um Gottes Wunderwelt,
wenn sie in Sturm und Wetter
ihr Sach auf ihn gestellt.

Gott bringt in ihren Nöten
das wilde Meer zur Ruh',
und führt, die ehrlich beten —
dem sicheren Hafen zu.

FÜNFTE SZENE (KAPERNAUM)

DER EVANGELIST: Am anderen Tage aber suchten die Leute — die die Jünger in dem einzigen Boote hatten abfahren sehen, überall nach Jesus, aber sie fanden ihn nicht. Da fuhren auch sie über den See, nachdem neue Boote gekommen waren, und suchten ihn in Kapernaum. Sie fanden ihn aber bei der Synagoge predigend.

ERSTER JUDE: Da ist er!

ZWEITER JUDE: Jetzt lassen wir ihn aber nicht mehr aus! Rabbi! Rabbi!

JESUS: Ja?

ERSTER JUDE: Wir haben dich überall gesucht, Rabbi! Wie bist du nur herüber gekommen? Es war doch gar kein Boot mehr auf der anderen Seite?

JESUS: Ist das so wichtig, wie ich hergekommen bin?

DRITTER JUDE: Nein, nein, natürlich nicht, aber —

ZWEITER JUDE: Wir glaubten sicher, daß du wieder eins deiner herrlichen und hochheiligen Wunder getan ...

ERSTER JUDE: Es tut uns wohl, all diesen Wundertaten nachzusinnen.

JESUS: Ich glaube nicht, daß ihr mich gesucht habt, weil ich Wunder tat. Ihr kommt wegen Brot und Fisch — und weil ihr neue Vorteile erwartet! Wie hart ihr euch doch müht um irdische Nahrung, die verzehrt wird und verderblich ist! Müht euch lieber, Nahrung zu gewinnen, die Körper und Seele bereit macht zum ewigen Leben.

DRITTER JUDE: Wie können wir das tun?

ZWEITER JUDE: Was sind Gott gefällige Werke?

JESUS: Ganz einfach dies: glaubt an des Menschen Sohn, der zu euch gekommen ist nach Gottes Ratschluß.

DRITTER JUDE: Wen meinst du damit ? Dich selber? Wo

ist dann der Beweis, daß du es wirklich bist? Gib uns ein Zeichen, zur Sicherheit!

ERSTER JUDE: *(der es sehr genau nimmt)* Oder meinst du, daß Brot und Fische schon ein Zeichen waren? Die kamen aber nicht vom Himmel — die kamen aus einem Korb!

DRITTER JUDE: Unsere Väter haben Manna in der Wüste gegessen. Das war das Zeichen, das ihnen von Moses gegeben wurde. Und das Manna kam ganz richtig vom Himmel — das steht in der Schrift!

JESUS: Wahrlich, wahrlich, ich sage euch: Es war nicht Moses, der das Brot gab. Mein Vater im Himmel aber gibt euch das wahre Himmelsbrot; denn der da zu euch kommt vom Himmel ist das Brot Gottes, das der ganzen Welt das ewige Leben bringt.

ERSTER JUDE: Dann gib uns das Brot, und wir werden nie wieder hungern.

JESUS: Ich bin das Brot des Lebens. Wer zu mir kommt, der soll niemals hungern, noch soll dürsten, wer an mich glaubt. Ich bin gekommen, den Willen des Vaters zu erfüllen — also, daß derjenige, welcher an mich glaubt, das ewige Leben gewinnen wird, und ich werde ihn am jüngsten Tage von den Toten erwecken.

ERSTER JUDE: Was meint er damit?

ZWEITER JUDE: Wie kann denn er Brot vom Himmel sein!

DRITTER JUDE: Will uns am jüngsten Tage von den Toten erwecken: Wovon redet er eigentlich? Wer ist er überhaupt?

ERSTER JUDE: Nur der Jesus — ein Zimmermann aus Nazareth.

ZWEITER JUDE: Ja, natürlich. Wo der herkommt, wissen wir genau.

ERSTER JUDE: Seine Familie kennen wir auch. Er ist der Sohn von Maria und Joseph ben-Heli. Was ist das für ein Unsinn zu behaupten, er käme vom Himmel?

JESUS: Ihr braucht nicht untereinander zu flüstern. Ich sage es euch noch einmal: Ich bin das Brot des Lebens! Eure Väter haben Manna in der Wüste gegessen, aber sind doch gestorben — wenn ihr aber das himmlische Brot esset, dann werdet ihr leben und nicht sterben. Wahrlich, wahrlich, ich sage euch: Ich bin das Brot des Lebens. Das Brot, das ich euch geben werde, ist mein eigenes Fleisch und Blut, das gegeben werden muß für das Leben der Welt.

ERSTER JUDE: Der ist ja verrückt. Wie kann er uns sein Fleisch zu essen geben.

ZWEITER JUDE: Ich habe keine Ahnung, wovon er überhaupt redet.

JESUS: Wahrlich, wahrlich, ich sage euch: wenn ihr nicht esset das Fleisch des Menschensohnes und trinket sein Blut, so werdet ihr nicht das Leben haben. Denn so wie ich gesandt bin vom lebendigen Gott, von dem ich Leben habe, so soll durch mich leben, wer von mir ißt.

ERSTER JUDE: Das ist Gotteslästerung! Oder noch Schlimmeres! Das Gesetz verbietet überhaupt Blut zu trinken.

ZWEITER JUDE: Mir scheint das ein ziemlich heidnisches Gerede zu sein.

DRITTER JUDE: Der Kerl ist ein Götzendiener — wenn er nicht irre redet.

ZWEITER JUDE: Kommt — damit wollen wir nichts zu tun haben!

DRITTER JUDE: Bestimmt nicht! Ich bin sowieso nur aus Neugier gekommen.

ERSTER JUDE: Verboten werden sollte so etwas!

(sie gehen mürrisch murmelnd fort)

ANDREAS: Meister, das wollen sie aber nicht hören! Wenn du weiter solche außergewöhnlichen Dinge sagst, wirst du deine ganzen Anhänger verlieren.

THOMAS: Ich muß auch sagen, es war schwer verständlich. Ist dir klar, was der Meister meint, Judas?

JUDAS: Ich habe eine große Gefahr kommen sehen — die ist abgewendet. Aber ob er das Reich Gottes verkündet — oder nur sich selber ...

JESUS: Jedenfalls, mein lieber Judas, sieht es nicht nach einer volkstümlichen Lehre aus. Die Menge verläuft sich. Tröste dich mit der Gewißheit, daß sie mich heute bestimmt nicht krönen ...

JUDAS: Nein. Du hast sie herausgefordert. Bis jetzt ist alles gut.

JOHANNES: Meister, wenn du sagst, daß du deinen Leib für das Leben der Welt geben willst ... was bedeutet das?

JESUS: Ich werde es euch sagen, wenn es an der Zeit ist. Thomas — hast du immer noch Kummer? Weil ich gesagt habe, daß ich vom Himmel komme? Was würdest du sagen, wenn du des Menschen Sohn in den Himmel, von dem er kommt, zurückgehen sähest. Oder wirst du mit den Worten über das Fleisch nicht fertig? Ohne den Geist ist das Fleisch nichts, denn der Geist erst gibt dem Fleisch Leben. Die Worte, die ich zu euch spreche, sind Geist und Leben — aber es sind welche unter euch, die glauben nicht an mich.

MATTHÄUS: Wir vertrauen dir schon, aber du kränkst so viele Leute. Manche sind weggegangen und werden sicher nicht zurückkommen.

JESUS: Das stimmt. Und ihr, meine Kinder? Wollt ihr mich auch verlassen?

SIMON: Herr, wohin sollten wir gehen? Du allein hast die Worte des ewigen Lebens.

JESUS: Glaubst du das? Sag mir — was meinen wohl alle diese Menschen — für wen halten sie mich?

JAKOBUS: Manche glauben, du seiest Johannes der Täufer, der zurückgekehrt ist.

ANDREAS: Andere halten dich für Elias — oder einen anderen der großen Propheten.

JESUS: Und ihr? Wer bin ich nach eurer Ansicht?

JÜNGER: Du bist unser Meister — unser Lehrer —

SIMON: Du bist der Christ Israels! *(mit verändertem Ton)* Du bist der Sohn des lebendigen Gottes!

JESUS: Gesegnet bist du, Simon bar-Jonas! Das hast du nicht aus dir selber gesagt! Das Wort war nicht von Fleisch und Blut gesprochen ... Gott selber hat gesprochen durch deinen Mund.

SIMON: *(verwirrt)* Ich weiß nicht, warum ich es gesagt habe, — es kam von selber.

JESUS: Ich habe dir gesagt, ich würde dir einmal einen neuen Namen geben. Jetzt hast du ihn dir verdient. Nicht länger sollst du Simon heißen, sondern Petrus — der Felsen! Auf diesem Felsen will ich meine Kirche aufbauen, und die Pforten der Hölle sollen nicht dagegen ankönnen. Und ich will dir die

Schlüssel des himmlischen Reiches geben. Du sollst einen Bund schließen zwischen Gott und den Menschen, und dieser Bund soll gelten im Himmel wie auf Erden. Du sollst den Erdenmenschen die Freiheit des Himmels schenken.
Aber sage niemand, was du jetzt gesagt hast, — nicht einmal, daß ich der Christ bin — denn der Feind ist mächtig und der Weg ist schwer, und ich fürchte, ich werde durch Not und Schande gehen müssen und vielleicht den schweren Weg zum Kreuz, wenn ich mein Volk zurückgewinnen will von den Mächten der Finsternis.

SIMON: Was sagst du? Kreuz? Wie kannst du nur so etwas sagen! Das kann nicht sein. Nie darf das sein! Nie, nie! Meister — schlage dir diesen furchtbaren Gedanken aus dem Kopf — bitte!

JESUS: Willst du mich versuchen, Simon? Muß ich den alten Kampf mit dem Bösen wieder aufnehmen? Hebe dich von mir, Satan! Die Worte, die du jetzt sprichst, stammen nicht von Gott, sondern von Menschen ... wer mir folgen will, der muß den Weg des Leidens mit mir gehen. Wer am Leben hängt, der wird es verlieren — aber wer bereit ist, sein Leben zu opfern, der wird es gewinnen. Wahrlich, wahrlich, ich sage euch — es ist mancher unter euch hier, der nicht sterben wird, ehe er nicht das Reich Gottes geschaut hat in seinem Glanz und seiner Macht ... Johannes, komm — und bete mit mir ... ich brauche deinen Glauben.

JOHANNES: Ja, Herr! Doch du mußt mich lehren, um was ich beten soll. *(Kurze Pause)*

SIMON: Gott verzeihe mir, was habe ich getan! Er nannte mich Petrus und er nannte mich Satan ... jetzt weiß ich wirklich nicht mehr, woran ich bin.

PHILIPPUS: *(bekümmert)* Was ist überhaupt plötzlich geschehen? Alles war so wundervoll — und jetzt geht alles schief.

THOMAS: Verstehst du es denn, Judas?

JUDAS: Ich verstehe es ... aber ihr? Versteht einer von euch?

JAKOBUS: Johannes, glaube ich ... Johannes versteht es.

DER EVANGELIST: So aber bezeugt Johannes, der Jünger, den der Herr liebte: Im Anfang war das Wort, und das Wort war bei Gott, und Gott war das Wort. In ihm war das Leben, und das Leben war das Licht der Menschen.
Und das Wort ward Fleisch und wohnte unter uns.

SECHSTES SPIEL

DAS LAUBHÜTTENFEST

DER EVANGELIST
JESUS
JUDAS ISCHARIOT
JAKOBUS, *des Zebedäus Sohn*
JOHANNES, *des Zebedäus Sohn*
MATTHÄUS DER ZÖLLNER
PHILIPPUS
THOMAS DER ZWILLING
SIMON PETRUS
} *Jünger Jesu*

JOSEPH
SIMEON
} *Verwandte Jesu*

KAIPHAS, *Hoherpriester von Israel*
HANNAS, *Schwiegervater des Kaiphas*

NIKODEMUS
SIMON DER PHARISÄER
EIN ÄLTESTER
} *Mitglieder des Sanhedrin*

CLAUDIA PROCULA, *Frau des Statthalters Pontius Pilatus*

REBEKKA
Ein DIENER
} *Bediente der Claudia*

Ein SEKRETÄR *(Hezekia)*
BEZAHLTER ZWISCHENRUFER *(für die Pharisäer und Priester)*
Der HAUPTMANN DER TEMPELWACHE *(Hauptmann Elihu)*
EUNICE, *eine syrische Phönizierin, Masseuse in der Badeanstalt*
Erster JUDE
Zweiter JUDE
Dritter JUDE
Eine JÜDISCHE FRAU
Ein UNTEROFFIZIER DER TEMPELWACHE
Erster LEVIT
Zweiter LEVIT
Erster RÖMISCHER SOLDAT
Zweiter RÖMISCHER SOLDAT
Erster ZELOT
Zweiter ZELOT

DAS SPIEL

Dieses Spiel hat zwei Teile (Szene I und Szene II), deren jeder aus einer Reihe kurzer Auftritte besteht. Jeder Teil schließt mit einem Höhepunkt ab: mit der Offenbarung der Gottheit Christi. Meiner Ansicht nach sollte Musik nur zwischen Szene I und Szene II eingefügt und die einzelnen Auftritte irgendwie anders voneinander getrennt werden, so daß der Zusammenhang innerhalb der beiden Hauptteile gewahrt bleibt.

PERSONEN

JESUS: Wir sehen Jesus in diesem Spiel zum erstenmal als Dialektiker, der in der Diskussion seinen Mann stellt. Mit seinen Verwandten in Szene I, Auftritt 2, ist er zurückhaltend und kühl; und es kündigt sich schon die unerklärliche Entschlossenheit an, die ihn sechs Monate später nach Jerusalem hinaufführen wird, dem Tode entgegen. Gefährliche Kühnheit ist vielleicht die Grundnote seiner Haltung. Im Samariterdorf (Szene I, Auftritt 4) ist er mehr traurig als zornig — ist doch sogar Johannes von Rachelust ergriffen — und erzählt das Gleichnis vom unbarmherzigen Schuldner sehr ernst und streng als ein Gleichnis vom Endgericht. Als dann aber Petrus und Matthäus sich solche Mühe geben, ihn zu verstehen, wird er milder mit der bestürzten Schar und redet die niedergeschlagenen Brüder Jakobus und Johannes halb ernst, halb scherzend an: „Ihr Feuerfresser —", als ob er sagen wollte: „Ihr seid mir die Rechten". Das Vaterunser wird in einem Ton gesprochen, der die volle Vergebung und die Wiederherstellung der nahen Beziehung fühlen läßt.

In Szene II, Auftritt 1, muß der Eindruck erweckt werden, daß Jesus „lehrt" in dem Sinne, daß er eine Art Schriftauslegung und Beweisführung mit einer Gruppe von Schriftgelehrten und Pharisäern betreibt und sich ab und zu unterbricht, um Bemerkungen der Zuhörer aufzugreifen und zu beantworten. (Das scheint Johannes zu meinen, wenn er sagt: „Jesus rief laut und lehrte.") Der Anruf: „Höret mich, höret mich *jetzt*", ist ein sich Aufraffen aus dem Gespräch mit den Leviten, das die tödliche Gefahr plötzlich spürbar macht. In der letzten Szene (Szene II, Auftritt 4) beginnt er mit großer Begeisterung seine Reden vom „Wasser des Lebens" und vom „Licht der Welt"; wenn dann der Zwischenrufer anfängt, gibt er ihm Schlag für Schlag zurück, als ob er die große Entscheidung nun erzwingen wolle.

JOSEPH UND SIMEON: Die Gelehrten sind sich nicht ganz einig, ob diese „Brüder“ wirklich nicht an Jesus glaubten, oder ob sie nicht in der rechten Art an ihn glaubten. Ich habe darum dem einen die eine Haltung zugewiesen und dem anderen die entgegengesetzte. Simeon glaubt im Grunde überhaupt nicht; er denkt eher, daß Jesus eigentlich eine Schande für die Familie ist, und daß diese seine Verrücktheiten nicht dulden und ihn ins anständige jüdische Familienleben zurückführen müsse — zum Gehorsam gegen die Eltern, zur Wahrung von Sitte und Anstand usw. Joseph andererseits glaubt an den messianischen Anspruch und wünscht eine öffentliche Kundgebung und die Bildung einer regelrechten politischen Gruppe, um die Situation auszunützen.

JUDAS fängt an, den anderen auf die Nerven zu gehen und sich selber auch. Mehr und mehr ist er von dem Gefühl besessen, daß nichts richtig gemacht wird, wenn er nicht die Hand im Spiel hat. Er hat Baruchs Vorschläge zurückgewiesen und ihm gesagt, daß Jesus unbestechlich ist, aber er findet keine Ruhe — immer geht im Hintergrund etwas vor; Verwandte üben offenbar einen unerwünschten Einfluß aus; die anderen Jünger sind so dumm; Jesus ist auf dem richtigen Wege, aber wird er ihn ohne Beistand auch weiter gehen? Zuversichtlich beteuert er vor Kaiphas die Unbestechlichkeit seines Meisters, läßt aber doch merken, daß er aufgepaßt hat, als Jesus auf die Probe gestellt wurde; er verläßt sich nicht auf den Glauben, sondern nur auf den Beweis. Sein Ausbruch gegen Rom vor Kaiphas ist vollkommen aufrichtig; aber seine Auffassung der ganzen Sache bleibt im engen Sinne national. Vor allem hat er immer das Gefühl, daß er alles selber tun muß; ohne es zu merken, eignet er sich die Haltung Baruchs an und versucht, aus Jesus eine politische Schachfigur zu machen.

JOHANNES: Zum erstenmal sehen wir, daß Johannes' Begeisterung auch sehr feuriger Natur sein kann. Schon in der Szene mit den Verwandten deutet sich das an und bricht dann im Samariterdorf vollends durch. Sein Ausbruch ist nicht persönlicher Natur und wird nur durch große Entrüstung hervorgerufen, sobald jemand den geliebten Meister kränkt. Aber er geht spurlos vorbei, denn Johannes hat die Demut, die einen Verweis ertragen kann. Er ist darum auch nicht erstaunt darüber, daß Jesus ihm und dem Jakobus so vollkommen vergeben hat, daß er sie zu Zeugen der Verklärung macht. Und obwohl er dabei voll Furcht und Staunen ist, erscheint ihm die Verklärung nicht übernatürlich. Er kann danach ruhig schlafen, und seine Beziehung zu Jesus ist nicht verändert, sondern nur vertieft. Man hat das Gefühl, daß er fast nicht mehr irdisch, fast schon in die Herrlichkeit eingegangen ist, aber die Liebe zu seinem Bruder bindet ihn noch ein wenig an die Erde.

JAKOBUS — andererseits, wird nur zum Himmel eingehen, weil er die Hand des Johannes nicht losläßt. Wie Jakobus die Bindung des Johannes an die Erde bedeutet, so Johannes die des Jakobus an den Himmel. Sein ganzes Leben lang hat Jakobus auf Johannes achtgeben müssen, ihn schützen vor dem Spott, ihn verteidigen gegen die Angriffe der anderen; als Kind ist er wohl immer hinter dem kleinen Bruder hergelaufen, wenn der sich zu weit hinauswagte, und wenn Johannes plötzlich in den Himmel genommen würde, so würde Jakobus ihm bestimmt nachgehen, um sich zu überzeugen, daß es ihm dort gut geht. (Die beiden Brüder scheinen nur zur Zeit der Kreuzigung getrennt gewesen zu sein — zu der Zeit muß Johannes sich schon besser haben behaupten können; oder Jakobus mußte vielleicht wegen ihrer Mutter Salome zu Hause bleiben.)

SIMON PETRUS: Er ist dieser Welt durch seine enge Beziehung zur Erde verhaftet, zu ihren Pflanzen und auch zu ihrem Himmel. Er ist der Fels, dessen Fuß fest auf der Erde ruht und dessen Haupt in den Wolken ist; und er kann beide Welten gleichzeitig sehen. Die Verklärungsszene muß er mit einer Art kräftiger, irdischer Poesie spielen.

MATTHÄUS: Nichts Besonderes ist über ihn hinzuzufügen. Sein Glaube ist selbstverständlich und fragt nicht. Und er hat nicht die leiseste Neigung, sich von Judas in etwas hineinhetzen zu lassen, was gegen seinen Begriff des Schicklichen verstößt.

KAIPHAS: Wie zuvor; ein glatter, schmiegsamer Politiker ohne alle Skrupel. Der schüchterne Anstand des Nikodemus und die heftigen Beleidigungen des Judas gleiten an ihm ab wie das Wasser an der Ente. Er ironisiert sogar sich selbst, weil er einen Moment die Fassung verloren hat. Man hat das Gefühl, daß er in einem geheimen Aktenstück die Namen aller unzufriedenen oder unbeherrschten Leute sorgfältig für zukünftige Zwecke sammelt. Bei der Gerichtsverhandlung werden wir ihn — da es ihm nicht gelingt, seine Zeugen zu einer übereinstimmenden Aussage zu bringen — das Gesetz mit voller

Absicht mißbrauchen sehen, indem er dem Gefangenen den großen Eid abnimmt und ihn so durch seine eigene Aussage überführt, und dann zerreißt er mit großartig-theatralischer Geste seine Kleider. Daran muß man unwillkürlich denken. Er ist nur einen Moment aufrichtig — wenn er dem Privatgott der Politiker, der „Tüchtigkeit“, huldigt. Er wiederholt den Gedankengang des Herodes am Ende des ersten Spieles, aber doch anders: Herodes war leidenschaftlich und patriotisch; Kaiphas ist eiskalt und ich-besessen — er ist ein viel böserer Mensch als Herodes.

HANNAS: Ein ziemlich sauertöpfischer und mürrischer alter Herr; er hat die trübselige Ansicht, daß die Welt im allgemeinen vor die Hunde geht, und hält sehr viel von seinem Schwiegersohn.

NIKODEMUS: Der anständige Mensch, der genug Mut hat, seine Meinung zu sagen, aber seiner Natur nach nicht zum Märtyrer taugt.

SIMON DER PHARISÄER: Dieser Herr hat sich einmal herabgelassen, zu einem nazarenischen Wanderprediger freundlich zu sein, und hat dabei einen Schock bekommen, von dem er sich nie erholt hat. Heute würde er wohl Kirchenrat einer Kirche in einem „feinen“ Stadtviertel sein. Er sucht sich sorgfältig die Leute aus, mit denen er verkehrt, zumal, wenn es sich um temperamentvolle weibliche Wesen handelt, „die sich Schauspielerin nennen“.

ZWISCHENRUFER: Ruft dazwischen, laut und angriffslustig.

HAUPTMANN DER GARDE UND LEVITEN: Diese Männer sind Juden und stehen unter dem Oberbefehl des Kaiphas. Ich weiß nicht, wie man sie von den römischen Soldaten unterscheiden soll, außer daß ihnen die kurzangebundene und selbstsichere Disziplin abgeht, die uns bei Römern selbstverständlich erscheint, und daß sie natürlich dem Publikum gegenüber nicht die leicht verächtliche Haltung der Römer haben. Sie sind eben nichts als Polizei.

CLAUDIA PROCULA: Eine Patrizierdame im besten Sinne, sicher genug in ihrer Stellung, um sich mit der Badewärterin und ihrer eigenen Dienerschaft aus ungespieltem Interesse und mit natürlicher Einfachheit zu unterhalten. (Pilatus hat „hinaufgeheiratet“, die Claudierin ist allererste Klasse.) Sie hat eine klare, kühle, edle Frauenstimme und ist etwa 35 Jahre alt.

EUNICE: Etwa Mitte zwanzig, hat eine kleine Tochter von acht oder neun Jahren. Ich weiß nicht, in welcher Sprache sie sich mit Claudia unterhalten könnte. Nehmen wir — für die Zwecke des Spiels — an, daß Claudia lateinisch spricht; Eunice kann also einen ausländischen Akzent haben, der sie von den Juden und auch von den Römern unterscheidet. Sie ist auf griechische Art schnell und lebhaft — eine Art französischen Akzents wird vielleicht am ehesten den entsprechenden Eindruck beim Hörer erwecken.

ERSTE SZENE (ABWECHSELND IN JERUSALEM UND AUF DER STRASSE VON NAZARETH)

Erster Abschnitt

(Jerusalem, im Hause des Hohenpriesters)

DER EVANGELIST: Danach zog Jesus umher in Galiläa, denn er wollte nicht in Judäa umherziehen, darum, daß ihm die Juden nach dem Leben trachteten. Es war aber nahe der Juden Fest, die Laubhütten.

SEKRETÄR: Ist das alles, Hochwürden?

KAIPHAS: Ja — die Vorbereitungen für das Fest gehen planmäßig voran — übrigens, doch! Noch etwas! Ruft den Hauptmann der Tempelwache.

SEKRETÄR: *(an der Tür)* Hauptmann Elihu! Der Hohepriester wünscht Sie.

KAIPHAS: Ähem, ja. Hauptmann. Dieser — äh — Jesus von Nazareth ... Sie wissen, wie er aussieht?

HAUPTMANN: Jawohl, Hochwürden.

KAIPHAS: Soviel ich weiß, ist er zur Zeit in Nazareth. Er wird aber vielleicht versuchen, zum Feste herzukommen. In diesem Falle wünsche ich, daß er festgehalten wird, ehe er die Stadt erreicht. Lassen Sie die Straße bewachen und ihn festnehmen.

HAUPTMANN: Zu Befehl, Hochwürden. Mit welcher Begründung?

KAIPHAS: Gotteslästerung, Zauberei, Aufruhr — was immer Ihnen einfällt. Ich wünsche nicht, ihn mitten aus dem Fest heraus zu verhaften. Fassen Sie ihn, bevor er Zeit hat, sich die Sympathien der Bevölkerung zu sichern oder aufreizende Reden zu führen ... Übrigens — sah ich nicht einen Wagen vor dem Hause des Gouverneurs? Ist Pilatus in Jerusalem?

SEKRETÄR: Ich glaube, es ist nur seine Gattin, die in der Stadt etwas zu erledigen hat.

KAIPHAS: Das ist genau so schlimm. Wir können uns keine Unruhen erlauben. Gut, Hauptmann — Sie wissen, was Sie zu tun haben.

HAUPTMANN: Befehl des Hohenpriesters wird ausgeführt werden.

Zweiter Abschnitt

(Nazareth)

DER EVANGELIST: Und als die Zeit des Festes näherrückte, da kamen Jesu Brüder zu ihm nach Galiläa.

JUDAS: *(zu jemandem draußen)* Einen Augenblick, bitte. Ich werde sofort nachsehen, ob er Sie empfangen kann.

(Er kommt herein und schließt die Tür heftig hinter sich)

Johannes! Wo ist Jesus?

JOHANNES: Oben, mit seiner Mutter. Wer will ihn sprechen?

JUDAS: Seine Verwandten sind schon wieder hier: Joseph und Simeon.

JOHANNES: Gut, Judas. Ich werde es ihm sagen. *(er geht hinaus und ruft leise)* Meister!

JUDAS: Sie wollen wissen, ob wir mit ihnen zum Fest gehen. Werden wir, Matthäus?

MATTHÄUS: Ich glaub's kaum. Zu großes Risiko. Eigentlich schade, ich liebe das Laubhüttenfest. Erntedank und alle die kleinen Zelte aus grünen Zweigen, in denen die Leute wohnen. Und dann der Gottesdienst im Tempel — das Ausgießen des Wassers und die großen goldenen Leuchter im Frauenhof. Ich finde das schön.

JUDAS: Schön und gut — aber um des Himmels willen redet Jesus nicht zu.

MATTHÄUS: Wer? Ich? Na, sei so gut! Mir steht es gerade zu, dem Meister zu sagen, was er tun soll. Außerdem sage ich dir ja, es ist viel zu gefährlich.

JUDAS: Das ist es — aber anders, als du glaubst.

MATTHÄUS: Wieso?

JUDAS: Lassen wir das. Ich kann es nicht erklären.

MATTHÄUS: Hör mal zu, Judas: ich weiß, daß du klüger bist als wir — aber deshalb brauchst du doch nicht alles nach deiner Kappe zu haben.

JUDAS: So brauchst du das nicht aufzufassen.

MATTHÄUS: Der Meister wird mit seinen eigenen Angelegenheiten sehr gut alleine fertig, verstehst du! Ich bin ziemlich dumm, aber so viel weiß ich doch. Wir müssen ihm einfach vertrauen. Und was immer er sagt, ist richtig ... Das ist meine Ansicht! Sollen wir diese Leute nicht lieber hereinlassen? Schließlich ist dies nicht unser Haus. Sieht doch komisch aus, wenn wir sie draußen warten lassen.

JUDAS: Mach's wie du willst.

MATTHÄUS: *(öffnet die Tür)* Tag, meine Herren. Wollen Sie nicht eintreten? Johannes bar-Zebedäus ist schon zum Rabbi gegangen.

JOSEPH UND SIMEON: Guten Tag, Matthäus bar-Levi.

JOSEPH: *(leicht gekränkt)* Ich hoffe, wir sind nicht unwillkommen.

MATTHÄUS: Aber durchaus nicht. Gar nicht! Natürlich versuchen wir dem Meister jede Störung fernzuhalten, wenn er gerade betet oder so — aber wenn Verwandte kommen — ah, da ist er ja schon!

JESUS: Friede sei mit euch, Joseph und Simeon.

SIMEON: Wir kamen, um zu fragen, ob du deine Absicht geändert hast und doch mit zum Fest kommst.

JESUS: Nein, Simeon, ich habe meine Absicht nicht geändert.

JOSEPH: Sei doch vernünftig! Du solltest dich wirklich in Judäa zeigen.

JESUS: Ich habe Judäa verlassen, weil mein Leben bedroht war.

SIMEON: Was kannst du anderes erwarten, wenn du dich in Galiläa verkriechst? Natürlich denkt jetzt die Obrigkeit, daß du irgendeine Verschwörung ausbrütest. Wer nichts zu vertuschen hat, der kann sich auch offen zeigen. Wenn du auf dem Fest gesehen wirst — als frommer, ehrbarer Jude unter dem Schutz deiner eigenen Sippe — —

JESUS: Als ihr mir das letzte Mal Schutz anbotet, da sollte ich nach Hause kommen und dort bleiben.

JOSEPH: Das war damals, als die Leute sagten, du wärest verrückt. Deine Mutter hat sich deinetwegen geängstigt und wir alle machten uns Sorgen.

SIMEON: Und du hast dich sehr undankbar gezeigt, du hast

dich geweigert, mit uns zu sprechen. Und du hast dich sehr unfreundlich geäußert. Du hast gesagt, daß deine Jünger dir mehr wert wären als deine eigene Familie.

JESUS: Nein, Simeon. Ich habe gesagt, daß jeder, der den Willen meines Vaters im Himmel erfüllt, mir Bruder und Schwester und Mutter ist; jedermann, der auf Gottes Wort hört und danach handelt — wie meine Jünger. Sie glauben an mich — ihr nicht.

JOSEPH: Aber ich glaube an dich! Ich glaube an deine große Sendung und an deine wunderbaren Gaben. Aber ich stimme mit Simeon darin überein, daß du nach Jerusalem kommen solltest und öffentlich deine Ansprüche vertreten. Du erwartest ziemlich viel Glauben von deinen Anhängern! Zeige deine Lehre und deine Taten der Welt, und du wirst viel mehr Vertrauen finden.

JOHANNES: Sie haben kein Recht, so zu sprechen. W-wir haben volles V-vertrauen zum Meister.

MATTHÄUS: Haben wir auch!

JOHANNES: Es ist W-wahnsinn, anzudeuten, daß —

JUDAS: Genug, Johannes. Beherrsche dich doch.

JOSEPH: Schön, wir wollen nicht darüber streiten. Jedenfalls gehen wir morgen auf die Reise zum Fest. Zum letztenmal, Jesus, bitten wir dich: Sei vernünftig, und komm mit uns nach Jerusalem.

JESUS: Ich kann nicht mit euch gehen, Joseph. Meine Zeit ist noch nicht gekommen.

JOSEPH: Welche Zeit könnte besser sein? Es ist eine große Gelegenheit — und du würdest viele Hörer finden.

SIMEON: Und wir wären da, um dich zu unterstützen.

JESUS: Jede Zeit ist gut für euch, ihr seid gut Freund mit der Welt. Mich aber haßt die Welt, weil ich ihre Falschheit brandmarke. Geht ihr morgen zum Fest, — aber für mich ist es noch nicht ganz an der Zeit.

JOSEPH: Jesus, ich spreche nur zu deinem eigenen Besten. Überleg dir's.

SIMEON: Zwecklos, zu reden. Besser, wir gehen ... Lebt wohl — aber ich glaube, du brockst dir da etwas ein ...

(Sie gehen und knallen die Türe zu)

JUDAS: Das wäre erledigt. Meister, ich bin froh, daß du diesen Entschluß gefaßt hast.

MATTHÄUS: Ich auch. Obwohl ich eigentlich gern zum Laubhüttenfest ginge. Aber es ist nicht sicher, Meister — nicht sicher für dich, meine ich.

JESUS: Um dich hast du keine Angst?

MATTHÄUS: Um mich? Um mich wird sich keiner kümmern. Da habe ich wirklich nicht dran gedacht.

JESUS: Das ist gut. Wir gehen nämlich nach Jerusalem.

JUDAS UND MATTHÄUS: Wir gehen?

JESUS: Ja. Aber nicht mit der Familie. Und nicht schon jetzt.

MATTHÄUS: Wie denn?

JESUS: Allein. Ganz still und ohne große Ankündigung ... Versteht ihr, Kinder? Wir werden — erwartet in Jerusalem ... und wir müssen dafür sorgen, daß wir auch hinkommen. Sagt niemand etwas davon, aber haltet euch bereit aufzubrechen, wenn ich es euch sage.

JOHANNES: Wann wird das sein, Meister?

JESUS: Zur Zeit, die Gott bestimmt.

Dritter Abschnitt

(Im öffentlichen Bade)

DER EVANGELIST: Es war aber in dieser Zeit Pontius Pilatus Statthalter von Judäa ...

BADEWÄRTER: War das Bad so richtig?

CLAUDIA: Ja, danke.

BADEWÄRTER: Nicht zu heiß?

CLAUDIA: Gerade richtig.

BADEWÄRTER: Anschließend Massage gefällig?

CLAUDIA: Ja, bitte.

BADEWÄRTER: Sehr wohl — nur — die Wärterin, die sonst die gnädige Frau bedient, ist leider krank geworden ... aber wir haben eine neue — syrische Phönizierin — sie ist sehr gut. Die Damen sind alle sehr mit ihr zufrieden.

CLAUDIA: Schon gut. Nur geschickte Hände muß sie haben.

BADEWÄRTER: Ich glaube sicher, daß gnädige Frau zufrieden sein werden ... Eunice! Komm her, Mädchen, und zeig, was du kannst! Es ist die Gattin des Statthalters, die edle Claudia Procula.

EUNICE: Ich werde mein möglichstes tun, die gnädige Frau zufriedenzustellen.

CLAUDIA: Ich stelle keine großen Ansprüche! Du hast ein nettes, freundliches Gesicht — das mag ich gern. Hier — in der Schulter habe ich Schmerzen — sieh zu, ob deine Finger sie wegzaubern können.

EUNICE: Ich werde es versuchen, Madame.

CLAUDIA: Wo kommst du her?

EUNICE: Ich lebe bei Sidon, Madame. Mein Mann war Badewärter dort, aber er ist vor einem Jahre gestorben. Da bin ich nach Jerusalem gekommen, um etwas zu verdienen, ich habe nämlich eine kleine Tochter.

CLAUDIA: Du bist ein wenig jung, um schon den Mann verloren zu haben. Aber da ist deine Tochter wohl ein großer Trost ...

EUNICE: Jetzt ja, Madame. Aber in der ersten Zeit war sie mein größter Kummer. Sie war nie ganz normal und hatte immer Anfälle, das arme kleine Ding. Die Leute sagten, sie sei besessen. Aber im vergangenen Frühjahr wurde sie durch ein herrliches Wunder geheilt.

CLAUDIA: Ach nein! Und zu welchen Göttern hast du darum gebetet?

EUNICE: Zu allen, Madame. Ich habe viele Jahre gebetet. Umsonst.

CLAUDIA: Und wer hat dann das Wunder vollbracht?

EUNICE: Ein jüdischer Prophet, Madame.

CLAUDIA: Ein jüdischer Prophet! Und du bist Griechin! Ich dachte immer, die Juden wollten mit den Griechen nichts zu tun haben.

EUNICE: Das dachte ich auch. Aber dieser Mann hatte einen großen Ruf, und ich wollte es auf alle Fälle versuchen, sobald sich eine Möglichkeit fände. So — eines Tages — aber sicher langweile ich die gnädige Frau.

CLAUDIA: Aber nein, erzähle nur weiter.

EUNICE: Eines Tages kam er durch unsere Stadt, und ich lief hinter ihm her und flehte ihn um Hilfe an. Seine Jünger versuchten, mich zu vertreiben, aber ich war verzweifelt und drängte mich bis zu ihm vor und rief: „Herr! Herr! Habe Erbarmen mit mir!" Sie sagten: „Sende sie fort, Meister, sie belästigt uns dauernd", und er sah mich an und sagte kein Wort. Da bin ich vor ihm auf die Knie gefallen und habe ihn angefleht, mein Kind zu heilen. Da sagte er — und ich fand es eigentlich hartherzig: „Ich bin nicht zu dir gesandt, sondern nur zu den Kindern Israel!" — „O Herr", sagte ich, „bitte, helft mir doch!" — Aber er antwortete: „Es ist nicht recht, daß man den Kindern das Brot nehme und werfe es vor die Hunde."

CLAUDIA: Wie grausam!

EUNICE: So nennen uns die Juden: Heidnische Hunde. Aber seine Stimme war gar nicht grausam. Er sah mich wie herausfordernd an, und ich dachte: jetzt muß ich die richtigen Worte finden — schnell, schnell! Und da sagte ich: „Aber die Hunde essen die Krumen, die von der Kinder Tische fallen." O Madame — wenn Sie gesehen hätten, wie sein Gesicht sich erhellte! „Gut gemacht!" sagte er, „dein Glaube und dein Mutterwitz haben deine Tochter gerettet. Du kannst jetzt nach Hause gehen, sie ist geheilt!" Da lief ich nach Hause — und da war mein Mädelchen — so munter und gesund wie nur ein Kind sein kann.

CLAUDIA: Nein, wie wunderbar! Den Propheten möchte ich sehen!

EUNICE: Madame, das jüdische Laubhüttenfest beginnt morgen. Es heißt, daß er kommen wird. Das Fest dauert acht Tage, und an einem Tage wird er bestimmt im Tempel predigen.

CLAUDIA: Ich werde mich erkundigen. Wie heißt er denn?

EUNICE: Man nennt ihn Jesus von Nazareth.

Vierter Abschnitt

(Samaria)

DER EVANGELIST: Als aber die Zeit kam, da Jesus nach Jerusalem ziehen sollte, sandte er Boten voraus, und sie gingen in den Flecken Samaria, um Wohnung für ihn zu finden. Es war aber von jeher Feindschaft zwischen den Juden und Samaritern.

JAKOBUS: Na — ich werde froh sein, wenn ich heute abend ins Bett komme.

JOHANNES: Fasse Mut, Jakobus! Es ist nur noch eine halbe Meile – und da kommen schon Philippus und Matthäus zurück und haben Quartier für uns und alles ...

THOMAS: Sie laufen und winken! Da stimmt was nicht!

JAKOBUS: Du bist ein ewiger Pessimist, Thomas Didymus!

THOMAS: Kannst du von Samaritern Gutes erwarten?

MATTHÄUS UND PHILIPPUS: Meister! Meister!

JESUS: Ja, Kinder? Was gibt es?

MATTHÄUS: Sie wollen uns in dem Dorf nicht aufnehmen —

PHILIPPUS: Sie sahen, daß wir nach Jerusalem unterwegs sind —

MATTHÄUS: — und nannten uns einen Haufen dreckiger Juden — und haben die Hunde auf uns gehetzt!

PHILIPPUS: Und sie sagten, du seiest ein schmieriger jüdischer Ketzer!

JOHANNES: *(unzusammenhängend)* Schufte! Bestien! W-wie w-wagen sie das!

JAKOBUS: Unverschämtes Pack.

THOMAS: *(mißmutig)* Ich wußte ja, daß Samariter nichts taugen.

JESUS: Es macht nichts, wir werden in ein anderes Dorf gehen.

JAKOBUS: Bestraft werden müßte die Bande!

JOHANNES: So von unserem Meister zu sprechen!

JAKOBUS: Meister, sollen wir Feuer auf sie regnen lassen?

JOHANNES: — und ihr l-lausiges Dorf bis auf den Grund verbrennen?

JESUS: Jakobus, Johannes! Schämt ihr euch nicht?

JOHANNES: Aber — Meister —

JESUS: Wißt ihr denn nicht, wes Geistes Kinder ihr seid? Des Menschen Sohn ist nicht gekommen, Menschenleben zu vernichten, sondern sie zu retten.

JOHANNES: Vergib, Meister! Das war gedankenlos von mir.

JAKOBUS: Wir waren unbeherrscht. Verzeih uns, bitte.

JESUS: *(ernst)* Aber habt auch ihr diesen Menschen verziehen? Verzeihung hilft euch nicht, wenn ihr selber nicht vergeben könnt. Darum ist das Himmelreich gleich einem Herrscher, dem einer seiner Knechte zehntausend Pfunde schuldig war. Da gab er Befehl, seine Habe zu verkaufen und ihn in den Schuldturm zu werfen. Aber der Mann bat so herzbewegend um Aufschub, daß der König ihm vergab und ihm seine Schuld überhaupt erließ. Jetzt erinnerte sich aber dieser Mann an einen seiner Mitknechte, der war ihm die geringe Summe von hundert Groschen schuldig — da ging er hin und ergriff ihn bei der Kehle und sagte: Du bist mir hundert Groschen schuldig, und ich will mein Geld zurück haben! „Habe Erbarmen", sagte der arme Mann, „gib mir Zeit, dann will ich dich voll bezahlen." Er wollte aber nicht auf ihn hören und ging hin und warf ihn in den Turm, bis daß die Schuld bezahlt sei. Da ließ der König seinen Knecht zu sich kommen und sprach: „Du Schalksknecht! Die große Schuld habe ich dir erlassen, weil du mich darum batest. Solltest du dich nicht erbarmen über deinen Mitknecht, wie ich mich deiner erbarmte?" Und da er keine Gnade in dem Manne fand, überantwortete er ihn dem Gericht, bis daß er den letzten Pfennig seiner Schuld bezahlte. — Und so wird es euch auch gehen, wenn ihr nicht aus Herzensgrund euren Mitmenschen vergebt, was sie euch antun.

MATTHÄUS: Meister, mit dem König meinst du doch Gott?

JESUS: Ja, Matthäus.

MATTHÄUS: Aber das ist ja furchtbar! Niemals könnten wir Gott bezahlen, was wir ihm schulden.

SIMON PETRUS: Nein — aber der erste Mann hätte ja gar nicht zu zahlen brauchen, wenn er sich nicht dem anderen gegenüber so niederträchtig benommen hätte. Dann wäre ihm ja seine Schuld vergeben worden.

JESUS: *(erfreut: Petrus hat die Pointe erfaßt)* Ganz richtig, Petrus! Ihr seht also, was ihr tun müßt.

SIMON PETRUS: Ja, Meister! Aber wenn nun mein Mitmensch mir immer wieder Böses tut? Wie oft soll ich ihm denn vergeben? Siebenmal?

JESUS: Siebenmal? Nein! Sieben mal siebenzig! So oft, wie du selber Gottes Verzeihung nötig hast ... na, Jakobus und Johannes, ihr beiden Feuerfresser, was sagt ihr jetzt dazu?

JOHANNES: Ich denke, daß wir schlimmer sind als die Samariter, denn die wissen es nicht besser. Wir aber haben dich als Lehrer und benehmen uns trotzdem so schlecht. Hilf uns,

Meister, zu beten, daß das himmlische Reich zu ihnen und uns allen kommt.

JESUS: Wenn ihr um das himmlische Reich bittet, so sagt: Vater unser, der du bist im Himmel, geheiliget werde dein Name. Dein Reich komme. Dein Wille geschehe wie im Himmel also auch auf Erden. Unser täglich Brot gib uns heute, und vergib uns unsre Schuld, wie wir vergeben unsern Schuldigern. Und führe uns nicht in Versuchung, sondern erlöse uns von dem Übel ... *(Der letzte Satz verklingt in der Ferne)*

Fünfter Abschnitt

(Jerusalem)

DER EVANGELIST: Da suchten ihn die Juden beim Fest und sprachen: Wo ist er?

KAIPHAS: Nun, Hauptmann? Haben Sie den Jesus bar-Joseph ergriffen?

HAUPTMANN: Nein, Euer Hochwürden.

KAIPHAS: Warum nicht?

HAUPTMANN: Er ist nicht angekommen. Wahrscheinlich Angst vor der eigenen Courage bekommen. Wir haben eine Handvoll von seinen Freunden und Verwandten aufgegriffen und verhört. Sie sagen, daß er sich geweigert hat zu kommen.

KAIPHAS: Na schön. Das erspart uns einigen Ärger.

HAUPTMANN: Sollen wir die Zugangsstraßen weiter bewachen?

KAIPHAS: Nein. Das Fest hat begonnen. Jetzt wird er wohl nicht mehr erscheinen.

HAUPTMANN: Zu Befehl.

Sechster Abschnitt

(Dorf an der Straße)

DER EVANGELIST: Und es begab sich, daß er Petrus und Johannes und Jakobus mit sich nahm und ging auf einen Berg, zu beten ... *(Alles im Flüsterton)*

SIMON PETRUS: Jakobus! Johannes! Seid ihr wach?

JAKOBUS: Bist du das, Petrus? Ich bin wach. Ich kann nicht schlafen, weil ich daran denken muß —

PETRUS: Mir geht es genau so. Ich muß mit jemand sprechen.

Aber die anderen waren den ganzen Abend dabei, und Er hat gesagt, wir sollten nicht darüber mit ihnen sprechen.

JAKOBUS: Sprich leise, du weckst sie auf.

PETRUS: Können wir nicht aufs Dach klettern?

JAKOBUS: Ich möchte Johannes nicht stören, der schläft auf meiner Schulter.

JOHANNES: Ich habe geschlafen ... bis Petrus mir auf den Fuß trat.

PETRUS: Du hast geschlafen?

JOHANNES: Natürlich. Warum nicht. Geh vor, Petrus, wir kommen nach.

PETRUS: Wo ist die Leiter?

JAKOBUS: Ungefähr drei Schritte rechts von dir — du mußt über Thomas wegtreten.

(Pause. Vorsichtige Bewegungen. Ein Schläfer dreht sich mit einem Seufzer und einem Schnaufer auf die andere Seite. Das folgende Gespräch leise, aber nicht geflüstert)

PETRUS: Hier können wir sprechen, wenn wir leise sind ... aber ziemlich kalt ist es hier oben.

JAKOBUS: Ich habe eure Mäntel mitgebracht ... seht nur die Sterne ... über die Erde gebreitet wie ein schimmernder Mantel voller Pracht.

PETRUS: Aber nichts im Vergleich mit dem Glanz, den wir heute in den Bergen gesehen haben.

JAKOBUS: Weiß Gott! Aber sag mir, Simon Petrus: was hast du gesehen? War es das gleiche Erlebnis für uns alle?

PETRUS: Ich war müde vom Bergsteigen ... ich sah ihm eine Zeitlang zu — wie er dastand und betete — ohne ein Wort — ohne eine Bewegung — mit dem Gesicht gen Jerusalem ... als ob er nichts sähe als eine seltsame, innere Vision, die ihn in ihrem Bann hielte. Ich wollte auch beten — aber die Gedanken wollten nicht kommen ... es schien eine Ewigkeit zu dauern...

JOHANNES: Als ob die Zeit stillstände.

PETRUS: Ich glaube, ich bin dann etwas eingeschlafen ... es war so still dort oben ... denn das Nächste, an das ich mich erinnere, war ein furchtbarer Schrecken — als ob ich darin ertränke ... und als ich sein Gesicht ansah ... da war es nicht von dieser Welt ... es war ... es war wie ... es ist etwas, an das ich gar nicht zu denken wage ...

JAKOBUS: Laß gut sein, Petrus. Wir sahen es auch.

PETRUS: Und sein Gewand war heller als das Licht — kein irdischer Tuchwalker kann ein solches Weiß bleichen ... und die Zwei — die bei ihm standen ... sie sprachen zusammen, aber ich konnte nicht verstehen, was sie sagten ... der Glorienschein lag auf allen beiden, und ich erkannte sie — Moses, den Gesegneten des Herrn, der auf dem Berge Sinai mit Gott sprach, und den heiligen Elias, der gen Himmel fuhr in Licht und Feuer ... und mir schien, als ob das Bild vor meinen Augen die Wirklichkeit sei — und Erde und Himmel nur ein Traum ... und doch wußte ich die ganze Zeit über, daß die Sonne schien, und ich fühlte das rauhe Heidekraut zwischen meinen Fingern.

JAKOBUS: Ich hatte jedes Gefühl überhaupt verloren, — bis auf Johannes' Hand, die in meiner lag.

JOHANNES: Lieber Jakobus! Ich fühlte dich auch — so, als ob wir wieder Kinder wären, weißt du noch? Damals, als es so fürchterlich donnerte und ich solche Angst hatte ...

JAKOBUS: O Johannes! Kleiner Bruder Johannes! Jetzt bist du es, der zwischen mir und der Furcht steht.

JOHANNES: Ich fürchtete mich auch. Petrus war der tapferste von uns. Der sprach.

PETRUS: Ja, aber solch verrücktes Zeug! Ich dachte, die Vision verginge — und da habe ich — glaube ich — gerufen: Meister, hier ist es gut sein! Hier laß uns Hütten bauen — eine für dich, eine für Moses und eine für Elias — und dann können wir immer hier bleiben ... dumm, nicht wahr? Aber ich wußte nicht, was ich sagte. Ich dachte an die Arche in der Wildnis und an Gottes Herrlichkeit in der Feuersäule ... alles durcheinander mit der Heiligen Stadt und dem Laubhüttenfest ... und dann — und dann ... wir waren wie eingehüllt von Feuer und Licht ... da fiel eine Stimme ... war es in uns vielleicht nur? — oder war es überhaupt eine richtige Stimme? ...

JOHANNES: Sie erfüllte alles ... es gab nichts in der ganzen Welt als diese Stimme: „Dies ist mein lieber Sohn, den sollt ihr hören!"

JAKOBUS: Und dann war nichts mehr. Nur der Himmel und die Berge und Jesus. Allein.

PETRUS: Er streckte seine Hand aus und ich fürchtete mich, ihn zu berühren ... aber er war wie immer ... als ob nichts sich in ihm verändert hätte.

JOHANNES: Ich glaube ... nicht er, sondern wir haben uns verändert. Ich glaube, wir haben ihn in diesem Augenblick gesehen, wie er ist.

JAKOBUS: Und gerade wir haben dies Wunder erlebt — du und ich, Johannes! Und noch gestern haben wir ihn so gekränkt!

JOHANNES: Vielleicht ist das sein Zeichen, daß er uns vergeben hat. Er sagte einmal — du erinnerst dich — es ist mehr Freude im Himmel über einen reuigen Sünder als über neunundneunzig Gerechte?

JAKOBUS: Sicher, das ist es. Aber was meinte er damit — als er uns nachher verbot, zu irgend jemand von dem zu sprechen — was wir gesehen haben ... nicht einmal zu den anderen von uns Zwölfen? — „bis einmal des Menschen Sohn von den Toten auferstanden?"

JOHANNES: O Jakobus, ich weiß es! Das hat mich doch mehr erschreckt als alles andere! Des Menschen Sohn — das ist er selber — so hat er sich schon oft genannt. Aber „von den Toten auferstanden"! Er hat schon öfters in der letzten Zeit Äußerungen getan, als ob er bald sterben müsse ... aber das wäre ja unerträglich!

PETRUS: In Jerusalem haben sie gedroht, ihn zu töten!

JAKOBUS: Und er geht mitten in die Gefahr hinein! Ich wage ihn nicht zu fragen, was er vor sich sieht. Simon Petrus — du hast doch Mut gehabt und gesprochen, als wir beide uns fürchteten ... kannst du ihn nicht fragen, was er gemeint hat?

PETRUS: Unmöglich! Einmal habe ich ihm Vorwürfe gemacht, als er vom Tode sprach — und da hieß er mich schweigen mit Worten, die ich nie vergessen werde.

JAKOBUS: Er sagte nicht: „Nachdem ich gestorben bin", sondern: „Nachdem des Menschen Sohn auferstanden ist von den Toten". Die Sadduzäer sagen, daß es keine Auferstehung gibt, aber uns wurde gelehrt, daß die Toten einmal wiedererweckt werden. Aber wann? Beim Weltuntergang? Wird unsere Geschichte nie erzählt werden, bis Gott alle Geheimnisse offenbart?

PETRUS: Ich weiß es nicht. Er sprach aber so, als würde es gar nicht mehr lange dauern.

JOHANNES: Vielleicht ist das Ende der Welt nahe. *(Pause)*

PETRUS: Als wir von den Bergen niederstiegen, war es, als ob die Welt uns wie ein Golf umschlösse. Die Sonne ging unter, und über die Ebene liefen schwarze Schatten. Und dann kamen die unglücklichen Leute mit dem Knaben, der besessen war und schrie und zuckte ...

JOHANNES: Und er legte ihm seine Hand auf und heilte ihn — und selbst zwischen diesen Schatten herrschte Friede.

ZWEITE SZENE (JERUSALEM)

Erster Abschnitt

(Im Hause des Hohenpriesters)

DER EVANGELIST: Es war jetzt um die Mitte des Festes, und es gingen viele Gerüchte um, die Jesus betrafen, aber niemand wagte offen zu sprechen aus Furcht vor den jüdischen Behörden.

HANNAS: Heute ist der vierte Tag des Festes, Kaiphas — und alles ist ruhig geblieben bisher.

KAIPHAS: Ja, es ist wirklich sehr gut gegangen, Vater Hannas.

NIKODEMUS: Jesus von Nazareth zu verhaften ist jedoch nicht geglückt?

HANNAS: Bedauerlicherweise nicht, wir müssen aber etwas gegen diesen Menschen unternehmen. Er hat einen äußerst schlechten Einfluß. Bei mir liegen schon verschiedene Beschwerden von Eltern, daß ihre Söhne einfach Jesus nachlaufen, anstatt zu Hause zu bleiben, wie es sich gehört. Ich weiß nicht, was in die Jugend von heute gefahren ist.

ÄLTESTER: Eine Anzahl Frauen hat er auch betört. Ich möchte wissen, was die Ehemänner dazu sagen. Wenn anständige Frauen auf Abwege ...

SIMON DER PHARISÄER: — einige von ihnen sind gar nicht so anständig! Da ist eine gewisse Maria aus Magdala, die einen äußerst schlechten Ruf hat. Sie drang eines Tages in mein Haus ein, als Jesus da war.

NIKODEMUS: Ihr Haus? Wieso kam Jesus von Nazareth in das Haus Simons des Pharisäers?

SIMON: Ich hatte den Mann zum Essen eingeladen. Ich wollte einmal sehen, was an ihm war. Da kam diese Maria Magdalena herein und machte eine Szene. Sie weinte über seinen Füßen und küßte sie und schüttete Duftöl drüber und trocknete sie mit ihren Haaren — benahm sich überhaupt völlig überspannt.

HANNAS: Grundgütiger Himmel!

SIMON: Es war außerordentlich rührselig und unerfreulich.

KAIPHAS: Hat er sie wenigstens zurechtgewiesen?

SIMON: Im Gegenteil! Er war so unverschämt zu sagen, daß sie getan hätte, was meine Pflicht einem Gast gegenüber gewesen wäre! Bitte sehr — das sagt mir der Sohn eines galiläischen Zimmermanns. Und dann krönte er seine Impertinenz, indem er der Frau sagte, ihre Sünden seien ihr vergeben!

ÄLTESTER: Das ist doch die Höhe! Für wen hält er sich eigentlich?

KAIPHAS: Ich glaube die Frau zu kennen. Sie ist eine Tänzerin oder dergleichen. Wo lebt sie jetzt?

SIMON: In Bethanien, mit ihrer Schwester Martha und einem Bruder namens Lazarus. Ich glaube, Jesus ist öfter dort zu Besuch.

KAIPHAS: Das Haus werden wir einmal unter Beobachtung stellen.

NIKODEMUS: Stimmt es nicht, daß diese Maria einen anständigen Lebenswandel führt, seit sie Jesus getroffen hat?

HANNAS: Das steht nicht zur Debatte, Nikodemus. Kein Prophet, der Gott fürchtet, würde sich mit Tanzmädchen abgeben. Und was die Sündenvergebung angeht ...

KAIPHAS: Das, Vater Hannas, ist der unheilvollste Teil der ganzen Angelegenheit! Er gibt vor, Sünden vergeben zu können, weil er des Menschen Sohn sei. Aber wer diesen Titel braucht, maßt sich an, der Messias zu sein. Und Sie alle wissen, wo wir damit landen!

HANNAS: Wenn das Volk mitspielt, stoßen wir furchtbar mit Rom zusammen. *(Geräusch auf der Straße)* Und das muß um jeden Preis vermieden werden. — Was ist denn da für ein Lärm auf der Straße?

(Marschierende Soldaten, dazwischen Rufe und Auspfeifen)

KAIPHAS: Soldaten! Da ist etwas passiert! Ich hatte so sehr gehofft, das Fest ginge ohne Aufruhr vorüber.

HANNAS: Simon, schauen Sie doch mal aus dem Fenster. Können Sie feststellen, was los ist?

SIMON: *(am Fenster)* He, ihr da! Was ist das für ein Auflauf?

STIMME: *(draußen)* Sie haben den Barrabas, den Räuber, gefangen.

SIMON: Das ist ja großartig. Und jetzt führen sie ihn ab ins Kittchen!

KAIPHAS: Die römische Justiz hat einen langen Arm.

ÄLTESTER: Das muß man ja den Römern lassen: Heiden sind sie zwar, aber verdammt tüchtig! Es ist schon besser, man stellt sich gut mit der Regierung.

KAIPHAS: Sehr richtig! Das ist auch der Grund, warum ich dafür bin, alle diese Messiasanwärter und Friedensstörer kräftig abzubremsen. Und deshalb empfinde ich mit tiefer Dankbarkeit ...

DIENER: *(platzt unangemeldet herein)* Hochehrwürdiger Hoherpriester!

KAIPHAS: Was ist das für ein Benehmen, Bursche!

DIENER: Jesus von Nazareth predigt im Tempel!

KAIPHAS: Was? *(er reißt sich zusammen)* Es steht dem Hohenpriester nicht an, Kraftausdrücke zu brauchen, aber ich gäbe wer weiß was dafür, jetzt fünf Minuten lang ein ägyptischer Kameltreiber sein zu können!

SIMON: Provozierend in der Tat!

HANNAS: Wie, zum Kuckuck, ist er denn dahin gekommen?

KAIPHAS: Gleichgültig. Jedenfalls ist er da. Notfalls müssen wir ihn eben in der Stadt verhaften und einen Aufruhr riskieren. Hier, Bursche, diesen Befehl sofort zum Hauptmann der Wache.

DIENER: Sofort zum Hauptmann der Wache, Hochehrwürden!

NIKODEMUS: Herr Kaiphas, wollen Sie wirklich gegen diesen Mann bis zum Äußersten gehen?

KAIPHAS: Nicht, wenn ich es vermeiden kann. Ich habe zunächst nur Befehl gegeben, ihn strikt zu überwachen. Aber früher oder später — fürchte ich — muß er — ähem — liquidiert werden.

NIKODEMUS: Aber man kann doch nicht einen Unschuldigen für die Sünden oder Fehler seiner Anhänger bestrafen!

KAIPHAS: Bruder Nikodemus, Ihre Ansicht macht Ihnen Ehre. Aber wenn Rom sich angegriffen fühlt, muß unsere ganze Nation darunter leiden, und seien Sie versichert — vielleicht werden Sie sich eines Tages nur zu gern daran erinnern — es ist manchmal richtiger, daß einer geopfert wird — für das ganze Volk.

Zweiter Abschnitt

EVANGELIST: Aber mitten im Fest ging Jesus hinauf in den Tempel und lehrte, und die Juden verwunderten sich ...

(Leises Stimmengewirr im Hintergrund)

ERSTER JUDE: Du kannst sagen, was du willst, — ich finde, er predigt ganz groß!

FRAU: Ruhe! Ich will hören, was er sagt.

ERSTER JUDE: Schon gut, er hat gerade aufgehört, um mit einem Schriftgelehrten zu argumentieren.

ZWEITER JUDE: Wieso kann dieser Mann die Schrift auslegen? Er hat doch gar keine theologische Schulung.

DRITTER JUDE: Ich habe keine Ahnung, wo er seine Lehren her hat.

FRAU: Du — er hat dich gehört!

JESUS: Meine Lehre ist nicht mein. Es ist die Lehre dessen, der mich gesandt hat. Wenn ihr den Willen Gottes erfüllt, dann werdet ihr wissen, wo meine Lehre herkommt.

ZWEITER JUDE: Wer hat sie dir gegeben?

JESUS: Wer hat Moses das Gesetz gegeben? Und Moses gab das Gesetz an euch — aber ihr haltet es nicht. Warum zum Beispiel wollen einige unter euch mich umbringen?

DRITTER JUDE: Das ist ja Unsinn! Wer will euch denn töten?

JESUS: Ihr seid böse auf mich, weil ich einmal einen Mann am Sabbath geheilt habe. Aber Moses hat euch befohlen, religiöse Pflichten am Sabbath zu erfüllen und gute Werke zu tun. Warum ist es also verwerflich, wenn ich Körper und Seele heile? Ihr müßt nicht nach dem Buchstaben, sondern nach dem Geist des Gesetzes handeln ... (Regie: *Es muß klar werden, daß Jesus sich nach diesen Worten wieder den einzelnen zuwendet)* aber nun dieser Text, den Sie gerade anführten ...

(Seine Stimme geht unter in der argumentierenden Lautkulisse)

VIERTER JUDE: Ist dies wirklich der Mann, den sie umbringen wollten? Er redet frei genug, und niemand hindert ihn.

ERSTER JUDE: Was meinst du — vielleicht haben die Ältesten der Synagogengemeinde das Gefühl, daß er doch der Messias ist?

ZWEITER JUDE: Ach, das ist doch Unsinn! Wir wissen doch alles von diesem Mann und wo er herkommt und so. Wo der Christ herkommt, weiß niemand.

VIERTER JUDE: Doch, das wissen wir wohl. Der Christ wird aus dem Hause David kommen und aus Davids Stadt Bethlehem.

DRITTER JUDE: Na also! Dieser Mann stammt aus Galiläa und kommt von Nazareth.

JESUS: Ihr kennt mich und wißt, wo ich herkomme. Aber ich komme nicht von mir selber, ich komme von dem, der mich gesandt hat, und diesen kennt ihr nicht. Ich aber kenne ihn, denn ich komme von ihm — und ER, der mich gesandt hat, ist die Wahrheit.

ZWEITER JUDE: Ja, aber wo kommt er denn nun her? und wer hat ihn gesandt?

FRAU: Und ich glaube trotzdem, daß er der Messias ist!

ZWEITER JUDE: Typisch eine Frau — glaubt ohne den geringsten Beweis.

ERSTER JUDE: Beweis? Und die großen Wunder, die er getan hat? Wenn der Christ kommt, glaubt ihr, er könnte größere Wunder verrichten?

ERSTER LEVIT: Feldwebel, Sie hören, was die Leute sagen. Sollen wir ihn jetzt verhaften?

FELDWEBEL: Nicht so hastig, mein Lieber. Jetzt noch nicht! Ich will ihm zuhören. So etwas habe ich noch nie gehört.

ZWEITER LEVIT: Macht nachdenklich, was? Wenn er nun der Messias doch wäre?

FELDWEBEL: Nun ist's genug — Soldaten werden nicht fürs Denken bezahlt.

JESUS: Hört ihr Leute, höret mich jetzt! Ich bin nur noch eine kleine Weile bei euch, dann muß ich zu Ihm zurückkehren, der mich gesandt hat. Dann werdet ihr mich suchen und nicht finden, denn wo ich hingehe, dorthin könnt ihr mir nicht folgen.

DRITTER JUDE: Was meint er denn damit? Wo kann er

hingehen, wo wir nicht hinkönnen? Will er außer Landes gehen und die Nichtjuden lehren?

ZWEITER JUDE: Ich weiß nicht, was er meint. Wenn du dir vorstellst ...

ERSTER JUDE: Ich weiß auch nicht. Ich meine nur, daß ...

DRITTER JUDE: Also, wenn du mich fragst ...

(Gespräch verklingt)

Dritter Abschnitt

(Haus des Hohenpriesters)

DER EVANGELIST: Aber am letzten Tage des Festes, der am herrlichsten war, kamen die Soldaten der Tempelwache zu dem Hohenpriester und den Pharisäern ...

KAIPHAS: Nun, Hauptmann — ich möchte eine Erklärung hören! Sie haben gestern von mir einen klaren Befehl bekommen. Warum ist Jesus nicht verhaftet worden?

HAUPTMANN: Hochehrwürden — die Leute haben sich geweigert.

HANNAS: Geweigert? Das ist ja unerhört! Meuterei!

KAIPHAS: Haben die Leute einen Grund angegeben?

HAUPTMANN: Ja, Hochehrwürden! Sie wollten einfach nicht! Sagten, sie hätten noch nie jemand so sprechen hören, wie diesen Mann. Ich möchte annehmen — wenn ich es sagen darf — die Leute — eh — haben es sich in den Kopf gesetzt, daß dieser Mann — der Messias sein könnte.

KAIPHAS: *(nachdenklich)* Ach so — ich verstehe. Sie selber scheinen sich auch nicht ganz klar darüber zu sein, Hauptmann? Hat dieser Betrüger Sie etwa auch eingenebelt? Es dürfte Ihnen doch wohl genügen, daß weder ich noch irgend jemand vom Ältestenrat seine Ansprüche gutheißen.

HANNAS: Immer dieser armselige Pöbel, der nichts vom Gesetz versteht. Es ist wie ein Fluch für unser Volk!

NIKODEMUS: Befiehlt unser Gesetz, einen Mann zu verurteilen, ohne daß ein gerechtes Verhör und eine Untersuchung vorausgehen? Ich will nicht behaupten, daß er der Messias sei, aber er könnte sehr wohl ein Prophet sein.

KAIPHAS: Bruder Nikodemus, ich bin überrascht, diese Ansicht von Ihnen zu hören. Man könnte beinahe glauben, Sie seien ein Galiläer. Überlegen Sie doch — Galiläa sollte jetzt plötzlich einen Propheten hervorbringen? — Ähem — Sie können abtreten, Hauptmann. Ich muß mir diese Angelegenheit durch den Kopf gehen lassen.

HAUPTMANN: Zu Befehl. *(Geht ab und schließt die Tür)*

HANNAS: Die Sache gefällt mir nicht.

KAIPHAS: Mir auch nicht. Aber wir können keine Verhaftung mit unwilligen Truppen erzwingen.

ÄLTESTER: Wo ist eigentlich Baruch der Zelot geblieben? Der wollte sich doch mit einem von des Nazareners Jüngern in Verbindung setzen.

KAIPHAS: Er hat einen ziemlich unbestimmt gehaltenen Bericht gesandt, der darauf hinausläuft, daß der betreffende Jünger in Ordnung sei und daß nicht die Absicht einer politischen Bewegung bestehe.

ÄLTESTER: Hm. Ich würde dem Baruch nicht zu sehr trauen. Nach meinen Informationen hat er sich mit einem Haufen Guerillas in die Berge zurückgezogen und plant eine Art Staatsstreich. Ich glaube, er trägt auf beiden Schultern ...

KAIPHAS: Das würde mich nicht wundern. Ich habe daher schon vorsichtshalber selber mit diesem Jünger Verbindung angeknüpft. Judas Ischariot heißt er. Ich habe ihn aufgefordert, mich aufzusuchen, und er ist augenblicklich im Hause. Hat jemand Fragen an ihn zu stellen?

ALLE: O ja — das wünschen wir sehr.

KAIPHAS: Der Mann Ischariot soll hereinkommen! — — Er machte gar keine Schwierigkeiten und kam ohne weiteres. — Wir müssen ihn vorsichtig anfassen, denn natürlich wird jedes Wort, das hier gesprochen wird, brühwarm an Jesus bar-Joseph weitergehen. — Ah, guten Tag, mein Freund! Ihr Name ist Judas Ischariot?

JUDAS: Jawohl.

KAIPHAS: Sie sind ein Jünger des Jesus von Nazareth?

JUDAS: Jawohl.

KAIPHAS: Die Sanhedrin sind beunruhigt durch allerlei Gerüchte — die zweifellos unbegründet sind — daß Ihr Meister sich in politische Aktionen sehr unvorsichtiger Art eingelassen hat, die uns schwere Repressalien von Rom einbringen können. Es wäre uns sehr unlieb, wenn etwas an der Sache wäre.

JUDAS: Ich gebe mein Ehrenwort darauf, daß das Gerücht völlig aus der Luft gegriffen ist.

KAIPHAS: Gut. Es freut uns sehr, das zu hören. Es wäre ja auch ein Jammer, wenn Ihre charitative Arbeit unter den — ähem — den Armen und so weiter — äh — dadurch beeinträchtigt würde. Aber Sie wissen ja selber: Rom sieht sehr unfreundlich auf jede Art Gemeinschaftsbildung, die umstürzlerische Tendenzen haben könnte.

JUDAS: Ich verstehe. Sie glauben, daß mein Meister zur Nationalistenpartei gehört. Sie glauben, er könne die Juden auffordern, das römische Joch abzuwerfen. Wie wenig Sie ihn kennen! Und wie wenig Sie diese Nation kennen! Rom ist die Strafe, die unserem Volk für seine Sünden auferlegt wurde. Korrupt ist Juda — und Rom ist Gottes Strafe dafür — die römische Rute liegt auf dem Rücken der Sünder und die römische Axt an der Wurzel des verfaulten Baumstammes ... wie schmeckt diese Wahrheit, Hoherpriester Kaiphas? Es gab einmal eine Zeit, da gab der Hochehrwürdige Hohepriester Befehle an Israel. Heute — muß er kriechen vor Cäsar! Daran lassen sich Ihre Demütigung und Ihre Sünde ermessen.

HANNAS: Sie sind unverschämt, Mann!

JUDAS: Für Israel und für Israels Messias gibt es keine andere Erlösung als das geduldige Erleiden — in allem.

ÄLTESTER: Mein Wort — der Jünger ist genau so fanatisch wie der Meister!

KAIPHAS: *(beschwichtigend)* Jedenfalls ist es eine originelle Anschauung ... Sie sprechen von dem Messias — ist es richtig, daß Ihr Lehrer angibt, der Christ zu sein?

JUDAS: Er ist der Christ! Aber er ist nicht der Messias eines irdischen, sondern eines geistigen Reiches.

KAIPHAS: Natürlich, natürlich! ... *(in schroffem Wechsel)* Was wissen Sie von einem Mann — den man Baruch den Zeloten nennt?

JUDAS: Er ist ein Mann, vor dem man sich in acht nehmen muß. Er möchte gerne aus Jesus ein Werkzeug seiner politischen Absichten machen. Ich weiß das zuverlässig, denn er hat deshalb mit mir verhandelt.

KAIPHAS: Danke für die Mitteilung! Und Sie glauben, daß Ihr Meister für eine solche Intrige nicht zu haben ist?

JUDAS: Das glaube ich zuversichtlich. Der Pöbel wollte ihn einmal — es war am See von Galiläa — zum König ausrufen, aber er weigerte sich. Und seitdem hat er sich schon bei verschiedenen Gelegenheiten als immun gegen jede Verlockung gezeigt.

KAIPHAS: Das ist sehr löblich, wirklich äußerst lobenswert. Aber vielleicht geht der Krug einmal zu oft zum Brunnen. Die Beweggründe erfolgreicher Volksführer haben die unglückliche Neigung, mit der Zeit weniger erhaben zu werden. Wenn nun einmal die geistige Reinheit seiner Absichten — ähem — nachlassen sollte ...

JUDAS: Würde ich der Erste sein, ihn zu denunzieren. Aber er wird nicht schwach werden!

KAIPHAS: Um so besser. Wir freuen uns, eine Bestätigung erhalten zu haben. Aber vielleicht kann es nicht schaden, wenn Sie ihm einen Wink geben, vorsichtig zu sein ... Ihre eigenen Ansichten über die Möglichkeit einer nationalen Erneuerung sind sehr interessant und wichtig für uns. Ich bin persönlich der Ansicht, daß eine Politik des Wiederaufbaus und der engen Zusammenarbeit mit Rom die Interessen Judas am besten zu wahren vermögen. — Wir danken Ihnen ... und wollen Sie nicht länger aufhalten. Guten Morgen! Hezekia, begleiten Sie den guten Mann nach draußen. *(Eine Tür schließt)*

HANNAS: Kaiphas, meinen Glückwunsch. Das war großartig.

KAIPHAS: Der Mann hat Ideen. Leute mit Ideen sind immer auf ihre Führer eifersüchtig. Ja, meine Herren, — ich glaube, wir haben diesen Jesus von Nazareth jetzt da, wo wir ihn haben wollen.

Vierter Abschnitt

(Vor dem Tempel)

(Volksmenge)

ERSTER VORÜBERGEHENDER: Gelobt sei Gott, — es war ein gesegnetes Fest.

ZWEITER VORÜBERGEHENDER: Eine reiche Ernte und ein schöner Feiertag. ER sei gepriesen!

ERSTER RÖMISCHER SOLDAT: Hallo, Marcus! Bist du im Dienst?

ZWEITER RÖMISCHER SOLDAT: Habe gerade ein paar Mann an die Tempelstufen gebaut, falls es noch dicke

Luft gibt. Dank allen Göttern, daß dies verfluchte Fest beinahe vorbei ist.

ERSTER SOLDAT: Widerlich, dies Garnisondienst schieben. Viel zu viel Polizeiarbeit. Dann schon lieber einen netten, sauberen Krieg!

DRITTER VORÜBERGEHENDER: *(geheimnisvoll)* Bist du das, Bildad ben-Ismael?

VIERTER VORÜBERGEHENDER: *(lauter)* Wer bist du denn? Und was willst du von mir?

DRITTER VORÜBERGEHENDER: Nicht so laut! Ich komme aus den Bergen mit einer Nachricht von Baruch dem Zeloten.

VIERTER VORÜBERGEHENDER: Gut. Ich habe die Männer und Waffen ... Wo ist der Treffpunkt?

DRITTER VORÜBERGEHENDER: Vorsicht ...

BEZAHLTER ZWISCHENRUFER: Tolle Menge auf den Tempelstufen ...

SEIN BEGLEITER: Wenn Jesus von Nazareth zu ihnen sprechen will — muß er niedergeschrien werden.

BEZAHLTER ZWISCHENRUFER: Wird gemacht. Haben wir genug Unterstützung in der Menge verteilt?

SEIN BEGLEITER: Darauf können Sie sich verlassen ...

(Eine Pferdekarosse kommt langsam durch die Menge)

DIENER: Platz! Macht Platz, ihr Hunde! Gebt Raum für die Frau des Statthalters! Platz für die edle Claudia Procula!

(Das Gemurmel der MASSEN *verklingen lassen in leise Kulisse)*

CLAUDIA: Halte an, Rufus. Wir werden von hier sehr gut sehen können ... schön sieht der Tempel aus mit all den Lichtern und Fackeln und dem vollen Mond darüber ... ich freue mich, daß ich gekommen bin, Eunice!

EUNICE: Es war sehr gütig von Madame, mich mitzunehmen.

CLAUDIA: Hoffentlich bekommen wir deinen Propheten zu sehen.

EUNICE: Das hoffe ich sehr, Madame. *(Am Tempel einsetzender Gesang)*

CLAUDIA: Rebekka, du bist doch eine Jüdin ... was bedeutet dies Fest?

REBEKKA: Herrin, es ist das Fest des Wassers und des Lichts, wir danken Gott für die Ernte ... für den guten

Regen, der das Korn groß werden, und für die Sonne, die es reifen läßt.

EUNICE: O Madame ... da ist er ... der Prophet! Gerade kommt er durch den Kreuzgang des inneren Hofes ... da — da vorne — sehen Sie ihn?

CLAUDIA: Ja — ich sehe ihn. Das also ist Jesus von Nazareth.

EUNICE: Hat er nicht ein wunderschönes Gesicht, Madame?

CLAUDIA: Es *ist* ein wundervolles Gesicht, Eunice.

REBEKKA: Er wird zum Volke sprechen.

MENGE: Jesus, Sohn Davids! Sprich zu uns!

JESUS: Wen da dürstet, der komme zu mir und trinke. Wer an mich glaubt, wie die Schrift sagt, aus dessen Herzen sollen Ströme des lebendigen Wassers fließen zum ewigen Leben.

CLAUDIA: Unbegreiflich, daß ein Gesicht und eine Stimme uns so erregen können. O Mädchen, Mädchen; sieht er nicht aus wie der Sohn eines der Unsterblichen — wie er dasteht — zwischen den goldenen Kerzenhaltern?

JESUS: Ich bin das Licht der Welt! Wer mir folgt, wird nicht wandeln in der Finsternis, sondern das Licht des Lebens haben.

MENGE: Gesegnet sei Jesus, der Prophet Israels.

JESUS: Wenn ihr aber meine Worte behaltet, dann seid ihr wahrhaft meine Jünger, denn dann werdet ihr die Wahrheit wissen und die Wahrheit wird euch frei machen.

ZWISCHENRUFER: Hört nicht auf ihn, er ist ein Lügner!

(Tumult)

He, du Nazarener Prophet! Wir sind Kinder Abrahams und sind niemals irgendwessen Sklaven gewesen!

JESUS: Ich weiß, daß ihr von Abraham stammt, aber ihr seid nicht seine wahren Söhne! Denn es sind etliche unter euch bereit, mich zu töten, weil ich euch die Wahrheit sage; und Abraham hätte das nie gewollt. Wie der Vater ist, so sind die Söhne — eure Taten zeigen, wes Geistes Kinder ihr seid.

ZWISCHENRUFER: Wir sind echte Israeliten und haben nur einen Vater. Wir sind Kinder Gottes!

JESUS: Wenn Gott euer Vater wäre, würdet ihr mich lieben! Denn ich komme von Gott und bin von Gott gesandt. Darum aber, daß ihr nicht hören wollt, versteht ihr mich nicht. Ihr seid die Kinder Satans, und ihr tut des Teufels Werk.

ZWISCHENRUFER UND GENOSSEN: Nieder mit ihm! Tötet ihn!

JESUS: Ihr wollt mich morden? Der Teufel ist ein Mörder von Anbeginn! Er haßt die Wahrheit, weil keine Wahrheit in ihm ist. Seine lügenhaften Worte kommen aus ihm selber, denn er ist die Lüge und der Vater der Lüge. Aber wenn ich euch Gottes Wahrheit künde, dann wollt ihr mir nicht glauben. Warum nicht? Gottes Kinder hören auf sein Wort — aber ihr wollt die Wahrheit nicht hören, weil ihr nicht seine Kinder seid.

ZWISCHENRUFER: Hört ihr ihn? Hört ihr diesen wahnsinnigen ketzerischen Samariter? Es bedeutet den Tod, solchen Worten zuzuhören.

JESUS: Wahrlich, wahrlich ich sage euch: So jemand mein Wort wird halten, der wird den Tod nicht sehen ewiglich!

(Tumult)

ZWISCHENRUFER: Jezt wissen wir, daß du wahnsinnig bist! Abraham ist tot und die Propheten sind tot — und jetzt sagst du, daß jemand, der dein Wort hält, den Tod nie sehen wird! Was für ein ungeheuerlicher Anspruch ist das! Wer bist du denn? Wer glaubst du eigentlich zu sein?

JESUS: Wenn ich euch sage, wer ich bin, dann geschieht es nicht zu meiner eigenen Ehre. Meine Ehre kommt von meinem Vater, von Ihm, den ihr euren Gott nennt. Abraham, euer Vater, frohlockte, daß er meinen Tag sehen sollte; und er sah ihn und freute sich.

ZWISCHENRUFER: Du bist noch keine fünfzig Jahre alt — und du hast Abraham gesehen?

JESUS: Wahrlich, wahrlich ich sage euch — ehe denn Abraham ward, *BIN ICH.*

(Ein Augenblick der Erstarrung, dann bricht ein Höllenlärm los)

MENGE: Gotteslästerung! Gotteslästerung! Frevel! Entweihung! Er hat Gottes Namen mißbraucht! Nieder mit dem Gotteslästerer! Fort mit ihm! Reißt ihn von den Stufen herunter! Steinigt ihn zu Tode! Steine! Steine! Steine! *(*FRAUEN *kreischen)*

CLAUDIA: Alle Himmel! Sie werden ihn umbringen! Holt die Wachen! Wo ist mein Begleiter?

(Der Lärm der MENGE *bleibt bis zum Ende der Szene)*

BEGLEITER DER CLAUDIA: Wir müssen sehen, daß wir hier fortkommen, Herrin! Diese verfluchten Judenhunde! Es wird einen Aufruhr geben. Kutscher, gib den Pferden die Peitsche!

MENGE: Aus dem Weg, da! Steine her! Steine!

SKLAVEN: Zurück da! Macht Platz! Fort von den Pferden! Wache! Wache! Aus dem Weg, ihr Hunde!

(Peitschenknallen — Aufschreien)

CLAUDIA: Halt! Halt! Ich muß vermitteln ... wir können den Mann doch nicht erschlagen lassen!

BEGLEITER: Er ist ihnen entwischt! Herrin! In der allgemeinen Aufregung ist er entkommen. Jetzt ist er in Sicherheit.

CLAUDIA — EUNICE — REBEKKA: Gott sei gedankt!

(Während die Geräusche verklingen, hört man den Marschtritt der RÖMISCHEN WACHE)

DER EVANGELIST: Und Jesus sagte: „Glaubet nicht, daß ich gekommen bin, um Frieden auf Erden zu bringen, — ich bin nicht gekommen, Frieden zu bringen, sondern das Schwert."

SIEBENTES SPIEL

DAS LICHT UND DAS LEBEN

Der EVANGELIST
JESUS
LAZARUS, MARTHA, MARIA MAGDALENA — Freunde Jesu
JOHANNES, *des Zebedäus Sohn*
JAKOBUS, *des Zebedäus Sohn*
SIMON PETRUS
THOMAS DER ZWILLING
MATTHÄUS DER ZÖLLNER
JUDAS ISCHARIOT — Jünger Jesu
JAKOB, *Sohn des Isaschar, ein Blindgeborener*
ISASCHAR, RAHEL — seine Eltern
Erster ÄLTESTER
Zweiter ÄLTESTER
Dritter ÄLTESTER
Vierter ÄLTESTER — *Mitglieder des Rates der Synagoge*
SCHREIBER *des Kirchenrats*
KAIPHAS, *Hoherpriester von Israel*
JOSEPH VON ARIMATHIA
NIKODEMUS
SCHADRACH
Erster ÄLTESTER
Zweiter ÄLTESTER
Dritter ÄLTESTER — *Mitglieder des Hohen Rats*
SCHREIBER *des Hohen Rats*
Erster TRAUERNDER
Zweiter TRAUERNDER
Dritter TRAUERNDER
Vierter TRAUERNDER
Erster PHARISÄER
Zweiter PHARISÄER
Eine FRECHE STIMME
Ein BAUER
Erster ZELOT
Zweiter ZELOT
UNTEROFFIZIER DES RÖMISCHEN HEERES
KAVALLERIE-HAUPTMANN

DAS SPIEL

Die erste Hälfte des Spiels bringt die Stille vor dem Sturm. Die erste Szene (im Hause des Lazarus) ist heiter und fast lyrisch; die Szene im Hof der Synagoge und die zwischen Jakob und seinen Eltern müssen mit Schwung und Humor gespielt werden, die Szene auf der Straße mit heiterer Zuversicht — der Grundton ist: „Wir werden verfolgt und vielleicht umgebracht werden, aber das macht nichts; es ist uns der Mühe wert, und alles wird doch am Ende gut sein."

In der zweiten Hälfte zieht sich der Sturm zusammen! der friedliche Aufenthalt jenseits des Jordans wird plötzlich abgebrochen; die Jünger trauen dem Judas nicht mehr und sind verstört durch Jesu Leidensverkündigungen; Judas' Ausbruch zeigt, daß sein Glaube schon hoffnungslos zerstört ist; im Hintergrund scheint eine Verschwörung im Gange; die Auferweckung des Lazarus ist eine Art Kampfansage, ein Triumphruf über einen Abgrund von Furcht und Unglauben hinweg (der „Chor" der jüdischen Trauerversammlung sollte hier stilisiert werden).

Zweierlei Spannungen charakterisieren das Spiel: 1. die zwischen dem Willen zum Leben und dem Willen zum Tode. Jesus, Maria, Martha, Jakobus bejahen, jeder auf seine Weise, das Leben. Lazarus wendet sich davon ab und muß durch den Tod hindurch, um den Willen zum Leben zu finden. Auch Judas bezeugt auf seine Weise den Willen zum Tode, indem er verlangt, daß Jesus das Opfer um des Opfers willen bringt. 2. der Gegensatz zwischen Vertrauen und Mißtrauen. Auf der einen Seite ist Lazarus, der den Willen zum Leben nur dadurch gewinnen kann, daß er Jesus erkennt und an ihn glaubt, und auch das kühne und einfache Vertrauen des Jakob. Auf der anderen Seite haben wir den mißtrauischen Verdacht des Judas, den halben Glauben der beiden Schwestern und ihrer jüdischen Freunde und die Furchtsamkeit des Nikodemus und des Joseph von Arimathia, die (im Gegensatz zu Jakob) nicht bereit sind, um ihrer Überzeugung willen der Obrigkeit zu trotzen.

PERSONEN

JESUS: Die obigen Anmerkungen geben eine klare Linie für Jesus. In der ersten Szene ist die ruhige Menschlichkeit und Vernunft im Umgang mit Martha und Maria von dem starken Gefühl des „Gottesbewußtseins“ durchdrungen (in der Rede über „Wort und Weisheit“ in der Welt). Das ist auch wieder so in der Szene mit Jakob; dieser sagt: „Stellt euch vor, ihr sähet den Mond zum erstenmal ...“, und die Antwort ist: „Gott sah an alles, was er gemacht hatte ...“, und begreift in sich, daß das Jesu eigene Erfahrung war. Als er zu den Pharisäern über den „Guten Hirten“ spricht, ist er vollkommen heiter und zuversichtlich — „so bin ich, und ihr könnt mir nichts tun, als was ich zulasse“. — In der zweiten Hälfte ändert sich der Ton. Jesu Herausforderung an Judas ist kompromißlos und wird mit mißtrauischem Schweigen hingenommen. Er erklärt Martha gegenüber: „Ich bin die Auferstehung und das Leben — glaubst du das?“, und erhält zur Antwort eine ganz verständnislose Zusicherung konventionellen Glaubens: „Ich glaube, daß du der Christ bist —“. Es ist ein Glaube, der vielleicht einstweilen ausreicht, aber er geht am Wesentlichen vorbei. Maria geht weiter — sie glaubt, daß der Tod Jesus nichts anhaben kann; aber in seiner augenfälligeren Bedeutung wird dieser Glaube durch den Unglauben der Welt verfälscht werden, und Jesus „stöhnt innerlich“. Sie müssen erfahren, daß „Auferstehung und Leben“ nicht heißen, dem Tode entgehen, sondern durch den Tod zum Leben eingehen. Nur der Glaube des Lazarus, der durch den Tod hindurchgegangen ist, ist zuverlässig; und Lazarus ist bereit, wie er versprochen hatte, „um des Meisters willen zu leben“. Die Worte: „Lazarus, komm heraus!“ sind ein Aufruf nicht nur zum Glauben, sondern in gewissem Sinne zum Opfer; und diesem Aufruf wird wirklich Folge geleistet. Aber es ist ein harter Triumph.

LAZARUS: ist von Natur melancholisch — sanft, liebenswert, aber nicht sehr lebenskräftig. Er fühlt sich zu starken, lebensvollen Menschen hingezogen, obwohl er, glaube ich, vor Martha etwas Angst hat; Maria ist seine Lieblingsschwester. Er hat ein zärtliches Wesen, und das bewahrt ihn vor Egoismus, obwohl er ganz deutlich zuviel über sich selbst nachdenkt und sich ein wenig zu gern hat. Nach seiner Auferweckung ist er vollkommen verändert; die wenigen Worte, die er zu sprechen hat, brechen triumphierend und mit überwältigendem Vertrauen aus ihm hervor.

MARTHA ist kein komplizierter Charakter. Fast würde der Begriff der „tüchtigen Hausfrau" sie erschöpfend umschreiben, wenn sie nicht einer guten, kräftigen, ehrlichen Selbsterkenntnis fähig wäre — sofern sie Zeit zum Nachdenken findet. Was sie in Jesus durchfühlt, ist „die Wahrheit", und auf diesen Prüfstein reagiert sie mit einer blitzartigen Erkenntnis ihrer selbst. Ihr Glaube ist wahrscheinlich ziemlich konventionell: der unerhörte Satz über „die Auferstehung und das Leben" bringt bei ihr nur eine förmliche Erklärung ihres Glaubens an Jesus als den Messias hervor — das hat sie begriffen, aber die theologische Bedeutung geht über ihren Horizont. Wenn sie sagt, daß, wenn Jesus früher gekommen wäre, Lazarus *nicht tot daliegen* würde, so denkt sie nur daran, daß Jesus die Krankheit des Körpers geheilt hätte. Sie weiß, daß Jesu Gebete „selbst jetzt noch" viel vermögen; so sagt sie, aber der „gesunde Menschenverstand" überwiegt doch wieder; schließlich ist Lazarus schon eine ganze Weile tot, und es ist ihr nicht klar, was der Messias da noch machen kann.

MARIA sprüht vor Leben. Nichts — nicht einmal die Reue — kann ihre Lebensgeister lange niederhalten. Früher hat sie falsche Dinge geliebt, jetzt liebt sie die richtigen; aber beides leidenschaftlich, und sie tut auch nicht so, als ob die alten, unwürdigen Freuden gar keinen Reiz gehabt hätten. Sie sieht in Jesus „das Leben", das strahlende Licht der höchsten Lebendigkeit, neben dem Tand und Flitter nicht bestehen können. Sie ist quecksilbrig, lacht und genießt leicht und weint auch leicht; sie kann mit den kleinen Schwierigkeiten des Lebens spielend fertig werden (wenn z. B. einmal die Rationen ausblieben, würde sie es fertigbringen, daß alle gekochte Kartoffeln äßen und es lustig fänden). Wenn sie sagt: „Wenn du eher gekommen wärest, wäre Lazarus *nicht gestorben*", so meint sie wörtlich, daß es ihm gar nicht eingefallen wäre, zu sterben, denn in Jesu Gegenwart hätte er nicht sterben können, niemand könnte das.

JOHANNES, JAKOBUS, SIMON PETRUS: Nichts Besonderes, außer daß die schlechten Gefühle wegen Judas bei Johannes allmählich zur wirklichen Abneigung werden.

THOMAS: der Pessimist, wie gewöhnlich; aber treu ergeben.

MATTHÄUS: auch wie gewöhnlich, entdeckt sofort, daß mit dem Gelde etwas nicht stimmt. Er ist zu sehr an solche Dinge gewöhnt, um sehr überrascht und abgestoßen zu sein. In solchen Angelegenheiten ist er Realist. Er weiß aus Erfahrung, daß man tun muß, als ob nichts geschehen wäre, solange man nichts beweisen kann: Augen auf und Mund zu.

JUDAS: Es tut mir leid, daß er wegen ein paar Sätzen heran muß, aber es scheint wichtig, daß er sich an dieser Stelle äußert. Was er sagt, wird etwas rätselhaft erscheinen; die Erklärung kommt im nächsten Spiel. Tatsächlich hat er (ganz mit Recht) den Verdacht, daß der doppelzüngige Baruch und seine Anhänger in den Bergen einen Staatsstreich mit Jesus als Mittelpunkt planen, und (ganz ungerechtfertigt) den Verdacht, daß Jesus der Versuchung nachgibt. Judas hat Baruchs Anhänger bestochen, daß sie ihn auf dem laufenden halten — dafür hat er das Geld aus der Opferbüchse gestohlen. Er hat sich in einen Zustand hineingesteigert, wo es ihm ganz unmöglich ist, Jesus überhaupt noch ein Wort zu glauben; selbst offene Leidens- und Todesverkündigungen erscheinen ihm als Heuchelei. Er quält sich wirklich sehr, aber er ist im gleichen Zustand wie ein eifersüchtiger Ehemann, dessen Verdacht durch Unschuldsbeteuerungen nur verstärkt wird. Man kann nur noch zu ihm sagen: „Vertraust du mir oder nicht?" — und darauf kann er nicht mit einem Vertrauensbekenntnis antworten. Von diesem Augenblick an wird alles, was geschieht, seinen Verdacht bestätigen, und es wird immer schlimmer mit ihm, bis er ein unsagbares Verbrechen begeht und ihm klar wird, was er getan hat. Wie Othello kann er erst an die Unschuld glauben, wenn er sie umgebracht hat.

JAKOB, DER BLINDE: Er ist etwa 40 Jahre — und das Salz der Erde! Seine Vitalität und sein Humor bringen großen Schwung in die Szene mit den Ältesten und auch in die mit seinen Eltern. Er ist sehr gescheit, weiß gut Bescheid in Dingen seiner Religion und ergreift sehr schnell das Wesentliche einer Situation: „Ich weiß bloß eins: ich war blind, und jetzt kann ich sehen", „Wenn Gott gute Menschen erhört und schlechte nicht, dann ist Jesus gut, denn Gott erhört ihn", „Du bist der Messias, natürlich vertraue ich dir". Die dreißig Jahre seines Bettlerdaseins haben ihn zum guten Menschenkenner gemacht; er ist ganz furchtlos, und wenn er etwas Gutes gefunden hat, hält er es fest. Auch ist etwas vom Dichter in ihm, so daß er den Mond sehen kann „so neu wie an dem Tage, an dem er geschaffen wurde". Er hat mit Matthäus manches gemein, aber sein Humor ist rauher und gewitzigter; die Hoheit und Güte Jesu überraschen ihn nicht — er erkennt sie sofort als ihm zugehörige Eigenschaften.

DIE ÄLTESTEN: Dies sind nicht die wirklich großen Herren, sondern bloß die Leiter der Synagoge einer kleinen Stadt, sozusagen der Bezirksvikar und der Kirchenrat. Der erste Älteste ist der Vorsitzende bei der Verhandlung. Der dritte Älteste ist feig — die anderen mehr giftig.

JAKOBS ELTERN: In diesen eingeschüchterten, arbeitsamen, anständigen Leuten erkennt man die Macht der offiziellen religiösen Organisation. Ihr enges Leben wird von Kirche und Konsistorium regiert, ihr Lebensunterhalt hängt davon ab, daß die Ältesten keinen Anstoß an ihnen nehmen — wer würde Gemüse kaufen bei einem Mann, der bei der Synagoge in Ungnade ist, oder seiner Frau die Wäsche zu waschen geben? Nicht einmal ein Wunder kann ihnen den Mut geben, der Obrigkeit zu trotzen. Sie haben nur ein Ziel — nicht aufzufallen, kein Ärgernis zu geben. Sie wollen für nichts die Verantwortung übernehmen. Natürlich haben sie viel von Jesus von Nazareth gehört — aber das werden sie glatt ableugnen, sobald sie wissen, daß er bei den Ältesten nicht *persona grata* ist. Der Vater entschädigt sich für seine Feigheit, indem er zu Hause den Wüterich spielt. Die Mutter ist ein geborenes Klageweib und jammert immerfort.

NIKODEMUS, JOSEPH VON ARIMATHIA: Diese hängen Jesus im Geheimen an, und ihr Gewissen zwingt sie zu einem Versuch, ihn vor seinem Schicksal zu bewahren. Aber wenn es darauf ankommt, wagen auch sie keinen offenen Bruch mit der kirchlichen Obrigkeit. Sie sind reiche, angesehene Mitglieder des Hohen Rates, und die Vorstellung, daß sie wie irgendein Habenichts öffentlich angeprangert werden könnten, ist mehr als sie ertragen können. Aber sie sind in ihren Grenzen aufrichtig, und ihre Vorhaltungen sind leidenschaftlich ernst.

KAIPHAS: weiß natürlich genau, in welche Lage er Leute wie Nikodemus und Joseph bringen muß. Er nagelt sie dauernd auf die entscheidende Frage fest, ob Jesus der Messias ist, und zwingt sie in eine Stellung, wo sie entweder offen rebellieren oder klein beigeben müssen.

DIE TRAUERVERSAMMLUNG in Bethanien sollte, finde ich, besserer Wirkung halber aus einem gemischten Chor (Männer und Frauen) bestehen, ob das nun der jüdischen Sitte entspricht oder nicht. Das „Klagen“ kann als eine Art Zwischenmusik jeweils den Ablauf einer Zeitspanne andeuten.

ERSTE SZENE
(BETHANIEN, IM HAUSE DES LAZARUS)

DER EVANGELIST: Es lebte nun in dem Flecken Bethanien bei Jerusalem ein Mann namens Lazarus mit seinen Schwestern, Martha und Maria. Maria aber war eine große Sünderin gewesen, bis sie Jesus gefunden hatte, und nun, als er bei ihnen weilte, saß sie zu seinen Füßen und lauschte seinen Worten. Martha indessen machte sich viel zu schaffen im Hause ...

JOHANNES: Hier, Martha — jetzt ist er wieder in Ordnung.

MARTHA: Fein, Johannes bar-Zebedäus, ich wünschte nur, alle wären so hilfsbereit wie du. Jetzt muß ich aber ans Kochen denken. Wie viele sind wir denn zum Abendessen? — Der Rabbi und du — und wir drei — sind fünf.

JOHANNES: Und Simon Petrus und Jakobus — wenn sie rechtzeitig von Jerusalem zurückkommen ...

MARTHA: Sieben — hoffentlich vergißt Jakobus die Gewürze nicht!

JOHANNES: Er wird schon dran denken. Kann ich dir noch helfen?

MARTHA: Nein, danke, bist beurlaubt! Der Rabbi ist mit Maria und Lazarus im Hof — *(geht hinaus)* Abigail! Beeile dich mit den Erbsen! — *(ruft aus einiger Entfernung)* Du, Johannes!

JOHANNES: *(näher am Mikrophon)* Ja?

MARTHA: Mag der Rabbi Feigenfüllung oder lieber Datteln? Oder soll ich einfach Rosinen nehmen und ein paar Oliven?

JOHANNES: Feigen, glaube ich. *(zu sich selber)* Arme Martha, sie macht immer solche Umstände — *(laut)* Hallo, ihr! Spät geworden!

MARIA: Komm und setz dich, Johannes! Du siehst ganz erhitzt aus.

JOHANNES: Das kommt vom Küchenfeuer. Ich habe den Bratspieß wieder instand gesetzt, aber es war gar nicht viel dran.

MARIA: Ach, das hätte doch noch bis morgen Zeit gehabt. Hier — wir haben dir etwas Scherbet aufgehoben.

JOHANNES: Danke dir, Maria. Es ist herrlich hier draußen und so kühl. Ich finde immer die Zeit des Sonnenuntergangs die schönste Stunde des ganzen Tages.

MARIA: Und der Herbst ist die schönste Jahreszeit. Sieh nur das Weinlaub, wie das Licht so ganz fein durchschimmert — und den Tanz der Schatten auf dem Pflaster ...

LAZARUS: Der Wein wird nicht mehr lange grün sein — die Blätter beginnen schon zu fallen.

MARIA: Sie sind schön, wenn sie fallen — rot und golden und braunrot, und am Rande ganz spröde und zusammengerollt. Wenn der Wind sie über den Boden bläst, dann rascheln sie, als ob sie sich ein kleines, lustiges Geheimnis erzählten ... Aber Lazarus ist im Herbst immer schwermütig. Rabbi, sag doch meinem Bruder, daß er viel fröhlicher sein sollte!

LAZARUS: Worüber soll man sich freuen in einer Welt wie dieser? Es gibt viel Arbeit und Unruhe und Furcht und zages Lachen, und alles, was man sich erhoffen darf, ist Ruhe — und das ist vielleicht schon zu viel verlangt! Ich meine immer, daß der Kern des göttlichen Mysteriums etwas Schreckliches sein muß. Ist es nicht so, Rabbi? Ist nicht die Furcht des Herrn der Beginn der Weisheit?

JESUS: *(träumerisch)* Als Er die Grundlage der Erde festlegte, da war ich bei Ihm — als alle Dinge erschaffen wurden, und ich war voller Wonne Tag um Tag, spielend vor Ihm und in der Welt und war glücklich unter den Söhnen der Menschen.

JOHANNES: *(ein wenig erschreckt — denn es klingt fast nach Autobiographie)* Meister — von wem wurde das gesagt?

JESUS: Vom Wort und der Weisheit Gottes.

LAZARUS: So tief geht die Freude? Bis ins Fundament der Welt? Ich will es versuchen — aber ich bin nicht leichtblütig von Natur.

MARIA: Wirklich nicht. Schon als Junge warst du ruhig und

melancholisch — mein ernster, älterer Bruder. Du hast immer versucht, meinen wilden Sinn zu zähmen. Wenn ich auf dich gehört hätte — nie hätte ich so schwer gesündigt! Aber es gab so viel — so viel Schönes, über das man sich freuen konnte! Ich habe die Schönheit der Welt so sehr geliebt. Ich liebte die Lichter und das Lachen, Juwelen und Duft und Gold. Ich liebte den Beifall der Leute, wenn ich vor ihnen tanzte und sie alle entzückte ... mit weißen Lilien in meinen roten Locken.

LAZARUS: Du hast immer das Leben geliebt!

MARIA: Ja — aber ich habe nicht die richtigen Dinge geliebt — und auf falsche Art — bis ich die bessere fand.

JESUS: Und weil die Liebe so groß war, wurde die Sünde vergeben.

MARIA: Lieber Rabbi — das hast du mir gesagt, als ich dir zu Füßen sank — im Hause Simons des Pharisäers ... aber weißt du auch, daß meine Begleiterinnen und ich eigentlich gekommen waren, um uns über dich lustig zu machen? Wir glaubten, du wärest einer von diesen grämlichen, bitteren Leuten, die alle Schönheit hassen und das Leben wie einen Feind ansehen. Aber als ich dich dann sah, war ich sehr erstaunt. Du warst der einzige unter allen Anwesenden, der richtig und wirklich lebendig schien! Wir anderen waren nur halb da — wir bewegten uns wie Marionetten, die so tun, als wären sie richtige Menschen. Nicht wir waren es, die lebten — sondern du — und das Leben in dir war so stark und leuchtend wie die flammenden Strahlen der aufgehenden Sonne, vor denen unsere Kerzen zu blassen Schatten verbleichen. Und ich weinte und schämte mich, denn ich sah, was ich war: wertloser Plunder. Als du aber dann zu mir sprachst, da fühlte ich die leuchtende Sonne im Herzen. Zum erstenmal lebte ich wirklich und bewußt — und nun liebe ich das Leben um so mehr — weil ich gelernt habe, es zu verstehen.

JESUS: Das ist es, weshalb ich gekommen bin. Ich kam, damit die Menschen ihr Leben erfassen und ganz ihr eigen nennen lernen!

LAZARUS: Rabbi, das stimmt. Ich fühle es auch in dir — diese ungeheure Lebenskraft, an der man sich wärmen kann wie an einem Feuer. In deiner Gegenwart kann — glaube ich — wohl niemand dem Tod verfallen — nicht einmal ich. Und ich bin sicher nicht wie Maria! Ich halte das Leben nur mit einer Hand, und nicht einmal mit sehr festem Griff. Wenn der Tod einmal ganz still zu mir käme, wenn du nicht da bist — ich glaube, ich würde nicht kämpfen, sondern schweigend mit ihm gehen — und nicht einmal ungern.

JESUS: Liebst du mich so wenig, Lazarus?

LAZARUS: Ich liebe dich von Herzen. Wenn ich sage, daß ich für dich sterben würde, ist das gar nichts. Ich könnte beinahe für dich leben, wenn du mich darum bätest.

JOHANNES: O Meister! Nimm ihn beim Wort! Sieh, Lazarus — jetzt hast du deine Schwester zum Weinen gebracht!

LAZARUS: Das tut mir leid. Ich fürchte, ich bin ein deprimierender Gesellschafter. Macht euch nichts draus, bitte. Wisch' dir die Augen, Maria — Martha kommt, und sie wird mit dir schelten, wenn sie dich in Tränen sieht.

MARTHA: *(kommt wie ein unruhiger Geist)* Jetzt hat doch dies unvorsichtige Mädel die große gelbe Kanne zerbrochen — und an der Speisekammertür stimmt auch etwas nicht, sie klemmt beim Schließen — ich möchte wissen, wie lange Petrus und Jakobus noch ausbleiben — der Braten wird pulvertrocken werden — und Maria, ich möchte wirklich wünschen, daß du dich wenigstens ein bißchen für den Haushalt interessiertest — es ist viel zuviel Arbeit für nur ein Paar Hände, und die Abigail ist überhaupt keine Hilfe für mich — es ist ganz in der Ordnung, wenn die Männer herumsitzen und den ganzen Tag reden und diskutieren, aber eine Frau gehört in die Küche. Rabbi, willst du der Maria nicht zureden, daß sie mir nicht alle Arbeit überläßt? Meinst du nicht auch, daß das nicht ganz fair ist? Bitte, sag ihr doch, daß sie kommt und hilft.

JESUS: Liebste Martha, du bist eine grundgütige Seele! Du arbeitest hart und gibst dir so viel Mühe um alles — außer — vielleicht — um das wichtigste von allen Dingen — um das Maria sich müht. Sie hat den besseren Teil erwählt, und du mußt ihn ihr nicht nehmen.

MARTHA: Rabbi, ich mißgönne Maria gewiß nichts — aber ich denke doch, daß es nicht ganz gerecht ist. Sie war schließlich lange genug von Hause fort, und — wenn man so — alles — in Betracht zieht, dann könnte sie doch wirklich wenigstens ...

JESUS: Martha, können deine Kochtöpfe einmal fünf Minuten ohne dich auskommen?

MARTHA: *(unwillig)* Sicher doch, ich denke schon ...

JESUS: Dann höre bitte einmal für einen Augenblick auf, dich darum zu sorgen, und denke nach. Setz dich doch. Erinnerst du dich an die Geschichte, die ich dir erzählte, als ich zum erstenmal zu euch kam?

MARTHA: An dem Tag, an dem du uns Maria zurückbrachtest? Von dem jüngeren Sohn, der von zu Hause fortlief, um das Leben kennenzulernen — und der all sein Geld vertat und zum Schluß Schweine hüten mußte? Und dann kam die Reue, und er kehrte nach Hause zurück und sein Vater vergab ihm?

JESUS: Ja, diese Geschichte meine ich. Habe ich dir auch von seinem älteren Bruder erzählt?

MARTHA: Das Ende war, daß der Vater dem Heimgekehrten ein Fest gab.

JESUS: Gut. Der ältere Sohn arbeitete die ganze Zeit auf dem Felde, und als er nun nach Hause kam, war er sehr überrascht, Musik zu hören und Tanz und den fröhlichen Festlärm. Da rief er einen der Knechte zu sich und fragte: Was ist denn los? Und der Knecht sagte: Ihr Bruder ist heimgekehrt, Herr, und Ihr Vater hat das gemästete Kalb geschlachtet vor Freude, ihn gesund wiederzuhaben. Da wurde der ältere Bruder zornig und wollte nicht hineingehen und blieb verdrießlich draußen sitzen, bis sein Vater kam und ihn bat, sich am Fest zu beteiligen. „Sieh mal, Vater", sagte der junge Mann, „ich habe jetzt die ganzen Jahre für dich gearbeitet und bin dir ein guter Sohn gewesen, aber du hast mich nicht einmal auch nur ein Zicklein schlachten lassen, um mit meinen Freunden zu feiern. Und jetzt kommt mein Bruder, der dein Geld in schlechter Gesellschaft durchgebracht hat, und du gehst hin und schlachtest ihm das Mastkalb. Es ist einfach nicht fair." Und der Vater sagte: „Mein Sohn, du bist allezeit bei mir, und alles, was ich habe, gehört dir auch. Aber es ist ganz richtig, daß wir heute fröhlich und guten Mutes sind, denn dein Bruder, den wir alle für tot gehalten hatten — dein Bruder lebt! Er war verschollen und nun haben wir ihn wiedergefunden."

MARTHA: *(aus der Fassung gebracht)* O Rabbi! Habe ich mich wirklich so häßlich benommen?

MARIA: *(schmerzlich berührt)* Nein, nein, nein! Rabbi — nie hat sie das. Sie und Lazarus waren rührend lieb zu mir.

MARTHA: Ich weiß nicht — vielleicht habe ich doch — ein wenig — übelgenommen. Nicht äußerlich — aber tief im

Unterbewußtsein. Ich war sehr mit mir zufrieden, weißt du, daß ich mich viel großzügiger gab, als ich eigentlich fühlte. Wenn man immer so im Hause hockt, wird man ein bißchen engherzig und kleinlich. Ein bißchen ... ja, Rabbi, ich weiß schon, was du sagen willst — sag's nicht, bitte!

JESUS: Gut, ich werde es nicht sagen!

MARTHA: „Selbstzufrieden" — ich sehe es in deinem Gesicht! ... Maria, Kleines, laß gut sein, er hat ja recht — und es tut mir leid. Ach — kommt schon, wir wollen hineingehen und nicht länger auf die anderen warten. Wenn ihr Abendessen kalt wird, ist es ihre eigene Schuld, wenn sie sich so verspäten ...

JAKOBUS: *(kommt mit Petrus)* Wer sagt, daß wir uns verspäten? Pünktlich zurück sind wir — den halben Weg sind wir gelaufen ...

PETRUS: Wir wollten schon eher aufbrechen, aber der ...

MARTHA: Hast du die Würze mitgebracht?

JAKOBUS: Klar — — Meister — der Blinde, den du gestern geheilt hast ...

JESUS: Ja, was ist mit ihm?

PETRUS: Die Pharisäer sind furchtbar aufgebracht ...

JAKOBUS: Sie haben den Mann und seine Eltern vor den Synagogengerichtshof geholt und — — —

MARTHA: Kommt doch erst mal zum Essen, — nachher könnt ihr so viel reden, wie ihr wollt!

PETRUS: Und in den Basaren wird erzählt, daß ...

ZWEITE SZENE (JERUSALEM)

Erster Abschnitt

(Sitzung des Synagogengerichts)

ERSTER ÄLTESTER: Also wollen wir das erst einmal festhalten: Du gibst an, Jakobus ben-Isaschar zu heißen — blind seit deiner Geburt zu sein und deinen Lebensunterhalt durch Bettelei zu bestreiten.

JAKOB: Stimmt genau! Blind seit meiner Geburt — bis gestern! Mich kennt jeder! Ich habe meinen Platz an der Ecke der Tempelstufen seit dreißig Jahren.

ERSTER ÄLTESTER: Dann erzähle uns genau, was sich zugetragen hat.

JAKOB: Also ich saß gestern nachmittag wie immer an meinem Stammplatz.

ZWEITER ÄLTESTER: Gestern. Das war also am Sabbath.

JAKOB: Klar. Ich saß auf meinem Platz und da höre ich doch einen Haufen Männer näherkommen. So Stücker zehn — zwölf mögen es wohl gewesen sein. Einer schmeißt 'nen Pfennig in meine Schale und sagt dabei: Rabbi Jesus, warum ist dieser arme Mann blind geboren? Ist das, um ihn für eine Sünde seiner Eltern zu bestrafen, oder hat er selber in einer früheren Eks — Eks — oder was es war ...

ERSTER ÄLTESTER: In einer früheren Existenz?

JAKOB: Das isses. Eksistenz. Bevor ich geboren war, meinte er wohl. Und da sagte der andere Herr zu ihm: „Weder er noch seine Eltern haben gesündigt, sondern es ist bestimmt, daß Gottes Werke an ihm offenbar würden.“ Und dann sagte er: „Ich muß die Werke dessen, der mich gesandt hat, vollbringen, solange es Tag ist, denn bald kommt die Nacht, in der niemand wirken kann.“ Ziemlich traurig sagte er das und fügte hinzu: „Solange ich in der Welt bin, bin ich das Licht der Welt.“

DRITTER ÄLTESTER: Was wollte er damit sagen?

JAKOB: Woher soll ich das denn wissen? — und dann kam der Herr — der, den sie Jesus nannten — ganz dicht vor mich hin und legte was auf meine Augen — wohl Lehm oder Ton oder so was — und sagte zu mir: „Geh zum Teich Siloah und wasch dich."

ZWEITER ÄLTESTER: Sonst nichts?

JAKOB: Kein Wort.

ERSTER ÄLTESTER: Hat er nicht gesagt, daß du sehend werden würdest?

JAKOB: Nix. Nur was ich gesagt habe.

ZWEITER ÄLTESTER: Warum bist du denn dann hingegangen?

JAKOB: Weiß ich auch nicht — aber von seiner Stimme her hatte ich so'n Gefühl, als käme was Gutes. Stimmen bedeuten einem viel, wenn man blind ist, nich? Da bin ich zum Teich gegangen und hab mich deftig gewaschen, und wie ich all den Lehm runter hatte — da konnte ich sehen ... Herr Gerichtshof — das war komisch. Ganz komisch war das. Nie in meinem Leben hatte ich was gesehn, nich? Zuerst, da wußte ich gar nich, was ich mit mir anfangen sollte — da bin ich herumgetorkelt wie hilflos. Aber ich hab's schnell gelernt. Junge, ist das fein — so die Leute *sehen* können und die Stadt und den gesegneten Himmel und die Bäume auch. Ihr wißt gar nich, wie gut es euch geht, wenn ihr sehen könnt.

ERSTER ÄLTESTER: Zweifellos, zweifellos ... und es war also am Sabbath, sagst du.

JAKOB: Stimmt — ein gesegneter Sabbath war es für mich.

ZWEITER ÄLTESTER: Ein klarer Fall von Schändung des Sabbath.

ERSTER ÄLTESTER: Dieser Jesus scheint ganz bewußt alle anständigen Menschen vor den Kopf stoßen zu wollen.
Er hätte ja schließlich diesen Mann genau so gut an einem andern Wochentage heilen können.

JAKOB: Je besser der Tag, um so besser das Tun, was?

VIERTER ÄLTESTER: Unsinn. Das paßt hier ja wohl wirklich nicht her!

ZWEITER ÄLTESTER: Jede Tätigkeit am Sabbath ist eine Sünde, gleichgültig, wie nützlich das Ergebnis dieser Tätigkeit auch sei. Dieser Mann Jesus ist ein notorischer Sabbathschänder und ein sehr übler Bursche.

JAKOB: Was iss er? Ich wollte man bloß, es gäbe mehr sonne üblen Burschen.

DRITTER ÄLTESTER: Jedenfalls muß ich sagen, daß — wenn die Wunder echt sind — was ich natürlich nicht behaupten möchte — aber *wenn* sie echt sind — wo hat denn dieser Jesus seine Macht her — wenn nicht von Gott?

ZWEITER ÄLTESTER: Vielleicht vom Teufel! Was weiß ich. Der Mann ist höchstwahrscheinlich ein Zauberer.

ERSTER ÄLTESTER: Viele Zauberer behaupten, Krankheiten heilen zu können.

ZWEITER ÄLTESTER: Und meistens ist es reiner Betrug. Ich wäre gar nicht erstaunt, wenn sich dieser Jakob als sein Spießgeselle herausstellte. Ich glaube noch gar nicht, daß er überhaupt jemals blind gewesen ist. Hat man ihn richtig und einwandfrei identifiziert?

GERICHTSSCHREIBER: Wir haben seine Eltern hier, Herr.

ERSTER ÄLTESTER: Sollen hereinkommen.

GERICHTSSCHREIBER: Jawohl, Herr! *(draußen)* Hier — ihr beiden! Reinkommen.

VATER UND MUTTER: Jawohl — gewiß — sofort. Schönen guten Tag, meine Herren Gerichtshof. Gottes Segen über Sie.

ERSTER ÄLTESTER: Eure Namen? Gebt mal die Vorladung her! Stimmt: Isaschar und seine Ehefrau Rachel aus der unteren Stadt. Sind das auch bestimmt die Richtigen?

GERICHTSSCHREIBER: O ja, Herr! Der Polizei gut bekannt, Herr. Ganz respektable Leute, Herr. Der Mann verhökert Gemüse, und die Frau wäscht.

ERSTER ÄLTESTER: Nun gut. Isaschar und Rachel: Ihr seht diesen Mann hier. Kennt Ihr ihn?

ISASCHAR: Das wäre ja wohl komisch, Herr, wenn wir den nicht kennen täten, wo er unser eigener Sohn ist.

RACHEL: Ja, hoher Herr, das ist unser Junge, der Jakob. Blind geboren, Herr, und hat die Sonne nie gesehen, bis gestern — da sind seine Augen geöffnet worden, Gott sei gepriesen dafür.

ERSTER ÄLTESTER: Blind geboren? Hm — wie erklärt Ihr Euch dann, daß er jetzt ausgezeichnet sehen kann?

ISASCHAR: Nu — das war ...

ZWEITER ÄLTESTER: Nimm dich in Acht! Wenn du lügst oder gar einer Verschwörung angehörst, um die Obrigkeit zu betrügen ...

RACHEL: Aber nein, Herr! Nein! Wir sind anständige Leute. Wir wissen, daß dies unser Sohn ist, und wir wissen, daß er bisher blind war. Aber wir wissen nicht, wieso er jetzt sehen kann — nein, das wissen wir nicht.

ERSTER ÄLTESTER: Wer hat seine Augen geöffnet? Wißt Ihr denn das?

ISASCHAR: Nein, Herr.

DRITTER ÄLTESTER: Habt Ihr mal von einem Mann namens Jesus von Nazareth gehört?

ISASCHAR: Bestimmt nicht, Herr!

RACHEL: Da wissen wir überhaupt nichts von.

ISASCHAR: Warum fragen Sie denn 'n Jakob nich? Der ist alt genug, um selber zu antworten, nich?

RACHEL: Ja, Herr! Jakob. Jakob wird es Ihnen sagen. Wir wissen nix.

ERSTER ÄLTESTER: Gut. Ihr könnt gehen. — Nun, Jakob, komm wieder hierher zurück ... ich beschwöre dich feierlich — beim erhabenen Namen Gottes — sprich die Wahrheit!

JAKOB: Jesus von Nazareth hat mir die Augen geöffnet, und das ist die reine Wahrheit.

ERSTER ÄLTESTER: Es ist unsere wohlüberlegte Ansicht, daß dieser Mann Jesus ein Charlatan und Betrüger ist. Willst du den Beschluß des Synagogengerichts anzweifeln?

JAKOB: Davon weiß ich nix. Ich weiß bloß, ich war blind und nun sehe ich fein.

ZWEITER ÄLTESTER: Aber wie willst du denn wissen, daß Jesus etwas mit der Heilung deiner Augen zu tun hatte? Wie hat er denn deine Augen geöffnet?

JAKOB: Das hab' ich doch alles schon mal erzählt. Haben Sie nich zugehört? Immer fragen Sie nur nach dem Rabbi Jesus. Wollen Sie seine Jünger wern?

ZWEITER ÄLTESTER: Was ist das für eine Sprache! Verächtlichmachung des Gerichts!

DRITTER ÄLTESTER: Hör mal zu, mein Lieber: *Du* magst ja ein Schüler von diesem Jesus sein, *Wir* aber folgen dem Gesetz Moses. Wir wissen, daß Gott zu Moses gesprochen hat, aber dieser Bursche Jesus — von dem weiß ja niemand, wer er ist oder wo er herstammt.

JAKOB: Ja, das ist komisch, nich? Sie wissen nich, wo er her ist — aber er hat genau gewußt, wie er meine Augen öffnet. Sie sagen, er ist ein übler Bursche — gut, sag' ich: Hört Gott denn die Gebete von üblen Burschen? „Natürlich nich", sagen sie. Hört Gott denn die Gebete von guten Menschen? „Ja", sagen sie, „das tut er". Nun — was iss? Seit die Welt steht, hat noch niemand einem die Augen geöffnet, wo blind geboren war — und niemand kann so was, außer, Gott hilft ihm, nich? Is doch klar!

ERSTER ÄLTESTER: Du bist in Sünde geboren und aufgewachsen. Hast du tatsächlich die Stirn, *uns* belehren zu wollen? Dafür wirst du exkommuniziert.

ZWEITER ÄLTESTER: Aus der Synagogengemeinde ausgestoßen!

VIERTER ÄLTESTER: Mit Schimpf und Schande.

ERSTER ÄLTESTER: Ist das Gericht mit diesem Antrag einverstanden?

ZWEITER ÄLTESTER: Ja.

DRITTER ÄLTESTER: Ja, im großen ganzen bin ich einverstanden. Ein derartiges Benehmen können wir nicht durchlassen.

VIERTER ÄLTESTER UND WEITERE: Einverstanden.

ERSTER ÄLTESTER: Jakob ben-Isaschar! Stehe auf, während ich den Gerichtsbeschluß der Exkommunizierung verlese: Im Namen Gottes, des Allmächtigen ...

(Worte verklingen)

Zweiter Abschnitt

(Jakobs elterliche Wohnung)

VATER: Unser Sohn aus der Gemeinde ausgestoßen! Was für 'ne Schande!

MUTTER: Wie können wir je wieder den Kopf hoch tragen?

VATER: Unser ganzes Leben lang sind wir wohl angesehen gewesen, jawohl. Es ist ein Wunder, daß du dich nich schämst, uns ins Gesicht zu sehen.

JAKOB: Das Wunder iss eher, daß ich mit meinen Augen überhaupt sehen kann. Das hast du woll schon vergessen.

VATER: Besser du wärest blind geblieben bis zu deinem Tode — als solche Schande über uns alle zu bringen.

JAKOB: Das is ja allerhand, vom eigenen Vater zu hören.

RACHEL: Warum hast du nur so frech mit den feinen Herren geredet?

VATER: Weshalb mußt du auch für diesen Jesus das Maul aufmachen! Konntste nich auch ruhig bleiben und sagen, du weißt von nix, genau wie wir?

MUTTER: Wo wir so vorsichtig waren mit den Herren ... *(Tränen)*

JAKOB: — und schobt es alles auf mich, wa?

VATER: Wir dachten, du hättest mehr Verstand in deinem Alter ... haste etwa gesagt, daß der Jesus der Messias wär?

JAKOB: Nee. Ich hab' gesagt, er wäre ein guter Mann und Gott wär' mit ihm, und das sag' ich noch. Oder denkt ihr, ich laß ihn von den Dickköppen schlecht machen nach dem, was er für mich getan hat?

MUTTER: Wie sprichst du denn von den gelehrten Herrn Gemeindeältesten?

VATER: Ich will keine Jünger von Jesus bei *mir* im Hause haben. Wenn du nicht wert bist, in die Synagoge zu gehen, biste auch nicht wert, in diesem Haus zu wohnen.

JAKOB: So denkst du? Nun weiß ich ja Bescheid! Da geh' ich eben und arbeite. Dank Gott — und Dank Jesus von Nazareth kann ich ja jetzt arbeiten. — Ich hätte es mir ganz nett gedacht, für euch zu werken — wo ihr ein ganzes Leben für mich geschafft habt ... hatte mich richtig darauf gefreut. Na, is gut. Tjüs Mutter. Tut mir leid, daß alles so gekommen is. Wiedersehen Vatter ... segnen tut ihr mich wohl nich, bevor ich geh?

VATER: Segnen? Du verdienst den Fluch eines Vaters, mein Lieber!

MUTTER: Oh, nich doch, Isaschar! Du wirst doch meinen Jungen nicht verfluchen!

VATER: Nur, wenn er sich beeilt, zu verschwinden.

JAKOB: Das ist immerhin etwas! Nochmals: Tjüs. *(geht)*

MUTTER: Jakob! Jakob! Wenn du nun zurückgehst zu den Ältesten und dich recht schön entschuldigst ...

JAKOB: Bei denen entschuldigen? Nich bei mir! Sag, Vatter, kannst du ...

VATER: Rraus! *(Tür knallt zu)*

JAKOB: Hm. Komische Welt — mitten in der Nacht aus dem eigenen Elternhaus rausgeschmissen ... ganz schön zu sagen: Ich wer arbeiten — aber wer gibt einem schon Arbeit, wenn man grade aus der Synagoge rausgeflogen is ... aber maulen hat denn ja wohl keinen Zweck — ich bin gesund — und ich kann sehen — und wer weiß ... Doch lausig schön, der Mond ... wenn ich so denk, daß ich ihn bis gestern nie gesehen hab' ... Verzeihung, Herr ... hab' Sie nich kommen hören ... das is ja drollig — wenn ich noch blind wäre, wie früher, hätte ich Sie bestimmt gehört. Verzeihen Sie, Herr — — aber haben Sie sich mal richtig den Mond angeguckt? Ich mein richtig angeguckt! Man sollte nich denken, daß es was so Schönes geben kann — wenn man nich dran gewöhnt is so zu sehen — — — denken Sie mal — was Sie fühlen würden, wenn es ganz *neu* für Sie wär — wie für mich! — Neu, wie am Schöpfungstag?

JESUS: Und Gott sah an alles, was er geschaffen hatte, und siehe da, es war sehr gut.

JAKOB: Sie — die Stimme kenn ich doch ... bitte, Herr, sagen Sie noch was ... ich habe noch nie Ihr Gesicht gesehen — Gesichter sagen mir nichts ... aber Sie sehen so aus, — wie Sie aussehen müßten — — — wenn Sie der Mann sind, den ich meine.

JESUS: Jakob ben-Isaschar! Freust du dich über das Geschenk, das du im Teiche von Siloah gefunden hast?

JAKOB: Sie is es! Das is die Stimme, die mir das Licht in meine Finsternis gebracht hat. Ich kann mich nicht irren: Sie sind Jesus von Nazareth! O Herr ...

JESUS: Nicht so laut, Jakob.

JAKOB: *(leiser)* Richtig, richtig — Sie sind in Gefahr hier in Jerusalem. Warum sind Sie hergekommen?

JESUS: Um dich zu suchen. Ich habe gehört, daß du um meinetwillen aus der Synagogengemeinde ausgestoßen worden bist.

JAKOB: Und aus meinem Elternhaus auch — aber da machen Sie sich man nichts draus — ich komm' schon durch.

JESUS: Die Füchse haben ihre Löcher und die Vögel haben ihr Nest — aber des Menschen Sohn hat nichts, wo er sein Haupt hinlegen kann. Sag mir, Jakob, glaubst du an des Menschen Sohn?

JAKOB: Sie meinen den Messias? Aber klar glaub' ich, daß er kommt.

JESUS: Und bist du bereit, ihm zu vertrauen?

JAKOB: Bestimmt, Herr, wenn ich wüßte, wer er ist ... Sie sprechen, als wär er schon da ... Sagen Sie mir, wo ich ihn finde, und ich werde schon an ihn glauben.

JESUS: Du hast ihn schon gesehen — er spricht in diesem Augenblick zu dir.

JAKOB: Sie, Herr? Weiß Gott, das hätte ich mir denken können! Wenn je ein Mann direkt von Gott kam, dann sind Sie's, Herr! Sagen Sie nichts weiter, Rabbi, ich glaube Ihnen und folge Ihnen bis ans Ende der Welt. Oder — wollen Sie mich gar nicht haben?

JESUS: Wenn jemand zu mir kommt, den werde ich nie zurückstoßen.

ERSTER PHARISÄER: Wie interessant! Eine wahrhaft rührende Szene und eine so herzbewegende Unterhaltung!

JAKOB: Wer ist denn das?

ZWEITER PHARISÄER: Wir sind der Ältestenrat der Synagoge, Jakob ben-Isaschar! Durch die Fenstergitter dieses Hauses kann man die Straße sehr bequem überblicken. Du weißt doch, daß es bestraft wird, diesen Mann als Messias anzuerkennen?

JAKOB: Das haben Sie mir heute nachmittag nachdrücklich klargemacht! Aber Sie haben mich 'rausgeschmissen — und jetzt können Sie mir gar nix mehr! Ich bin mit euch fertig und geh hin, wo ich willkommen bin.

ERSTER PHARISÄER: Recht so — die Blinden gehen zu Jesus bei der Nacht — sehr passend, das. Aber wir — haben Augen und Ohren.

JESUS: Ganz, wie Sie sagen: Sehr passend — denn ich kam in die Welt, damit die Blinden sehend werden — und die Sehenden erblinden.

ZWEITER PHARISÄER: Wollen Sie etwa damit andeuten, daß wir blind sind?

JESUS: Blindheit ist keine Sünde. Wenn Sie blind wären und wüßten es, träfe Sie keine Schuld. Aber Sie sind blind und bestehen darauf, daß Sie klar sehen können — das ist Ihre Sünde.

ERSTER PHARISÄER: Wir wünschen kein Wortgefecht mit Ihnen. Aber eins haben wir gesehen und uns gemerkt: Sie haben ganz bewußt diesen exkommunizierten Lümmel als Ihren Anhänger willkommen geheißen — dieses schwarze Schaf, das aus der Gemeinschaft Israels ausgestoßen ist!

JESUS: Ausgestoßen aus der Gemeinschaft? Sagen Sie lieber: er folgte meinem Ruf! Wahrlich, wahrlich ich sage euch: der Mann, der nicht offen durch den Eingang hereinkommt in die Hürde, sondern heimlich und bei der Nacht, ist nichts als ein Dieb und ein Räuber. Wer aber durch den Eingang kommt, ist der Hirte selber. Er kennt seine Schafe bei Namen und führt sie auf die frische Weide, und die Schafe folgen ihm willig, denn sie kennen seine Stimme. Aber einem Fremden folgen sie nicht, denn die fremde Stimme ängstigt sie.

ERSTER PHARISÄER: Was meinen Sie damit?

JESUS: Ich bin der gute Hirte, dem die Schafe gerne folgen. Daran erkennt man den guten Hirten, daß er sein Leben läßt für seine Schafe. Der Mietling aber, der nicht Hirte ist, dem ist das Wohl der Schafe gleichgültig, denn sie gehören ihm nicht. Er sieht den Wolf kommen und läuft davon und überläßt die Herde ihrem Schicksal. Ich aber bin der wahre Hirte, denn ich gebe mein Leben für meine Schafe.

ZWEITER PHARISÄER: Wenn Sie die Obrigkeiten weiter derart provozieren, glaube ich tatsächlich, daß sie Ihnen das Leben nehmen.

JESUS: Niemand kann mein Leben nehmen, ich gebe es freiwillig! Und ich werde es wieder erlangen, wenn die Zeit gekommen ist. Das ist meines Vaters Wille und ein Zeichen seiner Liebe. Und weil ich der Hirte Israels ...

ERSTER PHARISÄER: *(ärgerlich)* Gott der Herr ist der Hirte Israels!

JESUS: Von Gott bin ich gesandt! So wie mein Vater mich kennt und ich den Vater kenne, so kenne ich auch meine Schafe und sie kennen mich. Ich schenke ihnen das ewige Leben, und niemand wird sie mir nehmen. Denn mein Vater gab sie in meine Hand, und ER ist allmächtig. Niemand kann etwas wegnehmen aus Gottes Hand, und mein Vater und ich sind eins.

DRITTE SZENE (JENSEITS DES JORDANS)

DER EVANGELIST: Als er aber diese Dinge gesagt hatte, da hoben die Juden abermals Steine auf, daß sie ihn steinigten. Aber er entkam ihren Händen und zog hin wieder jenseits des Jordans und blieb allda, und viele glaubten an ihn ...
Und es geschah, daß Martha und Maria ihm Botschaft sandten und ihm sagen ließen: „Rabbi, Lazarus, den du liebst, ist sehr krank!“ Und als Jesus dies vernahm, sprach er: „Diese Krankheit ist nicht zum Tode, sondern zur Ehre Gottes, daß der Sohn Gottes dadurch geehrt werde“. Und er ging nicht nach Bethanien, sondern weilte zwei Tage länger an dem Orte, da er war.

PETRUS: Was hast du da, Johannes?

JOHANNES: Rosen von Saron, sie blühen im ganzen Tal.

PETRUS: Es ist herrlich, den Frühling wieder zu erleben. Aber ich habe die letzten Monate wirklich genossen — du auch?

JOHANNES: Ich auch, Petrus! Es ist großartig. So friedlich — und die Erleichterung, nicht mehr in Jerusalem zu sein! Ich weiß, daß es die Heilige Stadt ist, aber ich fühle förmlich Haß und Heuchelei aus ihren Mauern kriechen. Und dazu die dauernde Furcht, daß der Meister verhaftet oder ermordet würde ...

THOMAS: Ich hatte schon Sorge, als die Nachricht von Lazarus kam, daß er gleich nach Bethanien gehen und den Kopf in die Schlinge stecken würde.

PETRUS: Ich auch, Thomas, nur gut, daß es keine schwere Krankheit gewesen ist.

JOHANNES: Meinst du? Ich weiß nicht recht. Natürlich weiß der Meister, was er tut, aber Lazarus hat nicht viel Lebenswillen, und wenn er mal richtig krank wird, glaub' ich nicht, daß er dagegen ankämpft.

PETRUS: Wenn er sich bis jetzt gehalten hat, wird er schon durchkommen. Vielleicht wollte ihn der Meister zwingen, sich zusammenzunehmen.

JOHANNES: Kannst recht haben. Jedenfalls bin ich dankbar — sehr selbstsüchtig dankbar — daß wir hier bleiben. Kein Aufruhr, keine wüsten Zwischenrufe, keine Streitgespräche — nichts, als brave Landleute, die ihn ehrlich liebhaben — es ist, als wäre das Reich schon gekommen!

PETRUS: Ja — wie der Meister gesagt hat: Wo die Liebe ist, da ist auch das Reich Gottes! — und vielleicht kommt es überhaupt auf diese Weise — in stiller Arbeit — wie der Sauerteig im Mehl wirkt ... genau, wie er uns das einmal erklärt hat.

JOHANNES: Der Meister ist glücklich hier gewesen, fröhlich und heiter wie in der Zeit, als wir ihn kennenlernten.

THOMAS: Ich fürchte nur, es ist zu schön, um lange so zu bleiben ... ihr wart gestern nicht hier ... er hat wieder vom Sterben geredet!

JOHANNES: O Thomas! Und ich hatte so gehofft ... ich meine — er hat in letzter Zeit nie mehr davon gesprochen, und seit wir aus Jerusalem fort sind, hatte ich es schon beinahe vergessen ... ich kann es nicht ertragen ... mir wird ganz übel dabei ... was hat er gesagt?

PETRUS: Er brauchte wieder dies fürchterliche Wort: „ans Kreuz geheftet werden" — und Judas sah dabei ganz merkwürdig aus.

THOMAS: *(findet Erleichterung darin, das Thema zu wechseln)* Sag mal, Johannes, was ist eigentlich in Judas gefahren? Er macht dauernd so komische Andeutungen ...

JOHANNES: Worüber denn?

THOMAS: Man sollte nicht zu sicher sein — und große Beliebtheit bei der Masse sei gefährlich ...

PETRUS: Das sagt der Meister doch auch!

THOMAS: Ich weiß. Aber warum belauert ihn der Judas so — als ob er versuchte, ihn bei irgend etwas zu ertappen? Und neulich sah ich ihn nachts mit einem wüst aussehenden Mann reden — wie ein Räuber aus den Bergen sah der aus — und Judas gab ihm Geld — ganz verstohlen.

JOHANNES: Gab ihm Geld? Was für Geld? Doch nicht unser Almosengeld?

PETRUS: Du, Thomas — was soll das bedeuten? Willst du Judas vorwerfen ...

THOMAS: Ich will niemand etwas vorwerfen. Aber mir kommt es komisch vor. Das ist alles.

JOHANNES: So etwas darfst du nicht sagen, Thomas — wenn du nicht ...

MATTHÄUS: *(redet unerwartet dazwischen)* Ich habe den Judas schon eine ganze Zeit im Verdacht!

PETRUS: Matthäus! Ich dachte, du schliefst?

MATTHÄUS: Nein, ich schlafe durchaus nicht! Hört mal zu: vorige Woche wollte ich etwas Geld für eine arme Familie haben — aber anscheinend war keins da. Na schön — ich wußte aber genau, daß wir noch nicht alles ausgegeben haben konnten, was wir für unseren letzten Fang bekommen hatten. „Wo ist es geblieben?" wollte ich wissen. Judas sah mir grade ins Auge — so herausfordernd, wißt ihr — und sagte, er hätte es für eine gute Sache gebraucht. — Ich kenne die sogenannten „guten Sachen" – die man nicht beim Namen nennen kann — da ist etwas faul — aber ich konnte es ihm nicht beweisen und hab' nichts gesagt ... da kommt der Meister! Macht ihm nicht das Herz schwer damit — wenigstens nicht, bis ich Beweise habe!

JOHANNES: Natürlich nicht! ... da kommt er — und Judas ist bei ihm!

JESUS: Nun, Kinder! Wir haben einen schönen Winter hinter uns — aber jetzt kommt die Zeit zum Aufbruch! Wir wollen wieder nach Judäa!

JÜNGER: Nach Judäa?

PETRUS: Meister, du weißt doch, was da das letzte Mal los war! Sie wollten dich steinigen! Willst du wirklich wieder hin?

JESUS: Hat der Tag nicht zwölf Stunden? Zwölf Stunden der Helle? Wer am Tage wandelt, der stößt sich nicht, denn er sieht das Licht dieser Welt. Nur wer des nachts wandelt, der stolpert — wenn die Sonne nicht scheint und er im Dunkeln geht ... ich habe Nachricht von unserem Freund Lazarus.

JOHANNES: Geht es ihm schlechter?

JESUS: Er „schläft", aber ich gehe hin und werde ihn wecken.

MATTHÄUS: Aber wenn er erst richtig schläft, ist er doch auf dem Wege der Besserung?

JESUS: Kinder — Lazarus ist gestorben!

JOHANNES: O Meister, wie traurig! Wenn du nur ...

JESUS: Wenn ich nur eher gegangen wäre? Nun, Johannes, um deinetwillen freue ich mich, daß ich nicht dort war, denn du mußt noch lernen zu glauben!

THOMAS: Aber wenn er doch tot ist, hat es doch keinen Sinn mehr hinzugehen.

JESUS: Laßt uns trotzdem hingehen, ja?

PETRUS: Du möchtest wirklich hin?

JESUS: Ich gehe. Ihr braucht aber nicht mitzukommen, wenn ihr keine Lust habt.

JUDAS: Meister, kannst du uns nicht reinen Wein einschenken?

JESUS: Sicher, Judas. Was willst du denn wissen?

JUDAS: Diese Reise ... warum willst du wieder nach Judäa? Um am Grabe zu weinen und die Hinterbliebenen zu trösten? Ist das der einzige Grund? Oder willst du aus diesem stillen Winkel herauskommen und dich frei und offen dem Schicksal stellen? *(leidenschaftlich)* Wenn ich nur wüßte, was ich von dir halten soll! Manchmal redest du so, als wärst du zum Äußersten bereit und nähmst die Folgen in Kauf ... aber wohin steuerst du? Wohin nur? Du hast den Weg des kommenden Reiches meinem Herzen und meinen Augen klar verständlich gemacht ... aber es gibt noch einen anderen Weg — und ein anderes Reich ... und da gehen Dinge vor, die ich nicht verstehen kann ... oder die ich nur zu gut verstehe! Um Gottes willen, Meister — sag — meinst du es ehrlich? Oder bedeuten deine Worte ein anderes Ziel als deine Taten?

JESUS: Ich habe euch schon einmal gesagt, daß einzelne unter euch kein Vertrauen zu mir haben. Und ich habe gesagt und sage es euch noch einmal: Selig ist derjenige, der nicht an mir zweifelt! Ohne Glauben vermögt ihr nichts, und wer an Gott glaubt, der muß auch an mich glauben. Aber ihr müßt mir völlig vertrauen oder gar nicht. *(Nach einer kurzen Pause):* Wenn des Menschen Sohn kommt, wird er dann Glauben finden auf Erden?

PETRUS: Jetzt ist er fortgegangen! Judas — was hat dich denn bloß getrieben, so loszulegen? Du redest ja, als ob der Meister eine faule Sache vorhätte!

JUDAS: Warum hat er meine Fragen nicht beantwortet?

PETRUS: Was für Fragen? Ich habe gar nicht verstanden, auf was du dabei hinauswillst.

JUDAS: *ER* hat mich sehr gut verstanden! Aber er wollte nicht geradeheraus antworten ...

MATTHÄUS: Ich sehe überhaupt nicht ein, wozu du auf einmal mit einem ganzen Sack voll Fragen kommst! Als ob er nicht schon so genug Sorgen hätte! Der arme Lazarus ist tot, und der Meister will nach Bethanien — wo sie nur darauf warten, mit Steinen nach ihm zu werfen — da brauchen wir wirklich nicht noch dauernd zu widersprechen und immer gegen alles zu sein und Einwände zu suchen ... Wir haben nicht mal gesagt, ob wir mitkommen oder nicht — ein feiner Haufen Jünger sind wir, muß ich schon sagen ...

PETRUS: Ich habe nur gesagt, es wäre gefährlich für ihn in Judäa.

MATTHÄUS: Das ist für ihn kein Grund, so weit solltest du ihn schon kennen! Wenn er einmal entschlossen ist, dann geht er auch, und wenn es das Leben kostet.

PETRUS: Da hast du recht! Wir müssen ihm einfach vertrauen, er wird schon wissen, was richtig ist! Und er ist ja schon mal heil herausgekommen!

THOMAS: Damit kannst du aber nicht rechnen! Ich sage: er ist unser Meister und unser Freund! Und wenn es zum Sterben geht, dann gehen wir eben mit ihm und sterben auch!

PETRUS: Natürlich, was sonst sollen wir denn tun?

JOHANNES: Was sonst wollen wir denn tun?

MATTHÄUS: Es gibt einfach nichts anderes. Was meinst du, Judas?

JUDAS: Wenn er geht, gehe ich mit. Was ich fürchte — ist nicht das Sterben ...

VIERTE SZENE (BETHANIEN)

Erster Abschnitt

(Unterwegs)

EVANGELIST: Als Jesus nach Bethanien kam, da fand er, daß Lazarus schon vier Tage im Grabe gelegen hatte. Und es waren viele Juden von Jerusalem gekommen, um Martha und Maria über den Tod ihres Bruders zu trösten. Als Martha nun hörte, daß Jesus kam, ging sie ihm entgegen, Maria aber blieb daheim sitzen ...

MARTHA: O Rabbi, Rabbi! Hast du von unserem Kummer gehört?

JESUS: Ja, liebe Martha.

MARTHA: Lazarus ist tot! O Rabbi — wenn du nur eher gekommen wärest — dann hättest du ihn heilen können und er läge jetzt nicht kalt in seinem Grabe. Und ich weiß auch, daß Gott dir erfüllt, um was du betest ... aber was vermögen Gebete — wenn einer erst tot und begraben ist?

JESUS: Sei getrost, Martha, dein Bruder wird wieder auferstehen!

MARTHA: Das weiß ich, Rabbi — bei der Auferstehung am jüngsten Tage.

JESUS: Ich bin die Auferstehung und das Leben! Wer an mich glaubt, der wird leben, ob er gleich stürbe ... und wer lebt und glaubt an mich, der wird nimmermehr sterben ... glaubst du das?

MARTHA: *(unsicher, bleibt bei dem, was sie bewußt glaubt)* Ja, Meister, ich glaube an dich! Ich glaube, daß du der Christ bist, Gottes Sohn, der in die Welt gekommen ist, wie die Propheten verkündet haben.

JESUS: Soviel glaubst du also wenigstens. Wo ist Maria?

MARTHA: Zu Hause ... ich hole sie rasch.

Zweiter Abschnitt

(Im Hause)

(Jüdische Totenklage)

MARTHA: *(leise, dringend)* Maria! Maria!

MARIA: Was ist denn, Martha?

MARTHA: Der Meister ist hier und will dich sprechen. Komm schnell, er wartet auf der Straße.

MARIA: Gott sei gelobt, daß er endlich gekommen ist.

MARTHA: Hier — nimm den Umhang.

MARIA: Danke, Liebes... o Martha — wenn es nur nicht für ihn gefährlich ist, zurückzukommen!

MARTHA: Wir werden uns heimlich drücken.

(Totenklage geht weiter)

ERSTER LEIDTRAGENDER: Wo ist Maria geblieben?

ZWEITER LEIDTRAGENDER: Eben hat sie mit Martha das Haus verlassen.

DRITTER LEIDTRAGENDER: Sie werden am Grabe ihres Bruders wehklagen ...

VIERTER LEIDTRAGENDER: Laßt uns auch hingehen und mit ihnen trauern!

ERSTER LEIDTRAGENDER: Seht ihr sie — da eilen sie über die Straße ...

ZWEITER LEIDTRAGENDER: Aber sie sind ja schon an der Straße, die zum Friedhof führt, vorbeigerannt ...

DRITTER LEIDTRAGENDER: Sollen wir ihnen nach, oder gehn wir zurück?

VIERTER LEIDTRAGENDER: Nachgehen — wer weiß, was sie in ihrem Schmerz tun?

MARTHA: O Maria, unsere Freunde kommen hinter uns her!

MARIA: Das ist jetzt nicht zu ändern. Komm, laß uns zum Meister eilen.

ERSTER LEIDTRAGENDER: Da wartet ja jemand auf die beiden an der Kreuzung.

ZWEITER LEIDTRAGENDER: Wer denn?

DRITTER LEIDTRAGENDER: Maria ist niedergesunken und küßt seine Füße!

VIERTER LEIDTRAGENDER: Es ist Jesus! Jesus von Nazareth!

MARIA: O Rabbi, lieber Meister! Du bist unseren traurigen Herzen so sehr willkommen! Wenn du nur eher gekommen wärst — unser lieber Bruder hätte nie sterben müssen!

JESUS: Weißt du das so sicher, Maria?

MARIA: Ganz sicher! Ich habe ja selber gehört, wie er es dir sagte! Und ich glaube ganz fest, daß der Tod nichts gegen dich vermag.

JESUS: *(bekümmert)* Liebe Schwestern! Liebe Kinder! Wenn nur genug Glauben in der Welt wäre — dann hättest du wahr gesprochen! — Wo habt ihr Lazarus begraben?

MARIA: In einer Felsenkluft, ganz in der Nähe.

JESUS: Zeigt sie mir.

ERSTER LEIDTRAGENDER: Der Prophet ist bekümmert.

ZWEITER LEIDTRAGENDER: Er weint.

DRITTER LEIDTRAGENDER: Er muß Lazarus sehr lieb gehabt haben!

VIERTER LEIDTRAGENDER: Er hat den Blinden die Augen geöffnet — hätte er nicht den Tod seines Freundes verhindern können?

ERSTER LEIDTRAGENDER: Wehe! Niemand ist stark genug, die Welt vom Tode zu erlösen! *(Erneute Totenklage)*

Dritter Abschnitt

(Am Grabe)

MARTHA: Hier ist der Platz, lieber Meister! Er liegt in dieser ruhigen Gruft — aus dem Stein gehauen und mit einer großen Deckplatte.

MARIA: Er liebte das Leben nicht, unser Bruder Lazarus, und jetzt hat er die Last abgeworfen und keine Sorgen mehr.

MARTHA: Er trug sein Leben, wie ein Verurteilter sein Kreuz. Aber nun hat er es abgeworfen.

JESUS: Wer mich liebt, der nehme sein Kreuz auf sich und folge mir nach! Hebt den Stein ab!

TRAUERGEMEINDE: Den Stein abheben?

MARTHA: *(entsetzt)* Meister! ... er ist seit vier Tagen tot! Der Geruch der Verwesung ist um ihn.

JESUS: Habe ich dir nicht gesagt, so du glauben würdest, so solltest du die Herrlichkeit Gottes sehen? Hebt den Stein ab!

MARIA: Will denn keiner von euch Männern tun, was der Rabbi sagt? O Johannes — sie fürchten sich!

JOHANNES: Wir werden es für dich tun, Maria! Petrus und Jakobus — faßt doch mit an!

ERSTER LEIDTRAGENDER: Hier ist eine Brechstange.

PETRUS: Jetzt alle zusammen! *(Der Stein fällt krachend)*

ERSTER LEIDTRAGENDER: Das Grab ist offen.

ZWEITER LEIDTRAGENDER: Was will er tun?

DRITTER LEIDTRAGENDER: Fürchterliches wird geschehen!

VIERTER LEIDTRAGENDER: Seht nur — er betet!

JESUS: Vater, ich danke dir, daß du mich erhört hast! Ich weiß, du erhörst mich allezeit, aber ich danke dir laut, auf daß alle, die hier stehen, hören und glauben, daß du mich gesandt hast ... *(laut)* Lazarus!

ERSTER LEIDTRAGENDER: Mein Gott! *(mit grauenerfüllter Stimme)* Er ruft den Toten!

JESUS: Lazarus! Komm heraus! *(Eine furchterfüllte Pause)*

JÜDIN: *(mit dünner, erstickter Stimme)* Hört — hört — ahhh!

ZWEITER LEIDTRAGENDER: *(hastig und erregt bis zum Äußersten, voller Grauen)* Seht — seht doch — da kommt er heraus ... verhüllt die Augen und ganz eingewickelt ... er bewegt sich ... seine Füße bewegen sich in den Grabtüchern ... ahhh!

JESUS: Löst die Binden und nehmt das Schweißtuch von seinem Gesicht.

DRITTER LEIDTRAGENDER: Nein! Nein! Wie er aussehen wird — — vier Tage tot!

MARIA: Martha, komm, hilf du mir ... Lazarus, lieber Bruder — sprich doch!

LAZARUS: Jesus, mein Herr und Heiland.

MARIA: Du lächelst — du lachst — du lebst!

LAZARUS: *(voller Fröhlichkeit)* Ja! Ich lebe!

MARTHA: Wo warst du, Lazarus?

LAZARUS: Dort — wo das Leben ist!

MARIA: Und weißt du auch, wer dich zurückgerufen hat?

LAZARUS: Das Leben! *ER* ist hier und hat mich nie verlassen.

JESUS: Bindet ihn los und bringt ihn nach Hause.

FÜNFTE SZENE
(JERUSALEM, BERATUNG DER SANHEDRIN)

DER EVANGELIST: Viele nun der Juden, die nach Bethanien gekommen waren und gesehen hatten, was Jesus tat, glaubten an ihn. Etliche aber von ihnen gingen zu den Pharisäern und sagten es diesen. Und die Hohepriester und Pharisäer versammelten einen Rat.

ERSTER ÄLTESTER: *(leidenschaftlich)* — — und dieser Mann läuft frei herum, predigt Aufruhr, bricht das Gesetz, treibt Schwarze Kunst und Zauberei und was noch alles. Und wir? Wir tun nichts dagegen! Einfach nichts!

SCHADRACH: *(scharf)* So, nichts? Schließlich haben wir mehrere Komiteesitzungen abgehalten und verschiedene Entschließungen gefaßt!

ERSTER ÄLTESTER: Ja, und was hat das geholfen? Er kommt und geht, wie es ihm paßt, und niemand hindert ihn. Alles, was wir vorzuweisen haben, ist eine Eintragung im Protokoll, daß die Sanhedrin empfehlen, ihn zu verhaften oder zu steinigen.

ZWEITER ÄLTESTER: Wenn das Volk sich hinter diesen Wundertäter stellt, wird Rom eingreifen, und wir sind die kümmerlichen Reste an Freiheiten, die wir uns bewahrten, auch noch los. Können Sie uns sagen, Hochehrwürdiger Herr Kaiphas, ob positive Schritte unternommen sind oder nicht?

KAIPHAS: Das Notwendige ist veranlaßt.

ERSTER ÄLTESTER: *(giftig)* Es freut mich, das zu hören.

KAIPHAS: Aber wir müssen ganz sicher gehen und den richtigen Augenblick abpassen. Andernfalls könnte Rom eingreifen, und zwar zugunsten von Jesus. Das wäre eine Katastrophe. *(Zustimmung)*

Wir wollen die Anklage so beweiskräftig gestalten, daß nichts — aber auch gar nichts! — den Mann vom Kreuz retten kann!

DRITTER ÄLTESTER: Einverstanden. Wir müssen vorsichtig vorgehen.

ERSTER ÄLTESTER: Ich sehe die Notwendigkeit für all diese Vorsicht nicht ein. Was ist eigentlich los mit Ihnen, meine Herren? Haben Sie Angst vor diesem Mann?

(Rufe: Nein! Nein! Unsinn!)

NIKODEMUS: Und doch haben wir Angst! Und wir haben auch allen Grund dazu! Ich sage es frei heraus — ich fürchte im tiefsten Innern, daß wir gegen Gott selber kämpfen, wenn wir gegen Jesus angehen.

JOSEPH VON ARIMATHIA: Ich bin der gleichen Ansicht! Jesus ist ein Prophet Gottes! Sollen unsere Namen in die Geschichte eingehen als die Namen derer, die die Propheten verfolgt haben? — Ich bitte die Sanhedrin inständig, sich gut zu überlegen, bevor Sie etwas tun, das in jedem Fall eine Ungerechtigkeit ist — und vielleicht ein grauenhaft gotteslästerlicher Frevel!

KAIPHAS: Bruder Joseph und Bruder Nikodemus! Habe ich das so aufzufassen, daß Sie den Anspruch des Jesus, der Messias zu sein, unterstützen wollen? Denn das ist seine Behauptung! Er sagt nicht, daß er ein Prophet ist — sondern der Christ! Wenn Sie beabsichtigen, diesen Anspruch öffentlich zu unterstützen, so steht dem nichts im Wege. Allerdings liegt eine Strafe darauf. Erst vor kurzer Zeit wurde jemand für das gleiche Vergehen exkommuniziert. Es war nur ein Bettler — aber Gott verhüte, daß die Sanhedrin sich beeinflussen lassen, weil jemand hochgestellt ist — und sei er noch so reich, Joseph von Arimathia! Ist jemand der Ansicht, daß Jesus bar-Joseph der versprochene Messias und König der Juden sei, so sage er es jetzt — damit wir klar sehen.

NIKODEMUS: *(nach einer Pause)* Ich habe nicht den Wunsch, mich gegen die Sanhedrin zu stellen.

JOSEPH: Ich möchte lediglich verhindern, daß ein Unschuldiger verurteilt und dadurch zum Märtyrer wird.

KAIPHAS: Das Wort „Märtyrer" ruft immer Gefühlsduselei hervor. Aber ich habe schon einmal gesagt und sage es wieder: es ist besser, einen einzelnen zu opfern, als das ganze Volk leiden zu lassen. Das ist keine Verfolgung — es ist ein politischer Schachzug. Der Antrag ist: Sollen wir gegen Jesus von Nazareth vorgehen wegen Zauberei und Gotteslästerung? —

Wer für den Vorschlag stimmt — bitte dies in der üblicher Art ... ich danke, meine Herren. Danke — dagegen – danke —

SCHRIFTFÜHRER: Der Antrag ist durchgegangen. Gegen den Antrag: keine Stimme. Zwei Stimmenthaltungen.

DER EVANGELIST: Und von diesem Tage an beratschlagten sie, wie sie ihn töteten.

ACHTES SPIEL

DER EINZUG DES KÖNIGS

Der EVANGELIST	
BARUCH *der Zelot*	
LAZARUS	
JESUS	
JUDAS ISCHARIOT	
JAKOBUS, *Sohn des Zebedäus*	
JOHANNES, *Sohn des Zebedäus*	
PETRUS *(Simon, Sohn des Jonas)*	
ANDREAS, *Sohn des Jonas*	*Jünger Jesu*
THOMAS DER ZWILLING	
MATTHÄUS DER ZÖLLNER	
PHILIPPUS	
NATHANAEL	
PROCLUS, *ein römischer Hauptmann*	
GAIUS PONTIUS PILATUS, *Statthalter von Judäa*	
CLAUDIA PROCULA, *Frau des Pilatus*	
FLAVIUS, *ein Freigelassener des Pilatus*	
Erster ÄLTESTER	
SCHADRACH	
KAIPHAS, *Hoherpriester von Israel*	
HANNAS, *Schwiegervater des Kaiphas*	
DIENER *des Kaiphas*	
Erster MANN	
Zweiter MANN	
Dritter MANN	
Vierter MANN	
Erste FRAU	*Gäste in Bethanien*
Zweite FRAU	
Dritte FRAU	
Vierte FRAU	
VATER	
MUTTER	
KIND	*auf der Reise nach Jerusalem*
PILGER	
Ein JUNGER MANN, *der „Reiche Jüngling"*	
SADDUZÄER	
Erster JUDE	
Zweiter JUDE	
PROZESSHANSEL	*Zwischenrufer*
HERODIER	
SCHRIFTGELEHRTER	

DAS SPIEL

Dieses Spiel bildet — innerhalb des Gesamtaufbaus — das Verbindungsstück zwischen der Judas-Baruch-Geschichte auf der einen und der Situation Kaiphas-Pilatus auf der anderen Seite. Es bringt auch ein paar Menschen in Aktion, die in den Kreuzigungsszenen auftreten werden (Pilatus, Maria Magdalena, Proclus), und führt sie beim Zuhörer ein. Vom Standpunkt der Lehre aus gesehen, bietet es den Gegensatz zwischen den Werten dieser und jener Welt (Gleichnis vom reichen Mann und armen Lazarus, von den Schafen und Böcken. Forderung der Zebedäer.)

PERSONEN

BARUCH: Geradeaus — ein rechter Mann der Tat mit beiden Füßen in dieser Welt. Er diktiert seinen Brief, als ob er ein Ultimatum erließe.

JESUS: In diesem Spiel wechselt die Stimmung immerfort. Jesus kennt die Lage und weiß sehr gut, was ihn in Jerusalem erwartet. So erlebt er Augenblicke jener seltsamen Heiterkeit und Entspanntheit, die oft das Sichergeben ins Unvermeidliche begleiten. Das Gleichnis vom reichen Mann und armen Lazarus sollte meiner Ansicht nach freundlich und intim im Ton erzählt werden — am Ende natürlich ernst, aber nicht drohend; mehr als die Feststellung einer traurigen, aber unbestreitbaren Wahrheit. In der kurzen Szene mit Judas macht er einen letzten, freundlichen Versuch, Judas sein Mißtrauen äußern zu lassen — richtet nochmals einen Appell an diesen Menschen, seine Seele zu retten. Das schlimme Ende muß kommen, aber für Judas ist es noch Zeit, nicht mitschuldig daran zu werden. Judas aber hat die Tür mit einer Lüge verriegelt, und weder Warnung noch Gebet wird ihn jetzt mehr beeinflussen. In der Szene mit dem Esel prägt sich die wechselnde Stimmung besonders deutlich aus. Judas' Beschwerde wird mit der schnellen Herausforderung beantwortet: „Warum sollten sie mich nicht willkommen heißen?" Wenn Judas doch, nur jetzt noch, mit einer offenen Anklage herauskäme — aber er tut es nicht. Die Klage über Jerusalem ist die Klage über das Unabänderliche. — „Wenn doch auch du erkenntest — aber jetzt ist es zu spät." Dann kommt das zarte, leichte Zwischenspiel mit dem Esel und die Entgegennahme des flüchtigen Triumphs. In der Szene mit den Zwischenrufern ist die Spannung wieder gelöst, als ob es Jesus Spaß machte, mit den ungeschickten Gegnern zu spielen. (Es kann freilich bei dieser Jagd nur ein Ende geben, aber inzwischen ist es erheiternd, zu sehen, wie die unsicher gewordenen Hunde sich nicht heraustrauen.) Die Antwort „Wie die Kinder —“ setzt sie wirklich alle matt, und es ist ein Trost, sich von ihnen ab- und den stolzen Müttern und den unschuldig zärtlichen Kindern zuzuwenden. Dann der reiche Jüngling: schön wäre es, seine Anhängerschaft zu gewinnen, selbst jetzt im letzten Augenblick — aber er kann es nicht über sich gewinnen, und das ist schade, aber es läßt sich nicht ändern. Gott zwingt niemanden, — nicht den Judas, nicht diesen jungen Mann — die Kreatur hat ihren freien Willen. Nun benehmen sich die Jünger dünkelhaft und unvernünftig, drängen sich heran wie Kinder, wenn ein anderes Kind gescholten worden ist, die sagen: „Wir sind doch brav gewesen, nicht wahr? Was kriegen wir zur Belohnung?“ Da muß man doch lachen — „Ihr werdet alles bekommen, was ihr wollt, und noch viel mehr, nehmt es doch nur!“ Bis die Forderung der Zebedäer wieder den großen Schatten heraufziehen läßt. Immer noch können sie's nicht verstehen, sie sind töricht und streitsüchtig — aber man muß sanft mit ihnen sein, weil nur noch so wenig Zeit ist.

JUDAS: In diesem Spiel fällt der ganze Bau seines intellektuellen Idealismus zusammen, und die Grundfehler seines Charakters werden offenbar. Da er aber nun einmal diese Fehler hatte, war die ganze Lage allerdings dazu angetan, ihn irrezuführen. So ist das Leben. Wenn man sich in einen seelischen Zustand hineingesteigert hat, wo man keinem mehr etwas Gutes zutraut, dann verschwören sich alle Umstände, um dem schlimmsten Verdacht Farbe zu geben. In Judas' Innerstem wohnen die beiden Erzsünden des Teufels: Stolz und Unglaube; und am Grunde all seines Idealismus ist ein festverwurzelter Egoismus.

Man beachte, daß er im zweiten Spiel, als er Jesus zuerst begegnete, gefragt wurde: „Kannst du treu sein?“ Seine Antwort war, daß er treu zu allem stehen werde, was er sich einmal vorgenommen habe. („Wenn ich meine Hand an den Pflug lege, werde ich nicht zurückschauen.“) Aber das ist nicht Glaube an Jesus, nicht das kindliche Vertrauen *in eine Person,* als das Johannes, Matthäus und der Blinde im siebenten Spiel den Glauben verstehen und, wenn auch mit Tasten und Zögern, die anderen Jünger gleichfalls und solche Leute wie der Landedelmann im dritten Spiel und Proclus und die anderen, an denen Wunder geschehen.

In Szene I, Auftritt 3, scheint sich der Verdacht des Judas zu bestätigen, und sofort zieht er die allerschlimmsten Folgerungen. Seine Egozentrik wirkt sich psychologisch so aus, daß er seine eigenen Gefühle auf die Person überträgt, die er verdächtigt: „Jesus hat sich verkauft.“ (So beschuldigt der Betrunkene seine Kumpane der Trunkenheit, der Lüsterne bezweifelt die Keuschheit seiner Frau, der Betrüger jammert, daß er von allen übers Ohr gehauen wird.) In diesem Augenblick, wo Mißtrauen ihn zum Spion und Dieb gemacht hat, fragt Jesus ihn plötzlich: „Mit wem hast du eben gesprochen?“, und ohne jede Hemmung lügt er: „Mit niemandem.“ Nachdem er diese Haltung einmal eingenommen hat, macht es ihm sein Stolz unmöglich, zu bekennen oder zu erklären oder eine Erklärung anzuhören.

In der Szene mit Kaiphas und Hannas bringen seine allerersten Worte schon seine Egozentrik zutage: „Ich habe euch irregeführt — ich habe mich getäuscht — ich bin hinters Licht geführt worden.“ Das ist das Erbitternde an der Sache. Dann rechtfertigt er sich: „Ich habe gar nicht so unrecht gehabt, ich habe eigentlich recht gehabt, aber Jesus ist schwach geworden.“ Er erklärt, daß er in Jesus nicht eigentlich Jesus selbst verehrt hat, sondern die Verkörperung seiner eigenen Idee in einem anderen Menschen — *„meine* Träume — *meine* Gebete — alles, was *ich* je erhofft hatte.“ Judas wollte im Grunde einen Jesus, der der Welt den eigentlichen Judas erklären würde, unter dessen Leitung und Anweisung. (Tatsächlich hat er genau das getan, was er bei Baruch verurteilt, er hat versucht, Jesus zu einem Werkzeug für seine eigenen Zwecke zu machen, obwohl natürlich auf viel raffiniertere und unbewußtere Art.) Dann packt er all die kleinen, persönlichen Dinge aus, die seinen Stolz verletzt haben; weniger intelligente Leute sind ihm vorgezogen worden; Jesus hat ihm nicht vertraut (wieder schreibt er seinen eigenen Fehler seinem Opfer zu). Kaiphas schlägt hierauf etwas vor, was dem Selbstgefühl des Judas schmeichelt: man könnte Jesus immer noch zwingen, das zu tun, was er nach Judas' Meinung tun sollte — und Judas greift gierig zu. Ich glaube kaum, daß Judas von vornherein Jesu Tod im Auge hatte — wahrscheinlich wollte er nur seine Tätigkeit unterbinden. Aber der Mord wird ihm nun in einer Form nahegebracht, die besonders anziehend für ihn ist: — idealistisch, als Opfertod, ganz seinen ziemlich krankhaften Theorien vom Leiden entsprechend; und der Vorschlag enthält genau das Quentchen Wahrscheinlichkeit, das gerade der Halbwahrheit tödlichere Wirkung verleiht, als eine Lüge sie hat.

In dem Masochismus des Judas ist außerdem etwas, was sich leicht in Sadismus verkehren kann — wer das Leiden um seiner selbst willen verehrt, ist nicht weit von dem Wunsch entfernt, leiden zu machen. Und schließlich beschränkt sich sein Mißtrauen nicht auf Jesus, sondern wendet sich gegen alle anderen Menschen. Gänzlich ohne Halt zu leben, ist aber unmöglich; an irgend etwas muß man sich klammern; so fordert er plötzlich die Sicherheit in ihrer niedrigsten und rohesten Form: Geld, ein Schriftstück schwarz auf weiß. Die Selbstzerstörung des intellektuellen Idealisten ist vollendet.

DIE ANDEREN JÜNGER: Man beachte, daß sie und Judas in der Szene mit dem Esel völlig aneinander vorbeireden. Als Judas sagt: „Genau das habe ich befürchtet", glauben sie, er habe Angst davor, daß diese Kühnheit Jesus gefährlich werden könne. Obwohl Judas in Szene III, Auftritt 2, nicht auftritt, hat er eine eifersüchtelnde und zänkische Stimmung hinterlassen, die die anderen angesteckt hat, besonders Philippus (der im fünften Spiel mit Judas zusammen ausgesandt war, um das Wort zu verkünden, und seinem Einfluß am leichtesten unterliegt). Der Einzug in Jerusalem steigt ihnen ein wenig zu Kopfe; nun endlich, denken sie, sind wir soweit. Es scheint, als ob der grauenhafte Schatten des Kreuzes gebannt sei, und die freudige Aufregung hat selbst Johannes, Jakobus und Matthäus etwas aus dem Gleichgewicht gebracht.

LAZARUS: Es schien besser, ihn nicht zu viel sagen zu lassen, damit das Ganze völlig frei von Banalität blieb. Lazarus muß sich bewußt sein, daß er ein unglaubliches Geheimnis hat — das nicht mitteilbar ist. Das Geheimnis ist freudig und schrecklich zugleich, und nur Jesus teilt es mit ihm. Aber als es von ihm verlangt wird, versucht er — sogar jener dummen Frau zuliebe —, es zu erklären, so gut er kann; denn schließlich gehört sie doch auch in irgendeinem Sinne „in das herrliche Muster". Lazarus hat während seines Totseins eingesehen, daß Christus der Schöpfer („der Weber") eins ist mit Christus in seinem mystischen Leib („dem Webstuhl" der Schöpfung), und daß beide eins sind mit dem fleischgewordenen Christus; aber dafür gibt es noch keine theologische Sprache. Vielleicht wird Folgendes bei der Interpretation helfen: „Die Dreieinigkeit ist dem sterblichen Auge fremd, und doch ist sie vertraut. Bis zu der Stunde (des Todes) hatte er nicht die leiseste Ahnung, wie sie aussähe — aber als er sie sah, wußte er, daß er sie immer schon gekannt hatte. Jene innerste Musik, die in jeder reinen Erfahrung erklingt und dem Gedächtnis immer wieder entgleitet, war nun endlich eingefangen.“ (C. S. Lewis, „Screwtape Letters“.) „Als ich ihn zum erstenmal sah (in einer Vision), war es mir, als ob eine alte, vergessene Verbindung zwischen uns bestände, als ob Er gesagt hätte, obwohl nicht in Worten, ‚Ich bin Er, durch den du geschaffen bist.‘ Es war für mich fast so, nur in viel stärkerem Maße, wie als ich meinen Vater nach vielen Jahren zum erstenmal wiedersah. Die alte Liebe kam zu mir zurück; ich wußte, ich hatte ihm früher angehört.“ (Sadhu Sundar Singh.)

DIE GÄSTE: Verschiedene Typen törichter Leute. Die Erste Frau ist von der Sorte, die um jeden Preis „etwas erleben“ will; die Zweite Frau kennt alle Berühmtheiten und weiß über jedermann Bescheid. Die Dritte Frau ist eine der allzu Überschwenglichen, die andere Leute (auch ihren unglücklichen Ehemann, ihren Zweiten Mann) dauernd öffentlich in Verlegenheit bringen. Die Vierte Frau ist „fein“ und konventionell. Der Vierte Mann ist ein vulgärer Draufgänger. Der Erste Mann ist ganz nett und steht wahrscheinlich unter dem Pantoffel.

MARIA MAGDALENA: hat nur ein paar Worte zu sagen; wenn nötig, d. h. wenn sie nur dieser Szene wegen kommen muß, kann die Szene gestrichen werden.

PROCLUS: Seine kleine Szene soll im Hinblick auf das Kreuzigungsspiel erstens verständlich machen, daß er in Jerusalem ist, und zweitens helfen, den Hintergrund des Festes und der Pilger zu verdeutlichen und auch die römische Einstellung zu alledem. Die Soldaten sind seine Truppe, die er gedrillt hat (siehe drittes Spiel), und natürlich möchte er, daß sie sich selbst und ihm Ehre machen. Der „Passahzauber“ ist für ihn eines der speziell jüdischen Volksfeste, deren Hauptmerkmal ist, daß dabei leicht Unruhen entstehen, und daß sie Gelegenheit geben, den Leuten zu zeigen, was militärischer Drill ist.

PILATUS: Da ist er; und damit endlich Rom in Person. Er ist gelangweilt; er ist voll Verachtung, er will nichts als ein gutes Zeugnis von seinem Vorgesetzten, dem Statthalter von Syrien, und — wenn er Glück hat — die Versetzung auf einen angenehmeren Posten. Was die Juden betrifft, so sind sie ihm nur lästig: „Sag den Liktoren, sie sollen sie wegpeitschen“ — nicht bösartig, sondern wie man lästige Mücken wegjagen würde. Aber Pilatus hängt sehr an seiner Frau und würde ihr alles zuliebe tun. (*Anmerkung:* Es scheint, daß Pilatus, als er nach Judäa versetzt wurde, um die ungewöhnliche Gunst bat, seine Frau mitnehmen zu dürfen, was ihm auch gestattet wurde. Wahrscheinlich ist es nicht ganz richtig, daß ich sie mit ihm im gleichen Wagen fahren lasse, aber ich habe mir diese Freiheit genommen, weil es so viel einfacher ist. Ein kleiner Trupp Berittener reitet dem Wagen voran, ziemlich langsam, so daß er dem umständlichen Fahrzeug nicht zu weit voraus ist oder die Liktoren überrennt. Als Pilatus an seiner Eskorte vorbei will, läßt der Hauptmann die Berittenen zu beiden Seiten der Straße halten, und der Wagen fährt zwischen ihnen hindurch nach vorn. Wenn es weitergeht, brechen zuerst die Liktoren und die Berittenen auf, und der Wagen folgt ihnen. Der Regisseur und die Geräuschmixer haben mein volles Mitgefühl, aber um Geräusche bei der Menge brauchen sie sich nicht zu kümmern, denn die Leute verharren in mürrischem Schweigen und spucken nur in den Staub, so ostentativ sie es eben wagen.)

CLAUDIA: Nichts Neues, außer daß man sehr deutlich merkt, daß sie mit ihrem Mann sehr gut steht. (*Anmerkung:* ich habe mir sagen lassen, daß „Pontius" der *Name* dieses Herrn war und „Pilatus" sein *Zuname.* Deshalb habe ich ihm den *Vornamen* „Gaius" für den Hausgebrauch zugelegt. Wenn man fürchtet, daß das verwirrend wirkt, könnte seine Frau ihn „Pontius" anreden, wie die Damen des 18. Jahrhunderts ihre Männer z. B. „Mr. Bennet" anredeten; aber ich möchte eigentlich, daß ihre Beziehung intimer erscheint. Ich habe versucht, die Sache ganz klar zu machen, indem ich Claudia zunächst ihren Mann mit dem Doppelnamen „Gaius Pontius" anreden lasse.)

VATER, MUTTER, PILGER USW.: Fromme Juden, die sich auf das Fest freuen und dem allgemeinen Haß gegen Rom Ausdruck geben. Das Kind ist etwa sieben Jahre alt.

ZWISCHENRUFER: Der Sadduzäer ist ein kesser Junge und hat die unverschämte Art eines eingebildeten Studenten. Plangemäß soll er damit anfangen, Jesus lächerlich zu machen, so daß er mit den ernsthafteren Zwischenrufern einen um so schwierigeren Stand hat. Unglücklicherweise kann er aber, obwohl er sehr geschickt andere lächerlich machen kann, nicht vertragen, selber lächerlich zu erscheinen; und seine Art ärgert auch die Menge von Anfang an, die zwar gern bereit ist, mit ihm über die oft verheiratete Dame zu lachen, aber auch sehr gern ihn selber auslacht. Das ist ein schlechter Auftakt für diese Gesellschaft. Die anderen Fragen drehen sich alle um die Autorität: die Frage des Ersten Juden soll ein messianisches Selbstzeugnis provozieren; der Gesetzeskundige sucht Jesus zu reizen, sich als Gesetzesautorität festzulegen; der Herodianer will natürlich einen Angriff auf die Autorität des Kaisers herausfordern; der Schriftgelehrte, der einzige Ehrliche unter den Fragestellern, beschwört trotzdem die schwierige Frage der Autorität des Moses herauf; der Zweite Jude bringt eine lange Reihe sprengstoffhaltiger Gesprächsgegenstände heran, wie der Text zeigt. Die ganze Szene muß sehr lebhaft gespielt werden.

DER REICHE JÜNGLING: Dieser junge Mann der oberen Zehntausend ist einer jener anständigen Menschen, die immer tugendhaft gelebt haben und zur Kirche gegangen sind, aber ein sehr berechtigtes Gefühl haben, daß das noch nicht „Religion" ist, wie sie die wirklichen Heiligen und Mystiker verstehen. Er sehnt sich nach einer Art „geistiger Religion", die wunderbare Gefühle vermittelt. Er möchte gleichzeitig in beiden Welten zu Hause sein — und hohe religiöse Gefühle erleben, ohne daß er seine Lebensweise deswegen ändern muß. Er erschrickt, als er erfährt, daß wirkliche mystische Erfahrung etwas von einer Katastrophe hat. (Solche Menschen gibt es viele; sie schreiben wehmütige Briefe an die Zeitungen und drängen darauf, daß das Volk eine mehr geistig bestimmte Einstellung haben müsse, aber es fällt ihnen nie ein, selber ihre Einstellung zu ihrem Vermögen oder zum Stadtrat zu ändern.) Dieser junge Mann muß noch oft erschüttert werden, ehe er das Reich Gottes versteht. Wenn er lange genug lebt, um die Zerstörung Jerusalems zu sehen, wird er vielleicht einen kleinen Anfang damit machen.

KAIPHAS UND HANNAS: Diese erfahrenen Politiker durchschauen den Judas natürlich vollkommen. Sie spielen auf ihm wie auf einer Orgel und ziehen die Register, wie sie wollen. In solchen Sachen kennen sie sich aus. Aber Kaiphas selbst ist doch nur ein Werkzeug in Gottes Hand, und alle seine halben Wahrheiten sind halbe Weissagungen. Seine geschickteste Lüge, daß Jesu Tod Israel zum Heil gereichen werde, ist in einem Sinne wahr, den er nicht ahnt. Durch ihn, wenn auch nicht in ihm, erfüllen sich die Weissagungen.

ERSTE SZENE
(VON GALILÄA NACH BETHANIEN)

DER EVANGELIST: Es war aber nahe das Fest der süßen Brote, das da Ostern heißt. Und Jesus machte sich auf, nach Jerusalem zu gehen.

Erster Abschnitt

(Ein Lager in den Bergen)

ERSTER ZELOT: Hauptmann Baruch! Der Bote ist zurück.

BARUCH: Soll näher ans Licht kommen ... nu, was gibt's Neues? Wird Jesus von Nazareth zum Passahfest kommen oder nicht?

BOTE: Er kommt. Morgen nacht wird er im Hause des Lazarus von Bethanien zubringen.

BARUCH: Gut. Laß dir zu essen geben ... einer hier, der schreiben kann?

ZWEITER ZELOT: Ich kann mit einer Feder umgehen, Hauptmann.

BARUCH: Dann schreibe: „Baruch der Zelot an Jesus von Nazareth, den Sohn Davids und König von Israel, Grüße! Ich habe Sie beobachtet und weiß, wer Sie sind. Für jeden Mann kommt die große Gelegenheit einmal und nie wieder. Die Priester und Pharisäer haben sich zusammengeschlossen, um Sie an Rom auszuliefern — aber das Volk ist auf Ihrer Seite und ich habe Mannschaft und Waffen. Geben Sie mir ein Zeichen, denn jetzt ist der Augenblick gekommen, loszuschlagen und Ihr Reich zu gewinnen.

Wenn ein König in friedlicher Absicht kommt, so reitet er auf einem Esel — wenn er aber den Krieg bringt, so reitet er ein Pferd. Im Stalle des Zimri, am Rande der Stadt, steht ein Schlachtroß gesattelt. Besteigen Sie es — und Sie werden in

Jerusalem mit tausend Gewappneten einreiten. Wenn Sie sich aber weigern, dann nehmen Sie das Eselsfüllen, das an der Türe des Weinbergs angebunden ist — und Baruch wird warten, bis ein kühnerer Messias kommt.

Sagen Sie nur: *Der Meister bedarf seiner*, und das Tier steht zu Ihrer Verfügung.“ Hast du das geschrieben?

ZWEITER ZELOT: Jawohl, Hauptmann.

BARUCH: Morgen nacht in Bethanien in Jesus’ Hände abliefern. Und — hm — dieser Ischariot hat heimlich mit unseren Boten verhandelt ... such dir jemand aus, der nicht lesen kann, was er mit sich führt.

Zweiter Abschnitt

(Bethanien. Im Hause Simons, des Aussätzigen)

DER EVANGELIST: Und als Jesus nach Bethanien kam, bereiteten sie ihm daselbst ein Abendmahl im Hause Simons des Aussätzigen. Und Martha bediente, Lazarus aber war deren einer, die mit ihm zu Tisch saßen. *(Allgemeine Unterhaltung)*

ERSTE FRAU: ... ja, aber welcher ist denn Lazarus? Seinetwegen sind wir schließlich gekommen.

ZWEITE FRAU: Der da, gerade neben dem Gastgeber. Der ruhige Mann mit den dunklen Augen.

ERSTE FRAU: Ich verstehe nicht, wie jemand neben ihm sitzen mag. Mir würde es eiskalt über den Rücken laufen.

ZWEITE FRAU: Pssst, Liebe! Seine Schwester Maria sitzt gerade hinter dir ... die Rothaarige.

ERSTER MANN: Jesus und Lazarus scheinen sich gut über irgendwas zu amüsieren.

ERSTE FRAU: Wenn man so denkt — Witze machen und lachen, nachdem man schon tot und begraben war — — mir kommt es irgendwie unanständig vor!

ERSTER MANN: Meinst du, er war *richtig* tot?

ZWEITE FRAU: Und ob er tot war! Die Tante meiner Schwiegertochter hat ihn selber bestatten helfen.

(Schwenken zur nächsten Gruppe)

DRITTE FRAU: Sag mir doch, Lazarus *(mit nervösem, albernem Lachen)* ich hoffe, ich bin nicht unverschämt — aber — wie ist das eigentlich, wenn man tot ist?

ZWEITER MANN: Du hör mal, das ist aber eine Frage — mitten beim Essen!

DRITTE FRAU: Aber es ist doch sooo wichtig! Bitte, bitte ...

LAZARUS: Was soll ich sagen, Meister?

JESUS: *(lachend)* Tut mir leid, Lazarus, versuch's so gut es geht — aber wahre Gottes Geheimnis.

LAZARUS: *(als er zu sprechen beginnt, macht die Unterhaltung einem erwartenden Schweigen Platz)* Dieses Leben — ist wie das Gewebe auf der Rückseite des Webstuhls. Alles, was man sieht, sind die Knoten. In dem — anderen Leben — da gehst du auf die Vorderseite und siehst das herrliche Muster.

DRITTE FRAU: Was ist es für ein Muster, sag?

LAZARUS: Herrlich und furchtbar zugleich, und — wie kann ich es nur ausdrücken — und fremd ist es gar nicht! Als ob man es seit Urzeiten kennte. Denn ER, der es geschaffen hat, ist das Wesen aller Dinge. Er ist der Weber und der Webstuhl in einem.

DRITTE FRAU: Ich verstehe *(was sie sichtlich nicht tut)*, aber was ich noch gerne wissen möchte ...

ZWEITER MANN: Mach Schluß, Liebling, du redest zu viel.

(Spannung gibt nach, schwenken zur nächsten Gruppe)

DRITTER MANN: Manche Leute benehmen sich wirklich außergewöhnlich.

VIERTE FRAU: Nicht wahr? Ich habe mir vorgenommen, so zu tun, als wäre gar nichts geschehen. „Hallo, meine Lieben", habe ich gesagt, „ich freue mich, daß euer lieber Bruder Lazarus so wohl aussieht."

DRITTER MANN: Ich glaube sicher, daß die ganze Geschichte schwer übertrieben ist. Als ich im letzten Frühjahr so schwer krank war, habe ich fünf Stunden ohne Bewußtsein gelegen und hatte dabei einen ganz ungewöhnlichen Traum. Ich kann mich noch genau erinnern — als ich wieder zu mir kam, sagte ich zu meiner Frau ... *(Schwenken zur nächsten Gruppe)*

VIERTER MANN: Na, Judas — noch etwas Ziegenbraten? Also, ich sage immer, die Martha ist die beste Köchin von ganz Palästina! ... weißt du — wenn man das Wunder nur richtig bekanntmachen würde ...

JUDAS: Um Himmelswillen!

VIERTER MANN: ... könnte man eine solche Wiederbelebung des religiösen Lebens damit erreichen, wie es nicht mehr gewesen ist, seit Moses Israel aus Ägypterland führte ... meinst du nicht auch, Rabbi Jesus? Wenn Lazarus auf Tour ginge und über seine Erlebnisse Vorträge hielte, würde die ganze Welt bekehrt werden und die Erlösung finden.

JESUS: Glaubst du? ... es war einmal ein reicher Mann, der kleidete sich mit Purpur und köstlicher Leinwand und lebte alle Tage herrlich und in Freuden. Es war aber auch ein gewisser Bettler, der lag vor seiner Tür voller Schwären und lebte von den Brosamen, die von des Herrn Tische fielen. Niemand kümmerte sich um ihn, als die Hunde, die kamen und seine Wunden leckten.

Es begab sich aber, daß der Arme starb und ward getragen von den Engeln zu Abrahams Schoß. Und der reiche Mann starb auch und kam in die Hölle mit ihrer Qual.

VIERTER MANN: Warum, Rabbi? Weil er reich war?

JESUS: Weil er herzlos war! — und er sah auf und sah — fern, ganz fern — Abraham und den Bettler an seiner Seite. Da rief er: „Vater Abraham! Ich leide furchtbar in dieser Flamme ... kannst du nicht diesen Mann senden, daß er mir einen Becher Wasser bringt?"

ZWEITER MANN: Kann er schlecht erwarten, daß einer der Seligen im Himmel für ihn Botengänge läuft!

JESUS: Nun, er war so ein Mann ... aber Vater Abraham sagte: „Gedenke, mein Sohn, daß du dein Gutes empfangen hast in deinem Leben. Du warst oben und dieser Bettler war unten — aber in diesem Leben ist alles anders. Und außerdem — zwischen euch und uns ist eine große Kluft, und wir können nicht zu euch kommen, so wenig wie ihr zu uns herüber könnt." Da sagte der Reiche: „Kann denn der Bettler nicht wenigstens zum Hause meines Vaters gehen und meine fünf Brüder warnen, damit sie nicht auch an diesen Ort der Qualen kommen?"

DRITTE FRAU: Da wurde er also schon etwas weniger selbstsüchtig!

JESUS: Nur ein wenig. Denn er hielt seine eigene Familie immer noch für das Wichtigste auf der Welt ... aber Vater Abraham sagte: „Deine Brüder haben ihre Bibeln und sie haben Moses und die Propheten und brauchen sich nur danach zu richten, was diese sagen." „Das stimmt schon", sagte der Reiche, „aber wenn jemand von den Toten zu ihnen zurückkäme — dann würden sie wirklich Buße tun." Aber Abraham antwortete: „Hören sie Moses und die Propheten nicht, so werden sie nie glauben, und wenn einer von den Toten aufstünde."

(Pause. Unterhaltung wird wieder aufgenommen)

ERSTE FRAU: Diese Geschichte gefällt mir eigentlich gar nicht.

DRITTE FRAU: Der Bettler ist wohl Lazarus. Aber wer ist der reiche Mann? Und was bedeutet das alles wohl?

ZWEITER MANN: *(dem es über ist)* Lies die Bibel und tu deine Pflicht! Das bedeutet es!

DRITTE FRAU: Gott, wie langweilig.

(Schwenken zur nächsten Gruppe)

ERSTE FRAU: Was für ein wunderbarer Duft auf einmal! Was ist denn das?

ZWEITE FRAU: Maria — die Schwester des Lazarus — hat den Verschluß einer Duftölvase zerbrochen.

ERSTE FRAU: Tatsächlich! Und was für eine prachtvolle Alabastervase! So ein Jammer, sie zu zerbrechen!

ZWEITE FRAU: Und jetzt schüttet sie das Duftöl über die Füße des Rabbi ...

ERSTE FRAU: Wie verschwenderisch!

ERSTER MANN: Ist sicher ein billiges Zeug.

ZWEITE FRAU: So kann nur ein Mann reden! Ein Öl wie das da hat viele Goldpfunde gekostet, sage ich dir, Goldpfunde!

ERSTE FRAU: Jetzt salbt sie ihn, als ob er ein König wäre!

JUDAS: Darf ich Sie bitten, meine Dame, diesen Ausdruck nicht zu gebrauchen!

ERSTE FRAU: Verzeihung, Judas Ischariot! Ich habe mir nichts dabei gedacht.

JUDAS: Der Rabbi wünscht durchaus nicht, wie eine königliche Persönlichkeit behandelt zu werden. Maria ist immer so aufgeregt und demonstrativ.

ERSTER MANN: Ich finde es ganz natürlich, daß sie ihre Dankbarkeit zeigen will.

JUDAS: *(kalt)* Ich kann den Grund für eine solche Verschwendung nicht einsehen. Das Öl hätte für fünfundzwanzig Pfund verkauft werden können und das Geld hätten dann die Armen bekommen. Das hätte ich viel passender gefunden.

ZWEITE FRAU: Ich hab' gleich gesagt, daß es teuer war! Wo sie es wohl herhat?

JUDAS: Maria war einmal Tänzerin.

ERSTE FRAU: Ach so — ja, dann freilich ...

ZWEITE FRAU: Ich hätte gedacht, sie würde alles forttun, was sie an — diese Zeit ihres Lebens erinnert!

JUDAS: Sollte man meinen, nicht wahr?

JESUS: Judas!

JUDAS: Ja, Meister?

JESUS: Warum bist du so gehässig? Laß Maria in Ruhe! Was sie für mich tat, war ein gutes Werk. Sie hat das Duftöl nur verwahrt, um mich für mein Begräbnis zu salben.

LAZARUS: Schwester, laß dies Wort dich nicht erregen. Es ist ein Wort, das weder du, noch ich, noch er, zu fürchten brauchen.

JESUS: Wahrlich, wahrlich, ich sage euch — wo auch immer das Evangelium gepredigt wird, wird man diese Geschichte von Maria erzählen und daran denken, was sie getan hat!

Dritter Abschnitt

(Bethanien. Im Hause des Lazarus)

JUDAS: Psst!

BOTE: Wer ist da?

JUDAS: Du weißt ganz gut, wer ich bin.

BOTE: Judas Ischariot?

JUDAS: Ja. Was ist deine Botschaft hier im Hause Lazarus?

BOTE: Was gäbst du dafür, es zu wissen?

JUDAS: Einen Silberling.

BOTE: Zwei!

JUDAS: Also zwei. *(Silber klingelt)*

BOTE: Ich habe einen Brief für Jesus.

JUDAS: Von Baruch, dem Zeloten?

BOTE: Natürlich. Von wem sonst?

JUDAS: Was steht in dem Brief?

BOTE: Weiß nicht. Ich kann nicht lesen.

(JUDAS *macht einen ärgerlichen Ausruf*)

... aber für zwei weitere Silberlinge sage ich dir die Antwort.

JUDAS: Hier ist das Geld. Was hat Jesus gesagt?

BOTE: Seine Antwort war: „Sage dem, der dich gesandt hat: Morgen wird er das Zeichen erhalten, das er erwartet."

JUDAS: *(entsetzt)* O mein Gott! *(zum Boten)* Was tut Baruch? ... hier — das ist mein letztes Geld. Mehr habe ich nicht. Sprich!

BOTE: Baruch bereitet sich vor zu marschieren — — mit tausend Speeren.

JUDAS: Ich wußte es! Ich wußte es doch! Jesus hat sich verkauft! Paß auf — da kommt jemand ... schnell, verschwinde.

JESUS: Wer ist da? Du, Judas?

JUDAS: Ja, Meister.

JESUS: Wir warten auf dich mit dem Nachtgebet ... mit wem hast du da gerade gesprochen?

JUDAS: *(hastig)* Mit niemand. Wie meinst du das? Sieh mich doch nicht so an ... *Du* müßtest doch erklären ...

JESUS: Was?

JUDAS: *(mürrisch)* Nichts.

JESUS: Niemand und nichts ... mein Sohn, hast du deinen Glauben an mich völlig verloren?

JUDAS: Ich glaube, daß du der Messias bist. Ich habe nie etwas anderes gedacht. Aber ich warne dich ... du gehst in dein Unglück!

JESUS: In einer sündigen Welt ist Unglück unvermeidlich. Aber wer das Unglück veranlaßt, ist trotzdem schuldig! Nichts kann mich von meinem vorgeschriebenen Ziele ablenken. In dir oder durch dich muß erfüllt werden, was geschrieben steht. Entscheide dich: Wer nicht für mich ist, der ist wider mich ... und nun komm herein — und bete um Glauben.

ZWEITE SZENE (DIE STRASSE NACH JERUSALEM)

Erster Abschnitt

(Kapernaum)

PROCLUS: Morgen, Feldwebel. Haben Sie antreten lassen?

FELDWEBEL: Jawohl, Herr Hauptmann!

PROCLUS: Gut. Alles in Ordnung?

FELDWEBEL: Jawohl, Herr Hauptmann!

PROCLUS: Schön ... also, Leute! Ihr wißt, was ihr zu tun habt. Ihr geht nach Jerusalem für die Zeit dieses jüdischen Passahzaubers. Die Stadt wird vollgestopft mit Pilgern sein und ihr sollt helfen, Ordnung zu halten — dafür zu sorgen, daß es keine Unruhen gibt, die Straßen für Umzüge absperren und so weiter. Der Gouverneur wird da sein! Zeigt ihm, daß ihr genau so zackig und diszipliniert seid wie die Garde. Wenn einer was ausfrißt, kann er sich gratulieren, oder ich will nicht Longinus Proclus heißen ... he! Du da — im zweiten Glied! Sieh dir mal deine Beine an! Hast du jemals einen von der Garde mit nur halbgeschnürten Sandalen gesehen? ... und du! Bißchen mehr Muskelfett und Spucke beim Harnischputzen, mein Junge! ... Ich wünsche, daß ihr euch wie eine Elitetruppe benehmt und Ehre einlegt! — Ahem — Fertig, Feldwebel?

FELDWEBEL: Jawohl, Herr Hauptmann!

PROCLUS: Gut ... 'teilung 'stannen. Rechts um. Im Gleichschritt ... *(Die Abteilung marschiert ab)*

Zweiter Abschnitt

(Der Ölberg)

JAKOBUS: Wir werden ein wunderbares Passahwetter bekommen. O Meister, sieht Jerusalem nicht herrlich aus im Sonnenschein?

JESUS: Ja, Jakobus: Schön ist die Stadt Zion und die Freude der ganzen Welt.

JOHANNES: Nur leider so voll von widerlichen Zeitgenossen. Ich mag die Stadt am liebsten aus der Entfernung.

PETRUS: Ich sage immer: es geht nichts über den Blick vom Ölberg.

ANDREAS: Wie die Pilger auf allen Straßen zur Stadt strömen!

JUDAS: Meister, ein Kaufmann aus der Stadt kam heute morgen ins Haus. Er sagte, daß dein Kommen bekanntgeworden wäre, und jetzt kämen sie dir entgegen.

JESUS: Und warum sollten sie das nicht, Judas?

JUDAS: Ich verstand es so, als ob sie eine Art Demonstration vor hätten. Es sind viele von deinen Anhängern auf dem Lande jetzt in der Stadt, und ihre Begeisterung ist ihnen etwas zu Kopf gestiegen. Wenn du weiter gehst, werden sie dich im Triumph als den Messias begrüßen.

JESUS: „Saget zur Tochter Zions: wache auf, dein Befreier nahet ..." Kinder, ihr habt lange warten müssen, bis ihr den Messias in Jerusalem einreiten seht ...

PETRUS: Und jetzt ist die Stunde gekommen, Meister?

JESUS: Andreas und Nathanael!

ANDREAS UND NATHANAEL: Ja, Meister!

JESUS: In dem Dorfe da vorn geht zum Hause eines Mannes namens Zimri. An der Tür zum Weinberg werdet ihr ein Eselsfüllen angebunden finden. Bindet es los und bringt es her. Wenn euch jemand fragt, wo ihr mit dem Füllen hinwollt, dann sagt: Der Meister bedarf seiner! Und man wird es euch sofort lassen!

JUDAS: Jesus, Jesus!! Was tust du?

PETRUS: Meister — es ist großartig ... aber ist es klug?

JOHANNES: Lieber Meister — du nimmst ein fürchterliches Risiko auf dich.

JESUS: Es ist kein Risiko. Es ist eine Gewißheit. Denn es muß erfüllt werden, was geschrieben steht. Geht jetzt, Andreas und Nathanael. Ich werde hier auf euch warten.

ANDREAS UND NATHANAEL: Ja, Meister!

PHILIPPUS: *(zu den übrigen Jüngern)* Wetter, das ist aufregend!

JUDAS: Dies ist, was ich immer gefürchtet habe. Es hat mich bis in meine Träume verfolgt!

JAKOBUS: Vielleicht ist gar keine ernsthafte Gefahr dabei. Er hat so viele Freunde unter dem Volk ... seine Gegner werden nachgeben müssen.

PETRUS: Wenn sie während des Festes Hand an ihn legen, gibt es Aufruhr.

MATTHÄUS: Deshalb hat er sicher diese Zeit gewählt ...

JUDAS: *(bitter)* Das ist alles fein ausgeklügelt, darauf könnt ihr euch verlassen!

PHILIPPUS: Und das Reich kommt jetzt doch — wie wir immer gehofft haben.

THOMAS: Ich möchte nur wissen, was denn all das Gerede von Gefahr und Tod bedeuten sollte?

MATTHÄUS: Hör doch auf zu unken, Thomas! Wir gehen jetzt nach Jerusalem, das Reich Gottes wird Tatsache, und alles ist in Ordnung. Der Meister würde es nicht tun, wenn es schief gehen könnte — was, Johannes?

JOHANNES: Der Meister weint!

MATTHÄUS: *(bestürzt)* O!

PHILIPPUS: Vielleicht haben wir etwas getan, das ihn betrübt. Frag ihn doch, Johannes.

JOHANNES: Meister, warum weinst du?

JESUS: Ich weine über mein Volk und mein Land und über Jerusalem ... Jerusalem, du Gottesstadt, wenn doch auch du erkenntest zu dieser deiner Zeit, was zu deinem Frieden dient! Aber nun ist es zu spät, und du vermagst es nicht zu erkennen. Und es wird die Zeit kommen, wenn deine Feinde dich umgeben und belagern werden, sie werden deine Wälle unterhöhlen und dich von allen Seiten bedrängen. Sie werden deine Bürger erschlagen und deine Häuser zerstören, bis nicht ein Stein auf dem andern bleibt — darum, daß du dein Heil nicht erkannt hast ...

JUDAS: Rabbi — bedrohst du die Stadt mit bewaffneter Macht?

JESUS: Nein, Judas, aber ich prophezeihe. Jerusalem, Jerusalem, die du tötest die Propheten und steinigst, die zu dir gesandt sind! Wie oft hab' ich deine Kinder versammeln wollen, wie eine Henne versammelt ihre Küchlein unter ihren

Flügeln, aber du hast nicht gewollt! Und jetzt wird dein Haus wüst gelassen werden, und nachdem ihr mich verloren habt, werdet ihr mich nicht wiedersehen, bis ihr bereit seid zu rufen: „Gelobt ist, der da kommt im Namen des Herrn!"

JOHANNES: Meister, der Tag kann schon bald kommen. Vielleicht erkennen sie dich heute und entgehen diesem furchtbaren Gericht!

JESUS: Laßt uns jetzt in Frieden und im Namen Gottes gehen — seht ihr, da kommen schon Andreas und Nathanael mit dem Esel.

ANDREAS: *(bringt den Esel)* Hier ist er, Meister! — Unten am Fuß des Berges wartet eine Riesenmenge, um dich willkommen zu heißen.

NATHANAEL: Sie reißen Palmzweige von den Bäumen an der Straße und breiten ihre Mäntel in den Staub für dich.

PHILIPPUS: Die Mütter haben ihre kleinen Kinder mitgenommen ...

PETRUS: Meister, steig auf und reite ...

JAKOBUS: Ist denn kein Sattel dabei? Hier, nimm meinen Mantel.

ANDREAS: Und meinen ...

JOHANNES: ... meinen auch ...

PHILIPPUS: *(zerrt am Zaum des Esels)* Hier, du! Ruhig ... ich glaube das Tier ist noch nie geritten worden ... halt doch still, willst du wohl!

JESUS: Komm, kleiner Esel — kennst du mich nicht? Auch du bist ein Kind in meines Vaters Hause ... ja, sicher ... siehst du — jetzt bist du ganz brav.

JOHANNES: Deine Berührung hat ihm den kleinen Furchtteufel ausgetrieben.

JESUS: Leih mir deinen Rücken, kleiner Bruder ... sooo — und jetzt trage tapfer deine Last ...

PETRUS: Du darfst ein stolzer Esel sein heute ... du trägst den Messias!

(Eine noch entfernte MENGE *ruft: „Hosianna, Willkommen, Heil dem Messias!")*

JAKOBUS: Sie schreien da unten und winken mit den Palmwedeln.

PETRUS: Reite zu, Meister! Glück auf an deinem Ehrentag...

ANDREAS: Vorwärts! Nach Jerusalem!

(Die Hufe des Esels klappern und der Lärm der MENGE *wird lauter, während die kleine Prozession am Hang des Ölbergs niedersteigt. Als sie auf die* MENGE *treffen, nehmen die* JÜNGER *den Ruf auf: „Hosianna! Gelobt sei, der da kommt im Namen des Herrn! Hosianna in der Höhe!")*

Dritter Abschnitt

(Im Tal von Kedron)

DER EVANGELIST: Es waren aber viele Leute um diese Zeit zum Passahfeste gekommen ...

(Durcheinander einer VOLKSMENGE *im Hintergrund)*

KIND: Pappi, Pappii! Ich bin müde. Sind wir bald da?

VATER: Gleich, mein Junge. Wir kommen durch das Kedrontal jetzt — links vor uns — siehst du? — das ist der Ölberg — und rechts sind die Mauern von Jerusalem.

PILGER: Guten Tag, Freunde! Ich wünsche ein frohes Fest!

VATER: Gleichfalls, mein Freund.

PILGER: Es ist ein glücklicher Tag für mich, heute! Seit fünf langen Jahren bin ich nicht mehr in Jerusalem gewesen.

VATER: Wahrhaft ein glücklicher Tag. Gott schenke dir und den Deinen Gesundheit!

KIND: Mutti, kann ich zu trinken haben? Mir ist so heiß.

MUTTER: Natürlich, Liebling — warte einen Augenblick, ich muß die Wasserflasche erst suchen.

PILGER: Der Weg ist lang und staubig für so kleine Füße ... Hallo! Was ist das für ein Lärm hinter uns?

(Schreien, sehr entfernt)

VATER: Kavallerie!

PILGER: Der Gouverneur kommt nach Jerusalem.

MENGE: Nehmt euch in acht! Vorsicht — die Soldaten kommen!

VATER: Die verfluchten Römer!

PILGER: Gott strafe das unverschämte Pack. Gott soll die Räder ihrer Wagen zerbrechen!

VATER: Sie trampeln Israel nieder — mit ihren heidnischen Symbolen und ihrem verdammten Römerstolz!

(Geschrei und Wagenrasseln, Reiterei, näherkommend)

MUTTER: Geh von der Straße, Liebling. Hier kommen die Liktoren!

KIND: Was ist das, Liktoren?

VATER: Die Männer mit den Ruten und Äxten, die vor dem Wagen des Gouverneurs laufen.

PILGER: Die Geißel der Judenheit!

LIKTOREN: *(in monotonem Aussingen)* Platz — macht Platz — macht Platz für den Statthalter!

PILGER: Du mußt in den Staub spucken, wenn sie vorbeikommen, mein Junge, wie ein braver Israelit!

LIKTOREN: Straße frei! Straße frei! Macht Platz für seine Exzellenz den Statthalter von Judäa!

(Reiter preschen klirrend vorüber, ein Wagen rollt)

KIND: Ist das der Statthalter, Pappi?

VATER: Das ist er! Das ist Pontius Pilatus!

PILGER: Und seine Gemahlin, Claudia Procula!

VATER: Sieh nur die Heidin! Sitzt ganz frech neben ihrem Mann, anstatt hinter ihm zu bleiben, wie eine anständige Judenfrau. *(Soldaten und Wagen kommen vorbei. Marschschritt und Knarren)*

KIND: O, ich bin ganz staubig.

PILGER: In den Staub mit Rom und dem Imperium! Wie lange noch, o Gott, wie lange noch?

Vierter Abschnitt

(Im Wagen des Pilatus)

CLAUDIA: 'nen Pfennig für deine Gedanken, Gaius Pontius!

PILATUS: Ich dachte gerade, meine liebe Claudia, daß die Juden eigentlich sehr lästig sind, ihre religiösen Feste scheußlich langweilig und daß ich zu allen Göttern bete, wieder nach Tyrus zu kommen.

CLAUDIA: Um dir vom Statthalter von Syrien Vorschriften machen zu lassen und seinen ewigen Anekdoten zuzuhören ...

PILATUS: Er ist gar kein übler Bursche. Und Tyrus ist wenigstens eine zivilisierte Ecke — und man kann im Meer baden ... er hat mir übrigens zu meinem letzten Bericht Glück gewünscht und versprochen, eine Versetzung zu befürworten.

CLAUDIA: Das ist ja wundervoll!

PILATUS: *(pessimistisch)* — hm — vorausgesetzt, daß wir bei diesem Fest keine Zwischenfälle haben. Es gibt ziemlich viel Unruhe im Augenblick, und ich habe so eine Ahnung, als ob die Zeloten einen kleinen Aufruhr vorbereiteten. Diesen Barrabas haben wir ja auf Nummer sicher, — aber er ist nicht der einzige ... *(Geräusche. Leichte Verwirrung. Reiter und Wagen halten an)*

He! Was ist denn jetzt los? Flavius! Warum halten wir?

FLAVIUS: Ich weiß noch nicht, Pilatus! Da scheint 'ne Verkehrsstörung zu sein ... Hauptmann! Hauptmann! Seine Exzellenz will wissen, warum angehalten wird!

HAUPTMANN: Bedaure außerordentlich — Straße ist verstopft. Anscheinend so eine Prozession, die vom Ölberg herunterkommt ... vorne ein Bursche auf einem Esel ... dann ein Haufen Bauernlümmel, die mit Palmzweigen herumwedeln und so ... was ist? — so! Der Mann sagt, Exzellenz — daß es der Prophet Jesus von Nazareth mit seinen Anhängern ist.

PILATUS: Laßt sie von den Liktoren wegjagen.

CLAUDIA: Bitte nicht, Gaius! Das ist doch der Mann, von dem ich dir erzählt habe! Den möchte ich sehen.

PILATUS: Aber gern, Liebling. Hauptmann, Lady Claudia möchte sich den Aufzug ansehen. Bringen Sie den Wagen nach vorn.

HAUPTMANN: Zu Befehl, Exzellenz. — Erster Zug links schwenkt. Marsch! ... Haaalt ... Front! *(Pferde stampfen, und die Züge nehmen die Aufstellung ein)*

PILATUS: Weißt du, Liebste, dein Prophet ist ein ziemlicher Revoluzzer.

CLAUDIA: Das glaub' ich nicht.

HAUPTMANN: Zweiter Zug rechts schwenkt. Marsch! ... Haaalt ... Front!

PILATUS: Vorwärts, Kutscher.

(Erneutes Klappern, Rädergeräusche. Rufe: Hosianna! Hosianna! werden hörbar. Wagen hält wieder)

MENGE: Hosianna! Hosianna! Heil Jesus! Heil dem Messias!

PILATUS: Sieht harmlos genug aus ... ich muß schon sagen ... keine besondere Sache, diese Anhänger, wie?

CLAUDIA: Ich finde es reizend, Gaius! Sieh nur all die kleinen Kinder! Sind sie nicht entzückend?

KINDER: Hurra! Hurra! Willkommen, Jesus! Willkommen! Hosianna!

JÜNGER UND MENGE: Jauchzet dem Messias entgegen! Messias! Hosianna dem Sohne Davids!

MISSBILLIGENDE STIMME AUS DER MENGE: He, du! Jesus! Sag deinen Jüngern, sie sollen mit dem Gebrülle aufhören! *(Das Jubelgeschrei wird still)*

JESUS: Das werde ich nicht tun. Wenn diese still sind, dann werden die Steine schreien!

MENGE: *(mit frischer Begeisterung)* Hosianna! Hosianna! Hosianna! *(Der Zug entfernt sich, das Geschrei verebbt)*

PILATUS: Das ist wohl alles. Weiter, Hauptmann!

HAUPTMANN: Marschkolonne formieren! Anreiten!

(Der Wagen mit seiner Begleitung rollt an. Hinterher marschiert Infanterie)

DRITTE SZENE (JERUSALEM)

Erster Abschnitt

(Vor dem Tempel)

DER EVANGELIST: ... und die Pharisäer und Herodesanhänger sandten Agenten aus, die sollten Jesus in Widersprüche verwickeln, damit sie ihn der Obrigkeit überantworten könnten.

ERSTER ÄLTESTER: Guten Tag, Bruder Schadrach! Kommst du mit zum Tempel?

SCHADRACH: Tut sich was?

ERSTER ÄLTESTER: Jesus von Nazareth predigt. Wir haben unsere Leute in der Menge verteilt, um ihn hereinzulegen. Das dürfte ganz lustig werden!

SCHADRACH: *(ironisch)* Das glaube ich auch! Ich hoffe nur, eure Leute sind nicht auf den Kopf gefallen!

ERSTER ÄLTESTER: Bestimmt nicht — es sind gerissene Burschen! Hoffentlich gelingt es, den Mann lächerlich zu machen, daß er die Nerven verliert. Dann läßt er sich vielleicht provozieren, etwas zu sagen, das nach Aufruhr klingt — dann können wir ihn Rom überlassen.

SCHADRACH: Schön und gut, — aber Lächerlichkeit ist eine zweischneidige Sache, weißt du! Immerhin ... aha! Die Predigt ist noch im Gange. Jedenfalls kommen wir rechtzeitig, um den Spaß mitzuhören ...

JESUS: — denn Gott will niemanden zwingen, gut zu sein — und so müssen Gut und Böse zusammen wachsen bis zur Ernte, wie das Unkraut im Kornfeld. Aber am jüngsten Tage, wenn des Menschen Sohn kommt in seiner Herrlichkeit, um Gericht zu halten über die Welt, wird er die Menschen scheiden, gleich als ein Hirte die Schafe von den Böcken scheidet. Und zu denen zu seiner Rechten wird er sagen: „Kommt, ihr glücklichen

Seelen, geht ein in das Reich meines Vaters, denn ich bin hungrig und durstig gewesen, und ihr habt mich gespeist und getränkt. Ich bin nackt gewesen, und ihr habt mich bekleidet. Ich bin obdachlos gewesen, und ihr habt mich beherbergt. Ich bin krank gewesen, und ihr habt mich besucht. Ich bin gefangen gewesen, und ihr seid zu mir gekommen." Und sie werden sagen: „Wann, o Herr, haben wir all diese Dinge für dich getan?" Und des Menschen Sohn wird erwidern: „Was ihr den geringsten unter meinen Brüdern getan habt, das habt ihr mir getan." — Zu denen zu seiner Linken aber wird er sagen: „Ihr habt mich weder gespeist noch gekleidet, ihr habt mir weder Obdach gewährt noch mir geholfen, — denn so oft ihr meine Menschenbrüder in Not ließet, habt ihr mich in Not gelassen." Und so werden diejenigen, die ihren Gott und Herrn nicht erkannt haben, in die ewige Pein gehen — die Guten aber werden eingehen in das ewige Leben.

(Anerkennung und Zustimmung)

SADDUZÄER: Rabbi, darf ich eine Frage stellen?

JESUS: Gewiß.

SADDUZÄER: Würdest du mir wohl deine Ansicht über das ewige Leben sagen? Ich bin Sadduzäer.

FRECHE STIMME: Dann bist du ein verdammter Ketzer!

(Pfuirufe und Lachen)

SADDUZÄER: Ich glaube nicht an die Auferstehung.

FRECHE STIMME: Weine man nicht, Angeber! Deshalb kommt 'se doch.

SADDUZÄER: Ich werde daran glauben, wenn ich sie erlebe!

FRECHE STIMME: Dann iss es 'n Kunststück. *(Lachen)*

SADDUZÄER: Ich könnte mir vorstellen, daß allerhand Kunststücke nötig sind, wenn die Auferstehung kommt. Rabbi, Moses hat das Gesetz gegeben, daß, wenn ein Mann ohne Nachkommen stirbt, sein Bruder die Witwe heiraten soll und Kinder mit ihr haben, damit seines Bruders Name nicht ausstirbt. Schön — es waren nun sieben Brüder, und der älteste starb, ohne Kinder zu haben. Jetzt wurde seine Witwe an den zweiten Bruder verheiratet, und es ging genau so. Und dann kam der dritte Bruder und der vierte...

FRECHE STIMME: Ruhig so weitermachen! *(Lachen)*

SADDUZÄER: ... bis zum siebenten. Keiner von ihnen hatte Kinder. Zum Schluß starb auch die Frau.

FRECHE STIMME: Höchste Zeit. *(Lachen)*

SADDUZÄER: Wird das nicht bei der Auferstehung eine peinliche Geschichte? *(Lachen)* Alle sieben haben sie gehabt — wer kriegt sie denn nun zum Schluß?

STIMMEN: Das ist gut! Da finde mal erst 'ne Antwort! *(Lachen und Spott)*

JESUS: Es ist eine ziemlich alberne Frage. Glaubst du denn, daß die Auferstehung nur eine einfache Wiederholung und ein Abklatsch dieser Welt ist? Die Geister der Seligen sind wie die Engel — sie heiraten nicht und werden nicht geheiratet.

STIMMEN: Gut geantwortet. Das ist richtig. He, Sadduzäer, was sagst du jetzt? *(Lachen)*

JESUS: Und was die Auferstehung angeht — sagt Gott nicht in der Bibel: Ich bin der Gott Abrahams, Isaaks und Jakobs? — Wie kann er das sein, wenn sie auf immer gestorben sind? Gott aber ist nicht der Toten, sondern der Lebendigen Gott.

STIMMEN: Los, Sadduzäer! Jetzt bist du dran.

SADDUZÄER: *(aus der Fassung gebracht)* Haarspaltereien über Stellen der Schrift liegen mir nicht. Ich bin kein Schriftgelehrter.

FRECHE STIMME: Dann hock dich hin und halt die Fresse. *(Lachen)*

ERSTER JUDE: Rabbi — von wem bist du beauftragt, zu lehren?

JESUS: Die Frage werde ich beantworten, wenn du mir eine andere beantworten willst. *(erregtes Erwarten)* Die Sendung Johannes des Täufers — war die von Gott oder war er ein Gimpelfänger?

ERSTER JUDE: Tja — ich weiß nicht — ich denke —

ZWEITER JUDE: Paß auf, Mann! Wenn du sagst: „Von Gott" — dann wird er fragen: „Warum hast du dann nicht auf ihn gehört?"

ERSTER JUDE: *(gereizt)* Das wollte ich auch gar nicht sagen.

BAUER: Sie, Herr! Wenn Sie sagen — daß Johannes ein Gauner gewesen wär, dann knallts! War ein großer Prophet, der Johannes!

STIMMEN: Alles was recht ist — das war er.

JESUS: Nun, mein Freund? Wir warten auf deine Antwort.

FRECHE STIMME: Sprich dich aus, Kleiner! Verkehrt ist es doch.

ERSTER JUDE: *(verdrießlich)* Über Johannes kann ich nichts sagen.

JESUS: Nun, dann werde ich dir sagen: wenn du erst von Johannes weißt, wirst du auch von mir wissen ... der Nächste?

SCHADRACH: Viel ist aber nicht an deinen Agenten ... die tut er mit der linken Hand ab.

PROZESSHANSEL: Rabbi — wenn du schon ein so großer Salomo bist, *(Gelächter)* dann kannst du vielleicht einen Rechtsstreit zwischen mir und meinem Bruder entscheiden. Er will mir mein Erbteil nicht herausrücken. Ich habe schon an allen Gerichten geklagt ...

JESUS: Mein Guter, ich bin doch kein Richter am Kanzleigericht! Sei nicht so habsüchtig! Wenn du und dein Bruder nicht so gierig wärt, hättet ihr euch längst ohne Gericht geeinigt. — Noch Fragen?

HERODESANHÄNGER: *(angriffslustig)* Aber ja! Meine Freunde und ich sind Herodesanhänger, echte, jüdische Patrioten. *(Beifall)* Wir wissen, daß du immer sagst, was du denkst, und dich keinen Deut um andere scherst. Nun sag mir: ist es recht, dem Kaiser Steuern zu zahlen?

MENGE: Ahhh! *(dies ist die Frage, auf die es ankommt, und sie wissen es)*

JESUS: Ihr Heuchler! Wollt ihr mir eine Falle stellen? — Zeigt mir einen Zinsgroschen ...

HERODESANHÄNGER: Hier ist eine Münze. Also — was ist?

JESUS: Sieh die Münze an. Wessen Bild und Namen trägt sie?

HERODESANHÄNGER: Das Bild des Kaisers selbstverständlich.

JESUS: Dann gebt dem Kaiser, was des Kaisers ist. Aber gebt auch Gott, was Gottes ist. Ihr seid nur Menschen, aber das Bild, das ihr tragt, ist das Abbild Gottes. Was also schuldet ihr ihm?

SCHRIFTGELEHRTER: Rabbi, alles das wissen wir. Wir sind es Gott schuldig, seinem Dienst zu leben und seine Gebote zu halten. Aber welches seiner Gebote ist das Wichtigste?

ERSTER PHARISÄER: Gut! Gut! Antworte! Jetzt hast du mit einem Schriftgelehrten zu tun!

ZWEITER PHARISÄER: Wie steht's mit: Du sollst Vater und Mutter ehren?

ERSTER PHARISÄER: und mit der Sabbathheiligung?

ZWEITER PHARISÄER: — und wie ist es mit dem Gesetz über Gotteslästerung? Wir wollen Antwort!

JESUS: Höre, Israel! Du sollst lieben Gott deinen Herrn von ganzem Herzen, von ganzer Seele und von ganzem Gemüte mit allem, was in dir ist. Das ist das erste und größte Gebot. Das zweite aber ist ihm sehr ähnlich: Du sollst deinen Nächsten lieben, wie dich selbst! Diese beiden Gebote umschließen das ganze Gesetz und die Propheten.

SCHRIFTGELEHRTER: Du hast das gut gesagt, Rabbi. Das ist die Wahrheit: Gott zu lieben mit Herz und Seele und Verstehen, und deinen Nächsten lieben wie dich selber — das wiegt jede Menge Brandopfer auf. Und wenn jemand diese beiden Gebote hält — dann halten sich die anderen von selber.

JESUS: Wenn du das verstanden hast, mein Sohn, dann bist du dem Reich Gottes nahe. — Hat noch jemand eine Frage?

ZWEITER JUDE: Nur diese noch, Rabbi. Du sprichst vom Reiche Gottes. Wenn nun das Reich kommt — wer wird dann der Höchste in diesem Reiche sein? *(Allgemeine Erregung)*

ERSTER ÄLTESTER: Aha! Jetzt haben sie ihn fest!

SCHADRACH: N — na! Er lacht laut heraus!

ERSTER ÄLTESTER: Das Lachen wird ihm schon vergehen. Wenn er auf eine Priesterherrschaft verfällt, beleidigt er die Herodesleute. Verkündet er ein weltliches Königreich, — beleidigt er die Pharisäer...

SCHADRACH: — und wenn er sich selbst nennt, sind alle beide Seiten gekränkt und hängen ihm versuchten Aufruhr an ... glauben Sie wirklich, daß er so leicht zu fangen ist?

JESUS: Meine Jünger kennen die Antwort auf diese Frage — und jetzt werde ich sie euch sagen ... Mutter, darf ich das kleine Mädel mal einen Augenblick haben? — Komm, Liebling — auf meine Schulter, daß dich alle sehen können! Wahrlich, wahrlich, ich sage euch — dem einfältigen, kindlichen Herzen stehen die Tore des Reiches weit offen! Wer demütig ist, wie dies Kind, der ist der Größte im Reiche Gottes *(erstauntes Aufsehen)*. Und hütet euch! Der Mann, der die Seele eines Kindes verdirbt oder sein Gemüt vergiftet, der begeht ein scheußliches Verbrechen. Es wäre besser, daß ein Mühlstein an seinen Hals gehängt — und er ersäuft würde, wo das Meer am tiefsten ist ... so, danke, Kleines. Gib mir einen Kuß — und Gott segne dich.

FRAUEN: Rabbi! Rabbi! Bitte, segne unsere Kinder auch ... lauf zu dem guten Rabbi, Liebling — vergiß meinen kleinen Jungen nicht, lieber Rabbi — Rabbi, Rabbi! *(Stimmengewirr)*

MATTHÄUS: Laßt, laßt — der Rabbi hat zu tun! Er kann sich doch nicht mit hundert und tausend Gören abgeben.

JESUS: Schon gut, Matthäus! Lasset die Kindlein zu mir kommen und wehret ihnen nicht, denn ihrer ist das Reich Gottes. Und ihre Schutzengel sehen allezeit das Angesicht meines Vaters im Himmel. — Gott segne dich, mein Kind, dich und deine Mutter ... Gott segne dich und führe dich in Sein Reich ...

Zweiter Abschnitt

(Auf der Straße)

DER EVANGELIST: Und als er durch die Straßen ging, kam ein junger Mann zu ihm gelaufen und kniete zu seinen Füßen ...

JUNGER MANN: Guter Rabbi! Guter Rabbi! Was soll ich tun, daß ich das ewige Leben gewinne?

JESUS: Warum nennst du mich gut? Einer nur ist gut und das ist Gott. Brauche solche Worte nur, wenn du sie ehrlich meinst ... und du weißt doch sehr wohl, was du zu tun hast! Halte die Gebote: Du sollst nicht töten! Du sollst nicht stehlen! Du sollst nicht lügen! Du sollst nicht begehren deines Nächsten Weib — du sollst Vater und Mutter ehren — du sollst ...

JUNGER MANN: O ja! Das habe ich alles gehalten von Jugend auf. Aber es muß doch mehr dazugehören! Ich werde das Gefühl nicht los, daß mir irgend etwas fehlt — eine Erfahrung auf geistigem Gebiet — die ich nicht habe. Was kann ich tun?

JESUS: Wenn du wirklich vollkommen sein willst, dann gibt es wohl etwas, das du tun könntest ... und ich hoffe sehr, du wirst es tun, denn ich mag dich sehr gern.

JUNGER MANN: Was ist es, Rabbi?

JESUS: Gehe hin, verkaufe alles, was du hast, gib das Geld den Armen und dann komm und folge mir.

JUNGER MANN: *(verblüfft)* Alles verkaufen, was ich habe? — Rabbi, du bist dir wohl nicht ganz klar darüber ... ich bin ein reicher Mann!

JESUS: Du wirst dafür einen Schatz im Himmel haben ... wirst du es tun? ... Meine Jünger hier haben es alle getan!

JUNGER MANN: Bei denen ist es etwas anderes ... gibt es keine andere Möglichkeit?

JESUS: Für dich — keine!

JUNGER MANN: Das ist aber schade!

JESUS: Ja, das ist es.

JOHANNES: Meister, er geht ... so ein Jammer! Magst du ihn nicht zurückrufen, um ihn zu überreden?

JESUS: Nein, Johannes. Er muß selber wählen. Wie schwer ist es doch für reiche Menschen, in das Reich Gottes zu kommen! Du mußt Mitleid mit ihnen haben, denn das Leben ist sehr schwierig für sie.

PETRUS: Du erstaunst mich, Meister! Auf den Gedanken, reiche Leute zu bedauern, bin ich noch nie gekommen.

JESUS: Wirklich nicht, Petrus?

JAKOBUS: Ich finde, sie haben viele Vorteile! Es ist leicht für die Reichen, sauber und tugendhaft und ehrlich und respektabel zu sein — und gute Werke zu tun, und sich zu bilden — und Zeit für die Kirche zu finden.

JESUS: Das denkst du, Jakobus. Aber ich sage dir, es ist leichter, daß ein Kamel durch ein Nadelöhr geht, als daß die, denen Reichtum alles ist, in den Himmel kommen.

PETRUS: Ja — wenn die nicht selig werden können — wer kann denn dann überhaupt selig werden?

JESUS: Nach menschlichem Ermessen ist es unmöglich, aber nicht bei Gott; denn alle Dinge sind möglich bei Gott.

PETRUS: Meister, wir haben doch alles aufgegeben, was wir hatten — viel war es ja nicht, — was wird uns nun dafür?

JESUS: *(fröhlich)* O Petrus, das kann ich dich versichern: Wer mir zuliebe Vater, Mutter oder Weib und Kind oder seinen weltlichen Besitz aufgegeben hat, der wird es hundertfältig zurückerhalten — selbst in dieser Welt. Die ganze Menschheit wird seine Familie sein, ihre Sorgen werden seine Sorgen — und er wird finden, daß er eine recht schwierige, große Familie hat! Sein Leben wird voller Geschehnisse sein, voller Nöte und Verfolgungen — und im Jenseits wird er das ewige Leben haben.

JOHANNES: Lieber Meister, — wir machen uns nichts aus den Sorgen — wenn wir nur immer bei dir sein können.

JAKOBUS: Und wenn du in dein Königreich kommst, dann werden wir bei dir sein, nicht wahr? Das ist alles, was wir wollen — zu deinen Seiten sitzen, wie wir es immer getan haben.

JESUS: *(wechselt den Ton)* Jakobus und Johannes! Ihr wißt nicht, um was ihr bittet. Könnt ihr den bitteren Kelch trinken, den ich leeren muß, oder getauft werden in dem tiefen Wasser meiner Taufe?

JOHANNES: Meister, wir sind zu allem bereit!

JAKOBUS: Es gibt nichts, was wir nicht ertragen könnten.

JESUS: Ihr werdet in der Tat aus meinem Kelche trinken und mit meiner Taufe getauft werden. Doch ob ihr neben mir sitzen werdet, darüber habe nicht ich zu bestimmen. Es wird alles so geschehen, wie es euch bestimmt ist. Ihr versteht das jetzt noch nicht — aber einmal werdet ihr es begreifen.

JAKOBUS: Ja, Herr! Vielleicht hätten wir nicht fragen sollen.

JOHANNES: Sicher gibt es andere, die würdiger sind als wir.

THOMAS: Ihr beiden Zebedäus haltet ein wenig viel von euch selber!

ANDREAS: Das Reich Gottes wird nicht für euren Privatgebrauch geschaffen.

PHILIPPUS: Judas sagte erst gestern — wo ist denn überhaupt Judas?

ANDREAS: Weiß nicht. Seit wir in der Stadt sind, habe ich ihn nicht mehr gesehen.

PHILIPPUS: Ist ja auch gleichgültig — — also er sagte, er könne das Vorziehen nicht leiden.

JOHANNES: Das sieht Judas ähnlich, so etwas zu sagen.

JAKOBUS: Er ist eifersüchtig — und du bist es auch!

MATTHÄUS: Schon gut, schon gut, ihr beiden Zebedäus. Beruhigt euch nur. Wir alle wissen, wie der Meister euch liebt, aber ihr dürft auch nicht alles als euer gutes Recht beanspruchen.

JESUS: Kinder, Kinder! Zankt euch doch nicht! Außerdem versteht ihr das ganz falsch: in einem weltlichen Königreich hat der Herrscher Macht und seine Untertanen dienen ihm. So soll es unter euch nicht sein! In unserem Reich ist der Größte, wer anderen den größten Dienst erweist. Denn der Menschensohn selber kommt nicht als Fürst, sondern als Diener — und um sein Leben für die Menschheit zu geben.

Dritter Abschnitt

(Haus des Hohenpriesters)

DER EVANGELIST: Es war aber der Satan gefahren in Judas, genannt Ischariot, der war einer von den Zwölfen.

DIENER: Hochwürden Kaiphas, draußen ist jemand, der Sie zu sprechen wünscht.

KAIPHAS: Wir sind sehr beschäftigt. Ist er denn bestellt?

DIENER: Er sagt, Sie würden ihn sehen wollen. Er heißt Judas Ischariot.

KAIPHAS: O! ... Ja, Judas Ischariot wollen wir sprechen. Bring ihn herein ... Na, Vater Hannas — sieht das nicht vielversprechend aus?

HANNAS: Ja. Es sieht aus, als ob dieser närrische Eselritt unseren hochgesinnten jungen Freund aus dem Gleichgewicht gebracht hat. Um so besser — unsere Agenten haben ziemlich versagt, heute nachmittag.

KAIPHAS: *(schroff)* Schlecht arrangiert. — Ich glaube aber, unser inspirierter Zimmermann hat sich jetzt etwas übernommen. Der Haken für diese Prediger der Weltabgewandtheit ist, daß ihre Anhänger sie gern beim Wort nehmen.

HANNAS: Mein Sohn, das ist ein Fehler, den du bestimmt nicht machst!

KAIPHAS: Soweit meine Stellung erlaubt, bin ich Realist ... ah, hier ist unser Freund Judas ... Guten Abend! Sie sehen müde aus ... Samuel, einen Stuhl für den guten Mann hier. Dann schließ die Tür, bitte. *(Tür geht zu)* Nun, Judas, — können Sie ganz offen sprechen. Außer meinem Schwiegervater und mir ist niemand hier. Ihrem Gesicht nach fürchte ich, daß Sie Ärger gehabt haben?

JUDAS: Mehr als das! Hochwürden — ich habe Sie getäuscht!

HANNAS: Aber gewiß nicht mit Absicht, nicht wahr?

JUDAS: Hochehrwürden! Ich fühle mich beschämt. Ich habe Ihnen gegenüber Bürgschaft für seine Ehrlichkeit übernommen — und jetzt weiß ich, daß Jesus korrupt bis auf die Knochen ist.

KAIPHAS: Wirklich? Aber das ist ja furchtbar!

JUDAS: Ich habe seiner Heuchelei Glauben geschenkt! Ich habe seinen Anspruch unterstützt! Trotz allem, was geschah, und gegen besseres Wissen habe ich meinen wachsenden Verdacht unterdrückt. Ich habe aufrichtig geglaubt, daß er charakterlich stark genug sei, um die Versuchung zu überwinden. Ich war ein Narr — ihm zu glauben!

HANNAS: „Vertraue niemand, der vom Weib geboren!" Welch traurige Wahrheit!

KAIPHAS: Eine vertrauende Natur ist etwas Wunderschönes — aber in dieser unvollkommenen Welt muß sie viel traurige Enttäuschungen erleben ... in welcher Weise hat sich Jesus unwürdig erwiesen?

JUDAS: Seine Heuchelei ist widerlich. Er predigt das Reich Gottes und den Weg der Reinigung — und hat gleichzeitig eine Verschwörung angezettelt, um die Seele Israels zu verderben.

HANNAS: Scheußlich, scheußlich! Aber übertreiben Sie nicht ein wenig, mein Lieber? Die Anbetung ist ihm vielleicht in den Kopf gestiegen, und der Beifall der Massen hat ihn aus dem Gleichgewicht gebracht ... aber was ist das schließlich als harmlose Eitelkeit?

JUDAS: Ich habe Beweise ... Baruch, der Zelot, wartet in den Bergen mit tausend Speermännern. Gestern nacht sandte er einen Boten an Jesus. Die Antwort war: Sage Baruch, daß ich ihm das Zeichen geben werde. Heute war ein Reitesel zur Stelle — auf Grund eines verabredeten Losungsworts. Auf Baruchs Esel ritt Jesus in Jerusalem ein — inmitten einer Menge, die ihn öffentlich als Messias grüßte.

KAIPHAS: Das klingt ziemlich übel. War noch etwas?

JUDAS: Ja. Jesus hat den Krieg gegen Jerusalem proklamiert.

HANNAS: Allmächtiger Himmel! Wissen Sie das sicher?

JUDAS: Ich habe ihn selber gehört. Er sagte: Weil du mich nicht aufgenommen hast, als ich in Frieden kam, darum sollst du belagert und zerstört werden und soll kein Stein auf dem anderen bleiben.

KAIPHAS: Wie ruchlos! — Es werden sofort Maßnahmen ergriffen werden. Wir sind Ihnen äußerst dankbar für die Warnung, Herr Ischariot. Ich fürchte, es ist für Sie ein entsetzlicher Schock gewesen!

JUDAS: Es ist fürchterlich, sich so in einem Menschen zu täuschen . . ., und ich möchte heute noch schwören, daß ich mich nicht getäuscht hatte! Gott hat ihn als Messias gesandt! Er *war* der Messias — wenn er nur sich selbst treu geblieben wäre! Mein Wort, Hochehrwürden Kaiphas: es ist ein großer Mann an Jesus von Nazareth verlorengegangen! Die herrlichsten Träume, die ich je geträumt habe — die innigsten Gebete meines Herzens — all meine Hoffnungen — all meine Ideale schienen in ihm verwirklicht zu sein. Und doch hat er — Er — sich so weit erniedrigt, zu den kleinen Seelen hinabzusteigen, den Beifall der unwissenden Menge zu genießen und sein himmlisches Recht der Erstgeburt für ein Linsengericht zu verkaufen, das er verachtet — schon während ihn danach hungert. — Warum wollte er nur nicht auf mich hören! Immer wieder habe ich ihn gewarnt!

KAIPHAS: Ich bin sicher, Sie waren sein guter Geist.

JUDAS: *(all sein persönlicher Ärger kocht plötzlich auf)* Ich habe ihn verstanden! Ich hätte ihn auf dem rechten Wege halten können! Aber mir schenkte er ja nicht sein Vertrauen! Er umgibt sich mit Idioten und Kriechern, mit unreifen Burschen wie Philippus, gewöhnlichen Fischern wie Thomas und Andreas, die nicht mehr Phantasie haben als die glotzenden Karpfen in ihren Netzen — Simon Petrus, dessen Grobheit und schlechte Manieren schon fast originell sind — und natürlich mit seinem Busenfreund Johannes bar-Zebedäus, der nur erbärmlichste Bewunderung zusammenstottert und den Meister ansieht wie ein kranker Hund und jedes kleine Wort als höchste Weisheit schluckt.

HANNAS: So geht's. Wenn ein Mann der Liebling der Masse ist, dann will er der König seines Kreises sein — und seine aufrichtigen Freunde schmeicheln ihm nicht genug.

KAIPHAS: Und niemals waren Sie wahrhafter sein Freund als heute — als Sie zu uns kamen. Wissen Sie auch, welches der beste Dienst ist, den Jesus sich selbst und Israel erweisen kann?

JUDAS: Was ist es?

KAIPHAS: Sterben. Jetzt zu sterben — wo sein Bild noch sauber und fleckenlos in den Herzen der Menschen ist. — Lebend ist er ein ganz gewöhnlicher Demagoge — mit allen Fehlern und Schwächen dieser Art Menschen. Tot — ist er eine Idee — ein Symbol — der Geist der gequälten Judenheit — rein von allen menschlichen Schwächen und frei von Schlacke. Niemand wird sich einst erinnern, daß Jesus auch Fehler hatte ... man wird sich nur erinnern an seine Lehren und an die Wunder, die er wirkte!

JUDAS: *(greift begierig diese Rechtfertigung auf)* Das ist wahr! O, so wahr! Sie haben recht! Das ist der Weg! Sie sprechen mir aus dem tiefsten Herzen! „Des Menschen Sohn muß sterben, bevor er erlösen kann", so sagte er selber. In seinen besseren Augenblicken hat er es gewußt. Wenn er den Willen verloren hat, seinem wahren Schicksal zu folgen, dann müssen wir dafür sorgen, daß seine Worte wahr werden, auch gegen seinen eigenen Wunsch. In uns — oder durch uns — so — oder so — muß erfüllt werden, was geschrieben steht. Das waren deine Worte ... deine eigenen Worte, Jesus von Nazareth! Und so werden wir Israel erlösen!

KAIPHAS: Das sprach ein wahrer Patriot! Ich bin sehr glücklich, daß es mir gelungen ist, Ihre Erregung zu besänftigen. Aber jetzt — bitte verzeihen Sie mir — müssen wir handeln! Jesus muß verhaftet werden, bevor Baruchs Aufstand losbricht. Wissen Sie, wann das ist?

JUDAS: Nicht genau. Ich denke aber, daß er die Gelegenheit ergreifen wird, wenn so viel Anhänger von Jesus zum Fest in Jerusalem sind.

KAIPHAS: Das läßt uns nicht viel Zeit. Wir müssen schnell handeln.

HANNAS: Aber vorsichtig, Kaiphas, vorsichtig! Wir wollen keinen Aufruhr. Besonders nicht mit dem Statthalter in Jerusalem.

KAIPHAS: Nein. Laß mich nachdenken ... Ischariot — um zweierlei möchte ich Sie bitten — um Israels willen!

JUDAS: Nennt es.

KAIPHAS: Zuerst: versuchen Sie herauszufinden, wann Baruch losschlagen will. Und zweitens: Lassen Sie uns bitte wissen, wann Jesus einmal nicht im Schutz einer Volksmenge ist, damit wir ihn verhaften können, ohne Unruhen hervorzurufen.

Wollen Sie das tun? Auf unsere Dankbarkeit können Sie rechnen.

JUDAS: Ich werde es tun. Aber mit Ihrer Dankbarkeit rechnen werde ich nicht! Ich verlaß mich auf niemand mehr. Ich habe alles, was ich hatte, aufgegeben, um Jesus zu folgen, und jetzt läßt er mich im Stich. Wer sagt mir, daß Sie mich nicht nur als Werkzeug benutzen und dann fortwerfen? Schöne Worte über Patriotismus sind billig, aber glauben Sie denn, daß die Geschichte mich nichts gekostet hat? Haben Baruchs Boten mir ihre Geheimnisse zugeflüstert, weil sie der hehren Sache der Wahrheit dienen wollten? Ich habe schwer gearbeitet und gewühlt, um meine Informationen zu bekommen — ich habe gelogen und gestohlen — jawohl — aus der gemeinsamen Kasse habe ich gestohlen! Und sie mißtrauen mir schon! Dieser ordinäre kleine Zöllner Matthäus kann mich jeden Tag anzeigen und ins Gefängnis stecken lassen. Was soll ich dann dem Richter sagen? Er möchte sich an den Hohenpriester wenden? Sich das Geld aus der Tempelkasse zurückzahlen lassen? Soll ich darauf vertrauen, daß die Sanhedrin sofort zu meiner Hilfe eilen? Ich sage Ihnen offen: ich traue niemand! Ich glaube nur noch an das, was ich in der Hand halte und anfassen kann. Alle Menschen sind Lügner — nur die Dinge lügen nicht! Macht mir eine Zahlung und laßt es schwarz auf weiß in den Protokollen stehen als Beweis dafür, daß ich alles, was ich getan habe, für Euch getan habe; für Euch und Israel.

KAIPHAS: Aber natürlich. Natürlich! Selbstverständlich müssen Sie Ihre Auslagen ersetzt bekommen und eine angemessene Summe für Ihre Verdienste. Sagen Sie mir, was Sie fordern, und wir werden Ihnen mit Vergnügen jeden vernünftigen Betrag zahlen ...

DER EVANGELIST: Und sie einigten sich auf dreißig Silberlinge ...

NEUNTES SPIEL

DAS ABENDMAHL DES HERRN

Der EVANGELIST
JESUS
SIMON PETRUS
ANDREAS, *Sohn des Jonas*
JAKOBUS, *Sohn des Zebedäus*
JOHANNES, *Sohn des Zebedäus*
PHILIPPUS
NATHANAEL
THOMAS DER ZWILLING
MATTHÄUS *der Zöllner*
JAKOBUS, *Sohn des Alphäus „der Kleinere"*
JUDAS *(nicht Ischariot)*
SIMON VON KANA
JUDAS ISCHARIOT
(SIMON PETRUS bis JUDAS ISCHARIOT: *Jünger Jesu*)
KAIPHAS, *Hoherpriester von Israel*
SEKRETÄR *des Kaiphas (Hesekia)*
HANNAS, *Schwiegervater des Kaiphas*
SCHADRACH
GAIUS PONTIUS PILATUS, *Statthalter von Judäa*
CLAUDIA PROCULA, *Frau des Pilatus*
HAUPTMANN *der Tempelwache (Hauptmann Elihu)*
MALCHUS

DAS SPIEL

Die Grundnote dieses Spiels ist „Krisis". Von Anfang bis zu Ende haben wir ein Gefühl des zur Entscheidungdrängens und der Erwartung — das nur in der Mitte aussetzt, um für den großen, ruhevollen Augenblick der Einsetzung des Abendmahls eine Atempause zu schaffen, dann eilt das Spiel mit beschleunigter Bewegung und in einer immer drückenderen Atmosphäre drohenden Unheils der heftigen Schlußszene zu. Nicht einen Augenblick darf irgendein Anklang an kirchliche Tradition die Tatsache vergessen lassen, daß dies die größte aller *menschlichen* Tragödien ist (ich meine nicht mein Spiel — ich meine das, was geschieht).

Hier ist der Brennpunkt der ganzen Spielfolge. Deshalb ist dieses Spiel auch voll von Widerhall und Erinnerungen. Die ersten Worte des Petrus und des Johannes erinnern an das siebente Spiel (aber damals waren es die „Rosen von Saron" — jetzt sind es „bittere Kräuter"). In derselben Szene ruft uns Jesus das zweite Spiel ins Gedächtnis, als Johannes zuerst zu ihm geeilt kam; die Jünger erinnern einander an ihre Berufung, an die erste Aussendung, an die Auferstehung des Lazarus, an das Laubhüttenfest und an die Predigten Jesu. Der Streit darüber, wer „der Größte im Himmelreich" sein wird, ruft uns das Versprechen, das dem Petrus im fünften Spiel gegeben wurde, ins Gedächtnis; und auch den früheren Streit um dieselbe Sache und die Bitte des Jakobus und Johannes (achtes Spiel). Die Fußwaschung verweist zurück auf die Taufe des Johannes (zweites Spiel), und Judas erinnert uns an das Jesus gegebene Versprechen, daß er seine Hand nicht wieder vom Pflug nehmen werde (viertes Spiel). Bei der Einsetzung des Abendmahls kommt Johannes auf das Gespräch über das „Brot des Lebens" zurück (fünftes Spiel). Und schließlich verweist die Szene im Garten Gethsemane auf die Verklärung (sechstes Spiel).

DAS OSTERMAHL: Aus technischen Gründen habe ich des Johannes' Zeitordnung nicht übernommen, sondern das Abend-

mahl mit dem Passahmahl zusammenfallen lassen. Ich habe angenommen, daß das Mahl von Frauen im Hof zubereitet wird und die Jünger im Hereinkommen die einzelnen Gerichte mitbringen, je nachdem sie fertig werden. Die Folge des Abendmahls war: der erste Becher Wein; die bitteren Kräuter (die mit einer Soße gegessen wurden); das ungesäuerte Brot; der zweite Becher, bei dem der älteste Sohn dem Hausvater die rituelle Frage stellen mußte: „Was bedeutet diese Gabe?" Für gewöhnlich antwortete der Vater: „Dies ist das Passahopfer des Herrn", wonach das Osterlamm gegessen wurde. Die Einsetzung des Abendmahls fügt sich gut in diesen Rahmen; da die Erklärung: „Dies ist mein Blut des Neuen Bundes" die Stelle der gewöhnlichen rituellen Antwort einnimmt und — mit dieser zusammen gewertet — die Opfernatur von Brot und Wein deutlich macht, ohne jedoch das umstrittene Wort „Opfer" zu benutzen.
Das ungesäuerte Brot war ein dünner, flacher Fladen, wohl ähnlich der heutigen jüdischen Matze, und krachte auch so beim Zerbrechen.

PERSONEN

DIE JÜNGER: Zu Anfang des Spiels sind sie nach dem Einzug in Jerusalem noch in gehobener Stimmung. Jeden Augenblick erwarten sie das Kommen des Reiches Gottes, und wenn sie auch ein Schlag nach dem anderen trifft und sie verwirrt, so verlieren sie doch bis zum letzten Augenblick nicht die Gewißheit, daß plötzlich etwas Entscheidendes geschehen wird. Ganz zu Anfang werden durch die Ängstlichkeit des Wirts und die besonderen Vorsichtsmaßnahmen bei ihrer Ankunft Unruhe und Gefahr angedeutet, und daß Johannes sagt, er habe ein Gefühl wie vor einer „Geburtstagsfeier", vermehrt noch ihre erwartungsvolle Erregung. Wie aufgeregte Kinder fangen sie an, sich zu zanken; Thomas hat mit den Zebedäern einen kleinen Zusammenstoß; und obwohl sie in Jesu Gegenwart das Fest mit kameradschaftlichen Gefühlen und freundlichen Erinnerungen beginnen, beschwört doch des Matthäus' unglückselige und ganz unschuldige Bemerkung einen Ausbruch allgemeinen törichten Geredes herauf, den die Grobheit des Judas fast in kleinliches Gezänk ausarten läßt. Aber alles das sollte leichthin gespielt werden, nicht dick aufgetragen und keinesfalls auf Lacherfolge abzielen. Es ist alles Geplänkel — aber ein wenig Schärfe ist dabei, und sie haben etwas den Kopf verloren. Petrus und Johannes, auf deren Kosten es geht, mögen es gar nicht; aber weniger um ihrer selbst willen, als weil sie fühlen, daß Jesus es auch nicht mag.

Die Fußwaschung ist der erste Schock und ernüchtert sie vollständig. Von da ab trifft sie Schlag auf Schlag, jeder vernichtender als der vorige:

1. *„Einer unter euch wird mich verraten."* Das ist schlimm genug, wo doch gerade das Reich Gottes Wirklichkeit werden soll. Selbst die, welche Judas nicht leiden mochten oder denen er unheimlich war, haben ihm so etwas nicht zugetraut. Wohl war er unfreundlich und sonderbar, und bestimmt wissen zwei

oder drei, daß die Geldangelegenheiten nicht stimmen. Aber das ist doch ganz etwas anderes — und gescheite Leute wie Judas sagen ja manchmal sonderbare Sachen; trotzdem erwartet man von ihnen nicht, daß sie etwas wirklich Böses tun. So etwas gibt es einfach nicht. Überhaupt, der Meister hat gerade Judas den Bissen gereicht — das ist eine Auszeichnung — und ihm zugeflüstert; Judas geht hinaus — das ist leicht zu erklären, — und dann, als sie gerade dabei sind, mit dieser Sache fertig zu werden, vertreibt der zweite Schlag sie ganz und gar aus ihrem Bewußtsein.

2. *„Ich gehe von euch.“* Der Meister sieht aus, als wolle er ihnen etwas Wichtiges sagen. Nun hat er es gesagt — und es ist gar nicht zu fassen: Er wird sie *verlassen.* Nichts mehr vom Reich Gottes. Er geht einfach fort und fast sogleich. Gerade jetzt wird er gehen, und dahin, wohin sie ihm nicht folgen können. Dann sagt er noch etwas Unverständliches darüber, daß sie ihn nicht sehen und doch sehen werden. Und es klingt endgültig. Zum Abschied, zum Abschluß seiner Lehre, stellt er ein neues Gesetz für sie auf. Wie soll man denn das alles verstehen? — Während der Pause muß sich ihre Bestürzung irgendwie gefangen haben, aber es ist eine sehr niedergeschlagene Gesellschaft, die sich genügend zusammennimmt, um die Passahfeier bis zum Ende durchzuführen.

3. *„Dies ist mein Leib.“* Petrus, Jakobus und Johannes haben den zweiten Schlag weniger unvorbereitet empfangen als die anderen am unteren Tischende, aber ihre Angst ist um so größer. Sie wissen mehr als die anderen. Besonders Johannes spürt, daß etwas ganz Außergewöhnliches bevorsteht. Menschliche Trauer und zugleich eine ganz andersartige, übernatürliche Furcht kommen wie Wellen über ihn. Die Worte der Sakramentseinsetzung sind erschreckend und unverständlich — (für uns gehören sie in den Zusammenhang von „Frühmesse“, „Abendmahl“ und ähnlichem — aber wie müssen sie auf dem Hintergrund des jüdischen Tempeldienstes gewirkt haben mit seinen alltäglichen, allwöchentlichen, allmonatlichen Schlachtopfern und den Ostergebräuchen, dem frischen Blut an den Türpfosten? Und der lebendige Mensch, mit dem man zwei oder drei Jahre lang gegessen, getrunken, gesprochen, gelacht hat, sitzt da neben einem?) Jesus versucht, sie etwas zu beruhigen, — aber Thomas ist ärgerlich wegen dieses Gleichnisses von Wegen und bereiteten Wohnungen. Er will eine

Erklärung haben. Und die Erklärung führt zu nichts anderem als zu der erstaunlichen Feststellung, daß sie Gott nicht nur kennen, sondern ihn gesehen haben. Der jüdischen Seele ist die Überzeugung fest zu eigen, daß niemand Gott sehen und am Leben bleiben kann — also wenn diese Feststellung ernstzunehmen ist ... Philippus (der jung und stürmisch ist) will dieser Sache auf den Grund kommen. Jesus hat solche Dinge immer schon angedeutet — wenn er ihnen wirklich den Vater zeigen kann, so soll er es tun, dann werden sie zufrieden sein.

4. *„Wer mich sieht, der sieht den Vater."* Das ist für den strenggläubigen jüdischen Monotheisten entweder eine ungeheuerliche Gotteslästerung oder eine ganz ungeheuerliche Tatsache. Was die Jünger dazu gesagt haben, ist nicht berichtet worden. Vielleicht waren sie zu betäubt, um die Sache richtig zu erfassen. Aus ihrem nachträglichen Benehmen ist zu schließen, daß sie nicht an Gotteslästerung dachten. Aber Johannes läßt es dabei bewenden, und wir auch. Jedenfalls hören in den Schlußszenen die Jünger mit möglichster Fassung die letzten Lehren ihres Meisters und sein letztes Gebet für sie. Von hier ab brauchen wir nur auf Petrus, Johannes und Jakobus im einzelnen einzugehen, — es muß aber noch bemerkt werden, daß Philippus weit davon entfernt ist, seinen Freund Judas zu verdächtigen, und ihn als Freund begrüßt, als er im Garten erscheint.

PETRUS: In der ersten Szene hat er die Vorbereitungen für das Mahl in die Hand genommen, das Tischdecken, die Tischordnung usw. Während des ganzen Spiels ist er wie immer überstürzt, impulsiv, selbstsicher, setzt sich im Handumdrehen ins Unrecht und ist ebenso schnell reuig und demütig — und dann fängt die ganze Geschichte wieder von vorne an. Er ist wirklich von Natur großmütig und von echter Demut und sofort zur Einsicht und Abbitte bereit, wenn er im Unrecht ist. Er scheint nur nicht lernen zu können, im voraus darauf gefaßt zu sein, daß er unrecht haben könnte. Er ist seiner Sache sicher bei der Fußwaschung, — sieht dann sofort seinen Fehler, verfällt in das andere Extrem und muß wieder zurechtgewiesen werden. Laut und zuversichtlich behauptet er, daß er eher sterben als Jesus verleugnen würde; als die Rede von Schwertern ist, folgert er sofort, daß das Reich Gottes schließlich doch noch mit Gewalt erobert werden muß; im Garten von Gethsemane ist er bereit, das ganz allein zu tun, falls es nötig sein sollte. Keine Warnung vermag sein Selbstvertrauen zu erschüttern. Jesus betet oft für ihn, aber das macht ihm keinen Eindruck. Erst beim schrecklichen Hahnenschrei wird er die ganz tiefgreifende Erschütterung erfahren, die ihn endgültig zu sich bringt. Aber stets und immer hat er das „Gesicht". Petrus kann immer die Engel sehen. Und wenn er endlich erkennt, wie groß seine Schwachheit ist, dann werden seine echte Großmut und Demut ihn vor der Verzweiflung bewahren, die den Judas überwältigt, dem weder Demut noch Großmut eigen ist.

JOHANNES: Das einzig Wichtige bei Johannes ist hier, wie seine persönlichen Gefühle ihn nach und nach überwältigen. Bei der Prüfung im Garten von Gethsemane zeichnet sich der „Jünger, den Jesus liebte" in nichts vor den anderen aus. Mehr noch als die immer deutlichere Erkenntnis des grausamen Verlustes, der ihm persönlich droht, macht es ihn hilflos, die menschliche Qual des geliebten Menschen mitansehen zu müssen. Das ist mehr, als er ertragen kann, und er kann gar nicht helfen. Besser als Jakobus oder Petrus versteht er, was Jesus durchmacht, und es stürzt ihn in einen finsteren Abgrund von Elend — er ist wie ein Kind im Dunkeln. Bei der Verklärung konnte er dem Jakobus ein Halt sein — vor der Herrlichkeit Gottes hat er keine Furcht; aber vor der grausamen Tiefe menschlichen Elends hat er Angst, und nun klammert er sich an Jakobus. In der Schlußszene weckt das Auftreten des Judas den alten „Feuerfresser" in ihm, und er schreit wütend auf in Zorn und Ekel.

JAKOBUS: Siehe die Anmerkung über Johannes. Jakobus ist weniger persönlich betroffen als Johannes — er kann es über sich bringen, mit Petrus über die Dinge, die sie mitansehen müssen, zu sprechen; und als Johannes zusammenbricht, ist Jakobus da, um den kleinen Bruder zu trösten — wieder sind sie zusammen Kinder wie bei der Verklärung.

JESUS: Mehr noch als gewöhnlich muß er das Ganze tragen. Fast durch das ganze Spiel ist er der „sanfte" Jesus, bis auf einen kurzen Augenblick am Schluß.

In der ersten Szene ist er sich — neben allem anderen — dauernd der Gegenwart des Judas bewußt. Er weiß (im rein menschlich verstandenen Sinne), daß Judas vorhat, ihn zu verraten; und zwar bald. An diesem Abend muß er zweierlei erreichen: a) herausfinden, wieviel Zeit ihm denn nun noch bleibt, und b) noch ein letztes Mal versuchen, den Judas vor sich selbst zu retten. (Mit dem theologischen Aspekt brauchen wir uns hier nicht zu befassen — menschlich und dramatisch gesehen läuft es darauf hinaus.) Er und Judas spielen ein verzweifelt ernstes Spiel mit Zug und Gegenzug, jeder will herausfinden, wo der andere steht.

Jesus' Eröffnungszug ist eine freundliche Geste, — er lädt den Judas ein, bei Tische neben ihm zu sitzen. Judas antwortet darauf mit der Frage, wo sie die Nacht verbringen werden — die Frage ist so gestellt, daß sein Verdacht ganz unverhüllt zutage tritt. Die doppeldeutige Antwort darauf soll Judas an die „Stunde des Menschen Sohnes" erinnern, und es bleibt ihm überlassen, sie im Einklang mit seinen Absichten zu verstehen. Bei der Fußwaschung spricht Jesus eine ernste und sanfte Warnung aus und wird grob zurückgewiesen. Um jeden Preis will Judas seine Absicht ausführen. (Die anderen Jünger können natürlich diesen Wortwechsel nicht hören.) Nach diesem Schlag ins Gesicht legt Jesus die Karten auf den Tisch: „Einer unter euch wird mich verraten." Judas ist nun ziemlich sicher, daß Jesus genau Bescheid weiß. Als ihm der Bissen gereicht wird, spricht er die Herausforderung aus. Jesus antwortet: „Ja, du bist es — tu es bald", und da läßt Judas die Maske fallen. Seine Antwort bedeutet nichts als: „Ich weiß genug von deinen politischen Intrigen, und ich werde dich anzeigen." Er geht sofort hinaus.

Dies ist eine eindeutige Antwort auf die Frage a). Es bleiben Jesus bestenfalls noch ein paar Stunden. „*Jetzt* geschieht es." Und von diesem Augenblick an wird er beherrscht von einem verzweifelten Gefühl, daß alles eilig und dringend ist. Die Jünger sind noch sehr weit davon entfernt, ihn wirklich zu verstehen, obwohl er sich so große Mühe gegeben hat, sie vorzubereiten. Jetzt muß er's ihnen rundheraus sagen, und sie werden so furchtbar enttäuscht und verstört sein. Und er darf sie auch nicht zu sehr beunruhigen, Sie bis zu der bittersten Stunde, die noch diese Nacht kommen wird, zu führen, ist so schwer, wie geängstigte Pferde aus einem brennenden Stall zu bringen. So hilft er ihnen sanft über die großen, erschreckenden Dinge hinweg: — den Neuen Bund, das Zeugnis seiner Gottheit, die Ankündigung seines Todes, die Verheißung des Heiligen Geistes — mit Zureden, Beruhigung und Gebet. Aber sie sind zu aufgeregt, um das alles zu begreifen, und es ist ganz klar, daß sie der Prüfung nicht gewachsen sind. Und so wie sie nun sind, müssen sie von nun ab allein weitermachen; für sie hebt sich der Vorhang, und sie müssen sich durch ihre Rollen hindurchstümpern. Die arme kleine Herde! Aber das Allerwesentlichste haben sie in sich; der Geist wird bald kommen, und dann wird ihnen alles klar sein — aber bis dahin werden sie es sehr schwer haben.

Und hinter alledem zieht drohend die eigene Todesqual herauf. Solange Jesus im Abendmahlsraum ist, sind Gottes- und Menschenbewußtsein bei ihm sehr eng miteinander verschmolzen, und das Gottesbewußtsein überwiegt oftmals. Im Garten von Gethsemane scheint es, als ob das Menschenbewußtsein endgültig die Oberhand gewinnt, und ich glaube, die Szene sollte so gespielt werden, daß sie einen sehr starken, sehr deutlichen Eindruck der menschlichen Todesangst gibt, des Versagens menschlicher Gemeinschaft und der anscheinenden Vergeblichkeit des Gebets; bis zu dem Augenblick, wo er über die schlafenden Jünger hinweg Laternen und Fackeln sieht und das Unerträgliche, dem er sich stellen muß — und er stellt sich mit Würde. Dann kommen die drei großen Augenblicke, in denen seine Macht offenbar wird: die des Herrn der Menschen, der mit großer, klingender Stimme befiehlt: „Stecke dein Schwert in die Scheide" — das Echo der früheren Offenbarung göttlicher Herrschaft: „ICH BIN'S!" und das plötzliche Bewußtwerden der Allgewalt: „Ich, auf dessen Ruf mehr denn zwölf Legionen Engel herbeieilen würden" — und darauf das willige Sichfügen und Ergeben.

(Die letzten Reden und Gebete: Ich habe vier Kapitel des Johannes-Evangeliums auf 600 Worte zusammengedrängt und versucht, die liebsten und vertrautesten Stellen alle zu bringen. Nun hält das Ganze ziemlich fest zusammen in einem durchgeführten Gedankengang, und ich hoffe, daß gewissermaßen sein Eigengewicht das Spiel trotz seiner Länge trägt, so daß es nicht weiter gekürzt zu werden braucht. Eine oder zwei der Wiederholungen, die im Text so oft vorkommen, habe ich stehenlassen, damit der Eindruck der Anstrengung erhalten bleibt — des unermüdlich wiederholten Versuchs, das Wichtigste zu erklären. Ich habe auch den schwierigen, aber wichtigen Satz von Beutel und Schwert in seiner Bedeutung leicht abgebogen, indem ich ihn mit der Zeile: „Nicht bitte ich, daß du sie aus der Welt nimmst —" in Verbindung brachte.)

JUDAS: Für die erste Szene siehe die Anmerkung unter „Jesus". Judas ist ganz sicher, daß heute nacht irgend etwas geschehen wird — des Johannes harmlose Worte bestätigen seinen Verdacht, was geschehen wird, und die doppeldeutige Antwort, die er von Jesus erhält, legt er so aus, daß der Gewaltstreich: „Gründung des Reiches" im Garten von Gethsemane durchgeführt werden soll. Die Gewißheit, daß Jesus ihn durchschaut, verhärtet ihn zu wütendem Stolz und Haß; Sanftmut und Freundlichkeit vermehren nur seine Erbitterung (dies unterscheidet ihn so scharf von Petrus), und fast bewußt ist er nun darauf aus, zu verletzen und zu zerstören aus schierer Zerstörungswut. Er geht zu Kaiphas, und sein Bericht über Jesus ist eine geschickte Verdrehung der Tatsachen (wie ein raffinierter Journalist berichtet er wörtlich, entstellt aber den Zusammenhang). Aber er ist doch beeindruckt — er ist ja schließlich sehr gescheit — und ein schrecklicher Zweifel beginnt sich in ihm zu regen, ob er nicht doch vielleicht Jesus von Anfang an verkannt hat. Ist es möglich, daß Jesus wirklich sich selbst treu bleibt und freiwillig den Weg des Leidens geht? Und ist er, Judas, nur der abscheuliche Urheber eines ganz unnötigen Verbrechens, das aus einem Hirngespinst von Selbsttäuschung entsteht? — Kaum ist der Zweifel erwacht, da erstickt er ihn eiligst. Sein Stolz kann das nicht ertragen: Judas *kann* sich nicht irren — Jesus *muß* schuldig sein, damit Judas rechtbehält. Alles andere wäre eine unerträgliche Erniedrigung. Es würde bedeuten, daß Jesus dem Judas unvergleichlich, ja, ganz abscheulich überlegen wäre, und zwar auf seinem eigenen Spezialgebiet — daran kann kein Gedanke sein. Aber die verborgene Lust zur Grausamkeit, die sich in der Verkleidung einer masochistischen Lust zum Leiden versteckt hatte, kommt nun in ihrer eigenen Gestalt herausgekrochen. Judas fängt an, sich darauf zu freuen, daß Jesus in seiner Umarmung hilflos sein wird, wenn die Wache ihn verhaftet —. Im nächsten Spiel wird Judas die Wahrheit erfahren, einen entsetzlichen Augenblick lang wird er sich selbst sehen, wie er ist, und wissen, daß er tief in seinem Herzen Jesus immer gehaßt hat, wie der Ich-Mensch Gott haßt.

KAIPHAS: In diesem Spiel erweist er sich als schneller und kluger Organisator, der das Wesentliche der Situation sofort erfaßt und einen guten Kopf für Kleinigkeiten und schnelle Einfälle hat. Vom Gesichtspunkt des Aufbaus sind seine Szenen wichtig, weil sie Folgendes erklären: a) die eilige Art der Gerichtsverhandlung, die zu einem schwerwiegenden Vergehen gegen das Gesetz führte, daß nämlich der Gefangene nicht auf

Grund von Zeugenaussagen, sondern auf seinen eigenen Eid hin verurteilt wurde; b) die dringende Notwendigkeit, daß die Verhandlung in möglichst strenger Übereinstimmung mit dem jüdischen Gesetz verlief, wenn Pilatus das Urteil gültig erklären sollte (Frank Morison in „Who Moved the Stone" beweist meiner Ansicht nach eindeutig, daß Kaiphas den Pilatus in jener Nacht gesehen und das Versprechen von ihm erhalten hat, daß er das Urteil unterschreiben wird; und das ist der Schlüssel zu allen später folgenden gesetzlichen Maßnahmen); c) die Notwendigkeit, die Hinrichtung vor Sabbathbeginn durchzuführen; d) die formalen Beziehungen zwischen Judäa und Rom, die bedingen, daß eine Verhandlung vor dem Hohen Rat sich nur mit kirchlichen Vergehen und nicht mit Aufwiegelung befassen kann; e) den Grund, warum Judas nicht als Zeuge bei der Verhandlung auftritt.

PILATUS: Was unter „Kaiphas" gesagt ist, hilft auch den Pilatus erklären. Daß er ein jüdisches Urteil für gültig erklärt, ist nichts Besonderes. Seine Stellung entspricht etwa der eines britischen Magistratsbeamten in einer afrikanischen Kolonie. Die Eingeborenen sollen ihr eigenes Gesetz anwenden, und die fremde Regierung wird ihre Entscheidungen aufrechterhalten, solange die Verhandlung einwandfrei nach den Vorschriften der Eingeborenen geführt worden ist und sofern die Vorschriften der verwaltenden Regierung nicht verletzt worden sind. (So kann ein Eingeborener nach dem für ihn gültigen Gesetz wegen Stehlens verurteilt werden, und das Urteil wird gültig sein — aber nicht, wenn es sich darum handelt, einen davongelaufenen Sklaven zu bestrafen, da das britische Gesetz Sklaverei nicht anerkennt.) Wenn also irgend etwas in der Verhandlung nicht ganz in Ordnung zu sein scheint, kann Pilatus den Fall wieder aufnehmen. Deshalb (und unter diesen besonderen Umständen) muß ihm mitgeteilt werden, daß der Fall auch wegen einer Anklage der Aufwiegelung zum Aufstand verhandelt werden könnte.

Pilatus hat keinerlei Vorurteile gegen den Gefangenen — er wäre sogar ganz froh, wenn die Anklage erfolglos wäre, aus allgemeiner Abneigung und Verachtung jüdischen Streitfällen gegenüber und auch weil er weiß, daß Claudia außer sich sein wird. Der Hinweis auf einen möglichen Aufstand überzeugt ihn aber, daß der Mann wohl besser aus dem Wege geschafft wird. Er hat schon früher Unannehmlichkeiten gehabt, weil er die Juden beleidigt hat, und er möchte sich nicht wieder die Mißbilligung des Kaisers zuziehen. Aber sein Interesse ist schon groß genug, um es wahrscheinlich zu machen, daß er das Urteil nicht ganz automatisch unterschreiben wird. Es ist möglich, daß er sich die Mühe nehmen wird, nachzuforschen, ob es hier wirklich gerecht zugeht.

CLAUDIA: Ihre Reaktionen sind, was man „typisch weiblich" nennt: 1. die ganz natürliche Betrübnis darüber, daß jemand, den sie gesehen und bewundert hat, hingerichtet wird; 2. die rücksichtslose Forderung des einzig Wesentlichen, quer durch alle Gesetze und Vorschriften: gute Menschen dürfen nicht gehängt werden; 3. Ungeduld mit Fremden und Barbaren und mit der amtlichen Routine; 4. die sofortige Wirkung auf sie, als die Sache mit den Interessen ihres Mannes kollidiert. Sie unterwirft sich dem unheilvollen Klang des Namens „Cäsar". (Aber in der Nacht geschieht etwas, daß sie dem Pilatus die verzweifelte Botschaft senden läßt: „Habe nichts zu schaffen mit dieser Sache!" — und am Tag der Kreuzigung erzählt sie ihren Traum.)

ERSTE SZENE (JERUSALEM, IM OBEREN SAAL)

DER EVANGELIST: Und am ersten Tage der süßen Brote, da man das Osterlamm opferte, sandte Jesus Petrus und Johannes aus und sagte zu ihnen: „Gehet hin in die Stadt, und es wird euch ein Mensch begegnen, der trägt einen Krug mit Wasser; folgt ihm nach, und wo er eingeht, da sprecht zu dem Hauswirt: ‚Der Meister läßt Euch sagen: Wo ist das Gastzimmer, darinnen ich das Osterlamm esse mit meinen Jüngern?' Er wird euch einen großen Saal zeigen, der mit Polstern versehen und bereit ist. Daselbst richtet ihr für uns zu." Und sie gingen aus und fanden alles so, wie er es gesagt hatte, und bereiteten das Osterlamm.

PETRUS: Ich denke, jetzt sind wir soweit. Was hast du da, Johannes?

JOHANNES: Die bitteren Kräuter.

PETRUS: Stell sie mit der Soße an den Platz des Meisters. Wie weit sind die Frauen?

JOHANNES: Der Lammbraten ist gar. Sobald die anderen hier sind, können wir anfangen.

PETRUS: Hoffentlich sind sie pünktlich.

JOHANNES: Judas und Philippus sind schon auf der Treppe ... hallo, Judas! Sonst schon jemand gekommen?

JUDAS: Andreas, Jakobus und Thomas wollten gleich hinter uns herkommen, nicht wahr, Philippus?

PHILIPPUS: Ja. Der Meister hat angeordnet, daß wir zu zweit und zu dritt kommen, um nicht aufzufallen.

JOHANNES: Um so besser. Der Hauswirt ist nervös geworden. Freundlich genug ist er ja, aber er scheint uns für ziemlich gefährliche Gäste zu halten.

PETRUS: Er hat Basargerüchte aufgeschnappt.

JUDAS: Vielleicht hat er gar nicht so unrecht.

JOHANNES: Er fragt dauernd, ob wir den Raum für die ganze Dauer des Festes haben wollen oder nur für heute nacht. Weißt du das, Judas?

JUDAS: Außer den Anordnungen für heute nacht sind mir keine weiteren Pläne anvertraut worden. Martha fragte, ob wir heute zum Schlafen nach Bethanien zurückkämen, und ich mußte ihr sagen, daß ich es nicht wüßte.

JOHANNES: Wir werden den Meister fragen, wenn er kommt. Da ist wieder jemand.

JUDAS: Dein Bruder, nehme ich an ... nein, der andere Jakobus.

PETRUS: Und Bartholomäus. Sag mal, Bartholomäus, wo ist Jakobus bar-Zebedäus mit den anderen geblieben?

BARTHOLOMÄUS: Wir überholten sie unterwegs — sie gehen langsam, weil Thomas eine Blase an der Ferse hat.

JOHANNES: Der arme Thomas — ein richtiger Pechvogel! Wenn der einst im himmlischen Reich auf seinem Thron sitzt, hat er bestimmt einen Stein im Sitzkissen oder sowas... Kinder, was bin ich müde! Und dabei gleichzeitig aufgeregt. Als ob irgend etwas Ungeheuerliches geschehen wird, und ich weiß nicht, wie ich munter bleiben soll, bis es so weit ist. Wie vor einer Geburtstagseinladung beinahe.

PETRUS: *(praktisch)* Du hast einen schweren Tag hinter dir.

JUDAS: Was erwartest du denn eigentlich für heute so Bedeutendes?

JOHANNES: Ich weiß nicht recht. Aber der Meister spricht so —, daß ich mich nicht wundern würde, wenn das Reich noch heute käme.

JUDAS: Das ist ja sehr interessant!

PETRUS: Da kommen die anderen endlich! Was macht die Ferse, Thomas? Gib her, Jakobus bar-Zebedäus, ich nehm dir die Sachen ab.

JAKOBUS: Martha meinte, wir brauchten mehr ungesäuertes Brot. Vorsicht, es ist sehr brüchig — kommt gerade von der Platte.

PETRUS: Schon gut ... seht mal, was da kommt! Komm herein, Andreas.

ANDREAS: Ja, ich habe den Braten schon mal heraufgebracht. Soll ich ihn gleich auf die Schüssel legen?

JAKOBUS: Nathanael und Simon von Kana kommen gerade durchs Tor.

JOHANNES: Dann fehlt nur noch Matthäus.

THOMAS: Er kommt mit dem Meister nach. Ich werde mich schon mal setzen, mein Fuß tut ziemlich weh.

JAKOBUS: He, da kannst du nicht sitzen, das ist der Platz von Johannes.

THOMAS: *(beleidigt)* Verzeihung, Verzeihung, Jakobus bar-Zebedäus! Schon gut, schon gut! Ich werde mich auf den untersten Platz setzen. Dagegen wird ja wohl niemand etwas haben, wie?

JOHANNES: Thomas, bitte! Mir ist es doch ganz gleich, wo ich sitze.

PETRUS: Fangt bloß nicht diesen alten Streit wieder von vorne an!

MATTHÄUS: *(eintretend)* Streit? Was für ein Streit? So komische Brüder, wie ihr seid, sind mir doch noch nicht vorgekommen! Sind wir gerade mal alle schön versammelt, um in Eintracht das Passahfest zu begehen, und der Meister und ich kommen ganz still und friedlich herangetrudelt — und sehen den Mond aufgehen — und er erzählt mir noch 'ne wunderbare Geschichte von einem Samariter, der sich großartig gegen einen verwundeten Juden benommen hat — und was hören wir gleich, wenn wir hier ankommen? Krach habt ihr wieder! Macht bloß Schluß, sag' ich — da ist er!

JESUS: Friede sei mit euch, Kinder!

JÜNGER: Friede sei mit dir.

PETRUS: Alles ist bereit, Meister. Wir haben für dich die Polsterbank ans Kopfende des Tisches gesetzt ... liegt das Kissen so richtig?

JESUS: Danke dir, Petrus. Sehr schön so.

PETRUS: Wer soll neben dir sitzen?

JESUS: Am liebsten hätte ich euch alle neben mir, denn heute nacht seid ihr alle mir besonders nahe und lieb. Aber ich habe nur eine rechte Hand — und zur Rechten möchte ich doch Johannes haben. Er ist nun einmal der erste gewesen, der zu mir kam, also muß er mein ältester Sohn sein beim Osterfest.

JOHANNES: Ja, Meister.

JESUS: Und zu meiner Linken — nun, unsere kleine Gemeinde besitzt immerhin einen offiziellen Rang. Judas, du bist unser Schatzmeister! Willst du neben mir sitzen beim Abendmahl?

JUDAS: *(ein wenig bestürzt)* Ich? ... aber mit Freuden ... übrigens — kehren wir zum Schlafen nach Bethanien zurück heute?

JESUS: Nein. Wir werden die Nacht im Garten von Gethsemane verbringen.

JUDAS: *(mit Bedeutung)* Um auf das Kommen des Reiches zu warten?

JESUS: Um auf die vorbestimmte Stunde zu warten, Judas ... ich habe Martha und Maria Bescheid gesagt.

PHILIPPUS: Meister — dürfen Nathanael und ich uns neben Judas setzen?

JESUS: Aber sicher, Philippus ... Petrus, willst du dich als erster auf das Polster rechts von Johannes setzen?

PETRUS: Gern, natürlich ... du, Jakobus, komm, setz dich zwischen mich und Andreas ... Simon ... Thomas ... Bartholomäus und der andere Jakobus. Matthäus, hast du schon einen Platz?

MATTHÄUS: Klar, hier bin ich, neben Nathanael. Danke. Mir geht's gut.

PETRUS: Johannes, kümmerst du dich um den Wein?

JOHANNES: Ich habe den ersten Kelch gefüllt. Meister, sprich den Segen, bitte!

JESUS: Gesegnet seist du, Gott, für alles, was du uns bescheret hast, Amen.

JÜNGER: Amen.

JOHANNES: Hier sind die Kräuter, Meister — und die Soße. *(Ein halblautes Durcheinander der allgemeinen Unterhaltung bildet den Hintergrund für die folgenden Gespräche)*

ANDREAS: Jetzt essen wir das drittemal gemeinsam das Osterlamm. Wir haben doch viel Wunderbares gesehen, seit wir den Meister kennengelernt haben. Weißt du noch, Bruder, wie ich dich zu ihm brachte?

PETRUS: Weiß ich, Andreas, weiß ich! Ja ja, wir haben schon was erlebt, im Guten und im Bösen. Harte Zeiten und friedliche Zeiten — und ein- oder zweimal war's eigentlich zum Fürchten ... und dann gab es wundervolle erhebende Augenblicke.

's gibt so manches, das wir nicht gleich wieder vergessen werden — was, Johannes?

JOHANNES: Nichts davon kann jemals vergessen werden!

PHILIPPUS: *(mischt sich über den Tisch herüber ein)* Die Zeiten damals — im Anfang werde ich nie vergessen ... als uns zum ersten Male die Kraft wurde, arme Kranke zu heilen ... und das Wunder, als Lazarus aus seinem Grabe stieg und laut jauchzte vor Freude.

NATHANAEL: Damals habe ich mich gefürchtet. Und dann, als sie versuchten, den Meister zu steinigen ... obwohl es großartig war, wie er ihnen trotzte und versuchte, die harte Schale ihrer Herzen mit seinen herrlichen Worten zu durchbrechen.

MATTHÄUS: Ja, aber seine gütigen, lieben Worte geben einem erst richtigen Mumm. Meister, ich kann dir gar nicht sagen, was deine Worte für mich bedeuten. War eine klotzigfeine Zeit, jeder Augenblick davon! Und dies Osterfest wird das beste von allen — nicht wahr? Weil doch jetzt das Reich Gottes für uns alle kommt — oder nicht?

JESUS: Das Reich ist sehr nahe.

MATTHÄUS: Und hier sitzen wir — und schmecken es schon — sozusagen. Da sitzt der Meister — wie vielleicht nachher in seinem Königspalast, mit seinen Ratgebern um ihn herum — Johannes auf der einen Seite und Judas auf der anderen — so zwischen Herz und Köpfchen des Unternehmens, könnte man sagen.

JUDAS: *(unliebenswürdig)* Ich freue mich, Johannes' offizielle Stellung kennenzulernen.

ANDREAS: Mein Bruder hat auch eine richtige Stellung zugeteilt bekommen — nicht wahr? Und einen Titel dazu!

PETRUS: Ach, hör schon auf, Andreas!

JAKOBUS: Schlüsselbewahrer, nicht?

ANDREAS: Siehst du: Oberster Richter.

JUDAS: Es klingt mehr nach oberstem Gefängnisaufseher.

ANDREAS: Judas, das ist grob ... nein, Petrus sollte der Grundstein für die Kirche sein.

NATHANAEL: Also Hoherpriester.

JAKOBUS: *(leicht erschüttert)* O! Aber er kommt doch aus keinem priesterlichen Hause. Unser Vater Zebedäus nämlich ...

PHILIPPUS: Natürlich, Jakobus, natürlich. Also gut. Johannes wird Hoherpriester und Judas unser Schatzkämmerer.

MATTHÄUS: Und wo bleibe ich? Ich war schließlich Regierungsbeamter. Eine üble Stellung und eine lausig schlechte Regierung ... aber immerhin — meine Erfahrung ist was wert.

THOMAS: Die Posten gehen wohl alle an den oberen Tisch?

BARTHOLOMÄUS: Das ist recht, Thomas! Was wird mit dir und mir und Simon?

(Eifriges Gerede am unteren Ende der Tafel, aus dem Worte wie „Marschall", „Geheimer Rat", „Staatssekretär" in Abständen aufklingen)

JOHANNES: Was hast du, Meister? Ärgert dich all dieser Unsinn?

JESUS: Es macht mir Sorge, Johannes. Sie verstehen so wenig — und die Zeit wird knapp ... ist Wasser in dem großen Becken da?

JOHANNES: Ja, Meister. Soll ich dir etwas bringen?

JESUS: Nein. Bleib sitzen. Hilf mir, das Übergewand ablegen.

MATTHÄUS: *(seine Stimme klingt über das Gewirr)* Seid doch mal ruhig, ihr. Der Meister ist aufgestanden. Wir haben Blödsinn gequatscht, und er mag das nicht. 's ist meine Schuld, ich habe damit angefangen.

ANDREAS: Nein, ich! Ich habe mit Petrus angeben wollen.

THOMAS: Ich habe gemault. Schlechte Angewohnheit von mir. Man sollte nicht unzufrieden sein — Ostern schon gar nicht.

ANDREAS: Was tut der Meister denn jetzt? Ohne Überkleid und mit einem Handtuch umgürtet wie ein Sklave?

PETRUS: — und trägt ein Wasserbecken und eine Kanne. Das geht doch nicht! Was zum Kuckuck macht denn Johannes?

JESUS: Johannes, Sohn des Zebedäus, — reiche mir deine Füße, damit ich sie waschen kann.

JOHANNES: Meister! *(Er will instinktiv Verwahrung einlegen, läßt es aber)* Was immer du willst, liebster Meister.

(Wasser platscht ins Becken)

PETRUS: *(empört flüsternd)* Johannes! Wie kannst du das zulassen!

JOHANNES: Sei still, Petrus.

JESUS: Simon Petrus, Sohn des Jonas!

PETRUS: *(energisch)* Nein, Herr, nein! Niemals! Nie würde ich auch nur im Traum zulassen, daß du meine Füße wäschst.

JESUS: Nein, Petrus? Wahrlich, wahrlich, ich sage dir — wenn ich dich nicht wasche, dann hast du keinen Teil an mir.

PETRUS: O! Ich hatte es nicht verstanden. Dann wasche mich, Herr — wasche mich. Nicht nur meine Füße — auch meine Hände und meinen Kopf. *(Wasser)*

JESUS: Wer aber schon gewaschen ist, braucht nicht mehr gewaschen zu werden; nur die Füße werden unsauber vom Staub der Straße. Wenn dann die Füße gewaschen sind, dann ist alles sauber. Gib mir deine Füße, Jakobus, Sohn des Zebedäus ... *(Wasser)*

JAKOBUS: Meister! Wir haben doch alle die Taufe erhalten, um unsere Sünden abzuwaschen. Sind wir denn jetzt rein?

JESUS: Ihr seid rein ... Andreas, Sohn des Jonas, laß mich deine Füße waschen ... *(Wasser)*

Ja. Ihr seid rein. Aber nicht alle — nicht ihr alle. Simon von Kana ... *(Wasser)*

PETRUS: *(flüstert zu Johannnes)* Johannes, warum sagt er, daß wir nicht alle rein sind?

JOHANNES: *(flüstert zurück)* Ich weiß auch nicht, Petrus. Aber wenn ich mein Herz prüfe, dann finde ich noch viele staubige, unsaubere Winkel.

JESUS: Thomas Didymus, reich mir deine Füße zum Waschen ... wundgelaufen?

THOMAS: Nichts von Bedeutung, Meister — wirklich — ganz unwichtig ...

JESUS: Ich werde die Schmerzen zusammen mit dem Staub fortwaschen ... *(Abklingen lassen, bis nur noch das Geräusch plätschernden Wassers und einzelne Namen hörbar)*

Bartholomäus — Jakobus — Matthäus — Nathanael — Philippus *(wieder deutlicher werdend)* Judas Ischariot, gib mir deine Füße zum Waschen. *(Wasser)* Deine Füße sind widerlich mit Kot beschmutzt ... sieh zu, mein Sohn, daß sie dich nicht in die Versuchung tragen.

JUDAS: *(ingrimmig)* Ich habe meine Hand an den Pflug gelegt. Meine Füße müssen ihm folgen — ob durch Sumpf oder Blut.

JOHANNES: Lieber Meister, laß mich die Kanne wegstellen

... hier ist dein Übergewand ... komm doch, und setz dich wieder zu uns.

JESUS: Danke, Johannes ... hört zu, meine Kinder. Versteht ihr auch, was ich jetzt getan habe? Ihr nennet mich euren Meister und euren Herrn — und ihr tut recht daran, denn ich bin es auch. Wenn aber ich, euer Herr und Meister, eure Füße gewaschen habe wie ein Sklave — dann solltet auch ihr einander die Füße waschen. Ich habe euch ein Beispiel gegeben, daß ihr tut, wie ich euch getan habe. Wahrlich, wahrlich ich sage euch: ein Knecht ist nicht größer denn sein Herr, noch ein Apostel größer denn der ihn gesandt hat ... versteht ihr, was ich meine? *(Zustimmendes Gemurmel)*

Selig aber seid ihr, wenn ihr tut, wie ich euch gesagt habe ... aber ich sage das nicht von euch allen. Ich weiß, welche ich erwählt habe und wer mich zurückstoßen wird, wie es geschrieben steht. Denkt immer daran: wer für mich ist, der ist auch für Ihn, der mich gesandt hat — aber wer mich verwirft, der hat auch Ihn verworfen.

JOHANNES: Meister, wie traurig du redest!

JESUS: Wahrlich, wahrlich, ich sage euch, einer von euch wird mich verraten!

PETRUS: Dich verraten?

JAKOBUS: Unmöglich!

MATTHÄUS: Wer könnte schäbig genug sein, so etwas zu tun?

PHILIPPUS: Den Meister verraten! Aber das ist ja absurd!

NATHANAEL: Meister — du willst doch nicht sagen, daß einer absichtlich ...

THOMAS: Nein, nein. Das kann er nicht meinen.

MATTHÄUS: Wir könnten natürlich — zufällig — etwas Dummes tun ...

PETRUS: Ja — ich rede immer so unbedacht drauflos. Meister — ist es das? Bin ich es?

JÜNGER: Oder ich? Bin ich es?

ANDREAS: Vielleicht ist es ein anderer Jünger — niemand von uns.

JESUS: Es ist einer von den Zwölfen. Einer, der mit mir in die Schüssel griff und Brot mit mir gegessen hat ... des Menschen Sohn muß davongehen, wie es geschrieben steht; aber

Wehe über den Mann, durch den des Menschen Sohn verraten wird. Es wäre besser für ihn, er wäre nie geboren.

JÜNGER: Einer von uns Zwölfen? Wer kann das sein? Absichtlich — bewußter Verrat? ... Das ist grauenhaft ... was kann er nur meinen?

(Das Gemurmel begleitet die folgenden Gespräche)

PETRUS: *(mit leiser Stimme)* Johannes, um Himmels willen, frag ihn, wer es ist!

JOHANNES: *(ebenso)* Liebster Meister — wer ist es?

JESUS: *(ebenso)* Ich werde ihm einen Bissen eintauchen und reichen — aber sagt nichts dazu — *(laut)* Judas Ischariot!

JUDAS: Meister?

JESUS: Willst du diesen Bissen aus meiner Hand nehmen, mein Sohn?

JUDAS: Danke dir. *(leise)* Meister — bin ich der Mann?

JESUS: *(ebenso)* Ja. Was du tun mußt, das tue bald.

JUDAS: Du scheinst gut informiert zu sein ... König von Israel!

MATTHÄUS: *(seine Stimme tönt wieder über den Hintergrund)* — also ich verstehe die ganze Geschichte nicht... Hallo! Wo ist denn der Judas hin?

NATHANAEL: Ich glaube, er will noch etwas zum Fest einkaufen ... oder Almosen an die Armen verteilen ... aber was ich gern wissen möchte, ist...

MATTHÄUS: Seid mal still, der Meister spricht!

JESUS: *(mehr zu sich selber)* Also jetzt ist die Stunde für des Menschen Sohn gekommen. Jetzt ... *(laut und eindringlich)* Hört auf mich, meine Kinder. Ich werde nicht mehr lange bei euch weilen. Bald, sehr bald schon werdet ihr vergeblich nach mir ausschauen, denn — und jetzt sage ich euch, was ich schon einmal den Juden gesagt habe — ich gehe, wohin ihr mir nicht folgen könnt. Über ein Kleines werdet ihr mich nicht mehr sehen — und wieder eine Weile später werdet ihr mich wiedersehen, wahrhaft — denn ich gehe zum Vater.

MATTHÄUS: Meister, du willst doch nicht sagen, daß du uns verläßt?

NATHANAEL: Wann? Wie denn?

ANDREAS: Warum?

PHILIPPUS: Und das Reich? Was wird aus dem Reich?

BARTHOLOMÄUS: Wovon redet er eigentlich? Über ein Kleines sollen wir ihn nicht mehr sehen ...

JAKOBUS BAR-ALPHÄUS: Und dann sollen wir ihn wahrhaft wiedersehen ...

SIMON VON KANA: Weil er zum Vater geht?

THOMAS: Was soll das alles bedeuten? Über ein Kleines? Ich verstehe kein Wort von allem ...

PETRUS: Meister, wir verstehen dich nicht. Warum sprichst du davon, uns zu verlassen? Wohin gehst du, Meister?

JESUS: An einen Ort, wohin ihr mir jetzt noch nicht folgen könnt — später erst. Und darum will ich euch ein neues Gebot geben, ehe ich euch verlasse: Liebet euch untereinander! Liebt euch so, wie ich euch geliebt habe. Daran aber soll die Welt euch als meine Jünger erkennen — daß ihr einander liebhabt!

ZWEITE SZENE (JERUSALEM)

Erster Abschnitt

(Haus des Hohenpriesters)

DER EVANGELIST: Da nun Judas den Bissen genommen hatte, ging er alsbald hinaus. Und es war Nacht.

JUDAS: Hochehrwürdiger Herr Kaiphas! Sie müssen ohne Verzug eingreifen. Er hat bereits einen Verdacht auf mich. Und er hat eine Verabredung getroffen — für heute nacht — im Garten von Gethsemane.

KAIPHAS: Um welche Zeit, Ischariot?

JUDAS: Das weiß ich nicht. Aber er sagte: „Wir werden dort die verabredete Stunde erwarten."

KAIPHAS: Hat er Baruch genannt?

JUDAS: Nein, aber was sonst kann er schon meinen? *(ein beunruhigender Gedanke durchfährt ihn)* Wenn nicht — wenn nicht — Nein. Das ist ganz unmöglich. Er kann nicht vorhaben, selber den Leidensweg zu gehen. Er ist schuldig — ich weiß es genau, daß er schuldig ist! Hören Sie, Hochehrwürdiger! Als ich ihn verließ, war das Mahl bei weitem nicht zu Ende. Sie können ihn im Garten ergreifen, bevor seine Verbündeten zu ihm stoßen.

KAIPHAS: Ja ... ich wünschte nur, wir hätten rechtzeitiger Bescheid bekommen. Morgen nacht ist der Sabbath. Wir können ihn nicht bis zur nächsten Woche im Gefängnis behalten, das gäbe Aufruhr. Es muß alles in Ordnung gebracht werden, bevor noch irgend jemand sich darüber klar ist, was gespielt wird ... Wird es möglich sein, ihn zu verhaften, die Untersuchung zu führen, ihn zu verurteilen, das Urteil rechtskräftig zu machen und zu vollstrecken ... alles vor morgen abend sechs Uhr? — Es heißt schnell sein ... aber ich denke, wir werden es gerade schaffen ... Hezekia!

SEKRETÄR: Hochehrwürden?

KAIPHAS: Sofort Eilboten an alle Mitglieder des Sanhedrin. Dringend zu außerordentlicher Sitzung einberufen. Hier, in diesem Hause.

SEKRETÄR: Sie werden noch beim Abendmahl sein.

KAIPHAS: *(grimmig)* Dann sollen sie sich beeilen — wie Moses befahl — ... sagen wir — in einer Stunde! ... Dann weiter ... Zeugen. Du hast wohl eine Liste — denke ich — der Leute, die sich über Jesus beklagt haben.

SEKRETÄR: Ich habe sie hier.

KAIPHAS: Such dir die Namen heraus, mit denen man etwas anfangen kann, und sieh zu, daß sie vor Mitternacht hier sind ... dann diesen Befehl zum Hauptmann der Tempelwache. Er soll ... Ischariot, wie viele Leute sind bei Jesus?

JUDAS: Elf Mann.

KAIPHAS: Gut. Der Hauptmann soll genug Leute mitnehmen, um zwölf kräftige Burschen zu überwältigen ... oder besser noch mehr, falls es mehr als zwölf sein sollten. Sollen hier auf weitere Befehle warten ... Eil dich, Hezekia. Schnell, schnell!

Zweiter Abschnitt

(Der obere Saal)

DER EVANGELIST: Da sie aber aßen, nahm Jesus Brot und Wein nach dem Brauch des Osterfestes.

JOHANNES: Meister, willst du das Brot segnen?

JESUS: Gesegnet seist du, Herr und Gott, der du das Brot werden läßt, Amen.

JÜNGER: Amen.

JESUS: Nehmet, esset, dieses ist mein Leib, der für euch gebrochen wird ... *(er bricht die Oblate)* solches tut zu meinem Gedächtnis.

PETRUS: *(flüsternd)* Johannes, was heißt das? Sein Leib?

JOHANNES: *(flüsternd)* Er sagte einmal: Wenn ihr nicht esset vom Fleisch des Menschensohnes ... erinnerst du dich?

PETRUS: Doch, aber ich verstehe nicht. Frag ihn doch, was er meint.

JOHANNES: Ja, ich muß ihn fragen — wenn ich ihm den Kelch reiche. Das gehört zum Ritus ... aber ... Petrus ... ich fürchte mich.

PETRUS: Schenk doch ein und frage ihn.

JOHANNES: *(ziemlich unsicher)* Meister — willst du jetzt den zweiten Becher segnen?

JESUS: Gesegnet seist du, Herr und Gott des Alls, der du den Wein geschaffen hast, Amen.

JÜNGER: Amen.

JOHANNES: *(die vertrauten Worte geben ihm Mut)* Was bedeuten deine Worte?

JESUS: Trinket alle davon; das ist mein Blut des Neuen Testaments, welches vergossen wird für viele zur Vergebung der Sünden ... ich habe mit inniger Sehnsucht erwartet, dies Ostermahl mit euch zusammen zu essen, denn das sage ich euch: ich werde von nun an nicht mehr das Ostermahl essen, bis sein Sinn sich erfüllt hat im himmlischen Reiche. Darum nehmt es hin und teilt es untereinander, und den Becher auch, denn ich werde von nun an nicht mehr von diesem Gewächs des Weinstockes trinken bis an den Tag, an dem das Reich Gottes gekommen ist.

JOHANNES: Meister, deine Worte sind seltsam und beunruhigend.

JESUS: Seid nicht bekümmert. Ihr glaubt an Gott — glaubt auch an mich. Auf dem Wege zu meines Vaters Hause sind viele Herbergen. Ich gehe euch voraus, euch das Quartier zu bereiten, und ihr werdet mich immer dort finden, euch willkommen zu heißen, und so werden wir zusammenbleiben von einer Station zur nächsten. Sorgt euch nicht. Ihr wißt, wohin ich gehe, und ihr kennt auch den Weg dorthin recht gut.

THOMAS: Aber wir wissen ja eben nicht, wohin du gehst, Meister. Wie sollen wir da den Weg kennen?

JESUS: Ich bin der Weg, die Wahrheit und das Leben. Niemand kommt zum Vater denn durch mich. Wenn ihr mich wirklich kenntet, dann kenntet ihr auch den Vater. Und wahrlich, von nun an kennet ihr ihn und habt ihn gesehen.

PHILIPPUS: Kann man denn Gott schauen und leben? Meister, wenn du uns wirklich den Vater zeigen kannst, dann wird es uns genügen.

JESUS: So lange bin ich bei euch, Philippus, und du erkennst mich immer noch nicht? Wer mich sieht, hat Gott gesehen.

Dritter Abschnitt

(Haus des Hohenpriesters)

DER EVANGELIST: Und der Hohepriester berief den Rat der Ältesten ...

KAIPHAS: Das ist also abgemacht ... Vater Hannas, willst du die Angelegenheit erledigen? Zeugen zusammenholen — den Gefangenen übernehmen — alles zum Alt-Ghazzit schicken und das Gericht zusammenrufen ... Ich werde dort zu euch stoßen ... und bitte, denke daran, durch jemand meine Amtsrobe hinbringen zu lassen ... ich muß sofort zu Pilatus gehen und ihn überreden, das Urteil gleich zu bestätigen — ohne neues Verfahren. Wenn er es sich in den Kopf setzt, den Fall erneut aufzurollen, werden wir vielleicht den ganzen Tag aufgehalten. Ich denke aber, daß die Verschwörungsgeschichte genügen dürfte.

SCHADRACH: *(boshaft)* Soll Jesus vom Sanhedrin vor Gericht gestellt werden, weil er sich gegen Rom vergangen hat?

KAIPHAS: Nein, Bruder Schadrach. Das ginge ja nun wirklich nicht! Die Anklage lautet auf Zauberei, Verächtlichmachung unseres Gesetzes und Gotteslästerung.

HANNAS: Wirst du diesen Ischariot vorladen?

KAIPHAS: Ich denke nicht. Das ist ein Zeuge, den wir nicht bringen dürfen, würde einen schlechten Eindruck machen. Außerdem verlangt unser Gesetz zwei Zeugen, die übereinstimmend aussagen, und seine Angaben werden von niemand bestätigt. Der Mann hat seinen Zweck erfüllt, jetzt bleibt er besser aus der Sache heraus ... Aber wir dürfen keine Zeit mehr verlieren ... Hezekia, meinen Mantel! Die einzelnen Anordnungen überlasse ich dir.

Vierter Abschnitt

(Der obere Saal)

JESUS: Wenn ihr mich liebt, dann haltet meine Gebote. Und ich will den Vater bitten, euch einen anderen, mächtigen Helfer zu schicken — den Geist der Wahrheit, den Tröster, der euch stärken soll und nie verlassen. Die Welt kann Ihn nicht empfangen, denn sie kennt Ihn nicht; ihr aber kennt Ihn, und Er wird bei euch sein in alle Ewigkeit ... glaubt an mich, ich werde euch nicht schutzlos lassen — ich komme zu euch. Die Welt wird mich nicht sehen, aber ihr werdet mich sehen und wissen, daß ich lebe; und so wie ich lebe, sollt ihr auch leben.

PETRUS: Meister, wie willst du dich uns zeigen, ohne daß die anderen dich sehen?

JESUS: Liebt mich und haltet meine Gebote. Tut ihr das, dann werden mein Vater und ich in euren Herzen Eingang finden und sie ausfüllen für alle Zeit. Ich sage euch dies alles jetzt, solange ich noch unter euch weile; wenn der Tröster kommt, der Heilige Geist, der wird euch alles lehren und euch das, was ich gesagt habe, ins Gedächtnis rufen. — So vieles möchte ich euch noch sagen, aber ihr könntet es jetzt noch nicht ertragen; — und es ist auch keine Zeit mehr, denn die feindliche Macht des Fürsten dieser Welt steht gegen mich auf ... Fürchtet euch nicht. Ich lasse euch meinen Frieden. Ich gebe euch meinen Frieden — nicht den Frieden, wie ihn die Welt versteht. In mir werdet ihr Frieden haben. Denn — vergeßt das nie — ihr und ich, wir gehören zusammen. Ich bin der Weinstock — ihr seid die Reben. Wenn die Reben vom Weinstock kein Leben empfangen, können sie keine Frucht tragen. Ohne mich könnt ihr nichts tun. Aber wenn euer Leben in dem meinen wurzelt, dann dürft ihr bitten, was ihr wollt, und die lebendige Kraft, es zu erfüllen, wird euch gegeben werden. Ich möchte, daß ihr euch darüber freut, ich möchte, daß die Freude meiner Gegenwart vollkommen sei und euch immer bleibe ... und noch einmal sage ich euch: Liebet euch untereinander, wie ich euch geliebt habe! Niemand hat größere Liebe, als daß er sein Leben gebe für seine Freunde. Und ihr seid meine Freunde. Ich nenne euch nicht mehr meine Diener, denn ein Diener wird nicht von seinem Herrn ins Vertrauen gezogen — ihr seid meine Freunde, denen ich alle Geheimnisse Gottes mitgeteilt habe.

JOHANNES: Liebster Meister! Wir lieben dich als unseren Freund — aber auch als unseren Herrn!

JESUS: Denkt daran, was ich euch gesagt habe: Der Knecht ist nicht größer als sein Herr. Wenn die Welt euch haßt — denkt daran, daß sie mich zuerst gehaßt hat. Ihr werdet aus den Gotteshäusern vertrieben werden, und man wird euch verfolgen — ja, es wird die Zeit kommen, wenn man glauben wird, ein Gott gefälliges Werk zu tun, wenn man euch erschlägt. Die Welt wird euch in Angst und Not bringen, aber seid getrost — ich habe die Welt überwunden.

PETRUS: Herr, was auch geschieht — deine Worte werden uns Kraft geben und Vertrauen.

JESUS: Kniet nieder — näher bei mir — und ich will für euch beten — ihr meine liebsten Freunde — meine Kinder: Vater, die Stunde ist da. Ich habe dich verklärt auf Erden; ich habe das Werk vollendet, das du mir aufgegeben hast. Nun verkläre du mich, Vater, mit der Klarheit, die ich bei dir hatte, ehe die Welt war. Ich habe deinen Namen diesen Menschen geoffenbart, die du mir gegeben hast. Dein waren sie — und du gabst sie mir, und sie haben dein Wort gehalten. Sicher habe ich sie in deinem Namen bewahrt, solange ich unter ihnen war, und keinen habe ich verloren, bis auf den einen, der sich wegwarf, wie es bestimmt war. Und nun ich diese Welt verlassen muß, bringe ich sie dir zurück. Erhalte sie in deinem Namen, Vater, daß sie eins werden, wie du und ich eins sind. Ich bitte nicht, daß du sie aus der Welt nehmest — nur bewahre sie vor der Welt Übel. Denn ich sende sie aus in die Welt, wie du mich gesendet hast. Ich bitte auch nicht allein für sie, sondern für alle, die ihre Worte dir gewinnen werden; auf daß sie alle eins seien, gleichwie du Vater in mir und ich in dir bin, daß auch sie in uns eins und vollkommen seien. Amen!

JÜNGER: Amen. *(Hymne. Langsam verklingend)*

Fünfter Abschnitt

(Haus des Statthalters)

PILATUS: *(leicht gereizt)* Schon gut, schon gut, mein lieber Kaiphas. Selbstverständlich werde ich jedes Urteil einer örtlichen Behörde vollstreckbar werden lassen — vorausgesetzt natürlich, daß es nicht gegen einen kaiserlichen Befehl verstößt und daß das Verfahren ordnungsgemäß nach den geltenden Landesgesetzen geführt worden ist ... Aber weshalb soll ich beim Morgengrauen aufstehen dazu?

KAIPHAS: Exzellenz, je schneller, um so besser! Der Mann hat Anhänger. Wenn wir ihnen Zeit lassen, sich zu organisieren, kann es eine Menge Unannehmlichkeiten geben. Und außerdem — aber das sage ich Ihnen im strengsten Vertrauen, weil es nichts mit dem Verstoß gegen die Kirchengesetze zu tun hat — also, ich habe Beweise, daß Jesus in eine nationale Bewegung verwickelt ist, die ein gewisser Baruch leitet, ein Zelot, und daß für heute nacht noch ein Aufstand geplant ist.

PILATUS: Ein Aufstand! Ach nein: Sonst nichts?

KAIPHAS: Hier sind die Dokumente, die meine Ansicht beweisen.

PILATUS: Ich danke Ihnen. *(mit grimmigem Spott)* Der Kaiser wird Ihre Sorge um die Sicherheit des Römischen Reiches sehr wohltuend empfinden. Ich werde die Angelegenheit prüfen.

KAIPHAS: Ich bin Euer Exzellenz sehr verbunden.

PILATUS: O bitte! Gute Nacht ... *(zu sich selbst)* das wird Claudia nicht besonders erfreuen ... *(laut)* Flavius! Holen Sie die Polizeiakte über Jesus von Nazareth — und sehen Sie zu, was Sie über diesen Baruch in Erfahrung bringen können ... ich traue Juden nicht.

Sechster Abschnitt

(Im oberen Raum)

(Das Ende der Hymne, mit der der vierte Teil schloß, erklingt.)

JOHANNES: Jetzt ist sie vorüber — diese seltsame Osternacht ... Meister, du verläßt uns doch jetzt noch nicht? Du sagtest, wir gingen noch nach Gethsemane ... Da gehen wir doch zusammen hin? Wirst du uns auch nicht verlassen?

JESUS: Nein, Johannes, ich werde euch nicht verlassen — aber heute nacht, da werdet ihr mich alle verlassen. Es wird sein, wie der Prophet gesagt hat: Ich werde den Hirten schlagen, und die Schafe werden sich zerstreuen. Aber alles wird gut werden, denn wenn ich auferstanden bin, werde ich meine Schafe wieder rufen und euch voranschreiten wie einst in Galiläa.

PETRUS: Meister, das kann ich nicht ertragen. Und wenn alle dich verlassen sollten — ich werde das niemals tun.

JESUS: Simon Petrus, Simon Petrus — der Satan ist hinter euch her und möchte euch sichten wie den Weizen. Aber ich habe gebetet, daß dein Glaube nicht erlahme. Und wenn du einst deine Seele gefunden hast, dann stärke deine Brüder.

PETRUS: Aber Herr! Ich fürchte mich nicht! Überallhin gehe ich — für alles bin ich bereit — trotz Spionen und Verrätern.

Ich würde freudig mit dir ins Gefängnis gehen, — oder sterben für dich, — wirklich!

JÜNGER: Alle würden wir für dich sterben, Meister!

JESUS: Sterben würdest du für mich, Petrus? Wahrlich, wahrlich ich sage dir: noch ehe der Hahn kräht, wirst du mich dreimal verleugnet haben.

PETRUS: Dich verleugnen? Eher sterbe ich!

JÜNGER: Wirklich, Meister! Ganz bestimmt ... nie werden wir dich verlassen oder verleugnen ... wir gäben unser Leben für dich und das Reich Gottes.

JESUS: Arme, kleine Herde! Wieder einmal sende ich euch hinaus — wie die Schafe unter das Wolfspack. Wißt ihr noch, wie ich euch zum ersten Male ausgesandt habe? Als ich euch befahl, nichts mitzunehmen — weder Geld noch Beutel noch Kleidung zum Wechseln? Habt ihr jemals Mangel gelitten?

JAKOBUS: Nie Meister. Wir hatten immer genug.

JESUS: Aber jetzt kann es nicht mehr so sein. Diesmal sage ich: Wer einen Beutel hat, der nehme ihn mit, und die Tasche dazu. Und wer kein Schwert hat, der verkaufe sein Gewand, um eins zu erwerben. Ich muß mein Ende finden, wie die Propheten es vorausgesagt haben, als sie verkündeten: „Er ist unter die Übeltäter gerechnet" — denn alles, was von mir geschrieben steht, nähert sich seiner Vollendung. Ihr aber werdet in dieser Welt bleiben und ihr müßt lernen, die Machtquellen der Welt zu beherrschen — das Geld und das Schwert.

PETRUS: Du meinst also, daß wir kämpfen müssen um das Reich Gottes? Wir haben aber nur zwei Schwerter bei uns.

JESUS: Es ist genug. Kommt, laßt uns gehen ... sagt diesem Raum Lebewohl ... und bleibt dicht bei mir.

Siebenter Abschnitt

(Haus des Statthalters)

PILATUS: Es tut mir wirklich leid, Claudia. Ich wußte, daß diese Geschichte dich betrüben würde.

CLAUDIA: Gajus, sag, mußt du denn dies Urteil bestätigen? Ich bin überzeugt, daß dieser Jesus von Nazareth ein guter Mensch ist.

PILATUS: Gut möglich. Aber er ist der Mittelpunkt, um den

ein Sturm sich zusammenbraut. Erinnerst du dich — als du ihn zum ersten Male sahest, gab es auch einen Aufruhr.

CLAUDIA: Er hat Feinde. Das ist natürlich. Die meisten guten Mensch haben Feinde. Vielleicht ist die ganze Anschuldigung falsch ... du wirst ihn doch nicht sterben lassen, wenn er unschuldig ist?

PILATUS: Das ist eine schöne Frage von meiner Frau an Pontius Pilatus. Rom urteilt stets gerecht. Aber Rom respektiert auch die örtlichen Gesetze, und wenn dieser Mann sich gegen das jüdische Gesetz vergangen hat ...

CLAUDIA: Ach, diese Barbaren sind doch so unwichtig, mit all ihrem Aberglauben und ihren Fehden untereinander.

PILATUS: Liebling, hör bitte zu. Ich kann es mir einfach nicht leisten, weitere Schwierigkeiten mit den Juden zu haben. Ich bin oft summarisch mit ihnen verfahren, wie du weißt. Das letzte Mal hat der Kaiser eingegriffen. Wenn ich ihn noch einmal verärgere, habe ich endgültig bei ihm verspielt.

CLAUDIA: O nein! Nein! Gajus — selbstverständlich darfst du den Kaiser nicht erzürnen. Er ist — der Kaiser!

DRITTE SZENE (GARTEN VON GETHSEMANE)

Erster Abschnitt

DER EVANGELIST: Dann ging Jesus mit seinen Jüngern über den Bach Kedron, in einen Garten, der Gethsemane genannt wurde ...

JESUS: Petrus — Jakobus — Johannes, — schlafen die anderen?

JAKOBUS: Ich glaube — ja, Meister.

JESUS: Kommt mit mir — ich brauche euch.

PETRUS: Ja, Herr.

JESUS: Laßt mich eure Nähe fühlen — ich habe euch geliebt... O Kinder, dieser Augenblick ist bitter — wie kann das schwache Fleisch ihn nur ertragen? ... Aus der Tiefe, o Gott, aus der Tiefe — die tiefen Wasser quellen empor — und alle Wellen schlagen über mir zusammen ... das Warten ... das Warten ist so schwer ...

JOHANNES: Lieber! O mein lieber Meister!

JESUS: Meine Seele ist betrübt bis in den Tod. Bleibt bei mir ein wenig und wachet mit mir, während ich bete ...

PETRUS: Wieder wir drei zusammen — wie damals in den Bergen ...

JAKOBUS: Was werden wir heute nacht erleben?

JOHANNES: Ich habe so viel geweint, daß meine Augen trübe geworden sind.

JESUS: *(etwas abseits)* Abba, Vater! Alles ist dir möglich. Lasse diesen Kelch an mir vorübergehen, wenn es möglich ist ... wenn es möglich ist ... aber nicht, wie ich will, sondern wie du es willst.

JAKOBUS: Wie furchtbar ernst er betet!

PETRUS: Als ob eine große Qual ihm Leib und Seele zermalmte...

JAKOBUS: Auf seiner Stirn glänzt der Schweiß — so habe ich es gesehen bei Männern, die aufs Rad geflochten waren.

PETRUS: — er tropft zur Erde so schwer wie Blutstropfen...

JAKOBUS: Ein solches Gebet kann nicht unerhört bleiben.

PETRUS: Es gibt keine Antwort — kein Licht — keine Erscheinungen ... nur der dunkle Schmerz des sterblichen Fleisches.

JOHANNES: Ich ertrags nicht. Ich kann nicht. *(wie ein Kind)* Jakobus, halte mich fest — ich habe Angst vor dem Dunkel...

JAKOBUS: Sei ruhig, kleiner Bruder, sei ruhig...

(Verklingen lassen und Pause)

JESUS: Kinder! ... sie schlafen schon ... wacht auf, meine Kinder!

JOHANNES: *(noch halb im Schlaf)* Ja, Lieber, ja...

JAKOBUS: *(auch halb im Schlaf)* Wer ruft uns?

PETRUS: *(schüttelt sich wach)* Lieber Meister, vergib uns ... ich glaube, wir haben uns in den Schlaf geweint.

JESUS: Könnt ihr denn nicht eine Stunde mit mir wachen?

JAKOBUS: Wir schämen uns so...

JOHANNES: Wie konnten wir dich nur so im Stich lassen?

PETRUS: Wir wollten wach bleiben.

JESUS: Wahrlich, der Geist ist willig, aber das Fleisch ist schwach. Weiß ich es nicht selber? Aber wachet und betet, damit ihr nicht versagt, wenn die Stunde der Anfechtung gekommen ist... *(geht fort)*

JOHANNES: Wie lange haben wir wohl geschlafen?

JAKOBUS: Es geht auf Mitternacht. Die Schatten unter den Olivenbäumen sind kurz geworden.

JESUS: *(etwas abseits)* O Abba, mein Vater — ist's möglich...

PETRUS: Wieder die gleichen Worte.

JAKOBUS: Drängender — immer drängender...

JOHANNES: Als sollten sie vorstoßen durch die Wälle von Zeit und Raum ... Petrus ... zittert die Erde? Ist die Erscheinung gekommen?

PETRUS: Ich sehe jemand neben ihm — einen Engel — er hält ihn — stärkt ihn...

JAKOBUS: Aber das Licht ist wie ein leuchtendes Dunkel, und sein Gesicht ist ernst und voller Mitleid...

JOHANNES: Es ist Azrael — der Engel des Todes, — o mein Herz — mein Herz...

JAKOBUS: Wir wollen auch beten.

PETRUS: Ich kann nicht ein Wort finden ...

JESUS: Vater, wenn dieser Kelch nicht an mir vorübergehen darf, ohne daß ich ihn leere ... so geschehe dein Wille ...

JOHANNES: Betet, wie er betet. Betet, wie er es uns lehrte ... „Unser Vater".

JAKOBUS: }
PETRUS: } Unser Vater, der du bist im Himmel ...
(verklingen lassen)

Zweiter Abschnitt

(Haus des Hohenpriesters)

HANNAS: Ich denke, wir können jetzt vorgehen. Hauptmann Elihu!

HAUPTMANN: Ehrwürden!

HANNAS: Schreiten Sie zum Arrest. Ischariot hier wird Sie an Ort und Stelle bringen ... der Garten ist dunkel — starker Baumbestand ... Achten Sie darauf, daß Sie den richtigen Mann fassen.

JUDAS: Verlassen Sie sich nur auf mich. Hören Sie zu, Hauptmann, und achten Sie darauf, was ich tun werde. Zwölf Mann werden dort sein. Auf einen von ihnen werde ich zugehen und „Sei gegrüßt, Meister!" sagen. Dann werde ich ihn an den Armen halten — so — und ihn küssen. Das ist der Mann, den Sie suchen. Machen Sie ganze Arbeit!

HAUPTMANN: In Ordnung ... also, — gehen wir. Kommt, Leute. *(Die Abteilung rückt ab, nicht mit dem rhythmischen Marschtritt römischer Soldaten — es sind nur jüdische Polizisten)*

Dritter Abschnitt

(Im Garten von Gethsemane)

DER EVANGELIST: Und zum dritten Male kam Jesus zu seinen Jüngern und fand sie schlafend, denn ihre Augen waren müde vor Trauer.

JESUS: Sie sind erschöpft. Gott helfe euch, meine armen Jungen. Es wäre sinnlos, euch schon wieder zu wecken.

JOHANNES: *(bewegt sich im Schlaf und richtet sich etwas auf)* Jesus ... Jesus —

JESUS: Schlafe weiter und ruhe; die Stunde ist nahe, da des Menschen Sohn wird überantwortet in der Sünder Hände ...

(mit veränderter Stimme) Nein! Aufstehen! Schnell! Sie sind schon da! Der Verräter kommt! Da...

JAKOBUS: Der Garten ist hell erleuchtet —

JOHANNES: Und ein Haufen Männer mit Laternen und Fackeln —

PETRUS: Und Waffen! Hierher, Jungens! Andreas, Thomas — kommt hierher!

JÜNGER: *(eilen herbei)* Wer ist da? Was gibt's denn? Wo ist der Meister?

JESUS: Ruhig — meine Kinder. *(Geräusch sich nähernder Menschen)*

PETRUS: Umringt den Meister — sie dürfen ihn nicht sehen!

JAKOBUS: Wer ist denn das — vorn — bei den ersten?

PHILIPPUS: Alles in Ordnung — alles in Ordnung! Das ist ja Judas.

JOHANNES: Judas! Du dreckiger Verräter, du!

JESUS: Was tust du hier, Freund?

JUDAS: Sei gegrüßt, Meister!

JESUS: Judas — verrätst du des Menschen Sohn mit einem Kuß?

HAUPTMANN: Bist du Jesus von Nazareth?

JESUS: ICH BIN'S*

(Aufgeregtes Durcheinander und ängstliches Aufkreischen abergläubischer Furcht unter den Polizeisoldaten)

HAUPTMANN: Wer bist du, daß du es wagst, mit dem Namen Gottes zu antworten?

JESUS: Wen suchst du denn?

HAUPTMANN: Jesus von Nazareth.

JESUS: Und ich sage dir, daß ich es bin. Wenn du mich suchst, dann laß diese Männer ungeschoren.

PETRUS: Glaub nur nicht, daß wir uns das gefallen lassen! Los Jungens — Plempen raus und drauf!

(Waffenklirren und ein Aufschrei)

JESUS: *(Stimme beherrscht das Durcheinander)* Petrus! Das Schwert weg! Wer sich auf das Schwert verläßt, wird durch das Schwert umkommen. Ich will nicht, daß ihr getötet werdet ... ich, auf dessen Ruf mehr denn zwölf Legionen Engel herbeieilen würden ... aber der Kelch, den mir mein Vater zu

* Vgl. Anm. S. 198.

trinken gibt ... muß ich ihn nicht leeren? ... Ist jemand verletzt, Hauptmann? Ich bedaure diesen Zwischenfall.

STIMME: Malchus ist verwundet.

MALCHUS: *(knurrt wütend)* Das halbe Ohr hat er mir abgehauen!

JESUS: Komm her, mein Freund ... gebt meine Hand doch einmal frei ... und laßt mich ihm ... da, siehst du — es ist nichts. Schon geheilt ... warum seid ihr gekommen mit Schwertern und Stangen, um mich zu fangen wie einen Mörder? Jeden Tag habe ich im Tempel gesessen und gepredigt und ihr habt mich nicht ergriffen ... aber dies ist eure Stunde — und die Geister der Finsternis haben die Macht ...

DER EVANGELIST: Da verließen ihn alle seine Jünger und entflohen.

ZEHNTES SPIEL

DIE HERREN DIESER WELT

Der EVANGELIST
JESUS

SIMON PETRUS JOHANNES, *des Zebedäus Sohn* JUDAS ISCHARIOT	*Jünger Jesu*

Die PFÖRTNERIN *im Hause des Hohenpriesters*
KAIPHAS, *Hoherpriester von Israel*
HANNAS, *Schwiegervater des Kaiphas*
HESEKIA, *Sekretär des Kaiphas*

SCHADRACH *Erster* ÄLTESTER *Zweiter* ÄLTESTER *Dritter* ÄLTESTER *Vierter* ÄLTESTER NIKODEMUS JOSEPH VON ARIMATHIA	*Mitglieder des Hohen Rats*
HAUPTMANN *Erste* WACHE *Zweite* WACHE *Dritte* WACHE *Vierte* WACHE	*Leviten, Mitglieder der Tempelwache*

BARUCH DER ZELOT
Erster ZEUGE
Zweiter ZEUGE
Dritter ZEUGE
GAIUS PONTIUS PILATUS, *Statthalter von Judäa*
FLAVIUS, *Freigelassener des Pilatus*
MARKUS, *Schreiber des Pilatus*
Ein SKLAVE *in Pilatus' Haushalt*

Ein ZENTURIO *(Marcellus)* *Ein* UNTEROFFIZIER *Erster* SOLDAT *Zweiter* SOLDAT *Dritter* SOLDAT *Vierter* SOLDAT	*Römische Soldaten*

HERODES ANTIPAS, *Tetrarch von Galiläa*
TECHELLES, *ein griechischer Sklave, Sekretär des Herodes*
Ein WORTFÜHRER, *Beauftragter der Priester und Ältesten*

DAS SPIEL

Der Verlauf dieses Spiels ist einfach. Es bietet aber zwei besondere Schwierigkeiten, denen man nicht aus dem Wege gehen kann.

1. Die Hauptperson muß, so will es der Text, ihre Wirkung dadurch erreichen, daß sie fast ununterbrochen schweigt. Auf der Bühne ist das leicht zu erreichen, wo ein Schauspieler, der eine starke Bühnenpersönlichkeit ist, das Auge fesselt; aber über den Rundfunk ist es schwieriger, da heißt es: aus den Ohren, aus dem Sinn. Ich habe dem abzuhelfen versucht, indem ich a) gelegentliche Bemerkungen über die Erscheinung und das Benehmen des Gefangenen einschaltete; b) es so deutlich wie möglich vorbereitete, wenn es dazu kommt, daß er sein Schweigen unterbricht; c) ihn in der Szene mit Herodes überhaupt nicht auftreten lasse.

2. Die Szenen vor Pilatus spielen bald außerhalb des Regierungsgebäudes, bald in demselben. Man muß sich eine Art von Terrasse oder Balkon vorstellen, wo Pilatus mit den Priestern und Ältesten steht, höher als die Menge auf der Straße; von dort geht er zurück in den Palast, um Jesus zu verhören — zweifellos durch den üblichen schweren Vorhang, der — so will es die Bühnenillusion — für Geräusche von außen mehr oder weniger undurchlässig ist.

PERSONEN

JESUS: Während des ganzen Spieles gibt er nicht einen Zollbreit nach. Das Verhör vor Hannas ist gänzlich ungesetzlich; er weiß es und spricht es aus. Die Zeugenaussage versagt, und er weigert sich, dem Gerichtshof die Handhabe zu geben, die ein Sicheinlassen auf eine Debatte bedeuten würde. Aber nach dem Gesetz muß er, als frommer Jude, unter dem Zeugeneid aussagen; Schweigen würde hier einem Zugeständnis gleichkommen, daß er sich außerhalb des orthodoxen Glaubens stellt; seine Antwort ist klar und eindeutig — selbstverständlich, denn unter Eid muß er die Wahrheit sprechen. Seine erste Antwort an Pilatus („Fragst du mich das aus dir selbst, oder haben's dir andere von mir gesagt?") lenkt das Augenmerk darauf, daß dies eine neue Anklage ist. — Ist er auf eine besondere Anklage hin der Gefangene Roms, oder haben die kirchlichen Behörden ihre eigene politische Position preisgegeben? Nachdem er so die Ungesetzlichkeit des Verfahrens klargestellt hat, beruhigt er den Pilatus über den Punkt, der ihm Sorge macht: „Hätte ich einen Aufstand gewollt, so wäre ich mit Waffen gekommen." Pilatus scheint hierdurch zufriedengestellt; was sonst die Priester noch an Anklagen vorgebracht haben, überläßt Jesus dem Pilatus, nach Verdienst einzuschätzen. Die Geißelung (und das war bei den Römern kein Spaß) mag seine Stimme und seinen Körper schwächen, aber sein Geist ist ungebrochen; der Ton seiner Antwort („Du hättest keine Macht über mich ...") ist derselbe wie der seines Verweises an den Hauptmann im Verhör von Hannas, eine ruhige Feststellung: dies ist Recht und jenes Unrecht. (Wohlgemerkt: dies alles ist weit entfernt von dem dick aufgetragenen Märtyrertum, das Judas gern gesehen hätte.)

PETRUS: In der ersten kleinen Szene mit Johannes verrät Petrus die Schwäche, die ihn dazu bringen wird, Jesus zu verleugnen. Er ist erschrocken und traurig über sein eigenes Benehmen, versucht aber noch, sich zu rechtfertigen: „Wenn ich hätte kämpfen dürfen, da hätte ich nicht versagt, — und jedenfalls hat er uns befohlen, uns nicht umbringen zu lassen." Ferner ist er ängstlich, was seinen Zutritt zum Hause des Hohenpriesters betrifft, und das behindert ihn von vornherein. Dann hat er keinen Halt mehr an Johannes; und die Frage der Pförtnerin (typisch so gestellt, als ob ein „Nein" erwartet wird) ruft die erste schnelle, ängstliche Verleugnung hervor und macht so den Weg frei für die zweite und dritte. Er findet sich auch unangenehm im Vordergrund, in Gegenwart der Leute, die er im Garten Gethsemane tätlich angegriffen hat, verliert angesichts der direkten Frage den Mut und wird ausfallend.

JOHANNES: Er hatte wahrscheinlich eine gute Entschuldigung dafür, daß er davongelaufen ist — Bruder Jakobus hat ihn wohl einfach mitgerissen. Da er aber wirklich demütig ist, hält er sich nicht dabei auf, sich zu rechtfertigen. So ist er also imstande, Aufrichtigkeit mit Klugheit zu verbinden und ohne viel Aufhebens die Pförtnerin ins Vertrauen zu ziehen. Auch er strebt nicht nach der Märtyrerkrone, denn das ward ihm nicht aufgetragen, — aber er lügt auch nicht, um ihr zu entgehen.

PFÖRTNERIN: Ein nettes, warmherziges Mädchen, immer bereit, den Wachen eine schlagfertige Antwort zu geben oder einem Freund einen Gefallen zu tun, ziemlich gedankenlos in diesem wie in jenem.

HAUPTMANN DER WACHE: Er ist wirklich entrüstet über das Benehmen des Gefangenen dem Hannas gegenüber, aber sonst nicht bösartig; auch seine Leute sind es nicht. Gegen Petrus haben sie im Grunde nichts.

HANNAS: Dieser alte Herr ist von Pilatus' Vorgänger, Valerius Gratus, abgesetzt worden und fühlt sich wahrscheinlich immer noch als rechtmäßiger Hoherpriester. Jedenfalls spielt er, nun er eine Gelegenheit hat, den großen Herrn, indem er auf eigene Faust ein ungesetzliches Verhör veranstaltet. Seine Laune bessert sich durch das Verhalten des Gefangenen in keiner Weise.

ZEUGEN: Der erste Zeuge ist ein konfuser Mensch, der nicht gut erzählen kann. Der zweite und dritte Zeuge, beides Leute der Tempelwache (d. h. der kirchlichen Polizei), machen ihre Aussagen mit der routinierten Geläufigkeit von Polizisten auf der Zeugenbank.

Man merke: Die Szene vor dem Hohen Rat wird verständlich, wenn man daran denkt, daß nach jüdischem Gesetz „Zeugenaussagen" nur dann als gültig angesehen wurden, wenn mindestens zwei Zeugen wörtlich dasselbe aussagten.

NIKODEMUS UND JOSEPH: Diese beiden machen sich die eben erwähnte Vorschrift zunutze, um die Verhandlung, so sehr sie es irgend wagen, zu behindern.

SCHADRACH: Wie gewöhnlich benimmt er sich intelligenter als die anderen Mitglieder des Hohen Rats. Er ist fest davon überzeugt, daß niemand als er selber etwas richtig machen kann. Er ist genau so übel gesonnen wie die anderen, kann es sich aber nicht verkneifen, darauf hinzuweisen, daß sie sich alle blamieren. Er ist sogar beschlagener als Kaiphas — er erkennt im voraus die Schwierigkeit, die es mit der Freilassung des Passahgefangenen geben wird, und ist gewitzigt genug, sie von vornherein einzukalkulieren. Dies gewährt ihm unaussprechliche Befriedigung.

KAIPHAS: Er ist entschlossen, die Sache durchzufechten. Alles scheint sich gegen ihn zu verschwören, aber er wird seinen Kopf entweder durchsetzen oder verlieren. Er weiß, wie wichtig es ist, einen ganz einwandfreien Fall zu haben; aber im äußersten Notfall wird er riskieren, mit dem zweifelhaften Mittel des „Zeugeneides" zu operieren; er weiß, wie wenig beliebt die römische Oberherrschaft ist, aber schließlich, wenn es für seine Zwecke dienlich ist, wird er doch offen die Autorität des Kaisers anerkennen (siehe auch unter „Pilatus"). Judas gegenüber ist er verständnislos und ungeduldig. In diesem Politiker ist nicht das geringste von einem Priester, wie *wir* ihn verstehen. Der Anblick einer gequälten Seele ist ihm nichts als eine ärgerliche Unterbrechung, auf die er kostbare Minuten verschwenden muß, obwohl er eiligst zu Pilatus will. Nichts von alledem, was Judas sagt, hat für ihn irgendwelche Bedeutung — wieso auch? Er hat ja nicht die leiseste Ahnung, was eigentlich Sünde ist.

BARUCH: Auch er ist ein gewissenloser Politiker, aber doch ein einigermaßen anständiger Mensch. Für Versager hat er keine Verwendung — aber wenn zwei unwichtige Kameraden hingerichtet werden, die Pech gehabt haben, so ist er zur Stelle; und er ist ein Mann, dem solche Leute treu ergeben sind. Und obwohl ihm das „Unpraktische" an Jesus auf die Nerven geht, bewundert er ihn doch aufrichtig. Für Judas hat er nur Verachtung, die Verachtung des Mannes der Tat für den Intellektuellen, des Realisten für den Romantiker, des Zuverlässigen für den Verräter, des Illusionslosen für das Opfer von Selbsttäuschung, des Entschlossenen für den moralischen Feigling — und er ist rücksichtslos brutal.

JUDAS: Schon im Anfang der Szene mit Baruch ist Judas wahrscheinlich ziemlich unsicher geworden, und gerade das macht ihn reizbar. Den Baruch verkleidet in Jerusalem herumschleichen zu sehen, läßt ihn aufatmen — es überzeugt ihn, daß er mit seinem Verdacht von der Verschwörung doch wirklich und wahrhaftig recht hatte, und nun möchte er triumphieren und mit sich zufrieden sein. Baruch bringt diese Seifenblase zum Platzen. Von da ab bis zum Schluß werden seine Selbsttäuschungen eine nach der anderen von ihm abgeschält, wie man Häute von einer Zwiebel abzieht. Seine schreckliche Ahnung wenige Stunden zuvor erweist sich als nur zu begründet — er hat sich über Jesus getäuscht, dumm und kraß und albern getäuscht; und mehr noch, Baruch hat seine Tätigkeit als Amateurdetektiv durchschaut und findet sie lächerlich. Nicht genug damit: jetzt erkennt er auch, daß Baruch ihn als Werkzeug benutzt hat; Baruch, der als erster seinen Glauben untergrub, verachtet ihn nun, weil er keinen mehr hat. Als er so weit ist, versucht er, sich in die Hoffnung zu retten, daß Jesus vielleicht freigesprochen wird. Diesen Wunschtraum zerstört ihm Baruch ohne große Umstände, und dann beweist er ihm, daß all sein Gerede über die Läuterung durch Leiden nichts als Romantik gewesen ist — daß er sie niemals als Wirklichkeit gesehen hat oder sich hat vorstellen können, daß sie ihm selber widerfahren könnte. Rücksichtslos fegt Baruch die Romantik beiseite und zeigt ihm die Wirklichkeit — und da ist Baruch wahrscheinlich brutaler, als ihm bewußt wird, denn Judas ist klug und hat Phantasie. Er hat Jesus soeben gesehen; und dieser Anblick und die Dinge, die Baruch ihm rücksichtslos vorhält, fügen sich zu einem Alpdruck, den er nicht ertragen kann. Schließlich kommt Baruch in einer Art Eingebung auf den Verrat selbst, der — mit seinen Augen gesehen — nicht mehr als Erfüllung einer Bürgerpflicht erscheint, sondern als eine widerliche, gemeine Handlung . . . Judas läuft dem Baruch davon; und während des Verhörs vor dem Hohen Rat hat er Zeit, die Bekanntschaft mit sich selbst zu vertiefen.

Baruchs Zusammenfassung der Lage, wenn sie auch ganz gescheit ist, ist doch oberflächlich. Bis jetzt ist Judas nur so weit gekommen, daß er — wie de Stogumber in der „Heiligen Johanna“ — einsieht, wie scheußlich er gehandelt hat, und daß ihm klar wird, daß kein Zweck und keine gute Absicht eine derartige Handlung rechtfertigen können. Die nächste Szene bringt ihn weiter.

Während der ersten Minuten mit Kaiphas klammert er sich noch an die Hoffnung, daß er seine Sünde ungeschehen machen kann, wenn er die Sache nun ins reine bringt. Aber da rennt er gegen eine Wand. Glatt und kühl wird ihm gesagt, daß er wieder einmal anderen zum Mittel und Werkzeug gedient hat. Jesus ist verurteilt worden nicht wegen Aufstandes, sondern wegen Gotteslästerung, und Judas' Einwände sind albern und nicht stichhaltig. Und wie er nun Schritt für Schritt zur Hölle hinuntersteigt, verfolgt ihn sein Opfer im Geist, so daß er dessen Worte wiederholt: „Ihr Heuchler, Schriftgelehrten und Pharisäer“ — „weißgetünchte Grabstätten“ — „wer seinen Bruder haßt, der ist ein Totschläger“. Er sieht sich, wie er ist — das Gelüst nach Leiden, das umgekehrte Grausamkeit war; das nicht an Unschuld Glauben-wollen, das aus Haß und Neid auf die Unschuld entstand; immer mehr Haß findet er — er haßt Kaiphas und Jesus und Gott und sich selbst. Er erkennt die Wahrheit nicht nur, was ihn selbst betrifft, sondern auch bezüglich des Wesens der Sünde — er erkennt, daß der Priester ohne Fehl und das Opfer unbefleckt sein muß; dunkel ahnt er sogar, wer der Priester ohne Fehl und das unbefleckte Opfer ist und daß es für ihn tun könnte, was Kaiphas nicht tun kann — aber er *kann* nicht gerettet werden, weil er nicht gerettet werden *will.* Weiter und weiter steigt er hinab, zur alleruntersten Hölle, wo der Teufel des Stolzes sitzt und die Sünde unvergebbar macht, weil der Sünder die Vergebung haßt und ablehnt. In dieser alleruntersten Hölle gibt es nur ihn und seinen Selbsthaß, da ist kein Raum für Reue. So geht er denn — zur Hölle, in die er gehört.

Und, meine Lieben, laßt uns da nicht verlegen zögern, sondern dies muß ein Stück ganz gutes, großes durchschlagendes Theater sein, ganz grandios — nicht zu laut bis zum letzten Ausbruch, aber mit Tempo, Tempo und Leidenschaft.

HERODES („DER FUCHS“): In diesem degenerierten Sohn ist nichts von Herodes dem Großen — er ist kaum mehr als eine leiernde, müde, etwas weibische Stimme und ein leerer Kopf, faul, bösartig, oberflächlich, verweichlicht, kleinlich, verächtlich und grausam.

„Lassen wir jetzt Jesus den Friedenstifter zwischen uns sein" — steckt hinter dieser Bemerkung irgendeine Erkenntnis? Nicht die geringste; der große Wind ist über ihn hinweggegangen, und er tanzt darin wie eine Vogelscheuche, aber er hat keine Ahnung, warum. Er ist vollkommen frivol und hat gerade genug Verstand, um auch den Schatten einer Verantwortung für alles und jedes zu vermeiden.

PILATUS andererseits ist interessant. Er ist weder ein Schurke noch ein Narr; er ist nur leider ein ehrgeiziger Beamter, der seine Karriere schon vorher dadurch beeinträchtigt hat, daß er die Leute, die er regiert und verachtet, taktlos behandelte. Zunächst ist er einfach wütend, weil er einer Formalität wegen zu nachtschlafender Zeit aufstehen muß. Er weiß auch, daß seine Frau über die ganze Sache unglücklich ist, aber das beeinflußt ihn nur insofern, als er mit unbestimmtem Widerstreben an die Angelegenheit herangeht. Er ist nicht geneigt, die Berichte über die aufwieglerische Tätigkeit des Gefangenen sehr ernst zu nehmen. — Natürlich weiß er, daß Jesus in der Provinz „Gefühle" aufgewirbelt hat, aber laut Polizeibericht handelt es sich dabei nur um Religion oder etwas Ähnliches. Dennoch muß man zugeben, daß der Mann als Unruheherd wirkt, und wenn der Hohe Rat ihn beseitigen will und dies auf gesetzliche Weise möglich ist, dann ist es wahrscheinlich ganz gut so. Aber in seinem Inneren ist etwas auf der Hut, und Claudias Brief, in seiner Dringlichkeit und mit seinem Schuß abergläubischen Entsetzens, ist das Scheidewasser, das sein unbestimmtes Mißtrauen und Widerstreben zum Niederschlag bringt. Auch gefällt ihm der Gefangene. Und als er sie schließlich ansieht, gefällt ihm die Anklageschrift ganz und gar nicht. Er ist ein Römer, und Gesetz und Gerechtigkeit sind ihm wichtig. Er ist auch von Natur eigensinnig und mehr als gern dabei, wenn es den Juden Schwierigkeiten zu machen gilt. Von dem Augenblick an, wo er beschließt, den Fall wieder aufzunehmen, sieht sich der Hohe Rat vor die Aufgabe gestellt, die Sache gegen den entschlossenen Widerstand des Statthalters durchzusetzen.

Erste Phase des Konflikts: Pilatus weicht aus und versucht, die Sache hinauszuzögern. Zunächst entkräftet er die Verurteilung wegen Gotteslästerung, da sie a) auf ungesetzliche Weise zustande gekommen ist, b) die römischen Interessen nicht berührt. Dies führt dazu, daß die Gegenpartei mit einer offenen Anklage wegen Hochverrat und Aufwiegelei herausrückt. Die politische Bedeutung des messianischen Anspruchs wird dem Pilatus vorgestellt. Er verhört den Gefangenen wegen seiner Behauptung, daß er ein König sei, und kommt zu dem Schluß, daß er wahrscheinlich ein harmloser Schwärmer ist. Darum sagt er dem Kaiphas, daß er nichts in der Sache tun kann, wenn nicht eine neue formelle Anklage wegen Hochverrats eingereicht wird. (Wenn er die nämlich bekommen kann, so wird sie in seiner Hand eine wertvolle Waffe gegen die Juden sein, da sie eine de-jure-Anerkennung der kaiserlichen Oberhoheit bedeutet.) Kaiphas seinerseits möchte das vermeiden. Er rückt mit einigen anderen Belastungen heraus (die Pilatus sich weigert, in nichtamtlicher Form zur Kenntnis zu nehmen) und erklärt jeden Aufschub in dem Verfahren gegen Jesus als untunlich. Eine beiläufige Äußerung zeigt dem Pilatus hier eine lose Masche im Netz des Gesetzes. Er kann die ganze Sache dem Herodes aufhalsen. Wenn es Herodes paßt, ein Todesurteil zu fällen, so braucht er dazu nicht die Bestätigung des Pilatus. (Wahrscheinlich würde es direkt nach Rom verwiesen werden, oder Herodes könnte es selbst vollstrecken wie im Fall Johannes' des Täufers.) Bis zu diesem Punkt sieht sich Pilatus in der Lage, die ganze Sache nicht allzu genau zu nehmen.

Zweite Phase des Konflikts: Herodes enttäuscht Pilatus, indem er ihm den Gefangenen zurückschickt (durch eine weitere lose Masche im Netz des Gesetzes) mit dem Bedeuten, daß, was Galiläa angeht, nichts gegen ihn vorliege. Dem Pilatus wird klar, daß er die Sache nun ernstnehmen muß, und er hält wahrscheinlich ein weiteres, eingehenderes Verhör ab (unmittelbar vor Beginn von Szene 5). Inzwischen ist ihm ein anderer Ausweg eingefallen. Ohne direkt abzuschlagen, was der Hohe Rat verlangt, wird er der Gerechtigkeit und auch dem Volke und sich selbst Genüge tun, indem er diesen allgemein beliebten Gefangenen der Sitte gemäß freiläßt. Dieser Versuch, beiden Welten gerecht zu werden, ist verhängnisvoll; der Schachzug war vorausgesehen und wird vereitelt. Pilatus nimmt nun allmählich die Sache persönlich und ist wütend entschlossen, seinen Kopf durchzusetzen. Diese Phase endet mit einer Anklage, die dem Pilatus ganz neu ist; der Gefangene hat behauptet, er sei der Sohn Gottes. Dies ist die übernatürliche Seite des messianischen Anspruchs, auf die er, solange sie nur mit dem kirchlichen Begriff der Gotteslästerung zu tun zu haben schien, nicht sonderlich geachtet hat. Aber „ein Sohn Gottes“ ist für einen Römer eine konkrete Möglichkeit, und der Traum seiner Frau fällt ihm ein. Eilig schickt er nach dem Gefangenen. Er hat Angst.

Dritte Phase des Konflikts: Jetzt kämpft in Pilatus seine Furcht vor dem Kaiser mit seiner Furcht vor dem Übernatürlichen. Ferner ist er wütend auf Kaiphas & Co. und wird, wenn er irgend kann, die Waffe des „Hochverrats“ gegen sie richten. Der Ruf: „Wir haben keinen König!“ gibt ihm dazu Gelegenheit. Er geht sofort zum Angriff gegen sie über und erzwingt von ihnen die Anerkennung der Herrschaft des Kaisers. Aber wie ein Bumerang kommt die Waffe zurück: „Wenn du diesen losläßt, so bist du des Kaisers Freund nicht!“ Seine eigenen Soldaten und die römischen Bürger in der Menge hören diese Anklage; und das ist zuviel für ihn. Jetzt haben sie ihn geschlagen. Er ist gedemütigt und er hat Angst — vor Gott und den Menschen wäscht er seine Hände in Unschuld in der Hoffnung, daß er es so zuwege bringt, „unschuldig am Blute dieses Gerechten“ zu sein.

Aber wenn er auch geschlagen ist, so hat er doch noch einen Pfeil im Köcher. Den schießt er, schon auf dem Rückzug, ab und schleudert den Männern, die kühner und zäher waren als er, noch zuletzt eine tödliche Beleidigung ins Gesicht; er schreibt auf die Tafel die unverschämte Überschrift: „Dies ist der Juden König.“ (Aber um Gottes willen, bringt den Gefangenen weg, denn er kann seinen Anblick nicht mehr ertragen — und der Zorn der Götter und Claudias Entsetzen stehen ihm noch bevor.)

Rauh, selbstherrlich, eigensinnig, abergläubisch, auf seine Art anständig, aber nicht Manns genug, sich aus einer kompromittierenden Situation herauszuhauen, ist Pilatus wegen seiner Vergangenheit von Anfang an im Hintertreffen. (Schon dreimal ist er in Schwierigkeiten geraten, weil er nicht genug Rücksicht auf die Juden genommen hat.) Aber er ist freundlich zu dem Gefangenen und spricht ihm die größte Anerkennung aus, deren er fähig ist: „Der hätte ein Römer sein sollen.“ Bei all diesen Szenen muß man im Auge behalten, daß sie ein Hieb- und Stichduell zwischen Pilatus und Kaiphas sind. NB.: Aus verschiedenen Gründen habe ich es so erscheinen lassen, als ob Pilatus es für unter seiner Würde hält, hebräisch zu sprechen. Er spricht zu Flavius und Markus lateinisch und mit allen anderen irgendeine allgemein übliche Art von Griechisch. Der Unterschied soll nicht etwa durch einen fremden Akzent verdeutlicht werden; aber der Schauspieler kann ihn vielleicht andeuten, in dem er etwas schneller und geläufiger redet, wenn er — sozusagen — lateinisch spricht.

RÖMISCHE SOLDATEN: Diese Leute haben im Grunde nichts gegen Jesus. Gewohnheit hat sie gefühllos gemacht, und gegeißelte und ohnmächtig werdende Gefangene gehören sozusagen zu ihrem Tagewerk. Wenn ein Verbrecher während der Züchtigung zusammenbricht, tritt oder stößt man ihn, bis er wieder zum Bewußtsein kommt — nicht weil es besonderen Spaß macht, sondern weil diese Art der Behandlung bei Verbrechern anzuwenden ist. Der Zenturio, ein guter Kenner von Menschenmaterial, ist sofort mit seinem Tadel bei der Hand, wenn die Sache in Barbarei und unrömisches Benehmen ausartet. Natürlich ist jede Gelegenheit, lustigen Unfug zu treiben und den Juden einen Schabernack zu spielen, immer willkommen; sogar der Zenturio läßt sich herbei, den Spaß mitzumachen — Spaßmachen bricht ja keine Knochen. Das Lied der Soldaten soll ein Beispiel der sentimentalen Ballade jener Zeit sein; die anderen Soldaten können zeilenweise mitsingen — und wenn es wirklich von den Schauspielern selbst gesungen werden kann, um so besser. Es soll ganz ungekünstelt sein, keine Konzertnummer, und braucht nicht einmal sauber und ordentlich gesungen zu werden.

DIE MENGE ist in diesem Spiel so wichtig, daß es ihrem Kollektivbewußtsein ganz klar sein muß, was sie tut. Die Feindseligkeit der Leute gegen jemanden, der so beliebt ist wie Jesus, scheint ganz unerklärlich, solange wir nicht die Situation wirklich verstehen.

Man beachte, daß vom Standpunkt des Hohen Rats aus die Gegenwart der Menge ein ärgerlicher Zufall ist. Mit dem hastigen Verfahren wollte man ja gerade vermeiden, daß die Sache bekannt wurde. Die Menge hat nur deshalb Zeit, sich anzusammeln, weil eine ganze Reihe unvorhergesehener Verzögerungen eintreten: — 1. braucht es Zeit, den Hohen Rat und die Zeugen beizubringen und sich mit Pilatus in Verbindung zu setzen; 2. entsteht ein Aufenthalt im Verhör, weil die Zeugen, die man nicht hat eindrillen können, nicht übereinstimmend aussagen und weil Joseph und Nikodemus Schwierigkeiten machen; 3. beschließt Pilatus unerwarteterweise, das Verfahren wieder aufzunehmen; 4. hat er plötzlich den Einfall, alles an Herodes abzuschieben. Da aber die Menge einmal da ist, wird sie zur strategischen Achse des Kampfes, und beide Parteien tun ihr Äußerstes, um sie für sich zu gewinnen.

Zunächst muß man sich darüber klar sein, daß beim ersten Zusammenlaufen die Menge *nichts von der Verhaftung Jesu weiß*. Die Leute haben in ihren Betten geschlafen, während über das Geschick Gottes gestritten wurde. Ein paar Frühaufsteher, die zufällig vorbeikamen, mögen gemerkt haben, daß beim Palast etwas vorging, sie mögen auch Jesus dort gesehen haben, wie er offenbar einer Art von Verhör unterworfen wurde. Diese Leute haben dann zu reden angefangen, und allerlei Gerüchte wurden in Umlauf gebracht. Aber ein großer Teil der Menge ist nur gekommen, um die Freilassung des Passahgefangenen zu fordern, und die meisten dieser Leute sind schon entschlossen, Barrabas zu verlangen; Jesus wird ihnen ohne jede Vorbereitung sozusagen aufgedrängt — und von wem? Vom römischen Statthalter, dessen Amt und Person ihnen ein Ärgernis ist.

Trotzdem sind einige von ihnen bereit, es sich zu überlegen und Jesus zu fordern; aber der „Wortführer" ist geschickt und behende im Ausbeuten ihrer nationalistischen Gefühle und dreht die Sache so, als ob es sich darum handele, daß sie ihr Recht Rom gegenüber durchsetzen müssen. Barrabas ist verhaftet worden, weil er mit anderen zusammen einen Aufstand vorbereitete und dabei einen Mord begangen hat. Es ist nicht richtig, ihn sich als irgendeinen „Räuber" oder „Mörder" vorzustellen — wir müssen ihn uns als etwas wie ein Mitglied einer extremen irischen Geheimorganisation denken, der im Verlauf von „Unruhen" verhaftet worden ist; während Jesus vom gehaßten Generalgouverneur der herrschenden Macht der Menge als Gegenkandidat zur freundlichen Berücksichtigung empfohlen wird!

Die Forderung der Kreuzigung ist zuerst zahm und nur halbernst gemeint. Aber während der Geißelung hat der „Wortführer" Zeit gehabt, die Menge in eine frenetische Aufregung hineinzusteigern; und wenn Jesus schließlich herausgebracht wird, muß der Aufschrei des Abscheus einen wie ein Schlag ins Gesicht treffen. (Der Schrei „A'rrh!" deutet das schreckliche Raubtiergebrüll an, das einem erregten, blutdürstigen Mob

oder etwa Boxkampfzuschauern eigen ist — eine Art rhythmischen Geschreis nach Blut.)
Man merke: — der Umstand, daß des Pilatus Kenntnis des Hebräischen nicht allzu hoch eingeschätzt wird, ermöglicht es dem „Wortführer", kühner an das nationalistische Gefühl zu appellieren, als er es sonst wohl wagen könnte, und alle die Worte und Handlungen Jesu auszunützen, die dem Volk als entschieden unjüdisch erscheinen müssen.

ERSTE SZENE (VERHÖR DURCH HANNAS)

Erster Abschnitt

(Straße und Hofraum im Hause des Hohenpriesters)

DER EVANGELIST: Die Schar aber und der Hauptmann und die Diener der Juden nahmen Jesus und banden ihn und führten ihn zuerst zu Hannas, dem Schwiegervater des Hohenpriesters Kaiphas. Simon Petrus aber und ein anderer Jünger folgten Jesus nach.

(Die Wache marschiert vorbei. Geräusch verklingt im Vordergrund)

PETRUS: Verlier' sie nicht aus den Augen, Johannes! Wir *müssen* wissen, was daraus wird.

JOHANNES: Ich weiß schon, wie es enden wird ... und er weiß das auch. „Gehenkt wie ein Verbrecher" ... O Petrus, — wir haben mit ihm sterben wollen. Was für ein Recht haben wir, weiterzuleben?

PETRUS: Er wollte nicht, daß wir umgebracht würden. Er hat ihnen befohlen, uns gehen zu lassen.

JOHANNES: Das schon — aber ich hab' trotzdem schlechte Gefühle. Wir sind fortgelaufen, Petrus.

PETRUS: Ich hätte bis zum Tode gekämpft.

JOHANNES: Er hat nicht gekämpft und ist nicht geflohen. Waffenlos hat er sich dem Fürchterlichen gestellt ... da! Sie gehen zum Haus des Hohenpriesters.

PETRUS: Also vorbei. Da können wir nicht hinein.

JOHANNES: *(angeregt durch eine Sachlage, die er meistern kann)* Aber ja doch! Ich bin schon früher einmal dagewesen. Die Diener kennen mich.

PETRUS: Ach so, natürlich! Du bist ja ein Zebedäus, — aus der priesterlichen Linie. Meinst du, sie lassen uns beide hinein?

JOHANNES: Wir müssen es halt versuchen. Ich werde mal

vorlaufen und versuchen sie einzuholen *(Stimme von größerer Entfernung)* Warte draußen ...

(Schnelle Schritte sind zu hören, während er die Häscher einholt)

HAUPTMANN: Abteilung halt.

(Sie bleiben stehen. Nicht gleichzeitig. Der Hauptmann klopft an das Tor, das sich öffnet)

PFÖRTNERIN: Wer ist da? — O Hauptmann Elihu. In Ordnung. Herr Hannas hat befohlen, ihm den Gefangenen gleich nach oben zu bringen.

HAUPTMANN: Schön. Hier, Leute. Ein halbes Dutzend von euch nehmen ihn mit. Die anderen warten hier im Hof. Dürfen sie das?

PFÖRTNERIN: Aber gerne. Wir haben ein schönes Feuer im Gang. *(Schleifende Schritte. Die Leute schieben sich durch das Tor)* *(Pförtnerin und Wachen begrüßen sich als alte Bekannte: 'n Abend, Joel ... Hallo, altes Ding ... Guten Abend, Tabitha ... he, Malchus! ... kalt genug für deinen Geschmack? ... du wirst immer hübscher, Tabbi ... los, herein mit euch usw.)*

Hallo, Johannes bar-Zebedäus! Dich hab' ich ja ewig nicht mehr gesehen! Seit wann bist *du* denn bei der Tempelwache?

JOHANNES: Bin ich gar nicht. Aber ich möchte mit reinkommen.

PFÖRTNERIN: Warum nicht, Alter. Du bist doch ein Freund des Hauses, was?

JOHANNES: *(sehr leise)* Ich bin ein Freund des Gefangenen.

PFÖRTNERIN: O! — na, mir soll es recht sein, ich habe keine Anweisungen darüber bekommen. Weißt du was? Wenn du hier die Treppe hinaufschleichst und dich hinter den Vorhang am Ende der Galerie stellst, kannst du alles hören, was da geschieht.

JOHANNES: Du bist ein lieber Kerl, Tabitha. Ich habe übrigens noch einen Freund hier.

PFÖRTNERIN: Bring ihn nur auch her.

JOHANNES: Darf ich? Danke dir ... *(ruft leise)* Bist du da, Petrus? Sie sagt, daß du herein darfst.

PETRUS: Das ist aber anständig.

PFÖRTNERIN: Die Treppe 'rauf darf ich niemand lassen, den ich nicht kenne. Aber du kannst 'reinkommen und dich im Hof ans Feuer setzen.

PETRUS: *(unbehaglich)* Da sitzen schon so viele ...

PFÖRTNERIN: Ach, das ist doch bloß die Tempelwache ... lauf nur, Johannes bar-Zebedäus, wir werden uns schon um deinen Freund kümmern ... die Treppe 'rauf und durch die Galerie — du kannst es gar nicht verfehlen ... *(zu Petrus)* der arme Kerl, den hat's aber schwer gepackt! Wie ist er bloß in diese Geschichte hereingeraten? Du bist doch kein Anhänger von diesem Jesus, was?

PETRUS: Nein, nein, nein! Ich bin nur ein Freund von Johannes.

PFÖRTNERIN: Dann sieh nur zu, daß er sich nicht hereinreitet ... was die da oben wohl haben ... *(Verklingen lassen.)*

Zweiter Abschnitt

(Raum im oberen Stockwerk)

HANNAS: Das der Gefangene? Bringt ihn mal näher ... hem ... ich denke, Bruder Schadrach, wir können mit der Vorverhandlung und einigen einleitenden Fragen beginnen ... also, mein Lieber — äh — er weiß doch wohl, wo er ist und wer ich bin, Hezekia?

HEZEKIA: Ich denke doch wohl, daß jeder Sie kennt, Ehrwürden ... Angeklagter! Sie sind sich klar darüber, daß Sie vor dem Hochehrwürdigen Herrn Hannas stehen, dem Oberhaupt der hohepriesterlichen Familie, selbst früherer Hoherpriester und emeritierter Hoherpriester von Israel!

JESUS: Ich weiß, wo ich stehe.

HANNAS: Schön. Jesus bar-Joseph, Sie sind angeklagt, das Gesetz Moses' gebrochen und Zauberei getrieben zu haben, wie auch andere zu den gleichen Verbrechen veranlaßt und sie dabei unterstützt zu haben. Antworten Sie mir jetzt: Was ist in klaren Worten Ihre Lehre? Warum haben Sie sich mit einer Bande von Anhängern umgeben? Was bezwecken Sie mit dem ganzen Rummel?

JESUS: Ich habe das, was ich tue, nie verheimlicht. Ich habe von jeher offen in Tempel und Synagoge gepredigt und gelehrt, wo jedermann mich hören konnte. Warum fragt Ihr mich? Ihr wißt so gut wie ich, daß eine solche Befragung ungesetzlich ist. Für alles, was ich gesagt habe, gibt es reichlich Zeugen. In einem korrekten Verfahren müßten Zeugen berufen und befragt werden.

HAUPTMANN: Ist das eine Art, mit Ehrwürden zu sprechen? Nimm das, du Lümmel, *(er schlägt ihm ins Gesicht)* und benimm dich anständig.

JESUS: *(ruhig)* Wenn es falsch war, was ich gesagt habe, dann gehe vor Gericht und beweise es. Wenn ich aber die Wahrheit geredet habe, — was schlägst du mich dann?

HANNAS: Sehen Sie, was das für ein Bursche ist! Trotzig und unverschämt!

SCHADRACH: Zweifellos. Leider scheint er aber die Verfahrensordnung zu kennen. Es ist nun mal nicht legal, einen Mann zu veranlassen, gegen sich selber auszusagen. Und — genau genommen — ist es auch nicht korrekt, wenn die Polizei den Angeklagten schlägt.

HANNAS: Bruder Schadrach! Wollen Sie den Mann etwa verteidigen?

SCHADRACH: Behüte. Ich finde nur, daß wir wertvolle Zeit vergeuden.

HANNAS: Angeklagter! Ich hatte gehofft, Sie würden Vernunft annehmen und diesen Herren und mir inoffiziell einige ausreichende Erklärungen über sich abgeben. Da Sie aber den Widerspenstigen spielen und auf einem regelrechten Verfahren bestehen, sollen Sie es haben. Wir werden den Fall vor den Sanhedrin bringen, und Sie werden sehen, daß wir über ausreichende Zeugen verfügen. Und mehr als ausreichend! Hauptmann, bringen Sie den Angeklagten zum Richthaus.

Dritter Abschnitt

(Hofraum)

ERSTER WÄCHTER: Brrr! Du, Malchus, schieb noch 'nen Klotz ins Feuer. Diese Frühlingsnächte sind aber kühl. Wie spät mag es sein?

MALCHUS: Es geht auf die Hahnenkraht.

ZWEITER WÄCHTER: Kurz vorm Morgengrauen ist es immer am kältesten. Du, Fremder — du zitterst ja vor Kälte, komm näher ans Feuer.

PETRUS: Danke — ich sitze ganz gut hier.

ERSTER WÄCHTER: Was macht denn dein Ohr, Malchus?

MALCHUS: Da habe ich doch schon gar nicht mehr dran gedacht. Das hat er tatsächlich geheilt — dieser Jesus.

ERSTER WÄCHTER: Zauberei, Vetter — nichts als Zauberei! An deiner Stelle würde ich das Ohr den Priestern zeigen. Man kann nie wissen — vielleicht fängt es auf einmal an, zu ... aber sag mal, Fremder, du bist doch aus Galiläa, deiner Sprache nach ... weißt du 'was von diesem Jesus? Oder bist du etwa einer von seinen Leuten?

PETRUS: Natürlich nicht. Ich weiß gar nicht, was ihr wollt.

ZWEITER WÄCHTER: Quatsch! Du mußt ihn in Galiläa doch gesehen haben und so ...

DRITTER WÄCHTER: Klar. Schieß los, und erzähl uns mal, was eigentlich gespielt wird.

VIERTER WÄCHTER: Sprich doch, Junge — der ist schüchtern, glaub' ich.

ZWEITER WÄCHTER: Steh doch mal auf und laß dich ansehen! ... ich glaube wahrhaftig, du bist doch einer von den Leuten des Mannes, den wir da geschnappt haben.

ERSTER WÄCHTER: Hab' ich dich nicht im Garten mit ihm zusammen gesehen? Malchus, schau doch mal her ...

PETRUS: Verdammt noch eins, laßt mich zufrieden! Ich hab' euch doch gesagt, ich kenne den Mann nicht. Habe ihn überhaupt noch nie gesehen. Ich habe noch nie ...

(In der Ferne beginnt ein Hahn zu krähen. Ein anderer, näher, antwortet. Nach und nach werden die Hähne der ganzen Nachbarschaft munter)

ERSTER WÄCHTER: Na, — dann kannst du ihn dir jetzt ansehen! Kommt Jungs — da bringen sie den Gefangenen wieder 'runter.

DER EVANGELIST: Und der Herr wandte sich und sah Petrus an. Und Petrus gedachte des Herrn Wort: „Ehe denn der Hahn kräht, wirst du mich dreimal verleugnen." Und Petrus ging hinaus und weinte bitterlich.

ZWEITE SZENE (DAS GERICHTSVERFAHREN VOR DEM SANHEDRIN)

Erster Abschnitt

(Straße)

DER EVANGELIST: Des Morgens aber hielten die Hohenpriester einen Rat mit den Ältesten und Schriftgelehrten, und Jesus wurde vor die Ratsversammlung gebracht.

BARUCH: He, du! Judas Ischariot!

JUDAS: Wer bist ... ach, Baruch! Ich habe Sie in der Verkleidung gar nicht erkannt ... besser, Sie verschwinden ... Ihre Verschwörung ist aufgeflogen. Und Jesus ist festgenommen! Er wird gerade vor Gericht gebracht — vor den Ältestenrat.

BARUCH: Soso. Sieh an.

JUDAS: Und Pilatus hat zugesagt, das Urteil zu bestätigen.

BARUCH: Dann wird es ihm wohl an den Kragen gehen. Na — Sie haben recht behalten — Jesus war unbestechlich. Irgendwie hatte ich das immer befürchtet ... und das hat er nun davon. Ich wußte, wie es kommen würde, als er mein Angebot ausschlug.

JUDAS: Was sagen Sie da? Jesus hat abgelehnt?

BARUCH: Natürlich hat er abgelehnt. *(verächtlich)* Haben Sie nicht einmal das herausbekommen mit all Ihrem Herumspionieren? ... Ich habe ihm bestellen lassen: „Wenn du als Krieger kommst, nimm das Pferd. Bringst du Frieden, wähle den Esel." Er hat den Esel genommen — der Esel!

JUDAS: Belügen Sie mich auch nicht? *(mit plötzlichem Verdacht)* Warum wären Sie denn dann hier?

BARUCH: Zwei von meinen armen Jungens wird heute der Prozeß gemacht. Sie hatten Pech und sind geschnappt worden. Aber sie werden sterben, ohne etwas zu verpfeifen. Sie wissen ja auch, daß ich irgendwo auftauchen werde, um ihnen Lebewohl zu sagen ... eine verfluchte Schande... Wenn Jesus auf mich gehört hätte...

JUDAS: Also war er doch unschuldig!

BARUCH: Ja, was dachten Sie denn?

JUDAS: Ich dachte ...

BARUCH: Sie dachten, er hätte nicht widerstehen können? Hatten Sie nicht mehr Glauben in ihn — Sie, mit all Ihren hochtrabenden Worten? ... Da — da kommen sie aus dem Haus des Hohenpriesters. — Da geht der Messias — mit gebundenen Händen — um den Preis seiner Narrheit zu zahlen! Bah — soll er sterben. Wer keinen Erfolg hat — den können wir auch nicht gebrauchen.

JUDAS: Vielleicht — sprechen sie ihn frei...

BARUCH: *(sarkastisch)* Vielleicht — spricht die Katze die Maus frei! ... *(brutal)* Hier — was zum Teufel ist mit Ihnen los? Sie wollten doch, daß er leiden sollte! Schön, nun leidet er. Ich hoffe, das freut Sie. Wenn Sie nur halbwegs ein richtiger Kerl wären, würden Sie mit ihm leiden. Warum sind Sie nicht im Gericht — halten eine feine Rede und verlangen, ein Märtyrer der guten Sache zu werden? — Große Reden halten ist leicht — aber dafür Opfer bringen ist ganz etwas anderes... Vor Pilatus kommt er? — Dann kommt er ans Kreuz. Haben Sie mal gesehen, wie einer gekreuzigt wird? Verflucht unromantisch, sag' ich Ihnen — und es tut weh, Judas, es tut weh ... jetzt ist der richtige Augenblick, so zu handeln, wie Sie es dauernd gepredigt haben. Aber Sie? Werden Sie sich vor Ihren Messias stellen? Werden Sie vom Kreuz herunter für Ihren Glauben zeugen? Von *der* Kanzel herunter den Wert und den Segen des Leidens mit schönen Worten predigen? Angenagelt — in der glühenden Sonne — wie eine Eule am Scheunentor... Ihre Gelenke knacken — Ihr Kopf brennt wie Feuer und Ihre Zunge ist trocken wie Leder ... Werden Sie dann noch sagen, was Sie mir gesagt haben ...?

JUDAS: Seien Sie ruhig, verdammt!

BARUCH: Ei, die Wahrheit können Sie nicht ertragen... *ER* kann es! Ich kenne diesen ruhigen Typ. Der geht zum Sterben mit weitoffenen Augen und fest geschlossenem Munde. Sie — Sie können bloß wimmern und um Gnade winseln, wenn Sie aus dem letzten Loch pfeifen ... pfeifen? ... Ja, wie wurde Jesus denn überhaupt geschnappt? Da hat doch bestimmt einer gepfiffen! Und wer wird ihn verpfiffen haben? Wer war das? Wer war das, Judas Ischariot?

JUDAS: *(mit erstickter Stimme)* Lassen Sie mich gehen!

BARUCH: Äh, so ein Dreckskerl! ... Lauf weg, du Ratte, renne! *(Stimme aus einiger Entfernung)* Dir selber kannst du doch nicht entfliehen...

Zweiter Abschnitt

(Gericht des Sanhedrin)

DER EVANGELIST: Und sie brachten viele Zeugen gegen ihn, aber ihr Zeugnis stimmte nicht überein.

KAIPHAS: Erzählen Sie dem Gericht genau, was er gesagt hat.

ERSTER ZEUGE: Er sagte: „Was ist leichter? Zu sagen: deine Sünden sind dir vergeben — oder zu sagen: stehe auf und wandle!? Aber um euch zu zeigen, daß des Menschen Sohn Macht hat auf Erden, Sünden zu vergeben ...“, da sagte er zu dem Gelähmten —

SCHADRACH: Moment, das scheint mir zu verwirrt. Wer sagte was zu wem?

ERSTER ZEUGE: Jesus sagte zu uns: Um euch zu zeigen, daß des Menschen Sohn Macht hat ...

NIKODEMUS: Sagte er, er sei des Menschen Sohn?

ERSTER ZEUGE: Daß er es ausdrücklich gesagt hat, glaub' ich nicht.

ERSTER ÄLTESTER: Wir haben einen Zeugen hier, der das behauptet.

ERSTER ZEUGE: Also den genauen Wortlaut kann ich nicht beschwören. Aber er sprach von des Menschen Sohn.

JOSEPH: Es dürfte kaum ein Verbrechen sein, von des Menschen Sohn zu sprechen.

KAIPHAS: Zeuge, Sie können abtreten ... Wir müssen übereinstimmende Aussagen über den genauen Wortlaut haben.

SCHADRACH: Es hätte eben ein Berichterstatter hingeschickt werden müssen.

KAIPHAS: Bruder Schadrach, ersparen Sie dem Gericht bitte Ihren Sarkasmus. Den nächsten Zeugen, bitte... Bruder

Joseph und Bruder Nikodemus — ich möchte ungern andeuten, daß Sie bewußt Obstruktion treiben —

NIKODEMUS: Und ich möchte nur ungern andeuten, daß dies Gericht versucht, die Zeugenaussagen zu verdrehen.

KAIPHAS: Das will ich hoffen.

JOSEPH: Aber die Übereinstimmung der Zeugen ist notwendig, um das Verfahren zum Abschluß zu bringen.

SCHADRACH: Gar kein Zweifel! Es ist sinnlos, Pilatus einen Beweis vorzulegen, der so voller Löcher ist, wie ein Sieb. Mit Ihren eigenen Worten, Hochehrwürden, wir brauchen ein unangreifbares Urteil.

KAIPHAS: In diesem Punkt sind wir völlig einer Meinung. Gut. Wer ist dieser Zeuge? Welche Beschuldigungen hat er vorzubringen?

ZWEITER ZEUGE: *(lebhaft)* Mein Name ist Abraham ben Levi. Ich gehöre zur Tempelwache. Ich beschuldige den Gefangenen der Zauberei und der Tempelschändung. Vor drei Jahren, um die Osterzeit, war ich im Tempel, als dieser Mann den Markt störte und dadurch einen Aufruhr verursachte. Ich hörte, wie er sagte: „Ich werde diesen Tempel, der mit Händen gemacht ist, niederreißen und in drei Tagen einen anderen bauen, der nicht mit Händen gemacht ist."

SCHADRACH: Soso, das haben Sie also gehört?

ZWEITER ZEUGE: Jawohl, das habe ich gehört. — Und Sie auch, Herr! Sie waren damals auch dabei.

SCHADRACH: Aber ich bin kein Zeuge — Gott sei Dank.

KAIPHAS: Haben Sie noch jemand, der Ihre Aussage bestätigen kann, ben Levi?

ZWEITER ZEUGE: Jawohl. Einer von meinen Kameraden ist hier. Der kann's bezeugen.

KAIPHAS: Gut. — Den Zeugen hereinrufen ... ist dies der Mann? Welche Beschuldigung haben Sie vorzubringen?

DRITTER ZEUGE: *(zungenfertig)* Ich beschuldige diesen Mann Jesus der Zauberei. Vor drei Jahren, um die Osterzeit, hörte ich ihn im Tempel sagen: „Ich bin in der Lage, dieses Gotteshaus zu zerstören und es in drei Tagen wieder aufzubauen."

NIKODEMUS: Hat er gesagt, er würde es zerstören, oder er könnte es zerstören?

DRITTER ZEUGE: Er sagte, er könnte es. Wenn das keine Zauberei ist, was ist es dann?

ERSTER ÄLTESTER: Sagte er etwas davon, daß er den Tempel ohne Hände wieder aufbauen würde?

DRITTER ZEUGE: Nein, das hat mein Freund Abraham ben Levi gesagt. „Er würde ihn ohne Hände aufbauen müssen", hat er gesagt. Aber ich sagte: „Er würde ihn durch die Hände von Dämonen aufbauen."

KAIPHAS: Es ist unwesentlich, was Sie oder Ihr Freund gesagt haben. Aber Ihre Aussagen darüber, was der Angeklagte gesagt hat, stimmen nicht überein.

SCHADRACH: Tatsache ist übrigens, daß beide Zeugen sich irren. Er sagte weder „ich werde", noch „ich kann", sondern „Zerstört diesen Tempel, und ich werde ihn in drei Tagen wiedererrichten". Ich erinnere mich genau.

DRITTER ZEUGE: Vielleicht haben Sie recht, Herr. Aber ich erinnere es anders.

KAIPHAS: Jedenfalls stimmen die Zeugen darin überein, daß der Angeklagte behauptet hat, den Tempel in drei Tagen wieder aufbauen zu können. Angeklagter — Sie haben diese Zeugen gehört. Was haben Sie zu Ihrer Verteidigung gegen die Anklage der Zauberei vorzubringen? — Immer noch Schweigen? — Diese Verstocktheit wird Ihnen schlecht bekommen.

ERSTER ÄLTESTER: Haben wir von dieser Art Beweismaterial noch viel in petto?

HANNAS: Es warten noch einige zwanzig oder dreißig Zeugen auf ihre Vernehmung. Warum?

ERSTER ÄLTESTER: Weil wir auf diese Weise mit Zeugen, die nicht übereinstimmen, und einem Angeklagten, der kein Wort sagt, morgen auch noch hier sitzen.

KAIPHAS: Ich werde den Mann selber verhören.

NIKODEMUS: Hochehrwürden — das dürfte kaum noch legal sein.

KAIPHAS: Kaum noch legal, Bruder Nikodemus, ist immerhin noch legal. Er soll unter dem Zeugeneid aussagen. Wenn er sich dann immer noch weigert zu sprechen, spricht er sich selbst das Urteil.

JOSEPH: Und wenn er sich exkulpiert?

KAIPHAS: In diesem Fall, Bruder Joseph — werden wir die anderen dreißig Zeugen aufrufen ... Rufen Sie den Angeklagten auf den Zeugenstand ... Jesus bar-Joseph! Sie sind gläubiger Israelit. Hören Sie zu und antworten Sie mir unter Eid. Beim lebendigen Gotte beschwöre ich Sie, auszusagen, ob Sie der Messias sind, der Christ Israels.

JESUS: Ich bin es. Und Ihr werdet des Menschen Sohn sitzen sehen zur Rechten der Allmacht Gottes und kommen in den Wolken des Himmels. *(Sensation)*

KAIPHAS: Sie sagen, daß Sie Gottes Sohn sind?

JESUS: Ich bin es. *(Entsetzte Schreie)*

GERICHTSSCHREIBER: *(es klingt wie eine formelle Feststellung)* Wehe, wehe! Es ist Gotteslästerung! Der Hohepriester hat sein Gewand zerrissen!

KAIPHAS: Was brauchen wir da noch für Zeugen?! Sie haben selber die Gotteslästerung vernommen. Was halten Sie davon?

ALLE: Er ist des Todes schuldig!

KAIPHAS: Jesus bar-Joseph! Der Gotteslästerung im höchsten Grade durch deine eigenen Worte überführt, bist du durch Gerichtsbeschluß zum Tode verurteilt.

Dritter Abschnitt

(Gericht des Sanhedrin)

DER EVANGELIST: Als Judas nun sah, daß er verurteilt worden war, ging er noch einmal zu den Hohenpriestern und Ältesten.

KAIPHAS: Ich fasse zusammen, meine ehrenwerten Brüder! In Anbetracht der überaus kurzen Zeit, die uns zur Verfügung stand, ist die Angelegenheit recht gut erledigt worden. Ich gestehe, daß ich in einem Punkte meine Zweifel hatte, aber Ende gut — alles gut. Jetzt müssen wir die Sache nur noch sicher an der Statthalterklippe vorbeisteuern und wir können beruhigt ...

JUDAS: *(etwas entfernt)* Laßt mich durch. Ich will durch, sag' ich.

HANNAS: Was ist denn nun schon wieder los?

JUDAS: Ich muß den Hohenpriester sprechen.

KAIPHAS: Ach — es ist dieser Ischariot. Gut, — Leviten!

Passieren lassen den Mann. *(zu den Ältesten)* Wird wohl mehr Geld wollen, denke ich.

HANNAS: Das verweigerst du natürlich.

KAIPHAS: Selbstverständlich. Nun, mein lieber Freund, was bringen Sie?

JUDAS: Ich habe gesündigt. Unschuldiges Blut habe ich verraten.

KAIPHAS: Nun, nun ... ich verstehe ja, daß Sie bekümmert sind...

JUDAS: *(unterbricht ihn)* Jesus ist schuldlos! Niemals hat er sich selber verraten. Niemals hat er gegen Israel gehandelt. Rom hat ihm nichts vorzuwerfen. Er hat an keiner Verschwörung teilgenommen.

KAIPHAS: *(kurz)* Er stand nicht wegen einer Verschwörung vor Gericht. Die Anklage lautete auf Gotteslästerung.

ERSTER ÄLTESTER: Und er wurde streng nach dem Gesetz durch einen ordentlichen Gerichtshof verurteilt.

SCHADRACH: Offiziell sind wir an seiner Stellungnahme zur römischen Frage völlig uninteressiert.

JUDAS: Sie sind auf Grund meiner Informationen gegen ihn vorgegangen.

HANNAS: Alles, was wir von Ihnen wollten, war ein Grund, um uns seiner Person bemächtigen zu können.

KAIPHAS: Und wir sind Ihnen für Ihre Mithilfe äußerst verbunden.

JUDAS: Weh euch, Schriftgelehrte und Pharisäer, ihr Heuchler! Wie gut hat er euch erkannt! Hört auf mich, ihr weißgetünchten Grabstätten! Ich habe etwas so unsagbar Grauenhaftes getan, daß selbst die Hölle sich schämt! Unter den schmierigsten Dieben gibt es noch Ehrlichkeit, und der Hund eines Schuftes kann ihm die Treue halten. Aber mein Meister war unschuldig, und ich habe ihn verleumdet. Er war schuldlos, und ich habe ihn angeklagt. Unschuldig war er — und ich habe ihn verraten.

KAIPHAS: Sie sind aus eigenem Antrieb zu uns gekommen — und ich nehme an, aus den edelsten Beweggründen.

JUDAS: Ich kam, weil ich ihn haßte. „Wer aber seinen Bruder haßt, der ist ein Mörder!“ Ich habe den Christ Gottes aus Haß gemordet... Es steht geschrieben, daß er leiden muß ... und warum muß das sein? Weil die Welt zu viele Menschen trägt, die sind wie ich ... ich habe mich in den Gedanken des Leidens verliebt — o ja — weil ich ihn leiden sehen wollte. Ich wollte ihn unbedingt schuldig glauben — weil ich es nicht ertragen konnte, ihn unschuldig zu wissen. Er war größer als ich — und ich haßte ihn. Und jetzt hasse ich mich selber... Wißt ihr auch, was das Feuer der Hölle ist? Es ist das Licht der unerträglichen Unschuld Gottes, das brennt und verzehrt wie eine Flamme... Es zeigt dir — wie du wirklich bist ... Priester — es ist ein fürchterliches Erlebnis, sich selber zu sehen, wie man wirklich ist — nur einen Augenblick lang...

KAIPHAS: Was geht das alles uns an? Ihr Gewissen ist Ihre eigene Angelegenheit.

JUDAS: Was es euch angeht? Sie — Sie sind der Hohepriester! Tag für Tag, jede Woche, jeden Monat — opfern Sie zur Reinigung von Sünden Brandopfer, Sühneopfer ... Jahr um Jahr, am Tage der Buße vergießen Sie vor dem Altare des Heiligtums Blut für Israels Erlösung. Was aber kann Ihr Priesteramt mir helfen? Wird das Blut von Stieren und Böcken mich reinwaschen? Sie — die bis zum Munde im gleichen Verbrechen versunken sind wie ich, — vermögen Sie mit blutigen Händen ein makelloses und gottgefälliges Opfer für unsere Schuld zu bringen? In der ganzen Welt gibt es nicht Priester und nicht Opfer, die rein genug wären, um diese Schuld abzuwaschen ... Ist Gott gnädig? Kann er verzeihen und vergeben? Was hilft das mir? Jesus — würde vergeben ... wenn ich zum Fuße des Kreuzes kröche und seine Verzeihung erflehte — er würde mir vergeben ... und meine Seele würde immer und in alle Ewigkeit zucken unter der Qual seines Verzeihens... Kann irgend etwas mich in meinen eigenen Augen freisprechen? Oder mich von dem Grauen vor mir selber befreien? Ich sage Ihnen, es gibt kein Entrinnen von dieser göttlichen Schuldlosigkeit. Wenn ich zum Himmel emporsteige — dann finde ich IHN dort — und wenn ich zur Hölle niederfahre — dann ist ER dort auch. Was soll ich tun — Kaiphas! Hoherpriester von Israel! Was — soll — ich — tun?

KAIPHAS: Wir können nicht auf dieses Toben hören. Sie haben Ihre Arbeit getan und sind von uns gut dafür bezahlt worden.

JUDAS: *(ganz ruhig)* Ist das dein letztes Wort, Mordgenosse? *(laut)* Hier, nimm dein Geld zurück — beladen mit dem Fluche

Kains! *(er wirft das Silber hin)* Ich gehe dahin, wohin ich gehöre.

KAIPHAS: Haltet ihn auf, er ist wahnsinnig.

LEVITEN: Halt. Stehenbleiben.

(Sie versperren ihm mit ihren Stäben den Weg)

JUDAS: *(bricht durch)* Hände weg! Unrein bin ich ... unrein und verflucht ... Unrein ... Verflucht ... Verflucht ... Verflucht ... *(Seine Stimme erstirbt wimmernd in der Entfernung)*

DER EVANGELIST: Judas aber hob sich davon, ging hin und erhängte sich selbst.

DRITTE SZENE (ERSTES VERHÖR VOR PILATUS)

DER EVANGELIST: Dann führten sie Jesus in das Gericht und überantworteten ihn Pontius Pilatus, dem Landpfleger. Und es war drei Uhr in der Frühe.

FLAVIUS: Angekleidet, Exzellenz? Diese Juden hier hätten gern ihr Urteil bestätigt.

PILATUS: *(gähnend)* O ja, verfluchte Bande ... Komm herein, Flavius, und hilf mir mit dem Mantel ... die halbe Nacht keine Ruhe und dann im Morgengrauen in voller kriegerischer Bemalung ... der Teufel hole dies Amt. Ich hoffe, sie haben alle notwendigen Papiere mit.

FLAVIUS: Jawohl. Sollen sie ins Prätorium kommen?

PILATUS: Nein, das geht nicht. Ich muß zu ihnen nach draußen gehen. Wenn sie hier herein kommen, werden sie unrein und können ihre blödsinnigen Zeremonien nicht mehr durchführen ... hast du meinen Schreiber aus dem Bett geworfen?

FLAVIUS: Jawohl, Exzellenz. Hier ist er schon.

PILATUS: Schön. Morgen, Markus. Du siehst aus, als ob du einen Ölkopf hättest. Du trinkst zuviel.

MARKUS: *(kichert ein wenig)* O Exzellenz ...

PILATUS: Schon gut. Sag' ihnen, sie sollen den Gefangenen hierher bringen und das Gerichtsprotokoll dazu ... Übrigens, Flavius ... hast du von der Polizei Material über diesen Zeloten bekommen? Baruch, oder wie er heißt?

FLAVIUS: O ja. Er ist als Aufwiegler bekannt. Den ganzen vergangenen Monat hat er mit einer Bande unzufriedener Elemente in den Bergen gelegen. Anscheinend aber haben sie sich am gleichen Tage zerstreut, an dem dieser Jesus in Jerusalem eingezogen ist.

PILATUS: Sieht nicht so aus, als ob an diesem Teil der Anklage viel dran wäre — dann *(er blättert durch das Protokoll)* bei allen Göttern! Was ist denn das alles für Zeug! Gotteslästerung — Bruch des Sabbaths — Zauberei — Gesetz Moses' ... seitenweise. Ich nehme an, sie wissen, wovon sie reden. Herein, Feldwebel. *(Schritte von zwei Soldaten)*

FELDWEBEL: Der Gefangene, Exzellenz.

PILATUS: Schön. Herein damit, wir wollen ihn uns einmal ansehen ... Hm. Sieht gut aus, der Bursche. Kann einem wenigstens gerade ins Auge sehen. Sein Äußeres gefällt mir eigentlich. Schade, daß er hingerichtet werden muß — so einen Mann könnten wir in der Truppe brauchen ... Na, schön. Ist der Haftbefehl fertig?

MARKUS: Jawohl, Exzellenz.

PILATUS: Ordnungsgemäß, nehme ich an? Wollen mal sehen ... Jesus bar-Joseph — aus Nazareth ... Zimmermann ... 33 Jahre alt ... vom Sanhedrin verurteilt ... 14. Nizam ... Gotteslästerung und all das übrige ... verurteilt zum Tode ... mir überantwortet ... einvernehmen und hinrichten ... Stimmt alles. Gib mir eine Feder. *(es klopft)* Herein!

SKLAVE: Ich bitte um Verzeihung, Herr. Eine Nachricht von meiner Herrin, der edlen Claudia. Sie befahl, es sofort zu überbringen, wo immer Sie sich gerade aufhielten, Exzellenz.

PILATUS: Ja, danke ... nun, was zum ... *(veränderter Tonfall)* Flavius, sieh mal! Was hältst du davon?

FLAVIUS: „Du darfst nichts mit diesem guten Menschen zu tun haben. Ich habe ganz furchtbar von ihm geträumt." Das ist kurz und nachdrücklich.

PILATUS: In solcher Hast geschrieben, daß der Stift glatt durch das Wachs gegangen ist. „Du darfst nichts mit ihm zu tun haben ..." was soll ich nur darunter verstehen?

FLAVIUS: Ehem ... Ihre Exzellenz ist eine Frau ... Manche Damen haben ein weiches Herz ... für gutaussehende Prediger.

PILATUS: Flavius — du bist als Sklave geboren und hast deine sklavische Denkungsart noch nicht verloren ... mach es wie dieser Bauer und halte den Mund — dann wirst du vielleicht eines Tages versehentlich für einen Gentleman gehalten. Sonst nicht ... Wo ist das Protokoll? Mir fällt gerade ein ... Ja! Dachte ich mir's doch! Der Gefangene wurde nicht durch übereinstimmende Zeugenaussagen überführt, sondern durch seine eigenen Worte, unter Eid, bei Befragung durch das Gericht. Markus — du verstehst dich doch auf diese Sachen. Ist das korrekt nach jüdischem Gesetz?

MARKUS: Ich kann nicht sagen, ob es einen Präzedenzfall gibt — aber es ist jedenfalls ungewöhnlich.

PILATUS: Und ihre Räubergeschichte über Baruch ist auch sehr zweifelhaft. Wozu all diese Eile und Geheimniskrämerei? Das gefällt mir nicht. Ich glaube, da steckt eine faule Sache dahinter. Markus!

MARKUS: Exzellenz?

PILATUS: Ich werde den Vollstreckungsbefehl nicht unterzeichnen. Ich werde eine neue Untersuchung einleiten ... Ist Kaiphas da?

MARKUS: Jawohl, Herr. Draußen, mit einigen Kirchenältesten.

PILATUS: Gut. Ich werde zu ihnen hinausgehen ... der Gefangene kann hier warten. *(Umschalten auf Außenhof)*

ERSTER ÄLTESTER: Der Statthalter braucht aber lange! Er soll doch einfach seinen Namen hinschreiben ... ich hoffe wirklich, daß keine Panne vorgekommen ist.

KAIPHAS: Ich auch.

ERSTER ÄLTESTER: Da kommt er endlich.

SCHADRACH: Aber ich sehe den Vollstreckungsbescheid nicht. Ich fürchte das Schlimmste.

ALLE: Guten Morgen, Exzellenz.

PILATUS: *(schroff)* Guten Morgen. Wessen beschuldigen Sie diesen Mann?

SCHADRACH: *(leise)* Da haben wir's! Das Schlimmste!

KAIPHAS: Wenn er kein Verbrecher wäre, hätten wir ihn Exzellenz nicht überantwortet.

PILATUS: Soweit ich das übersehen kann, ist dies eine rein jüdische Angelegenheit. Nehmen Sie ihn mit und verfahren Sie mit ihm nach Ihrem eigenen Gesetz. Römische Interessen werden durch den Fall nicht berührt.

KAIPHAS: Nach unserem Gesetz ist er bereits überführt, und zum Tode verurteilt. Nach römischem Gesetz haben wir nicht das Recht, ein Todesurteil zu vollstrecken.

PILATUS: Durch welches Vergehen hat er die Todesstrafe verwirkt?

KAIPHAS: Er behauptet, der Messias zu sein.

PILATUS: Und was bedeutet das?

KAIPHAS: Es ist gleichbedeutend mit der Behauptung, König von ganz Israel zu sein.

PILATUS: Davon habe ich im Protokoll nichts gefunden. Ich nahm an, er sei wegen Gotteslästerung verurteilt.

KAIPHAS: *(mit Selbstbeherrschung)* Für *uns* — ist eine solche Behauptung eine Gotteslästerung — in römischen Augen ist es wahrscheinlich Hochverrat.

PILATUS: Ach so, verstehe. Also ein neuer Anklagepunkt: Hochverrat gegen Rom. Ich werde jetzt den Gefangenen darüber verhören und sehen, ob man dieser Anklage Gewicht beilegen muß. Markus!

MARKUS: Jawohl, Exzellenz? ... Soll ich nach einem Dolmetscher senden?

PILATUS: *(seufzend)* Ja, ich denke schon ... *(während sie hineingehen)* Warte mal eben, das wollen wir gleich feststellen ... hör mal her, mein Bursche — Latein verstehst du natürlich nicht — aber kannst du Griechisch?

JESUS: Ausreichend.

PILATUS: Das erleichtert die Sache. Also gut. Wie nennst du dich? König der Juden?

JESUS: Fragen Sie mich das von sich aus? Oder weil man Ihnen das von mir erzählt hat?

PILATUS: *(verächtlich)* Bin ich ein Jude? Dein eigenes Volk und eure eigenen Priester haben dich zu mir geschickt. Was hast du aufgestellt? Was bedeutet diese Behauptung, König zu sein?

JESUS: Mein Königreich ist nicht von dieser Welt. Wenn es das wäre, würde ich mit Männern und Waffen gekommen sein, mich gegen meine Landsleute zu schützen. Mein Königreich beruht nicht auf Gewalt — oder auf menschlicher Autorität. Es ist überhaupt nicht von dieser Welt.

PILATUS: Aber du bist doch — so eine Art König?

JESUS: Sie sagen es. Ich bin ein König. Es ist Ihr Wort und nicht das meine — aber es ist das richtige Wort ... in gewissem Sinne.

PILATUS: Wie ist denn *dein* Wort — für dich selber.

JESUS: Ich bin dazu geboren und in die Welt gekommen, daß

ich für die Wahrheit zeugen soll. Wer die Wahrheit in sich trägt, der erkennt meine Stimme als die der Wahrheit.

PILATUS: Wahrheit? Was ist Wahrheit? ... Flavius — weißt du was? Ich halte den Mann für völlig harmlos. Sagen wir harmlos verrückt. Er erinnert mich an meinen alten griechischen Lehrer. Der und seine Freunde haben sich auch ewig um so Begriffe wie Wahrheit und die Welt der Ideen herumgekabbelt.

FLAVIUS: Verstehe. Metaphysik, Philosophie und so was.

PILATUS: Philosophie langweilt mich zu Tode ... gut, Markus. Das brauchst du nicht ins Protokoll zu schreiben. Alles, was ich lateinisch sage, gehört nicht ins Protokoll ... Ich werde dem Kaiphas sagen, daß nichts an der Geschichte dran ist ... Feldwebel, bringen Sie den Gefangenen mit ... wir wollen Schluß mit der Geschichte machen und endlich mal frühstücken ... *(draußen)* Also, ehrenwerter Herr Kaiphas, hier ist Ihr Gefangener wieder. Ich habe ihn vernommen und kann keine Schuld bei ihm finden. Da ist nichts, wo ich eingreifen müßte.

KAIPHAS: Es liegt noch eine ganze Liste untergeordneter Anklagen gegen ihn vor. Lesen Sie Seiner Exzellenz die Anschuldigungen vor.

ERSTER ÄLTESTER: *(hastig)* Außer dem Verbrechen der Gotteslästerung, für das er verurteilt wurde, hat er sich gegen das Privateigentum vergangen, indem er gelegentlich eine Herde wertvoller Schweine und einen Feigenbaum vernichtete, er hat sich in die Angelegenheiten des Tempelmarktes eingemischt und dabei einen Aufruhr verursacht ...

ZWEITER ÄLTESTER: Er hat sich gegen die öffentliche Moral vergangen und gegen das jüdische Gesetz, indem er den Sabbath brach, die Gültigkeit der Eidesleistung vor dem Altar verneinte, junge Leute veranlaßte, sich gegen die elterliche Autorität aufzulehnen, mit heruntergekommenen Individuen sich zusammentat und versuchte, die Autorität des Sanhedrin zu untergraben.

DRITTER ÄLTESTER: Er ist entweder ein Charlatan oder ein Zauberer, da er angibt, Wunderkuren ausführen, die Toten zum Leben erwecken und den Tempel durch magische Kräfte zerstören und aufbauen zu können.

VIERTER ÄLTESTER: Er stiftet politische Uneinigkeit, indem er ein unabhängiges jüdisches Königreich propagiert, und hat, über die Rechtmäßigkeit der kaiserlichen Tributsteuern befragt, zweideutig geantwortet.

PILATUS: *(gutgelaunt)* Gefangener, es scheint, du hast alle Verbrechen begangen, die im Kalender stehen. Willst du darauf antworten.

JESUS: Nein.

PILATUS: Bei allen Göttern, Flavius! Der Mann ist ein Wundertier. Er kann seinen Mund halten und Würde bewahren. Er sollte ein Römer sein! ... Herr Hoherpriester! Ich kann diesen Fall, der mir in einer so hastigen und regelwidrigen Weise vorgelegt wurde, nicht annehmen. Ich werde den Gefangenen mit einer Verwarnung entlassen und inzwischen ...

KAIPHAS: Es ist gefährlich, ihn freizulassen! Er hat überall im Lande Aufruhr gepredigt, von Galiläa angefangen bis Jerusalem.

PILATUS: Galiläa? Bei Pollux! Er ist ja ein Galiläer. Kommt von Nazareth! Da untersteht er ja überhaupt nicht meiner Jurisdiktion! ... Feldwebel! Bringen Sie Jesus von Nazareth zum Tetrarchen — mit einer Empfehlung von mir und ich bedauerte lebhaft, versehentlich in sein Amtsgebiet eingegriffen zu haben ... Tut mir leid, mein lieber Kaiphas, aber ich kann unmöglich Ihr Urteil bestätigen. Guten Morgen, meine Herren! *(im Gehen)* Na, Flavius, wenn mir das nur schon gestern nacht eingefallen wäre ...

(Gehen lachend ab)

KAIPHAS: *(wütend)* Das ist doch ...

FELDWEBEL: Hopp, Angeklagter. Du kommst vor Herodes, verstehst du? Bißchen lebhaft, mein Junge. Ab mit ihm, Leute...

(Der Gefangene wird abgeführt)

VIERTE SZENE (VERHÖR DURCH HERODES)

DER EVANGELIST: Als Herodes Jesus vor sich hatte, stellte er ihm viele Fragen. Jesus aber antwortete ihm nicht. Und Herodes und seine Kriegsknechte verachteten ihn und verspotteten ihn ...

HERODES: Sklave, bring mir einen Becher Wein. — Ist die Anrede meines Briefes an Pilatus fertig, Techelles?

TECHELLES: Ja, Hochedler Herr!

HERODES: Ich hoffe, du hast mit schönen Redensarten nicht gespart. Er ist ein eitler Mann. Jetzt schreibe weiter: „Ich bin Euer Exzellenz für die Übersendung dieses Jesus bar-Joseph ungemein verbunden. Ich hatte ihn immer schon einmal kennenlernen wollen, da ich viele sensationelle Geschichten gehört hatte. Schade — es war eine Enttäuschung! Ich habe ihm sämtliche Fragen gestellt, die mir durch den Kopf gingen — leider funktioniert mein Denkapparat nicht sehr gut vor dem Frühstück — aber er war mürrisch und weigerte sich, zu sprechen — bei weitem nicht so unterhaltend wie sein Vetter, Johannes der Täufer, den ich zu meinem Bedauern im vergangenen Jahre köpfen ließ und von dem man jederzeit einen wütenden Höllenfeuersermon hören konnte ..." Diktiere ich zu schnell?

TECHELLES: Durchaus nicht, Hochedler Herr.

HERODES: Gut ... „da es heißt, daß dieser Jesus Wunder wirken kann, wollte ich ihn veranlassen, uns zum Vergnügen ein paar von seinen Kunststücken vorzuführen. Aber nein! Er schüttelte nur den Kopf und sah mich mit seinen großen Augen an, bis ich ganz unsicher wurde. Was nun aber dies Königtum über Israel angeht ..." Techelles, warum schneidest du dauernd Gesichter?

TECHELLES: Ich bitte um Vergebung, Edler Herr ... autsch! Aber Ihr Lieblingsaffe reißt mir die ganzen Haare mit den Wurzeln aus.

HERODES: Braves Kerlchen! Laß doch dem armen Tierchen sein Vergnügen, Techelles ... wo war ich stehengeblieben?

TECHELLES: *(mit gequälter Stimme)* Was nun aber dies Königtum über Israel angeht ...

HERODES: Ja ... „so kann er es von mir aus mit Vergnügen haben. Ich nehme nur an, daß die kaiserliche Majestät nicht besonders gut mit ihm zusammenarbeiten wird. Ich muß daher bitten, ihn — mit meinen besten Wünschen — wieder zu übernehmen, da ich gefunden habe, daß er wohl doch Ihrer Jurisdiktion untersteht. Obwohl in Nazareth aufgewachsen, ist er doch aus Bethlehem in Judäa gebürtig — das ist nebenbei der Ort, in dem der Christ geboren werden soll —. Ich bin sogar der Ansicht, daß dies zufällige Zusammentreffen seine schwachen Geisteskräfte beeinflußt und ihm diese ganzen messianischen Phantasien eingeblasen hat. Die purpurne Robe, die ich ihm übergehängt habe, bitte ich gütigst von mir annehmen zu wollen. Wir haben uns lange um eine lächerliche Kleinigkeit gestritten. Lassen wir jetzt Jesus den Friedensstifter zwischen uns sein ..." Das ist alles, Techelles. Schreibe es schön sauber ab und verschöne es mit allen Komplimenten, die dir in den Sinn kommen ... Du kannst mir den Affen jetzt wiedergeben ... Komm, mein Süßer, komm zu deinem Herrn, und du kriegst auch ein Stück Zucker ... Heissa! Warum passiert nur niemals etwas auch nur halbwegs Wichtiges in diesem langweiligen und unerträglichen Leben?

FÜNFTE SZENE
(ZWEITES VERHÖR DURCH PILATUS)

Erster Abschnitt

(Außerhalb des Prätoriums)

ERSTER ÄLTESTER: Wie lange soll das so weitergehen? Ich glaube nicht, daß Pilatus mit dem Beweismaterial zufrieden ist. Jetzt ist er wieder hineingegangen, um sich mit seinem Schreiber zu beraten.

KAIPHAS: Ich weiß nicht, was er auf einmal hat. Gestern war er vollkommen einverstanden.

SCHADRACH: Jetzt ist er aber in einer gefährlichen Stimmung.

ZWEITER ÄLTESTER: Und inzwischen sammelt sich eine unerfreuliche Menge ... gerade das, was wir vermeiden wollten. Die Geschichte hat sich herumgesprochen.

SCHADRACH: Das fängt jetzt erst richtig an, mein Lieber. Allerdings glaube ich bestimmt, daß viele gekommen sind, um die Freigabe des Passahgefangenen zu verlangen.

KAIPHAS: Was! Großer Himmel! Das hatte ich ganz vergessen.

SCHADRACH: Ja. Aber Pilatus wird daran denken. Oder der gerissene Rechtsverdreher von Schreiber wird ihn daran erinnern.

ERSTER ÄLTESTER: Wenn die Leute Jesus freihaben wollen, sind wir hereingefallen. Wir müssen sofort jemand unter die Menge schicken, der laut und heftig für ... wen nehmen wir denn am besten? ... Dysmas ... Gestas? Das hat keinen Zweck, — das sind kleine Fische ... er muß wichtiger sein ...

SCHADRACH: Der Brigant Barrabas ist Favorit der Volksgunst ...

KAIPHAS: Das ist der richtige Mann! Wütender Nationalist und ein derber, sympathischer Schuft. Aber wen können wir ansetzen, um ...

SCHADRACH: Darum keine Sorge, Hochehrwürden! Ich habe schon einen guten Agitator bestellt. Ich sehe ihn unten.

KAIPHAS: Schadrach, du bist ein Genie. Du denkst an alles.

ERSTER ÄLTESTER: Schsch ... da kommt der Statthalter.

PILATUS: *(formell)* Hochwürdiger Herr Hoherpriester — Räte des Sanhedrin! Sie haben mir diesen Mann, Jesus von Nazareth, unter der Anschuldigung der Aufwiegelei unter der Bevölkerung zugeführt. Ich habe ihn sowohl in Ihrer Gegenwart als auch persönlich verhört und kann nicht finden, daß die Anklage ausreichend begründet ist. Ich habe ihn weiterhin zu Herodes, dem Tetrarchen von Galiläa, gesandt, der mir berichtet, daß keine einzige Handlung des Angeklagten in dieser Provinz die Todesstrafe rechtfertigt. Alles, was ich feststellen konnte, war die Tatsache, daß sein Benehmen sehr unvorsichtig gewesen ist. Ich werde ihn daher peitschen lassen, um ihn ein wenig Vorsicht zu lehren, und ihn anschließend entlassen ... Feldwebel! Nehmen Sie den Gefangenen mit nach draußen und geben Sie ihm die Peitsche.

FELDWEBEL: Zu Befehl.

KAIPHAS: Damit sind wir nicht zufriedengestellt.

PILATUS: Aber der Gerechtigkeit ist Genüge getan. Und dem Passahbrauch ebenfalls ... Markus — sprich zu den Leuten. Du beherrschst doch ihre verdammte Sprache.

MARKUS: Achtung! Herhören, ihr Juden! Dies ist euer Fest, und wie ihr wißt, ist es euer Recht, die Freigabe eines Gefangenen zu verlangen.

MENGE: Hört, hört! Das ist richtig! Wir wollen unser Recht! Deshalb sind wir hier *usw.*

MARKUS: Der Statthalter ist persönlich anwesend, um dafür zu sorgen, daß eurem Recht Genüge getan wird.

MENGE: Hurra! Hurra für den Statthalter!

MARKUS: Er wird selber zu euch sprechen. Ruhe für den Statthalter!

PILATUS: Jüdische Männer! Ich bin gekommen, um nach eurem Brauch einen Gefangenen freizulassen. Ihr könnt selbstverständlich wählen, wen ihr haben wollt; da ist aber heute ein Mann eingeliefert worden —

AGITATOR: Barrabas! Das ist der Mann, den wir frei haben wollen! Gib uns Barrabas frei!

MENGE: Bravo! Barrabas! Barrabas!

PILATUS: So wartet doch!

(Als er die Hand hebt, wird die MENGE *ruhig)*

Vielleicht wißt ihr das nicht alle, aber ich habe hier einen anderen Gefangenen, den der Sanhedrin zum Tode verurteilt hat. Es ist der Mann, der Jesus von Nazareth genannt wird.

MENGE: Was ist los? — Was hat er gesagt? — Jesus von Nazareth? — Das ist doch Unsinn! — Doch, es stimmt, er ist gestern nacht verhaftet worden ... Weshalb denn? Aufruhr ... Zauberei ... Gotteslästerung ... das verstehe ich nicht ...

PILATUS: Sie haben es nicht alle verstanden, Markus. Sag's ihnen auf Hebräisch.

MARKUS: Jesus von Nazareth ist durch den Sanhedrin zum Tode verurteilt worden.

MENGE: Jesus von Nazareth? Gemeinheit! Was hat er getan? Wir müssen Jesus frei haben. Und Barrabas? Jesus ... Barrabas ... Jesus ... Barrabas ... *(die* Menge *scheint sich in zwei Parteien zu spalten, deren eine ruft:* „Wir wollen Jesus", *während die andere schreit:* „Gib uns Barrabas").

AGITATOR: Barrabas! Barrabas! Los, Jungens, ihr wollt doch Barrabas nicht im Stich lassen! Das ist ein Jude von echtem Schrot und Korn! Um den wird kein albernes Theater gemacht.

MENGE: Guter, alter Barrabas!

STIMME: Barrabas ist ein Mörder!

AGITATOR: Barrabas ist ein Patriot! *(Zustimmung)* Er hat für Israel gekämpft *(Bravo!)* und er wird weiter kämpfen! *(Zustimmung)* Barrabas hat eine klare Linie *(unbekümmert, rücksichtslos) Er* würde euch nicht befehlen, dem Kaiser Tribut zu zahlen! *(Zustimmung)* Er macht sich auch nicht mit Steuereinnehmern gemein! *(tobender Lärm)*

MARKUS: Ruhe da!

PILATUS: Wen von den beiden wollt ihr frei haben? Barrabas, den Räuber? Oder Jesus, den ihr den Christ nennt?

MENGE: Barrabas! Barrabas!

PILATUS: Und was soll ich dann mit Jesus Christ anfangen?

MENGE: Was du willst! Nimm ihn mit! Wir wollen ihn nicht! Wir wollen Barrabas! Gib uns Barrabas!

PILATUS: Aber Jesus ist unschuldig! Er hat niemand unrecht getan!

AGITATOR: Und wenn schon! Wir wollen unser Recht! *(Bravo!)* Wir lassen uns nicht befehlen. *(Wilde Zustimmung)* Wir wollen Jesus nicht! Wir wollen ihn nicht haben! Ans Kreuz mit ihm! Kreuzige ihn!

MENGE: Kreuzige! Kreuzige!

FLAVIUS: Pilatus, Pilatus! Sie können das nicht machen, das gibt einen Aufstand.

PILATUS: *(leidenschaftlich)* Das ist mir gleichgültig. Ich will Gerechtigkeit ... seid ruhig da unten, ihr Juden! *(vorübergehende Stille)* Warum soll Jesus gekreuzigt werden? Was für ein Verbrechen hat er begangen? *(Wirres Geschrei)*

AGITATOR: Frag den Hohenpriester! *(Schweigen)*

KAIPHAS: Wir haben ein Gesetz. Nach diesem Gesetz muß er sterben, denn er behauptet, Gottes Sohn zu sein.

PILATUS: Der Sohn eines Gottes?

AGITATOR: Wollt ihr diesen Gotteslästerer, der sich den Sohn Gottes nennt?

MENGE: Nein. Nein. Kreuzige! Kreuzige!

PILATUS: Was — was ist das alles? ... Ein Sohn der Götter? ... Meine Frau hat eine Vision — und sie sagen, er kann Tote erwecken! ... Feldwebel ... bringen Sie mir den Gefangenen. Ich muß wissen, was das alles zu bedeuten hat ...

Zweiter Abschnitt

(Im Prätorium)

(Pfeifendes Klatschen einer schweren Peitsche)

ZENTURIO: Achtzehn ... *(Pfeifen)* ... neunzehn ... *(Pfeifen)* ... Zwanzig ... genug.

(Pause. Man hört nur das Keuchen des Gefangenen)

Ist er ohnmächtig geworden?

ERSTER SOLDAT: Nein Herr ... aber er zittert sehr stark ...

ZENTURIO: Werft ihm einen Mantel über, einer von euch. Wir wollen nicht, daß er uns draufgeht.

ZWEITER SOLDAT: Hier ist der Mantel, den Herodes mitgeschickt hat.

DRITTER SOLDAT: Das is mir noch 'n Mantel! Jungedi! Sieh bloß die Goldstickerei —

ERSTER SOLDAT: *(spottend)* Hier, König der Juden ... hier ist die königliche Robe Eurer Majestät. Darf ich um die hohe Ehre bitten ... Arr'h ... steh schon auf! Publius, gib ihm mal eins in die Rippen ...

ZENTURIO: Schluß damit! Er ist tapfer genug. Ich habe einige von euch gesehen, die sich beim Auspeitschen schlimmer angestellt haben. Laßt ihn sich setzen.

DRITTER SOLDAT: Einen Thron für den König der Juden! — Schmeiß uns den Schemel 'rüber, Lucius! — He, Publius, was machst du denn da?

VIERTER SOLDAT: Ich mache eine Krone für den König der Juden ... verdammte Dornen ... jetzt habe ich mich in den Finger gestochen.

ZWEITER SOLDAT: Gib her das Dings. Da — alter Galgenvogel. König der Juden! Und ein passender König für die Lausebande. *(Gelächter)*

ZENTURIO: *(macht mit)* Ihr habt noch vergessen, ihm ein Zepter zu geben. Hier — nehmt meinen Stock.

ERSTER SOLDAT: Danke, Zenturio! Heil, König der Juden!

ZWEITER SOLDAT: Was befehlen Eure Majestät?

DRITTER SOLDAT: Würden Majestät vielleicht so freundlich sein, Cäsar den Krieg zu erklären? *(Lautes Gelächter)*

VIERTER SOLDAT: Oder wünscht Majestät die Gesandtschaft der Königin von Saba zu empfangen?

ERSTER SOLDAT: Kommt, Jungens! Musik für Seine Majestät.

(singt)

Eine Krone für dich, eine Krone für mich,
Bringt uns Girlanden und Wein,
Die rote Rose ist sicherlich
Mir lieber, als ...

FELDWEBEL: Zenturio!

ZENTURIO: Ruhe da! Was gibt's, Feldwebel?

FELDWEBEL: Pilatus will den Gefangenen sehen. Sofort.

ZENTURIO: Gut. Schluß mit dem Unsinn, Leute. Tragt ihn, wenn er nicht gehen kann.

ZWEITER SOLDAT: *(gutmütig)* Na, Alter, geht's?

JESUS: Ich kann gehen.

ZENTURIO: Gut so ... abrücken.

Dritter Abschnitt

(In und vor dem Prätorium)

PILATUS: Das kann ich dir sagen, Flavius, ich habe nie viel von Religion gehalten. Aber diese alten Geschichten ... es heißt, daß die Götter früher auch schon auf die Erde gekommen sind —

FLAVIUS: Haltung, Pilatus. Da bringen sie ihn ... Glauben Sie, daß Götter so aussehen?

PILATUS: Helf' mir der Himmel — ich weiß es nicht. Sein Gesicht flößt mir Furcht ein.

FLAVIUS: Es ist gewöhnliches Menschenblut darauf — nicht die himmlische Flüssigkeit, die in den Adern der Unsterblichen rollt. Brauchen Sie doch Ihren gesunden Menschenverstand. *(Beiseite zu Markus)* Das habe ich noch nie gesehen, daß der Statthalter die Nerven verlor.

PILATUS: Komm her, Jesus, Messias ... ich befehle dir ... ich bitte dich — sag mir, wer du bist, und woher du kommst ... Willst du nicht sprechen? Mann, verstehst du denn nicht, daß ich Macht habe, dich kreuzigen zu lassen oder dich freizugeben?

JESUS: Du hättest keine Macht über mich, wenn sie dir nicht von oben gegeben wäre. Deine Macht ist von Gott. Aber der Mann, der mich dir überantwortet hat, damit die Gerechtigkeit mißbraucht werde, der ist sündiger.

PILATUS: Berührt dich denn gar nichts? Weißt du auch, was dir bevorsteht? Komm einmal mit nach draußen.

(Als sie nach draußen kommen, werden Verwünschungen geschrien)

MENGE: Da ist er! Da ist er! A'rrh! A'rrh! A'rrh!

MARKUS: Ruhe da unten! Seht euch den Gefangenen an.

PILATUS: Sehet, welch ein Mensch!

MENGE: Kreuzige! Kreuzige! Kreuzige!

PILATUS: Soll ich euren König ans Kreuz schlagen?

AGITATOR: Wir haben keinen König.

MENGE: A'rrh! A'rrh! Kreuzige!

PILATUS: Ruhe! *(Der Lärm läßt nach)* Hören Sie das, Kaiphas? „Wir haben keinen König" ... Vertretet ihr Priester das? ... Nimm die Antwort zu Protokoll, Markus — das wird den Kaiser interessieren ... sprecht, Herr Kaiphas!

KAIPHAS: *(langsam)* Wir haben keinen König ...

PILATUS: *(gefährlich)* Aha?

KAIPHAS: *(wütend)* Wir haben keinen König — außer Cäsar!

PILATUS: *(mit teuflischer Genugtuung)* Ah! Cäsar wird sich freuen, das zu erfahren.

KAIPHAS: Cäsar wird sich freuen, andere Dinge zu erfahren. Dieser Bursche nennt sich einen König. *Wir* lehnen das ab. Geben *Sie* ihm Recht?

SCHADRACH: Das Trachten nach der Krone ist Hochverrat gegen Cäsar.

ERSTER ÄLTESTER: Wenn Sie diesen Mann freilassen, sind Sie auch ein Verräter ... Merkt euch das, ihr Soldaten! Ihr da unten! Wie viele von euch sind römische Bürger?

(Toben und Schreie: „Verrat!" und „Heil, Cäsar!")

FLAVIUS: Es ist Wahnsinn, Pilatus. Sie dürfen nicht weiter gehen ... man wird Sie in Rom anschwärzen.

PILATUS: Seid vernünftig, ihr Juden. Ich habe diesen Mann Jesus vernommen.

MENGE: *(im Rausch der Erregung)* Kreuzige! Kreuzige! Kreuzige! A'rrh! A'rrh!

PILATUS: *(zu Markus)* Bring mir Wasser ... *(seine Stimme klingt über den Tumult)* Hört doch, ihr Narren! Rom hat nichts gegen diesen Mann! Wenn ihr ihn ans Kreuz bringt, geschieht es auf eure Verantwortung! Seht her! *(Wasser wird ausgeschüttet)* Ihr alle seid Zeugen! Ich bin unschuldig am Blute dieses Gerechten. Auf euer Haupt komme sein Blut.

AGITATOR: Das ist unsere Sache. Uns kannst du nicht einschüchtern, Pilatus! Sein Blut komme über uns und unsere Kinder.

MENGE: A'rrh! A'rrh! Kreuzige! Kreuzige!

(Lärm verklingt, während Pilatus ins Haus geht)

PILATUS: Sie haben uns geschlagen, Flavius ... gib die Vollstreckungsurkunde her ... Und jetzt nehmt in Gottes Namen den Mann, und gebt ihnen diesen Banditen, diesen Barrabas frei ... Gehen Sie doch schon, Zenturio, gehen Sie! Worauf warten Sie noch?

ZENTURIO: *(steif)* Die Überschrift für das Kreuz, Herr.

PILATUS: Ach, ja. Namen und Anklage ... *(schreibt)* Ja — nehmen Sie dies und lassen Sie es von allen sehen ... ich werde diesen Schweinen zeigen, was ich von ihnen denke.

DER EVANGELIST: Und sie ergriffen Jesus und führten ihn fort, um ihn zu kreuzigen. Und über seinem Haupte wurde diese Inschrift angebracht in hebräischer, lateinischer und griechischer Sprache: „Jesus von Nazareth, König der Juden." Da sprachen die Hohenpriester der Juden zu Pilatus: „Schreibe nicht: König der Juden, sondern, daß er gesagt hat, er sei der König der Juden." Pilatus antwortete: „Was ich geschrieben habe, das habe ich geschrieben."

ELFTES SPIEL

KÖNIG DER SCHMERZEN

Der EVANGELIST
KAIPHAS, *Hoherpriester von Israel*
SCHADRACH
NIKODEMUS
JOSEPH VON ARIMATHIA } *Mitglieder des Hohen Rats*
Ein ÄLTESTER
JESUS
JOHANNES, *des Zebedäus Sohn, Jünger Jesu*
Die JUNGFRAU MARIA
MARIA KLEOPHAS
MARIA MAGDALENA
BARUCH *der* ZELOT
GESTAS
DYSMAS } *Räuber*
SIMON VON KYRENE
ZENTURIO *(Marcellus)*
CHILIARCH
ADJUTANT *(Bassus)*
PROCLUS } *Römische Soldaten*
GAIUS PONTIUS PILATUS, *Statthalter von Judäa*
CLAUDIA PROCULA, *Frau des Pilatus*
PHOEBE
CALPURNIA
FLAVIUS
GLAUCUS } *Römische Leute aus dem Hause des Pilatus*
BALTHASAR, *König von Äthiopien*
Erster SOLDAT
Zweiter SOLDAT
Dritter SOLDAT
Vierter SOLDAT } *von der ersten Viererwache*
Erster SOLDAT
Zweiter SOLDAT
Dritter SOLDAT
Vierter SOLDAT } *von der zweiten Viererwache*
Erster MANN
Zweiter MANN
Eine BRUTALE STIMME
Erste FRAU
Zweite FRAU
Erster KNABE
Zweiter KNABE
Die MENGE

DAS SPIEL

Die technische Schwierigkeit liegt hier in der Vermittlung deutlicher Anschauung. Zu Anfang strömt die Menge die Straße entlang; dann schließen wir uns der Prozession an und gehen mit, und nehmen einen nach dem anderen die Freunde Jesu mit uns, indem wir sie, wie die Gelegenheit sich gibt, dort sozusagen wieder abholen, wo wir sie verlassen haben. Die Geräuschmixer sollten uns, finde ich, den ganzen Weg die Straße hinauf mit einem „Hintergrund" versehen, der die Anwesenheit der Menge nicht vergessen läßt.
In den Szenen auf Golgatha wird die Handlung jedesmal von außen her zum Mittelpunkt geführt: von der Menge über die Soldaten zu der Gruppe am Fuß des Kreuzes und schließlich hinauf zu den Kreuzen selbst. In Szene 2, Abschnitt 3, sind die beiden Marien und Johannes, wie sie aus der Menge kommen und zwischen den Soldaten hindurch zum Kreuz gehen, die Träger dieser Bewegung; dieselbe Anordnung wiederholt sich im 5. und 8. Abschnitt.
Die Szenen mit den Marien und Johannes sind leicht stilisiert, damit ein Brennpunkt der Würde und Haltung inmitten der realistischen Brutalitäten der Soldaten und der Menge erhalten bleibt, und auch, um zu der lyrischen und phantastischen Stimmung überzuleiten, die zum Schluß kommt, wo Balthasar wieder auftritt und dieses Spiel mit dem ersten in der Reihe verbindet.

PERSONEN

JESUS: Mir schien es am besten, den Sieben Worten vom Kreuz nichts hinzuzufügen. Das ist schwierig für den Schauspieler, der seine Wirkung jedesmal sozusagen aus dem Leeren mit einem Dutzend Worten erreichen muß. Ich habe mein möglichstes getan, um ihn in jedem Fall „einzuführen"; und die zwei großen Aufschreie — das „Mein Gott ..." und „Es ist vollbracht" — werden feierlich vom Evangelisten vorbereitet.

JOHANNES hat einen ganz besonders wichtigen Augenblick in Szene 2, Abschnitt 5, wo er in drei Zeilen über die entsetzliche Bedeutung des „Mein Gott, warum hast du mich verlassen" hinwegkommen muß. Sein Gemütszustand ist mit den Worten in Szene 1 gegeben: „Mein Herz ist tot. Es starb gestern nacht im Garten Gethsemane."

DIE JUNGFRAU MARIA: Haltung, Würde, Kraft — und die Gestilltheit und übernatürliche Klarheit, die bei übermäßigem Schmerz die Seele überkommen. Ihre beiden langen Stellen in der 1. Szene werden ohne jede heftige Betonung oder Bewegung gesprochen — die erste mit einem fraglosen sich Abfinden mit dem Unerträglichen; die zweite mit der Hellsichtigkeit einer Weissagung. Maria und Johannes sind in ihrer felsenfesten Selbstbeherrschung wie zwei Pfeiler, die den wild überströmenden Gram der Maria Magdalena umrahmen und eindämmen. (Es soll so wirken wie auf den Bildern, wo Unsere Liebe Frau und Johannes zu beiden Seiten des Kreuzes aufrecht stehen, während die aufgelöste Magdalena an seinem Fuße liegt. Gleicherweise ist in der letzten Golgathaszene der Hinweis auf die Pieta gegeben. Marias Worte: „Legt mir meinen Sohn in meine Arme" sind ein Echo aus „Könige in Judäa".

MARIA MAGDALENA: leidenschaftlich, überschwenglich, ganz menschlich verzweifelnd. Ihr „Jammern" am Straßenrand, ihre „Anklagen" müssen etwas von den Klageliedern haben, wie wir sie stilisiert von den Klageweibern in „Das Licht und das Leben" hörten. Ohne im geringsten unaufrichtig zu sein, neigt Maria von Natur dazu, ihren Schmerz ein wenig zu dramatisieren — sie sieht das ganze Leben dramatisch. In ihrer Szene mit dem Zenturio — über dessen ehemalige Beziehungen zu ihr wir nichts Genaueres zu wissen brauchen — und den Soldaten sehen wir wieder die frühere Maria, die „tanzte und alle bezauberte mit Lilien im roten Haar", und sie läßt bewußt die Vergangenheit aufleben, um in der Gegenwart ihren Zweck zu erreichen. In ihrer letzten Szene ist sie ganz zusammengebrochen und weint wild und hysterisch, bis Unsere Liebe Frau sie beruhigt.

KAIPHAS: Dieses Spiel ist die Apologie des Kaiphas. Dies einzige Mal ist er vollkommen aufrichtig und spricht als wahrer Prophet. Er legt den Finger auf den wunden Punkt des Judentums und spricht als ein Mann, der die Vergeblichkeit seines eigenen Lebenswerkes klar voraussieht. Auf seine Art ist er ein Echo Herodes' des Großen in der Schlußszene von „Könige in Judäa". Hier, und hier allein, sollten wir Mitgefühl für Kaiphas empfinden.

NIKODEMUS: Er ist unsicher wie immer. Er ist einsichtig genug, um den Schimmer einer ungeheuren theologischen Wahrheit zu sehen, aber wie immer ist die Wirkung auf ihn die, daß er ausruft: „Das wage ich nicht!", „Unmöglich!" und „Wie kann denn so etwas geschehen?"

JOSEPH VON ARIMATHIA: Ich glaube nicht, daß er viel Sinn für die theologische Wahrheit hat. Aber mit plötzlicher Einsicht begreift er die übersinnliche Wahrheit des Reiches Gottes in all ihrer riesengroßen sozialen und politischen Bedeutung. Fast begreift er, daß, während die Methode des Kaiphas durch die ihr innewohnenden Beschränkungen zum Versagen verurteilt ist, die Methode Jesu erfolgreich hätte sein können ... Ironisch nimmt er den Kaiphas beim Wort wegen seiner Unterordnung unter Rom, bittet höflich den Pilatus um den Leichnam Jesu und hilft ihm so, die Verantwortung für die Bewachung des Grabes loszuwerden. Natürlich ist er es, der dem Kaiphas erzählt, was Johannes über die Auferstehung gesagt hat (so überwinden wir eine Schwierigkeit der Exegese, welche die Kritiker des Matthäus wohl zu wichtig genommen haben).

DIE RÖMER: Flavius ist, wie wir wissen, ein Freigelassener

des Pilatus; Phoebe und Calpurnia sind wahrscheinlich Sklavinnen, aber von der verwöhnten und kultivierten Sorte, die Vertraute sind und fast wie Gleichgestellte leben. Sie sind wie die Soubretten der klassischen französischen Komödie, verfeinert, und ahmen die Lebensart der Modemenschen nach. Glaukus ist wohl auch ein Freigelassener — jedenfalls ist es nicht unter seiner Würde, sich mit Claudias Kammerfrauen freundschaftlich zu unterhalten. Er ist gebildet, eitel, herzlos und von reichlich eingebildetem Gehabe. Ein ziemlich unausstehlicher junger Mann.

BARUCH: Ist zur Stelle, wie er in „Die Fürsten dieser Welt" versprochen hat, um Dysmas und Gestas Lebewohl zu sagen, — aber da er inkognito da ist, entbietet er seinen Abschiedsgruß unter dem Deckmantel rauher Scherze. Er treibt immer noch seinen Lieblingssport: den Haß gegen Rom zu schüren; aber seine zornig-bittere Stimmung wird durchbrochen von einem großen Aufleuchten großmütiger Bewunderung — der Bewunderung des Tatmenschen für rein körperliche Tapferkeit, selbst wenn er sie bei dem Messias findet, der ihn enttäuscht hat.

DIE RÄUBER: Rohe Bauern. GESTAS ist nichts als brutal und unflätig (soweit wie zulässig), rachsüchtig, mit einer natürlichen Verachtung für alle sanfteren Tugenden.

DYSMAS ist von einnehmenderem Wesen, etwa wie einer der bezahlten Raufbolde des 18. Jahrhunderts. Er würde in eine Hogarthsche Hinrichtungsszene ausgezeichnet hineinpassen. Ich habe allen Sachverständigen den Fehdehandschuh hingeworfen, indem ich seine Worte: „Herr, gedenke an mich ..." zu einem Ausdruck nicht des Glaubens, sondern des Erbarmens stemple. Es erscheint unglaubhaft, daß dieser Räuber, der, soweit wir wissen, keine Gelegenheit gehabt hatte, Jesus oder seine Lehre näher kennenzulernen, und den das, was er allenfalls von Jesus wußte, nicht veranlaßt hat, seine Lebensführung zu ändern, durch das „Verhalten des Gefangenen" so beeindruckt gewesen sein soll, daß er plötzlich die Idee — nicht des messianischen Reiches, sondern des Reiches Gottes begriffen hätte, die doch selbst den Jüngern bis nach der Auferstehung unbegreiflich war. Der Wortlaut seiner Anrede erinnert fast an ein Gesuch um eine Stellung bei Hofe, — genau wie jemand sprechen würde, der einem Größenwahnsinnigen, der sich für „Napoleon" hält, freundlich und nachsichtig zuredet. Wenn man sich zu dieser Auffassung entschließt, so wird die Bitte zu einem Ausdruck rein menschlicher Freundlichkeit, ohne Hoffnung auf Lohn dargeboten aus der Tiefe schlimmsten körperlichen Leidens, und sofort als solche Güte erkannt und angenommen — „Dein Erbarmen mit dem harmlosen Verrückten war buchstäblich und wahrhaftig Erbarmen mit Mir".

Danach ist es leichter, sich vorzustellen, daß die Antwort und der Blick, der sie begleitet, ein „Sprungbrett" sind für wirklichen Glauben und wirkliche Umkehr. Das undeutliche Gewahrwerden von etwas Unausdenkbarem ist da und bringt mit sich das sofortige Bewußtsein der Sünde und dessen, was sie sühnt, wie der ungelehrte Geist zu Kindheit und Unschuld zurücktastet. Er kann nicht unterscheiden zwischen dem gekreuzigten Menschen, dessen Schwachheit man nicht selbstsüchtig auch nur einen weiteren Schmerz zumuten darf, und dem ewigen Christus, dessen Kraft er ahnt und dessen Leiden auf geheimnisvolle Weise das seine ist, so daß in einem sonderbaren Sinne einer die Schmerzen des anderen trägt — aber alles das ist zu schwierig für Dysmas, das einzig Gewisse ist die Gemeinsamkeit und das Versprechen, das ein Labsal ist wie kühles Wasser.

SIMON VON KYRENE: So verlockend sie ist, habe ich doch die Theorie, daß er ein Afrikaner war, außer acht gelassen, weil ich die Wirkung von Balthasar, der Stimme Afrikas, am Schluß nicht vorwegnehmen wollte. Darum lasse ich ihn nur einen Auslandsjuden sein, der zum Passahfest heimgekommen ist — vielleicht derselbe Mann, den wir im „Einzug des Königs" auf der Straße sprechen hörten.

DER CHILIARCH: Dieser junge Mann ist ein Offizier, ein Patrizierjüngling, der die übliche militärische Dienstzeit als „Führer von tausend Mann" abdient. (Ich habe den klassischen Rang beibehalten, weil der Titel „Oberst", dem er etwa entspricht, uns an einen viel älteren Mann denken läßt — dieser Jüngling ist Anfang Zwanzig.) Er ist ein angenehmer junger Mann der „Public School"-Sorte, in seiner Anständigkeit nicht wenig verlegen, weil er den sechzigjährigen Proclus herumkommandieren muß, und zu unerfahren, um für den Kummer und die peinliche Situation, in der sich der alte Krieger befindet, einen anderen Ausweg zu finden, als daß er auf Disziplin und Dienstvorschriften zurückgreift — worauf er sich erleichtert wieder zu dem Sportprogramm des Regiments flüchtet.

DER ZENTURIO: („Marcellus“) Derselbe, der die Geißelung in „Die Fürsten dieser Welt“ beaufsichtigte. Viel jünger als Proclus, ein Mann von etwa dreißig. Anständig, vernünftig, ein rechter Soldat, darauf bedacht, seinen Dienst mit nicht mehr Brutalität zu tun, als unumgänglich ist, und nicht in Ungelegenheiten zu kommen. Er darf ruhig merken lassen, daß ihm die Bitten der Maria Magdalena und auch ihr Liebreiz nicht gleichgültig sind. Außerdienstlich ist er sicher „ein toller Junge“. Aber er ist nicht unempfindlich gegen das, was vorgeht — die Finsternis am Mittag geht ihm auf die Nerven, und er ist froh, wenn Proclus kommt, um ihn abzulösen.

SOLDATEN: Zwei Abteilungen von je vier Mann müssen unterschieden werden. Sie sind alle ziemlich von der gleichen Art, aber es wäre besser, zwei verschiedene Gruppen von Stimmen zu haben. Sie führen einen ihnen alltäglichen Auftrag auf alltägliche Weise aus und sind dabei nicht besonders roh, abgesehen vielleicht von dem ersten Soldaten der ersten Viererschaft, der schlechter Laune ist, weil Gestas ihm ein blaues Auge geschlagen hat, und der nun seinen Ärger an Jesus auslassen möchte.

PROCLUS: Ganz einfach und zunächst so, wie er immer war. Aber zum Schluß wirken das Erdbeben und das Zusammentreffen mit Balthasar — nach allem, was er von Jesus weiß — so auf ihn, daß er das übernatürlich Besondere dieser ganzen Vorgänge erkennt. Da ist er — der anständigste, vernünftigste, praktischste Mensch, den man sich denken kann — und trotz allem verwickelt in ein riesiges Schicksalsgewebe, das sich über dreißig Jahre erstreckt und an seinem Anfang wie an seinem Ende die Ewigkeit anrührt. Er steht im Zentrum des Geschehens, bleibt aber am Rande ihrer Bedeutung; immer noch ein Außenstehender und Zuschauer. Und von diesem Standpunkt des Zuschauers aus faßt er seinen Eindruck zusammen in die Worte: „Er nannte sich Gottes Sohn, und ich glaube, er war es auch“. Dann aber muß er sich den sichtbaren Menschen und Geschehnissen zuwenden und sich um sie kümmern, und er tut es mit dem Takt, der Aufrichtigkeit und dem natürlichen Zartgefühl, die ihm eigen sind.

CLAUDIA: Sie erzählt ihren Traum sehr einfach, ohne ihn zu „spielen“, sie berichtet ihn nur. Das Erschreckende an dem Traum ist, daß er nichts Zorniges oder Drohendes hat. Claudia läßt den „Kapitän“ ganz einfach und freundlich sagen, wie man ein Kind an eine vergessene Schulaufgabe erinnern würde: „Weißt du es denn nicht mehr? Sie haben ihn gekreuzigt. Gelitten unter Pontius Pilatus“ (so wie man sagen würde: „Ach, das weißt du doch. Das weiß doch jeder. Karl der Große — um 800.“) Die Stimmen der „Passagiere“ wiederholen nur immer wieder eine bekannte Tatsache; die unirdische „Stimme“ ist ganz körperlos und unpersönlich, „Wind und Wellen“ sind nicht überdeutlich, sondern geben nur den Hintergrund, aus dem die Stimmen herauswachsen; alles zusammen ist fast nur ein Unterton. Daß alles so selbstverständlich erscheint, ist das Beängstigende.

Für Claudia ist das Schreckliche an dem Traum, daß auf geheimnisvolle Weise ihr Mann bedroht scheint, den sie sehr lieb hat. Der Brennpunkt ihres Gefühls ist jetzt nicht Jesus, sondern Pilatus. Er ist es, der leise und erbarmungslos von Göttern und Menschen verurteilt wird.

MENGE: Die einzelnen Personen in der Menge brauchen nicht weiter besprochen zu werden, außer daß die zweite Frau wieder ein Hogarthtyp ist und bei genauerem Zusehen wahrscheinlich ein bißchen angetrunken. Die Frauen („Töchter von Jerusalem“) sind sentimental und weinerlich — von der Art, die solche Dinge „furchtbar angreifen“ und die dann geradezu in ihren Gefühlen badet — das geht so weit, daß sie schließlich in übersteigerter Selbstsucht von Jesus verlangen, daß er sie über sein eigenes Leiden trösten soll.

ERSTE SZENE (DER KALVARIENWEG)

DER EVANGELIST: Und als Pilatus Jesus den Soldaten überantwortet hatte, nahmen sie ihm den Purpurmantel fort und gaben ihm seine eigenen Kleider; und sie führten ihn hinaus, um ihn zu kreuzigen.

(Hintergrundgeräusch vorbeigehender Menschen)

ERSTER JUNGE: Benjie! Sam! Kommt schnell! Da kreuzigen se welche.

ZWEITER JUNGE: Mensch ... kommen se hier vorbei?

ERSTER JUNGE: Klar, — ich hab' en paar faule Eier, die knall ich ihn an 'n Kopp.

ZWEITER JUNGE: *(Indianergebrüll)* Hiiih! Hierher, — schnell.

SCHADRACH: Haut ab, ihr widerlichen Lausejungen.

ÄLTESTER: Moin, lieber Schadrach! Kommen Sie mit, sich das Abkratzen ansehen? Feiner Tag dafür.

SCHADRACH: Zu heiß. Kriegen ein Gewitter.

ÄLTESTER: Ach was, es weht eine herrliche Brise. Prachtvolles Wetter. Es ist großartig, zu leben.

SCHADRACH: *(sarkastisch)* O ja ... wenn man erst alt und wackelig wird, gibt es eine schöne Genugtuung, wenn man zusehen kann, wie starke junge Männer vor ihrer Zeit umgebracht werden. Man fühlt sich gerne überlegen — irgend jemand.

ÄLTESTER: Besonders wenn „irgend jemand" groß angegeben hat, daß er den Tod überwunden hätte.

SCHADRACH: Natürlich. Vor dem Tod haben wir alle Furcht. Es gehört allerhand Arroganz dazu, so zu tun, als ob der Tod nicht existierte oder unwesentlich wäre ...

ÄLTESTER: *(säuerlich scharf)* Wenn Jesus das denkt, hat er jetzt eine gute Gelegenheit, es zu beweisen ...

SCHADRACH: Ihren Ärger möchte ich sehen, wenn er es fertigbrächte. Stellen Sie sich mal vor, er kletterte seelenruhig vom Kreuz wieder 'runter und sagte: „Ihr könnt mich nicht töten. Ich habe Adams Fluch gebannt und die Welt vom Tode erlöst." Sie würden platzen vor Wut.

ÄLTESTER: *(alarmiert)* Sie glauben doch nicht, daß die Gefahr besteht?

SCHADRACH: Gefahr? — Aber nein, ich scherzte nur. Jesus wird sterben, und Sie auch — immerhin ein Trost... Donnerwetter, sehen Sie nur diese Menge. Nicht nur Juden — auch Römer. Das reine Volksvergnügen. Besser, wir gehen zu.

PHOEBE: Schau, Liebste — da ist Glaucus!

GLAUCUS: Hallo, Phoebe! Und die schöne Calpurnia. Venus und ihre Tauben seien mit euch. He, Flavius! Wo wollt ihr alle hin?

FLAVIUS: Die Hinrichtung ansehen. Kommen Sie mit uns?

GLAUCUS: Ich hab' genug von Hinrichtungen. Eine wie die andere. Ja, wenn es noch wilde Tiere wären oder Gladiatoren ... dann gern. — Hat Claudia ihre Damen heute beurlaubt?

CALPURNIA: Claudia ist krank — sie hat schlecht geträumt.

PHOEBE: Sie macht sich Sorgen um diesen jüdischen Propheten. Deshalb sollen wir hin und ihr dann berichten, wie er gestorben ist — und Pilatus hat dem Flavius erlaubt, uns zu begleiten.

FLAVIUS: Pilatus hat einen Anfall von übler Laune.

PHOEBE: Während des ganzen Frühstücks hat er gemault und seinem Sklaven eine gelangt, weil eine Fliege in seinen Honig gefallen war. Dann hat die Herrin angefangen zu heulen und ist auf ihr Zimmer gegangen und betet dort zu Apoll.

GLAUCUS: Sie wird Pan im Mondlicht gesehen haben. Ihr müßt immer ihre Schlafzimmervorhänge zuziehen. Es ist sehr ungesund, wenn der Mond auf das Gesicht eines Schläfers scheint.

FLAVIUS: Aber Pilatus steht auch unter panischem Schrecken. Jemand sagte, daß Jesus behauptet, Gottes Sohn zu sein. Da fing Pilatus an zu zittern und fragte ihn, wo er herkomme. Aber er schwieg.

PHOEBE: Gottes Sohn? ...

GLAUCUS: Ich hab' mir's anders überlegt und komme mit euch. Das wär' mal etwas Neues — einen Gott kreuzigen zu sehen.

JOHANNES: Maria, Mutter Jesus' — hast du dich wirklich entschlossen, weiter mitzukommen?

JUNGFRAU MARIA: Bis zum Fuß des Kreuzes, Johannes bar-Zebedäus.

JOHANNES: Sprich du mit ihr, Maria Schwester des Lazarus. Sag ihr doch, daß sie wirklich nicht kommen sollte.

MARIA MAGDALENA: Liebste Mutter Maria — schone dich doch. Johannes ist ein Mann, und ich ... ich habe in der Welt gelebt und viel Übles gesehen. Aber für dich ist es doch etwas ganz anderes.

JUNGFRAU MARIA: Ja, Maria Magdalena — es ist etwas anderes. Ihr alle seid seine Freunde — aber ich ... ich bin seine Mutter ... die ihn gebar.

MARIA MAGDALENA: Sie will nicht auf mich hören. Maria Kleophas, kannst du sie nicht umstimmen?

MARIA KLEOPHAS: Maria, Schwester — es wird dir das Herz brechen ...

JUNGFRAU MARIA: Maria Kleophas, hast du die Worte des Propheten Simeon vergessen? Vor dreiunddreißig Jahren hat er zu mir gesagt: „Dieses Kind wird ganz Israel entzweien, und sein Name wird zum Skandal und zum Ärgernis werden. Und — ja — und ein Schwert wird durch deine Seele fahren." ... Seht ihr — es ist alles wahr geworden ... Seht ... eine kleine Staubwolke, dort hinten ... unten an der Straße. Wer mag diesen steinigen Pfad zur Richtstätte heraufkommen?

MARIA MAGDALENA: Unser Meister.

JOHANNES: Unser Freund.

MARIA KLEOPHAS: Der Heilige Israels.

JUNGFRAU MARIA: Mein Kind. Als er noch klein war, habe ich ihn gewaschen und gefüttert. Ich habe ihm seine kleinen Kleidchen angezogen und seine Locken ausgekämmt. Wenn er weinte, habe ich ihn getröstet, wenn er sich wehe getan hatte, habe ich ihm die Schmerzen fortgeküßt. — und wenn es dunkel wurde, dann sang ich ihn in den Schlaf. Jetzt geht er schwach und hungrig durch den Staub der Straße, und sein Haar ist mit Dornen durchflochten. Sie werden ihn ohne Kleidung der Sonnenglut preisgeben und Nägel durch sein lebendiges Fleisch hämmern, und die große Dunkelheit wird ihn zudecken. Und ich kann nichts tun. Gar nichts. Das ist das Allerschlimmste ... reine Schönheit im Herzen zu ahnen ... sie zur Welt zu bringen ... und dann hilflos dabei stehen zu müssen und zusehen, wie sie leidet.

MARIA MAGDALENA: Wie kannst du nur so ruhig darüber sprechen?

JUNGFRAU MARIA: Wenn wir einen Schlag erwarten, sind unsere Herzen verwirrt und unsicher und wir grübeln, wie er uns treffen wird. Aber wenn er einmal gefallen ist, dann werden wir ruhig, denn es gibt nichts mehr, auf das wir warten müssen. Dann wird auf einmal alles sehr klar — jede einzelne Tatsache wird deutlich, leuchtend von ihrer eigenen Wahrheit ... Ich weiß nun, was er ist, und was ich bin ... Ich, Maria, bin die Tatsache; Gott ist die Wahrheit; aber Jesus ist Tatsache und Wahrheit zugleich — er ist Wirklichkeit. Wir können die unsterbliche Wahrheit nicht erkennen, ehe sie fleischgeworden ist und uns als Tatsache gegenübertritt. Und weil jede Geburt ein Sichtrennen des Fleisches einschließt, scheinen Tatsache und Wirklichkeit getrennte Bahnen zu gehen. Doch das ist nicht wirklich so — die Füße, die diesen schweren Weg gehen müssen, sind aus meinem Fleisch geworden. Nur ein Jesus muß heute sterben — eine Person, die ihr kennt — und sie ist zugleich Wahrheit von Gott und Tatsache aus meinem Schoß. Dies ist Wirklichkeit. Seit Urbeginn aller Zeiten ist dies das Erste, was sich wirklich ereignet. Wenn ihr das versteht, dann versteht ihr alle Prophezeiungen — alle Geschichte ...

ERSTER MANN: Wer sind die beiden Männer, die mit ihm sterben sollen?

BARUCH: Die Räuber Dysmas und Gestas.

ZWEITER MANN: Das ist die Welt, in der wir leben ... eine Welt, in der Raub und Rechtschaffenheit zugleich ans Kreuz geschlagen werden.

ERSTE FRAU: Das ist richtig. Jesus war ein guter Mensch.

ERSTER MANN: Er war ein Gotteslästerer. Ganz recht, daß der Sanhedrin ihn zum Tode verurteilt hat. Er war gefährlicher als jeder Räuber.

BARUCH: Dysmas und Gestas sind nicht wegen Raubes, sondern wegen Aufruhrs gegen Rom verurteilt worden. Jesus ist nicht als Gotteslästerer, sondern als Aufrührer gegen Rom verurteilt. Die weisen Idioten im Sanhedrin haben sich zum Strohmann des Kaisers gemacht...

ZWEITER MANN: Wer bist du, Fremder? Du sprichst kühn! ... *(leise)* Du mußt Baruch sein, der Zelot, denke ich.

BARUCH: *(leise)* Verschließe diesen Gedanken in deinem Herzen und wirf den Schlüssel fort.

(Die MENGE *nähert sich geräuschvoll)*

BARUCH: *(laut)* Seht hin! Da kommen sie — jeder Mann stolpert unter der Last des verfluchten römischen Kreuzes — eine herrliche Bürde für einen jüdischen Rücken...! Und jeder mit einem Schild, das seinen Namen und sein Verbrechen kundtut... *(Der Lärm wird lauter)*

Lest die Überschriften: „Gestas — Räuber und Rebell." ... Rebell gegen wen? Gegen Kaiphas?

ERSTER MANN: Gegen Ordnung und Staat.

ERSTE FRAU: Was für ein scheußlicher Verbrechertyp ...

ZWEITE FRAU: Ein Bulle von einem Kerl. Ich liebe so einen tapfern Draufgänger.

MENGE: Bestie ... Räuber ... Mörder ... Steine! ... Steine! ... Hier, du dreckiger Dieb ... Hurra! Ich habe ihn am Mund getroffen! ... Bravo, guter Wurf... *(Gekreisch und Gelächter)*

GESTAS: Die Hölle über euch! Der Teufel hole eure stinkenden Knochen, ihr lausiges Gesindel. Wenn ich nur an euch ran könnte, ich...

ERSTER SOLDAT: *(gleichmütig)* Weiter, Bursche.

GESTAS: Sie haben mir meine verdammten Zähne ausgeschmissen...

ERSTER SOLDAT: Die brauchst du nicht mehr, wo du jetzt hinkommst... *(Gelächter)*

Los, weiter.

BARUCH: Nicht nachlassen, Gestas! Gib es ihnen zurück! Brauch deinen Mund, sie anzuspucken! (Gelächter)

Da — jetzt: „Dysmas — Räuber und Rebell!" — für euch heißt es Räuber, meine Freunde, — aber Rom meint: „Rebell" — hei, Dysmas, alter Viehräuber — bist du wieder auf Tour? Was schleppst du denn da fort?

DYSMAS: Ein hölzernes Roß mit einem Bein... (Gelächter)

STIMME AUS DER MENGE: Du Rindvieh! Du solltest darauf reiten, und nicht das Roß auf dir. (Gelächter)

DYSMAS: Wenn der Weg zu Ende ist, werde ich es schon besteigen, Dicker. Dann kann ich euch allen auf den Kopf spucken. *(Erneutes Gelächter)*

ZWEITER MANN: Das ist ein Spaßvogel, der.

ZWEITE FRAU: Mumm hat der Junge. Das mag ich. Hier ist eine Blume für dich, alter Sünder.

DYSMAS: Danke, Liebling — aber ein Topf Bier wäre mir lieber. (Gelächter)

ZWEITER SOLDAT: He, bewegt mal eure Keulen weiter.

DYSMAS: Wiedersehn, Mädels. Entschuldigt, aber ich hab' noch 'ne Verabredung. Fahr zu, Kutscher, und zur Hölle mit Cäsar.

ZWEITER SOLDAT: Schnauze, mein Junge.

DYSMAS: Und ich sage: zur Hölle mit ihm! Ich bin 'n toter Mann, was? Da kann ich sagen, was mir paßt. Nieder mit dem dreckigen, alten Tiberius und seinem verfaulten Imperium!

(Die MENGE *murmelt unbehaglich, niemand hat den Wunsch, mit dieser Demonstration in Verbindung gebracht zu werden)*

ZENTURIO: Nehmt die Peitschen! *(*DYSMAS *wird vorangepeitscht)*

BARUCH: Gott schütze Juda — wenn nur die Toten noch ihre Meinung sagen dürfen ... Und hier endlich kommt der Meisterverbrecher mit all seinen Verbrechen beladen ... „Jesus von Nazareth, König der Juden" ... wie gefällt euch der Spaß, liebe Freunde?

ERSTER MANN: Es ist eine verdammte Beleidigung.

BARUCH: Was können Juden schon erwarten außer Beleidigungen?

MENGE: *(höhnend)* Heil, Jesus! ... Heil dem verrückten Messias! ... Narr! ... Wahnsinniger! ... Zimmermann! ... Buuh!

ERSTE FRAU: Der Arme! Wie bleich er ist! Er taumelt ja nur noch.

ZWEITE FRAU: Keinen Schmiß hat er. Da ziehe ich schon einen fidelen Burschen vor, der auf dem Weg zum Galgen noch lachen kann.

MENGE: Vorwärts, König von Israel! Blamier uns nicht. *(Gelächter)* ... Halt uns eine Rede! ... Prophezeie uns was! Ihr müßt ihm Beifall klatschen *(Buuhrufe und Spottgeschrei)* Hosianna! Hosianna! ... Streut Palmenzweige für den verrückten Messias! ... He, du ... du hast deinen Esel vergessen. *(Gelächter und Pfiffe)*

ERSTE FRAU: Eine Schande, sich so zu benehmen ...

ZWEITER MANN: Und erst vor einer Woche war nichts gut genug für ihn.

ERSTE FRAU: Jetzt stolpert er ... gleich wird er hinfallen.

ERSTER MANN: Nein, er beißt die Zähne zusammen und geht weiter.

ZENTURIO: *(ruft aus einiger Entfernung von vorn)* Hallo, — könnt ihr den Mann nicht etwas schneller bewegen?

DRITTER SOLDAT: *(brüllt zurück)* Wir werden es versuchen, Zenturio. Aber er ist schon einmal hingefallen. *(zu Jesus)* Los, Mann, reiß dich zusammen.

ERSTE FRAU: Er schüttelt den Kopf, der arme Kerl.

BARUCH: (erklärend) ... weil er sich den Schweiß aus den Augen schütteln will.

ZWEITE FRAU: *(gemein)* Ich hasse Schwächlinge ... vorwärts, du! ... sei ein Mann!

BARUCH: Halt den Mund, du kreischende alte Vettel! Du weißt ja gar nicht, was ein Mann ist ... das Unerträgliche ertragen — weiter machen, wenn etwas unmöglich ist ... das ist echter Mut ... *(mit lautem Zuruf, völlig aufrichtig gemeint)* Hosianna, Menschensohn! Hosianna!

JOHANNES: Mutter Maria, sei tapfer ... sie kommen.

JUNGFRAU MARIA: Ich werde nicht zurückweichen, Johannes bar-Zebedäus.

JOHANNES: Bereite dich vor — sieh dir erst die beiden Räuber an, damit du weißt, wie Menschen aussehen, die zum Kreuz geführt werden.

JUNGFRAU MARIA: Gott helfe euch armen Jungen!

MARIA MAGDALENA: Drei Männer — aber wo ist unser Meister? — O Gott, Johannes, ist das da — ER?

JUNGFRAU MARIA: Jesus, mein Sohn!

MARIA KLEOPHAS: Er hat nicht geantwortet. Er hat gar nicht zu dir hergesehen.

JOHANNES: Er kann nicht, Maria Kleophas. Er geht, ohne zu sehen. Wenn er sich umwenden wollte, würde er fallen.

JUNGFRAU MARIA: Sag nichts, Schwester. Sei still. Wir brauchen keine Worte zwischen uns, mein Sohn und ich.

MARIA MAGDALENA: Nie hätte ich gedacht, daß er sooo

aussehen könnte! *(jammernd)* Oh, ihr schnellen Füße! Ihr starken Hände! Du Antlitz, das schöner war als alle in Israel ... wo sind die Lippen, die unseren Kummer hinweglachten? Wo ist die Stimme, die Lazarus aus dem Grabe zurückrief? Kniet nieder! Kniet nieder mit mir! Werft Asche auf euer Haupt, denn das Licht der Welt ist erloschen ...

JOHANNES: Komm, Maria Magdalena.

MARIA MAGDALENA: Schämst du dich nicht, aufrechtzustehen, wenn der Gott der Menschenliebe in den Staub getreten wird? Wo ist dein Herz, Johannes bar-Zebedäus?

JOHANNES: Mein Herz ist tot. Mein Herz ist gestern nacht in Gethsemane gestorben. Ich fühle nichts mehr.

JUNGFRAU MARIA: Stehe auf, Maria, meine Tochter, wir müssen stark sein, um seinetwillen.

MENGE: Seht doch, wohin er geht, der wahnsinnige Prophet! ... der Erretter von Israel! ... der Sohn Davids! ... der Mann, der zum König geboren! *(Hochrufe und Gelächter)*

MARIA MAGDALENA: Grausam, gemein! Gibt es keinen Anstand mehr in Israel? Keinen, der ihm hilft? Kein Herz, das Erbarmen fühlt?

JOHANNES: Doch, es gibt eines. Sieh ... eine arme Frau ist mit einem Taschentuch vorgetreten und hat ihm den Schweiß von der Stirn gewischt.

JUNGFRAU MARIA: Wie lieb von ihr! Ich muß mit ihr sprechen ... liebe Frau — ich bin seine Mutter. Ich danke Ihnen ... im kommenden Königreiche wird es Ihnen vergolten werden.

MENGE: Habt ihr das gehört? ... Was für ein Königreich? ... die Frau ist genau so verrückt wie er selber!

(Geräusch von vorne)

Was ist denn jetzt wieder? Er ist hingefallen ... macht Platz ... wir wollen sehen ...

ZENTURIO: *(schreit)* Vorwärts! Weiter! Was ist jetzt wieder passiert?

DRITTER SOLDAT: Der Gefangene ist wieder hingefallen, Zenturio.

ZENTURIO: Dann haltet keine Maulaffen feil! Hoch mit ihm!

MENGE: *(macht Vorschläge)* Schütte einen Eimer Wasser über ihn! ... laßt ihn doch wieder zu Atem kommen! ... gebt ihm zu trinken! ... der schiebt bloß Fiole ... zieht ihm die Peitsche über!

ZENTURIO: Macht Platz da vorne.

BRUTALE STIMME: Los doch, Zauberer! Zeig, was du kannst! Nimm dein Kreuz auf und wandle! *(Gelächter)*

VIERTER SOLDAT: Nichts zu machen, Zenturio. Er ist vollkommen fertig.

ZENTURIO: Tatsache? Wollen mal sehen ... also, mein Lieber — es hat keinen Zweck, sich zu verstellen ... nein, Publius, du hast recht ... laßt ihn sich einen Augenblick verschnaufen.

DRITTER SOLDAT: Ich denke, wir haben ihn zu hart gepeitscht.

ZENTURIO: Hm. Das ist das alte Elend, wenn einer Schneid hat. Sie halten durch, und man denkt, sie könnten es vertragen ... und dann kippen sie einem hinterher um.

VIERTER SOLDAT: Er kommt wieder zu sich.

ZENTURIO: Das ist gut. Wenn er uns unter den Händen wegstirbt, haben wir einen Haufen Ärger. Nach dem Gesetz müssen sie lebendig ans Kreuz geschlagen werden ... *(mit leiser Stimme)* arme Teufel.

SIMON VON KYRENE: *(ruft aus der Menge heraus)* Und ein verruchtes Gesetz ist es! Römisches Gesetz! Blutrünstig und grausam! Es gab solch ein Gesetz nicht in Israel, bevor die Römer kamen! *(Zustimmung aus der* MENGE*)*

ZENTURIO: Ruhe da.

SIMON: Ich habe genug von eurem Gesetz in Afrika gesehen ... jetzt komme ich heim, um das Passahfest zu begehn — und hier ist wieder euer Gesetz — und besudelt das heilige Fest.

ZENTURIO: Jetzt langt es, mein Junge! Ihr Juden, ihr! Ihr steinigt und erwürgt und verbrennt ... aber dabei fließt kein Blut, — und deshalb nennt ihr es zivilisiert ... ihr Heuchlerpack! ... Kann er jetzt wieder gehen? ... wartet ... nur ruhig ... helft ihm, er kann nicht sehen, wohin er geht ...

DRITTER SOLDAT: Was fummelt er denn da herum?

VIERTER SOLDAT: Er streckt seine Hände nach dem Kreuz aus...

DRITTER SOLDAT: Ich will verdammt sein...

(Die SOLDATEN *lachen, nicht unfreundlich)*

ZENTURIO: Das ist der willigste Gefangene, den ich je gesehen habe. Geht wie ein Lamm zur Schlachtbank.

SIMON: Schlachten ist das richtige Wort dafür.

DRITTER SOLDAT: Schon gut, Gefangener. Wozu die Eile? Kriegst es früh genug. *(Sie lachen wieder)*

ZENTURIO: Unsinn. Er kann es nicht mehr tragen. Wir müssen jemand anders dafür finden ... jemand mit kräftigen Schultern. Sag mal ... wo ist denn der Lümmel, der eben so laut gebrüllt hat? — Ja, dich meine ich! Wie heißt du?

SIMON: Simon. Ich komme von Kyrene.

ZENTURIO: Sehr schön — nimm das hier auf und trag's, verstanden! Wenn du es bis auf den Berg geschleppt hast, wirst du zum Herumbrüllen wohl keine Luft mehr haben. Los. Angepackt. Keine Widerworte.

SIMON: Eher seh' ich dich in der Hölle ... *(mit plötzlichem Wechsel des Tones)* Gut. Ich werde es für ihn tragen.

ZENTURIO: Das wird dich lehren, so verdammt mitfühlend zu sein ... komm weiter jetzt, Gefangener. Wir haben dir die Last abgenommen ... geht's so? Dann weiter ... voran, da vorne. *(Geräusche der* MENGE *ebben ab und schwellen wieder an)*

JOHANNES: Maria, Jesusmutter, gib mir deine Hand. Wir kommen zum Ende des Weges, und es wird steil und steinig.

JUNGFRAU MARIA: Ich kann mich auf deine jungen Glieder stützen ... aber er muß allein und ohne Hilfe gehen ...

MARIA KLEOPHAS: Er geht kräftiger jetzt, Schwester — sein Kopf ist erhoben ... zum Berge hin.

JOHANNES: Und die Leute sind ruhiger geworden. Vielleicht schämen sie sich doch. Sieh nur, Frauen, die weinen und wehklagen ...

FRAUEN: Wehe, wehe! ... der arme Mann ... er predigte so wundervoll ... so lieblich waren seine Worte ... er heilte die Kranken ... er gab den Hungrigen zu essen ... er war immer so gut zu den Kindern ... wie traurig, so jung sterben zu müssen ... kaum dreißig Jahre alt und schön wie der junge König David ... in seinen besten Jahren jämmerlich gefällt ...

o Gott, o Gott, wie traurig ist das alles ... ich muß einfach weinen ... Jesus! Jesus von Nazareth! Wir sind alle so traurig ... sprich zu uns ... laß uns deine Stimme wieder hören ... tröste uns, tröste uns ...

JESUS: Ihr Töchter von Jerusalem! Weinet nicht über mich, sondern weint über euch selbst und eure Kinder. Es wird die Zeit kommen, in welcher man sagen wird: Selig sind die Unfruchtbaren, selig sind, die mit leeren Armen dastehen, die niemand haben, den sie lieben oder umsorgen dürfen. Dann werden sie in die Berge fliehen oder sich in die Erde verkriechen wollen und werden zu den Bergen sagen: Fallt über uns — fallt auf uns nieder und verdeckt unser Elend.

FRAUEN: Wehe! Ist das ein Trostspruch?

JESUS: Weint ihr über das, was ihr jetzt seht? Die Tage des Bösen beginnen erst. Denn so man das tut am grünen Holze, was wird am dürren werden?

FRAUEN: *(erliegen dem Zauber der Stimme)* Erbarmen, Jesus, Gnade! Herr, habe Erbarmen mit uns.

ZENTURIO: *(setzt sich durch)* Jetzt ist es genug, mein Freund. Ende! Wenn du reden kannst, kannst du auch laufen! Los! Weiter! *(Es geht weiter)*

ZWEITE SZENE (DER KALVARIENBERG)

Erster Abschnitt

(Am Fuß des Kreuzes)

DER EVANGELIST: Und als sie kamen an die Stätte, die da heißt Schädelstätte, kreuzigten sie ihn daselbst, und die Übeltäter mit ihm, einen zur Rechten und einen zur Linken.

ERSTER SOLDAT: Pi-uh! Das sind erst mal zwei.

ZWEITER SOLDAT: Der Gestas ist aber mal ein handfestes Stück! Wir mußten ihm die Finger brechen, um seine Faust aufzukriegen.

DRITTER SOLDAT: Ja. Der hat sich ganz ordentlich gewehrt! Du wirst ein schönes Veilchen haben, Corvus. (Gelächter)

ERSTER SOLDAT: *(rachsüchtig)* Dafür wird er zu leiden haben! Wir haben ihn so straff gespannt wie eine Bogensaite.

ZWEITER SOLDAT: Quatsch nich so viel ... an den Nächsten. Is er schon ausgepellt?

DRITTER SOLDAT: Kleider sind 'runter. Hier ist er.

VIERTER SOLDAT: Dieser wird uns keine Schwierigkeiten machen.

DRITTER SOLDAT: Weiß ich nich. Den Essig mit Myrrhen wollte er nich trinken.

ERSTER SOLDAT: Warum nich?

DRITTER SOLDAT: Er sagte, er wollte sich den Kopf klar halten.

ERSTER SOLDAT: Wenn er denkt, daß er vielleicht flitzen kann ...

VIERTER SOLDAT: Quatsch — der ist bloß plemplem. *(überredend)* Hier, mein Alter ... sei nicht stur und trink! Das macht dich stumpf und du fühlst es nich so ... nicht? Na, denn nicht ... eine komische Pflanze bist du schon, was! Dann also los ... 'runter mit dir ...

ERSTER SOLDAT: *(durch das blaugeschlagene Auge wütend geworden)* Tritt ihm die Beine weg.

ZWEITER SOLDAT: Nicht nötig. Er liegt schon. Nimm du die Füße, Corvus.

ERSTER SOLDAT: Streck die Füße aus! Ich werd' dir schon den König der Juden ...

ZWEITER SOLDAT: Gib den Schlegel her.

JESUS: Vater, vergib ihnen, denn sie wissen nicht, was sie tun. *(Seine Stimme bricht ab mit einem scharfen Keuchen, als der Schlegel zuschlägt. Leiser werdend über stumpfe Hammerschläge)*

Zweiter Abschnitt

(Haus des Hohenpriesters)

NIKODEMUS: Sie sind nicht beunruhigt über diese Geschichte, Herr Kaiphas?

KAIPHAS: Warum sollte ich, Nikodemus?

NIKODEMUS: Ich will nicht über die Person des Jesus mit Ihnen streiten, aber seine Haltung während des Verfahrens hat mich erschüttert. Ich war durchaus geneigt, ihn für einen großen Lehrer und Propheten zu halten — vielleicht sogar für den Messias. Ich kann das nicht mehr. Er behauptet, Gottes Sohn zu sein, und nicht nur bildlich gesprochen, sondern in Wirklichkeit — die rechte Hand der göttlichen Macht und ihr ebenbürtig. Das ist entweder eine schreckliche Gotteslästerung — oder eine gleich schreckliche Wahrheit — so furchtbar, daß man gar nicht darüber nachdenken darf.

KAIPHAS: Wollen Sie damit sagen, daß es die Wahrheit sein könnte?

NIKODEMUS: Ich wage es nicht! Denn — wenn es so wäre ... was haben wir dann getan? Wir haben uns in unvorstellbarer Weise verschworen, Gott zu richten und zu morden.

KAIPHAS: Genau das. Sie brauchen nur die Sache scharf zu formulieren, um zu zeigen, wie absurd sie ist. Es gibt nur einen Gott, und Gott ist Geist. Glauben Sie, daß ein Haufen Götter und Halbgötter auf der Erde herumlaufen — menschlichen Schwächen unterworfen, wie in den widerlichen Fabeln der Heiden?

NIKODEMUS: Nein.

KAIPHAS: Was ist also Ihr Einwand? Oder Ihrer, Joseph von Arimathia?

JOSEPH: Ich wende mich weniger gegen die Sache an sich, als gegen die Art ihrer Durchführung. War es zum Beispiel notwendig, Hochehrwürdiger, öffentlich Rom die Stiefel zu lecken? War es nötig, des Kaisers Autorität anzuerkennen?

NIKODEMUS: War es weise, Pilatus mit dem Kaiser zu drohen? Die Kräfte, die Sie gegen Rom beschworen — waren immer noch: Rom.

JOSEPH: Es gibt nur eine Art, mit Rom umzugehen: die Türe fest zuschlagen. Laßt Rom erst mal einen Finger ergriffen haben, dann hat es bald die ganze Hand ... bis Juda nicht mehr Juda ist.

KAIPHAS: Joseph und Nikodemus — ich werde Ihnen beiden einmal etwas sagen: Juda ist ausgelöscht für alle Zeit. Der Tag der kleinen Nationen ist vorüber. Dies ist das Zeitalter des Imperiums. Überlegen Sie. Während unserer ganzen Geschichte haben wir versucht, die Türe fest zuzuschlagen. Juda sollte ein eingehegter Garten sein — eine ausgewählte Rasse. Ein ganz besonderes Volk. Aber die Tür wurde geöffnet. Durch wen?

NIKODEMUS: In den Kämpfen unter Alexanders Söhnen, als Hyrcanus Rom um Hilfe anging.

KAIPHAS: Richtig. Diese Unruhen brachten uns Herodes den Großen, eine Kreatur Roms, der dreißig Jahre lang ganz Juda mit eiserner Faust zusammenhielt. Und was war, als er starb? Neue Unruhen — und die Teilung Israels, wobei Pilatus, der Römer, Statthalter von Judäa wurde. Unter Herodes waren wir eine tributzahlende Nation. Nach Herodes wurden wir zu drei — ebenfalls tributzahlenden — Provinzen. Bei jedem jüdischen Zank macht Rom einen Schritt nach vorn. Einen Schritt, — zwei. Der dritte wird der letzte sein ... ich habe diesen Jesus umgebracht, der neuen Parteihader ins Leben gerufen hätte; — und für einen, den wir kreuzigen, werden fünfzig neue Prätendenten aufstehen ... Eines Tages werden die Zeloten sich erheben, und wir werden gegen den Kaiser das Schwert ziehen ... dann wird der Ring aus Feuer und Stahl sich um Jerusalem schließen, die Toten werden in Massen in den Straßen liegen, und der Marschtritt der Legionen wird bis ins innerste Heiligtum des Tempels schallen. Das prophezeie ich, Kaiphas.

JOSEPH: *(beeindruckt)* Was — glauben Sie — sollen wir tun?

KAIPHAS: Fügen Sie sich in das Unabänderliche. Gleichen Sie sich Rom an. Es ist der Fluch unseres Volkes, daß wir nicht lernen können, als Bürger eines größeren Staatsverbandes zu leben. Wir können weder selbst herrschen, noch wollen wir uns beherrschen lassen. Für Menschen wie uns ist in der neuen Ordnung kein Platz. Setzt euch mit der Zukunft im Guten auseinander, solange noch Zeit ist, — oder es wird einmal der Tag kommen, an dem in der ganzen Welt kein Platz mehr ist für einen jüdischen Fuß.

JOSEPH: Seltsam ... Sie wiederholen Jesus' Prophezeiungen. Aber er hätte, glaube ich, die Grenzen Israels so weit gesteckt, daß sie die ganze Welt umschlössen. „Sie sollen kommen von Osten und Westen", hat er gesagt, „sie sollen kommen und im Königreich Gottes leben". Samariter, Römer, Griechen ... alle waren ihm willkommen. Ist es möglich ... daß er das gleiche voraussah wie Sie? ... und sich entschloß, die Türe weit aufzureißen? Nicht auszuschließen, sondern einzuschließen? Nicht Israel im Römischen Reich zu verlieren, sondern Rom in Israel einzuhüllen?

NIKODEMUS: *(entsetzt)* Unmöglich! Niemals darf sich Israel mit den Nichtjuden einlassen. Er muß wahnsinnig gewesen sein zu wähnen ...

KAIPHAS: *(trocken)* Absolut wahnsinnig. Es ist die Pflicht eines Staatsmannes, den Wahnsinn, den wir Phantasie nennen, zu zerstören. Er ist gefährlich. Er erzeugt Unzufriedenheit. Frieden — Ordnung und Sicherheit — das ist Roms Angebot — zum Preise, den Rom bestimmt.

JOSEPH: *(finster)* Den Weg, den Jesus uns wies, haben wir verworfen. Ich nehme an, wir werden jetzt Ihren Weg gehen müssen.

KAIPHAS: Sie werden auch mich verwerfen, glaube ich ... Du darfst zufrieden sein, Jesus, mein großer Gegner: auch Kaiphas wird umsonst gelebt haben.

Dritter Abschnitt

(Am Fuß des Kreuzes)

(Erregte MENGE, *über die sich einzelne Stimmen erheben)*

STIMMEN: Wer wollte den Tempel zerstören und in drei Tagen wieder aufbauen? ... Sieht so aus, als hielte der Tempel länger als du ... Wenn du so tüchtig bist, was zerstörst du nicht dein Kreuz? ... zersplittere doch das Holz ... laß das Eisen schmelzen! ... Kleinigkeiten für einen Mann, der den Tempel umwerfen kann ... zeig, was du kannst, Wundertäter! ... Zeig uns deine Macht, Jesus von Nazareth.

MARIA MAGDALENA: Rührt euch dies nicht an, ihr, die ihr vorübergeht? Was hat er euch getan, daß ihr ihn so behandelt?

STIMMEN: Er sagte, er sei der Messias ... König von Israel ... Sohn Davids ... größer als Salomon ... kommen Israels Könige aus der Werkstatt eines Zimmermanns? ... oder aus dem Gefängnis? ... willst du vom Kreuz aus regieren, König der Juden?

MARIA MAGDALENA: Er hätte euch in das Königreich Gottes aufgenommen — und ihr habt ihm eine Dornenkrone gegeben.

STIMMEN: Wo sind denn all seine großen Taten jetzt? ... anderen hat er geholfen, aber sich selber kann er nicht helfen ... los doch, alter Quacksalber, heile deine eigenen Wunden! ... wenn du wirklich Gottes Sohn bist, dann steige vom Kreuz herunter ...

MARIA MAGDALENA: Er gab euren Händen Kraft und Stärke euren Füßen — und ihr habt seine Hände und Füße ans Kreuz genagelt.

STIMMEN: Bist du hungrig? Bist du durstig, Jesus von Nazareth? ... wo ist das Wasser, von dem du gesprochen hast? ... wo ist das Brot, das nie mangeln soll? ... hast du nichts im Ärmel, Zauberkünstler? *(Gelächter)* Brote und Fische! Brote und Fische!

MARIA MAGDALENA: Er hat euch mit himmlischen Broten gelabt und mit dem Wasser des Lebens beschenkt ... und ihr habt ihm Essig zu trinken gegeben.

STIMMEN: Quacksalber! ... Zauberer! ... Betrüger! ... Angeber! ...

MARIA MAGDALENA: Johannes, können wir nicht näher zu ihm gehen? Es wird ihm gut tun, wenn wir ihm nahe sind.

JOHANNES: Ich weiß nicht, ob die Soldaten uns durchlassen. Aber wir können sie fragen. *(Hintergrund: Geräusch der* MENGE*)*

ZENTURIO: Weitergehen ... weitergehen ... nicht stehenbleiben, bitte! — Zurück da, mein Junge — du kannst nicht näher heran kommen.

JOHANNES: Bitte, Herr Zenturio, lassen Sie uns doch durch! Wir sind Freunde von Jesus von Nazareth.

ZENTURIO: Dann mach dich besser rar! Und führe die Frauen weg. Dies ist kein Platz für Frauen.

JUNGFRAU MARIA: Herr! Ich bin seine Mutter! Ich flehe Sie an, lassen Sie mich zu ihm.

ZENTURIO: Tut mir leid, liebe Frau. Darf nicht sein ... Corvus! Sorg dafür, daß die Leute nicht stehenbleiben ... Gehen Sie ruhig nach Hause.

MARIA MAGDALENA: Marcellus! Kennst du mich?

ZENTURIO: Nein, Mädchen. Ich habe dich noch nie im Leben gesehen.

MARIA MAGDALENA: Hat der Kummer mein Gesicht so verändert? ... Schnell, Maria, zieh meinen Schleier herunter ... nimm die Nadeln aus meinem Haar. Sieh mich noch einmal an, Marcellus! Sieh mich an! Sag doch, ob es noch eine Frau gibt in ganz Jerusalem mit solch einer Krone aus goldrotem Haar?

ZENTURIO: Maria aus Magdala!

SOLDATEN: Maria! Maria Magdalena! ... Wo hast du die ganze Zeit gesteckt, Magdalena?

MARIA MAGDALENA: Bei den Füßen, die für dich tanzten — bei der Stimme, die für dich sang — bei der Schönheit, die dich erfreute ... Marcellus, laß mich durch!

MARCELLUS: Schönheit? Das ist etwas für die Lebenden. Was bedeutet dir dieser sterbende Galgenvogel?

MARIA MAGDALENA: Er ist mein Leben — und ihr habt ihn getötet ... *(Die SOLDATEN lachen)*

Denkt, was ihr wollt! Lacht, wenn ihr wollt ... aber, um der alten Zeiten willen: laßt Maria Magdalena vorbei!

ERSTER SOLDAT: Nein. Gibt's nich, Mädel.

ZWEITER SOLDAT: Nur, wenn du bezahlst.

DRITTER SOLDAT: Sing uns eins von deinen alten Liedern, Maria!

SOLDATEN: Das ist recht! ... Sing uns eins ... singe, Mädel, singe! ... Bring uns zum Heulen, bring uns zum Lachen, Maria Magdalena!

MARIA MAGDALENA: *(verwirrt und verzweifelt)* Meine Lieder? ... ich habe sie alle vergessen ... nein, wartet ... wartet! ... ich werde es versuchen ... was wollt ihr hören, Jungens? ... Die Rosen aus Saron? ... „Dinah, mein Lieb"? ... „Kehre wieder heim"?

SOLDATEN: *(klatschen Beifall):* „Kehre heim"! „Kehre heim"! ... Ruhe!

(Während MARIA MAGDALENA *singt, lauschen die* MENGE *und die* SOLDATEN *lautlos)*

MARIA MAGDALENA: *(singt)*

Warum in feindliche Ferne
zogst du, mein liebster Soldat?
Es warten der Heimat Sterne,
es wartet die grünende Saat ...

(Die SOLDATEN *fallen in den Refrain mit ein)*

Klotz, klotz, klotz, — die letzten Meilen
und dann in die Arme der Liebsten eilen!
Nie mehr Alarme und nie mehr Appelle,
nie mehr Wendungen auf der Stelle!

Die Blumen blühen am Hange,
sehnsuchtsvoll ruft dich mein Herz.
Warum nur bleibst du so lange?
Ich warte, und ... *(Die Stimme bricht)*

Ich kann nicht mehr.

ZENTURIO: Schon gut, Maria ... laßt sie durch, Leute ... und die Mutter und den Freund ... nun ist es genug! Sonst niemand! ... Zurück da! Weitergehen! Weitergehen! ... Was ist, Publius?

VIERTER SOLDAT: Die Kleidung der Gefangenen, Zenturio!

ZENTURIO: O ja. Die steht euch zu. Nehmt die Sachen und verteilt sie.

SOLDATEN: Drei Paar Sandalen ... vier in drei geht nicht ... wir hätten den Barrabas auch noch haben müssen, — dann tät's stimmen ... wer will einen Mantel? ... Ich! ... Ich! Beide könnt ihr ihn nicht haben! ... Sei doch nicht so grappig ... halbe-halbe ... ein Rock voller Löcher ... Gestas, du dreckiger Schuft! Warum hast du nicht anständige Sachen angezogen?

GESTAS: Soll er dein Fleisch faulen lassen, du römischer Hund! Ich wollte, er wär' in Vitriol getaucht ... verdammt, diese Saufliegen.

ERSTER SOLDAT: Mäßigung! Mäßigung!

SOLDATEN: Das ist mal was Gutes ... der Nazarener kommt aus einem guten Haus ... gleiche Teile! Gleiche Teile!

VIERTER SOLDAT: Nu wartet doch schon ... wartet doch! Ist doch schade, den zu zerreißen! 'n feines Stück, reine Wolle und durchgehend gewebt ...

ZWEITER SOLDAT: Wir können ja drum knobeln.

DRITTER SOLDAT: Hat einer Würfel da?

ERSTER SOLDAT: Hier.

ZWEITER SOLDAT: Frau Venus steh mir bei ... *(wirft, Gelächter)* Beim Hades, schlechter ging's nicht!

DRITTER SOLDAT: *(summt)* „... und dann in die Arme der Liebsten eilen ..."

JUNGFRAU MARIA: Jesus, mein lieber Junge — ich bin hier ... deine Mutter, die dich liebt. Es schmerzt, mein Einziger, es schmerzt, — aber der Schmerz wird vergehen ...

MARIA MAGDALENA: Jesus. Rabbi — ich bin hier bei dir ... Maria, die Sünderin, die dich liebt. Ich knie zu deinen Füßen, die ich einst mit meinen Tränen gebadet habe. Ich werde sie küssen, ganz zart nur, daß es dir nicht wehe tun kann.

JOHANNES: Jesus, Herr, ich bin hier — Johannes bar-Zebedäus, der Freund, der dich liebt. Wir sind von dir geflohen, Meister. Wir haben den Kelch und die Taufe verweigert, nicht wissend, um was wir baten ... und die Plätze zu deiner Rechten und Linken sind diesen zwei Dieben gegeben worden ...

MARIA MAGDALENA: Seht nur, seht! Kann es größeres Leid geben als dieses? Der Meister und König, der Christ Israels — gekreuzigt wie ein gemeiner Verbrecher!

GESTAS: Halt die Schnauze, verflucht noch mal. Sind die Qualen der Hölle nicht schlimm genug, ohne all das Gejabbere? Sag ihnen, sie sollen die Klappe halten — hörst du!?

DYSMAS: Oah, Gestas, laß ihn in Ruhe! Das ist ein anständiger Kerl. Du und ich — wir brauchen uns nicht zu beklagen. Wir haben die Gesetze gebrochen und kriegen jetzt die Quittung dafür. Aber der arme Kerl hat doch nichts ausgefressen. *(wimmernd)* Gott o Gott, aber mich zwickt's in den Knochen.

GESTAS: Christ und König — arrh ... jetzt sitzt du schön im Dreck, — mit all deinem scheinheiligen Gequatsche, was? Da labbert er von Vergebung für seine Feinde ... Mann, die Kehlen würde ich dem ganzen Dreckspack herausreißen — und mit dir würd' ich anfangen, du Hundesohn.

DYSMAS: Er ist ein bißchen verdreht, das ist alles. Laß ihn doch denken, er sei der Herrgott persönlich, wenn es ihm hilft ... geht's denn noch, Kamerad? ... Natürlich geht's. Dies ist man nur ein böser Traum ... eines Tages kommst du in 'ner schimmernden Wolke an, da wer'n sie aber alle staunen ...

GESTAS: Tscha!

DYSMAS: Da, — siehst du, jetzt lächelt er ... das hat er gern, wenn man so mit ihm redet ... *(in sehr respektvollem Ton auf die harmlose Verrücktheit eingehend)* Herr — werden Sie an mich denken, wenn Sie in Ihr Königreich kommen? Ach, bitte!

JESUS: Wahrlich, wahrlich, ich sage dir: noch heute wirst du mit mir im Paradiese sein!

DYSMAS: *(nach erstaunter Pause und in verändertem Ton)* Du — bist nicht verrückt! ... du bist ... ich weiß nicht, wer du bist ... sieh mich nicht so an ... ich bin schlecht gewesen ... durch und durch ... du kannst dir gar nicht vorstellen, wie schlecht ich war ... doch, du kannst es ... du weißt alles ... am Jordan wurde ich geboren ... nahe beim Jordan ... und das Wasser ist kühl an den Füßen ... der Weg ist weit — aber du wirst mich nicht verlassen ... bleibe bei uns, Jesus, bleibe bei uns Gekreuzigten ... sieh mich weiter an ... nein, verzeih, ich muß nicht an mich denken ... den Kopf hoch halten — wie rotglühende Zangen im Nacken ... gib mir deine Schmerzen, das ist alles, wofür ich tauge ... aber ich glaube ... du trägst meinen Schmerz statt dessen ... irgendwie ... Ich bin ganz durcheinander ... und das Wasser ist kühl an den Füßen. *(Seine Stimme erstirbt in einem Murmeln, das wie Delirium klingt)*

Vierter Abschnitt

(Römische Kaserne)

CHILIARCH: Na, Bassus, was gibt's? Noch 'ne Unterschrift?

ADJUTANT: Das Programm für das Sportfest der Legion, Herr Chiliarch.

CHILIARCH: Tja — das möchte ich sehen.

ADJUTANT: Und dann — Herr Chiliarch ... müßten noch die Leute auf dem Galgenberg abgelöst werden.

CHILIARCH: Was? O ja, natürlich. Wie lange tun sie schon Dienst?

ADJUTANT: Seit sechs Uhr früh, Herr.

CHILIARCH: Hm. Haben wir denn noch einen Zenturio, dem wir die Ablösung geben könnten? Wer ist verfügbar?

ADJUTANT: Der alte Proclus ist da.

CHILIARCH: Proclus?

ADJUTANT: Aus Kapernaum z. b. V. während des Festes hierher abkommandiert, Herr. Sehr zuverlässiger Mann.

CHILIARCH: Schön. Schicken Sie ihn 'rüber.

ADJUTANT: Zu Befehl. *(An der Tür)* Ordonnanz! Der Zenturio Proclus zum Chiliarchen *(kommt zurück)*. Der Boxkampf dürfte sehr ordentlich werden, Herr. Auf Tiger Balbus würde ich schon ein paar Sesterzen riskieren.

CHILIARCH: Hat einen harten Schlag, aber keinen Stil. Pompilius wird ihn nach Punkten schlagen, wenn er sechs Runden durchhält ... ich sehe, Sie haben Favonius als Schwergewicht eingesetzt. Ich hätte ihn für ... ah, Proclus, nicht wahr? — Zenturio, nehmen Sie sich vier Mann und lösen Sie Marcellus und seine Leute am Galgenberg ab. Halten Sie die Gaffer in Bewegung und sehen Sie zu, daß die Anhänger dieses Jesus keinen Wirbel machen.

PROCLUS: *(Überrascht, etwas die militärische Haltung verlierend)* Galgenberg, Herr Chiliarch? Ich — ich — *(reißt sich zusammen, mit erstickter Stimme)* Zu Befehl!

CHILIARCH: Was haben Sie denn, Zenturio? Sie sehen aus, als ob Ihnen der Auftrag nicht gefiele.

PROCLUS: Bitte gehorsamst ... Herr Chiliarch ... nämlich ... ich kenne den Mann.

CHILIARCH: Welchen Mann? Jesus von Nazareth?

PROCLUS: Zu Befehl. Er hat sich mir gegenüber einmal sehr anständig benommen, Herr. Hat meinen Burschen geheilt.

CHILIARCH: *(etwas peinlich berührt)* Ach so ... Tja ... tut mir leid, aber wir haben sonst niemand zur Verfügung ...

PROCLUS: Zu Befehl. Selbstverständlich.

CHILIARCH: Sie sind alter Legionär, Zenturio?

PROCLUS: Zu Befehl. Vierzig Dienstjahre, Herr Chiliarch. Eingezogen zur Sechsten, zu König Herodes' Garde versetzt, — sieben Jahre. Fünfzehn Jahre vor der Front in Germanien. Als Veteran reaktiviert. Seit zehn Jahren in Galiläa Besatzungstruppe.

CHILIARCH: Schöner Rekord ... Tja, Zenturio, das ist Pech — aber Pflicht ist Pflicht, wie?

PROCLUS: Zu Befehl. Bedaure, mich vergessen zu haben.

CHILIARCH: Übrigens — die Leichen müssen noch vor Sonnenuntergang abgenommen werden, wegen des jüdischen Sabbaths. Wenn sie bis dahin noch nicht tot sind, machen Sie Schluß mit ihnen ... tja, Zenturio, das ist alles ... danke ... Verdammt ärgerliche Sache, Bassus, diese alten Veteranen zu schurigeln. Vierzig Dienstjahre. Alt genug, mein Großvater zu sein.

ADJUTANT: Durchaus, Herr ... seltsamer Fall, dieser jüdische Prophet ... einen so alten Knochen zu beeindrucken.

CHILIARCH: Außerordentlich ... Tja, ähem ... wovon sprachen wir doch grade ... ach so — also die Schwergewichtsmeisterschaften ...

Fünfter Abschnitt

(Am Fuß des Kreuzes)

CALPURNIA: Wie spät ist es, Flavius?

FLAVIUS: Es muß gleich Mittag sein.

CALPURNIA: *(Gähnt)* Das ist eine langweilige Unterhaltung hier.

GLAUCUS: Das ist ja der Sinn der Sache.

PHÖBE: Diese ungeschlachten Bauern fühlen das nicht so, wie wir es fühlen würden. Wie lange dauert es meistens?

GLAUCUS: Manchmal quälen sie sich drei Tage lang.

CALPURNIA: Das ist ja albern. So lange können wir doch nicht warten.

GLAUCUS: Na, mit eurem Mann wird's nicht so lange mehr dauern, eher drei Stunden.

FLAVIUS: Der Gott wird also sterben müssen?

GLAUCUS: Der Gott ist schon dabei, zu sterben ... er hat alle Anzeichen ... die zusammengepreßten Nasenflügel ... das eingefallene Gesicht ... die eingesunkenen Schläfen und die Haut trocken und dunkel wie Pergament. Das ist das Gesicht des Todes, wie der alte Hippocrates lehrte.

PHÖBE: Ich kann es gar nicht genau sehen ... wie dunkel es wird!

CALPURNIA: Alles ist ganz farblos geworden, — wie damals am Tag der großen Sonnenfinsternis.

FLAVIUS: Eine Art Staubbö, denke ich mir.

GLAUCUS: Vielleicht sind die Götter doch zornig geworden.

FLAVIUS: Findet ihr nicht, es wäre besser, wenn wir nach Hause gingen? Was hier zu sehen war, haben wir gesehen. Die Soldaten sehen zum Himmel auf und murmeln ...

(Würfel rollen)

ERSTER SOLDAT: Publius — du schuldest mir fünf Silberpfennig ... was ist bloß auf einmal mit dem Wetter ... man kann kaum noch die Würfel erkennen.

ZWEITER SOLDAT: Besser, wir hören auf ... möchte wissen, wie lange die uns hier schmoren lassen. Ich kriege einen verdammten Hunger.

VIERTER SOLDAT: Ob es wohl regnen wird?

ERSTER SOLDAT: Wenn es nur regnen wollte ... erstickend heiß und nicht der leiseste Windhauch ... wie ich dies widerliche Klima hasse!

ZWEITER SOLDAT: Besser noch hier unten als oben dran. Sogar den Gestas hat's schon ruhiger gemacht ... ist der Nazarener tot?

DRITTER SOLDAT: Ich glaube, der ist heftig dabei, abzurücken ... ich wollte, die Ablösung käme endlich ...

MARIA MAGDALENA: Johannes, o Johannes! Ist das die Dunkelheit — oder hat sich sein Gesicht verändert?

JOHANNES: Doch, Maria ... es ist verändert.

JUNGFRAU MARIA: Mein Sohn stirbt.

MARIA MAGDALENA: Die Welt stirbt. Er geht in die Nacht und nimmt das Licht der Sonne mit sich. Er ist so weit

— so weit fort, daß unsere Stimmen ihn nicht mehr erreichen. Lieber, Lieber du — wirst du nicht wieder kommen?

JUNGFRAU MARIA: Schsch — er versucht zu sprechen.

JESUS: Mutter!

JUNGFRAU MARIA: Ja, Lieber?

JESUS: Nimm Johannes als deinen Sohn an ... Johannes, sie ist deine Mutter.

JOHANNES: Ja, Meister. Ich werde für sie sorgen. Ich verspreche es dir.

JUNGFRAU MARIA: Und ich werde ihn lieben wie mein eigenes Kind.

MARIA MAGDALENA: Er stirbt ... ich habe es nicht glauben können ... aber er stirbt. *(Pause)*

JOHANNES: Es wird immer dunkler ... die Leute verlaufen sich ... bald werden nur noch die Soldaten hier sein außer uns ... wenn nichts mehr gilt — dann halten Liebe und Pflicht immer noch die Wache ...

(Schweigen. Dann hört man aus großer Entfernung den Marschtritt einer kleinen Gruppe. Das Geräusch kommt näher und näher bis zum Fuße des Kreuzes)

PROCLUS: 'teilung halt.

(MARCELLUS tritt vor und die beiden ZENTURIONEN gehen durch die Formalitäten der Wachablösung)

MARCELLUS: Proclus?

PROCLUS: Ja?

MARCELLUS: Ich bin froh, daß du da bist ... Abteilung ... stillgestanden. Links um. Im Gleichschritt ...

(Die erste Gruppe marschiert ab. Das Stampfen ihrer Schritte verliert sich langsam in der Ferne)

DER EVANGELIST: Und es ward eine Finsternis über das ganze Land bis zur neunten Stunde. Und um die neunte Stunde rief Jesus laut und sprach:

JESUS: Eloi, eloi, lama asabthani!

ERSTER SOLDAT: Alle Götter! Was war das?

ZWEITER SOLDAT: Hab' ich mich erschreckt!

DRITTER SOLDAT: Das war der Nazarener.

VIERTER SOLDAT: Ich dachte, der war längst tot.

PROCLUS: Was hat er gesagt?

ERSTER SOLDAT: Ich weiß nicht, Zenturio! Ich verstehe kein Hebräisch.

ZWEITER SOLDAT: Er hat Elias um Hilfe angerufen.

PROCLUS: Elias?

ZWEITER SOLDAT: Das ist ein Nationalheld, so eine Art Halbgott, glaube ich. Fragen Sie den jungen Mann hier, der ist Jude.

PROCLUS: Junger Freund, was hat Ihr Meister gesagt?

JOHANNES: Er sagte: „Mein Gott, warum hast du mich verlassen?“ — Welch furchtbare Schrecknis konnte ihm nur diesen Schrei entreißen! Er war immer eins mit Gott.

PROCLUS: *(besorgt)* Wenn ich irgend etwas tun kann ... soweit es nicht mit meiner Pflicht in Konflikt steht...

JESUS: Mich dürstet.

PROCLUS: Haben wir Wasser hier?

ZWEITER SOLDAT: Ach, wozu. Vielleicht kommt ihm Elias zu Hilfe.

ERSTER SOLDAT: Hier ist ein Krug mit etwas Essig, Zenturio.

PROCLUS: Besser — taucht einen Schwamm hinein und haltet ihm den an den Mund.

ERSTER SOLDAT: Ich kann nicht so hoch hinaufreichen.

PROCLUS: Steck ihn auf die Spitze meines Rohrstocks ... es ist so dunkel, daß ich kaum noch sein Gesicht erkennen kann ... trinkt er?

ERSTER SOLDAT: Ich kann es nicht sagen ... ich glaube, er stirbt...

Sechster Abschnitt

(Palast des Gouverneurs)

PILATUS: Claudia, — Claudia, willst du mir nicht deinen Traum erzählen?

CLAUDIA: Ich war auf einem Schiff auf hoher See, unterwegs zwischen den ägäischen Inseln. Zuerst war das Wetter sonnig und die See glatt, aber dann wurde der Himmel finster und das Wasser wurde unruhig. *(Wind und Wellen)*
Und dann kam aus Osten ein seltsamer, gellender Schrei: *(Stimme in hohem Klageton)*

Pan ho megas téthneke —
Pan ho megas téthneke —

Und ich fragte den Kapitän: „Was wird da geschrien?“ Und er antwortete: „Der große Pan ist tot!“ Da fragte ich ihn:

„Wie kann Gott sterben?“ Und da sagte er: „Erinnern Sie sich nicht? Er wurde gekreuzigt. Er litt unter Pontius Pilatus...“

(Murmelnde Stimmen, im Anfang fast flüsternd)

Und alle Leute an Bord sahen mich an und sagten: „Pontius Pilatus.“ *(Stimmen, teils sprechend, teils singend oder murmelnd, untermischt mit Fragmenten aus der griechischen und lateinischen Liturgie)*

Pontius Pilatus ... Pontius Pilatus ... gelitten unter Pontius Pilatus ... gekreuzigt, gestorben und begraben ... sub Pontio Pilato ... Pilato ... gelitten ... gelitten unter Pontius Pilatus ... unter Pontius Pilatus...

In allen Sprachen und Stimmen ... selbst die kleinen Kinder und ihre Mütter...

(Kinderstimmen): Gelitten unter Pontius Pilatus ... sub Pontio Pilato ... crucifié sous Ponce Pilate ... suffered under Pontius Pilate ... *(und andere Sprachen. Die Kinderstimmen mischen sich mit denen der Erwachsenen und verklingen).*

... dein Name, Mann! Immer und unaufhörlich dein Name ... „gelitten unter Pontius Pilatus ...“

PILATUS: Mögen die Götter das Omen abwenden.

CLAUDIA: Heute ist es genau wie in meinem Traum, Gajus ... die Dunkelheit am frühen Nachmittag ... hör nur! Was war das?

PILATUS: Nichts, Claudia ... es ist nichts zu hören ... Komm vom Fenster fort.

Siebenter Abschnitt

(Am Fuß des Kreuzes)

DER EVANGELIST: Da nun Jesus den Essig genommen hatte, sprach er mit lauter Stimme:

JESUS: *(laut)* Es ist vollbracht! *(leise)* Vater, ich befehle meinen Geist in deine Hände.

DER EVANGELIST: Und als er das gesagt hatte, neigte er sein Haupt und verschied. *(Erdbeben)*

Und die Erde bebte und der Vorhang des Tempels zerriß in zwei Stücke von oben bis unten. Und als der Hauptmann und die, die bei ihm waren, dieses sahen, da fürchteten sie sich.

(Erdbeben wiederholt sich. Verklingt. Pause)

Achter Abschnitt

(Am Fuß des Kreuzes)

BALTHASAR: Zenturio!

PROCLUS: Herr?

BALTHASAR: Für wen sind all diese Kreuze errichtet?

PROCLUS: Das wissen Sie nicht? ... Ah, ich sehe, Sie sind ein Fremder, Ihrer Hautfarbe nach ... zwei dieser Leute sind Räuber. Der dritte ist ein gewisser Jesus von Nazareth, der König der Juden genannt wurde.

BALTHASAR: Jesus, König der Juden. Dann haben die Sterne mich recht geführt — und ich habe ihn gefunden, wie mein Traum es mir gekündet hat — auf dem Hügel unter dem hohen Baume ... ich glaube übrigens, Sie erkenne ich auch wieder, Zenturio, obwohl es dreißig Jahre oder länger her ist, daß wir uns trafen.

PROCLUS: In der Tat? Wo war denn das?

BALTHASAR: Am Hofe des Königs Herodes.

PROCLUS: Ja, natürlich. Jetzt erinnere ich mich. Sie sind doch Balthasar, der König von Äthiopien.

BALTHASAR: Ja, der bin ich. Und dieser ist das Kind, das geboren wurde zum König von Israel ... bei dessen Kommen der große Stern erschien.

PROCLUS: *Das* ist er? Herodes befahl mir, ihn zu töten, aber ich weigerte mich. Aber — jetzt haben sie ihn doch umgebracht zu guter Letzt ... wie Sie sehen ... und ich ... stehe dabei ... Gottes Sohn hat er sich genannt — und ich glaube, er war es wirklich.

BALTHASAR: König der Juden; König der Welt; König des Himmelreiches. So steht es geschrieben, und so wird es sein.

PROCLUS: Als er starb, verging die Dunkelheit ... seltsam ist es ...

ERSTER SOLDAT: Bitte melden zu dürfen, Zenturio.

PROCLUS: Ja?

ERSTER SOLDAT: Ein Jude namens Joseph von Arimathia ist hier mit einem Befehl des Statthalters. Er soll die Leiche des Nazareners zur Beerdigung mitnehmen. Und weil Sie sagten, daß alle noch heute abgenommen werden sollten, haben wir den beiden Räubern die Beine gebrochen, um ein Ende mit ihnen zu machen, aber weil Jesus schon tot war, haben wir ihn gelassen, wie er war.

PROCLUS: Gut so.

ERSTER SOLDAT: Zu Befehl. Aber, Zenturio — die junge Frau da ... die ist hysterisch und klammert sich an seine Knie...

PROCLUS: Ich komme. ... Guten Abend, Herr! Sie sind Joseph von Arimathia, nicht wahr? Schön ... na, Mädchen ... komm ... du willst doch auch nicht, daß er hier hängenbleibt, nicht wahr? Wir werden ihn abnehmen und dieser Herr wird dafür sorgen, daß alles geht, wie es sich gehört.

MARIA MAGDALENA: Geht fort! Wagt nicht, ihn anzurühren! Er ist nicht tot! Jesus! Herr und Meister! So sprich doch! Sag ihnen, daß du lebst!

JOHANNES: Maria! Maria!

PROCLUS: Seid ihr sicher, Leute, daß er tot ist?

ZWEITER SOLDAT: Der ist so tot, wie einer sein kann, Zenturio. Aber ein Speerstich — so — zur Sicherheit ...

PROCLUS: *(ärgerlich)* Was soll denn das!

MARIA MAGDALENA: O! Was hast du getan! Er lebt! Sieh nur, wie das Blut herunterfließt.

PROCLUS: Nicht doch, mein armes Kind. Wenn er noch lebte, würde das Blut hervorspritzen, aber sieh, es rinnt nur, ganz dunkel und dickflüssig — und gerinnt gleich am Boden. Ich glaube ... mit dem letzten Aufschrei ist sein Herz gebrochen ... entschuldigen Sie, liebe Frau ... aber wir müssen unsere Pflicht tun ... Können Sie das Mädchen nicht beruhigen?

JUNGFRAU MARIA: Maria, — komm zu mir, Kind. So ... so... Sie werden nicht grob mit meinem Sohn umgehen, Zenturio, nicht wahr?

PROCLUS: Bestimmt nicht — Sie sind eine tapfere Frau.

JOHANNES: Maria, weißt du ... ich will dir erzählen, was er uns einmal gesagt hat ... hörst du auch zu? Er sagte: „Des Menschen Sohn ist nur ein kurzer Gast in diesem Haus des Todes. Am dritten Tage wird er auferstehen und gehen."

JOSEPH: Das hat er wirklich gesagt?

JOHANNES: Wirklich und wahrhaftig, Herr. Ich weiß nicht, was er damit sagen wollte.

PROCLUS: Vorsichtig, Leute. Vorsichtig! Faßt die Knie und die Schulter ... sind die Wickeltücher vorbereitet?

JUNGFRAU MARIA: Legt mir meinen Sohn in meine Arme. Ich kenne dich, König Balthasar! Dies sind die kleinen Händchen, die sich um dein Geschenk von Myrrhen schlossen. ... Dies ist das hübsche kleine Köpfchen, das Melchior einstmals mit Gold gekrönt hat und das ein Dornenkranz nun zum König des Leides krönt. Das dritte Geschenk fehlt noch...

JOHANNES: Was war das dritte Geschenk, Mutter?

JUNGFRAU MARIA: Weihrauch.

DER EVANGELIST: Es war aber an der Stätte, da er gekreuzigt ward, ein Garten, und in dem Garten war ein neues Grab, in welches niemand je gelegt war. Dahinein legten sie Jesus, und sie rollten einen großen Stein vor sein Grab. Und der Sabbath begann. Und die Hohenpriester und Pharisäer kamen bei Pilatus zusammen.

DRITTE SZENE (PALAST DES GOUVERNEURS)

PILATUS: *(abrupt)* Ja, Kaiphas. Was ist es diesmal?

KAIPHAS: Exzellenz, dieser verlogene Quacksalber Jesus von Nazareth —

PILATUS: Ich wünsche von Jesus von Nazareth nichts mehr zu hören.

KAIPHAS: Wir haben gerade etwas in Erfahrung gebracht. Es scheint, daß er sich zu seinen Lebzeiten damit gebrüstet hat, daß er, wenn man ihn tötete, am dritten Tage wieder auferstehen würde. Es dürfte sich daher empfehlen, das Grab gut zu hüten. Sonst könnten seine Anhänger den Leichnam stehlen und behaupten, daß er von den Toten auferstanden sei. Damit würde eine neue Legende geschaffen, die bedeutend gefährlicher sein dürfte, als die erste.

PILATUS: Nun, und?

KAIPHAS: Ich würde vorschlagen, daß Sie den Befehl geben, Posten aufzustellen.

PILATUS: Ich habe damit nichts zu tun.

KAIPHAS: Für die Leichen von Verbrechern ist die römische Verwaltung zuständig.

PILATUS: Ein Mitglied Ihres Sanhedrin hat bereits den Antrag auf Überlassung dieses besonderen Leichnams gestellt. Ich habe das mit Freuden genehmigt. Damit ist es jetzt eine jüdische Angelegenheit geworden. Rom ist nicht mehr zuständig.

KAIPHAS: Exzellenz —

PILATUS: Sie haben Ihre eigenen Leute. Treffen Sie selber alle Vorkehrungen, die Sie für zweckmäßig halten. — Sklave! Geleite diese Herren hinaus.

(Eine Abteilung SOLDATEN *marschiert singend in einiger Entfernung)*

...„Nie mehr Alarme und nie mehr Appelle,
Nie mehr Wendungen auf der Stelle..."

DER EVANGELIST: Und sie gingen hin und verwahrten das Grab, versiegelten den Stein und setzten eine Wache davor.

ZWÖLFTES SPIEL

DER KÖNIG KOMMT HEIM IN SEIN REICH

Der EVANGELIST
JESUS

JAKOBUS, *Sohn des Zebedäus* JOHANNES, *Sohn des Zebedäus* SIMON PETRUS ANDREAS, *Sohn des Jonas* PHILIPPUS NATHANAEL MATTHÄUS *der Zöllner* THOMAS DER ZWILLING	*Jünger und Apostel Jesu*
SALOME, *Mutter des Jakobus und Johannes* KLEOPHAS MARIA KLEOPHAS, *seine Frau* MARIA MAGDALENA	*Jünger Jesu*
KAIPHAS, *Hoherpriester von Israel* SCHADRACH NIKODEMUS JOSEPH VON ARIMATHIA *Erster* ÄLTESTER *Zweiter* ÄLTESTER *Dritter* ÄLTESTER *Vierter* ÄLTESTER	*Mitglieder des Hohen Rats*

ELIHU, *Hauptmann der Tempelwache*
JOEL, *ein Levit*
Ein BLUMENMÄDCHEN
EUNICE, *eine syrische Phönizierin*
GAIUS PONTIUS PILATUS, *Statthalter von Judäa*
CLAUDIA PROCULA, *Frau des Pilatus*
FLAVIUS, *Freigelassener des Pilatus*
Eine RÖMISCHE WACHE

GABRIEL RAPHAEL	*Erzengel*

Ein SKLAVE
LIKTOREN *(Rutenträger)*

DAS SPIEL

Die schwierige Aufgabe ist hier, daß nicht weniger als neun übernatürliche Erscheinungen dargestellt werden müssen, ohne daß die Wiederholung ermüdend wirkt und ohne daß sie ins Melodramatische oder in die Liliensentimentalität von Osterpostkarten verfallen. Beschreibung und unmittelbare Darstellung wechseln sich so viel wie möglich ab, und ich habe versucht, zwischen den beiden Elementen zu unterscheiden, die in den Beschreibungen des Auferstandenen miteinander verquickt sind — dem Unheimlichen einerseits und dem merkwürdig Vertrauten andererseits. Obwohl die Gestalt in erschreckender Weise bald erschien und bald verschwand und ihre Identität niemals sofort zu erkennen war, scheint sie sich doch nicht mit einer Atmosphäre übernatürlichen Grauens umgeben zu haben, sondern war vielmehr bemüht, ihre wesentlich menschlichen Eigenschaften deutlich zu machen, da sie Nahrung zu sich nahm und es duldete, daß man sie anrührte. Nur bei der Erscheinung am See Tiberias (wahrscheinlich gegen Ende der vierzig Tage, als die Himmelfahrt schon nah bevorstand) überwiegt das Unheimliche das Vertraute.

Demgegenüber scheinen die beiden Engel mindestens zweimal wirkliches Entsetzen vor dem Übernatürlichen hervorgerufen zu haben — die Frauen am Grabe „fürchteten sich und verbargen ihr Gesicht" und die Wächter „zitterten und waren wie tot". Diesen Unterschied habe ich deutlich zu machen versucht, indem ich den Leviten Joel sagen lasse: „Was im Garten an uns vorüberging, war menschlich, aber diese (die Engel) waren es nicht."

Der Vorgang der Auferstehung. Zwar ist es für einen Menschen, der glaubt und rechtschaffen lebt, unwichtig, ob er einen festen Begriff davon hat, wie die Auferstehung eigentlich vor sich gegangen ist; aber für den Künstler ist es besser, wenn er es sich bildlich vorstellen kann. Der Tatbestand ist in diesem Fall: 1. das offene Grab, 2. die unberührten Grabtücher. Was bedeuten diese beiden Tatsachen und ihre Verbindung miteinander?

1. Es scheint klar zu sein, daß der Engel nicht darum den Stein zurückgewälzt hat, um den Auferstandenen herauszulassen. Einer Gestalt, die durch versperrte Türen hereinkommen und vom Abendbrottisch weg in nichts sich auflösen kann, wären ein paar Zentner Fels auch kein Hindernis gewesen. Die Tür wurde geöffnet, damit Wachen und Jünger sähen, daß der Leichnam nicht mehr da war.

2. Da aber durch die Entfernung des Steins die Siegel zerbrochen waren und also eine natürliche Erklärung des Wunders nahegelegt wurde, wurden als Zeugnis die Grabbinden unberührt zurückgelassen, so wie sie um den Leichnam gewunden waren.

Wir können also annehmen, daß der Engel, als er den Stein zurückrollte, das *schon leere* Grab freilegen wollte.

Der körperliche Leib war also wohl sozusagen in seine Moleküle zerlegt und durch die Grabtücher und den Stein hinausgetragen worden, wo er sich wieder verdichtete — und diese Erscheinung wurde (nicht weiter überraschend) von einem heftigen „elektrischen" Aufruhr begleitet, der sich als eine Art Erdbeben bemerkbar machte.

Jedenfalls ist dies das Bild, das ich zu vermitteln versucht habe. Die Wachen spüren das Beben, und daß im Stein etwas vorgeht, als sie ihn anrühren; und im nächsten Augenblick fährt der „Blitz" aus dem Stein heraus und wirft sie heftig zur Seite. Nach drei Schritten ist der Körper so leibhaftig, daß er die Flamme der Fackel bewegt, als er über sie hinweggeht; nach dreißig Schritten hat er volle Gestalt und Greifbarkeit.

Man braucht sich nicht vorzustellen, daß der Körper seine ursprünglichen materiellen Bestandteile immer mit sich führen mußte. Wahrscheinlich konnte er sich irgendwelcher Atome bedienen, die sich eben darboten, um sich neu zu erbauen. Aber das Verschwinden des ursprünglichen irdischen Körpers war offenbar als Beweis notwendig.

Es ist auch klar, daß die Erscheinung nie lange Zeit brauchte, um sichtbar zu werden. Das langsame Wirbeln und sich Verdichten einer gasähnlichen Masse, das bei den aus dem Plasma erzeugten Verkörperungen bei spiritistischen Sitzungen sich abspielt, gibt es hier nicht. Auch haben die späteren Erscheinungen nicht die „elektrischen" Begleitumstände der ersten gehabt.

Es erschien wünschenswert, dieser übernatürlichen Geschichte einen irdischen und alltäglichen Hintergrund zu geben dadurch, daß zwischendurch ein paar gewöhnliche menschliche Szenen gespielt werden — die Szene im Hohen Rat und die kleine Szene vor dem Palast des Statthalters, welche die Reaktion der Juden und der Römer auf die Auferstehung zeigen.

Außerdem ist nur noch zu bemerken, daß in diesem Spiel sehr viel von Türen die Rede ist. Es ist auch wirklich ein Spiel, dessen Gegenstand die Tür zwischen zwei Welten ist.

Ich habe angenommen, daß die Zebedäer irgendein Unterkommen in Jerusalem hatten, und daß dies auch die Wohnung war, zu der Johannes die Mutter Jesu führte, als er sie „von der Stunde an zu sich nahm". Diese Wohnung ist also der Sammelpunkt, von dem aus Salome, Petrus und Johannes sich zum Grab aufmachen, begleitet von Maria Magdalena, die aus Bethanien hereingekommen ist. Ich habe auch vorausgesetzt, daß, als „alle Jünger" (außer Petrus und Johannes) in der Gründonnerstagnacht „ihn verließen und flohen", sie nach Bethanien flüchteten. Das würden sie natürlicherweise getan haben, denn nach Jerusalem wagten sie sich nicht hinein, und doch waren sie in Bethanien nah genug, um sich in der Osternacht in Jerusalem wieder treffen zu können. Ehe Maria nach der Kreuzigung zurückkam, wußten sie natürlich nicht, was aus Petrus, Johannes und den anderen geworden war, und machten sich die größten Sorgen. (Wieso Maria bei der Kreuzigung zugegen war, wissen wir nicht — aber wahrscheinlich war sie in der Gründonnerstagnacht, als die neun übrigen Jünger sich nach Bethanien zurückschleppten und die Nachricht von des Meisters Verhaftung brachten, eilends nach Jerusalem aufgebrochen.) All dies paßt in die verschiedenen Berichte über die Auferstehung gut hinein und erscheint auch an sich sehr glaubhaft.

PERSONEN

JESUS: Was oben gesagt ist über die beiden Elemente — Unheimliches und Vertrautes — in der Erscheinung des Auferstandenen, erschöpft mehr oder weniger die Anweisungen für diese Rolle. Für die Anrede an Maria Magdalena habe ich die Worte: „Mein Kind, weshalb weinst du denn?" gewählt statt des formellen: „Weib, was weinest du?" um das Menschliche zu betonen, das ihn von den Engeln unterscheidet, und um es glaubhafter zu machen, daß Maria ihn für den Gärtner hielt. Das Vertraute wird wiederum betont, wenn er in Szene 2, Abschnitt 2 etwas zu essen verlangt. Wie die Himmelfahrt näherrückt, wird seine Ausdrucksweise strenger, distanzierter und biblischer, damit der Eindruck seines allmählichen Entrücktwerdens entsteht.
Ich habe die Abstufung der drei Fragen an Petrus beibehalten, wie sie im griechischen Text deutlich ist, wo die erste und zweite Frage anders lauten als die letzte, und da ich so die Symmetrie der „autorisierten Version" durchbrochen habe, habe ich auch die Antworten des Petrus entsprechend abgeändert, um den Sinn und die zunehmende Traurigkeit des Petrus klarer zu machen. „Bist du mir ein besserer Freund als alle diese?" (Das heißt, du, der gesagt hat, wenn sie mich alle verließen, würdest du mich nicht verlassen.) „Wirklich, Herr, du weißt, daß ich dich liebhabe." (Das heißt, *den* Anspruch kann ich nie mehr erheben, und ich wage nicht einmal, mich deinen Freund zu nennen, aber du weißt, daß ich dich liebhabe.) „Bist du wahrhaft mein Freund?" „Herr, du weißt, daß ich dich liebhabe." (Das heißt, aber deinen Freund darf ich mich doch nicht nennen.) „Also hast du mich wirklich ein wenig lieb?" (Das heißt, ich glaube dir, wenn das alles ist, was du von dir zu behaupten wagst, — aber kann ich dessen wenigstens ganz sicher sein?) — „Herr, du weißt alles, sieh in mein Herz und lies dort, wie ich dich liebe." (Temple's Übersetzung ist

agapas „liebst du?" und *phileis* „bist du mein Freund?", aber ich habe gewagt, die Reihenfolge umzustellen, — „Freundschaft" scheint mir in diesem Zusammenhang anspruchsvoller zu sein als „Liebe". „Bist du mir ergeben?" wäre vielleicht noch wörtlicher *agapas,* aber es hat einen nicht ganz sympathischen Beigeschmack.)

JÜNGER UND NACHFOLGER: Ich habe versucht, die verschiedenen Grade von Glauben, Trauer, Verzweiflung usw. bei den wichtigsten Personen sorgsam voneinander abzuheben. Im allgemeinen scheint es so gewesen zu sein, daß, je mehr Glauben einer hatte, er desto weniger durch übernatürliche Erscheinungen überzeugt zu werden brauchte. In Augenblicken des Zweifels wurden die tröstenden Beweise geschenkt, und ich habe das in Szene 2, 2. Abschnitt besonders betont.

DIE MÄNNER

JOHANNES: Nach der Kreuzigung ist seine Niedergeschlagenheit fast so groß wie die der übrigen. Er und Maria Magdalena empfinden den Verlust des Menschen Jesus am schmerzlichsten, und für kurze Zeit hat er die Hoffnung, die sich zu Ende des Elften Spiels in seiner Seele regte, aus den Augen verloren. Aber sie ist noch da, nicht sehr tief unter der Oberfläche. Und Seele und Herz sind offen. Er ist bereit, zu tun, was die Stunde von ihm fordert, er denkt über den Fall Judas nach und steht nach Kräften dem Petrus bei — er ist weder selbstsüchtig noch ganz mit sich selbst beschäftigt. Deshalb ist er sofort zu glauben bereit, als er hört, daß der Leichnam verschwunden ist. Der Anblick der Grabtücher überzeugt ihn augenblicklich. „Johannes braucht keinen Engel" ... Bei der ersten Erscheinung in Jerusalem (Szene 2, Abschnitt 2) erschrickt er nicht so sehr über die Tatsache der Heimsuchung, als über die Art, wie sie geschieht, findet sich aber sofort zurecht und ist den anderen ein Beispiel darin, daß er mit dem auferstandenen Herrn fast genau so umgeht wie mit dem Menschen Jesu. Seine ersten Worte sind eine Entschuldigung für ihrer aller ungeschicktes Benehmen und klingen fast scherzend; sein Zögern, die ausgestreckte Hand zu ergreifen, rührt nicht daher, daß er sich vor dem Übernatürlichen fürchtet, sondern von dem Wissen, daß sie die Nägelmale trägt; seine Entschuldigung, als Jesus zu essen verlangt, ist eine vollkommen einfache und fast kindliche Hinnahme der neuen Situation — daß die Erscheinung verschwindet, ist ganz natürlich und zu erwarten, aber er hofft so sehr, daß es nicht geschieht. (Ich habe angedeutet, daß das Verschwinden der Erscheinung in Emmaus damit zusammenhing, daß Kleophas und seine Frau Jesus nicht erkannten und daß der Herr gerne dort bleibt, wo man ihn gleich erkennt und ihm vertraut.) Bei der zweiten Erscheinung in Jerusalem (Szene 2, Abschnitt 4) ist Johannes vorbereitet und fühlt die Gegenwart Jesu, ehe er ihn wirklich sieht. So weiß er auch am See Tiberias (Szene 3) ziemlich sicher, wer der Fremde ist, selbst ehe der Fischzug den Beweis bringt, und muß richtig aufgerüttelt werden, daß er „wach wird" und im Boot seine Arbeit tut.

PETRUS: Aus dem, was die anderen über ihn reden, wird es klar, daß seine Verleugnung des Meisters und die Katastrophe des Karfreitags ihn in einen Zustand tiefster Schwermut versetzt haben, so daß seine Freunde sehr besorgt sind und ihn fortwährend im Auge behalten, damit er sich nicht etwas antut. Aus dieser Starre wird er geweckt, als es etwas zu tun gilt, und so eilt er zum Grab, wo ihm die Anordnung der Grabtücher auffällt, aber er ist zu fassungslos, um die richtige Schlußfolgerung daraus zu ziehen. Da er mit seinen Selbstvorwürfen so beschäftigt ist und die Hoffnung ganz aufgegeben hat, ist er unfähig, die Engel zu sehen (was für Johannes ja gar nicht nötig ist). Es muß schon eine ganz nur für ihn gemeinte Heimsuchung sein, die ihn überzeugt. Und man muß annehmen, daß dabei Jesus zu ihm „strenge und zugleich aufrichtende Worte" gesprochen hat, denn obwohl er bei den beiden folgenden Erscheinungen seinen alten Glauben und Eifer wieder zeigt, ist er doch noch nicht ganz wieder in das frühere nahe Verhältnis zurückgekommen. Erst am Schluß, als seine drei Verleugnungen durch die drei Liebesbekenntnisse wieder gutgemacht sind, wird er mit der Verheißung des Märtyrertums getröstet. Noch das letzte an ihn gerichtete Wort ist ein sanfter Verweis. Er soll sich nicht darum kümmern, was Johannes und die anderen tun — er soll nur auf sich selber aufpassen. (Wegen des „dreifachen Bekenntnisses" siehe Bemerkungen unter „Jesus".)

THOMAS: Es ist unerwartet, aber doch sehr überzeugend, daß die einzige völlig eindeutige Anerkennung der Göttlichkeit Jesu im ganzen Evangelium vom zweifelnden Thomas ausgesprochen wird. Dies ist das einzige Mal, daß das Wort

„Gott“ ohne jede Einschränkung und in unmißverständlicher Weise auf ihn angewandt wird (nicht nur theos, sondern ho theos mou, mit dem bestimmten Artikel). Und das darf weder ekstatisch noch in einem Ausruf des Erstaunens gesagt werden, sondern mit einfacher Überzeugung, als ob jemand eine unbezweifelbare Tatsache feststellt: „2 × 2 = 4“, „das ist die Sonne am Himmel“, „du bist mein Herr und mein Gott“.

JAKOBUS: ist wohl bereit, zu glauben, aber auch er verlangt einen Beweis und läßt sich ein leichtes Vorurteil gegen weibliche Zeugen anmerken, wie das bei jungen männlichen Wesen wohl vorkommt. Vielleicht kommt es daher, daß er zu ausschließlich mit Salome gelebt hat, oder vielleicht ist er auch besorgt, der kleine Bruder möchte sich unbegründeten Hoffnungen hingeben und dann enttäuscht werden.

MATTHÄUS: ist, wie immer, ganz natürlich in seinem Verhalten; aber auch er hat Schwierigkeiten — diesmal psychologischer Art. Er ist gescheit genug, ein Problem aufzustöbern, das noch andere Kritiker nach ihm beunruhigt hat. Aber sobald er einmal überzeugt ist, ist er bereit, den auferstandenen Herrn so zu nehmen, wie er ihn in den Tagen seines Erdenlebens einfach genommen hat.

KLEOPHAS: braucht nur ganz einfach seine Geschichte zu erzählen, ohne sie zu sehr auszuschmücken — abgesehen von dem Augenblick, wo er die Hände mit den Wundmalen erkannte.

DIE FRAUEN

Man muß hier daran denken, daß bei einer solchen Gelegenheit Frauen immer den Trost haben, daß sie etwas *tun* können. Die Jünger sind ratlos und untätig, weil sie in eine Sackgasse geraten sind; die Frauen können sich mit den Einzelheiten des Begräbnisses beschäftigen und daraus eine gewisse traurige Befriedigung schöpfen. Das geschäftige Vorbereiten der Spezereien, das Zusammensuchen von Tüchern und Waschbecken, der Gang am frühen Morgen — der Anblick der schönen Grabtücher, des wertvollen Gewürzkästchens, des vornehmen Grabes — alles das tröstet und stärkt sie. Bei der Geburt und beim Tode sind die Frauen so recht in ihrem Element, während die Männer nur hilflos herumsitzen können. So traurig alles ist, die Frauen sind obenauf — es ist ihr eigenstes Anliegen.

SALOME: Sie ist eine gute, kluge, vernünftige Frau mit jenem Fundus von Lebensweisheit, wie er Familienmüttern eigen ist, die ihr Leben lang Kinder gehütet, Trauernde getröstet und Tote hergerichtet haben. Sie hat eine ziemlich entschiedene Art und neigt dazu, in jeder Situation die Dinge in die Hand zu nehmen.

MARIA KLEOPHAS: Sie ist stiller und schüchterner als Salome, aber auf ihre friedliche Weise entschlossen, das Nötige zu tun. Der Gedanke, daß sie der „andere Jünger" in der Emmausgeschichte war, stammt vom Bischof von Ripon; er ist nicht nur in sich selbst sehr schön und natürlich, sondern hat den Vorteil, daß man nicht zum Schluß der Geschichte noch zwei ganz fremde Menschen hineinbringen muß. Einige Kommentatoren nehmen an, daß sie die Schwester der Mutter Jesu war — es würde dann natürlich sein, daß sie sich im Hause der Zebedäer aufhält, obwohl sie und Kleophas offenbar in Emmaus lebten. Wir dürfen ruhig annehmen, daß Kleophas am Ostermorgen nach Jerusalem kam, um seine Frau abzuholen, und mit ihr auf dem Heimweg war, als sie Jesus trafen.

Diese beiden Frauen haben ihre eigene ganz einfache Art von Glaubensbereitschaft. Sie nehmen die Botschaft des Engels an, und das Erscheinen des Herrn ist nicht notwendig, um sie zu überzeugen. Maria Kleophas ist aber nicht genügend auf Jesus abgestimmt, um ihn gleich zu erkennen, als er ihr später erscheint. Diese beiden sind typisch für eine sachliche, etwas äußerliche Art des Glaubens ohne intime religiöse Erfahrung, — die Art, die ihre Bibel liest und vor sich hin schafft und dennoch immer wieder einmal „heimgesucht" wird.

MARIA MAGDALENA: Ihre Nerven sind immer noch sehr überreizt. Von der heftigen Hysterie am Ende des 11. Spiels hat sie sich erholt, und mit der ihr natürlichen, leidenschaftlich liebevollen Art allen Menschen und Dingen gegenüber kann sie sogar ein wenig über Martha lachen, sich mitfühlend um die anderen Jünger kümmern, dem Johannes aus ihrer Erfahrung klugen Rat für die Behandlung des Petrus geben und dramatische Befriedigung darin finden, daß sie den Leichnam des Herrn warten darf. Aber sie geht auf dünnem Eis. Wie der Engel sagt, hängt ihre Liebe noch an dem „Sterblichen, den sie gekannt hat". Sie lebt für den Augenblick, für das „Nächstliegende", und klammert sich an den Trost, diese letzten Dienste tun zu dürfen; und daß der Leichnam verschwunden ist, regt sie so auf, daß sie keine Engel sehen kann — dazu nimmt sie sich gar nicht die Zeit — sie muß irgendwo hinlaufen, jemanden holen, etwas *tun*. Als sie das getan hat, überläßt sie sich ihrem Kummer und achtet nicht einmal auf die Engel, als sie sie wirklich sieht. Sie hat den Kontakt mit der anderen Welt verloren, und nur Jesus, der beiden Welten angehört, kann sie erreichen.

KAIPHAS: Ich glaube, daß Kaiphas ohne es sich eingestehen zu wollen, weiß, womit er es zu tun hat. Mit meisterhafter Kaltblütigkeit und ganz skrupellosem Geschick kämpft er ein Rückzugsgefecht. Schneidender Hohn, kaum verkleidete Drohung, Erpressung, Bestechung — er weiß sie alle zu gebrauchen, um zu verhindern, daß der Hohe Rat sich in Panik auflöst. „In äußerster Gefahr ein wagemutiger Lotse" — so zeigt er sich hier auf dem brillanten Gipfel seiner Bosheit; frech und zynisch wie er ist, gibt er sich nicht einmal die Mühe, vorzutäuschen, daß die Geschichte, die er in Umlauf setzen will, das Geringste mit den Tatsachen zu tun hat. Und er wird doch geschlagen, denn nach wenigen Stunden schon erweist sich, daß jemand nicht den Mund gehalten hat, und die Gerüchte fliegen durch die Stadt.

ELIHU UND JOEL: Schon einmal haben sie ihre Geschichte erzählt; nun nehmen sie sich zusammen und geben einen ausführlichen Bericht. Den müssen sie genau und ohne Aufregung vortragen, denn sie erzählen etwas, was sehr schwer zu glauben ist, und sind eigentlich in der Defensive. Sie geben Tatsachen, Einzelheiten — soundsoviele Schritte, diese und jene Anordnung, soviel Beleuchtung — eine ordentliche Erzählung mit nicht mehr erklärendem Beiwerk, als durch Fragen aus ihnen herausgeholt wird. Bis sie auf den Engel kommen — da hört man an ihren Stimmen das Gespenstische des Gartens mit Mondschein und Fackellicht und Schatten; der Ton bleibt gleichmäßig, und der Bericht geht ruhig weiter — aber „jemand lachte" — „das war kein menschliches Wesen" — „das Grab war leer"; *numen est.*

NIKODEMUS: Im 11. Spiel hat Nikodemus eine Ahnung von der theologischen Wahrheit „Christus" bekommen, hat sich aber schleunigst gegen sie verschlossen, weil das eine Sache ist, die sein Verstand nicht zugeben kann, ohne sich selbst aufzugeben. Nun ist das Schicksal des zaghaften Verstandes über ihn gekommen. Er steht dem Unvorstellbaren gegenüber, und sein Verstand bricht unter der Spannung zusammen. Er ist nicht notwendigerweise unheilbar geisteskrank, aber im Augenblick ist er verrückt oder besessen oder beides. Die Worte „Gottes Sohn“ zünden wie ein Funke in seinem Gehirn, und sein schriller Aufschrei durchschneidet wie ein Messer das Gezänk der Versammlung. Diesen Ton hält er bis: „Fluchet der Stadt Meros, sprach der Engel des Herrn ...“ (Luthers Übersetzung Richter 5. 23) und fällt dann in unverständliches Murmeln. Dann aber, prophetisch und fast ekstatisch: „Fahre auf, Herr, in deine ewige Wohnung ...“, und schließlich schleudert er, außer sich und drohend, dem Hohen Rat die Worte Jesu aus dem Verhör entgegen: „Ihr werdet sehen des Menschen Sohn ...“, und mitten drin bricht er zusammen und wird hinausgebracht.

JOSEPH VON ARIMATHIA: ist nicht so empfindsam. Im letzten Spiel lehnte er es ab, sich bezüglich der Göttlichkeit Christi festzulegen, und er kann wahrheitsgemäß sagen, daß er sich nie dazu bekannt hat. Natürlich wird er sofort von allen verdächtigt und setzt sich energisch zur Wehr. Aber er sieht ganz gut, worauf alles das hinausläuft; seine letzten Worte sind eine Herausforderung an Kaiphas, und des Kaiphas letzte Worte sind eigentlich ein Zugeständnis der Niederlage.

DIE ÄLTESTEN: Der erste Älteste ist streitsüchtig wie gewöhnlich. Schadrach, sarkastisch wie immer, amüsiert sich, indem er mit Kaiphas seine eigene kleine Komödie spielt. Der zweite Älteste ist seiner Zeit voraus; offenbar hat er eine Liebhaberei für wissenschaftliche Erklärungen und rätselhafte Geschichten. „Dampfartige Entladungen“ ist ein guter Erklärungsversuch, den Kaiphas aufgreift (schade, daß es diesem Herrn noch nicht möglich war, über „Gase“ und „Elektrizität“ zu sprechen, da hätte er wirklich ein großes Feld gehabt). Aber die geniale Idee, einen neuen Leichnam zu besorgen, wird als unausführbar abgelehnt, sicherlich zu seiner großen Enttäuschung.

Die ganze Szene im Hohen Rat muß schnell und äußerst komödienhaft gespielt werden (abgesehen natürlich von den Zeilen des Nikodemus).

DIE RÖMER UND EUNICE: Zu dieser kleinen Szene ist kein Kommentar nötig, außer daß die lyrische Note hervorzuheben ist, die mit dem Ruf des Blumenmädchens hineinkommt, und daß Claudias „Gnädiger Apoll!“ nicht nur ein

Ausruf ist, sondern ein wirkliches Flehen um Gnade, an den Gott gerichtet, der zugleich der Zerstörer und Heiland der Menschen war.

DIE ENGEL: sollten sehr streng stilisiert sein. Ich habe ihre Worte so eng wie möglich an den biblischen Text angelehnt, weil ich empfand, daß der formstrenge Stil ihrer Engelsnatur entspricht. In ihrer Unterhaltung miteinander fügen sie einen kleinen liturgischen Zwiegesang ein, so oft ihr Herr erwähnt wird, und sein Erscheinen begrüßen sie, indem sie den heiligen Namen murmeln; alles das muß ganz ruhig zugehen, sozusagen in einer Art himmlischer Routine.

ERSTE SZENE (DAS GRAB)

Erster Abschnitt

(Die Wohnung der Brüder Zebedäus in Jerusalem)

DER EVANGELIST: Und am ersten Tage der Woche, sehr frühe, da kam Maria Magdalena zum Grabe und mit ihr Maria Kleophas und Salome, die Mutter von Jakobus und Johannes, und sie brachten die Spezereien, die sie bereitet hatten.

(Es wird leise an die Tür geklopft)

JOHANNES: Bist du das, Maria?

MARIA MAGDALENA: Ja, Johannes.

JOHANNES: Komm herein. Mutter wird gleich herunterkommen ... wie geht's in Bethanien?

MARIA MAGDALENA: Alle wie gebrochen an Leib und Seele, aber doch ein wenig beruhigt, weil wir alle wenigstens in Sicherheit sind. Sie hatten sich schon große Sorge gemacht über dich und Petrus. Sie nahmen an, ihr wärt verhaftet, und sorgen sich, was aus eurer Mutter und Maria Kleophas werden sollte — und natürlich aus der Mutter unseres lieben Herrn, die ja schließlich schutzlos in Jerusalem geblieben wären. Martha hat mich heftig ausgescholten, weil ich mich in Gefahr begeben habe, und hat mich die ganze Zeit geküßt, und zwischendurch hat sie geheult und ist alle paar Minuten in die Küche gelaufen und hat uns irgendeine kleine verlockende Sache gekocht, um uns zu trösten.

JOHANNES: Die liebe, drollige Martha.

MARIA MAGDALENA: Wir konnten natürlich alle nichts essen, und da jammerte sie, sie sei ein schlechtes Weibstück und hätte für uns den Sabbath gebrochen — und ganz umsonst noch dazu. Und Matthäus sagte, ganz ohne sich etwas dabei zu denken: „Mach dir darum keine Sorge — der Sabbath wurde für die Menschen geschaffen ...“ und das gab uns den Rest.

JOHANNES: Das glaube ich gern. Ein vertrautes Wort ... Das Echo eines Lachens ... das ist wie ein Stich ins Herz. Gestern fand ich ein Paar alte Sandalen ... geformt von den Füßen, die sie getragen haben. Wir haben sie vor Petrus versteckt.

MARIA MAGDALENA: Ist Petrus bei euch?

JOHANNES: Ja ... wie ein krankes Tier, das sich verkriecht, um zu sterben. Er kann weder essen noch schlafen. Er kann sich nicht verzeihen. *(Mit leidenschaftlicher Selbstanklage)* Ich bin Schuld daran! Ich wußte, daß er sich fürchtete, und doch habe ich ihn im Hause von Hannas allein gelassen. O liebster Meister! War denn nicht einer unter uns, dem du auch nur fünf Minuten lang trauen konntest?

MARIA MAGDALENA: Der arme Petrus! Er nimmt sich sein Versagen sehr zu Herzen.

JOHANNES: Er nennt sich einen schlimmeren Verräter als — ich kann den Namen nicht aussprechen. Er liegt mir wie Gift auf der Zunge. Ich kann auch nicht das Gebet des Meisters sprechen: „Und vergib uns unsre Schuld, wie auch wir vergeben ...“ nein — es geht nicht ... hast du gehört, was aus ihm geworden ist?

MARIA MAGDALENA: Ja. Johannes, du kannst ihn nicht grimmiger hassen, als er sich selber gehaßt hat. Sein Selbsthaß hat ihn getötet.

JOHANNES: *(langsam)* Wenn ich ihn hasse, dann bin auch ich sein Mörder ... O Gott! Es gibt kein Ende unserer Sünden! Müssen wir alle Jesus und uns gegenseitig morden?

MARIA MAGDALENA: Lieber Johannes — du haßt Judas gar nicht — nicht mit wirklichem Haß. Du kannst den Gedanken, ihm weh zu tun, gar nicht ertragen. Du verstehst weder seine Sünde noch seine Verzweiflung — und wie könntest du auch — du bist doch niemals wirklich schlecht gewesen. Der Meister ist der einzige Mensch, den ich je getroffen habe, der wußte, wie erbärmlich das Gefühl ist, schlecht zu sein. Es war, als könnte er sich richtig in dich versetzen und all das Häßliche selber fühlen, das du dir antatest ... Ich glaube aber nicht, daß Judas ihn jemals in sein Inneres gelassen hat. Er war zu hochmütig. Ich glaube, es war schwerer für ihn als für jemand wie Matthäus — oder mich — oder den armen Schächer am Kreuz. Wir wissen, daß wir so verkommen sind, daß es gar keinen Zweck hat so zu tun, als könnten wir's leugnen — nicht mal vor uns selber. Da spielt es dann keine Rolle mehr, ob auch andere in uns hineinsehen können und uns erkennen, wie wir sind.

JOHANNES: Selig sind die Demütigen, die Unglücklichen und die Armen ...

MARIA MAGDALENA: ... und die verlorenen Schafe und die Sünder. Weißt du, als der Rabbi das gesagt hat, da hat er's wirklich so gemeint ... Mach dir nicht zuviel Gedanken um Petrus ... Der ist nicht hochmütig. Der wird nie den Weg gehen, den Judas gegangen ist ... nur, du darfst ihm nicht zeigen, daß du Mitleid mit ihm hast. Der Rabbi war auch nicht wehleidig — er war scharf und ernst und erfrischend und hat nie geduldet, daß man sich selber leid tat. Petrus muß fertig werden mit dem, was er getan hat. Er muß lernen, es in den Hintergrund zu stellen, und sich vornehmen, es das nächste Mal besser zu machen.

JOHANNES: Welch nächstes Mal? Unser Meister ist tot. Als du ihn im Hause Simons des Aussätzigen gesalbt hast, da war es für seine Beerdigung, wie er sagte. — Und da kommen Maria Kleophas und meine Mutter mit den Spezereien, die sie bereitet haben ... Mutter — Maria Magdalena ist gekommen.

SALOME: Guten Morgen, liebe Maria.

MARIA MAGDALENA: Liebe Salome. Liebe Maria Kleophas ...

MARIA KLEOPHAS: Gott segne dich, Maria Magdalena. Jesus' Mutter Maria läßt dich herzlich grüßen.

MARIA MAGDALENA: Wie geht es der Armen?

MARIA KLEOPHAS: Sie ist ganz herunter vor Kummer, aber wundervoll tapfer und ruhig. Es war so lieb, wie sie sagte, daß sie den Leib ihres Sohnes unserer Liebe anvertraute. Und dies hat sie uns mitgegeben.

MARIA MAGDALENA: Oh — was ist denn das? Noch nie habe ich einen so herrlichen Schmuckkasten gesehen! Das Gold und die Juwelen passen in jeden Königsschatz.

MARIA KLEOPHAS: Sie stammen auch aus dem Schatz eines Königs. Es ist König Balthasars Geschenk von Myrrhen, das er Jesus in Bethlehem machte. Es hat dreiunddreißig Jahre auf ihn gewartet.

MARIA MAGDALENA: Es soll über seinem Herzen ruhen, wo des Soldaten Speer ihn traf ... ich habe auch Aloe und Zimt gebracht ...

SALOME: Palmwein zum Waschen; Kleeblüten und Gileadbalsam ...

MARIA KLEOPHAS: Laudanum, Kampfer und Nardelholz, und Sandelöl und Zeder ...

MARIA MAGDALENA: Wir werden ein Becken brauchen.

SALOME: Hier ist es. Und dann einen Kamm und eine Schere ... haben wir wohl genug Handtücher?

MARIA KLEOPHAS: Ich denke schon. Und ein neues Leinengewand und frische Grabbinden.

MARIA MAGDALENA: Das werden wir alles im Grabe finden. Joseph von Arimathia hat sie mitgebracht; ein neues Gewand, weiß wie Schnee; und wir haben den Meister darin gekleidet und ihn mit den langen Binden gewickelt und haben ihm ein feines Schweißtuch um den Kopf gebunden. Der reichste Edelmann kann es nicht besser haben.

SALOME: Nehmt sie trotzdem mit. Immer besser, vorbereitet zu sein ... Sind die Stadttore schon offen? Wie bist du hereingekommen, Maria?

MARIA MAGDALENA: Ich habe dem Wächter ein kleines Geschenk gemacht. Er erwartet uns und will uns durch die Hintertür hinauslassen.

SALOME: Dann gehen wir wohl besser jetzt ...

JOHANNES: Es gefällt mir nicht, daß ihr alleine gehen wollt. Soll ich nicht lieber auch kommen?

SALOME: Nein, Lieber. Wir werden ohne dich sicherer sein. Niemand wird sich um drei Frauen kümmern, die im Dienst der Nächstenliebe unterwegs sind. Außerdem ist dies Frauenarbeit.

JOHANNES: Ich wollte nur, ich hätte irgend etwas dabei zu tun. Ich fühle mich so hilflos und ohne Hoffnung.

SALOME: Das ist immer so, mein Junge. Ihr Männer regt euch und macht großes Getöse um alles, aber wir Frauen wickeln die Windeln und die Grabbinden für euch alle ... Komm, laß uns nach draußen und verriegle die Türe hinter uns.

JOHANNES: *(sanft und gehorsam)* Ja, Mutter ... Der Mond steht noch hoch, ihr werdet den Weg finden können.

MARIA KLEOPHAS: Und bald geht die Sonne schon auf. Es ist kurz vor der Hahnenkraht.

JOHANNES: Das ist die böse Stunde für Petrus. Ich muß zu ihm.

MARIA MAGDALENA: Das ist recht, Johannes. Kümmere dich um Petrus. Tu, was du kannst, ihm zu helfen.

JOHANNES: Das werde ich, Maria ... *(er zieht die Türriegel zurück)* Wartet einen Augenblick ... alles ist ruhig, kein Mensch zu sehen ... geht schnell, und Gott sei mit euch.

(Er verriegelt die Tür wieder)

Zweiter Abschnitt

(Vom Garten nach Jerusalem)

(Der Hahn beginnt zu krähen. Dann folgen drei schwere Erdstöße. Als nächstes hört man — etwas entfernt — die Schritte von Männern, die in wildem Durcheinander davonlaufen. Die Schritte nähern sich und hören auf. Dann heftiges Klopfen, hastig und dringend wiederholt. Eine verängstigte Stimme schreit: „Hochwürden Kaiphas, Hochwürden Kaiphas!")

Dritter Abschnitt

(Der Garten von Gethsemane)

MARIA MAGDALENA: Meinst du, Salome, wir könnten jetzt weitergehen?

SALOME: Sicher, Maria. Das Erdbeben scheint vorüber zu sein.

MARIA KLEOPHAS: Vor einem Erdbeben habe ich eigentlich keine Angst — aber die Leute von der Tempelwache, die wie gehetzt an uns vorbeiliefen — die haben mich erschreckt. Sie schienen aus dem Garten zu kommen.

SALOME: Schon möglich, — aber jetzt sind sie ja fort.

MARIA KLEOPHAS: Vielleicht sind noch mehr da ... wir wollen auf die andere Seite gehen, ja? Hinten, bei der Gärtnerwohnung ist noch ein Eingang.

MARIA MAGDALENA: O ja — und dann brauchen wir auch nicht an den Kreuzen vorbei zu gehen.

MARIA KLEOPHAS: Und kürzer ist der Weg auch ... hier herum und an der Mauer entlang ... gleich hier muß eine Türe sein.

SALOME: Ich hab' sie ... unbewacht ... und offen.

MARIA KLEOPHAS: Gott sei Dank! Leise! ... Laßt das Schloß nicht einschnappen.

SALOME: Wie geht es jetzt weiter?

MARIA MAGDALENA: Geradeaus bis zum Brunnen in der Mitte des Gartens ... es ist dunkel unter den Olivenbäumen.

SALOME: Gleich sind wir durch ... es scheint niemand hier zu sein ...

MARIA MAGDALENA: Ich wäre gestorben, wenn wir nicht hereingekonnt hätten. Solange man etwas tun kann, braucht man nicht zu denken ... und wir werden wenigstens des Meisters Gesicht wieder sehen und dürfen seine Füße zum letzten Male küssen ... und wenn wir betrübt sind, können wir daran denken, daß unsere Liebe bis zum Schluß um ihn war.

SALOME: *(merkt, daß Maria Magdalena die Beherrschung zu verlieren droht)* Sicher, Liebste. Aber später wirst du lieber an ihn denken, wie er im Leben war. Gott ist gnädig ... wir vergessen die stumme Gestalt und das kalte, wachsbleiche Gesicht — und unsere Toten bleiben in unserer Erinnerung lebendig und froh ... hier ist der Brunnen.

MARIA MAGDALENA: Jetzt müssen wir diesen gewundenen Weg nach Osten gehen. Das Grab ist aus dem gewachsenen Fels gehauen und auf beiden Seiten steht eine hohe Zypresse. Und über dem Eingang windet sich ... o Salome!

SALOME: Was ist denn?

MARIA MAGDALENA: Das hatte ich ganz vergessen! Der Eingang ist mit einem großen Felsblock verschlossen. Wer wird uns den zur Seite rollen?

MARIA KLEOPHAS: *(bestürzt)* O weh! Da hätten wir doch besser den Johannes mitgenommen.

MARIA MAGDALENA: Vier Mann waren nötig, um den Stein vor das Grab zu rollen.

SALOME: *(entschlossen)* Umkehren tu ich nicht. Vielleicht hilft uns der Gärtner, der muß doch bald kommen, und wenn ...

MARIA MAGDALENA: *(unterbricht sie)* Sieh doch! Da ist das Grab ... aber der Stein ist schon fortgeschoben.

MARIA KLEOPHAS: Dann ist vor uns schon jemand hiergewesen.

SALOME: Ist es auch bestimmt das richtige Grab?

MARIA MAGDALENA: Wie könnte ich das je verwechseln! Da sind die beiden Zypressen und der wilde Wein über dem Eingang ...

SALOME: Vielleicht hat Joseph von Arimathia ...

MARIA KLEOPHAS: So wird es sein.

MARIA MAGDALENA: *(eilt voraus)* Ich laufe vor und sehe nach.

SALOME: Es war sicher Joseph. Er nimmt nicht an, daß wir kommen, und will alles in Ordnung bringen. Er ist eine gute Seele. Ich glaube, diese Grabstätte hatte er für sich selber vorbereitet, und sie ist die schönste, die ...

MARIA MAGDALENA: *(ruft, während sie zu den anderen zurückläuft)* Maria! Salome! Er ist fort!

SALOME: Fort?

MARIA KLEOPHAS: Wer ist fort?

MARIA MAGDALENA: Der Meister! Niemand ist hier, und die Leiche ist verschwunden. Er ist gestohlen worden! Sie haben ihn fortgeholt! Wo ist er? Wir müssen ihn finden! O Rabbi, Rabbi! Was haben sie mit dir gemacht?

SALOME: *(die, wie auch Maria Kleophas, bestürzt aufgeschrien hat)* Maria!

MARIA MAGDALENA: Laßt mich gehen! Ich muß Johannes und Petrus holen!

MARIA KLEOPHAS: So warte doch einen Augenblick, Maria!

MARIA MAGDALENA: *(jammert im Laufen)* Rabbi! Rabbi! Wo bist du?

MARIA KLEOPHAS: Es hat keinen Zweck. Wir können sie nicht einholen ... das ist aber unheimlich, Salome.

SALOME: Sie hat sich geirrt. Sie kann nicht richtig nachgesehen haben.

MARIA KLEOPHAS: Das werden wir gleich sehen ... nun?

SALOME: Das Grab ist geöffnet. Soviel steht fest.

MARIA KLEOPHAS: Und die Leiche ist verschwunden — das steht auch fest.

SALOME: *(erschreckt den Atem einziehend)* Grabräuber!

MARIA KLEOPHAS: Nein, nein! Das ist zu furchtbar.

SALOME: Der Leichnam des Meisters gestohlen! — Was wird seine Mutter sagen! Und Johannes! *(in plötzlichem Erschrecken)* o Maria ... diese beiden Männer hier ... in weiß ...

MARIA KLEOPHAS: Wie Räuber sehen sie aber nicht aus!

SALOME: Nein ... mehr wie ... ich fürchte mich vor ihnen.

GABRIEL: Ihr habt keinen Grund zur Furcht.

MARIA KLEOPHAS: O Herr ... ob Ihr nun Menschen oder Engel seid ...

RAPHAEL: Warum sucht ihr den Lebenden unter den Toten?

SALOME: Wehe, Herr, wir suchten ...

GABRIEL: Ich weiß. Ihr sucht Jesus von Nazareth, der gekreuzigt wurde. Er ist auferstanden. Er ist nicht hier. Seht doch das Lager, auf das er gebettet wurde.

SALOME: Er ist auferstanden?

RAPHAEL: Wie er es gesagt hat. Geht jetzt und sagt es seinen Jüngern — und Petrus — daß er vor ihnen gehen wird, um sie nach Galiläa zu führen wie einst.

GABRIEL: Und dort werdet ihr ihn finden. Das ist die Botschaft, die uns aufgetragen ward.

Vierter Abschnitt

(Wohnung der Brüder Zebedäus)

(Heftiges Klopfen)

MARIA MAGDALENA: Johannes! Johannes! Öffne doch! *(sie klopft erneut)*

JOHANNES: Komme schon. *(er zieht die Riegel zurück)* Maria! ... wo sind die anderen? Um Gottes Willen — was ist geschehen?

MARIA MAGDALENA: Irgend jemand hat den Herrn aus dem Grabe geholt, und wir wissen nicht, wo er hingebracht worden ist.

JOHANNES: Aus dem Grabe geholt?

MARIA MAGDALENA: Komm doch! Komm schnell!

JOHANNES: Natürlich komme ich ... sofort ... *(ruft)* Petrus! — spring 'rauf und hole ihn, Maria!

MARIA MAGDALENA: Lauf zu, Johannes, beeil' dich! *(geht hinaus und ruft)* Petrus! Petrus!

Fünfter Abschnitt

(Der Sanhedrin)

KAIPHAS: Ratsherren des Sanhedrin! Ich habe Sie zu dieser frühen Stunde zusammenrufen lassen, weil sich etwas ereignet hat, das ich zu Ihrer Kenntnis bringen muß. Hauptmann Elihu und diese drei Leviten waren in der vergangenen Nacht als Wache am Grab des Nazareners eingeteilt.... Hauptmann, wollen Sie bitte den Ratsherren den Bericht wiederholen, den Sie mir gemacht haben?

ELIHU: Wir hielten jeweils zu zweit Wache. Gegen die erste Hahnenkraht lagen Joel und Saul einige dreißig Fuß vom Grab entfernt an einem Kohlenbecken, denn die Nacht war kalt. Abner und ich standen, auf unsere Speere gelehnt, zu beiden Seiten des Eingangs.

KAIPHAS: Die Sicht war gut?

ELIHU: Der untergehende Mond stand von vorne über uns und außerdem hatten wir eine Leuchtfackel drei Schritte entfernt aufgestellt.

KAIPHAS: Sie hören, meine Herren? — Weiter!

ELIHU: Ich hatte gerade zu Abner gesagt, daß es Zeit sei, die Wache zu wechseln, als wir fühlten, wie die Erde sich unter uns bewegte, und einer der beiden Schlafenden wurde wach und schrie auf. Dann kam ein zweiter Erdstoß, und noch einer — viel stärker. Ich legte die Hand auf den Eingang, um mich zu stützen, und mein Arm prickelte bis zur Schulter hinauf ... wie es manchmal geht, wenn man im Gewitter an Eisen faßt. Und dann — ganz plötzlich...

ERSTER ÄLTESTER: Weiter, Mann! Weiter!

ELIHU: Wir wurden von einem starken Stoß auseinandergeworfen und fielen zu Boden. Und die Flamme der Fackel wurde nach unten gedrückt, als ob vom Grabe her ein Windstoß darüberweg gegangen sei.

ZWEITER ÄLTESTER: Unterirdisch gebildeter Dampf, der durch einen Spalt im Gestein freigeworden ist.

ELIHU: Joel kann Ihnen berichten, was dann geschah. Sprich, Joel!

JOEL: Ich hörte auf dem Wege einen Stein klappern, als ob ein Fuß dagegengestoßen hätte; und dann ging etwas zwischen mir und dem Kohlenbecken durch und verdunkelte die Glut.

DRITTER ÄLTESTER: Hatte es Form oder war es nur Masse?

JOEL: Es war sehr schnell vorbei. Aber der Schatten hinterher — war der Schatten eines Mannes.

ZWEITER ÄLTESTER: Hast du es ergriffen?

JOEL: Nein, Herr!

ERSTER ÄLTESTER: Ein feiner Soldat! Fürchtet sich vor einem Schatten.

JOEL: Ich war aufgeschreckt, Herr, und überrascht, aber ich hatte keine Furcht ... dann hörte ich einen Schrei und sah Abner und den Hauptmann Elihu am Boden liegen und Saul lief auf sie zu. Da bin ich auch hingelaufen und wir halfen ihnen auf. Sie waren unverletzt, aber ihre Körper waren wie betäubt, wo der Schlag sie getroffen hatte.

DRITTER ÄLTESTER: Und was geschah dann?

ELIHU: Wir nahmen die Fackel auf und prüften den Stein und das Siegel. Es war alles in Ordnung. Und während wir noch nachsahen und uns wunderten — da lachte jemand hinter uns!

ERSTER ÄLTESTER: Die Leute waren betrunken — oder sie haben geträumt!

JOEL: Wir drehten uns schnell herum und sahen einen jungen Mann.

SCHADRACH: Denselben oder einen anderen?

JOEL: Einen anderen.

ZWEITER ÄLTESTER: Ihr habt ihn deutlich gesehen?

JOEL: Jawohl. Er war großgewachsen und hellhaarig und trug eine kurze Tunika mit einem Gürtel um die Hüfte. Er trug Sandalen und sein Haar war dicht gelockt und wurde von einer Kopfbinde gehalten. Seine Haut und seine Kleidung waren weißer als das Mondlicht, und sein Gesicht war bartlos, jung und lächelnd. In meinem ganzen Leben habe ich noch nie etwas so Furchtbares gesehen wie dieses lächelnde Gesicht!

ERSTER ÄLTESTER: Inwiefern war es denn furchtbar?

JOEL: Das kann ich nicht beschreiben — wir zitterten vor Grauen und Furcht und waren wie tot.

SCHADRACH: Wie meinst du das?

JOEL: Herr — das ... das Etwas, das im Garten an uns vorbeiging ... das war ... menschlich ... aber dieses nicht.

ZWEITER ÄLTESTER: Hat er ... hat die Erscheinung gesprochen?

ELIHU: Nein, Herr. Er bewegte sich nach vorn und stand vor dem Grabe. Der Mond schien darauf, aber er warf keinen Schatten auf den Fels. Und dann hat — er — den Felsblock beiseite geschoben, als wäre er nicht schwerer als eine Seifenblase ... mit einer Hand hat er ihn fortgeschoben ... und sich daraufgesetzt ... immer noch lächelnd. Und der Mondschein und das Licht der Fackel fielen durch den offenen Eingang. Und das Grab war leer...

Sechster Abschnitt

(Garten von Gethsemane)

JOHANNES: *(außer Atem)* Petrus! Petrus! Es ist wahr! Ich war da und habe hineingesehen ... niemand liegt darin! Nichts ist da ... nichts! Nur das leinene Gewand liegt auf der Grabplatte.

PETRUS: Wo sind die Frauen?

JOHANNES: Weiß der Himmel ... vielleicht zum anderen Tor hinausgegangen. ... Komm nur und sieh, Petrus ... sieh dort ... der Leichnam des Herrn ist verschwunden.

PETRUS: Wer kann ihn nur fortgeholt haben?

JOHANNES: Hat ihn denn jemand fortgeholt?

PETRUS: Was sagst du da?

JOHANNES: Ich weiß selber nicht, was ich sage.

PETRUS: Ich werde selber hineingehen und nachsehen.

JOHANNES: *(flüstert zu sich selber)* O Meister! Meister — ist es denn möglich? ... Dies ist der dritte Tag! ... Nein — ich wag's nicht zu sagen ... ich wage es nicht einmal zu denken ...

PETRUS: Du, Johannes! ... hier stimmt etwas nicht! ... Die Kleidung, in der er begraben wurde, liegt hier ... verstehst du? Kannst du dir vorstellen, daß Grabräuber die Leiche stehlen und die Kleider liegenlassen?

JOHANNES: Wart, ich komme.

PETRUS: Sieh ... hier hat der Leichnam gelegen ... und da sind die Bandagen, kreuzweise gewickelt von den Füßen bis zur Brust ... und das Schweißtuch — nicht bei den anderen Sachen, sondern sauber zusammengefaltet, wo der Kopf gelegen haben muß ... wer kann die nur so hingelegt haben? Und warum ... in des Himmels Namen — warum?

JOHANNES: Niemand! Niemand! Verstehst du denn nicht? Die Grabbinden sind überhaupt nicht abgewickelt worden ... sieh, hier ist ein Myrrhenzweig — noch fest in den Falten.

PETRUS: Nicht abgewickelt? Du bist ja verrückt! Wie soll denn dann die Leiche herausgekommen sein?

JOHANNES: Auferstanden von den Toten! Auferstanden! O Jesus, du mein Freund und lebendiger Herr und Meister.

Siebenter Abschnitt

(Garten von Gethsemane)

DER EVANGELIST: Da gingen die Jünger wieder heim. Maria Magdalena aber kehrte zum Grabe zurück und stand draußen und weinte. Und als sie nun weinte, da blickte sie in das Grab und sah zwei Engel in weißen Kleidern sitzen, einen zu den Häupten und einen zu den Füßen, da sie den Leichnam Jesu hingelegt hatten.

RAPHAEL: Gabriel, du Bote des Höchsten — ist unser froher Auftrag erfüllt?

GABRIEL: Beinahe, Raphael, du Sohn des Trostes.

RAPHAEL: Haben uns diese Frauen wohl verstanden? Sie schienen furchtsam.

GABRIEL: Sie verstanden mehr als die Soldaten. Und im Laufe der Zeit werden sie alles verstehen.

RAPHAEL: Die Jünger haben uns überhaupt nicht gesehen.

GABRIEL: Johannes, der Sohn des Zebedäus, braucht keinen Engel. Denn sein Herz ist dem Leben des Gesegneten nahe —

RAPHAEL: Dem Gott, der allein weise ist. Ihm sei Ehre und Majestät.

GABRIEL: Und Macht und Gewalt in Ewigkeit —

RAPHAEL: Amen!

GABRIEL: Und Petrus' Augen sind getrübt durch Scham und das Gefühl, gesündigt zu haben. Doch zu ihm wird der Herrliche sprechen ...

RAPHAEL: — dessen innigste Freude es ist, zu vergeben —

GABRIEL: Amen!

RAPHAEL: Und was soll mit dieser Frau werden, die vor dem Grabe steht und weint?

GABRIEL: Wir werden uns ihr zeigen, aber sie wird uns nicht beachten, denn ihre Liebe klammert sich noch an den sterblichen Leib, den sie kannte ... warum weinst du, Frau?

MARIA MAGDALENA: Sie haben meinen Herrn weggenommen, und ich weiß nicht, wo sie ihn hingelegt haben. *(sie wendet sich schluchzend ab)*

RAPHAEL: Sie wendet sich ab.

GABRIEL: Still ... ER kommt — ER, unter dessen Schritt die Wüste erblüht.

DIE ENGEL: *(gemeinsam, leise)* Eloi, Eloi, Eloi ...

(MARIA MAGDALENA *schluchzt noch immer)*

JESUS: Mein Kind, warum weinst du?

MARIA MAGDALENA: O Herr! Was ist aus ihm geworden? ... Sind Sie der Gärtner? Wenn Sie ihn fortgenommen haben ... vielleicht darf er hier im Garten nicht liegenbleiben ... dann sagen Sie mir doch bitte, wo Sie ihn hingebracht haben, damit ich ihn holen kann! Bitte, bitte — ich flehe Sie an ...

JESUS: Maria!

MARIA MAGDALENA: *(schreit wild auf)* Rabboni!

JESUS: Halte mich nicht — klammere dich nicht an mich. Noch nicht! Ich bin noch nicht aufgefahren zu meinem Vater. Bis zu dieser Stunde kannst du mich nicht völlig besitzen ... aber lauf jetzt zu meinen Brüdern und sage ihnen: „Ich fahre auf zu meinem Vater und zu eurem Vater — zu meinem Gott und zu eurem Gott!"

DER EVANGELIST: Und Maria Magdalena kam und verkündete den Jüngern, daß sie den Herrn gesehen habe. Und es deuchten sie ihre Worte, als wären's Märlein, und sie glaubten ihnen nicht.

ZWEITE SZENE (JERUSALEM)

Erster Abschnitt

(Der Sanhedrin)

DER EVANGELIST: Und die Hohenpriester versammelten sich mit den Ältesten und beratschlagten ...

ERSTER ÄLTESTER: Joseph von Arimathia! Sie wollen also tatsächlich vor uns treten und uns einreden ...

JOSEPH: So wahr Gott mein Zeuge ist! Ich habe nichts mit der Sache zu tun und bin genau so überrascht wie Sie.

ZWEITER ÄLTESTER: Eine sehr glaubhafte Behauptung!

DRITTER ÄLTESTER: *Sie* hatten die Möglichkeit, an den Leichnam heranzukommen.

VIERTER ÄLTESTER: Das Grab gehört Ihnen —

JOSEPH: Aber Sie selber haben den Stein vor dem Eingang versiegelt und eine Wache davorgestellt.

ERSTER ÄLTESTER: — die Sie bestochen haben —

JOSEPH: Ich verbitte mir ...

DRITTER ÄLTESTER: Sie sind ein Anhänger Jesu gewesen! Können Sie das leugnen?

ZWEITER ÄLTESTER: Sie haben sich auf seine Seite geschlagen während der ganzen —

ERSTER ÄLTESTER: — seine aufrührerischen und verräterischen Versuche unterstützt.

JOSEPH: Das ist eine Lüge! Ich habe gesagt, er sei ein Prophet ...

VIERTER ÄLTESTER: — und der Messias! Wie steht es denn damit?

JOSEPH: Wie könnte der Diebstahl der Leiche beweisen, daß er der Messias sei?

DRITTER ÄLTESTER: Sie haben seine Gotteslästerungen gebilligt —

JOSEPH: Das ist nicht wahr!

ZWEITER ÄLTESTER: Und jetzt haben Sie dieses künstliche Wunder fabriziert, um das Gesetz verächtlich —

JOSEPH: Das verneine ich entschieden!

ERSTER ÄLTESTER: — und haben den Allerhöchsten beleidigt durch die schmutzige und unverschämte Behauptung...

JOSEPH: Von was? Sagen Sie mir das doch? Propheten stehen nicht von den Toten auf! Ein Messias kommt nicht aus dem Grabe hervor! Was werfen Sie mir vor? Wann habe ich je gesagt, daß Jesus Gottes Sohn war?

NIKODEMUS: *(schrill und hysterisch schreiend)* Wir haben den Gesalbten des Herrn getötet! Auferstanden ist er zur Vergeltung mit starker Hand und erhobenem Arm!

KAIPHAS: Bruder Nikodemus! *(lautes Durcheinander)*

NIKODEMUS: Fluchet der Stadt Meros, sprach der Engel des Herrn! *(seine Stimme sinkt zu hastigem Flüstern herab)* Wird der Herr nicht gerächt werden an einem solchen Volke? ... ein wundervolles und grauenhaftes Ereignis ist in diesem Lande geschehen ... wundervoll und grauenhaft ... grauenhaft ...

ZWEITER ÄLTESTER: Das ist ja unmöglich!

DRITTER ÄLTESTER: Wir müssen ihn irgendwie zum Schweigen bringen.

VIERTER ÄLTESTER: Im Namen Gottes, Nikodemus ...

NIKODEMUS: *(laut)* Erstehe, o Herr, und besteige deinen Thron und fahre auf in deine ewige Wohnung. Und ihr werdet des Menschen Sohn sitzen sehen zur Rechten des Allmächtigen und er wird kommen ... kommen ...

(Er bricht aufstöhnend zusammen)

SCHADRACH: Außerordentlich peinlich ...

DRITTER ÄLTESTER: Eine Art Anfall.

KAIPHAS: Bringt ihn hinaus. Schafft ihn unter ärztlicher Aufsicht nach Hause und erklärt der Familie, daß sich sein Geist umnachtet hat. Übermittelt das aufrichtige Mitgefühl des Rates...

(NIKODEMUS wird hinausgebracht)

Meine ehrwürdigen Brüder! Wir wollen diesen peinlichen Zwischenfall so schnell wie möglich vergessen ... ich nehme an, daß durch einen öffentlichen Skandal nichts gewonnen ist, ebensowenig durch Anschuldigungen, die nicht bewiesen werden können ... und Sie, Joseph von Arimathia, werden gut daran tun, sich unserer Auffassung anzuschließen.

SCHADRACH: Und was ist unsere Auffassung, Hochehrwürden?

KAIPHAS: Wie können Sie noch fragen! Natürlich muß die Sache dementiert werden ... der schwache Punkt in unserer Version ist natürlich die Tatsache, daß wir den Leichnam nicht vorzeigen können.

ERSTER ÄLTESTER: Wir werden nichts unversucht lassen!

KAIPHAS: Natürlich nicht. Aber für den Fall, daß der Leichnam unauffindbar ist ...

ZWEITER ÄLTESTER: Unauffindbar! Er muß doch irgendwo sein.

KAIPHAS: Ich sagte: für den Fall, daß ...

DRITTER ÄLTESTER: Können wir nicht einfach das Grab neu versiegeln und so tun, als ob nichts geschehen wäre?

KAIPHAS: In einem öffentlichen Garten und bei hellem Tageslicht? ... Und nehmen wir einmal an, Pilatus bekäme so gewisse Gerüchte zu Ohren und ließe das Grab öffnen, um es untersuchen zu lassen?

ZWEITER ÄLTESTER: *(hat eine Erleuchtung)* Warum nicht eine andere Leiche unterschieben?

KAIPHAS: Nachdem wir sie erst gekreuzigt haben, damit sie echt wirkt, wie? Da wäre es noch einfacher, bei der Wahrheit zu bleiben.

SCHADRACH: Und diese Wahrheit wäre — was?

KAIPHAS: Bruder Schadrach, ich muß schon bitten! ... Natürlich ist die Leiche gestohlen worden ... oder ist jemand der Ansicht des armen, irre gewordenen Nikodemus ... Niemand? Dann müssen wir also zuerst einmal diese Leviten zur Räson bringen ... Schreiber! Hauptmann Elihu möchte herkommen ... apropos, meine Herren, ich bitte Sie, sich zu merken, daß diese Verhandlung niemals stattgefunden hat. Es wird nichts darüber im Protokoll verzeichnet werden. Eine unbedeutende Summe aus dem Sonderfonds des Tempels muß irgendwie verbucht werden, — sagen wir ... am besten ... für Erziehungszwecke ... ah, Hauptmann Elihu!

ELIHU: Hochehrwürden?

KAIPHAS: Wir sind geneigt, anzunehmen, daß Ihre Meldung in gutem Glauben gemacht wurde. Es ist wohl unnötig, zu betonen, daß wir die übernatürliche Deutung, die Sie der Angelegenheit beizumessen geneigt sind, nicht akzeptieren können. Sie werden verstehen, daß die Geschichte, wenn sie in ihrer augenblicklichen Fassung publik werden würde, entweder Ihre geistige Gesundheit oder Ihre Loyalität — oder beides — sehr zweifelhaft erscheinen lassen dürfte. Wir schlagen als Erklärung des Vorfalles vor, daß das Erdbeben und die ... äh ... Gewitteratmosphäre eine ... eine ... sagen wir Entladung einer, äh — dampfartigen Erdausdünstung erzeugte, die Sie alle betäubte, und daß die Jünger des Nazareners diese gute Gelegenheit dazu benutzten, das Grab zu öffnen und den Leichnam zu entfernen. Die ... äh ... Erscheinungen, die Sie beschreiben, waren zweifellos Mitglieder der Bande, die Sie in Ihrem ... äh ... verwirrten Zustand für ... äh ... Dämonen hielten.

ELIHU: Hochehrwürden — ich kann nur sagen ...

KAIPHAS: Sagen Sie besser nichts. Wir haben bereits mildernde Umstände angenommen ... Um Mißverständnissen bei der dummen, abergläubischen Menge vorzubeugen, wird es sich als notwendig erweisen, daß Sie zugeben, auf Posten eingeschlafen zu sein, falls die Frage aufkommen sollte.

ELIHU: Hochehrwürden! Das wäre ein schimpfliches Geständnis!

KAIPHAS: Es wird aber verhindern, daß andere, weit unerfreulichere Schlüsse gezogen werden. — In Anbetracht aber des von Ihnen und Ihren Leuten erlittenen Schocks und der Nervenüberbeanspruchung in Ausübung Ihres Dienstes sind wir bereit, Ihnen eine Zulage zu gewähren ...

ELIHU: Danke, Hochehrwürden.

KAIPHAS: Natürlich unter der Bedingung, daß Sie — vermeiden, Gerüchte in die Welt zu setzen.

ELIHU: Ich bitte um Vergebung — aber die Leichen von Gekreuzigten sind Eigentum Roms. Wenn diese Sache dem Statthalter zu Ohren kommt ...

KAIPHAS: — werden Sie nicht darunter zu leiden haben. Wir werden das mit ihm in Ordnung bringen ... verstehen wir uns jetzt völlig?

ELIHU: Zu Befehl, Hochehrwürden.

KAIPHAS: Es ist gut. Sie können gehen ... ehrwürdige Brüder, der Sanhedrin vertagt sich ... Bruder Joseph, auf ein Wort noch! Ich habe den Leviten keine Namen genannt, sondern sprach von „seinen Jüngern“. Ich hoffe, es wird unnötig sein, Namen zu erwähnen. Ich werde aber einen allgemeinen Befehl erlassen, daß jeder, der bösartige Gerüchte in die Welt setzt, verhaftet wird. Ist das klar?

JOSEPH: Vollständig ... Kaiphas — von Mann zu Mann ... was glauben Sie jetzt getan zu haben?

KAIPHAS: Das Beste für Israel, das in meiner Kraft stand ...

Zweiter Abschnitt

(Wohnung der Brüder Zebedäus)

DER EVANGELIST: Am gleichen Tage, dem ersten der Woche, waren die Jünger versammelt in Jerusalem, und die Türen waren verschlossen, aus Furcht vor den Juden ...

JOHANNES: Du glaubst also immer noch nicht, was wir sagen?

JAKOBUS: Ich möchte bessere Beweise haben, Johannes. Maria Magdalena ist ein liebes Mädchen, aber sehr leicht erregbar, und sie hat sich in einen derartigen Zustand hineingesteigert ...

JOHANNES: ... und unsere Mutter, Jakobus? Sie ist so praktisch denkend und prosaisch wie nur ein Mensch sein kann. Und Maria Kleophas?

JAKOBUS: Was haben sie wirklich gesehen? Zwei weißgekleidete Personen ... das kann irgendeiner und jeder gewesen sein. Und außerdem sind sie Frauen! Wenn statt dessen du und Petrus zum Beispiel ... aber kein Mann hat etwas gesehen!

ANDREAS: Doch! Petrus hat etwas gesehen.

JAKOBUS: Was sagst du da, Andreas?

ANDREAS: Ich war gerade bei ihm und fand ihn auf dem Boden liegend. Er sagte: „Der Herr lebt! Ich habe ihn gesehen!“ Ich sagte: „Was? Hier?“ Er sagte: „Ja.“ — „Toll“, sagte ich, „was hat er zu dir gesagt?“ Petrus antwortete: „Frag mich nicht!“ — Ich legte ihn auf sein Bett und er fiel augenblicklich in einen tiefen Schlaf, wie ein Kind. Er schläft immer noch. Thomas sitzt bei ihm.

PHILIPPUS: Es wird eine Vision gewesen sein oder ein Traum. Unser Herr ist tot.

JOHANNES: Ja, Philippus — das habe ich auch gesagt — Gott verzeih mir's ... Aber haben wir nicht gesehen, wie der Sohn der Witwe wiedererweckt wurde, und haben wir nicht erlebt, wie Lazarus aus dem Grabe zurückgerufen wurde? Und was hat unser Herr dir beim letzten Abendmahl gesagt?

PHILIPPUS: Aber trotzdem ist er gestorben.

MATTHÄUS: Ich weiß nicht so recht, wißt ihr. Ich möcht' dir gerne glauben, Johannes. Wenn ich dächte, daß er noch am Leben wär, ich wär so froh, ich weiß nicht, was ich tät. Aber wenn du's überlegst ... zweie haben Engel gesehen, und Maria und Petrus sagen, sie hätten den Meister gesehen ... aber du hast nix gesehen, nich?

JOHANNES: Ich habe das Grableinen gesehen.

MATTHÄUS: Klar, aber das mein ich nicht. Wenn es wirklich unser Meister wäre — derselbe Meister, wie wir ihn gekannt haben — wo wäre der zuerst hingekommen? Zu dir doch — du warst doch immer sein Liebling.

JOHANNES: Er liebte uns alle, Matthäus.

MATTHÄUS: Weiß ich doch. Aber doch nicht so wie dich. Dich hat er doch immer besonders lieb gehabt. Weiß Gott, als sie ihn umgebracht haben, ich glaube, das hat dich härter getroffen, als einen von uns anderen. Und wenn er jetzt lebte ... und hier wäre ... zuallererst würde er fragen: „Wo ist Johannes?"

JOHANNES: Er weiß, daß ich da bin, wann immer er mich braucht.

MATTHÄUS: Es wär' aber nicht nett von ihm — und so war er auch gar nicht. Warum sollten Maria und Petrus dir vorgezogen werden?

JOHANNES: Vielleicht brauchten sie ihn notwendiger als ich ... ich meine, ihn zu sehen. Ich weiß ja, daß er lebt. Ich wußte es im Augenblick, als ich dort war ... ganz sicher war ich ... und dann ...

MATTHÄUS: Ja?

JOHANNES: Petrus ist wichtiger als ich. Auf Petrus soll die Kirche sich gründen.

JAKOBUS: Da haben wir's wieder! Ich will niemand kränken,

Andreas, aber das habe ich nie verstanden. Warum auf Petrus, und nicht auf dich, Johannes, der sein besonderer Freund war?

JOHANNES: Vielleicht gerade deshalb. Ich glaube nicht, daß man eine Kirche auf besonderen Freundschaften und so gründen kann. Eine Kirche darf nicht auf einen beschränkten Kreis aufbauen, sie muß mehr — — mehr ... wie heißt noch das griechische Wort? ... mehr katholisch muß sie sein — allumfassend!

NATHANAEL: Was ist das — die Kirche? Was wir wollten, das war doch das Königreich. Kommt das denn jetzt? Oder nicht? Du sagst, Johannes, daß er lebt ...

JOHANNES: Ich weiß, daß er lebt, Nathanael!

NATHANAEL: Schön — was will er denn jetzt anfangen? Und was sollen wir unternehmen? Du weißt doch, daß ein Befehl heraus ist, jeden, der die Geschichte der Auferstehung weitererzählt, ins Gefängnis zu werfen, und —

(Es klopft an die Tür)

was ist das?

ANDREAS: Jetzt holen sie uns! *(Erneutes Klopfen)*

JAKOBUS: Ich werde mal nachsehen, wer es ist.

PHILIPPUS: Sei vorsichtig, Jakobus!

JAKOBUS: *(an der Tür)* Wer ist da draußen?

KLEOPHAS: *(draußen)* Kleophas und Maria.

JAKOBUS: O! Warte eine Sekunde ... *(entriegelt die Tür)* ... wir dachten schon, es wäre die Polizei.

KLEOPHAS: Jakobus! Johannes! ... hört ihr alle! Wir haben den Meister gesehen.

JÜNGER: Was? — Du hast? ... Wie? ... Wann? ... Wo? ... *usw.*

ANDREAS: Jakobus, schieb die Riegel wieder vor. *(Riegel)* Jetzt erzähle!

KLEOPHAS: Wir waren unterwegs nach Emmaus — ihr wißt ja, das Dorf, in dem wir wohnen, ungefähr zehn Kilometer von hier — und besprachen auf dem Nachhauseweg all die seltsamen Begebenheiten, die sich hier ereignet hatten. Da holte uns einer ein ...

JAKOBUS: Wo kam der her?

MARIA KLEOPHAS: Ich nehme an, er war hinter uns her gekommen — oder er kam aus einem Seitenweg. Ich weiß nicht genau — er war auf einmal da.

KLEOPHAS: Er fragte, von was wir sprächen, und warum wir so traurig darüber wären. Deshalb sagte ich: „Sind Sie fremd in Jerusalem, daß Sie nichts von all dem wissen, was da vor sich gegangen ist?" Er sagte: „Was denn?" — „Na, all das mit Jesus von Nazareth", sagte ich, „er war ein großer Prophet und hat viele herrliche Wunder vollbracht vor Gott und den Menschen. Aber die Hohenpriester und die römischen Beamten haben ihn zum Tode verurteilt und gekreuzigt. Wir aber sind traurig, denn wir hatten geglaubt, er würde Israel erlösen. Aber vor drei Tagen haben sie ihn getötet. — Und jetzt", sagte ich, „haben einige Frauen — und meine Frau hier, war auch dabei — uns ganz verblüfft! Sie sagen nämlich, daß sie am Grabe waren, und da sei die Leiche verschwunden gewesen, — und dann hätten sie eine Vision von Engeln gehabt, die ihnen erzählt hätten, er lebe ..."

ANDREAS: Mensch, Kleophas! Wie unvorsichtig! Das hätte doch ein Spitzel sein können!

KLEOPHAS: Der Gedanke ist mir gar nicht gekommen. Aber ich habe ihm gesagt, daß einige von uns zum Grab gegangen sind und es tatsächlich leer gefunden haben, wie die Frauen behauptet hatten. Aber *ihn* hätten wir nicht gesehen ... Da sagte der Mann ...

PHILIPPUS: Wie sah er eigentlich aus?

MARIA KLEOPHAS: Das ist sehr seltsam, aber es war so, als ob wir ihn nie richtig angesehen hätten, nicht wahr, Mann?

KLEOPHAS: Nee, hatten wir nicht, ich weiß nicht, warum ... na, jedenfalls er sagte: „Wie töricht seid ihr! Und wie träge, zu glauben, was die Propheten euch gesagt haben! Mußte nicht der Messias solches leiden und so zu seiner Herrlichkeit eingehen?"

MARIA KLEOPHAS: Und dann fing er bei Moses an und ging durch alle Propheten und legte uns aus, was sie über den Christ gesagt hatten — über seine seltsame Geburt, und daß er verworfen und verachtet werden würde und Kummer und Schmerzen erleiden müsse; daß seine Hände und Füße durchbohrt werden würden und — ja, und daß er als Friedenskönig auf einem Esel in Jerusalem einreiten würde ... und daß er allein für Gottes Zorn büßen müßte und ... eine ganze Menge noch. Und er machte alles *so* klar verständlich.

KLEOPHAS: Und wie er auferstehen würde — wie eine Pflanze aus steinigem Grund und als liebender Hirte zurückkehren ... und als großer Fürst auf dem Throne Davids sitzen ... und die Seinen aus dem Grabe befreien würde. Und noch viel mehr. Und wir sahen, wie all die Prophezeiungen ineinander paßten und zu einer einzigen großen Geschichte verschmolzen.

MARIA KLEOPHAS: Wir hätten immer und immer weiter zuhören mögen. Und als wir nach Emmaus kamen, war die Sonne untergegangen, deshalb sagten wir, er möchte doch bei uns bleiben, denn es würde Nacht, und er kam herein und ich machte das Essen fertig und wir setzten uns.

KLEOPHAS: Da nahm er das Brot, dankte und brach es. Und als er es uns hinhielt — da sahen wir seine Hände — und in den Händen waren die Wundmale der Nägel!

MARIA KLEOPHAS: Da sahen wir in sein Gesicht und erkannten ihn — es war, als ob wir die ganze Zeit blind gewesen wären.

KLEOPHAS: Ja, es kam wie ein Blitz über uns ... und dann war er fort. Niemand war da — nur das Brot lag zerbröckelt auf dem Tisch.

NATHANAEL: Es war eine Erscheinung —

ANDREAS: Eine Vision —

KLEOPHAS: Das Brot war gebrochen!

MARIA KLEOPHAS: Und ich sagte: „Du, Mann", sagte ich, „haben wir's im Herzen nicht gewußt, während er mit uns sprach, unterwegs?" — Denn, wenn ich so zurückdachte, da war es, als ob die Stimme ... und was er sagte ... und er selber auch ... uns immer wie ein alter Bekannter erschienen wäre.

KLEOPHAS: Da sind wir gleich nach Jerusalem zurückgeeilt, um es euch zu erzählen ... es stimmt also ... nicht? Es ist wahr!!

MATTHÄUS: Es ist unheimlich, finde ich ... man könnte sich fürchten! Das ist nicht mehr der Meister, wie wir ihn kannten. Dies plötzliche Auftauchen und Wiederverschwinden ... und, daß ihr ihn nicht erkannt habt ...

PHILIPPUS: Es ist ein Phantom ... vielleicht ein böser Geist? Wie sollen wir das wissen! Mir gefällt das nicht ... nehmt bloß mal an, er käme jetzt auf einmal zu uns ...

JESUS: Friede sei mit euch! *(Allgemeine Bestürzung)*

PHILIPPUS: *(erschreckt aufstöhnend)* Jetzt ist es da!

ANDREAS: Himmel, steh uns bei!

MATTHÄUS: Herrgott, erbarme dich unser!

JAKOBUS: Mögen die Engel uns schützen!

(Bestürztes Stimmengewirr)

JESUS: Aber, Kinder ... wovor fürchtet ihr euch? Warum zweifelt ihr? *(etwas vorwurfsvoll)* Johannes!

JOHANNES: *(nimmt sich zusammen)* O Lieber! Verzeih, daß wir so dumm sind! ... Es ist nur die Überraschung ... dich so plötzlich zu sehen ... durch die verschlossene Tür kamst du ... und wir dachten zuerst, du seist ein Geist ... lieber Meister ... du bist es wirklich? Wirklich?

JESUS: Fühle und sieh ... Nimm meine Hand.

JOHANNES: *(schreckt ein wenig zurück, nicht, weil er sich fürchtet, sondern in Gedanken an die Emmausgeschichte)* Deine Hand?

JESUS: Ein Geist hat nicht Fleisch und Blut wie ich, nicht wahr?

JOHANNES: Deine Hände sind warm — und kräftig — und so wund! Wie konnten sie dich nur so mißhandeln! ... und ich stand dabei und mußte es mitansehen. Jeder Schlag traf mich ins Herz, wie ein Stich.

JESUS: Mein Herz wurde auch durchstochen. Sieh nur! Aber das soll euch kein Entsetzen einjagen, Kinder. Ihr seht und fühlt es ja — ich lebe!

JAKOBUS: Du lebst.

MATTHÄUS: Das ist großartig, Meister, daß du wieder da bist!

ANDREAS: Es ist fast zu schön, um wahr zu sein ...

PHILIPPUS: Unser Meister! Unser Freund ... lieber, lieber Herr Jesus!

NATHANAEL: Ich kann es immer noch kaum glauben.

JESUS: *(mit beruhigender Selbstverständlichkeit)* Habt ihr etwas zu essen im Hause? Ich möchte etwas essen.

JAKOBUS: *(mit leiser Entschuldigung, denn es ist sein Haus, und es scheint nicht viel da zu sein)* Es ist noch etwas gekochter Fisch vom Abendessen da ... und Brot natürlich.

JESUS: Das genügt mir.

JAKOBUS: Komm, setz dich doch endlich.

MATTHÄUS: Jetzt ist alles wieder wie früher.

JOHANNES: Hier ist noch eine frische Honigwabe — bin ich froh, daß wir die noch aufgehoben haben ... *(ein Gedanke geht ihm durch den Kopf)* Meister!

JESUS: Nun, Johannes?

JOHANNES: Du ... du wirst uns doch noch nicht verlassen?

JESUS: Warum sollte ich das?

JOHANNES: Kleophas und Maria ... weißt du ... du hast nicht mit ihnen gegessen ... O Meister! Bleib doch etwas bei uns ... nur ein paar Minuten noch.

JESUS: Kennst du mich, Johannes bar-Zebedäus?

JOHANNES: Ich kenne dich. Ich glaube an dich. Bleibe, oder gehe nach deinem Willen, Herr und Meister. Was du willst, das wollen wir auch ... aber schön ist es, dich essen zu sehen. Das ist so ... wirklich ... Meister, wo bist du in diesen drei Tagen gewesen?

JESUS: Bei den Seelen in Verdammnis.

JOHANNES: Kannten sie dich? Bist du auch ihr Herr?

JESUS: Ich bin der gute Hirte. Ich kenne meine Herde und meine Herde kennt mich. Von allem Anfang bis an der Welt Ende.

Dritter Abschnitt

(Straße in Jerusalem, vor dem Palast des Statthalters)

BLUMENMÄDCHEN: Kauft Blumen! Schöne Frühlingsblumen! ... Wer kauft? Rosen aus Saron und Lilien ... taufrisch und duftig ... schöne Girlanden! — Wer kauft meine Girlanden? ... Ja, meine Dame?

EUNICE: Sagen Sie, gute Frau ... diese Menge da vor dem Palast des Statthalters ... und all die Wagen und die Liktoren ... wissen Sie, ob Pilatus Jerusalem verläßt?

BLUMENMÄDCHEN: Ja, Frollein, der haut wieder ab — und ich verliere eine gute Kundschaft. Im Palast haben sie viele Blumen gebraucht.

EUNICE: Ob er seine Frau mitnimmt?

BLUMENMÄDCHEN: Aber ja doch. Wenn Sie was warten, können Sie sie abfahren sehen. Wollen Sie einen schönen Strauß kaufen?

EUNICE: Alle Lilien, die Sie haben, bitte ... einen großen Strauß ... hier haben Sie ein Silberstück ...

BLUMENMÄDCHEN: Sofort, die Dame ... sehr gütig ... sie sind schön, nicht wahr? Taufrisch und ...

EUNICE: Schnell, schnell! Die Tore werden schon geöffnet ... ich muß rennen ...

BLUMENMÄDCHEN: Hier, meine Dame ... Danke sehr. Danke vielmals ...

EUNICE: Bitte, — lassen Sie mich durch, ja?

WACHE: Hallo, Fräuleinchen? Wo wollen Sie denn hin?

EUNICE: Ich habe Blumen gebracht für die edle Claudia.

WACHE: Schönchen. Da kommt sie gerade herunter. Stellen Sie sich neben ihren Wagen, dann können Sie ihr die Blumen geben ... Wache! Achtung! Präsentiert!

SKLAVE: *(oben auf der Treppe)* Platz für Seine Exzellenz! Gebt Raum für den Statthalter! Platz für die Edle Claudia Procula!

PILATUS: Liebste Claudia — fühlst du dich auch wohl genug für die Reise?

CLAUDIA: Doch, Gajus. Mir geht es wieder ganz gut. Und ich freue mich, aus Jerusalem fortzukommen.

PILATUS: Ich auch, beim Pollux! Habe die Stadt immer gehaßt wie die Pest — was, Flavius?

FLAVIUS: Ein scheußliches Loch, Pilatus!

EUNICE: Madame! Madame!

PILATUS: He, was soll das? Wie?

FLAVIUS: He, Kleine, wirst du wohl Ihre Exzellenz nicht belästigen!

CLAUDIA: Halt — das ist doch meine kleine Freundin Eunice? Die Masseurin aus dem Bade! Ich muß ihr schnell Lebewohl sagen ... geh nur schon vor, Gajus! ... Sind die schönen Blumen für mich? — Danke, mein liebes Kind ... das ist wirklich sehr reizend ...

EUNICE: *(flüsternd)* Madame ... haben Sie gehört, was man sich in der Stadt erzählt?

CLAUDIA: *(ebenfalls flüsternd)* Nein. Was denn?

EUNICE: *(flüsternd)* Der Nazarener ist von den Toten auferstanden.

CLAUDIA: Gütiger Apollo!

FLAVIUS: Madame ... fühlen Exzellenz sich nicht wohl?

CLAUDIA: Es ist nichts ... ein kleiner Schwindelanfall ... helfen Sie mir in den Wagen ... die frische Luft wird mir gut tun ... Dank, Eunice ... lassen Sie anfahren ...

FLAVIUS: Abfahren!

LIKTOREN: Platz! Macht Platz! Macht Platz für den Statthalter! ... *(Wagen und Eskorte rollen fort)*

BLUMENMÄDCHEN: *(aus der Entfernung)* Blumen, kauft Blumen! Schöne Frühlingsblumen. Rosen aus Saron und Lilien.

Vierter Abschnitt

(Jerusalem. Wohnung der Brüder Zebedäus)

DER EVANGELIST: Nun war aber Thomas, den sie den Zwilling nannten, der Zwölfen einer, nicht bei den Jüngern, als Jesus kam. Und über acht Tage waren sie wieder versammelt, und Thomas war mit ihnen.

THOMAS: Ihr könnt sagen, was ihr wollt. Ich glaube nur, was ich sehe. Und ich sag's euch noch einmal: ehe ich nicht seine Hände und die Wundmale der Nägel gesehen habe — nein, Sehen genügt nicht — ehe ich nicht meinen Finger auf die Wundmale gelegt habe, ehe ich ihn nicht fassen und halten und meine Hand in seine Seite legen kann ... glaube ich nichts.

MATTHÄUS: Nu hör schon auf, Thomas. Man könnte ja glauben, du möchtest es gar nicht wahr haben!

THOMAS: Was man sich wünscht, ist noch nicht wahr! Ich brauche Beweise. Und wenn ich sage: Beweise, dann —

JOHANNES: Psst! Thomas! Er ist da!

JESUS: Friede sei mit euch.

JÜNGER: Und mit dir.

JESUS: Komm her, Thomas. Reiche deinen Finger her und fühle meine Hände. Strecke deine Hand aus und lege sie in meine Seite. Und zweifle nicht länger, sondern glaube!

THOMAS: *(mit vollster Überzeugung)* Du bist mein Herr und mein Gott!

(Das entscheidende Wort ist endlich gefallen. Sie vernehmen es in tiefem Schweigen)

JESUS: Thomas, du glaubst, weil du mich gesehen hast. Selig sind, die nicht sehen, und doch glauben.

PETRUS: *(wird sich plötzlich über erschreckende Folgerungen klar)* Meister — als ich dich verleugnet habe — als wir dir nicht glaubten und an dir zweifelten ... als wir dich im Stich ließen — und flohen — und dich verrieten ... haben wir da auch ... Gott? ...

JESUS: Ja, Petrus.

JAKOBUS: Herr ... als sie dich verspottet haben und beleidigt und bespien ... als sie dich geißelten und nach deinem Blut schrien ... als sie dich ans Kreuz schlugen und töteten ... so etwas tun — wir — Gott an?

JESUS: Ja, Jakobus.

JOHANNES: Geliebter Meister ... als du aber all das geduldig erlitten hast ... als du starbst, mit all unseren Sünden beladen ... Das — das tut Gott für uns?

JESUS: Ja, Johannes! Für euch, mit euch und in euch — wenn ihr wahrhaft mein seid. Denn ihr seid nicht meine Diener, sondern meine Söhne. Frei könnt ihr wählen, ob ihr falsch sein wollt oder treu — frei, mich zu verleugnen oder euch zu mir zu bekennen — frei, Gott ans Kreuz zu schlagen, oder mit Ihm gekreuzigt zu werden und teilzuhaben an Schande und Not, am bitteren Tod und an der Herrlichkeit. Wer mit mir stirbt, der wird auch auferstehen mit mir, denn er ist eins mit mir, wie ich und der Vater eins sind.

JOHANNES: Das ist also der Sinn des uralten Opfers: das Blut der Unschuldigen für die Sünden der Welt.

JESUS: Kommt näher. Nehmet hin den Heiligen Geist Gottes mit meinem Atem. So, wie mich der Vater ausgesandt hat, so sende ich jetzt euch aus. Die Schuld, die ihr vergebt, soll vergeben sein, und die Schuld, die ihr verdammt, soll verdammt bleiben. Und Friede sei mit euch.

DRITTE SZENE (DAS MEER VON GALILÄA)

DER EVANGELIST: Danach offenbarte sich Jesus abermals am Meer von Tiberias. Es waren beieinander Simon Petrus und Thomas, und Nathanael von Kana und die Söhne des Zebedäus und zwei andere seiner Jünger. Spricht Simon Petrus zu ihnen: „Ich will fischen gehen." Sie sprachen zu ihm: „So werden wir mit dir gehen." Sie gingen hinaus und traten alsobald in das Schiff und in der selbigen Nacht fingen sie nichts.

JAKOBUS: Immer noch kein Fisch im Netz, und es dämmert schon!

PETRUS: Hat keinen Zweck mehr, Jungens ... das Wetter sah vielversprechend aus, und ich hatte auf einen Fang gehofft ... na schön, da kann man nichts machen. Am besten fahren wir nach Hause.

JAKOBUS: Da steht einer am Ufer.

THOMAS: Vielleicht will er übergesetzt werden. Wir werden darauf zusteuern ...

JESUS: *(ruft aus einiger Entfernung)* He, Jungs! Guten Fang gehabt?

PETRUS: *(ruft zurück)* Gar nichts, Herr! Kein Glück heute.

JESUS: Werft das Netz auf der rechten Seite eures Bootes aus. Dort ist der Schwarm.

ANDREAS: Was will er?

THOMAS: Weiß der auch schon was davon?

PETRUS: Versuchen kostet nichts, Thomas ... los, Andreas ... 'raus mit dem Netz ... halt das Ruder, Johannes ... jetzt! ... *(das Schleppnetz geht mit Platschen über Bord)* laßt Leine aus ... weiter ... jetzt voraus! Allleee ... he, Johannes, schlaf nicht! Dichter an den Wind! ...

(Wind im Segel. Wasser vor dem Bug plätschert)

Achtung jetzt, Jungens ... hau — ruck!

JAKOBUS: Das Netz ist voll ... da war ein ganzer Schwarm, wie er gesagt hat!

JOHANNES: Es ist der Herr!

PETRUS: Was? Natürlich ist er's. Gib mir meinen Rock, ich schwimme ans Ufer ...

THOMAS: He, Petrus — du bist wohl —

JAKOBUS: Laß ihn doch gehen, Thomas.

(PETRUS springt klatschend ins Wasser)

Wir können uns um das Netz kümmern ... faß mal an, Andreas.

ANDREAS: Es ist zu schwer, wir kriegen es nicht herein.

JAKOBUS: Wir können beidrehen und das Netz mit dem Dinghi ans Ufer schleppen.

DER EVANGELIST: So kamen sie auf dem Schiffe an Land, denn sie waren nur wenige hundert Ellen vom Ufer entfernt.

JAKOBUS: Du, Johannes, sieh mal ... da ist ein Kohlenfeuer mit Fischen und Brot ... er macht sich daran zu schaffen ... ich wollte, ich könnte sein Gesicht sehen.

JOHANNES: Und Petrus sitzt dabei und sieht zu ... *(ruft leise)* Du, Petrus!

PETRUS: *(nicht zu den Jüngern, sondern zu dem Mann am Feuer)* Das Boot ist da.

JESUS: Bringt her von den Fischen, die ihr gefangen habt.

PETRUS: Andreas, habt ihr das Netz mitgebracht?

ANDREAS: Wir haben es hinten am Dinghi vertäut.

PETRUS: Such ein paar von den besten heraus ...

JAKOBUS: Hier sind welche ... brauchst du ein Messer?

PETRUS: *(geht)* Danke ...

NATHANAEL: Sollen wir mit ihm gehen?

JOHANNES: Besser, wir bleiben hier und zählen die Fische ... was für dicke Burschen ... *(Kurze Pause)*

THOMAS: ... zwölf, vierzehn — sechzehn ...

NATHANAEL: Er hat sie auf dem Feuer ... unsere und seine eigenen ... zwanzig — zweiundzwanzig ... meinst du, wir sollten fragen, wer er ist?

JOHANNES: Das wissen wir doch sehr gut, wer er ist ... wie viele hast du gezählt?

JAKOBUS: Ich habe sieben über zwei Schock.

ANDREAS: Und ich habe sechsundzwanzig. Das sind hundertdreiundfünfzig. Alles große Fische.

JOHANNES: Und diesmal ist das Netz nicht gerissen!

JESUS: Ihr Menschenfischer — kommt und eßt!

JOHANNES: Die Sonne ist aufgegangen. Siehst du jetzt, wer es ist?

DER EVANGELIST: Da sie nun das Mahl gehalten hatten, spricht Jesus zu Simon Petrus:

JESUS: Simon, Sohn des Jona — bist du mir ein besserer Freund als alle diese?

PETRUS: Wirklich, Herr, du weißt, daß ich dich liebhabe.

JESUS: Weide meine Lämmer ... Simon, Sohn des Jona, bist du wahrhaft mein Freund?

PETRUS: Herr, du weißt, daß ich dich liebhabe.

JESUS: Weide meine Schafe ... Simon, Sohn des Jona — also hast du mich wirklich ein wenig lieb?

PETRUS: *(bekümmert)* Was kann ich nur sagen? — Herr, du weißt alles — sieh in mein Herz — mein feiges, treuloses Herz — und lies dort, wie ich dich liebe.

JESUS: Weide meine Schafe ... wahrlich, wahrlich, ich sage dir: da du jünger warest, gürtetest du dich selbst und wandeltest, wo du hinwolltest. Wenn du aber alt bist, wirst du deine Hände ausstrecken und ein anderer wird dich gürten und dich führen, wo du nicht hin willst.

PETRUS: *(errät, was er sagen will)* So, wie es dir geschah, Herr?

JESUS: Folge mir nach!

PETRUS: Ja, Herr — wie immer das Ende sei, das du befiehlst ... Sieh, auch Johannes folgt dir ... was wird mit ihm?

JESUS: Wenn ich will, daß er bleibt, bis ich komme — was geht das dich an? Folge du mir nach!

DER EVANGELIST: Und nach vierzig Tagen führte Jesus seine Jünger auf den Ölberg und redete zu ihnen und sprach:

JESUS: Mir ist gegeben alle Gewalt im Himmel und auf Erden. Denn also ist es geschrieben und also mußte Christus leiden und auferstehen am dritten Tage. Ihr aber seid des allen Zeuge. So sollt ihr denn in der Stadt Jerusalem bleiben, bis daß ihr mit der versprochenen Kraft aus der Höhe belehnt werdet. Alsdann gehet hin und lehret alle Völker und taufet sie im Namen des Vaters und des Sohnes und des Heiligen Geistes. Und siehe, ich bin bei euch alle Tage bis an der Welt Ende. Amen.

DER EVANGELIST: — und hub die Hände auf und segnete sie. Und während er sie segnete, schied er von ihnen und eine Wolke entzog ihn ihren Blicken. Und siehe, zwei Männer in weißem Gewand standen vor ihnen und sprachen zu ihnen:

GABRIEL: Ihr Männer aus Galiläa! Was steht ihr und starrt in den Himmel? Dieser gleiche Jesus, den ihr habt gen Himmel fahren sehen, der wird kommen im gleichen Glanze, wie ihr ihn habt gen Himmel fahren sehen.

DER EVANGELIST: Amen. So geschehe es, Herr Jesus.
Es sind aber diese Dinge aufgezeichnet, auf daß ihr glaubt an Jesum, daß er ist Christus, der Sohn Gottes. Es sind auch viel andere Dinge, die Jesus getan hat; so sie aber eins nach dem anderen sollten geschrieben werden, achte ich, die Welt sollte die Bücher nicht begreifen, die zu schreiben wären.

Dorothy L. Sayers

EINFÜHRUNG[1]

Es gibt eine Dialektik in der christlichen Kunst, nach der von Zeit zu Zeit entweder die ewigen oder die zeitlichen Elemente des göttlichen Dramas betont zu werden pflegen. In der einen Epoche zeigt das Kruzifix den Sohn Gottes, wie er vom Kreuz regiert; in einer anderen den menschlichen Jesus, entstellt von Blut und Schmerz. Aus verschiedenen Gründen, von denen einige in dieser Einführung genannt werden, „dünkte es den Heiligen Geist und uns gut", in unserer Darstellung des Lebens Christi zunächst nicht so sehr das ewige Opfer, „die eine Gabe Seiner selbst, einmal dargebracht", zu beschreiben; das heißt, sie sollte nicht liturgisch oder symbolisch, sondern realistisch und historisch angegangen werden: „Dies ist etwas, was wirklich geschehen ist."

Diese Entscheidung bescherte der Dramatikerin eine Reihe von buchstäblich einmaligen, in technischer Hinsicht außergewöhnlich interessanten Umständen. Erstens gab es keine modernen Vorläufer, an denen man sich in bezug auf die Behandlung des Stoffes hätte orientieren können oder die die Kritiker und das Publikum auf das vorbereitet hätten, was sie zu hören bekommen sollten. Von wenigen unter den Millionen Menschen in diesem Land konnte man annehmen, daß sie Oberammergau besucht hatten; und die mittelalterlichen Mysterienspiele[2] waren von der Zeit und auch von der Atmosphäre her zu weit entfernt, um als Modell zu dienen. Außerdem waren sie kaum einem unter zehntausend Hörern überhaupt vertraut. Das Gesetz, das die Darstellung einer der Personen der Heiligen Dreieinigkeit auf der Bühne verbot, hatte zu der Auffassung geführt, daß alle derartigen Darstellungen an sich gottlos seien, und hatten eine ohnehin weitverbreitete Neigung zu jener doketischen[3], völlig ketzerischen Christologie verstärkt, die die wahrhaftige Menschlichkeit unseres Herrn leugnet. Die Sache war deshalb ein ganz neues Experiment, das angesichts einer Menge von Vorurteilen und ohne angemessene Vergleichsmaßstäbe unternommen wurde.
Auch der Stoff war einmalig. Alles Drama hat einen religiösen Ursprung, und insbesondere die griechische Tragödie handelt von göttlichen Geschichten, deren Einzelheiten jedem im Publikum völlig vertraut waren. Eine Aufführung der *Orestie* war nicht nur eine Sache

von Unterhaltung, sondern ein Akt gemeinschaftlicher Götterverehrung, der auch als solcher wahrgenommen wurde. So weit handelt es sich also um einen Parallelfall (obwohl man auch hier nicht mit dem Wissen eines englischen Publikums um diese uralte, innige Verbindung zwischen Theater und Religion rechnen konnte). Aber der griechische Tragödiendichter war, obwohl er den Umrissen der landläufig bekannten Legenden zu folgen hatte, nicht auf den Text eines heiligen Buches oder auf die Darlegung einer strengen Theologie festgenagelt.

Zu beiden Punkten muß noch etwas gesagt werden. Das englische Publikum verfügt zwar über eine umfassende, aber in vieler Hinsicht sonderbare Kenntnis des Neuen Testamentes. Die einzelnen Bücher sind im großen und ganzen viel besser als eine Sammlung von unzusammenhängenden Texten und aus dem Kontext gerissenen moralischen Aphorismen bekannt denn als eine zusammenhängende, aus zusammenhängenden Episoden bestehende Geschichte. Die meisten Menschen wissen, daß Jesus in Bethlehem geboren wurde und nach einem kurzen öffentlichen Auftreten, während dessen er predigte und Kranke heilte, in Jerusalem einem Justizmord zum Opfer fiel und doch drei Tage später von den Toten auferstand. Aber bis auf die immer kleiner werdende Schar der Unterrichteten bleibt für alle anderen die Zwischenzeit in dem chronologischen Durcheinander der Synoptiker – eine Kette von Gleichnissen, ein Haufen Wunder, eine Rede, eine Sammlung von „Sprichwörtern", ein apokalyptisches Donnergrollen – hiervor ein wenig und davon ein wenig. Und obwohl man sich an viele verstreute Bruchstücke der Lehre erinnern und sie zitieren kann (wobei man ebenso viele andere ausläßt, die weniger nach dem Geschmack der Zeit sind), hat man sie hauptsächlich als gesonderte Aussagen im Gedächtnis, die mit den Umständen, denen sie ihren Ursprung verdanken, nichts zu tun haben. Einer großen Anzahl von Leuten, die sich daran erinnern, daß „der Teufel der Vater der Lüge ist", steht vielleicht ein einziger gegenüber, der sagen könnte, bei welcher Gelegenheit und zu wem diese Worte gesprochen wurden, oder der in knapper Form die Argumentation in der langen, kämpferischen und provokativen Auseinandersetzung zusammenfassen könnte, in der sie vorkommen.

Darüber hinaus werden von sehr vielen britischen Christen die Worte der neutestamentlichen Bücher – ob mit oder ohne Zusammenhang – in einem solchen Sinn für unantastbar gehalten, daß sie weder erweitert noch ausgelegt noch ergänzt werden dürfen, selbst wenn es dabei nur darum geht, den Schauplatz zu beschreiben, offensichtliche Lükken in der Erzählung auszufüllen oder den Sinn der Worte zu erhellen. Und diese Unantastbarkeit wird nicht den ursprünglichen, allein authentischen griechischen Dokumenten zuerkannt, sondern jeder Silbe einer Übersetzung, die vor dreihundert Jahren angefertigt wurde.[4] (Dabei ist diese nicht immer völlig genau und zudem in einem dermaßen altertümlichen Englisch abgefaßt, daß die Worte für uns oft unklar bleiben oder uns geradezu irreführen.) Der Herausgeber einer Zeitung drückte diese Sichtweise in aller Naivität aus, als er erklärte: „Beim Zitieren der Bibel dürfen wir nur die Authorised Version benutzen und nicht die Auslegungen von Gelehrten, so weise sie auch sein mögen." Das heißt, daß wir unser Augenmerk nicht auf die feststellbare Bedeutung dessen richten dürfen, was der Evangelist schrieb, sondern nur auf die Worte (so genau oder unverständlich sie auch sein mögen), deren sich die von König Jakob beauftragten Übersetzer bedienten – die übrigens selbst nur „weise Gelehrte" waren. (Vermutlich bleibt denjenigen unserer Mitchristen, die zufälligerweise nicht Englisch sprechen, das Zitieren der Bibel gänzlich versagt, denn dieser – für viele andere stehende – Gentleman gesteht weder dem griechischen Urtext noch der Vulgata Autorität zu, sondern allein „dem heiligen englischen Original".) Zu diesem seltsamen Fall von Götzendienst möchte ich nur bemerken, daß er dem englischen Dramatiker Schwierigkeiten auferlegt, von denen die griechischen Tragödiendichter frei waren. Und die Lage wird auch dadurch nicht einfacher, daß es gleich neben den Unterrichteten und den Buchanbetern eine große, meist jugendliche Öffentlichkeit gibt, für die die gesamte Geschichte Jesu ein weißer Fleck auf der Landkarte ist – Kinder, die nicht die Bedeutung von Weihnachten kennen, Männer und Frauen, für die der Name Christi nur in Flüchen existiert. Daneben findet sich eine beträchtliche Anzahl von Agnostikern und Halbchristen, die einige Ereignisse der Geschichte Jesu akzeptieren und den Rest entschieden bezweifeln, oder die der Lehre Jesu zu folgen vorgeben, dabei aber seine Vollmacht leugnen, auf die er sie gründete.

Dies bringt uns zur Theologie, einem ganz anderen Thema. Vom rein dramatischen Standpunkt aus ist die Theologie ungeheuer vorteilhaft, denn sie verleiht der gesamten Struktur eine massive geistige Geschlossenheit. Es ist kaum möglich, auf diesem gigantischen stählernen Gerüst irgend etwas Einseitiges, Triviales oder Unseriöses zu bauen – dies allerdings unter zwei Bedingungen. Es muß eine *vollständige* Theologie sein; nie ist etwas Wahreres gesagt worden als „Nur wenn ein Mensch recht glaubt, kann er" – oder in diesem Falle: kann seine künstlerische Struktur – „gerettet werden". Eine unklare und sentimentale Theologie zeugt unklare und sentimentale Kunstformen; eine unlogische Theologie läßt einen in unlogischen Situationen enden; eine unausgewogene Theologie führt zu falscher Betonung und zu Absurdität. Umgekehrt gibt es für eine Theologie keine gründlichere Prüfung, als sie einer dramatischen Umsetzung zu unterwerfen; nichts fördert so kraß Unstimmigkeiten in einer Figur, einer Geschichte oder einer Philosophie zutage, wie sie auf die Bühne zu stellen und für sich selbst reden zu lassen. Jede Theologie, die das kräftige Ziehen und Zerren des Dramatikers übersteht, ist in ihrer Beschaffenheit ziemlich widerstandsfähig. Nachdem ich die katholische Theologie dieser Behandlung unterworfen habe, muß ich bezeugen, daß sie tatsächlich sehr widerstandsfähig ist. Ähnlich ließ ich einmal in einem anderen Zusammenhang eine Figur sagen: „Was in der Kunst richtig ist, ist auch in der Praxis richtig", und ich kann nur versichern, an keinem Punkt gefunden zu haben, daß künstlerische Wahrheit und theologische Wahrheit auseinanderklaffen.

Der zweite Umstand scheint zunächst dem ersten zu widersprechen, obwohl das in Wirklichkeit nicht der Fall ist: Der Dramatiker, der ein Stück über dieses spezifische Thema schreibt, muß damit beginnen, daß er sich aller erbaulichen und theologischen Absichten entledigt. Er muß beschließen, nicht zu belehren, sondern darzulegen; nicht eine Moral aufzuzeigen, sondern eine Geschichte zu erzählen; nicht eine Religionsstunde mit Dialogillustrationen hervorzubringen, sondern ein gutes Theaterstück zu schreiben. Von vielen Frommen, die das Projekt begrüßten, wurde angenommen, daß mein Ziel beim Schreiben von *Zum König geboren* sei, „nützlich" zu sein – und dasselbe nahmen prompt auch Unfromme an, die aber gerade fürchteten, es wäre im christlichen Sinne „nützlich", sowie Fromme, die dagegen waren, weil sie dachten, es könne nur schaden. Mein Ziel war es, *diese Geschichte zu erzählen*, so gut ich es im Rahmen des mir zur Verfügung stehenden Mediums nur konnte – und das heißt kurz und bündig: ein möglichst gutes Kunstwerk zu schaffen. Denn ein Kunstwerk, das nicht als Kunst gut und wahr ist, ist in keiner anderen Hinsicht gut und wahr und ist für jedweden Zweck nutzlos – selbst für die Erbauung –, weil es eine Lüge ist und weil der Teufel der Vater aller Lüge ist. Diese Stücke stehen oder fallen als *Dramen*. Der Gedanke, daß religiöse Stücke nicht nach den Maßstäben des Dramas beurteilt werden dürfen, entspringt einer engen und schlagseitigen Theologie, die nicht zugeben mag, daß alle Wahrheit – einschließlich der künstlerischen Wahrheit – in Christus beschlossen ist, sondern ständig den Herren der Wahrheit aus seinem eigenen Reich ausschließt.

Dies bedeutet nun tatsächlich, daß der Schriftsteller die Theologie – das Dogma – als Teil des Materials zu begreifen hat, mit dem er arbeitet, und nicht als ein äußerliches Ziel, auf das seine Arbeit ausgerichtet ist. Das Dogma ist die Grammatik und das Vokabular seiner Kunst. Wenn er es als etwas seinem Thema Fremdes betrachtet, wird er bestenfalls etwas hervorbringen, was jenen harmlosen, kunstlosen Eselsbrücken gleicht, mit denen man Grammatikregeln eintrichtert:

Feminini generis
sind die Wörter all auf -is...

Schlimmstenfalls wird er Billiges und Dünkelhaftes produzieren – etwa von der Art jener Verse, die unter dem Vorwand, den musikalischen Reichtum des englischen Wortschatzes zu illustrieren, lediglich in einem klingelnden, künstlichen Silbengebilde münden – wie z. B. „The Bells" von Edgar Allan Poe. Die Musik der englischen Sprache kann zwar anhand der englischen Lyrik illustriert werden, aber nur anhand jener Gedichte, die *mit diesem Mittel* und nicht *zu diesem Zweck* geschaffen wurden. Das Bemühen, der Sprache einen derartigen Exhibitionismus aufzuzwingen, führt gerade zum gegenteiligen Ergebnis; und dasselbe gilt von jedem Kunstwerk, das einen Teil seines Materials zu einem Lehrsatz außerhalb seiner selbst erhebt. Dementsprechend obliegt es dem Dramatiker nicht, das Drama der Theologie zu unterwerfen, sondern seine Aufgabe – nämlich, die Wahrheit zu sagen – von seiner Seite her zu erfüllen und darauf zu vertrauen, daß die Theologie aus der dramatischen Wiedergabe der Geschichte unverfälscht hervorgeht. Das wird mit Sicherheit der Fall sein, wenn der Dramatiker seinem Stoff treu bleibt, denn die Geschichte und die Theologie Christi sind ein und dieselbe Sache: Sein Leben ist Theologie in Aktion, und das Drama Seines Lebens ist Dogma, in dramatischer Handlung dargestellt.

Denn Jesus ist einzigartig – einzigartig unter Göttern und Menschen. Es hat schon eine Menge menschgewordene Götter gegeben und nicht wenige erschlagene-und-wiedererstandene Götter; aber Er ist der einzige Gott, der ein Datum in der Geschichte hat. Und eine Menge Religionsstifter haben Daten gehabt, und einige unter ihnen sind Propheten oder Darsteller des Göttlichen gewesen; aber nur dieser eine war Gott in Person. Es gibt keine erstaunlichere Zusammenstellung von Sätzen als die, welche im Glaubensbekenntnis von Nicäa diese zwei Feststellungen glatt nebeneinander setzt: „Wahrer Gott aus wahrem Gott... Er litt unter Pontius Pilatus." Auf der ganzen Welt nennen Christen tausendfach an einem Tag den Namen eines wenig bedeutenden römischen Prokonsuls – nicht in einer Art Beschimpfung (Judas und Kaiphas, die Schuldigeren, kommen mit weniger Erinnerungen an ihre Vergehen davon), sondern einfach, weil dieser Name den Tod Gottes in einem zeitlichen Rahmen fixiert.

Im Lichte dieser bemerkenswerten chronologischen Verankerung können wir einen weiteren Grund dafür entdecken, warum der Verfasser von realistischen Stücken über das Evangelium den didaktischen Zugang zu seinem Stoff vermeiden muß. Er hat die Worte und Handlungen von wirklichen, in einer Periode überlieferter Geschichte lebenden Menschen darzustellen. Er kann sich nicht, wie der Verfasser von rein abstrakten liturgischen oder symbolischen religiösen Dramen, auf die abstrakte, universale Seite des Lebens Christi beschränken. Er wird hautnah mit der „Anstößigkeit des Konkreten" konfrontiert. *Ecce homo* – das heißt nicht nur ein Mensch im allgemeinen und Gott in Seinem Sosein, sondern auch Gott in Seinem Hiersein und zugleich *dieser* Mensch, diese Person, aus einer vernünftigen Seele und einem menschlichen Körper bestehend, der *da* und *dort* redete und handelte und nicht von menschlichen Typen, sondern von *jenen* ganz bestimmten Menschen umgeben war. Diese Geschichte vom Leben und der Ermordung und der Auferstehung des Gottes in Menschengestalt ist nicht nur das Symbol und der Inbegriff der Beziehung zwischen Gott und Menschen zu allen Zeiten; sie besteht auch aus einer Kette von Ereignissen, die an einem bestimmten Punkt *in* der Zeit stattfand. *Und die Menschen jener Zeit hatten nicht die leiseste Ahnung davon, daß sie geschah.*

Unter allen Beispielen tragischer Ironie in der Literatur oder im wirklichen Leben ist dies das größte – der Klassiker unter den Klassikern. Daneben nimmt sich das Schicksal des Ödipus wie eine Lappalie aus, und das Blutbad der orestischen Rachetragödie lediglich wie ein häuslicher Zwischenfall. Denn die Christen behaupten, daß in einer obskuren Provinz des Römischen Reiches eine Anzahl ganz gewöhnlicher Menschen Gott den Allmächtigen umbrachten – recht beiläufig, als sei es fast eine Sache religiöser und politischer Routine, und sicherlich nicht mit dem Gedanken, sie täten etwas Außergewöhnliches. Ihre Motive waren im großen und ganzen vertretbar und in mancher Beziehung lobenswert. Es war dabei ein wenig Bosheit im Spiel, etwas Schwachheit und zweifelsohne auch ein gewisses Maß an Gesetzesbeugung – aber nicht mehr, als wir im Lauf des menschlichen Lebens anzutreffen gewöhnt sind. Unbeeinflußt von Launen des Schicksals, unvorhersehbaren Zufällen oder übernatürlichen Machenschaften, sondern nur durch das im eigenen Charakter angelegte Schicksal und die blinde Befolgung ihrer gewohnten Verhaltensmaßregeln wurden sie mit grausiger Unausweichlichkeit dazu gebracht, das Verbrechen aller Verbrechen zu begehen. Wir, das Publikum, wissen, was sie taten; die Schärfe der tragischen Pointe geht aber gänzlich verloren, wenn wir vergessen, daß *sie* es nicht wußten. Dieses Wissen des Publikums um die Wahrheit, die allen handelnden Personen des Dramas verborgen bleibt, macht die tragische Ironie aus.

Konsequenterweise muß der Dramatiker daher zweigleisig denken. Er muß in der Lage sein, nach Belieben sein Wissen um das, was in Wirklichkeit geschieht, abzulegen und durch seine Charaktere die Ereignisse und die Menschen so darzustellen, wie sie sie damals erlebten. Das dürfte eigentlich klar und einfach erscheinen; aber im Ergebnis ist es genau das, was bei einer blinden Frömmigkeit Anstoß erregt. Wir sind so sehr daran gewöhnt, die ganze Geschichte von unserem Standpunkt nach der Auferstehung (ja vielmehr nach dem Konzil von Nicäa) zu beurteilen, daß wir, ohne es zu merken, allen neutestamentlichen Gestalten dieselbe Art von differenziertem theologischem Bewußtsein beimessen, die wir selbst besitzen. Wir beurteilen ihr Verhalten, als ob sie alle – die Jünger, die Pharisäer, die Römer und der Mann auf der Straße – gewußt hätten, mit wem sie es zu tun hatten und was all diese Ereignisse in Wirklichkeit bedeuteten. Aber sie wußten es nicht. Die Jünger hatten nur eine sehr verschwommene Ahnung davon, und niemand begriff auch nur im entferntesten völlig die Tragweite des Geschehens. Wenn die Hohenpriester und der römische Gouverneur gewußt hätten, daß sie im Begriff waren, Gott zu kreuzigen, und wenn Herodes der Große sein berüchtigtes Massaker mit der ausdrücklichen Absicht angeordnet hätte, Gott umzubringen – dann wären sie in ganz außergewöhnlicher Weise teuflisch böse Menschen gewesen. Und tatsächlich glauben wir gern, daß sie das waren: es gibt uns das beruhigende Gefühl, daß „das hier bei uns nicht passieren kann". Und in dieser bequemen Meinung werden wir durch die gemessene und altertümliche Sprache der Authorised Version bestärkt, und durch die allgemeine Atmosphäre von Kirchenfensterwürde, mit der diese Erzählung uns gewöhnlich vermittelt wird. Die handelnden Personen sind nicht Männer und Frauen: sie sind alle „heilige Gestalten", die in symbolischen Haltungen herumstehen und befangen auf die Erfüllung von Prophetien warten. So hat sie zum Beispiel ein gewisser Herr aus Stoke Newington gesehen, der sich darüber beschwerte, daß ich den Hauptmann, dem befohlen war, eine jüdische Synagoge zu bauen, in einer Unterhaltung „leichtfertig und witzelnd über das heilige Gebäude reden" ließ. Für ihn war der Hauptmann nicht ein römischer Offizier, der in einer ausländischen Provinz stationiert war und auf die örtliche Gottesverehrung mit derselben Art von

freundlicher Nachsicht herabsah wie ein britischer Hauptfeldwebel auf einen Hindukult. Er war ein heiliger Hauptmann, dessen kleinste Äußerung heilig war, und das kleine jüdische Gebäude war *ihm* heilig, als hätte er nicht seine eigenen Götter gehabt. Noch seltsamer ist die Haltung eines anderen Briefschreibers, dem es mißfiel, daß Herodes seinem Hofstaat befiehlt, „das Maul zu halten", da solche derben Ausdrücke im Munde eines Menschen, „der in so naher Beziehung zu unserem Herrn stand", unziemlich klängen.
Heilige Gestalten, die in einem fernen Land und einer fernen Zeit lebten, die sich würdiger Sprachrhythmen bedienten und dann und wann maßvolle Gesten von lediglich symbolischer Brutalität vollführten! Sie verspotteten und beschimpften Ihn, schlugen Ihn, geißelten Ihn und kreuzigten Ihn. Nun, sie waren wohl ganz andere Leute als wir, und zweifelsohne geschah das alles in den vornehmsten und schönsten Formen. Wir mögen es eben nicht, anders davon zu denken.
Unglücklicherweise bleibt uns nichts anderes übrig, als – wenn überhaupt – anders davon zu denken. Gott wurde durch Menschen hingerichtet, die in schmerzlicher Weise uns ähneln, in einer Gesellschaft, die sehr der unseren glich – im überreifen Stadium des glänzendsten und kultiviertesten Reiches, das die Welt je gesehen hat. In einer für ihren religiösen Genius berühmten Nation und unter einer für ihre Tüchtigkeit bekannten Regierung wurde Er von einer korrupten Kirche, einem furchtsamen Politiker und einem von Berufsagitatoren geführten wankelmütigen Proletariat hingerichtet. Seine Henker machten ordinäre Witze über Ihn, beschimpften Ihn unflätig, verhöhnten Ihn, schlugen Ihn ins Gesicht, peitschten Ihn aus und hängten Ihn an einen gemeinen Galgen – ein blutiges, staubiges, verschwitztes und dreckiges Geschäft.
Wenn man das den Leuten vorführt, sind sie schockiert. Das ist gut so. Denn wenn sie das nicht schockiert, was sonst? Wenn aber die bloße Wiedergabe dieses Sachverhalts den Anschein von Respektlosigkeit hat, was soll man dann von der Tat selbst sagen? Es ist seltsam, daß Menschen mit Erschrecken und Empörung reagieren, wenn eine Katze einen Spatzen tötet, aber Sonntag für Sonntag die Geschichte von der Tötung Gottes hören können, ohne dabei irgendeinen Schock zu empfinden.
In dramentechnischer Hinsicht ist die schnellste Methode zur Hervorbringung der wünschenswerten Schockempfindung der Gebrauch moderner Sprache und eines entschiedenen historischen Realismus bei der Darstellung der Charaktere. Herodes der Große war kein ungeheuerlicher Feind Gottes: Er war ein Glücksritter und ein politisches

Genie – ein grausamer aber fähiger Alleinherrscher, den seine Eifersucht und sein ungezügeltes Temperament in dauernde familiäre Schwierigkeiten gebracht hatten. Der Zöllner Matthäus war ein nichtswürdiger kleiner Kollaborateur, der im Dienste der Besatzungsmacht seine eigenen Landsleute schröpfte und sich dabei bereicherte, bis irgend etwas plötzlich sein Herz (wenn auch vermutlich nicht seine soziale Stellung oder seine Aussprache) veränderte. Pontius Pilatus war ein Provinzgouverneur mit dem durchaus angemessenen Wunsch, daß die kaiserliche Gerechtigkeit verwirklicht wurde; zugleich aber (so wie bessere Menschen vor ihm und nach ihm) hatte er große Angst vor Fragen im Parlament, vor Untersuchungsausschüssen und vor dem, was man allgemein „die große Politik" nennen könnte. Kaiphas war ein kirchlicher Politiker, ähnlich wie Hitlers Bischöfe ernannt von einer heidnischen Regierung mit der ausdrücklichen Anweisung, mit der Neuen Ordnung zu kollaborieren und darauf zu sehen, daß die Kirche im Sinne des Staates spurte; wir haben in der letzten Zeit manches erlebt, was an Kaiphas erinnert. Die Ältesten der Synagoge findet man in jedem Kirchenvorstand wieder – immer höchst ehrbar, oft streitsüchtig, und manchmal in der Stimmung, jemanden zu kreuzigen.

So ist es mit ihnen allen. Man reiße die Verkleidung durch die Sprache der jakobinischen Zeit fort, gehe zurück zu der griechischen Alltagssprache von Markus und Johannes, übersetze sie in das entspechende heutige Englisch, und jedermann wird sein eigenes Gesicht in ihnen wiedererkennen. *Wir* spielten die Rollen in jener Tragödie vor neunzehn und einem halben Jahrhundert, und vielleicht spielen wir sie heute, im selben guten Glauben und mit derselben ironischen Unwissenheit. Doch heute können wir die Ironie nicht erkennen, denn wir sind selbst die Schauspieler und kennen das Ende des Stückes nicht. Aber es mag uns helfen zu erkennen, was wir tun, wenn uns das ursprüngliche Drama wieder gezeigt wird, mit uns in den Originalrollen. Dieser Vorgang ist natürlich etwas anderes, als „die Handlung des Evangeliums in einer modernen Umgebung zu spielen". Das Zeitlose brach an einem ganz bestimmten Punkt der Geschichte in die Zeit ein. Die Technik besteht darin, den alten Schauplatz beizubehalten und moderne Entsprechungen für das zu verwenden, was es damals an Sprache und an Sitten gab. So können wir z. B. darstellen, wie der Hohe Rat „Resolutionen verabschiedet" und „Dinge ins Protokoll aufnimmt", denn seit Beginn der Bürokratie hat jede offizielle Versammlung irgendwelche Mechanismen, um „Übereinstimmung zu erzielen" und um das Ergebnis aufzuzeichnen. Wir können einen römischen Offizier seine Truppe mit modernen militärischen Kommandos anreden lassen, weil die sprachlichen Methoden, mit denen man Soldatenverbände marschieren, umkehren und halten läßt oder mit denen man ihre Ausrüstung und ihre Marschaufstellung inspiziert, immer und überall ähnlich sind. Wir dürfen einem Militärpolizisten oder einem Steuereintreiber zugestehen, daß er seine Rede mit amerikanischen Slangbrocken würzt; denn die regionale Sprache muß voll gewesen sein von Schlagworten, die man bei den fremden Soldaten und Kaufleuten aufgeschnappt hatte, von denen die großen Handelsstraßen des Reiches wimmelten; und für diese Bruchstücke von Vulgärlatein, Mischgriechisch und syrischen Dialekten ist die Sprache Hollywoods die moderne Entsprechung. Das Römische Reich war auch beileibe manchen Formen der „Neuen Ordnung“ nicht unähnlich, die heutzutage für die Welt gefordert werden. Doch es gibt da auch Grenzen. Wohl waren Finanzbetrügereien, „Big Business“-Methoden und Maklerprovisionen damals so verbreitet wie heute; aber es wäre ein Fehler, Menschen des ersten Jahrhunderts von „Gesellschaften mit beschränkter Haftung“ und Aktienbörsen reden zu lassen. Zwar kannten und praktizierten auch sie die liberalen Tugenden, aber das gilt nicht für den „liberalen Humanismus“, wie wir ihn kennen; jeder Römer war nur zu vertraut mit Unterstützungsgeld, mit dem Scheidungsrecht und mit dem Gesetz über eheliche Güterverteilung, aber nicht mit „demokratischen Institutionen“, wie wir sie kennen; auch unsere Haltung gegenüber der Sklaverei teilte er nicht. Über bestimmte Dinge sprachen und dachten die Menschen einer vergangenen Epoche genauso wie wir – über andere dagegen ganz anders. Aber man hat nichts davon, daß man sie altertümliche Ausdrucksformen gebrauchen läßt, die ihnen sicher selbst überholt vorgekommen wären. Denn sie selbst kamen sich „modern“ vor und waren es auch – so wie wir waren auch sie im Besitz der neuesten Errungenschaften.

Noch etwas anderes kompliziert die Sache. Die Sprache, die man wählt, um diese Modernität von einst darzustellen, muß so geartet sein, daß sie sich von Zeit zu Zeit ohne merklichen Ruck zur Sprache der Prophetie erheben kann. Denn zu jener Zeit machte sich der Snobismus des Banalen noch nicht so wichtig. Man konnte sich noch gewählt ausdrücken, ohne für blasiert gehalten zu werden. Glücklicherweise eignet sich die englische Sprache mit ihrem umfangreichen, anpassungsfähigen und vielseitigen Vokabular gut für die Nebeneinanderstellung des Erhabenen und des Gewöhnlichen, und man kann zwischen beiden auf einer schiefen Ebene nach oben und unten steigen, deren eines Ende auf dem Straßenpflaster „südlich der Themse

bei Elephant“ ruht, und deren anderes „an wolkenmützigen Türmen, an prächtigen Palästen“ lehnt. Die glatte Ausführung dieser Bewegung ist eine rein technische Aufgabe für den Dramatiker.
Wenn wir jedoch auf die Sprache aus der Zeit Shakespeares hören, bleibt die Bewegung unseren Ohren in hohem Maße verborgen, denn selbst die gewöhnlichsten Wörter und prosaischsten Wendungen jener Periode haben allein schon durch die seither vergangene Zeit eine „würdevolle“ Patina angenommen. Die frechen Wortwechsel in den Kneipen klingen heute altertümlich, die groben Beschimpfungen steril, die Witze antiquarisch und der früher gerade übliche Slang „poetisch“. Was in Sackleinen geschrieben wurde, hörte sich an wie in Goldgewebe gehüllt. Und selbst für die damalige Zeit war das Englisch der Authorised Version ein wenig formell und altmodisch – teils, weil es eine Übersetzung ist, die das Gepräge eines fremden Sprachrhythmus trägt, und teils wegen des fortdauernden Einflusses der Bibel Wycliffes – obwohl ein Vergleich der beiden Fassungen zeigt, wie die Sprache inzwischen modernisiert wurde: Die Theologen Jakobs I. kultivierten Archaismen nicht um ihrer selbst willen. Folglich scheint der Autor des 20. Jahrhunderts von der Sprechweise des Mannes auf der Straße bis zur Sprechweise der Prophetie eine größere Strecke zurücklegen zu müssen. Das aber liegt hauptsächlich an der Perspektive: wenn die Landschaft in die entfernte Vergangenheit entschwindet, werden die Flächen durch einen atmosphärischen Schleier des Alters verkürzt, in dem alle Unterschiede verschwimmen. Genau diese angenehme, neblige, malerische Undeutlichkeit vermissen die Leute, wenn sie sich – so wie ein weiterer Briefschreiber – darüber beklagen, daß in der modernen Darstellung „die hier geschaffene Atmosphäre so verschieden von der des Originals scheint, wo alles so eindrucksvoll und wunderbar erzählt wird“. So ist es. Die Frage ist nur: Werden wir heutzutage davon genügend beeindruckt und zum Staunen gebracht? Vor allem – sind wir von dieser äußerst beunruhigenden Geschichte genügend beunruhigt? Manchmal beeindruckt uns das ungeschliffene neue Wort mehr als das schöne und alte. „Wenn ihr nicht das Fleisch des Menschensohnes eßt“, sagte Jesus – und als er dann vielleicht sah, daß die Reaktion auf seine Äußerung weniger stark war, als sie hätte sein können, wiederholte er sie, gebrauchte aber diesmal ein starkes und ziemlich vulgäres Wort mit der Bedeutung „fressen“. (Ich war kleinmütig und beließ es bei „essen“, weil ich die Ohren der Gläubigen nicht mit dem Wort verletzen mochte, das Christus wirklich gebrauchte.
Soviel also zur Sprache. Ich sollte hinzufügen, daß ich nicht versucht habe, in Kleinigkeiten antiquarisch genau zu sein. Die von mir ange-

strebte allgemeine Wirkung ist eher die eines Renaissance-Gemäldes, auf dem Gestalten in moderner Kleidung sich ohne weiteres unter jene mengen, deren Habitus und Verhalten hinreichend orientalisiert sind, um einen Eindruck von Zeit und Ort zu vermitteln und den Erfordernissen des Stoffes zu entsprechen. So setzen die Ereignisse der Hochzeit zu Kana und die Erzählung von den zehn Jungfrauen die Kenntnis jüdischer Hochzeitsbräuche voraus und das Abendmahl ein entsprechendes Wissen über orientalische Tischsitten und über das Passaritual. In dieser Beziehung wurde gerade so viel erklärt, wie nötig ist, um die Handlung verständlich zu machen. Aber es ist unerheblich, ob Maria und Martha in ihrer Küche einen Bratspieß benutzten oder ihren Gästen kalten Fruchtsaft servierten. Und was tut es zur Sache, wenn junge Zuhörer annehmen, daß die Klugen Jungfrauen ihre Lampen mit Paraffin füllten oder daß der Essig, den man verurteilten Verbrechern verabreichte, das gemalzte Produkt war, das sie von zu Hause kennen? Die Unterscheidung zwischen Pflanzlichem und Mineralischem, zwischen Trauben und Gerste berührt den Glauben oder die Moral in keiner Weise. Es wurde versucht, Marschlieder wie Marschlieder klingen zu lassen und nicht – etwa um die Verfechter der Kirchentonarten zu befriedigen – „in sanfte lydische Weisen gehüllt". Und wenn das Bild eines Gentleman gezeichnet werden sollte, der in Eile sein Pferd bestieg, wurde ihm erlaubt, „Halt mir den Steigbügel, Eleazar!" zu rufen, ohne Rücksicht darauf, wann in Palästina Steigbügel eingeführt worden sind. Auch die Begrenztheiten des Mikrophons waren zu berücksichtigen. Es ist zweifellos richtig, daß damals, wie jemand bemerkte, ein Joch Ochsen nicht mit einer Peitsche, sondern mit einem Stachelstock angetrieben wurde; aber der Knall einer Peitsche kann in der Sendung hörbar gemacht werden, während es nutzlos ist, von einem Geräuschemacher zu verlangen, daß er das Geräusch eines Ochsensteckens nachahmen solle.

Von der Sprache kommen wir nun zum literarischen Aufbau. Das Drama des Evangeliums hat eine interessante Struktur. Wie ich bereits sagte, hat es die strikte Form der klassischen Tragödie, wenn auch nach den Maßstäben des Aristoteles nicht einer Tragödie der besten Art. Denn es schildert, wie ein guter Mensch in unverdientes Unglück stürzt, und das wird von Aristoteles nur als die zweitschlechteste der vier möglichen Formen bezeichnet. Aristoteles hätte auch die Figur des Protagonisten nicht gänzlich gebilligt, denn „der Held der Tragödie sollte ein gemischter Charakter sein – weder ganz gut, noch ganz schlecht". Der Held bildet in der Tat eine der größten Schwierigkeiten in diesem besonderen Drama, weil moralische Vollkommenheit leicht unsympathisch wirkt und ganz allgemein gesehen wenig Entwicklungsmöglichkeiten läßt. Aber die moralische Güte dieses Helden war keine statische; Er war ein lebendiger Mensch. Er provozierte die Leute. Wo immer Er hinkam, brachte Er nicht Frieden, sondern das Schwert und Feuer auf Erden. Aus diesem Grunde töteten sie Ihn. Er sagte überraschende Dinge – in einer Sprache, die von der erhabensten Dichtung bis zur klarsten Erzählung und zur geistreichsten Erwiderung reichte. (Wenn wir nicht alle Seine Erwiderungen auswendig wüßten, wenn wir ihnen nicht durch unablässige Wiederholungen im Kanzelton ihren Schwung genommen hätten, und wenn wir uns nicht irgendwie in den Kopf gesetzt hätten, daß Verstand etwas Verwerfliches sei, müßten wir Ihn unter die geistreichsten Köpfe aller Zeiten rechnen. Niemand außer Ihm hat im Laufe von drei kurzen Jahren einen solchen Ertrag an Epigrammen vorzuweisen.) Und wenn bei Ihm auch keine *hamartia* [Irrtum, Verfehlung] im eigentlichen Sinne vorlag, gab es doch jenen Konflikt zwischen Ihm und Seiner Umgebung, aus dem alles Drama entspringt. Er mußte leiden, weil Er sich selbst treu blieb und niemand anders sein konnte, als Er war; und seit Seiner Zeit sind statt eines äußeren, willkürlichen Schicksals Wille und Charakter zu den bestimmenden Faktoren der Gattung der Tragödie geworden.

Soweit handelt es sich also um eine klassische Tragödie. Aber im fünften Akt findet eine *peripeteia* [plötzlicher Umschwung] statt, und zwar wiederum von der klassischen Art, die durch eine *anagnorisis* [Wiedererkennen] zustandegebracht wird. Der Held wird als der erkannt, der er ist: und sofort wird das, was die dunkelste menschliche Tragödie war, zur Göttlichen Komödie.

In Lichte dieser Tatsache taucht die interessante Frage auf, ob so etwas wie eine christliche Tragödie möglich ist. Man hat einerseits gesagt, zum Wesen des Christentums gehöre eine zutiefst tragische Sicht der menschlichen Natur. So ist es auch. Vom irdischen Blickwinkel aus ist der Mensch von der Wiege bis zur Bahre durch eine *hamartia* heimgesucht, die ihn mit sich selbst, mit der Gesellschaft und mit der Natur aller Dinge uneins läßt; er ist ein Wesen, dessen Handlungen sämtlich von Tragik belastet sind. Seine angeborenen Tugenden sind nicht mehr als „glänzende Sünden", die zum unvermeidlichen Gericht führen; seine göttlichen Eigenschaften stiften einen Mißklang zwischen ihm und seinen Mitmenschen, der nur in seiner Kreuzigung enden kann. So ist er – wie Ödipus, wie das Haus des Atreus – in doppelter Hinsicht zur Selbstzerstörung verurteilt. Aber vom anderen Ende her gesehen, können seine schlimmsten Sünden durch sein schlimmstes

Leiden wiedergutgemacht werden; das Böse an ihm wird nicht nur gesühnt – es wird im Wortsinn gutgemacht. Die eherne Notwendigkeit, die ihn bindet, ist die Erfüllung des göttlichen Willens – und siehe da, die Götter sind freundlich.

Ohne Verdammnis gibt es keine christliche Tragödie. Wenn jemand eine Tragödie des klassischen Typs schreiben möchte, sollte er tunlichst das Christentum heraushalten. Jedenfalls kann er keine vollständige katholische Theologie einarbeiten; wo Christus ist, wird immer wieder die Freude durchbrechen. Der Atheist Marlowe schrieb in der Tat eine christliche Tragödie, und mit einem richtigen Instinkt wählte er den einzig möglichen Stoff für – aus christlicher Sicht – anhaltende Düsternis: *Dr. Faustus* ist eine Tragödie der Verdammnis.[5] Aber sie ist nicht klassisch. Faustus ist nicht das Opfer des Schicksals – er ist das, was er freiwillig sein will; seine Hölle ist gekauft und bezahlt. Darüber hinaus ist sein Schicksal eine individuelle Katastrophe; seine Verdammnis hat keine Beziehung zu Gottes Plan; während die Sünde des Judas in der großen Komödie der Erlösung ihre bestimmte Funktion zu erfüllen hatte. Wenn er sich selbst verdammte, dann deswegen, weil er nicht auf den letzten Akt warten wollte.

Welche christlichen Tragödien gibt es denn? Keine Tragödie Shakespeares ist von einer klaren christlichen Theologie oder auch nur einer klar erkennbaren christlichen Atmosphäre geprägt (Shakespeare war klug genug, dieses störende Element nicht einzuführen). Corneilles *Polyeucte* ist eine Tragödie nur in dem Sinn, daß der Held am Ende getötet wird; aber er stirbt in der sicheren und gewissen Hoffnung auf ewiges Leben – es gibt keine tragische Aussichtslosigkeit. In T. S. Eliots *Familientag* wird die Seele ihrer letzten weltlichen Bindung beraubt und entdeckt dabei, daß der Fluch der Sünde aufgehoben ist und daß die Erynnien zu Eumeniden geworden sind.[6] Teilweise findet sich diese Verwandlung sogar in der *Orestie* selbst; hier wird sie mit Zeus dem Retter in Verbindung gebracht, „der festlegte, daß das Lernen durch Leiden ein ewiges Gesetz sei" und dessen rettende Weisheit „die Gabe eines Gottes ist, der durch Kampf / zum Throne des Lebens ward erhoben." Auch im *Prometheus* und in den *Supplices* existiert die Vorstellung von einem Gott, der versöhnen kann, weil er in gewisser Hinsicht das durch die Sünde verursachte Leiden geteilt hat.[7] Es scheint, daß, wo immer es einen leidenden Gott gibt, die tragische Vergeblichkeit aufgehoben ist und eine Umwertung aller Werte stattfindet. Zu dieser Schlußfolgerung wurden viele menschliche Generationen von dem Geist geführt, *qui et semper aderat generi humano*[8] – wenn es so wäre, fühlten sie, werde alles gut enden. Die Jünger Jesu, durch die menschliche Tragödie der Kreuzigung in Feigheit und Verzagtheit gestürzt, brauchten nur durch die Auferstehung davon überzeugt zu werden, daß das, was da gelitten hatte und gestorben war, in Wirklichkeit, in einem tatsächlichen, geschichtlichen Sinn, das Wesen aller Dinge gewesen war, um auf einzigartige Weise ihren Mut und ihr seelisches Gleichgewicht wiederzugewinnen und die Göttliche Komödie laut und fröhlich und ohne jede Sorge um die eigene Sicherheit zu verkünden. Warum und wie das Leiden Gottes diese belebende Wirkung auf den menschlichen Geist ausüben kann, ist eine Frage für die Theologie der Versöhnung; *daß* sie diese Wirkung bei denjenigen hatte, die daran glaubten, ist offensichtlich. Unter Pontius Pilatus hatten die Prophezeiungen der Dichter Namen, Datum und Adresse erhalten; von nun an konnte die tragische Muse nur weiterleben, indem sie die Augen vor dieser Kette von Ereignissen verschloß. Jenen ersten Aposteln schien die Auferstehung nicht deshalb wichtig zu sein, weil sie ein „persönliches Überleben" versprach – die Pfingstpredigt des Petrus verspricht keine „goldenen Berge" im Jenseits; sie war ihnen wichtig, weil sie die Identität des Getöteten feststellte: „Gott hat diesen Jesus, den ihr gekreuzigt habt, zum Herrn und Christus gemacht." Kurz zuvor war diese Identifizierung noch nachdrücklicher und unzweideutiger ausgefallen: „Mein Herr und mein Gott." Alle Prophezeiungen waren erfüllt. Diejenigen, die dem Christentum vorwerfen, es habe keine neue Moral gelehrt und keine neue Art von Gottheit erfunden, können gar nicht noch weiter am Ziel vorbeischießen. Das Christentum garantierte einfach, daß die alte Moral Gültigkeit hatte und daß die alten Glaubenssätze buchstäblich der Wahrheit entsprachen. „Ihr wißt nicht, was ihr anbetet; wir wissen aber, was wir anbeten", „was wir gesehen haben mit unseren Augen, was wir betrachtet haben und unsere Hände betastet haben" – „Er litt unter Pontius Pilatus." Gott starb – nicht in einer Legende, nicht in einem Symbol, nicht in einer fernen Vergangenheit oder in einem unbekannten Reich, sondern hier, vor einigen Wochen – *ihr habt doch gesehen, wie es geschah.* Das ganze große Wolkenschloß der natürlichen Religion und der dichterischen Prophetie wird auf die Erde heruntergeholt und auf diesem kantigen und soliden Eckstein festzementiert.

Was uns nun zu den Quellen bringt. Sie wurden weder von modernen Historikern verfaßt, noch wurden sie – das versteht sich von selbst – im Hinblick auf die Bedürfnisse eines neunzehnhundert Jahre später schreibenden Hörspielautors zusammengestellt. Den Evangelisten, insbesondere den Synoptikern, geht es darum, niederzuschreiben, was Jesus sagte und tat, und nicht darum, „Lokalkolorit" (das ihren Lesern ja ohnehin bekannt war) oder biographische Skizzen zeitgenössischer Persönlichkeiten zu liefern. Sie waren auch nicht, abgesehen von der Karwoche, so sehr wie wir an einer genauen Chronologie interessiert. Die *Karwoche* war das wichtige Datum, und hier sind sie sich im wesentlichen über die Abfolge der Ereignisse einig. Lukas gibt sich große Mühe, auch das Geburtsdatum festzulegen. Aber für die Zeit dazwischen hat, wie Erzbischof Temple aufgezeigt hat, nur Johannes so etwas wie eine richtige Chronologie. Häufig scheint der Stoff mehr im Hinblick auf Themen als auf die logische oder chronologische Abfolge von Ereignissen angeordnet zu sein. So nimmt Matthäus eine Anzahl von Worten Jesu, die in Lukas auf ein Dutzend verschiedene Zusammenhänge verteilt sind, zu der einen langen Rede zusammen, die wir als „Bergpredigt" kennen. Auf der anderen Seite finden wir bei Lukas die drei Gleichnisse über die Vergebung (Verlorener Groschen, Verlorenes Schaf und Verlorener Sohn) zusammengefügt. Ihnen folgt – nur mit der knappen Überleitung „Er sprach aber auch zu den Jüngern" – das Gleichnis vom Ungerechten Haushalter, dem wiederum eine Gruppe von Einzelaussagen über verschiedene Themen angefügt ist. Dann folgen das Gleichnis vom reichen Mann und armen Lazarus und eine weitere Reihe von Worten ohne besonderen Zusammenhang, die zu der Heilung der Aussätzigen hinführt; ein prophetischer Abschnitt über das Ende der Welt bildet den Schluß. Lukas liebt es, kleine Bündel von Aphorismen zusammenzustellen, so wie manche *Was Dr. Johnson sagte* oder *Die Epigramme Oscar Wildes* in Büchern zusammentragen. Markus bietet uns meist Folgen von Wundern, zwischen denen solche allgemeinen überleitenden Formeln wie „Alsbald aber", „Und abermals", „Und es begab sich" oder „Zu der Zeit" stehen. Johannes dagegen bemüht sich immer, eine logische Verbindung und sehr oft auch eine chronologische Ordnung aufzuzeigen.

Bei der dramatischen Darbietung dieses Gegenstands mußte man immer die Bedingungen berücksichtigen, die dem Medium innewohnten. Zwölf Stücke hatten es zu sein, die im Abstand von vier Wochen gesendet werden sollten. Einige Leute mochten in der Lage sein, sich alle Folgen anzuhören; einige nur dann und wann ein paar. Jedes Hörspiel mußte deshalb seinen Platz als eine logische Einheit innerhalb der Gesamtanlage der Serie ausfüllen; dabei hatte jedes Wort, jede Zeile und jedes Ereignis in angemessener Beziehung zum Vorausgegangenen und zum Folgenden zu stehen. Die Charaktere und die Handlungsstruktur mußten vom Anfang bis zum Ende stimmig sein, denn sonst wären nicht nur das Publikum, sondern auch die Schauspieler verwirrt und verärgert worden. Aber es mußte auch jede Einzelfolge auf eigenen Füßen stehen: mit einer gewissen strukturellen Einheitlichkeit und mit einer Handlung, die einen richtigen Anfang, eine richtige Mitte und ein richtiges Ende hatte. Andernfalls hätten wir überhaupt keine Hörspiele vor uns, sondern lediglich Abschnitte, wie willkürlich herausgetrennt aus einer unendlichen Bibelstunde. All dies brachte es mit sich, daß man mit dem Text des Evangeliums etwas freier umgehen mußte – einige Vorkommnisse auszulassen, andere einzufügen und zu erweitern, Hintergründe und „Brücken" (wie der technische Ausdruck heißt) zu liefern und gelegentlich Umstellungen vorzunehmen hatte. Für die meisten dieser Arbeiten gab es in den Evangelien genügend Vorbilder: Markus und Lukas sind die großen „Redaktoren", Johannes aber derjenige, der Erläuterungen, Hintergründe und „Brücken" liefert.

Die Weihnachtsgeschichte steht natürlich als festgefügter dramatischer Stoff für sich selbst; und die fünf Passionsspiele, vom Einzug in Jerusalem an, ergaben ohne weiteres in sich abgeschlossene Episoden, bei denen nur die verschiedenen Einzelerzählungen zu einer zusammenhängenden Geschichte verschmolzen werden mußten. Die Zeit der Wirksamkeit Jesu bereitete die größten Schwierigkeiten, teils, weil das Material selbst nicht so klar zusammengestellt war und teils, weil es immer schwierig ist, die *Mitte* einer Geschichte unabhängig für den Leser oder Hörer zu gestalten, der sie als isoliertes Stück Unterhaltung erlebt. Zunächst einmal erforderte die Verbindung aller Einzelereignisse zur Hauptgeschichte zwei Entwicklungslinien. Abgesehen von der allgemeinen theologischen Argumentation gab es da noch eine thematische Struktur, ein Element der Geschichte, dessen Auswahl für den Schriftsteller und sein Publikum in diesem Augenblick eine große Rolle spielen mußte: Welche Bedeutung hat die Geschichte für das Wesen von irdischen und geistlichen Königreichen? Diese Frage, die den Titel der Serie abgab und durchgehend die schriftstellerische Methode und die zu setzenden Schwerpunkte bestimmte, war für die Menschen des ersten Jahrhunderts ebenso brennend wie für uns. Unter dem Druck des Römischen Reiches waren sie ebenso wie wir bedrängt vom Problem der Begründung von Autorität, vom Konflikt zwischen Zentralregierung und Selbstverwaltung, von der problematischen Sanktionierung von Machtpolitik und von der Spannung zwischen nationaler Unabhängigkeit und Weltbürgertum. Es bedurfte daher keines wie auch immer gearteten Zwangs, um der Geschichte eine scharf umrissene Aktualität zu verleihen.

Eine thematische Struktur an sich ergibt aber noch lange kein Drama. Es muß auch eine Handlungsstruktur vorhanden sein, und diese

wurde dadurch hergestellt, daß verschiedene in der Geschichte verborgene Verknüpfungen herausgestellt und an der Person des Judas festgemacht wurden. Die nicht weiter erklärte Szene mit dem Esel und dem Schlüsselwort wird in den Erläuterungen zum Achten Spiel ausführlicher behandelt. Wie sie sich im Text findet, ist sie in den Evangelien einzigartig, und sie bedarf daher wohl einer tieferen Begründung, als daß sie die bewußte und relativ theatermäßige „Vorführung" einer erfüllten Prophetie durch Jesus sei. Es ist sehr gut möglich, daß die Jünger selbst niemals wußten, wie der Esel dorthin kam. Ich habe eine Begründung dafür vorgeschlagen und dabei die Gestalt Baruchs des Zeloten zu Hilfe genommen – die einzige wichtige Gestalt, die ich selbst erfunden habe. Seine Verbindung mit Judas bildet die Haupttriebfeder für den Fortgang der Handlung.
Judas, wie ihn die Evangelien schildern, ist ein Rätsel. Er wird spät und plötzlich in die Handlung eingeführt und ist bereits „gerüstet" für seine Schurkerei. Uns wird weder berichtet, wie er zum Jünger wurde, noch erfahren wir, welche Motive ihn dazu trieben, seinen Herrn zu verraten. Johannes sagt, er sei ein Dieb gewesen, und er ließ sich seinen Verrat mit Sicherheit bezahlen; Jesus nannte ihn „*diabolos*" – den Feind – und „den Sohn des Verderbens". Als er seine schlimmste Tat vollbracht hatte und sah, was er angerichtet hatte, brachte er den Lohn des Frevels zurück und ging hin und erhängte sich. Er scheint eine seltsame Mischung von Empfindsamkeit und Härte gewesen zu sein. Eines ist sicher: Er kann nicht der kriecherische, schmeichlerische, offenkundig nichtswürdige Schurke gewesen sein, den manche einfältigen Seelen in ihm sehen wollen; das würde der Intelligenz oder dem Charakter Jesu ein schlechtes Zeugnis ausstellen. In Unkenntnis seines wahren Wesens einen offensichtlichen Verbrecher zu seinem Jünger zu machen, wäre die Tat eines Narren; und Jesus von Nazareth war kein Narr. Tatsächlich sagt Johannes ausdrücklich, daß Jesus von Anfang an wußte, was in Judas war. Aber einen offensichtlichen Verbrecher mit der ausdrücklichen Absicht auszuwählen, daß er sich selbst ruiniere, wäre teuflisch; vor einem Menschen, der so handelte (und um wieviel mehr vor Gott), würde niemand – außer vielleicht Machiavelli – den geringsten Respekt empfinden. Aber (und das ist für unseren Zusammenhang weitaus bedeutsamer) beide derartigen Verhaltensweisen wären auch völlig unvereinbar mit dem Charakter Jesu, wie er uns im übrigen beschrieben ist. Man könnte einen antichristlichen Traktat schreiben, der ihn schwach und dumm erscheinen ließe; man könnte sogar eine theologische Abhandlung schreiben, in der im Sinne der Prädestinationslehre als jenseits von Gut und Böse dargestellt

wird; aber es ist schlechterdings nicht möglich, eine dieser beiden Theorien mit seinen übrigen Worten und Taten zu vereinbaren – *und daraus ein Drama zu machen.* Die offenkundigen Unstimmigkeiten in dieser Gestalt würden das Stück ruinieren: Kein ehrlicher Dramatiker könnte eine solche Rolle schreiben, kein Schauspieler sie spielen und kein intelligentes Publikum sie akzeptieren. Das meinte ich, als ich sagte, daß die dramatische Behandlung eine strenge Überprüfung der Theologie bildet und daß der Dramatiker den Stoff von seiner eigenen Seite des Vorhabens her angehen muß. Nein – der von vornherein schurkische Judas funktioniert nicht, weder dramatisch noch theologisch. Die verdammungswürdigste aller Sünden ist eine hintergründigere Sache als plumper Ehrgeiz oder nackte Habgier. Die schlimmsten Übel auf der Welt werden nicht durch offene, selbst eingestandene Laster hervorgebracht, sondern durch die tödliche Verkehrung erhabener Tugenden. Der Stolz, der den Erzengel Luzifer aus dem Himmel warf und Adam aus dem Paradies seiner ursprünglichen Unschuld, ist der Kern und Stern aller Sünde, und zugleich die chronische Sünde hochmoralischer, intelligenter Menschen. Jesus, der mit „Zöllnern und Sündern" freundlich umging, war sehr hart, wenn es sich um Sünden des Hochmutes handelte. Er war konsequent, und wenn er von Judas mit fast beispielloser Strenge sprach, ist es wahrscheinlich, daß die Sünde des Judas von einem besonders anmaßenden Hochmut herrührte. Es steht uns frei zu mutmaßen, welcher Teufel es war, der ihn persönlich beherrschte; ich vermute, es war ein Verstandesteufel sehr heimtückischer Art, wie er auch heutzutage am Werk ist und sich mit bemerkenswertem Geschick als Engel des Lichtes verkleidet. Die Tatsache, daß verschiedene Hörer mir verärgert geschrieben haben, der von mir gezeichnete Judas erscheine ihnen als ein Mensch größten Edelmuts, angetrieben von höchst achtbaren Motiven, bestätigt mich in meinem Eindruck, daß dieser besondere Vertreter der Hölle zur Zeit das Handwerk seines Herrn und Meisters mit einzigartiger Gründlichkeit und großem Erfolg betreibt. Seine Untaten werden nicht als solche erkannt – so wie es der Teufel liebt.

Der rote Faden der Handlungsstruktur wurde auf diese Weise durch den Bezug zu der politischen Intrige um Judas und Baruch hergestellt, und dadurch, daß Judas ganz zu Anfang der Wirksamkeit Jesu als Jünger Johannes des Täufers eingeführt wird. Ebenso wichtig für Thema und Handlung war auch das römische Element der Geschichte Jesu. Es war von wesentlicher Bedeutung, daß die übermächtige Existenz des Imperiums jeden Augenblick für das Publikum ebenso gegenwärtig war wie für die damaligen Menschen: der dauernde Druck, die

ständige Bedrohung, die Macht und das Ansehen des Kaisers. Deshalb wurde in der Person des römischen Hauptmanns Proclus eine weitere „Spurstange" mitten durch die Serie hindurchgeführt. Alles, was hier zu tun war, war die Gleichsetzung des Hauptmanns, dessen Knecht geheilt wurde, mit dem „gläubigen Hauptmann" bei der Kreuzigung – etwas, was in sich nicht unlogisch war und was die schließliche Glaubensäußerung dramatisch viel überzeugender machte. Danach war es leicht, den jungen Proclus als Mitglied der römischen Leibwache einzuführen, die, wie historisch bezeugt, Herodes dem Großen zugeteilt war, und auf diese Weise die erste Szene der Tragödie mit der letzten zu verknüpfen, indem Proclus und Balthasar am Fuß des Kreuzes genauso zusammentrafen wie zuvor an Epiphanias. Die Beziehung zu Rom ließ sich weiterhin dadurch verstärken, daß die Frau des Pilatus zu einem vergleichsweise frühen Zeitpunkt in die Geschichte eingeführt wurde, nämlich als sie Jesus beim Laubhüttenfest sieht, und dadurch, daß die Prozession Jesu und die Prozession des Pilatus am Palmsonntag aufeinandertreffen. Damit wird auf den jüdisch-römischen Zusammenstoß beim Prozeß vorbereitet, und es wird der Zusammenhang für jene kleine Szene hergestellt, die die Familie des Pilatus mit der Auferstehung Jesu verbindet.
Ein paar weitere Gleichsetzungen liefern die „Spurstangen" für einzelne Spiele und Episoden; die wichtigste davon ist die Gleichsetzung der Maria Magdalena mit Maria von Bethanien und mit der namenlosen Frau, „die eine Sünderin war" (Lukas 7). Diese Gleichsetzung ist schon in der Tradition zu finden und wird durch die Autorität Augustins und Gregors des Großen gestützt. Die beiden Episoden, aus denen sich das Dritte Spiel („Es war aber ein Edelmann") zusammensetzt, wurden dadurch miteinander verbunden, daß der betreffende Edelmann zu einem Gast bei der Hochzeit zu Kana gemacht wurde. In ähnlicher Weise verband die (vom Bischof von Ripon vorgeschlagene) ansprechende Gleichsetzung der Maria, Frau des Klopas, mit dem zweiten Jünger auf dem Weg nach Emmaus diesen Vorgang mit dem Bericht von Golgatha. Die Zahl der Menschen, die ohne Vor- und Nachgeschichte über die Seiten der Evangelien huschen, ist enorm; und jede legitime Gelegenheit wurde genutzt, um den dramatischen Aufbau zu konzentrieren und die unnötige Vermehrung der handelnden Personen zu vermeiden.
Was die Gleichnisse und Worte Jesu angeht, so war es nötig, sie so gleichmäßig wie möglich auf die von der Wirksamkeit Jesu handelnden Hörspiele zu verteilen und einen jeweils passenden Zusammenhang für sie zu schaffen. Dies war nicht notwendigerweise immer der

ursprüngliche Kontext. Es besteht aber auch kein Grund zu der Annahme, daß jede Geschichte nur bei einer einzigen Gelegenheit erzählt wurde. Ganz im Gegenteil ist es sehr wahrscheinlich, daß sie immer und immer wieder erzählt wurden – manchmal mit denselben Worten, manchmal mit Variationen. (So sind die Gleichnisse vom großen Abendmahl und von der Hochzeit des Königssohnes allem Anschein nach dieselbe Geschichte und wurden aus bestimmtem Anlaß variiert; die Gleichnisse von den anvertrauten Zentnern und den anvertrauten Pfunden bilden eine ähnliche Dublette, wie auch die Gleichnisse vom Turmbau und vom Kriegführen. Wir brauchen uns nicht vorzustellen, daß das Auftauchen derselben Geschichte in unterschiedlichen Zusammenhängen irgendeine Ungenauigkeit oder einen Widerspruch beweist, oder daß die Version eines Evangelisten authentischer ist als die eines anderen. Jeder Lehrer, der sich eine Geschichte wie die vom Verlorenen Sohn oder vom Barmherzigen Samariter ausdenkt, wäre doch töricht, wenn er sie nur einem einzigen Publikum erzählte. Er wird sie immer wieder erzählen, bis seine Jünger sie in allen Variationen auswendig wissen.[9] Genauso verhält es sich mit den „Worten" Jesu. In der Tat legt die lapidare Form, in der uns diese Lehren überliefert worden sind, überzeugend nahe, daß es sich um Versatzstücke von Lehre handelt, mit denen die Vermittler der mündlichen Tradition aufs Wort und engstens vertraut waren.

Bei den Reden und öffentlichen Streitgesprächen verhält es sich anders. Die meisten von ihnen, wie den großen Abschnitt über das Brot vom Himmel, den Disput am Laubhüttenfest und die lange Rede und das Gebet nach dem Abendmahl verdanken wir Johannes, und ihr Stil ist von dem der Gleichnisse und Worte Jesu so sehr verschieden, daß manche Menschen es kaum zu glauben vermochten, daß sie von ein und derselben Person stammen und daß sie nicht vielmehr aus den eigenen Meditationen des Johannes hervorgegangen sind. Aber dies ist nur eine scheinbare, keine reale Schwierigkeit. Man muß sich daran erinnern, daß von den vier Evangelien das Johannesevangelium das einzige ist, das den Anspruch erhebt, der unmittelbare Bericht eines Augenzeugen zu sein. Und für jeden, der schöpferisch mit Texten umzugehen gewohnt ist, erhärtet der Textbefund diesen Anspruch. Im großen und ganzen geben die Synoptiker die „festgeprägten Versatzstücke" wider; Johannes dagegen berichtet die Worte und Handlungen anläßlich des nicht wiederholten einzelnen Vorgangs, indem er sie aus jenem Magazin eines geübten Gedächtnisses hervorholt, das bei Menschen, die noch nicht infolge von allzuviel Tinte und Papier vergeßlich geworden sind, die Akten und den Stenografenblock ersetzt.

Im allgemeinen ist es Johannes, der sich an die Jahreszeit und die Tageszeit erinnert und daran, wo die Leute saßen und wie sie von einem Ort zum anderen reisten. Johannes ist es, der sich nicht nur daran erinnert, was Jesus sagte, sondern auch daran, was die anderen zu ihm sagten; Johannes kann einen kontroversen Wortwechsel und die Entwicklung eines Arguments wiedergeben. Johannes ist es, der genau die Betonung und die Wiederholungen wiedergibt, mit denen ein Lehrer seiner ziemlich begriffsstutzigen und unaufmerksamen Zuhörerschaft einen neuen Gedanken nahezubringen versucht. Er ist es auch, der die charakteristischen rhetorischen Kunstgriffe festgehalten hat – die merkwürdigen Winkelzüge der Dialektik, die durch scheinbar irrelevante Fragen einen Vorposten nach dem anderen einnimmt und dann plötzlich von hinten her die Hauptstellung angreift; und er gibt das „Wahrlich, wahrlich ich sage euch" wieder, das zu den wichtigsten Feststellungen die Einleitung bildet.[10]
Wo immer sich eine Szene auf Johannes zurückführen läßt oder wo der Bericht des Johannes als Ergänzung zu den Berichten der Synoptiker herangezogen wird, ist die Aufgabe des Dramatikers einfach. Entweder ist der Dialog – auf beiden Seiten lebendig und persönlich – schon vorhanden, oder die Meinung des Gesprächspartners kann aus den gegebenen Antworten problemlos rekonstruiert werden. Und es ist häufig Johannes, der die Begründung und Bedeutung von Handlungen und Reden liefert, die bei den Synoptikern unerklärt und zusammenhanglos vorkommen. So scheint es nach der Speisung der Fünftausend keinen zwingenden Grund dafür zu geben, daß Jesus sich zurückzog und die Jünger allein über den See schickte; aber Johannes steuert das fehlende Motiv bei, dazu auch die Antwort auf die eine oder andere praktische Frage: Wieso waren die Jünger in der Lage, Jesus auf dem Wasser wandeln zu sehen? Es war nahe dem Passafest, und es war Vollmond. Wie konnten einige Leute „des Volkes" am nächsten Tag in Kapernaum auftauchen? Sie folgten, sobald die Boote von Tiberias herübergekommen waren, um sie zu holen. Johannes ist es auch, der uns von dem dramatischen Augenblick berichtet, in dem Pilatus sich plötzlich dafür entscheidet, das Urteil des Hohen Rates nicht ohne Rückfragen zu bestätigen und die Priester mit der förmlichen Aufforderung zur Darlegung ihres Standpunktes aus der Fassung bringt: „Was für eine Klage bringt ihr gegen diesen Menschen vor?" Damit leitet er zu der Frage hin: „Bist du der König der Juden?" – eine Frage, die bei den Synoptikern ohne Einleitung gestellt wird, und ohne Erklärung dafür, wieso Pilatus auf eine so phantastische Idee gekommen sein kann. Johannes weiß auch, daß beim Abendmahl

er und Judas so nahe bei Jesus saßen, daß eine Verständigung im Flüsterton und das Hinüberreichen des Bissens möglich waren. Johannes – und nur er – weiß von dem Verhör Hannas, und deshalb kann er auch das Wo und Wie der Verleugnung Petrus erklären und erläutern, wie (nach Lukas) der Herr sich umwenden und Petrus ansehen konnte, als er über den Hof des Hohenpriesters zum Verhör vor dem Hohen Rat geführt wurde.[11]

Alles in allem liest sich das Evangelium des Johannes vom Anfang bis zum Ende wie die Erzählung eines Augenzeugen, der die Lücken in der bereits veröffentlichten Geschichte auffüllt, gelegentliche Fehler berichtigt und Material hinzufügt, an das sich frühere Schreiber entweder nicht erinnerten oder von dem sie nichts wußten. Gewöhnlich geht er auf Ereignisse, die bereits angemessen behandelt worden waren, und auf Geschichten, die jeder auswendig wußte, nur kurz ein; manchmal läßt er sie auch völlig aus: die Geburtsgeschichte zum Beispiel, die Versuchung, die Gleichnisse und die Einsetzungsworte des Abendmahls. Nichts spricht dafür, daß etwas nicht authentisch ist, weil er es nicht erwähnt, oder, auf der anderen Seite, weil keiner sonst es erwähnt. Bei modernen Memoiren, von verschiedenen Personen über einen bestimmten Menschen geschrieben, würden wir genau jene Varianten erwarten, die wir in den Evangelien finden. Wenn es uns dort überrascht, dann vielleicht, weil wir uns angewöhnt haben, Jesus und seine Jünger nicht *wirklich* als wirkliche Menschen zu betrachten.

Wie dem auch sei – der Dramatiker hat nicht wie der Textkritiker die Aufgabe, eine bestimmte Version der Geschichte als die ältere und reinere oder allein maßgebliche Version zu erarbeiten. Er will nicht auswählen und verwerfen, sondern harmonisieren. Wo zwei Versionen wirklich nicht in Einklang miteinander stehen (wie in den Daten, die Markus und Johannes für die Tempelreinigung angeben[12]), muß er sich natürlich für die eine oder die andere entscheiden. Aber am liebsten nimmt er drei oder vier in Einzelheiten variierende Berichte desselben Ereignisses und setzt alle diese Details so passend zusammen, daß die kombinierte Darstellung ein überzeugenderes und dramatischeres Bild ergibt als jeder einzelne der Berichte für sich genommen. Dabei ist er oft überrascht, wie viele scheinbare Widersprüche sich als überhaupt nicht widersprüchlich erweisen, sondern lediglich als sich ergänzende Tatsachen. Man nehme zum Beispiel die verschiedenen Auferstehungsberichte. Auf den ersten Blick erscheinen die Unterschiede sehr groß; und viel Tinte und Scharfsinn sind auf den Nachweis verwendet worden, daß einzelne der Geschichten nicht „original" oder nicht „authentisch" seien, sondern Erweiterungen, welche die

Einbildungskraft frommer Christen auf die Zeugenaussagen erster Hand aufgepfropft habe. Nun, das sei dahingestellt. Aber die Tatsache bleibt, daß sich ausnahmslos *alle* von ihnen in einer einzigen geordneten und zusammenhängenden Erzählung unterbringen lassen – ohne die geringste Widersprüchlichkeit oder Schwierigkeit und ohne Weglassen, Hinzuerfinden oder Manipulieren von Material. Nötig ist allein die winzige Anstrengung, sich das natürliche Verhalten eines Haufens erschreckter Menschen *vorzustellen*, die in der Dämmerung zwischen Jerusalem und dem Garten hin und her laufen.

Für diese Hörspiele habe ich also alle vier Evangelisten als gleichwertige „Zeugen der Wahrheit" behandelt, habe zusammengefügt, wo immer ich konnte, und habe soviel beibehalten, wie mir möglich war; wo es auszuwählen galt, habe ich eher das Kriterium der dramatischen Einigung berücksichtigt als die Priorität des Codex Aleph oder des Codex Bezae oder die Dürftigkeit der hypothetischen Quelle Q. Auch habe ich nicht gezögert, mich an eine liebe alte Tradition zu halten, wenn sie malerische Abwechslung bot und keinen Schaden anrichtete: meine Weisen bleiben Könige, und sie bleiben zu dritt; sie behalten ihre Märchennamen, und Balthasar ist schwarz, aber anmutig, wie ihn alle braven Kinder kennen. Die beklemmende Legende von dem Schrei, der beim Tod Christi über das Meer zu hören war, ließ sich gut für den Traum der Frau des Pilatus verwenden. Alle Stationen des Kreuzweges sind vorhanden, bis auf den dritten Fall Jesu unter dem Kreuz, der mehr Wiederholung nötig gemacht hätte, als die Form des Dramas vertrug.[13] Abgesehen von einigen derartigen durch fromme christliche Gebräuche geheiligten Traditionen sind meine einzigen Quellen die biblischen Schriften gewesen, dazu einige Einzelheiten aus Josephus und anderen Historikern zur Ausgestaltung des Hintergrundes.

Ich habe mich nicht auf eine große Menge exegetischer Literatur eingelassen, weil ich befürchtete, eine große Zahl von Ratgebern werde nur Verwirrung schaffen. Gern bekenne ich allerdings, wieviel ich Erzbischof Temples *Reading in St. John's Gospel* und *The Fourth Gospel* von Sir Edward Hoskyns verdanke, sowie auch *The Upper Room* von R. A. Edwards – einem Buch, dem ich skrupellos einige glückliche übersetzerische Wendungen entlehnt habe. Für die ganze Behandlung der Gerichtsszene habe ich Frank Morison für sein Buch *Who Moved the Stone?* zu danken – ein zündendes kleines Werk, das wie durch ein Wunder alles erhellt, was einem an diesem seltsam gesetzlichen Akt der Ungesetzlichkeit Rätsel aufgibt. In seiner phantasievollen Wiedergabe der Szene aus der Sicht des Hohen Rates war auch Ronald Gurners *We Crucify!* hilfreich. Darüber hinaus sind natürlich aus sporadi

scher Lektüre und halbvergessenen Predigten viele Bruchstücke der Auslegung im Gedächtnis haften geblieben, die sich beim besten Willen nicht mehr identifizieren und mit Dank erwähnen lassen.
Es scheint mir – wie sicherlich auch vielen Lesern –, daß die angeborenen Fähigkeiten und erworbenen Fertigkeiten, mit denen ich mich in dieses Abenteuer gestürzt habe, sehr bescheiden waren.

Es kommt ein Schiff geladen
bis an sein höchsten Bord.
Trägt Gottes Sohn voll Gnaden,
des Vaters ewigs Wort.

Das Schiff geht still im Triebe;
es trägt ein teure Last.
Das Segel ist die Liebe;
der Heilig Geist der Mast.

Was haben eine Kriminalschriftstellerin und eine Mannschaft von Schauspielern aus dem kommerziellen Theater auf *diesem* Schiff zu suchen? Mit welchem Recht dürfen sie annehmen, daß man ihnen zutraut, ein solches Schiff in den Hafen zu bringen? Wir wollen da ganz offen sein.
Eine *angemessene* dramatische Darstellung vom Leben des menschgewordenen Gottes zu geben, würde sowohl vom Dramatiker als auch von den Schauspielern eine buchstäblich übermenschliche Begabung erfordern. Ich glaube, niemand von uns macht sich irgendwelche Illusionen über unsere Fähigkeit, das zu schaffen, was auch die größten Künstler aller Zeiten als eine Überforderung bezeichnen würden. Auf der anderen Seite vermag jeder ehrliche Handwerker, wenn nur der Gegenstand groß genug ist, etwas nicht ganz Unwürdiges hervorzubringen, denn die Größe liegt im Gegenstand selbst. Er bedarf keiner Verbesserung durch den Handwerker; es ist genug, daß der in Treue dem Werk dient.
Aber der Handwerker muß ehrlich sein, und er muß wissen, welch einem Werk er dient. Ich bin Schriftstellerin und kenne meinen Beruf; ich sage, daß diese Geschichte wahrhaft großartig ist und daß man sie ernstnehmen muß. Ich sage weiterhin (und hier weiß ich, was ich sage und meine genau das, was ich sage), daß sie in diesen Tagen selten ernst genommen wird. Sie wird oft mit distanzierter Feierlichkeit angegangen und behandelt, aber das ist nach den Maßstäben ehrlicher Schriftsteller eine respektlose Behandlung.

Weder Herodes noch Kaiphas noch Pilatus noch Judas brachten es jemals fertig, Jesus Christus den Geruch der Langweiligkeit anzuhängen – diese letzte Schmach mußten Ihm fromme Hände antun. Seine Geschichte zu etwas zu machen, das keine Menschenseele überraschen, schockieren, entsetzen, aufregen oder begeistern kann – das heißt, den Sohn Gottes ein zweites Mal zu kreuzigen und Ihn öffentlich in Schande zu bringen. Und wenn jemand sich einbildet, daß die übliche Darstellung dieser Geschichte in letzter Zeit so gewesen ist, wie sie hätte sein sollen, dann möge er auf der Straße den nächstbesten Fremden ansprechen und ihn fragen, was sie bei ihm ausgelöst hat. Oder er soll die Welt ansehen, der man dieses Evangelium seit fast zwanzig Jahrhunderten gepredigt hat: *Si calvarium, si sepulchrum requiris, circumspice.*[14] Laßt es mich euch sagen, ihr lieben Christen: Ein ehrlicher Schriftsteller würde sich schämen, ein Ammenmärchen so zu behandeln, wie ihr das größte Drama der Geschichte behandelt habt; noch gar nicht einmal um seines Glaubens, sondern allein schon um seiner schriftstellerischen Berufung willen würde er sich schämen.

Ihr habt vielleicht vergessen, daß es sich zuerst und vor allem um Geschichte handelt, um eine wahre Geschichte, um den Wendepunkt der Geschichte, um „das einzige, was jemals wirklich geschehen ist". Ist das so, dann dürfen selbst die Geringsten unter uns euch daran erinnern: wir, Dramatikerin und Schauspieler. Unser Handwerk ist es, Geschichten zu erzählen – das einzige Handwerk, das wir verstehen. Wir haben getan, was wir konnten; möge der Meister aller Handwerker selbst das Beste daraus machen.

Übersetzt von Manfred Siebald

ANMERKUNGEN

1 Als „Author's Introduction" der Buchfassung (1943) des englischen Originals vorangestellt; hier lediglich um einige Fußnoten und die abschließenden persönlichen Dankesworte der Autorin an die bei der Produktion Beteiligten gekürzt. Für theologisch fachkundigen Rat bei der Übersetzung ist Herrn Prof. Gustav Adolf Benrath, Mainz, herzlich zu danken. Die von Dorothy L. Sayers selbst der Einführung beigefügten Anmerkungen sind mit [DLS] gekennzeichnet.

2 Mysterienspiele sind aus der Liturgie hervorgegangene geistliche Spiele des Mittelalters mit biblischem Inhalt. In England sind mehrere umfangreiche Zyklen (aus York, Chester, Coventry und Wakefield) erhalten geblieben.

3 Als Doketismus wird die von der frühen Kirche bekämpfte Lehre der Gnosis bezeichnet, nach der Jesus eigentlich keinen Leib aus Fleisch und Blut gehabt habe, daß seine sichtbare Gestalt also nur Schein gewesen sei.

4 Gemeint ist die „Authorised Version" von 1611, wegen ihrer Autorisierung durch Jakob I. (1603–1625) auch „King James Version" genannt und in ihrer sprachprägenden Kraft etwa der Lutherübersetzung an die Seite zu stellen.

5 *The Tragical History of Dr. Faustus* (1604). Anders als später Goethes Faust (und noch später John Faustus in Dorothy L. Sayers' *The Devil to Pay* – 1939) verkauft Dr. Faustus aus reinem Machthunger dem Teufel für 24 Jahre Leben seine Seele.

6 Thomas Stearns Eliots Drama *Familientag* (1939) greift im Schicksal einer englischen Familie die Orestes-Tragödie auf, verleiht ihr aber eine christliche Dimension. Die Rachegöttinnen der griechischen Sage verwandeln sich dabei in Segensspenderinnen.

7 Man darf natürlich die Parallele nicht zu weit ziehen. Es ist zweifelhaft, ob irgendeine heidnische Erlösungslehre von einem Gott weiß, der die Sünde abbüßen kann, indem er das aus ihr folgende Leiden auf sich nimmt, ohne auch an der Schuld teilzuhaben. Allein das Christentum schreibt dem Leiden des Unschuldigen diesen höchsten Wert zu, obwohl er bis zu einem gewissen Grade natürlich in allen Opferreligionen inbegriffen ist. Das Christentum gibt jenen Riten eine neue Deutung, die ein tief verwurzelter Instinkt für angemessen und genügsam hielt – eine Deutung, die durch von den älteren Religionen entliehenen Ausdrücke wie „Stellvertretung" und „Sühneopfer" verdunkelt und verzerrt wird. Aber bis zu einem gewissen Grade hat die Parallele ihre Bedeutung. [DLS]

8 „der auch stets dem Menschengeschlecht beistand"

9 Man vergleiche die Methoden eines anderen orientalischen Lehrers, des Sadhu Sundar Singh: „Der Geist des Sadhu ist ein überquellendes Reservoir von Anekdoten, Illustrationen, Epigrammen und Gleichnissen, aber nie strengt er sich auch nur im geringsten an, Wiederholungen zu vermeiden; im Gegenteil scheint er sich an ihnen zu freuen. ‚Wir weigern uns nicht, Hungrigen Brot zu geben', sagt er, ‚nur weil wir auch anderen schon Brot gegeben haben.' Deshalb haben wir ständig dieselben Äußerungen in mehr als einer der von uns verwendeten geschriebenen oder gedruckten Quellen vorgefunden. ‚Mein Mund hat kein Urheberrecht', sagt er; und bei vielen Aussprüchen, die wir selbst von ihm hörten und aufschrieben, fanden wir später heraus, daß sie bereits gedruckt vorlagen. In den meisten Fällen unterscheiden sich die Versionen in außerordentlich geringem Maße, aber wir haben uns immer die Freiheit genommen, nach eigener Einschätzung eine Version zu berichtigen oder durch eine andere zu ergänzen." (Streeter und Appasamy, *The Sadhu*) [DLS]

10 Dieselbe sprachliche Wendung, aber auf ein einfaches „Amen" reduziert, ist in allen Synoptikern zu finden. Johannes hat sie sicher nicht erfunden, obwohl sein Evangelium im allgemeinen bildhafter und individueller ist. Es taucht auch in Matth. 11:27 recht unerwartet ein Satz auf, der in seinem Stil so genau Johannes entspricht, daß er vielleicht direkt aus einer der johanneischen Reden gekommen sein mag. [DLS]

11 Markus und Matthäus datieren die Verleugnung des Petrus während der Verhandlung vor Kaiphas (im Hohen Rat). Dann fangen beide noch einmal an, eine neues „Rathalten" zu erwähnen, an dessen Ende Jesus verurteilt, gebunden und abgeführt wird. Das heißt, daß beide von tatsächlich zwei Verhören zu wissen scheinen, obwohl sie keinen Grund dafür angeben. Johannes klärt diese Verwirrung auf, bringt die Ereignisse in ihre richtige Reihenfolge und erklärt außerdem die gleichzeitige Existenz zweier „Hoherpriester" in Jerusalem – Hannas („emeritierter" Hoherpriester, von den Juden auf ordentlichem Wege ernannt und von den Römern abgesetzt) und Kaiphas (an seiner Stelle von Rom eingesetzter kirchlicher „Kollaborateur"). Seine Erzählung ist völlig einleuchtend, obwohl sie auf den ersten Blick nicht so scheinen mag – dank seiner verwirrenden Angewohnheit, wesentliche Informationen in einer Klammerbemerkung unterzubringen (Joh. 18:44 – vgl. den Stil von Joh. 6:22–23,11:2 und 18:13–14). [DLS]

12 „Johannes hat dabei recht", sagt Erzbischof Temple (*Readings in St. John's Gospel*, Bd. 1, S. 42). Er gibt genügend Gründe dafür an, warum Markus die Geschichte von der Auferweckung des Lazarus ausgelassen hat und statt dessen die Intervention der Hohenpriester und Sadduzäer an die Begebenheit im Tempel anknüpft (Temple, S. 175). Und er stellt richtig fest, daß Markus zwar ein in sich stimmiges Zeitschema, aber keine durchgehende Chronologie hat und daß wir (außer bei den Passionsberichten) nicht zwischen zwei

unvereinbaren Chronologien zu wählen haben, „denn die Chronologie des Johannes ist die einzige, die wir haben“ (Temple, S. XI). Ich bin Johannes aus einem anderen – vor allem für den Dramatiker interessanten – Grund gefolgt: Irgendwie „fühlt“ sich die Begebenheit richtig an, wenn sie uns am Anfang der Wirksamkeit Jesu begegnet, und falsch, wenn sie am Ende steht. Ich kann dies nur sehr plump und auf sehr menschliche Weise ausdrücken: Man fühlt, daß zwischen dem Jesus, der die Geldwechsler hinauswirft und dem Jesus, der über Jerusalem weint, eine Entwicklung stattgefunden haben muß. Der letztere ist deutlich erkennbar ein älterer Mann. [DLS]

13 Die heilige Veronika wurde jedoch ihres Wunders beraubt, welches abgesehen von allen anderen Überlegungen einen falschen Ton in der dramatischen Darstellung angeschlagen und außerdem die Aufmerksamkeit von der Haupthandlung und der Hauptfigur abgezogen hätte. [DLS]

14 „Wenn du Golgatha, wenn du das Grab suchst, schau dich um.“